U0145956

再造天堂

鲁迅小说散论

孔庆东 著

北京大学出版社
PEKING UNIVERSITY PRESS

图书在版编目(CIP)数据

再造天堂：鲁迅小说散论 / 孔庆东著 . — 北京：北京大学出版社，2023.11
ISBN 978-7-301-34372-2

Ⅰ. ①再… Ⅱ. ①孔… Ⅲ. ①鲁迅小说 – 小说研究 Ⅳ. ① I210.97

中国国家版本馆 CIP 数据核字 (2023) 第 161304 号

书　　　名	再造天堂：鲁迅小说散论	
	ZAIZAO TIANTANG: LUXUN XIAOSHUO SANLUN	
著作责任者	孔庆东 著	
责 任 编 辑	李书雅	
标 准 书 号	ISBN 978-7-301-34372-2	
出 版 发 行	北京大学出版社	
地　　　址	北京市海淀区成府路205号　100871	
网　　　址	http://www.pup.cn　新浪微博：@北京大学出版社 @阅读培文	
电 子 邮 箱	编辑部 pkupw@pup.cn　总编室 zpup@pup.cn	
电　　　话	邮购部 010-62752015　发行部 010-62750672　编辑部 010-62750112	
印 刷 者	天津联城印刷有限公司	
经 销 者	新华书店	
	660 毫米 × 960 毫米　16 开本　31.5 印张　426 千字	
	2023 年 11 月第 1 版　2023 年 11 月第 1 次印刷	
定　　　价	99.00元	

未经许可，不得以任何方式复制或抄袭本书之部分或全部内容。
版权所有，侵权必究
举报电话：010-62752024 电子邮箱：fd@pup.cn
图书如有印装质量问题，请与出版部联系，电话：010-62756370

目录

熟悉的陌生人

—— 鲁迅者谁

各位同学大家好，我们开始上课。今天是我本学期第一次来上课 —— 不过这样说好像还不够严谨，上学期我们好像就没上课，没有在这样的场合直接跟同学们面对面地交流过，上学期我们北大变成了北京"电"大。

上学期我们采用的是网上教学，我开的是研究生的课，规模比较小。这个学期，不知道我们今天的这种教学方式能否延续到底，中间会不会发生什么让我们再调整教学方式，这是谁也说不准的。

人类社会为什么要不断往前跑？是谁给我们脑子里埋下这个"发展"的观念？为什么非要发展？发展好吗？发展幸福吗？"发展"这个词是从什么时候开始流行的？这本身是可以做一篇论文的 —— 比如说《论发展》，就从它什么时候开始变成一个褒义词开始论证，谁给你论证过发展就是好事？我们今天当然有很多好事，我们不能否认这些好事，不能否认这些进步，但这些好事和进步真的跟发展有关系吗？发 —— 把一个东西弄大，展——把一个东西打开，弄大了再打开了就好了吗？我们知道潘多拉的盒子是不能打开的，但在我们盲目的发展过程中，是不是就打开了无数个潘多拉的盒子？

我们今天的很多好事是古代没有的，今天的很多坏事，也是古代没有的。在我们最需要发展的时候，我们国家出现了一批像鲁迅这样的人——鲁迅这样的人固然是启发我们、带领我们发展，但是他老人家没有说过"发展"是好词——恰恰是带领我们国家最早向现代进军的这批豪杰志士，也最早地告诉我们，发展未必是好东西。可是我们不听，我们大多是凡夫俗子，贪图那些小小的便宜！

如何能搞明白这些问题？哪个学科能给我们解释这些问题？我们去学经济、学法律、学教育学、学社会学、学心理学，我们搞了那么多专业的博士、那么多专业的教授专家，结果怎么样呢？今天的教授被老百姓骂成叫唤的野兽，这不是一个简单的调侃，这里面包含了多少无奈、悲愤——我们花了钱让你们上学，让你们读学位，你们不种地、不织布、不站岗、不放哨、不去抗洪抢险，你们整天忽悠我们！可是你如果这样具体地指责某个博士、某个教授，他也觉得冤枉，他们会说，这也不怪我呀，难道我有什么别的选择吗？就像你在医院里遇见很多麻烦和痛苦，当你去埋怨、批评、斥责一个具体的医生的时候，医生也很无奈，医生有什么办法？医生会说，我们这科室都承包出去了啊，今年必须完成6000万指标，不然我要下岗。

我用了很多年时间思考类似的乱七八糟的问题，我也找不到答案。我经常说别的专业是骗子，但难道我们这个专业就能解决这些问题吗？后来我发现，我所研究的一些对象，如果只把他当成某一个领域里的一个代表性的人物，很多问题就永远无解。就像我们根据今天的思维，鲁迅是什么——鲁迅是一个伟大的作家，如果仅仅这样想，这个世界就无解。我们今天要给每个人戴上一些头衔，苏东坡——中国宋朝伟大诗人，你问问苏东坡承认不承认自己是诗人。曹操——我们今天学历史，说曹操是中国古代著名政治家、文学家，曹操是这么给自己定位的吗？那你说我们老祖宗孔仲尼先生，他是什么？你说亚里士多德是什么？我们发展来发展去，把每个人都发展成一个小胡同里的一个小项目。

所以我说，我研究了很多年的鲁迅，并不是所有的问题都越研究越明白、越研究越清晰，越有资格给别人讲课，有资格给别人定这个规划、那个规律，不是这样。正像一个比喻说的那样，你知道的事情越多、你知道的圆周越大，这个圆周外面的你还不知道的世界就越广阔。我越读鲁迅，相反我有越来越多的话不敢说了，以前说的比较果断的话，现在越说越犹豫了，我真的慢慢地就从"呐喊"走到"彷徨"。而根据我们今天这种愚昧的思维，我们把鲁迅写完了《呐喊》再写《彷徨》叫作鲁迅小说的"发展"——《呐喊》是第一本小说，《彷徨》是第二本，这不是发展了吗——鲁迅本人是这么看的吗？他如果是这么看的，那么《呐喊》之后的第二本小说应该叫《冲锋》，可是却叫《彷徨》，第三本是《故事新编》。

我在课前说点这样的开场白，是想在今天启发同学们，要怎样上大学的课，怎样上大学的文学课。我们为什么要上文学课，下面还会涉及。我们在这个时刻上课不容易，今天正好是秋分，希望这是好运将要来临的一个转折点。

我们这个课的名字叫《鲁迅小说研究》，这个课我讲过不止一次了，所以叫作"2020年版"。我讲课不喜欢重复，一个好的作家不应该重复自己，一个好的学者也不应该重复自己。但是我说了这个话又有点心虚，因为专业不同，也许有的专业就必须重复自己，也许有的教授上了二十年课，当了二十年教授，他每年讲的都是这一个不变的讲义，我不敢说他错了，也许人家的学科知识就是死的，每年不能变，变了就错了。所以我只敢说我这个学科、我自己的研究，我不想重复自己。这不是说我以前讲的就不对，前面说了"发展"不一定是好的，我今年讲的不一定比五年前讲得好，但是我不想重复五年前，不想重复三年前，不管水平是高了还是低了。这个课我在暑假的时候开始备课，我不会去看我三年前鲁迅研究得怎么样，我是根据我当下的想法、根据我当下重新阅读鲁迅作品产生的那些感触，来准备今天跟大家交流的内容。

这个课的性质是全校通选课，也就是说不是面对中文系，而是面对所有北大本科生，我按照想象中的北大本科生的水平 —— 不是文学水平，是全部的水平 —— 来讲这个课。我很少介绍专业发展成就，很少介绍其他学者在这个问题上怎么看鲁迅，我是直接地站在鲁迅和同学们之间。这个课以前开过若干次，北大的教学管理部门多次希望我把这个课变成慕课，我都谢绝了。本人对科技发展怀有深深的不信任，我信任北大有关部门的好心和他们要发展北大的雄心壮志，但我认为 —— 我这样说会得罪很多学者 —— 慕课几乎无好课。为什么？因为它首先想的是迎合大多数的民众，面对的是人类的平均水平。而且慕课是很多人都要看的，各种有极端思想的人、各种各样的领导、各种各样的专家，所以慕课必然是趋中的，必然是一个平庸的水平，要迎合各种声音、各种潜在的诋毁。我的课之所以还稍微有一点价值，就是因为它是在北京大学，以北京大学本科生为假想听众的课。如果我想象的是全国人民来听这个课，你们不是白考北大吗？辛辛苦苦奋斗十几年，好不容易考到这儿来，结果听的是一个慕课，这不是人生大的悲剧吗？所以我一直谢绝把这个课变成公开的表演。

这个学期我想重点做一点理论剖析，并非"小说创作理论"上的理论剖析，也做一点作品赏析。我们以前赏析过很多鲁迅小说，我记忆中所有的鲁迅小说我都赏析过。所以我想侧重于很多年没有讲过的、我认为有必要再讲一讲的鲁迅小说。

我们当老师的每年都要填表，都要填"你的教学目的是什么"，我觉得这个很烦人——我是北大的员工、北大的老师，北大信任我让我讲课，怎么每学期还要问我的教学目的是什么？我真的不知道我有什么教学目的，说实话又不太好听，我就是想挣钱，想拿到这个学期的工资，但这样写好像又不合理，所以我得编几条，每个学期都得编几条教学目的。咱们这个课既然是《鲁迅小说研究》，我就编了这么几条：认识文学、认识鲁迅、认识自己。这样说到哪都没错，到哪都是绝对的政治正确、学术正确。但你看着它好像是空话，仔细一想，它又不空，又很有分量。同学们，你们谁敢说你认识文学？谁敢说你认识鲁迅，敢说认识你自己？所以这几句"空话"倒颇有可说之处。

我们先来看看认识文学。在我们这个急功近利的时代、社会，文学好像早被边缘化了，文学有什么用吗？我小时候到农村的亲戚家里去，和一帮孩子谈文学，亲戚家的长辈就训斥：白话这有啥用啊？爱看书，不能看点有用的吗？

长辈不喜欢我们看一些他们认为的无用之书，最无用的好像就是文学。我当时讲不了那么多道理，但我觉得长辈的认识好像有缺陷、有逻辑上不能成立之处、有不合事实之处。具体的事情好像离文学很远，可是当事情不断放大，你会发现最大的事情都离不开文学，最根本的事情恰恰是文学。比如我们今天最有用的就是各种挣钱的本领吧？大家都愿意学经济、学金融、学管理吧？那我们去听听那些管理学大师、经济学大师、金融大师每天都讲什么，他们越讲越高级，讲着讲着一定会讲到文学，有名的管理学大师讲管理学的时候，讲着讲着，最后大多要讲《三国演义》，一定要讲《水浒传》《西游记》，然后就讲四书五经，最后讲到《论语》——那么何必绕这么大个弯浪费青春、耽误自己？一开始就报考中文系多好。

我这二十年来也到处在社会上讲管理学，而很少讲文学、很少讲语文，也很少讲教育。北大给我的这点工资哪够养活我？我的钱主要是讲管理学挣来的。我讲管理学的特色就是直接讲文学，不知有多少亿万富豪受了本人的启发。

那么什么是文学？文学不是大家一般想象的、我们中学老师读了书之后，传递给大家的某些观念、某些名词概念。比如我们中学写作文都学过文体，学过写作手法，学过表达手段，记叙、描写、抒情、说明、议论……这些是文学吗？把一件事记下来就叫文学吗？这不是新闻吗？把感情抒发出来就叫文学吗？"啊，今天天气多么好！"这是文学吗？你去向你的对象表白，那叫文学吗？"说明"更不用说了，它是反文学，"说"得越"明"，文学越"暗"；"议论"是文学吗？"议论"如果是文学，那长舌妇不都是文学家吗？网上那些喷子不都成文学家了吗？

所以这些都不是文学，文学在这些东西之外，它有时候跟这些东西混在一块儿，就像我有时候跟我们小区里的七大姑八大姨混在一块儿，跟他们一块儿聊天儿，但他们不知道我是干什么的。文学也跟这些"七大姑八大姨"混在一块儿，但它又不是"这些"。

很多人说到文学都会引用苏东坡的一句话，说"梅止于酸，盐止于咸……美常在咸酸之外"（《书黄子思诗集后》）。苏东坡的这个话也不是他自己发明的，是司空图说的："江岭之南，凡足资于适口者，若醯（xī，即醋），非不酸也，止于酸而已；若醝（cuó，即盐），非不咸也，止于咸而已。华之人以充饥而遽辍者，知其咸酸之外，醇美者有所乏耳。"（《与李生论诗书》）

我有时候为了掩盖我的本质，经常在网上晒一些吃吃喝喝的照片，把副业搞成了正业，有的人因此就认为我是一个吃吃喝喝的人。我也确实到处吃喝，顺便成了一个不知道几流的美食家。我们知道，对于今天的大多数人来说，现在吃饭主要不是为了饱，喝水不是因为渴，特别是中国人，我们吃饭吃的是艺术。我有时到外国去，觉得外国人活得太悲惨了，他们的国家很现代，很有钱，也有很多学者，科技很发达，但他们吃的都是黑乎乎的一片，全是黑暗料理。这时候作为一个中国人，何等幸福！一个省的食品我们一辈子都吃不完；住在一个县里，一年都吃不完这个县酸咸之外的美食。

我们吃饭不是为了吃酸吃咸，有"醇美者"，"醇美者"是什么东西？我们古人早就发现了饮食跟文艺之间的关系。我有一本书叫《脍炙英雄》，里面有一篇文章就是谈这个"脍炙"的。古人把非常好的文章和言论叫作"脍炙人口"，"脍炙"是什么东西？"脍"，就是切得很细的肉片和鱼片，元曲《望江亭》里面，"中秋切鲙旦"，秋天切生鱼片、生肉片吃。所以我到日本、韩国去，他们向我炫耀：你们中国人也吃生鱼片吗？我说我们中国人吃生鱼片的时候，你们连蔬菜都吃不上，吃生肉片、生鱼片是我们老祖宗的家常便饭。"炙"很容易，上面是肉下面是火，就是烤肉。我们老祖宗把高级的文章形容为生鱼片和烤肉。

我们吃好吃的食物的时候，奠基我们欲望的那个东西是说不出来、说不清楚的，那个东西就是文学。你为什么要读文学，为什么要读李白的《下江陵》？是为了证明那个水很猛，流起来很快吗？为了证明三峡两岸曾经有很多猴子，"两岸猿声啼不住"？你读了《下江陵》之后很爽，那个爽是什么？谁也没打你、没骂你、没说你，读了之后我们的汗毛都起来了，突然觉得皮肤很愉快——这就是文学。这种文学可以通过记叙、描写、抒情、议论等手段来表达，但是这些手段本身不是文学。就好像你对美食的追求，可以通过烤全羊，也可以通过刀削面来获得，但烤全羊本身不是，它可以置换。所以其实很多人 —— 包括我们中文系的人，并不一定知道什么是文学。文学不是跟其他学科并列的一个东西。

我们今天的教育体制把所有东西都并列、并置，一个文学人和其他人能是一样的吗？所以我始终认为语文老师不应该跟其他老师拿同样的工资，语文老师竟然跟数理化老师工资一样！

对于我们大多数国民来说，今天生活很不幸的来源，并不是有人欺负你、上访没人理你、到处遇见官僚主义，我认为一个最大的痛苦是全民丧失了文学鉴赏的意识。你不要看古代文盲那么多，古代的文盲有文学鉴赏能力，听见一首好诗，他知道这诗是上品，他知道什么是好的言论。最有代表性的例子是六祖慧能，据说六祖慧能是文盲，不识字，可是他听见有人念经，马上知道这是真理，知道这是最好的东西。

我们今天这些人都上了大学了，没上大学的也上了中学，读了十来年的书，到网上都能喷 —— 你还不能不让他喷，他说人与人都是平等的，你北大教授凭什么看不起我？说得好像很有道理。可是今天的人不知道什么是文学，没有鉴赏能力。我在网上发一首诗，一定有很多人来给我改这个诗，"你看这样改好不好？这个字改成那个字就更好了……"有时候我发一首古人的诗，发李白的、陆游的，他都敢改。我们这个时代很有意思。

他们这个胆量是从哪儿来的呢？恰恰是从"发展"来的。因为他上学了，他学了法律、学了科学、学了数理化了。这个思维的转变 —— 中国人变成今天这德行，时间很短，就在一百多年前，鸦片战争被人打败了，然后一次又一次地被打败，觉得自己不对，觉得应该向洋人学，学了很多东西，觉得自己进步了，就变成今天这样了。

就在我们好好向人家学习数理化的同时，鲁迅看到了危险。他看到的时候只是一点小火苗，今天已经燎原了 —— 这就是伟人，伟人能料敌机先。鲁迅很早就在《破恶声论》这篇长期没有得到重视的文言文中指出这种现象："若夫自谓其言之尤光大者，则有奉科学为圭臬之辈。"鲁迅的话，一读，就像灯一样地照亮了我们。今天有多少人——不论在学校里还是在网上，奉科学为圭臬，他觉得他懂科学，动不动就拿科学去喷别人，而且这些人还觉得自己很有水平。

网上有一种人叫理中客，也不知道他们是从哪来的，好像成天就没有工作，日夜干这事儿。"理中客"，就是理性、中立、客观，有任何新闻出来他们都争先评论，给你梳理事情的来龙去脉，每一个案件他们都能找到所有的材料。所以我说，这些人吃什么喝什么，他们怎么这么有闲心、这么有时间呢？他们觉得自己代表着正义，底气从哪来呢？他们的底气就是科学。他们相信科学，你不同意的事情，他让你拿出证据来——当你说一个官员腐败的时候，让你拿出证据来；你说有人冒名顶替你上大学，他让你拿出证据来。我们知道，被压迫者、被迫害者，一般都拿不出充分的证据，只要你拿不出充分证据，你就是污蔑！所以很多事情会出现反转，告状的劳动人民最后成了被迫害、被打压的对象，因为你证据不足，你不科学。

这些人怎么这么自信？鲁迅说了，他们是"稍耳物质之说"，这个"耳"在这里当动词，就是稍微听到了一点理化方面的知识，就说"磷，元素之一也；不为鬼火"。古人不是经常说有鬼火吗？经过坟地的时候看见粼粼闪光，这就是鬼火。这些人懂科学："不对，那是磷，磷是一种元素，哪有什么鬼火！"这种思维我们不是太习惯了、太常见了吗？他认为那是磷，所以就不叫鬼火——那么磷又是什么东西，磷难道不是一个空的东西吗？你给它起了一个名，它就成为一种实存了吗？"略翻生理之书，即曰：'人体，细胞所合成也；安有灵魂？'"鲁迅在一百多年前就这么深刻地指出这些浅薄之辈，学了点生理常识就说人体是一堆细胞组合起来的。"你说灵魂,什么机器能检测出来?没发现有灵魂啊!"就像很多人否定中医所说的经络一样:"哪有经络?X光机没查出来,做CT也没有啊!"

这些学了一点点科学知识的人就敢出来横扫天下,难道没有你那些东西的时候,人类就没法活了?人类此前的几千上万年是怎么活的?你说没有灵魂就没有灵魂了?你把这东西叫磷,它就不能叫鬼火?我说鬼火是由磷组成的怎么就不行?所以鲁迅指出他们的根本毛病,叫"知识未能周","周"这个字太重要了。鲁迅为什么要姓周呢?【众笑】学知识一定要学"周"了。我们中小学一科一科,今天上一节数学,明天上一节物理,这样学习有它的好处,它的好处是速成;缺点就是使大家的知识都未能"周",上了大学才有可能使你的知识真正的周全、周密,但是未必每个人都能做到。你还真得在北大这样真正的综合性大学里,有自己的专业,同时博览旁及其他的专业,除了上好专业课还要上好通选课,然后向着"周"去进军。如果不是这样,学的这些东西反而有害,反而成为佛家说的"知识障",这些知识刚好够你去社会上造孽,到处去喷人家没有鬼火、没有灵魂,只能说出这些浅薄的话,还自以为有道理。

这些"知识未能周"的人是什么情况?"辄欲以所拾质力杂说之至浅而多谬者,解释万事。"就是你学那些乱七八糟的科学知识,一个是浅,另外还有很多错误。我们知道,科学就是在错误中前进,科学是不可信的,今天科学家这么说,十年以后那么说,那你就应该知道十年之后说的还不靠谱,还有科学家出来反驳它 —— 那还不是整个科学都不可信?既然都不可信,还不如信我这个东西。中医是万古不变的,我们今天治新冠肺炎,很简单嘛,火克金 —— 肺属金,火克金就完了。不论病毒有多少变异,我们一招打过去,火克金,完事儿。我问过很多中医,在他们看来,新冠肺炎和流感是一样的,清肺就完了。所以你那点很零碎、很专门的知识只能解释专门的问题，拿来解释外事要造很多孽。

鲁迅写《破恶声论》的时候很年轻，就跟大家年纪差不多，他有这么深刻的思想，"不思事理神秘变化，决不为理科入门一册之所范围"，你们学这些合起来不过是"理科入门之一册"。鲁迅并不整体上否认科学，但是他知道科学是一个庞大的体系，你进了门之后就感觉门外的人在胡喷，"依此攻彼，不亦操乎"，拿着一个科学知识去反驳其他知识就是颠倒黑白。所以我们要提高文学鉴赏，首先要破掉鲁迅说的"一些恶声"，"以科学为圭臬"就是恶声。

我们今天中文系也有一些人喜欢考证，考证很重要，但是对文学进行考证的时候，你考证出来的那个科学的知识，不是可以用来否定文学的。李白说"飞流直下三千尺"，你非要去考证到底有没有三千尺，这就是无聊了。李白说的那个三千尺本来就不是他量过的，三千尺是文学，不是科学。

我们在网上跟人抬杠的时候，首先要搞清楚，对方也好，你本人也好，说的是文学之言还是科学之言。我们可以抬杠的是科学之言。他说我们班有五十二个人，结果你考察，只有五十一个人，这是可以抬杠的。他说我们班有八百壮士，这就没法抬杠了，这不是科学之言，你要抬杠你就永远不懂文学。你要明白他说的"八百壮士"是什么意思。

最近我们上演了电影《八佰》，当年号称八百壮士守四行仓库，日本鬼子一听，有八百个人，西方记者一听，有八百个人，他们都不知道在汉语中，八百跟数字没关系。中国人说"八百"之类的话你不能当科学去听，它不是准数，二百人也可以叫八百，八个人也可以叫八百，八万人还可以叫八百。你只有懂得这是文学，你才能懂得中国人。

守四行仓库的实际上是四百多个人，四百多人号称"八百"已经够实事求是了，已经接近科学了，与李白的"白发三千丈"比，太"科学"

了。你只有理解李白的那个"白发三千丈",才能够继续去琢磨它为什么叫"三千丈"。同样是夸张,为什么不叫"三万丈",为什么不叫"三百丈",在科学的系统里是搞不清楚的,必须在文学的系统里去琢磨。

有一联形容竹子的古诗,"叶垂千口剑,干耸万条枪",把竹林写得非常漂亮,竹叶就像宝剑一样垂下来,"叶垂千口剑";竹子的干又是很坚挺的,"干耸万条枪",像一支一支的钢枪一样挺立着,这不是很美吗?可是有的人非要用数学思维计较,说叶子是一千,干是一万,十干才一叶,这不科学啊!这样就把文学全部杀死了,文学就没有了。他不理解这里的"千"和"万"是什么意思。

上面是讲文学与鉴赏,再一个,是要克服网络思维。

鲁迅所说的种种"恶声"今天都集中在网络上表现。我们现在经常说网络思维,网络思维不是一种思维,它有种种的弊端毛病。我随便说几句。一个是人云亦云,网络上的群体性随大溜特别明显,因为网络是匿名的,你随大溜别人不知道,不丢人;如果在一个班里大家都认识,你老随大溜,这是很丢人的,别人会认为你没有个人见解。在网上不是,在网上人云亦云非常省事,不小心就人云亦云了。不要说各位年轻的同学,我也一样,只要不是很清醒就容易被多数的声音所裹挟。所以我总是要提醒自己宝贵的一句话,叫"我不相信"。这是北岛的一首诗,我年轻的时候对我有影响的一首诗。诗写得一点都不深奥,很简单,记住四个字就行了,"我不相信"。作为一个大学生,作为一个北大的学生,要永远记住这四个字。遇见新的知识、新的信息,脑海里直接蹦出来这四个字,"我不相信"。但是也不是永远不相信,也许经过研究之后,最后你相信了,但中间必须有一个研究和质疑的过程,有了这个过程之后,你获得的才是真知。

再一种是一叶障目。"一叶"是真实的,你要老强调"一叶"也没错，有人老记住这一叶，一叶不够两叶三叶，但是这叶子最后遮蔽的是什么？它遮蔽的是泰山。比如有人举了北大一个学生很糟糕，学习不好，有一堆乱七八糟的事的例子，他说的都是对的；明天又给你举北大一个学生很糟糕，考试作弊，还偷窃等的例子。举了好几个"叶"，他的目的是告诉你，北大学生都这样，北大没好人，这就叫"一叶障目"。由于我们特别受科学思维影响，相信了这"一叶"，这"一叶"人家给你证明了，没毛病，你就看不见他遮蔽的东西。

再一点是以理杀人。以理杀人古人早就识穿了。以理杀人跟一叶障目是相反的，拿着一个"泰山"来杀"一叶"。比如某学校很糟很糟，但是再糟的学校也可能有十个八个非常优秀的学生，这十个八个优秀的学生是能考北大的。把学校很糟当成"理"，去杀一个具体的人，这种现象也是存在的，因为某一个人被某一个"理"所笼罩，比如这个人是左派或者右派，假如你是左派，你不喜欢右派，或者你是右派，你不喜欢左派，你要把这个"派"和它所笼罩的个体区分开——假如你是一个共产党，你要认识到国民党有很多好人；假如你是国民党，你要知道共产党里有很多了不起的英雄。今天人人都有一大堆的"理"，有"理"的时候是很危险的，"理"就是武器，"理"就是刀。我们过去说封建礼教吃人，礼教为什么吃人？就是它拿着一个武器，这个武器是很锋利的，而且容易得到人们的拥戴，这时候就容易"杀人如草不闻声"。

这些种种的毛病概括起来，其实都是一个丧失主体的问题。这些没事去管人家的人、这些人云亦云的人，他们觉得好像是自己在说话、自己在行动，其实恰恰相反，这些人是行尸走肉。他们的言行没有经过一个理性的思考，他们的主体有的暂时性丧失，有的永久性丧失。这个"丧失"恰好是在我们这个"发展"的洪流里进行的。经过现代教育，人反而没有了主体，就像村村通电视看似是好事，可是自从电视进了家家户户之后，老百姓的主体就没有了。家里进来一个怪物，天天给你们家说这个演那个，你家还挺高兴，主动看，到哪儿都打开看，你的主体就这样慢慢地没有了。我没说不让老百姓看电视，我没说不让老百姓住楼房，但是当农民都住上了楼之后，失去的是什么？我们城里人成天要讲什么国学、传统文化，传统文化在哪？在我们讲的《三字经》《弟子规》里吗？传统文化就在农村啊，就在一家一户的院里，在土地上啊！

我刚才说到《八佰》。就在八月份，《八佰》隆重上映，这个事情成了一个很刺激人眼球的、巨大的文学事件。很多左派出来批判，右派都来辩护。不过在关于《八佰》的问题上，好像左派的声音比较高。那么批判和歌颂的人，他们到底是什么思维？就是像我刚才说的，他们没有文学鉴赏能力，基本上都不是从这个电影出发的，他们所歌颂和批判的，跟带书名号的《八佰》没什么关系。歌颂《八佰》的人大部分是右派、是国粉，他们认为国民党在抗日战争中很伟大、很悲壮，理由就是看我们国民党死了多少人。抗日战争的成绩以死了多少人来衡量。就像流氓闯进你们家，怎么表现你们家的伟大呢？你说我们家死了多少，被强奸了多少，被抢走了多少，所以我们家很伟大，这是右派的观点。左派的观点呢，认为国民党在抗战中哪有什么成就，国土大半沦陷，有一百多万伪军，一百多中央委员投降，国家二把手当了大汉奸，每战必败，败得那么羞耻，国民党抗战那是个笑话，完全是造孽，有什么可歌颂的？八百壮士守四行仓库更是无耻。所以他们要批判《八佰》。

我们看双方的言论，他们说的都不是文学，不论站在什么立场，他们说的跟电影没关系。很多人没看电影就评论，或是看了电影跟没看一样，也不说这电影，说的还是那个事儿，说的还是记叙、议论、抒情、描写，还是这些，没有文学。所以后来我写了一篇文章，叫《管好自己的虎——评管虎导演的〈八佰〉》。我在开头说："在2020年由于疫情而深陷低迷的中国院线一片黯淡之际，管虎导演的《八佰》仿佛影片所讴歌的八百壮士一样，被隆重推出，闪亮登场。其商业企图无非欲借此一声凄厉，挽救市场，重振华谊。这正如当年毛泽东评价美国的白皮书发表的时机一样，'是可以理解的'。"我写这个评论的时候，首先面对的是双方已经非常汹涌的论战，所以我要先扫清外围，先解释这个电影为什么要上映，制片方的企图是什么。

这个电影本来要在新中国成立70周年之际上映，被左派批评了一番，没有上映成功。今年机会难得，所以我借当年毛泽东《别了，司徒雷登》里的一句话说，"是可以理解的"。毛泽东其实是伟大的文学家，毛泽东的文章是伟大的文学，他评论政治事件用的都是文学语言。"美国的白皮书，选择在司徒雷登业已离开南京，快到华盛顿、但是尚未到达的日子——八月五日发表，是可以理解的。"这是值得反复地吟咏的文字，意味无穷，又把政治看得透透的。

我说这个《八佰》是可以理解的，中间我就分析了《八佰》为什么受批判、为什么受歌颂。然后我讲，左派的担心是多余的，《八佰》并不是为国民党歌功颂德，它反而揭露了国民党抗战的无能，拿四百个底层士兵当炮灰，欺骗国民，等等。电影很好地揭露了这些，它主要的目的不是揭露，而是客观上呈现出来了。电影也拍得很好看，现在电影都这样，砸钱，用现代科技手段，请来大腕，这不值得说，关键是电影在此之外，从文学上有可圈可点的地方。是跟鲁迅有关，表现了国民性。你把国民党骂死，说它不抗战、它无能，可它为什么无能？同样是那个时候，一群农民到了共产党那边，怎么就"有能"了？为什么共产党领导的农民就变成一个个英雄，后来能出现黄继光、董存瑞那样的人？到国民党那边就贪生怕死，干各种无耻的事？这才是问题的"根"。鲁迅早就指出中国国民性问题，《八佰》在这方面无意中透露出来了，如果它有意地去挖掘国民性，反而会主题先行。

再一个，《八佰》无意中呈现出一个"看"与"被看"的关系，一条苏州河，一边是租界，另一边是华界。租界日本人不敢动，四行仓库就在苏州河边上，是紧靠着租界的华界。这边打成一片火海，打成一片地狱，那边洋人和高等华人隔岸观火，这正是中华民族屈辱的象征——你好也好，你不好也好，你英勇抗战也好，你集体投降也好，都是人家看的戏的内容，你是被"看"的。一个人如果天天处在被"看"的地位，比被杀还难过。试想一下，你们宿舍那几个人不跟你说话，天天看着你，你三天都活不下去。这就是活活杀人。我们可以忍受跟别人打架，哪怕打败了都可以，但忍受不了别人长时间看你。比如说你去坐地铁，你长时间看对面那个人，一会儿就打起来了，因为这是大的伤害，是拿对方不当人。看的是人，被看的不是人，它的奥秘就在这。

我在影评的最后说："从我个人而言，我很希望拍一部'八百壮士续集'。让观众们看看，谢晋元等358人退入租界之后，是怎样被那些看够了悲壮惨剧的英军缴械的，是怎样被囚禁了四年之后，又落入日军的战俘营的。他们的师长孙元良，撤退之前就在四行仓库强暴了前来慰问的女学生，撤退之际又卷走了上海的大批物资去倒卖，南京城破之后，是怎样躲在妓院里逃生的。谢晋元后来是怎样被内奸刺杀的，最后幸存的百余人，是怎样走向不同的人生结局的……抛开隔岸观火的叙事框架，回到旧中国军民真实的水深火热之中，回到对我们自己各种贪婪愚昧的欲望之虎的自我审视之中，少一些浮夸的'郝摇旗'，多一些踏实的'张自忠'，也许会更有利于找到我们民族的痼疾，找到我们心中的那些'出于柙的虎兕'，从而使华夏大地上，不再出现一水之隔，便是天堂和地狱。"

电影里有一个很感人的桥段，八百壮士要在楼顶升中华民国的国旗，日本的飞机来轰炸，他们为了保护国旗，被扫射，死了很多人。这个桥段是虚构的，不存在这种情况，里面稍微有价值的桥段都是虚构的，包括当年的报纸也在造谣，什么"女学生游过苏州河去"，那都是不可能的事。但这个不重要，电影可以虚构一些英勇的画面，然而你的虚构要合理，《八佰》在这一点上有不合理之处：如果飞机扫一片就死十来个人，再上十来个人又被扫射，那四百个人一会儿就死完了。所以这个桥段光感人了，真实度不够。但关键不是这个，要"少一些浮夸的'郝摇旗'"，"郝摇旗"是李自成手下一员大将，战场上喜欢摇大旗；"多一些踏实的'张自忠'"，国民党有英雄啊，张自忠就是。给国民党的英雄最高待遇的是共产党，共产党成立新中国之后，在北京，有三条马路以国民党的烈士命名，张自忠路、佟麟阁路、赵登禹路——国民党稍微有点光彩，都是共产党给他们铭刻的。当然张自忠本身的故事也很复杂。我是用这个来讲"我们怎样认识文学"。

最后我们这个课是要帮助大家认识鲁迅，"鲁迅"是从小就很烦人的一个名字，多少同学都讨厌鲁迅，讨厌拿鲁迅出题，还让分析这个那个。我也当过语文老师，知道这一点。关键就在于大家不认识鲁迅，不但同学们不认识，全国的中学语文老师其实都不认识鲁迅。真正认识鲁迅不是一个智力问题，不是你很努力工作，你很聪明，就能认识鲁迅。如果我们社会不"发展"到今天，我觉得我也认识不了鲁迅。我后来理解鲁迅了，这真是一种学问进步吗？是我们又倒退回鲁迅时代了。

这个时代再一次跟鲁迅时代那样惊人的相似，甚至有些地方还不如鲁迅时代，这个时候我们才认识鲁迅。一旦认识鲁迅，有时候你心里更凉。当我们喜欢一个作家，我们喜欢看他的书；喜欢一个导演，会去看他的电影。可是我们对鲁迅很奇怪，你越来越了解他、喜欢他、崇拜他的时候，反而不太想读他的东西，心里有一丝抗拒。我也经常这样，由于工作原因，我备课必须要读鲁迅，还要读鲁迅研究论著，其实这不是一个很愉快的过程。比如有人提出一个问题：鲁迅是不是中国人？咱们是中国人，这没错，鲁迅跟咱们是一样的吗？不一样。鲁迅跟外面那些人一样吗？好像更不一样。跟大部分中国人都不一样，那凭什么说鲁迅是中国人？可是我们都知道他是中国人。他是中国人，可是跟咱们怎么有这么大的差异啊？这个角度上，我们好像不太认识鲁迅。

鲁迅是不是当代的人？他离开我们这么多年了——鲁迅去世得早，55岁就去世了。我去年给自己的生日找了个借口，叫"鲁寿"——我没有你会创作，没有你有思想，我先比你活得长再说。那么鲁迅是不是当代人？一般人由于不认识鲁迅，他在生活中不会想起鲁迅，但是像钱理群老师，他动不动就想起鲁迅，遇见事儿张口就说鲁迅的话。我在一定程度上也受影响，很自然地就想到很多鲁迅说过的话，而且越熟悉就越无奈，我想说的话早就被他说过了。所以这个时候对鲁迅有点很不友善的想法。"这个老家伙，怎么什么都被他说过了"，这就说明他好像还活着，他是"当代人"，尽管他没见过手机，不会上网，今天的状况一件一件都被他说过了。刚才我们读的《破恶声论》，那是他还不叫"鲁迅"的时候写的，那是很年轻的"周树人"写的。周树人同学能写那么了不起的文章——他是当代人，但是他跟我们又都不一样，我们当代就是没有鲁迅的"鲁迅时代"。

我们今天经常要谈世界，鲁迅是不是世界的？"世界"这个概念很复杂，四十年前中国社会发生了重大转折，我们被号召要"走向世界"，很多地方写着大标语，"走向未来，走向世界"，走向未来容易理解，后面是过去，前面未来，走向未来是往前走，2020年走向2030年是走向未来，这个没毛病；可是走向世界呢？如果你语文好一点，你会琢磨，什么叫"走向世界"？难道我们在世界之外吗？中国不在世界里边吗？"走向世界"的意思是我们在世界外边，我们往那个地方走，那个地方叫"世界"——有些口号必须用语文的知识去反思，比如说我们北京大学老说要"建设世界一流大学"，我就很奇怪，难道北大不是世界一流吗？你用什么标准说北大不是世界一流？北大中文系不是世界第一中文系吗？北大历史系中国历史专业不是世界第一的中国历史专业吗？北大哲学系中国哲学专业不是世界第一吗？除了文史哲，北大数理化哪一个不是世界一流？北大至少有十个以上的专业是世界一流，你还要到哪去找世界一流？你先给我们论证一下"北大不是世界一流大学"。

北大是不是世界的，这是闲话，我们关键要谈鲁迅是不是世界的人。现在说的"世界的人"是什么人？啥叫"世界的人"？成为美国人才叫"世界人"吗？按照逻辑，是中国人就是世界人，你是马达加斯加人也是世界人，我们为什么要让自己成为"世界人"？这个"世界"显然是有特殊含义的。

我们还是引用《破恶声论》，再讲一个鲁迅批判的"恶声"，"聚今人之所张主，理而察之，假名之曰类"，就是我们今天所主张的那些分类，"则其为类之大较二：一曰汝其为国民，一曰汝其为世界人"。鲁迅在这里提出了两个"恶声"，第一，你要当一个国民，第二，你要当一个世界人，它们是有关系的。而我们今天，让人做一个好公民、要守法，比如说号召我们节约粮食，号召我们吃饭要"光盘"，假如有同学不"光盘"，你有权力打他吗？你有权力骂他吗？他不"光盘"，你可以认为他这样做不对，但他不犯法，他买的饭他有权力倒掉，你可以说这不道德，但是谁也没有给你权力抓他，承认别人有不道德的权力才是道德。我们今天有几个人能明白这个道理？都是一群如狼似虎的糊涂蛋，又都拿出一个理念来。"一曰汝其为国民，一曰汝其为世界人。前者慑以不如是则亡中国，后者慑以不如是则畔文明。"你要不跟人家美国人一样，你就是人类的公敌，你就犯了反人类罪。

鲁迅很沉痛地指出他们的病根，"寻其立意，虽都无条贯主的，而皆灭人之自我"，都是要灭人自我，就是我前面说的，都是丧失主体，"使之混然不敢自别异，泯于大群，如掩诸色以晦黑"，把各种五彩缤纷的颜色都用晦黑给掩盖住，"假不随驸，乃即以大群为鞭笞，攻击迫挟，俾之靡聘"。鲁迅用了很古的字来讲群体拿着一个正义的"理"去杀人、去迫害个体时候的那种残酷，我们今天不是处在这样一个时代吗？我们推翻了封建暴君的专制之后，变成了亿万人都是小暴君。所以鲁迅说现在这个时代还不如一个暴君的时代，一个暴君的能力有限，他实际上能迫害的人很少；我们今天是亿万个暴君互相迫害，当你迫害别人的时候，他没有办法反抗，有一天你被迫害了，还是一样无处可逃，没有人掉一滴眼泪，发一声叹息。

最后，是要认识自己。认识了文学，认识了鲁迅，还要干吗呀？人活着不是为了认识自己吗 —— 我自己到底是咋回事儿？

我不知道同学们从几岁开始思考关于"自我"的问题，在哪年哪月哪一天的一个时刻，你脑子里忽然想了这些奇怪的东西 —— 哎，我是谁呀？我是什么东西啊？有没有想过或跟别人讨论过，最后讨论不清楚，然后有人劝你别想了，再想就成欧阳锋了，再想就大头朝下走路了……觉悟的人，应该有一个阶段，有一个时刻去想"我是谁"的问题，你不是填表填的那堆信息的集合，"王小玲，19岁，汉族"，不是这些的集合。

那怎么搞清楚"我是谁"呢？医生能告诉你吗？医生告诉你一堆数据，你的心肝脾肺肾是什么样的，但体检之后的那个数据也不是你，档案里面的数据也不是你。你是谁，通过科学和新闻好像都得不到答案，但是文学好像有点用，文学有助于自我的发现，有助于自我的塑造。当然不是所有的文学都能，我们今天的那些网络文学，可能起的是相反的作用，但是也不一定，也许网络文学刚开始是这样，我希望网络文学发展若干年之后也能出鲁迅，出不了鲁迅你出茅盾、郭沫若，出老舍也可以，但是现在还不行。我们以往的文学理论讲文学多样性，古代讲兴、观、群、怨——古人从《诗经》讲，《诗经》作用是兴、观、群、怨——到了现代梁启超说熏、浸、刺、提，每个字都可以分开来讲。我们现在不讲文学理论，只是提示一下大家，在这些文学理论之外，文学还有一个认识自我的作用。古人说的"兴观群怨"，梁启超的"熏浸刺提"，主要是侧重于社会功能——我们怎么认识社会，对社会起什么作用，改变自我，熏陶自我，团结群众，打击敌人，这都可以。毛主席说的"团结群众，打击敌人"就是从兴观群怨来的。钱锺书先生有一篇著名的论文，就叫《诗可以怨》。

在这个问题上，我们跟普通动物对比一下，动物为什么不能认识自己？每一个类里的动物可以活得很好，很幸福——小羊有小羊的幸福，尽管它被狼吃，但它有它的幸福；狼也有狼的幸福。可是所有的动物都有一个问题：它不能认识自己。动物跟人的区别非常多，我们讲社会发展史，老讲"人是能使用工具的动物"，这只是一条，人和动物的差别多了，认不认识自我是一个问题。我看过一个纪录片，在山路的拐弯处放一面大镜子，然后装上摄像头，看各种动物路过这个镜子时的表现。那些动物多数都很吃惊，很惊异，不论食肉的还是食草的，它们都搞不清楚镜子里边那玩意儿跟"我"有什么关系。如果你家里养了宠物，也可以做那个实验，要经过多少回的刺激、教训，它才能知道那个是假的。比如我家养的猫，在电视上看《动物世界》，猫不知道那是假的，有的猫会跑，有的会扑上去，我家有只猫很聪明，它绕到电视后边去看，它以为在后边——它们都认为电视里的动物是真的。

动物不能认识自己，有一个重要的原因是它没有文学。所以动物有再多的知识也是动物的科学，是非常低层次的科学。巴甫洛夫做的那个反复的条件反射，其实就是科学知识的积累——我们所学的科学不过是高级的条件反射。

我们为什么要刷那么多的题？其实这时候就想，我们很可怜，跟那动物是一样的。而文学是不需要刷题的，会就会，不会一辈子也领悟不了，能领悟的人瞬间就领悟了，不能领悟的人刷题也没用。

伟大的文学都是很简单的，"春眠不觉晓"，谁都能写，你怎么就写不了？你没有那颗文学的心，刷一辈子题也写不出"春眠不觉晓"。伟大文学的特点，是让人看了之后就很生气，"床前明月光"，谁都会，那你为啥没写呢？

所以认识文学、认识鲁迅、认识自己，在这几个方面，我们多多少少有点收获，就没有白上这个课。我们这个课的成就是很难量化的，我们中文系的老师都比较慈悲，一般给分会稍微宽一点，但是你最后的得分不代表你真正的收获，那都是填表用的，是咱们合起伙来对付那个体制用的，我们把这体制应付过去就完了。这门课真正得到了什么，你心里知道，我心里知道，这才是真正的学问。

我们这个课程不要求大家看什么研究论著，要求很简单，第一是认真听课——这个是废话，坐到这里听课就可以了；第二，我想多少还是让大家读点书，那就读鲁迅的小说吧。鲁迅收到小说集中的小说一共只有三十三篇，都很短，每一本都是薄薄的小册子。三十三篇小说，《呐喊》十四篇，《彷徨》十一篇，《故事新编》八篇，大家读一读。作为一个中国人，把鲁迅小说读一遍是一种财富。我们学文学不要像学科学一样以"懂"为标准。懂不懂很难说，但是你读没读过，这是真的。要真的把它读了，放到肚子里，人家一说鲁迅这篇小说，"我读过，我有印象"，读过就是收获。我们看古人的教育有什么优点，就是老师很少讲，老师就领着学生摇头晃脑一顿乱背，这就打下了宝贵的基础。难道老师不会讲课吗？肯定会讲，但是一讲就错了。科学的东西可以讲，文学的东西一讲就讲错了。比如说"床前明月光"，有什么可讲的呢？一讲就把文学杀死了。有人讲，"你知道'床前明月光'的'床'是什么吗？不是咱们睡的那个席梦思，不是铺着凉席和床单的那东西，李白的那个床是什么什么……甲教授说……乙教授说……"讲了一堆关于床的知识，你觉得这人真有学问，国学大师啊！我知道"床"是什么东西了——这时候文学没有了，李白"死"了，"床前明月光"没有了。我们祖祖辈辈都不给学生讲"床"是什么，就直接感受"床前明月光"，有了这个感受才是中国人，一辈子才没白活，一讲就把人"杀"死了。就像庄子说的，给"混沌"开七窍，一开就死了。

我们这个通选课最后安排一个考察报告，不搞闭卷考试，我会在12月上旬，结课前一个月给大家布置一个题目，布置一些要求，大家用一个月左右的时间写一个考察报告，请大家独立完成——说"独立完成"就包含了很多弦外之音，到1月5日交一个纸质版、一个电子版。

这个课是通选课，虽然是由本人一个人在这唱独角戏，但是我很希望能够有同学自告奋勇来讲课，你觉得你对鲁迅的小说——不论是整体还是具体的哪篇作品——有自己的感悟，或者你读了哪些学者的研究，有不同想法，欢迎同学自告奋勇来讲课，但是你别把一节课都占了啊，我欢迎你来讲半小时，希望能够从中发现人才。

我发现文学人才主要不产生于中文系。很多人都会误解大学里的中文系是搞文学的，错了，中文系是搞科学的，中文系就是刚才我说的，专门讲"床前明月光"的"床"有"五种讲法"的，所以你看中文系的人，很少有文学气，待的时间长了你就知道，北大文学气质都集中在理工科。文科，特别是中文系的人可没见过有文学气质的，就知道"床"

有五种讲法，这是学问。我给很多系都上过课，我发现很多其他系的人——虽然不是普遍的，但总有少数的人——有文学才华，可能是受家长的专制，不让他报中文系，这就对了，千万别来中文系，中文系离文学很远。你看有多少大作家是中文系毕业的？鲁迅就不是。鲁迅为什么能成鲁迅？也没上北大，鲁迅不就读了三个"烂中专"吗？读了一堆"烂中专"才能成鲁迅。所以千万不要以为自己上了北大就有多了不起，要利用好你上北大的优势，还要想办法克服掉上了北大的缺点，才能成为优秀的北大人。

我们这个课没有很多专业的论著给大家参考，一个是让大家读鲁迅小说，忙忙碌碌间再介绍除了我之外的几个研究鲁迅的学者，大家随便浏览。我写的关于鲁迅的东西很少，主要是喜欢上课。我曾经编过一个《伟大的二重性格——解读鲁迅经典》。有一本书叫《正说鲁迅》，那是我在《百家讲坛》讲鲁迅的整理稿，有很多文字错误，因为它用录音直接转换文稿就出版了，曾经有攻击我的人很高兴，找到了孔庆东三百个硬伤——一本书找到三百个硬伤，这人多厉害啊。这本书有些地方有不少错别字，还有盗版，盗版把错别字都改了。【众笑】我还出过一个《孔庆东评点鲁迅小说》，主要是在鲁迅的小说旁边写几句话，也没什么意思。大家要看比较深的鲁迅研究著作，我推荐几个人，一个是我的师祖王瑶先生，再一个是我的导师钱理群先生，还有跟钱理群先生差不多的，20世纪八九十年代研究鲁迅的重要学者，一个是汪晖先生，一个是王富仁先生。王瑶老先生早就去世了，王富仁先生前几年也去世了，钱老师八十多了，他现在住在养老院。汪晖老师是"50后"，还算年富力强。这是给大家参考的学者。

本学期由于不知道以后具体会怎么办，我大概想讲这么一些题目，不见得能讲完，反正尽量讲，我计划要讲"熟悉的陌生人——鲁迅者谁"，我去年出了本书叫《金庸者谁》；第二个要讲"鲁迅小说的定性"，鲁迅小说到底是什么性质的，我想从语言文学的角度来讲鲁迅小说的定性；针对我们这个通选课的特点，我还想跟同学们讲"怎样读鲁迅小说"，起了个时髦的题目，叫"薛定谔的猫"，用它来讲鲁迅小说；然后我再讲一些鲁迅的具体作品，讲一篇《故乡》，大家都很熟悉，中学就学过的。再讲一篇鲁迅翻译的外国小说，以前我讲过鲁迅翻译的《斯巴达之魂》，鲁迅的翻译小说也很有特色，我想讲讲鲁迅翻译芥川龙之介的小说；后面我想讲几篇《故事新编》里的小说，《奔月》《理水》《铸剑》，这个大家可能不太熟，大家更多熟悉的是《呐喊》《彷徨》，讲讲这些大家陌生的，同时也有我在这个时代对鲁迅小说的一些理解，这是我要讲的一些题目，不知道能不能完成。

今天还剩一段时间，我们讲一个"鲁迅者谁"的开头。我们要讲鲁迅，不论是讲大学的文学史，还是讲中学鲁迅的课文，首先就要介绍鲁迅的基本信息，我想这个就不应该由我来讲，大家自己在脑子里过一遍鲁迅的基本信息 —— 鲁迅，性别，民族，生卒年……如果是很熟悉鲁迅的话，应该把生卒年月日都记下来，因为值得记的只有这么一个人。他的籍贯 —— 小时候听广播，鲁迅 —— 周树人 —— 不是绍兴人吗？【众笑】我们不需要知道所有人的籍贯，但是对鲁迅，是值得讲一下他的籍贯的。除了知道他的籍贯，你脑子里最好再过一下，鲁迅一辈子去过哪些主要的地方，脑海里画一个路线图，从他出生，后来去哪儿，画一个地图。我曾经有一个想法，我觉得我们的大学里讲文学的方法比较死板，比较僵化，按照我符合毛主席教育理念的设想，我觉得讲鲁迅，第一课应该在绍兴讲，如果说学校没有钱，至少应该在鲁迅博物馆讲，去鲁迅博物馆不需要多少钱；如果学校出多一点钱，我们到绍兴去讲；第二课到南京去讲；第三课花的钱就比较多，要去仙台讲 —— 这才是讲一个活生生的鲁迅，然后再回到杭州，回到南京，再到北京，再到厦门、广州、上海，一学期的鲁迅课如果这么讲，那完全不一样。我是帮助大家画一个地图，动态地去讲鲁迅的一生。

鲁迅这个人，你不要觉得他离我们很远，他不过是一百年前的"80后"。大家在座的主要有"90后"，也已经有"00后"了。今年是2002年出生的上大学。所以鲁迅离我们是很近的，鲁迅就出生在我们讲课这个时间的前后几天，25号，我去年就是9月25日办的"鲁寿"。鲁迅是仲秋季节出生的。今天不是有很多人算命吗？占卜算命在各个国家都有不同的理论，在我看来，有一些属于怪力乱神，有一些属于不靠谱的，或者叫迷信也好，但是有一些还是有道理的，因为它是人类祖祖辈辈积累的大数据，它有一些规律性的东西。比如说属蛇的跟属猴的就是不一样，当然得灵活地看，不是那么僵化地说属蛇的一定怎么样，那个很僵化的说法不可信。鲁迅是天秤座，不是所有属某个属相或者是某个星座的人一定符合这个属相、这个星座的描述，但是里面有代表性的人，你看鲁迅是不是代表性的属蛇人，是不是代表性的天秤座？一百多年来，真正把中华民族从水深火热中挽救出来的两个最重要的人，一个鲁迅，一个毛泽东，他们都是属蛇的。鲁迅和毛泽东，都跟大地有着紧密的联系，他们都最同情草根人，他们有最深刻的思想、最细腻的感情。当然不是每个属蛇人都这样，在座的同学也许有属蛇的。鲁迅的特点是具有领袖魅力，注意我用的这个词，鲁迅具有领袖魅力，不是说他是领袖，有领袖魅力的人未必真的成为领袖。他有超强人格，他家里人回忆他，说喜欢吃硬的，吃油炸的，就是吃饭也喜欢吃硬饭。透露他有超强人格。鲁迅是绝不吃软饭的，我们知道吃软饭是骂人的话，鲁迅是吃硬饭，这个不光是象征，是真的吃硬饭。

我们看看鲁迅与蛇有什么关系。鲁迅著名的《野草》中有一篇叫

《死后》，《死后》中有这样一段话，"我梦见自己死在道路上"，大家想想什么动物经常死在道路上？在自然界中死在道路上的，我们马上会想到蛇，而鲁迅写这句话的时候，他可未必想到自己的属相，他只是凭着真实的感觉、真实做的梦写出来，梦见自己死在道路上。蛇是经常死在道路上的，老虎不会死在道路上，谁也没见过老虎的尸体，不知道它死在什么地方。"这是那里，我怎么到这里来，怎么死的，这些事我全不明白，总之，待我自己知道已经死掉的时候，就已经死在那里了。"这是鲁迅《死后》中的一段话，下面是我给他的分析，我的分析不一定正确，是我强做解人。从鲁迅的这段话里可以看出鲁迅的几种意识。

一个叫"中间物意识"，"中间物"是钱理群先生、汪晖先生他们用来概括鲁迅精神的一个关键词，这是20世纪八九十年代研究鲁迅的一个推进，就是发现了鲁迅的"中间物意识"。鲁迅认为自己是历史发展过程中的一个"中间物"，不是终点，不是起点，而是处在转变的过程中。这个"中间物意识"恰恰带有一个空间感，比如我们观察动物，只有在观察蛇的运动的时候，会感到有点奇异，其他食肉动物、食草动物差不多都一样，四条腿跑，鸟飞鱼跃都没有什么奇怪的，只有蛇很奇怪，蛇的这种运动特别唤起我们的空间感。这是鲁迅的一个"中间物意识"。

再一个是死亡意识，鲁迅老想到死，他年轻的时候就想到死。今天课上介绍《破恶声论》的时候，我好几次告诉大家，这是鲁迅年轻时候写的。我如果不提醒大家，没有人去想鲁迅曾经年轻过，他好像生下来就是老头，他一出手就那么成熟，好像一个武功高手修炼了八十年才下山一样，下了山就四面无敌，是因为他老想到死，他年轻的时候就想到死。当然如果知道他的生平，我们也可以理解，他小时候生活的环境就离不开生老病死，他很小的时候，他爷爷在牢里，他父亲病了，周围都是病人、死人，他老想着死的问题。我们看见蛇的时候，也老跟死人联系在一起，所以我们一般人不喜欢蛇，很多女生都特别害怕蛇，男生其实也不喜欢，男生也挺害怕，只是不好意思说出来。

最后一个是道路意识，这跟中间物意识是有联系的。他不关注道路的两端，起点是什么终点是什么他不管，重要的是如何走这条道路。而这个"道路"的"道"在中国被哲学化了，老子庄子说的那个"道"是没有办法翻译成其他语言的，这"道"是什么？你翻译成真理，不对，翻译成客观规律也不对，你要想理解这个"道"就得学汉语，它就是"道"，它跟我们走的那个"道"有关系，但又超越了这条道路，"道"就在"道路"上。所以我们中国人讲"我要求道"，求的是什么东西，这恰恰只有文学才能表达出来。而鲁迅就用这种文学的方法，梦见自己在道路上，知道的时候已经死在那里了。这就是我们要研究鲁迅小说的起点，开始介绍"鲁迅者谁"。

好，今天我们就开了一个头，下一次我们继续讲。今天的课就上到这里，下课。

2020年9月22日

古今中外坐标点

——鲁迅小说综论

我们今天是正式上第一次课的日子，"时维九月"，不过这是阳历的九月，不能算"序属三秋"，这是初秋。今天是个很平常的日子，9月13日。"九一三"有什么历史事件吗？在座不知道"九一三"的，那你们枉为北大中文系学生，枉为北大文科学生，竟然不知道"九一三"这个惊天动地的数字。9月13日，在山海关机场有一架飞机起飞了，若干小时之后坠落在蒙古人民共和国的温都尔汗。

我们今天就开始我写的这几个字叫"鲁迅小说研究"的课程。像我说的"九一三"一样，看上去很普通，每一个字都不闪光，但是随便走进去，发现一笔一画可能都是惊天动地的。我们这个课是什么课呢？是专门研究鲁迅小说的课。我们学习，我们做学问，重要的基础就是顾名思义。名是非常重要的，人和动物的一大区别在于名。人作为一种非常笨的动物，他能够统治其他那么灵巧、那么矫健、那么美丽的动物，在于人想了很多阴谋诡计。其中一条就是人会命名，人给宇宙万物都命了名。命了名有用吗？命了名就有用，命了名就是我的了，只有命了名它才属于你。比如你们家里养了宠物，你给它取了名它就属于你，如果不取名，你知道它不属于你。那些拥有公共名称的事物不属于你。所以这个名是非常重要的。

这课的基础看上去也很简单，主要有三块。一块是鲁迅研究。不是说你要把鲁迅研究到多么深才能来研究鲁迅的小说，它们是互为因果的关系，你想把鲁迅研究得好，当然要包括研究鲁迅的小说。鲁迅的小说研究得好，使你更深地理解鲁迅；你对鲁迅理解得深了，回过头来又能够更深地理解鲁迅的小说，这就是阐释的循环。我们在解释万物的时候经常遇到局部与整体的关系，我们经常会因为当时那个时空的需要偏于整体或者偏于局部，其实整体和局部是循环阐释的关系。所以按照中国人的思维解决问题，只要随便找到一个头，头其实不重要，从哪里进去不重要，因为反正是要循环的。就像老师要认识一个班五十个同学，先认识谁无所谓，没有必要非得按姓氏笔画的顺序来认识，也没有必要按成绩来认识，也没有必要按大小个来认识，反正是要循环的。鲁迅小说研究课的第一个基础是鲁迅研究，这个话说得很平常，但是这里面有很多层次。

第二块，这个课程的基础叫"小说理论研究"，是研究鲁迅的小说嘛，那么我们在大学里看小说就和学校外面看小说不同了。社会上有很多文学爱好者，其中一部分被叫作"文青"，岁数大的叫"老文青"，有些文青还加"愤青"。文青不一定不好，但是他们是用跟我们学校里不同的方式在读小说。

所以，我们说的小说和别人说的小说有差别，但是我们也不能变成一个冷冰冰的理论工具，一个理论机器。我们要知道广大人民群众是怎样读小说的，我们可以调侃，因为我们受了专业的训练，但是我们要知道普通人读小说是怎么读的。我们不应该自己修养得比较高了，就忘了那些普通的层次。我们应该也能像普通人一样读，我们不是跟普通人完全不一样，只是比他们多了一些东西，而不是有一种对立性。所以，要研究好鲁迅的小说，要有适当的小说理论基础。读中文系有点很无趣，我们看文学作品跟别人看状态是不同的，别人可以很轻松地看，可以随便地哭，随便地笑。有的时候，我们跟别人交流会让别人觉得我们可恨，因为我们太专业了，我们看了前面就知道后面了。人家明明展示的是正面价值，我们一看就看出负面价值来了。只有受过这样的训练，你才能够看明白人生的很多道理，最后你知道，小说不是风花雪月，小说不是虚的，文学不是虚的，文学比历史还要真实。有时候我先把这些答案说出来也有副作用，这些答案最后一定是你自己体悟出来的。

这课的第三块基础是现代文学史研究。我本人准确的工作单位是北京大学中文系文学专业里边的现代文学教研室，也就是说我是吃现代文学这碗饭的，我是研究现代文学的。尽管江湖上给我一大堆称呼，说我是这个的那个的，但我真正的本职工作是研究现代文学。那么大家想一想，中国现代文学好像只有一个作家不能去掉，这个作家就是鲁迅。老师如果讲现代文学史，哪个作家落下不讲都可以，这门课都不算残缺，只有鲁迅不能落下。如果老师不讲鲁迅而讲现代文学，学生一定会觉得很奇怪，觉得出事了，老师你怎么没讲鲁迅呢？可见鲁迅在现代文学中独特的位置。甚至现代文学主要讲讲鲁迅就可以了。而且随着时间的推移，比如说过了二百年以后讲20世纪上半叶的中国现代文学，还能不能剩下五个人？就像咱们今天讲唐诗，还剩下几个人啊？能把《全唐诗》里面的作者都讲了吗？唐朝末年的人讲本朝诗歌，他可以讲一百个人，到了宋朝就没那么多了，到了我们今天再讲唐诗，你能背几十首唐诗，就很了不起了。今天我们这种应试教育，导致大家不爱背东西，背一点东西都是为了考试，考完试就忘，所以真正肚子里装的古诗文很少。从今年秋天开始运用的新教材，有一个改变就是增加了背诵古诗文的篇目，想用一种行政的力量来进行矫正。但是这个世界的大趋势是人们越来越不愿意背东西，不愿意背，不想背，因为有录音嘛，干吗要背？录音其实也很笨，将来都不用上课，打一针，人类的全部知识就都进去了，到医院吃点知识，"大夫，给我打一针现代文学史"，就来一个医生给你打一针。所以，文学，文学史，由人构成的文学史，人和人的分量是不同的。只有深入地了解、理解鲁迅，特别是鲁迅的小说，才能够撑起现代文学史。研究现代文学有很多专家，有郭沫若专家、茅盾专家、老舍专家、张恨水专家、张爱玲专家等，不管你是什么专家，你总要对鲁迅下过一番功夫。研究现代文学的人，可以说对某个作家不怎么了解，他可以说我没怎么读过萧红，他可以说我没怎么读过冯至。可以这么说，但是他要是说他没怎么读过鲁迅，那他不论是什么专家，都是不合格的。所以鲁迅又是现代文学的基本功。这是我们这课的一个基础。当然每个基础打开之后，那又非常复杂。我就不再打开它。

我们现在的教学总是要求我们写上什么教学目的，教学目的很难说，按照我们这个课说几句。既然是鲁迅小说研究，学好了有利于我们精准地认识鲁迅。表面上看，好像鲁迅很重要，鲁迅在中学语文教材中被选入的文章很多，但是结果如何？结果，我们的社会真的了解鲁迅吗？鲁迅在他刚刚出名不久，还在1923年的时候，他的作品就进入了教材。他的作品进入教材都一百年了，我们的社会真的了解鲁迅？真了解鲁迅，中国就不是今天这个德行。大多数人心目中的鲁迅是个什么人？是个横眉立目到处跟人干仗的人，看见什么不顺眼的事，大喝一声——是那样一个形象。这个形象准吗？为什么我们要精准地认识鲁迅？为什么有那么多人想学鲁迅，就没有一个学成的，连皮毛都学不到呢？这些都不能空论，需要用鲁迅的话说："凡事总须研究，才会明白。"这句话是鲁迅笔下的狂人说的，但是狂人说的这句话是个真理。当然，研究了之后不见得就明白，可是不研究就不明白。我们这个时代发言太自由，不研究就可以发言。谁都可以说话，言论自由嘛。你可以自由，你可以随便说，你把用于研究的时间都用来说。生命是一样的，时间是公平的，所以，你这个人就活得越来越小。

鲁迅的写作，是跨文体跨文类的，跨界跨领域的，鲁迅什么都能写，什么问题都评说。但是从文学的角度看，鲁迅最重要的文字是他的小说，其次是杂文。小说少，杂文多，小说虽然少，但是它含金量巨大。所以研究鲁迅的小说能够从我刚才讲的，比历史更真实的文学角度去看清楚那个真实的鲁迅。人哪，不会非常真实地言说自己，这并不是一个道德问题，而是语言本身的问题，人永远不会真实地言说自己。评价一个人的真实状态，一定不能根据他自己的陈述，不论这种陈述是记叙文，还是议论文，还是抒情散文。一个人说他干了什么事，我们不能轻信，但我们也不能随便否定人家，人家这么说可能就有道理。我们是要把各种道理摆在一起研究。有人说我是好人，那我们当然更不能随便信了，当然我们也不能信有人说我是坏人。今天的人，都不会诚恳地反省、道歉、悔过。都会说这些话，谁都会说"对不起"，其实很多人说"对不起"的时候毫无愧疚之心，他只是想用这几个字把这事赶紧敷衍过去。你只要继续追究一秒钟，他马上就火了，"我不是故意的啊""我是真心对你好啊"，这些话把真的人性给杀死了。

所以像鲁迅是个什么人，还有其他一些重要作家是什么人，我们用什么办法去认知呢？就通过他们的写作。你写作本来想告诉我们你写的目的，其实我不关注你告诉我的目的，我能够通过你的任何写作分析出你真实的心灵，这就是中文系的厉害。中文系是干什么的？是通过你随便说的三言两语把你这个人看透。我不是跟着你念诗歌念散文的，我是要把你看透的。那么在最短的时间内，通过学到的语言分析，我们知道人的真实动机，知道人的心灵史。比如说一个公司的经理来跟我谈个什么合同，我跟他谈那么两三分钟，我就准确地知道他心里的状态，他是不是诚实，他想干什么，他的底线在哪里，他将怎么忽悠我。我连阿Q都能分析，我分析不了你？小样的！所以说文学是非常实在的，那鲁迅深不深刻？鲁迅特别深刻，但是我们通过分析他的小说，来找到那个叫周树人的人，他到底是个什么人。这是我们最应该达到的、也最靠谱的一个教学目的。

其次是虚假的所谓提高文学素养。我们也不是批判这个时代，时代的发展有时候是不以人的意志为转移的。你哀叹也罢，高兴也罢，它就这么发展，反正是人越活越粗糙了——这是就全人类来讲。但不排除我们有那么一两亿人活得还比较精致，有那么一两千万人活得比较精彩。那你就要努力做这一两千万人。要想活得精致精彩，那就要提高文学艺术修养，而不是去学各种奇技淫巧。当你花费了人生大把的时间挣了很多钱，创业成功了之后，你才觉得你是最大的穷光蛋，你把人生已经输得什么都没有了，而且一切都来不及了。你没有文学艺术修养，你混到我这个岁数，五十多岁了，你在北京二环内买了好几个四合院，花两亿买了一幅凡·高的画挂在家里，可是画你根本就看不懂啊，那画跟你有一毛钱关系吗？什么关系都没有，它就在这挂着。有一天孔老师来了，孔老师一看就明白了，此时此刻那幅画是属于孔老师的。我从来不创业，我也不花钱买这东西，我就上别人家占有别人的艺术品，我为什么能占有呢？是因为他拼命发财的工夫，我在好好读书，所以世界各地的好东西都排着队等着孔老师去占有。这叫提高文学素养。好东西何必弄到自己家去呢？替别人保管，根本就看不懂。以前我认识一个朋友，很有名的人，家里收藏了无数的古董，看上去富可敌国。有一天他请了几个有名的文物专家去他家，目的是让大家帮他鉴赏一下。大家看完之后说，你告诉我，你的承受力到底有多强？他听了之后万分沉重，他说我已经知道结果了。他说什么都能承受，你能不能告诉我，有没有一件真的？大家摇了摇头。那几个朋友说，咱们是好朋友，真不能骗你。你想，那一刻他搜刮来的那些艺术品，在他心中都轰然倒塌，竟然没一件人家敢说是真的。后来我跟他开玩笑，我说你花那钱干吗呀，还犯错误，我说我虽然不是书法家，你好歹让我写两字是真的呀。当然这样说文学素养有调侃的意味，文学素养真不是虚的。不是文青们那种表现、那种情绪叫文学素养，那不是文学素养，那顶多说是心灵鸡汤。我们一定要摆脱心灵鸡汤，要一看这心灵鸡汤就恶心。打开手机一看，谁给你发一条：男人的美德就是宽容，女人的美德就是什么什么东西——一看就恶心，马上觉得恶心，再不跟这样的人交朋友，这都说些什么啊！

那么最后我觉得研究鲁迅小说，能够丰富我们的现实人生。我们谁都想把生活过得丰富一点。怎么丰富？我很肯定，人都有上进心，都想丰富，特别是那些有钱人，想了各种办法，去报这个班那个班，上北大一个MBA，上清华一个书法班，我觉得这种上进心值得肯定。可这样的人生就丰富了吗？根本就丰富不了，等于是他以前各种生活模式的再一次复习，再一次重演。生活的丰富要来自心灵的丰富，心灵的丰富就可以改变世界的样貌。就是孔子说的，"君子居之，何陋之有"（《论语》）。一个心灵丰富的人在什么环境里，那个环境都是美的，都是好的。大家要知道，世界在不同人的眼中心中其实是不一样的，不要以为是一样的，真的不一样。我看北大和我的老师一代看北大就是不一样。我的老师一代好多都退休了，他们偶然回到北大就很生气，他们说北大怎么这个样子啦。我倒是比较宽容，我看北大很多地方都很理解。当然我上网一看同学们的言论呢，同学们也很生气——北大食堂怎么这个样子？怎么不能坐着吃饭，都站着吃饭？说我们北大要改名，改成"北京·站着吃饭·大学"。我不怎么到食堂吃饭，我到食堂吃饭怕同学不让我排队，把我拥到前面让我买，所以我也被北大同学"迫害"得多年不能在食堂正常吃饭。不同的人看北大，是不一样的。

当然我们要努力使自己眼前的人生丰富起来，有时候你追求的所谓幸福，世俗的幸福，流行的幸福，随便换一个角度看就是痛苦。而多数人认为很痛苦的事情，如果你有了一定的修养，它就能变成更沉重的一种幸福。钱理群老师有一本书叫《丰富的痛苦——堂吉诃德与哈姆雷特的东移》，这个书名起得蛮好，丰富的痛苦，相对于苦不苦，丰富更重要。有了丰富的痛苦之后，你能更好地去品味那些简单的快乐。苦和乐其实也是中国儒家一个重要命题。在《论语》的一开头，就出现了"乐（yuè）"和"乐（lè）"这样的关键词。儒家的一个重要的概念是讨论如何是颜回之乐，就像佛教讨论如何是佛一样。颜回为什么乐，住在一个破胡同里边，等待官府强迁，粗茶淡饭，可是他很乐，也没看他有什么雄心壮志，他也没说哪天我混好了当官，从来没有这样表达过，可是孔子最喜欢他。你看那几个学生说，给我一个省，三年治理得特别好，GDP第一，孔子说拉倒吧。你说这样的同学也没错啊，孔子怎么就最喜欢颜回呢？其实就是孔子认为颜回同学的人生是真正的丰富，"人不堪其忧，回也不改其乐"（《论语》）。这个乐不是装的，我们甚至从颜回的身上可以看见雷锋的影子。大星期天他也不休息，不去电影院看电影，不去给女孩子写封信，跑到工地上帮人干活，雷锋怎么想的，他是主动吃苦吗？我们好像看不出雷锋苦，雷锋肯定是乐的。这种乐用共产主义的概念来解释，那它的根源在哪？人性的根源在哪？雷锋的这个乐，其中不包含着佛性吗？雷锋不是菩萨吗？那么在佛教看来，雷锋就是菩萨。

也许过多少年以后，佛教的序列里面就增加一个雷锋菩萨，这完全是有可能的。虽然广大的俗众已经把雷锋都忘了，很多人教育孩子不要再学雷锋了，我在网上看见一个人骂孩子："学啥雷锋啊？雷峰塔都倒掉了！"所以一时、一个时代，人们忘记这种乐不要紧，只要价值是真正的，这种乐是会长存的。

　　说一下我们的教学方式。由于我们是大课，是通选课，通选课还有一个特点，同学们来自不同的专业，不同的系，虽然我说话经常是针对中文系，因为我不好意思批评别的系的同学们，我每次都是使劲打自己的孩子。那我知道在座的很多同学，都是理工科专业的，这正是综合性大学的好处。我们为什么叫university？考大学就得考university，不然就算没上大学，这才叫真正的大学。大家也想一想，我们前人为什么把university翻译成大学，把儒家里这么伟大的一个词赋予它。大家都学过大学之道是干吗的，我们在这个地方要求大学之道，不光是学你那个专业里的知识，你要想求得大学之道，就不能光学自己那个专业。比如说中文系的同学，你不能光学文学，你还要学语言、学历史、学哲学、学心理、学社会、学政经法，最好还补一点数理化。我两次给北大校长提建议，建议北大文科同学一定要设一个专业基础课叫高等数学，现在还没有通过我的建议。我一直觉得数学不好会严重影响我们的思维，导致我们很多文科教授胡说八道，经过我的暗中调查，他们中学时候数理化都不好。数理化不好的人学了文科再混成教授，那真是祸国殃民。大家专业不同，人又多，所以以讲授为主，讲授的内容是细读鲁迅的若干作品。我们要避免那种把丰富的对象解剖成干巴巴的几条筋，然后让大家背那些不着边际的不靠谱的知识——那样的知识是虚的。我们就直接面对鲁迅的作品，来细读。当然细读有细读的问题。"细读"这两个字不仅是仔细阅读的意思，细读是文艺理论中专门的一个概念，这个我们读的时候再说。

我尤其希望同学们提出关于鲁迅的各种疑问。因为我虽然隔几年就开一次鲁迅小说研究课，或者鲁迅研究课，但是慢慢地，我和同学们之间的年龄差距就越来越大了。你想我在北大当老师都二十年啦，我和同学们的差距一年一年拉大，我知道大部分今年的新生是出生于20世纪的最后一批人，一届人，今年高考的学生大部分出生于1999年。明年我们将迎来真正的新世纪人才，明年高考的主力是2000年出生的人，据说那叫新新人类，明年我们迎来新新人类。新新人类到底怎么想鲁迅呢？我这个人当老师，是很注意了解学生的状况、学生的心态的，我虽然经常跟人家说我是当过中学老师的，我当过三年中学老师，可是我一想，我当中学老师那时候离现在都二十多年啦，快三十年啦，所以我要利用各种机会了解同学们的心理状态。比如说讲鲁迅的课，我希望知道同学们对于鲁迅有哪些疑问。因为你们一定不只是从中学语文课堂上得知鲁迅的，即使是中学语文课堂，不同的老师也传递给你们不同的信息。你们一定在网上，在亲朋好友那里，听到许多关于鲁迅的评论、言谈，有些甚至成了你们的认识，有些你们会抱有疑问。有这些疑问呢，大家可以发给助教，然后在我这里汇总。我可能不会一个一个地回答你，我可能利用上课的时间来分批地、集中地答复大家的疑问。大家也可以写成纸条，到中文系，塞到我的信箱里，我也可以看到。这是我们的教学方式。

对同学们我谈几点希望。我们这个课的门槛非常低，你要想获得及格，那是非常低的门槛——不抄袭，不妄语。按理说，在北大的课堂上写出"不抄袭"这几个字，是令人脸红的，对我们这些同学还要强调不抄袭啊？我记得老舍的《茶馆》里最后一幕，茶馆里写着"茶钱先付"，王利发王老板就说："哎呀，这句话说着烫嘴啊！"意思是买卖人怎么能说出这么无情的话呢，茶钱先付。为什么茶钱先付呢？因为1948年的时候物价飞涨，喝茶的工夫物价就涨了，所以得先付茶钱。我们这个课因为是大课，听课的有不同专业、不同国家的同学，每个学期多多少少有一些同学有抄袭现象。

不妄语，你想我们北大是宽容自由的地方，是允许胡说八道的，但是我们说的胡说八道是具有怀疑精神、具有挑战精神，在传统势力看来有点离经叛道的这种胡说八道。胡说八道也需要根据，需要读书，需要思考。你可以没读懂，可以想错了，但是必须读书和思考之后再发言。没有读书和思考的发言，即使说对了，那也是蒙的，那也属于妄语。我们儒、释、道三家都是要破虚妄，鲁迅一辈子最大的敌人就是这个妄。有人说鲁迅到底是批评政府还是批评老百姓啊？看上去都批评，其实鲁迅一辈子就是破这个虚妄，破胡说。所以我们要做到不抄袭、不妄语，这两个原则把持住，将来肯定有成就，不可能没有成就。你比一比，什么人没有成就，他一定犯了这个错误。他要么是偷懒，不肯独创，要么就不肯下苦功夫，所以这样的人没有成就。老实地前进，一定会有成就。只要做到这个就算及格了。

良好就是认真听课、完成报告，基本就是良好。那什么叫优秀呢？我希望同学们能够通读鲁迅的全部小说。如果你想做到比优秀还厉害，达到超越境界，我觉得你不仅应该读鲁迅的小说。鲁迅为什么厉害，鲁迅为什么能写出那样不同一般的小说，鲁迅为什么能成为鲁迅，很多人都没注意到这个问题：鲁迅是大学者，或者说鲁迅首先是大学者。周树人先生是亘古罕见的了不起的超一流的学者，这个学者被他的其他身份给掩盖了，我们都没有注意。一个人首先是有大学问，就像武侠小说里写的那些大侠，内功无比精湛，所以他随便挥洒，十八般武器随便玩。你光看见他玩某种兵刃了，你就学他玩某种兵刃，永远学不到，因为你的功力不到。所以我觉得你要真正了解鲁迅小说，应该读中国小说学术史上最了不起的一部著作，叫《中国小说史略》。此前中国没有小说史，此后也没有人能超过这部书。我们学校里，天下有多少人研究中国小说，《中国小说史》也写了很多本了，哪个作者敢说超过鲁迅了？基本都是在鲁迅画好的这个框架里做文章。你看上去是读一本《中国小说史略》，其实是你读了好些本书，就把中国小说全拿下了，把中国古代小说全部打通。研究鲁迅厉害在哪儿呢？研究鲁迅等于研究全部中国。研究曹雪芹的人，他不用研究鲁迅，他不知道鲁迅都可以，但是研究鲁迅的人必须研究曹雪芹，因为曹雪芹是鲁迅的一部分，《三国演义》是鲁迅的一部分，《水浒传》是鲁迅的一部分。那些东西你不会，你没有办法拿下鲁迅。这就是鲁迅的厉害。我前面说怎么样精准地认识鲁迅，你学这么几篇课文就想知道鲁迅了？那差得远，差得非常远。而且我们现在语文教学方式存在巨大的问题，就是老师越来越会讲课，语文课大量地来讲各种新鲜的知识、看法，这是最有害的。你讲得再多，也是九牛一毛，也是汪洋大海里的一滴水，而且都不是你自己研究发明创造的，都是看了大学老师的论文，囫囵吞枣，然后去糊弄中学生。那样的讲课，不如不讲，我们的语文课的上法就是完全错误的。我们来想一想我们古人是怎么上语文课的，我们古人上语文课主要的时间用来念课文，根本就不讲课，讲什么课啊！这个问题以后再说。我只是在这里推荐大家有时间要读鲁迅关于小说的辉煌的学术著作——《中国小说史略》。如果你读了鲁迅的全部小说，再读了他的学术著作，我想，你就自动地成了一个鲁迅研究的入门者，下面怎么读书你自己就有发动机开动起来了，突突突突读下去了。

当然读了这些不见得是要考研究生、当鲁迅研究专家，那样的人很少，鲁迅研究专家也未必就怎么样了。你最好不是文学研究专家，你是从事其他工作的人，但是你对鲁迅有非常深的了解、非常宽的了解。那个时候无论你是一个科学家也好，你是一个政府领导也好，是一个企业高管也好，你才能够做到社会贤达的境界。你虽然不是研究鲁迅的专家，但是你胸怀鲁迅，胸怀鲁迅去照亮人生。不仅照亮自己的人生，还照亮周围人的人生，如果你的地位高，你就能够照亮更大面积的人生，"居高声自远，非是藉秋风"（虞世南《蝉》）。怎么能够居高呢？不是地位高的居高，有多少身居高位的人我们看不起他们，我们是俯视他们。鲁迅也没有多高的地位，鲁迅最后是什么领域都退出了，退出政界、退出学界，主动跟"土匪"靠拢，可是他的地位是那样高。我们胸怀鲁迅，当然光胸怀鲁迅还不够——鲁迅是非常重要的一颗恒星，胸怀鲁迅，才能够照亮人生。

这一次我想讲点居于中间的鲁迅作品，用庄子的话说是"处于材与不材中间"（《庄子·山木》）的。庄子的人生境界是不要太有才了，也不要太没才。庄子去看他的朋友，路上看见树木长得非常好的，都被砍伐了，长得歪瓜裂枣的，没人砍，得以保持其天年，保持其自然寿命。哎呀，你看有才多倒霉啊，有才就被人砍了，没才的才能活得好好的。到了朋友家，朋友招待他，要杀鸡，说这只鸡不能杀，这只鸡下蛋呢得留着，说那只鸡早上起来打鸣很准的，打鸣的也不能杀，那杀一只又不下蛋又不打鸣的。庄子一看这鸡，这不对呀，有才的都留下了，没才的都给杀了。那人到底是有才好还是没才好呢？庄子说最好"处于材与不材之间"。这个说起来容易，很微妙，什么叫"材与不材之间"？

我们今天剩下的时间呢，先开始讲一个绪论性质的东西。虽然我们以后主要是细读鲁迅的小说，在细读之前，我也讲几条干巴巴的东西，讲几条抽象的东西。这些抽象的东西不是定论。像"鲁迅的小说"这样的题目，它是可以从无数的角度总结出无数的条条，你可以说鲁迅小说有N种特性N个特点，怎么说好像都有道理。那些经常被人们所谈论的，大家已经掌握的，我们不必再说了。何况有些知识是需要更新的，有些知识是需要淘汰的，当然有些知识需要不断地重复。考虑到这些问题，今天我讲几点鲁迅小说的综论。所谓综论就是把一些纷杂的想法综合到一起说一说，不具有权威性，不具有总结性，所以不能叫总论，也不能叫概论，叫综论，符合实际一点。

鲁迅的小说我们应该从哪些角度去看。第一点，就我们中国现代文学来说，鲁迅是中国现代文学，同时也是中国现代小说的开山祖师。这是鲁迅小说的文学史地位。我们记得鲁迅是中国现代小说的开山祖师，可是当我们记住四个字的时候就会产生一些疑问，我们要辨明这些问题。首先，小说不自鲁迅始，全人类小说不自鲁迅始，中国小说也不自鲁迅始，小说这个东西早都有了。我不知道大家中学的时候 —— 因为你们一定来自很优秀的学校 —— 你们的老师有没有给你们讲过什么叫小说。"小说"在英语里对应的是什么词？在英语里也好，在其他外语里也好，人家那个语言中，这个词里面包不包括"小"这个语素，有"小"这个意思吗？怎么到了中国就叫"小说"呢？不都越写越厚吗？一整就几十万字，有的写一百多万字，它怎么不叫"大说"呢？它为啥叫"小说"？这就是中国文化的特点。

在我们中国文化里，这类东西从一开始就不被认为是很重要的。最早的定义，说小说都是街谈巷议，道听途说。记得大概三十年前了，我还上本科的时候，那个时候北大办一个作家班，给那些作家讲课，我们系的一些老师、老前辈给他们讲小说，因为都是按照文学史的顺序原原本本地讲：小说者，盖出于稗官者流，街谈巷议道听途说之所为也。讲得那些作家脸红一阵白一阵的：我们都是干这个的，我们都是道听途说之流。因为我们现在一想小说，那是很辉煌的东西，想到的都是莫言拿来获诺贝尔奖的东西。中国小说现在不得了，几个世界顶级大奖全部拿到了。莫言获了诺贝尔文学奖，我们系的曹文轩老师获了儿童文学的诺贝尔奖，科幻《三体》获了科幻诺贝尔奖，世界几大文学奖全都拿到了。再也没人问我们中国人为什么获不了诺贝尔文学奖，闹了二十来年的问题没人再闹了，这也好，使我们看出了诺贝尔奖是怎么回事。

但这个小说的问题很多人还是没有了解，小说这个东西本来在中国的文化序列中不太重要，小说是从什么时候开始重要的？小说这个事重要才一百多年，就是梁启超搞小说界革命，这个事都是被梁启超"忽悠"起来的。你们这一代学生一定学过梁启超的《少年中国说》，现在到处都有一帮孩子在那里念"少年强则国强"，根本就理解错了。梁启超说的少年不是孩子，梁启超说的少年至少是青年，二三十岁的人叫少年，所以各地全都搞错了，弄一帮正在换牙的孩子，豁牙落齿的少年强。但是我们可以看出梁启超的文风是特别有煽动性的，不管事实如何，先忽悠起来了再说。梁启超就忽悠中国人民，你说外国为什么强？你知道外国为什么强吗？告诉你吧，外国人天天读小说。这一听不得了啦，原来读小说这么重要，中国人开始重视小说了。小说这东西早就有，但是中国不重视。所以尽管中国古代小说很发达很伟大，可是讲中国古代文学史，小说可以不要。把中国古代小说全都砍掉不讲，我们不失为一部伟大的文学史。屈原、《诗经》、李白、杜甫、白居易、苏东坡、辛弃疾，加上唐宋八大家等，这就是一部伟大的文学史，不用讲小说，固然去掉小说很心疼。

但是讲现代文学不讲小说行吗？不讲小说，再不讲鲁迅的小说，这文学史就没了。所以小说到了现代成了大说，大在哪儿？古人认为它小在哪儿，今天就大在哪儿。这个大是从鲁迅开始的。小说不自鲁迅始，小说之前就有许许多多小说，所以他才能写《中国小说史略》。那有人说，虽然小说不自鲁迅始，你说的那是古代小说，我们现代文学不是主张白话文吗，鲁迅是第一个写白话文的吧？我不知道你们是不是这样学过——第一篇白话小说是鲁迅的《狂人日记》。如果你们这么学过的话，那我告诉你们这个知识是不对的，这个知识是错误的。古代就有大量的白话小说，《水浒传》就是白话小说，《三国演义》还算半文半白，还什么天下大势合久必分分久必合，其实这种半文半白更容易理解，比鲁迅的小说还容易读。白话小说古已有之，就是现代白话小说在鲁迅之前已经写过好多好多了，以后有机会我讲通俗文学的时候大家来听，在鲁迅之前我们现代白话小说就已经写了成千上万了。所以说鲁迅是开山祖师，不是说他先写小说，也不是说他先写白话小说。

有人说鲁迅是现代文学的开山祖师，他写了反封建的小说吧——也不对。反封建这个事也轮不到现代人来干，这个事主要是封建社会的人干的。大家一定学过很多封建社会的作品，那才是反封建的。比如莎士比亚的《罗密欧与朱丽叶》，那不就是封建社会的作品吗？所以它是反封建的。《红楼梦》是吗？《红楼梦》是反封建的吧。《西厢记》是吧，人家两人谈恋爱，老太太非不让，非得拦着。封建社会反封建才最反。所以现代社会反封建，已经是在古代之后了。鲁迅即使在现代里论，他仍然不是第一人，何况反封建这个帽子戴在鲁迅头上，用来解释所有的鲁迅小说，它显得大而无当。这个帽子很好戴，好像戴给谁都合适。我前两天刚收到一个学生给我写的短信，他说："孔老师，我是一个土生土长的绍兴人。当您在祥林嫂之死那一集说到，'人与人之间最真实的关系并不是关心，而是把别人的命运当节目来看，赏玩别人的痛苦'之时，我由衷地表示赞扬。赏玩、节目这两个词的运用真的太精辟，我一直认为将鲁迅所写的文学作品定义为反封建、反礼教是失之偏颇的。在我看来鲁迅笔下人与人之间的精神虐杀、冷漠、吃人，多出于长期以来所形成的封建文化和封建文化涵养之下的人性，而鲁迅的文学作品正是对文化的思考、对人性的质问，而精神胜利法更是溶入人血液之中的天性，即使人类步入文明社会，它都会伴随着基因。我也曾思考人的劣根性究竟是什么，为何全世界无产阶级联合起来会有如此之困难，人与人之间的病态排异心理等，很多问题都困惑着我。"这个同学提到我讲祥林嫂的问题，这个节目我是十年前做的，其实我最早讲祥林嫂都快三十年了，那是我在北京二中当语文老师的时候，北京市的一些优秀语文老师代表去听我的公开课，我这个公开课讲的就是《祝福》。他们没有听过这样讲《祝福》的，因为历来中学讲课都是按照封建礼教这一套来讲，我讲了那一课之后，给了他们很大的震动。他们下来还问了我们班的同学，说孔老师讲课你们听得懂吗，因为他们听不懂。我们班同学说孔老师天天都这么讲。后来我在《百家讲坛》这么讲了之后，好像全国的语文老师都会这么讲了，一上课就是：是谁杀死了祥林嫂？都会这一套了。怎么样理解封建反封建的这些事？如果说鲁迅是反封建的，可是现代文学中有一批革命文学家，非常愤怒地批判鲁迅本人是封建余孽，这些革命家批判鲁迅是双重的反革命。怎么是双重的呢？他既是封建主义的反革命又是资本主义的反革命。那么这种批判，我们一看，固然显得很极端很极"左"，但他既然能从这个角度去批鲁迅，那起码说明鲁迅是有把柄可抓的。鲁迅跟封建的关系好像不是那么简单——一眼就看出鲁迅是反封建的。

我们说鲁迅是现代小说的开山祖师，重点是一个不容易说清楚的词，叫"现代性"。鲁迅之前有小说，不假，但它们不具有现代性；鲁迅之前有大量的白话小说，不假，但它们不具有现代性；鲁迅之前有许多反封建小说，不假，它们都没有现代性。这是梁启超千呼万唤始出来的真正能够满足他强国目的的一种"大说"——中国现代小说。当我们说"中国现代小说"的时候，这不仅指一个时间段内发生的文学，不是说1917

年之后，一百年前，那个时刻发生之后，写的小说自然就叫现代小说了。我们要打破这个时段的概念，要认识到一种质的不同。性质变了，一种新的样式出现了，这个样式我们研究后，把它叫作现代性。大家如果去查关于现代性的书、论文，那汗牛充栋，太多了。每个人还要自己去理解，你觉得什么是现代性。说得通俗一点就是它的小说里装了什么东西是以前没有的。这里边肯定有反封建的东西，但是只用反封建是涵盖不住的，hold不住它，只能hold住一部分，还有别的东西。这是从意义上讲，我们说鲁迅是中国现代小说之祖。我们今天关于小说能言说的问题，小说里面能提出的问题，基本上没有超出鲁迅。鲁迅之后的重要作家，茅盾也好，老舍也好，张恨水也好，钱锺书也好，赵树理，一直到我们当代的这些小说家，王蒙、刘震云、莫言、贾平凹，都算上，包括我们系曹文轩老师——他们用小说想要干的事情，都是从鲁迅那开始的，还没有一个人能另立一个分店，说我干这事鲁迅没干过，他想都没想过，没有。这就叫开山祖师，这就是开山祖师的意义。而鲁迅要干的事，是他之前的小说家没干过、没想过的，是曹雪芹想不到的，是罗贯中想不到的，是蒲松龄想不到的，这就是鲁迅的位置。

那么他到底装了哪些东西，是没有标准答案的，这是我们要不断地研究下去的。我们读鲁迅小说不是要获得一些确定的知识。我上一次开课的时候就跟同学们讲了，我们要打破事事都有标准答案的那种确定性思维。首先要反这个确定，要质疑这个确定，不论这个确定带着什么样的光环，带着科学的、民主的、人权的、革命的、正义的，不论它带着什么光环，这个事情没有经过我自己的心里过一遍，就不能确定。过一遍之后也许是现在确定了，还随时准备不确定，要勇敢地活在不确定的世界里，你才是中流砥柱。鲁迅自己就是这样的一个灵魂，他才能成开山祖师。《狂人日记》里这句话"从来如此，便对么"，是非常有力量的。

当然我们不要投机取巧，说从来如此就不对，从来如此可能是对的。但这个对不对得在我心里过一遍，经过我的确证，再说它对不对。这是说鲁迅是中国现代小说的开山祖师。

可是我们也知道，各行各业，从文化，到武侠，开山祖师不见得是水平最高的。开山祖师有可能就是当时没人干他干了，结果他就留下美名了，后边人一干就比他强，越干越强。在我们现代文学这一行也是，五四新文化运动的时候，有一个人比鲁迅还有名，叫胡适。胡适也可以说是开山祖师团队里边的，可是他干的活太差，只要出第二个人就比他强，越来越比他强。胡适水平这么差，但是不能否定他的历史价值。就是当时没人干，他干了，所以历史上必须写他的名字。胡适能写的东西今天的人都能写，这是另一种开山。而鲁迅显然不属于这一类的，鲁迅不仅是开山祖师，他还是顶级大师。看一个人，了不起也好，伟大也好，起码得过两代人吧，一代人二十五年，两代人就得五十年，得够五十年才能看。过两代人之后，你发现这鲁迅真是顶级大师。我昨天刚从嵩阳书院回来，在嵩阳书院做了一场报告。嵩阳书院大门有一副对联，我觉得这副对联挺好，加到我的这个课件中。大家都知道五岳，我们今天一说五岳首先想起来都是泰山，这种想法是不对的。泰山固然很伟大，特别被我们家老孔一登，孔子一登，就更伟大了。再伟大它毕竟是东岳啊，它不是中岳，东西南北中，我们看武侠小说都知道了，东邪西毒南帝北丐中神通，这中才最厉害。可是我发现人们偏偏老忘记这个中，中岳是嵩山，这副对联写嵩山这个位置写得很好，"近四旁惟中央，统泰华衡恒，四塞关河拱神岳"。四岳，东西南北四岳是被它统领的。大家想想，如果你了解金庸的小说，金庸小说里写的泰山派好像不怎么厉害，华山派比较厉害，他还写了嵩山派，嵩山派那个领袖好像是个坏人。所以我觉得金庸对这个问题考虑得不是很细，他就没有写出一个伟大的嵩山派来，是统泰华衡恒。不过金庸用另一个问题弥补了这一点，因为嵩山有少林寺，少林寺正好是天下武学正宗，少林寺代替了本来是嵩山应该所居的这个位置。"历九朝为都会，包伊瀍洛涧，三台风雨作高山"。这是写洛阳。我觉得这个联的境界可以用来说鲁迅。鲁迅就是中神通。但是鲁迅，不是一个固定的中神通，鲁迅的功法使出去经常让人疑惑，他一会儿像东邪，一会儿像南帝，一会儿像北丐，一会儿又像西毒，他可以变化。大家想，鲁迅是不是有时候挺像黄药师的？是吧，有时候又像洪七公。他是根据对手的情况不同，施展的武功不同。他到底是谁呢？其实他是中岳，他是高山仰止。

我们中国的文化有这样一个现象，不是全部，但是有一种，就是开山即为顶峰。我们大家受到这种现代科学教育都认为长江后浪推前浪，前浪死在沙滩上，一代更比一代强，什么站在巨人的肩膀上，科学思维都是这样越来越好。中国的好多事不是越来越好。第一个人干了，就是最好，后边越来越差。比如说我们中国伟大的二十四史，哪个史最好？前边的最好，《史记》最好，其次是《汉书》。《汉书》就不如《史记》，然后越写越差。谁去看《清史稿》，除了历史系的博士生，没事看《清史稿》干吗，写得那么臭。写得最好的就是开头的。我们国家每一个朝代都被人写成了演义，最好的是哪个演义？《三国演义》，第一个最好。有人写了《三国演义》，后边马上写了无数的演义，没人看。还有人写了《中华人民共和国演义》，你看吗？但是这个写得不错，是我指导的一个学生写的，但是尽管写得不错，还是没人看，跟《三国演义》怎么比，没有办法比。我们中国一个现象是，开头那个最好。这个现象值得研究。那么在鲁迅身上又一次体现出来，我们多么希望超越鲁迅啊。哪个写小说的不想超越鲁迅，哪个写杂文的不想超越鲁迅，哪个想写小说史的不想超越鲁迅？包括鲁迅做的那些杂七杂八的工作，包括搞版画的，谁不想超过鲁迅啊？包括咱们北大校徽都是鲁迅设计的，谁不想设计一个新校徽超过鲁迅。同学们多才多艺，你们努力在大四那一年发明一个新校徽，取代北大用的那个鲁迅的校徽，你看能不能做到。他咋就这么厉害，他干啥都是高山，就超不过呢？！过了这么多年，怎么鲁迅的小说就百读不厌，回味无穷？我讲鲁迅杂文，我说鲁迅杂文说的就是今天的事，其实何止杂文，鲁迅小说也是这样。你读鲁迅的小说，说它是今天写的都行。比如今天咱们出一个题目，大家写一个小说反映辛亥革命的，然后评奖，哪部小说能够超过《药》？你不论写多少小说，咱们组成一个评委会一评，肯定第一名是《药》，怎么就超不过它，它伟大在哪？所以说他开山鼻祖已经很了不起了，他还是顶级大师。我们发现，像金庸等人写的武侠小说里边常有这种现象，一个门派的祖师爷是最厉害的，多少代后人都超不过他，直到出了主人公，就为了衬托这个主人公。而主人公怎么超过他呢，一定是学了别的门派的功夫，融合进来才能超过他。所以我们想，假如真想超过鲁迅，只读鲁迅肯定不行，只读中国书肯定不行，只读鲁迅读过的那些书是不行的。鲁迅怎么成大师、鲁迅的知识结构不是我们要讲的，这是一个兴趣题。这是说鲁迅是顶级大师。

我们再谈一个问题。鲁迅既是开山鼻祖又是顶级大师，在于他做到了打通与创新。鲁迅小说这么重要，这不是我孔庆东说的，是我的老师严家炎先生的定论。严家炎先生是我们现代文学研究界的泰斗，严老师有很著名的看法，这是他一个权威的观点，他说我们"中国现代小说，是在鲁迅手中开始的，又在鲁迅手中成熟"，这话说得非常平淡。我有一篇文章写严老师，我说严老师的学问，就像降龙十八掌一样，一掌一掌都拍在这，结结实实的，每一句都是不可动摇的，不可撼动的。你看说得很平常的一句话，你就推不倒，就是这样，没错。你再说还是重复他的话。中国现代小说在鲁迅手中开始，没有什么疑问，又在鲁迅手中成熟。这样平淡的一句话就把鲁迅的小说的性质给奠定了。就像在政治上，毛主席对鲁迅的那几句评价一样，他说完之后，不可动摇了。并不因为他身份高不可动摇，而是你想质疑，想一圈，质疑不了，他说的就是对的。

那么鲁迅为什么能做到这一点呢？我们也不必盲目地个人崇拜，好像鲁迅是神一样，有些事我们中国人说是缘分，你没有那个缘分。鲁迅是怎么搞出这个缘分的呢？就是人家生逢其时。鲁迅是一百年前的"80后"。二十年前我们的社会都看不起"80后"的时候，我就为"80后"正名，我后来又为"90后"正名，我说谁说"80后"没出息，鲁迅就是"80后"；谁说"90后"窝囊废，毛主席就是"90后"！他俩一个1881年，一个1893年。大家注意到没有，鲁迅和毛主席都是属什么的？他们两个人都是属蛇的，这一百年来中国两大圣人都是属蛇的。属蛇的有什么特点大家可以查一查，他跟土地紧紧联系在一起，他具有极强的草根性，他永远关心着这片土地上的生命……这个再说下去就是八卦了。

我是要说鲁迅所生活的人生坐标，那个人生坐标是不可复制的。他1881年生，那个时候清朝被看成圣人的叫曾国藩，曾国藩消灭了太平天国之后被认为是清朝的圣人，再造中兴，甚至他手下有的人鼓动他篡党夺权，说你看朝廷这么虚弱，能打仗的就是咱们湘军，如今太平天国已灭，那咱们何不趁势光复我大汉河山。但是曾国藩不干，曾国藩也是儒家思想史上一位重要的大人物，他有另一番想法。曾国藩虽然不干，他已经知道清朝肯定要灭亡，但是我不能干这事，我干这事不道德，清朝肯定会灭亡，但是不能在我手里灭亡。但是有人开始干这事。鲁迅出生后，再过二十年，清朝就进入风雨飘摇，三十年后辛亥革命。也就是说鲁迅长大的时候是清朝最后的岁月，政治上已经不行了，可是它最后积累的文化营养，就像武侠小说里说那个高手把内功都灌到徒弟体内一样，都灌到鲁迅等人的体内了。

今天有很多民国粉，在这鼓吹民国好，其中一个理由是民国有所谓的文化大师，我们一想还真是啊，民国有好多文化大师，鲁迅起码就是啊。可是我们仔细一想，鲁迅这文化大师怎么来的？鲁迅是民国的文化大师，他的文化是民国给的吗？错了吧，鲁迅的文化是清朝给的，大清朝给了他文化是来消灭中华民国，他恰恰是中华民国的掘墓人。鲁迅笔下只要一出现"中华民国"肯定是贬义词，"中华民国某某年某某月"下面肯定不是好事，好事不写"中华民国"。他来到这个世界上长大的任务就是灭掉中华民国，当然他不是替清朝报仇，他并不是反清复明的天地会，他肯定是要推翻清朝。他本来是要推翻清朝建立一个他想象中的中华民国，可是建立起来一看不对，它比清朝还坏，所以他要成为这个中华民国的掘墓人。而他的功夫恰恰是清朝最后的岁月给他的，鲁迅和他同时代那辈人都是这样，所以这个圣人是有一个历史坐标的。

鲁迅所生活的这个坐标恰好使他能够打通古今中外，而我们今天你家里再有钱、你再刻苦学习、你上再好的大学，你北大念四年、哈佛念四年、剑桥念四年，你也成不了鲁迅。为什么？就是你不处在这个坐标上，跟你个人没关系，你一点责任都没有，就是你生不逢时，没那缘分。你说你没跟林黛玉生在一个年头，你怎么能碰到林黛玉呢？我们当下处在一个什么阶段呢？是无古无中的阶段。为什么到处都在弘扬传统文化？就是因为古代没了。不是你读了四书五经就了解古代了，真正了解古代是根本不需弘扬你就生活在其中，古今中外就荡漾在你的身边，那叫古今中外。你现去学一个"古"，还要报一个什么班，还要背这个那个？！我刚在网上批判过背《弟子规》这种丑恶现象，把这叫弘扬传统文化，全都搞颠倒了。什么是传统？什么是文化？都是糊涂的。所以我们现在是无古，同时也无中。你以为你说着中国话你就是中了吗？我们讲一个事的思维，讲一个事的方式，一个电影拍摄方式，还是中国的方式吗？最近大家都很喜欢看《战狼2》，说《战狼2》弘扬了爱国主义精神，不否认，《战狼》有爱国激情。可是《战狼》讲述故事的方式是中国方式吗？那不是用中国话拍的一个好莱坞大片吗？中在哪里？如果说今天中国经济崛起了，我们一帮中国人说着中国话还干着美国的事，那在上帝看来你何必要崛起呢？

所以我们就知道，我们离鲁迅很远很远。有些事情不是人努力了能做到的，他就生活在那个坐标点上了，正因为这样，他的小说能够打通与创新。另一位小说大师茅盾很早对鲁迅就有这样的评价，他说："鲁迅的小说，一篇有一篇的形式。"（《读〈呐喊〉》）这个话也说得很自然很朴素，意思其实就是篇篇创新。大师的数量不在多。我们想一想武侠小说，在武侠小说作家里金庸的作品也不多，没有办法跟梁羽生比，更没有办法跟古龙比，说来说去就十几部连长带短，把短篇都塞进去，一副对联就包括了，"飞雪连天射白鹿，笑书神侠倚碧鸳"，外加一个《越女剑》。在武侠小说家里他也是低产作家，但金庸伟大在哪里？一篇有一篇的形式，篇篇都不雷同，每篇拿出来都是一个开山鼻祖。你可以模仿，但是随你模仿，你超越不了，所以今天的武侠影视无非还在这个圈里转，还拍的是东邪西毒南帝北丐中神通，还是这套。所以做到打通与创新，不但能成为一个大小说家，一样能够启发我们成为大科学家、大政治家。

好，这个鲁迅小说综论，今天我们就讲到这里，下次继续来讲，下课。

2017年9月13日

空空本课

—— 鲁迅思想的形成

同学们大家好，我们开始本课的第二次上课。先提前祝大家双节快乐！

我们放假之前才上了两次课，好像一次课放一次假，以后的大学没准儿就这么上了。要意识到我们进入了一个人类社会的新时代、新纪元。不知道后人会怎么称呼2020年，我们的本科教学、硕士教学、博士教学可能都要更新，人类的科技发展到这个阶段，十年八年就面临一个新的形势。我有一次问别人，我到现在还不会开车，我要不要去学开车？人家回答，孔老师，这都什么时候了，不要学了，五年之后无人驾驶，五年之后司机这个职业就废了。我又问，是把银行里的钱取出来好，还是放在里面好？人家说，五年之后就没有银行了，银行也直接废了。问了很多职业都说要废了。说来说去，最后不废的只有文学这一行，只有文学尚不能被机器所全面替代 —— 我说"不能全面替代"是比较严谨的，部分还是可以取代，比如那些网络文学，"非人"是可以写的。

那最后剩下来的到底是什么，到底还有什么有价值的东西留下来，必须要我们"活的生命"面对面交流？尽管我们活的生命都很不完美，都很有缺陷——不论是生理上还是心理上，我们都不是完美的人。那为什么这群不完美的人喜欢凑在一块儿，而且凑到一块儿的机会这么宝贵？机器制造出来的不是更完美吗——只要有缺点，就可以不断地修复，不断升级换代。可是当那个时代就要到来的时候，我们却那么留恋那群"烂人"，我们平时说这群"烂人"有这个缺点那个缺点，你现在说我同宿舍那人毛病可多了，以后就没有人跟你同宿舍了，将来你有什么病马上就修复了，细胞都是可以换的。所以鲁迅先生说他讨厌天堂。为什么讨厌天堂？天堂是完美的、没有毛病的。你想要什么花，什么花就开了；你想要什么人，给公司打一电话，公司给你送来——这个天堂，不就是地狱吗？这个天堂是活生生的地狱。所以鲁迅说，我要活在地狱里。地狱里很痛苦，但是有痛苦的哀叫，有痛苦的呻吟，有不痛苦的希望，有为了希望的奋斗、流血、牺牲，如果是这样的话，我们说这个地狱不正是天堂吗？人过哪样的一辈子好？如果太太平平活120岁，什么事儿都没有，没有任何烦恼、痛苦、焦虑，那是不是人的生活？

回到我们要讲的这课上，我们上一次简单地做了本课程的简介，讲了本课程的教学目的，然后进入"鲁迅思维"，举了一些例子，然后开始讲鲁迅。讲鲁迅的时候，我们从他的属相讲起，讲到鲁迅与蛇，如果你身边还认识属蛇的，你想一想——当然一个属相的人不完全一样，我们是从大数据中抽取共同点——为什么20世纪中国的两大伟人都属蛇？没有这两个伟人，拯救不了中国；没有这两个伟人，你们能不能出生是个疑问。走到今天，不管你评价是好是坏的这个中国，跟这两个属蛇人都有关系。

上次我最后说到鲁迅的中间物意识、死亡意识、道路意识，我觉得这对我们是很有启发的。我们虽然还很年轻，但是我希望大家越早有死亡意识越好。有死亡意识不是找死的意思，不是班主任说你两句你跳楼了，那是窝囊废，有死亡意识是说你要知道我们都是会死的，知道这个你才知道生命的宝贵，只来一次不容易，只有这上半场，没有下半场。高级动物有死亡意识，大象有死亡意识。我们每个人是不是都是历史的中间物，只在于我们是否意识到而已。最后一个是道路意识。这是上次我讲的一些内容。

我们要有道路意识，是要走这个道路，最后能不能走到，无所谓。我们知道红军二万五千里长征，大多数人都没有走到。长征路上有一个女同志生小孩，部队在这几个小时里都不能走，为了生这一个小孩，又牺牲了很多个战士。他们没有走到终点，但你说他们的生命没有价值吗？所以，"过程"是非常重要的。

我知道你们的学习环境比我上学的时候恶劣一百倍，现在有个什么词，叫"绩点"，我都不明白什么叫绩点，但我知道它对各位很重要，我很理解大家，它跟你们将来推荐保研之类的都有关系，我们尽量要提高我们的绩点，但是又要藐视它，它在我们的一生中算个什么呢？你有没有学到真知才是重要的。

我们提问要"问其当问"，关于怎么样学习，老师从理论上讲得很抽象是没有用的，要在具体的学习过程中去体会怎么样学习。我今天来之前和我一个博士生谈话，我说我有一点点学问是博士毕业之后才开始的，博士毕业之前都是学徒，觉得自己很牛，甚至可以跟老师挑战了，毕业之后才知道自己知道得很少。我毕业之后当老师，每年看很多博士论文，是在学生身上学东西、学新知，每一篇博士论文都是我的一个教材，十年八年下来，我看了数百份博士论文，才觉得我有点充实了，敢跟人家说鲁迅了，敢跟人家说现代文学了。此前，因为你这道路走得不够，你不要老以为我到了一个加油站了，其实还很远。

我曾经给我的粉丝们发过一个叫"中文房间"的思考题：有一个哲学家提出一个假想，想象一位只说英语的人在一个房子里面，这个房间除了门上有一个小窗口之外，其余都是封闭的，房间里的这个人随身带着一本写有中文翻译程序的书，房间里还有足够的稿纸、铅笔、图绘，写着中文的纸片通过小窗口被送入房间中，房间中的人可以使用他的书来翻译这些文字，并用中文来回复。虽然他不会中文，房间里的人却可以让房间外的人以为他会说流利的中文 —— 这个假想有什么含义呢？哲学家创造了一个概念叫"中文房间"，这个思想实验是用来反驳认为电脑或其他人工智能真正能够思考的观点。随着智能越来越厉害，人们会想，智能会不会真的能思考？房间里的那个人其实是不会说中文的，他并不能使用中文，但是因为拥有某些特定的工具，他甚至可以让以中文为母语的人以为他能流利说中文，我们把一个问题从窗口递进去，他会回答得很好，我们就认为这个人会说中文。哲学家用这个比喻证明电脑的原理就是这样，它们无法真正地理解接收到的信息，但它们可以运行一个程序处理信息，然后给人一个"智能"的印象。用粗俗的话说，就是人类造假的能力越来越强。

我每天早上回答十个网友的提问，其中大量在我看来都是令人恼火的问题，很多都是关于读书的，还有关于谈恋爱的、婆媳矛盾的，各种提问，所以我现在是一个举世闻名的"知心大哥"。我不知道我怎么就一步步沦落到这个地步了。由于提的问题太没有含金量了，我有时候会想，为什么会有这么多愚蠢的问题？我们的教育到底怎么了？是我们的教育中出现越来越多的造假功能，导致越来越多的年轻人接触不到真的东西。就像你小学的时候，你很少出去看见真正的春夏秋冬，老师让你写春天，我们多少同学都是想象着瞎编的，或者去查那个作文词典，春风如何、春雨如何，没有一个是你真正体会到的。《北京日报》报道，一个家长领着小孩出去郊游，路边飞起一只老母鸡来，小孩吓哭了，他从来没有见过鸡，他以为是什么凶猛的野兽。他其实吃过很多鸡，却没有见过活的。

我们想，那个"智能"再厉害，它不过是运行一种程序，不过是程序越来越高级而已。你们将来想找一个理想中的男朋友、女朋友，你要什么样的，输入程序，马上给你送到家。可是这事儿不能够仔细想，你要一想，它其实并不懂你说的话，它只是有高级的软件在里面，尽管它的皮肤跟真人是一样的，但那还是假的。细思极恐。

我们不在这里讨论这个哲学问题，回来说我们怎么样上课、怎么样学习。我们要回到初衷，回到"初心"，想想，我们为何要学习？鲁迅为什么把自己的名改成"树人"？他原来叫樟寿，周作人叫周櫆寿，都是很传统的名字，都要长寿，要活得好，这两个名字也很有学问。但后来一个改成树人，一个改成作人。我们学习不是为了树人吗？先树自己，再树别人；你有雄才大略，你最后让中国人民都站起来，那你"树"得最厉害。我们不要成为屋子里的那个人，他就是绩点很高，考试全满分，你问任何问题他都能回答，一个满分的人，谁也竞争不过他 —— 但是他不是人。这个道理对人是这样的，对一个单位、一个机构、一个团体也都是这样。

我上次说，我们北大干吗老要做"世界一流大学"？"世界一流大学"那是假的。最近网上在炒作"清华大学宣布自己已经是世界一流大学"，有很多人出来嘲笑清华：你怎么是呢？然后列出一组表来，什么哈佛大学获得多少诺贝尔奖，某某大学获得多少诺贝尔奖……他们嘲笑清华的心理可以理解，但是这种反驳有力吗？是不是一流大学，能否以获诺贝尔奖的多少来衡量？诺贝尔奖是谁设立的？诺贝尔奖是谁操纵的？诺贝尔奖的造假率百分之多少你知道吗？所以双方都是一样的荒谬，都是很看重"世界一流大学"这个概念，这个概念就是不能成立的。他们其实都是在比哪个屋中客的程序软件更高级，比也都是假的，比的都是排行榜。

我当过中学老师，一个中学老师怎么评价自己班上的学生？只按照那个考试的排行榜来评价吗？我相信所有的老师都不是那么看学生，老师心里最喜欢的学生，肯定不是总分第一的，但是总分第一的学生能让老师喜欢，毕竟人家学习好，这是成就。但是我跟很多老师交流，学习最好的学生往往是没良心的学生，四十年后谁还去看自己的中小学老师？这可不是排行榜能排出来的。

我昨天在微博上谈到，我中学的一个外语老师，追着给我们补课，她看我冬天不穿棉袄，以为我妈妈不给我做棉袄，她不知道我那是故意的，显摆自己身体好，我在哈尔滨三九天是不穿棉袄的。她说，你妈妈不给你做棉袄，我给你做一件吧。我赶快拒绝了，告诉她我不是没有棉袄，就是不想穿。

人是很脆弱的，人在宇宙中就是一根芦苇，但是这个芦苇是会思想的。人的强大在于你自己有思想，不论这个思想是对还是错，不要从小就老追求正确。你追求正确，就是不断地把自我的生命租押给外界、去迎合外界。我们这个应试教育最大的危害是什么呢？你老以为真理不在我们这儿，真理在出题的人那里，我得迎合他，外边一个粗暴的力量说我对了，我就有价值了；他给我打的分很低，我就没有价值。这是应试教育危害最大的一点。我们想想，古人学习是不打分的，成才率最高的是孔子办的学校，不考试、不打分、没有课件，上课就是老师学生瞎聊天，聊完之后，各个国家争相聘用那些学生。

我们是到了近代以后才打分，这个分越打越细、越打越严厉，但是人才越来越渣了。20世纪50年代的时候我们是五分制，非常马虎地打分，最好的得五分，优良的得四分，三分算合格，两分的再努力。你说这个是不是太马虎了？不马虎，你看20世纪50年代高校出的都是什么人才，都是造"两弹一星"的。到了百分制时代就不如五分制时代，我们现在一百五十分，不如一百分的时代。

我讲这些似乎跟鲁迅有关系、又似乎没关系的话，是为了我们继续来讲鲁迅这个人。我自从知道了鲁迅是绍兴人、不是周树人之后，我就对绍兴这个地方很感兴趣。绍兴是个什么地方？怎么能出鲁迅呢？

我曾经领着我们中文系的留学生去过绍兴，到了绍兴发现现在的绍兴人民也不是特别崇拜鲁迅，因为绍兴的名人太多，崇拜不过来。我的研究范围乱七八糟的比较广，我还研究张恨水，我是张恨水研究会的顾问。全国那么多作家研究会，最牛的是张恨水研究会，它是有编制的单位，毕业可以去工作的；发的都是红头文件，都是下发到安徽省各个市县的，还有一部车。其他研究会都没有这个待遇。我说，鲁迅研究会为什么不弄个正式编制呢？他们说弄不起，绍兴的名人太多，弄一个鲁迅，秩序就乱了。弄了鲁迅研究会，那弄不弄蔡元培研究会？弄不弄周恩来研究会？还有秋瑾……一大堆。绍兴这个地方很有意思，当然很多地方研究下去都有意思，我们是为了研究鲁迅，要了解一点绍兴文化。

从《越绝书》里我们看广义的绍兴文化，不仅是今天绍兴的文化，绍兴府包括今天的好几个县，萧山、山阴、会稽等八县。鲁迅也很重视自己的家乡，鲁迅在《女吊》中讲："大概是明末的王思任说的罢：'会稽乃报仇雪耻之乡，非藏垢纳污之地'。"这句话很重要。我们看，鲁迅是不是个报仇雪耻的人？

鲁迅绝不虚伪，你伤害了他，他只要有机会就要报仇，他不假装宽宏大量。宽宏大量不是人的本性，你受到了伤害，特别是无礼的伤害之后，你一定很愤怒、想报复，这是人性。如果说我不报复，我宽容他，一定另有所谋。只有另有所谋的人才不报复。

我们中国有各种不报复的文化，比如说君子报仇十年不晚，但这还是要报复，而且是要更狠地报复。报复的最高境界是什么？手刃仇敌，亲手干掉他。武侠小说里边那个要报仇的人最悲催的一件事，就是仇人自然死亡了，报仇落空，这是最悲催的。报仇是人性。孔子说，以直报怨，学生问他，为什么不以德报怨？以德报怨不是更高级吗？孔子说，以德报怨，那何以报德呢？对你坏的人你对他好，你对得起对你好的人吗？道家说我们要以德报怨，那我们知道，道家就是阴谋家，兵家就是从道家出来的，老子多阴险啊，"将欲取之，必先予之"，你想害一个人，先给他点小便宜，最后把他坑死。

鲁迅继承的是堂堂正正的报仇文化，我们一想，绍兴这地方报仇最有名的人是谁？勾践，是吧？越王勾践的故事流传千古，就因为他报仇报得太惨烈了，付出的代价也太沉重了。什么是忍辱含垢？忍辱含垢是为了不忍辱含垢，"非藏垢纳污之地"，我曾经那么卑微、丧失尊严，给你当牛做马，我是为了把你整个国都灭掉。也就是说真正的韬光养晦是为了奋起一击。如果韬光养晦成了千年国策，那不是千年王八吗？

我们为什么觉得鲁迅这个人牛？他身上有这个精神。鲁迅心中很看重"复仇"这个概念，"复仇"是鲁迅的一个关键词。用各种理由不复仇，不但不复自己的仇，还不让别人复仇，说打仗是会死人的、我们都爱好和平的人，要小心，要离他远点。真正的人——不说男子汉大丈夫，真正的人都是要复仇的。但是当复不了的时候，我们可以暂时忍耐，可以说我是不要打仗的、我是和平主义者，这是策略，但是你不要把自己骗了，你心里要永远有一个声音——我要干掉你！

鲁迅的《野草》中有两篇《复仇》，大家有空可以去读，那是非常特殊的复仇。这里就要讲到"忍"与"不忍"的关系。你受到伤害，你要先分析，你该不该受到这个伤害，如果是活该的，那就不叫受伤害，而是由于你伤害了别人而得到的惩罚，这是人生对你的教育；如果你没有大错，无缘无故被别人加以严重的伤害和侮辱，那这仇必须报。你和你的母亲去买东西，光天化日之下，流氓侮辱了你的母亲，此仇焉能不报？遇到这种情况，儒家怎么讲呢——不再返家拿兵器，当场就要报仇。我们民族现在就丧失了这种血性，我们不但听不到儒家的声音，连鲁迅的声音都听不到了。暂时忍耐，那是为了不忍，我上午忍是为了下午不忍，今天忍了是为了明天不忍。鲁迅临死的时候有一句名言，"我一个都不宽恕"，很多人说鲁迅心胸狭窄，睚眦必报，能不能这样理解？代表中国大众文化的京剧里边有一句："大丈夫，仇不报，枉在世上，岂不被，天下人，耻笑一场！"这是袁世海先生唱的，唱的时候观众热血沸腾。尽管这戏情节并不怎么好，它是代表江湖豪侠的，但这种观念是中国文化的一个特点、一个部分。

当然绍兴文化不能只说一个复仇就完了，绍兴文化像很多其他地方的一样，它是有多层面的。人们经常使用一个词叫"绍兴师爷"。北大一说自己的光荣历史就少不了说蔡校长，北大历史上最有名的、声誉最高的是蔡元培校长。蔡元培校长就是绍兴人。鲁迅是怎么到北京的？我上次说我们应该沿着鲁迅的足迹去上鲁迅的课，那样就是活生生的。

鲁迅在日本也没上过什么正经大学，他从日本回来，就在杭州当一中学老师，后来他回到绍兴，爆发辛亥革命，他就在革命里边谋了一碗饭吃。他后来怎么到北京来了，还能到教育部呢？就因为他有一个同乡叫蔡元培，蔡元培是辛亥革命元老，辛亥革命之后当了国民政府委员兼任监察院院长，他得弄一帮自己的哥们儿，蔡元培就弄了一帮绍兴哥们儿。所以北大有一个绍兴帮，北大当年有相当一批学者是绍兴人。当然北大的根儿还不是绍兴帮，大家有没有听过一个词叫"桐城派"？北大还有一帮人叫桐城派。

绍兴这个地方不知从何年何月起，不但经济发展不错，文化尤其兴盛。我每次到江浙地区去，我就很钦佩人家，古代出了那么多状元、榜眼、探花，现在出了这么多院士、教授、专家，人家这孩子都是怎么教育的？随便走进一条胡同，这胡同里就出过状元；随便走一条马路，这条马路上现在有两院院士，要不就还有两会代表。有些事情不佩服不行。

根据现在的统计，绍兴在明朝一共有560名进士，清朝有744名。考虑到人口增加的问题，这个比例是差不多的，人家出的人才这么多。我们知道，一个地方的文化兴盛了不完全是好事，就跟现在所谓高考大省一样，这个省的学霸太多，导致很多人考不上；如果你的学习不太好，生在偏远地区就占便宜了，偏远地区北大就招一个人，那就是你。生在文化繁荣地区，竞争太厉害了。

绍兴这个地方竞争太厉害，很多人明明很有文化，却考不上，最突出的例子就是孔乙己。我们很多中学把孔乙己讲得不准确，孔乙己不是一个应该被嘲笑的对象，孔乙己活成那样，恰恰是这个国家的耻辱。很多人认为孔乙己没有学问，孔乙己有大学问！你问问北大中文系教授，有几个能写出"茴"字的四种写法？那不是学问吗？孔乙己当年如果生在贵州，说不定就能当宰相，一扇大门就打开了。可惜他生在绍兴，那么多文化水平高的，名额有限考不上怎么办？就给人家当官的人去当参谋。所以每个衙门里都有绍兴人，"无绍不成衙"。

由于有文化的绍兴人遍布全国，全国很多地方有绍兴会馆。鲁迅在北京就住在绍兴会馆。现在研究绍兴会馆也是研究鲁迅的一个小小的分支，有人研究当年跟鲁迅住在绍兴会馆的都是什么人，一个一个全都查到了，这些人也挺有闲心的。

绍兴会馆久而久之就形成一种师爷文化。给一个政治家、军事家、一方军政长官当参谋，需要这个人有一定的素质，哪儿的人最适合干这活儿呢？绍兴人。这种人的主要特点，前人总结的：苛细、精干。我们现在有些官员把很多活儿交给秘书干，现在有"秘书文化"，秘书里面出了很多人才，这个不能否定。很多秘书后来当了重要的党政领导。我曾经写过一篇《好一个耿飚》。但是大多数的秘书配不配"苛细精干"这四个字？我到全国很多地方去，接触过大量的领导和秘书，我发现秘书的水平太差了，不要说苛细精干，就是一般的待人接物都不及格，或者勉强及格。而绍兴师爷就能配得上这几个字。

　　我们从读书人这个角度来看，绍兴师爷都善于解读文本，他们主要帮助主政官员干两件事儿，一个是读文本，一个是写文本，很多文件都是他们写的。我们现在看很多领导的报告，为什么觉得很差呢？因为他们的秘书很差。也不知道这些秘书都是从哪来的，文章写得干枯，用毛主席的话说，"像个瘪三"（《反对党八股》），不怪我们不爱读。我小的时候可爱读中央文件了，那时的中央文件写得神采飞扬，每学一次中央文件，至少多学俩成语，那引经据典，跟上文学课一样。

　　绍兴师爷是解读文本的高手，如果时代变了，他们就是优秀的批评家，特别是打官司这件事儿、关系到人的利益这件事儿，都要找绍兴人，他们善于抠字眼，一个字眼儿抠对了就能救人，能把对手多判十年徒刑。所以"绍兴师爷"有时候不是一个好词，是贬低人的词，说这个人特别的苛刻。我们抛弃褒贬，客观地来看待这个词，鲁迅有没有绍兴师爷的特点？不光他一个人，他们兄弟都有绍兴师爷的能力，善于解读文本。所以鲁迅说他看了半夜，从字缝里看出"吃人"两个字。我怎么看不出来呢？咱们学了这么多唐宋八大家，可没学出"吃人"两个字。他看出"吃人"俩字儿了，这是解读文本的高手。也有的人跟鲁迅有仇，因为被鲁迅批评过，就说鲁迅是绍兴师爷。我没那意思，但这是绍兴文化的一个特点。

绍兴文化的特点落实到具体的人身上，我们看这些人，他们有密度和硬度。从密度上说，绍兴人严谨细致；从硬度上说，绍兴人有刚烈不屈的一点。一般人容易笼统地认为北方人很刚强，南方人很柔弱。所以说凭感觉、凭印象往往是不准确的。我从年轻的时候就发现这个概括不太对，我发现很多北方人很尿，相反很多南方人刚烈不屈。不用看别的，只看奥运会，奥运会冠军是南方人多还是北方人多？明显是南方人多。特别是那种需要耐力的，比如举重，那南方人小个儿，又干又瘦，能举起好几百斤来。这除了身体条件之外，还有精神原因。

绍兴这个地方就出刚烈的人，我随便举几个我们熟知的例子，汉朝有个王充，他在各个历史时期的评价都很高。我小的时候，在"文化大革命"时期，王充算唯物主义哲学家，地位很高。王充跟鲁迅有相似的地方，第一，家道中落，第二，王充一生都在做一件事儿，叫"疾虚妄"。我们为什么说他是唯物主义的哲学家？他"疾虚妄"。那些虚无的、虚伪的、不存在的，用我们今天的话说——迷信的东西，他都把它们揭穿，并且是很有道理地揭穿。鲁迅身上就有"疾虚妄"的特点。我有一句话评价鲁迅："鲁迅纵横江湖数十年，一打公知，二反极'左'，三批愚众，为破除世间的虚妄，呵护人类的曙色，祭出了惨烈而精彩的一生。"我中间用了"虚妄"这个词。有时候你会觉得，鲁迅怎么一会儿打左派，一会儿打右派？其实他没有变，他打的是虚妄，他不是打所有的左派和所有的右派，是打那其中虚妄的一伙，这就是我上次讲鲁迅对科学的态度。上次课后有一个同学还跟我交流，问鲁迅对科学到底是什么态度，从这个角度讲，鲁迅并不是反科学，他反的是那种虚妄的科学，"知识未能周"的科学。

从军事上说，我们知道晚清的定海出了三个总兵，反帝国主义侵略中的定海三总兵、节烈之士中，有著名的绍兴人葛云飞。绍兴人里还有我们都知道的——秋瑾，鲁迅一辈子都仰慕的。鲁迅对秋瑾怀着很复杂的感情，鲁迅一说到秋瑾就说，"我们绍兴姑娘秋瑾"，因为鲁迅当年在日本留学的时候参加过革命组织，在这个革命组织中，周树人是没什么地位的，是个小老弟、是个新生，他看见上边的秋瑾姐姐在那里慷慨激昂地讲，那是他们绍兴姑娘，而鲁迅可能没有机会跟秋瑾姐姐说两句话，秋瑾姐姐就壮烈牺牲了。所以鲁迅一生想起秋瑾来，都有一种特殊的情感。秋瑾自号鉴湖女侠，如果单看一个女的给自己起名叫女侠，我们想不到这是南方姑娘。

蔡元培，我们北大学生很仰慕他，动不动就说蔡元培给北大做了什么事，推行民主、自由、宽容这一套，但是别忘了蔡元培还有一件事儿，他要跟北大学生决斗。蔡元培当校长的时候，有一次学校的讲义费涨价，涨价之后学生不干，学生闹事，就在那抗议，到校长办公室把他包围了。蔡元培也是绍兴人，火上来了，他不假装跟同学很和蔼、很耐心地讲，就说你们再激我，我跟你们决斗！把袖子一挽就要出来跟学生决斗。蔡元培是辛亥革命出来的人，他一说要决斗，学生害怕了。

我读书的时候也曾经包围过校长，著名的数学家，丁石孙校长。我有一次在中央电视台的一个栏目里还高度赞誉过丁校长，举的就是这件事儿——我们上学的时候经常闹事儿，有一次学校突然把夜里12点关灯改成11点熄灯，说是为了照顾同学们的健康和安全，我们就火了：谁11点睡觉？那个时候也没有什么依法治国的观念，有事儿就欺负校长，把丁校长家包围了。然后丁校长就出来，耐心听了我们的陈述，为什么11点熄灯是不对的，我估计他也想起了自己年轻的时候，于是第二天就改回来了。所以我说，这就是北大校长，北大校长的风度就是这样。现在想起来，我觉得我们当时很无礼，丁校长当时岁数已经很大，半夜都已经熄灯了，我们把人家叫出来，作为学生，事后的确是感到很惭愧。

这是讲绍兴文化，我们可以去想想它在鲁迅这个具体的人身上留下了哪些印记。

鲁迅有他独特的个人经历，比如说家道中落。一个人如果学习好、条件好，遇见好家长、好老师，考上好学校，能不能真的成才？北大泯然众人矣的毕业生太多了，多年前还有一个北大毕业生写了一本书叫《北大毕业等于零》，虽然我们不同意他这个说法，但是对于他个人来说，这是一种励志的手法——别把北大毕业看得太重了，北大毕业也要重新开始，这对一个个体来说是有道理的。

人的真知到底从何而来？鲁迅那么深刻的思想、那么渊博的学识是从哪儿来的？谁教的？鲁迅没上过什么好学校，鲁迅跟毛泽东俩人、两条"蛇"没上过什么名校，是他们上了什么学校，那个学校就成名了——学校借人成名。所以我说鲁迅了不起，跟家道中落有关系。后来我想了想，这个不能说百分之百，但它有点规律性：孔子不就是家道中落吗？孟子不就是家道中落吗？但是我们不能为了成才而故意家道中落。偶然家道中落，这里边就有大才出来。所以鲁迅的很多深刻思想，非关学也，跟学习没关系，不是学来的。鲁迅上的什么江南水师学堂，没学到什么东西，他学东西的途径一个是自己观察人生，另外一个是自己去找书读，他读的书恰恰是老师不喜欢他读的、在当时看来是反叛性的书。

除了家道中落之外，鲁迅还有其他的痛苦，就是他的婚恋痛苦。网上经常炒作鲁迅的婚恋，我们不用相信那些八卦，但是我们起码得知道这个事儿是他的痛苦。这个痛苦有时代的原因，那个时代很多的先觉者都有婚恋痛苦，因为一个时代觉醒的时候总是男的先觉醒、女的后觉醒，女的觉醒得又晚又少，所以这些先觉醒的男性找不着志同道合的女性，这就造成了痛苦。

现在有很多师生谈恋爱出事儿，我是反对师生恋的。有人问，那你怎么不反对鲁迅师生恋？我说，时代不同，那个时候没有那么多觉醒的女性，鲁迅是找不着志同道合的女性，没办法，只好到学生里去找，这不是他故意的；现在男女都一样受教育，你干吗非得在学生里找？鲁迅的婚恋痛苦有时代性，只是各人处理的方法不同，蔡元培有蔡元培的处理方法，李大钊有李大钊的处理方法，胡适、徐志摩有他们的处理方法，鲁迅在其中是最痛苦的。除了婚恋痛苦，鲁迅还有亲情之间的纠葛，兄弟失和；还有同一文化阵营内部的矛盾——他虽然不是共产党，但他是支持革命的，他的立场是站在无产阶级革命阵营这一面的，可是革命阵营里有很多不公平的事，虽然他不是共产党，革命组织仍然给他压力，这些压力又不能说，不能到大众媒体上去讲，这就是他内心的一个痛苦。

鲁迅的痛苦没有变成他负面的东西，而恰恰成了他的一个"大学"，就是高尔基说的，"我的大学"，在鲁迅这里也是。所以人生遇见挫折、遇见不痛快的事儿，怎么处理？反正跳楼自杀是愚蠢的。看看人家鲁迅怎么处理，鲁迅遇见这个痛苦，真是"吟罢低眉无写处"（《无题·惯于长夜过春时》），想找人倾诉，没有人能听明白。

那么鲁迅是不是把一部分痛苦转变成了鲁迅小说？文学创作这个东西，不是谁能教会的。社会上的人不懂，以为中文系是教人创作的——哪个作家是中文系教出来的？中文系教不会人家创作，我们中文系现在有创意写作的研究生，我都没有指导人家创作，学生写的作品比我的好，我只能名义上是他的老师，其实没有教他们一天。写作这个事儿是靠自己的悟性，加上自己的人生沧桑，要多读鲁迅才能明白。

家道中落这个事儿，我们落实到鲁迅的具体成长过程中，可以发现鲁迅家道中落之后，他个人的成长途径竟然与国家是同步的。现在也有人家道中落，父亲是个董事长，突然被抓起来了，全部家产被没收，但你家道中落了怎么成不了才呢？怎么没有这么重大的意义、没有那么多学者去研究呢？

鲁迅那个时代有很多像他一样家道中落的，有一个大的背景：我们中华民族家道中落了，整个国家都中落了。现在党中央老说要实现中华民族伟大复兴，我们琢磨这句话，什么叫中华民族伟大复兴？复兴是什么意思呢？就是原来曾经"兴"过，曾经兴过才叫"复兴"。原来不曾兴过，那叫暴发户。曾经兴过，后来衰落了，现在想再一次起来，这才叫复兴。要真正实现复兴，就必须把衰落的那一段历史说清楚，你为什么衰落了，不说清楚怎么复兴？要说清楚，又不是笼统地找一堆像政府腐败啊，一些听上去好像能够合理的理由，骗自己继续睡下去，而要有很多人研究很多的个案。

鲁迅出生的那一年，1881年，国家是什么样的？国家签订了《伊犁条约》。我前年参加一个车队自驾游，从北京到内蒙古，经过甘肃、新疆，从新疆出去，穿过哈萨克斯坦、俄罗斯、白罗斯、波兰、德国，从亚洲开到欧洲去了。当从新疆霍尔果斯口岸出去到哈萨克斯坦，哈萨克斯坦一片辽阔的区域，一直到巴尔喀什湖，我说这原来都是中国的，原来都是中国的地盘，就是《伊犁条约》割出去的。割出去那一大块，相当于我们现在的好几个省。那么大的地方，原来都是归伊犁将军管的，我们在晚清就那么东一块西一块地割走了。鲁迅他们家在这个时候家道中落，他们家跟这个国家是同步的，是一种共振的关系。到1893年，鲁迅十二岁的时候，他们家出了大事——科场案发。

鲁迅家里原来是有地位的，但我们刚才说了，绍兴这个地方虽然文化兴旺，但考试竞争太激烈，为了保证自己家的孩子能够考上、把握性更大，他爷爷就做了这件事儿，跟教育部的大员打招呼，去给人家送礼，没想到就出了纰漏了。送礼的时候赶上另一个官员来视察，坐在大船上，送礼的仆人不懂事儿，他在岸上等着的时候，以为人家不给他回条，就把这事儿叫破了，于是，一个腐败案被揭发了。这个事情很偶然，从偶然中我们就知道有多少不偶然，说明走后门很普遍，只不过老周家倒霉。一个事情如果不被揭发就算了，如果被揭发出来，那就是惊天大案。

鲁迅他爷爷犯了这个案子之后，按照国家的法律就是死刑。这个事儿我倒赞同，我是当老师的，我一辈子最痛恨的就是考试作弊，别的事儿跟我关系比较远。我当学生时很自豪的事儿就是我从来不作弊，所以我很看不起作弊的人，不会就不会呗，零分就零分呗，为什么要作弊呢？我觉得古代这一点很好，考试作弊，一律"枪毙"。鲁迅他们家通过走关系，他爷爷被判了个斩监候，判的是斩刑，但是不马上执行。我觉得马上执行倒挺利索，正因为不马上执行，所以把他们家坑了。因为古代很人道，判了死刑之后，集中起来到秋后问斩，可是问斩的时候不是都斩，为了表示皇恩浩荡，死刑最后是皇帝批，皇上拿着红笔在名单上一画，那个人就得杀头了。但是每次拿过来厚厚一摞，人不能都杀了，都杀了不人道，那为了表示有人道主义情怀，皇上就把上面的画了，下面的下次再说，于是下面的人就不死了。这里边就可以发财。你有没有办法把某个名字放在下面？把一个人放在下边，这得花很多钱。鲁迅家就是这么家道中落的，你家再有钱，也抵不过皇上每年都要画圈儿，把你家画没了。

这个科场案发其实也是一个象征，象征着旧路断绝。鲁迅生在那种家庭，他本来应该走科举考试的路，也许就会成为晚清最后的进士。《伊犁条约》使得这个国家中落，造成鲁迅后来"灵台无计逃神矢"（《自题小像》），而科场案发造成鲁迅旧路断绝。过了两年，《马关条约》大大加深中国半殖民地半封建社会，《马关条约》之前，这个国家还可以说是富得流油，尽管打来打去被人家打败多少次，那还是一个富家子弟打发一帮叫花子，但《马关条约》比较狠，抢走的钱很多。这个时候鲁迅家也没钱了。又过了一年，他爷爷在监狱里没死，一年一年熬着活得挺好，他爸爸身体不好先死了。这个时候的鲁迅，十几岁成为孤儿，他这个道路很奇妙，父亲死了，爷爷关在牢里，家里他是长子，又刚十几岁，等于老天爷专门给他设了一个学堂，他得在这个学堂里上这堂人生实践课。家里还没钱，得弄点值钱的东西到当铺去当钱，邻居还怀疑他偷自己家钱，他在这样的环境中长大。

终于到了决定自己人生道路的时候，1898年，鲁迅进了江南水师学堂，去了之后改名周树人。再过两年，就是庚子年。我们今年不是正好过了两个甲子吗？今年又是庚子年，明年是辛丑年。

1902年，鲁迅在江南两个学堂读完了，要到日本去留学。他到日本留学的时候，还不知道自己将来是伟大的小说家，这时候有一个人——梁启超发动了小说界革命。梁启超说要救国，他说从1840年以来找了那么多年，全都找错了，所谓中国武器不好、没有海军、没有矿山、没有邮局、没有铁路，这些全是胡扯，那些东西都有了，我们失败得更厉害，国家反而要完了。现在他终于找到一个救国利器，梁启超发现，这个国家不是那些东西不行，最大的问题是没有小说——西方人为什么比中国人厉害？人家西方人天天读小说！梁启超这个很极端的言论肯定是不科学的，但是他有道理，中国还真是从这个时候开始转变的。终于有人发现问题不在看得见的那些东西上，不在铁轨，不在炼钢，不在采矿，不在使用迫击炮、机关枪上，那些都太不重要了，最重要的竟然是读小说。读小说不是没出息吗？不是不务正业吗？我上次说过，我小时候去亲戚家，我亲戚家的长辈就反对我读小说，他倒是鼓励大家读书——要读点有用的。啥叫有用呢？就是无线电技术呗，但读这个有用吗？无线电技术能救国吗?

梁启超发动了小说界革命,从此中国进入一个新时代了。但梁启超自己不会写小说,写得极差极差,他在小说里塑造一个主人公,思想很先进,这个人在那里演讲:我们中国有什么毛病,将来中国要怎么怎么样……整个的内容都是这个人在演讲、在做报告。【众笑】历史等待着一个会写小说的伟大的人出现,条件都准备好了。可是周树人同学并不知道这事儿跟自己有关,他只是在谋个人的出路,就像在座的同学一样,你上大学,就为了完成父母的嘱托,为了将来找一个好工作,都能理解,人生普遍都这样。但是将来有一天,你回过头来再看,也许这个时候已经有一条道路铺在你面前了。

到1904年,鲁迅的祖父也去世了,这一年他二十三岁,大学毕业的年纪。这个时候的周树人还不叫鲁迅,离"鲁迅"还很远。这是鲁迅家道中落,后来成为"鲁迅"的重塑的过程。他后来的生平我们不专门讲,只讲他成人,先把自己这个人"树"了起来,他的这个过程与国家历史进程的关系。

就在这个时候,鲁迅个人的思想开始形成,写了一首大家都知道的诗:"灵台无计逃神矢,风雨如磐暗故园。寄意寒星荃不察,我以我血荐轩辕。"(《自题小像》)他后来把这首诗送给他的一个好朋友,这个好朋友给他公布了。读这首诗,我们知道它是有典故的,取自屈原的《离骚》,"荃不查余之中情兮,反信谗而齌怒"。屈原这个形象是很值得研究的,他不光是中国的文化名人,还是全世界的文化名人,20世纪50年代选世界十大名人,第一个就是屈原。屈原地位这么高。可是其实屈原的形象是被现代人建构的,在古代文化史上,屈原的地位没这么重要,特别是以儒家文化为中心的这些岁月里,朝廷很少表扬屈原,重视屈原的往往都是一些很有性格的、很刚烈的知识分子。在五四新文化运动前后,从晚清的廖平到五四时期的胡适，他们都否定历史上真实存在过一个叫屈原的人，他们认为屈原这个人是虚构的。比如说胡适动不动就很讲证据，他从司马迁的《史记》里找了一些前后矛盾的地方，然后说屈原这个人不存在、是古人瞎编出来的。后来出了更厉害的学者，出了真正的历史考证大师，郭沫若、闻一多，他们用更丰富的材料证明了屈原这个人是存在的，并且解释了为什么古人的记载存在着矛盾之处。郭沫若更是以屈原为题写了著名的历史剧。

屈原这个形象被重视，跟中国近代屈辱的历史是有关系的。为什么屈原得到重视？是因为这个国家需要有这样一个形象。从五四的时候证明屈原这个人确实存在，一直到抗日战争时期，屈原才被确定为伟大的爱国主义诗人，古人是没有这个概念的，就是说屈原恰恰是被抗战所塑造的。所以大家要知道，不是先有历史才会有我们今天的这些人，是先有我们这些人才有历史，这不是一个时间上的线性逻辑。很多历史是被我们创造出来的，说得文明一点，是被我们发现的。

这个时候的周树人同学在干吗呢？他写《自题小像》的时候，翻译了《斯巴达之魂》。我也曾讲过这篇小说，这是鲁迅翻译的小说，但那个时候的翻译，一半都是创作。那时候的翻译是不尊重原文的，不是一字一句对着翻译，那时候也没有什么版权，把原文看得差不多就开始译，翻译的时候也不看原文了。后来我一想，我也会这样翻译，我小时候跟小朋友讲故事就是这么"翻译"的。但是从《斯巴达之魂》这样的小说翻译可以看到鲁迅的文风、看到他的思想，他站在弱者一边，但是他不是欣赏所有的弱者，他欣赏那个反抗的、为了反抗不惜牺牲的弱者，而对于逆来顺受的弱者，他看不起，他觉得那样还不如崇拜强者。所以鲁迅在一篇文章里说，我死了之后，宁可给狮子、老虎猛兽吃掉。

这是到了1903年，鲁迅译《斯巴达之魂》，这个时候的鲁迅是一个青年，他不能够逃脱一个时代的大潮。这个时候的时代大潮就跟我刚才说的屈原有关系——中国开始有了明确的民族主义。中国跟西方有很大的文化差异，近代以来讲到中西差异，一个很大的卯不对榫之处在于，中国是讲天下主义的，中国本来没有民族主义，连民族都没有，中国原来的汉人、回人、藏人不是民族概念，而是一个模糊的群落概念——那边生活了一种人，他们叫蒙人，另一边叫藏人——这是一种模糊的分法，没有民族这个概念。儒家是不承认民族的，儒家只讲文明，儒家说的华夏与蛮夷不是血统论，儒家是反对血统论的，儒家认为你不论是谁生的、不论你住在哪儿，你只要读四书五经、你讲仁义道德，你就是华夏的；你如果不读四书五经、不讲仁义道德，你住在首都也没用，你住在首都也是首都的蛮夷。这是中华文化观念。

可是这种观念受到了人家的挑战，人家是讲民族的，人家认为我们这伙人就跟他们不一样，你讲什么他们不管，他就要灭你，你家有钱，他就要拿、就要抢，他讲民族主义。所以讲天下主义的，如果不是自己特别强大，肯定打不过民族主义。我们老说中国人民一盘散沙，为什么中国人民一盘散沙？是中国人没文化吗？我看德国一部电影，德国首都20世纪50年代还一大批文盲呢，德国首都20世纪50年代的公共汽车售票员是文盲，我们北京、上海不这样啊，我们哈尔滨、沈阳、武汉都不这样，我们的售票员怎么能是文盲呢？售票员肯定是上过学的。所以不是因为文化差异，是我们有天下主义的观念而没有民族观，所以一盘散沙。英法联军来了也好，八国联军来了也好，老百姓没有民族观念，老百姓认为这是洋人跟皇上打起来了，你不能说这个老百姓是汉奸，他必须先有了民族主义观念，背叛了自己的国家民族，那才叫汉奸；他如果根本没有这个观念，认为洋人跟皇上打架，我看热闹，那怎么叫汉奸呢？但是我们会觉得很痛心，确实很痛心。说到这个事儿是很痛心的，真想骂他们是汉奸，可这是我们现在的观点，我最恨汉奸，可是那些人不是汉奸，他就认为这事儿跟我没关系，这是洋人跟皇上打起来了，现在洋人用着我、洋人给我钱，正好我家需要钱，我就替他打仗，而且我本来就爱打仗。他们是这样一个观念。

古人不但不纪念屈原，连黄帝都不纪念。我们今天一张口就说自己是炎黄子孙，这概念是从什么时候有的？这个概念也是在晚清被建构出来的。我们被人家打出了民族主义，民族主义得有图腾、得有自己的精神领袖，我们不能光树屈原为领袖啊，屈原这个形象太悲催了，如果全国人民只学屈原，我们都跳江了，那谁来救这个中国？有一个屈原激励我们悲愤，还得有一个黄帝。黄帝多牛啊？涿鹿大战先跟炎帝打，再跟蚩尤打，"黄帝"这个概念很鼓舞人。古代祭黄帝是个影响很小的事儿，到现在黄帝纪念大典这么重要，就是民族主义深入人心的结果。我们现在民族主义这个热潮有些地方、有些时候做得未免有点过分了，做得有点像西方人了。

黄帝本来就是五帝之一，黄帝在三皇五帝里边到底第几，古人都说不清楚，古人也不觉得这事儿多重要。特别重视黄帝或屈原的是司马迁，因为司马迁不是儒家，而且跟政府有仇，所以司马迁就故意要表扬那些反政府的人，就跟政府不一样。《史记》为什么伟大？除了《史记》之外，其他二十三史都是站在朝廷立场上写的，所以再有文化它们都伟大不了。

《史记》的伟大就在于，谁跟政府对着干，我表扬谁。我们知道《史记》的体例，该写皇上的"本纪"里他竟然写了项羽，项羽是汉朝的敌人哪，他竟然把项羽写到《项羽本纪》里面，所以我说汉朝真了不起，他让司马迁这么写，要换别的朝代，早把他杀了。我们看司马迁在他的《史记》里，给了黄帝和屈原在那个时代来说非常高的地位，为后世找到这两个精神领袖奠定了一个基础。当然从五帝里边单选一个黄帝，我觉得跟"黄"这个字也有关系，我们自认为是黄种人，如果黄帝叫"蓝帝"，恐怕就不行。

黄帝代表黄种人，而屈原代表楚国。我们知道战国七雄，齐、楚、燕、赵、韩、魏、秦，最后灭掉的是楚国。明明是秦统一了全国，但是我们讲历史的时候好像都不太喜欢秦，一说秦就是秦始皇暴政，人家修这么伟大的一个工程叫万里长城，我们非得编一个孟姜女的故事要把长城哭倒，你说这中国人什么心理？秦建立了大一统的民族国家，可是我们的心都站在楚国这一面，都觉得楚国很可怜，老为楚国说话。代表楚国的就是屈原。所以鲁迅《自题小像》里讲的故园，"风雨如磐暗故园"，并不只是想念绍兴，不是想念百草园，不是古人的莼鲈之思，想念家乡的风物、家乡的食品，他这个"故园"已经具有了民族主义色彩。

古代的诗歌里怀念故乡的作品太多了，但那都跟民族主义无关。从鲁迅开始，这个故乡不一样了，它跟整个世界政治格局的变化有关系。大家中学时候学过余光中的《乡愁》，那诗是个"小玩意儿"，它无非写得比较精致而已。

除了鲁迅喜欢屈原，我们发现毛主席也喜欢屈原。毛主席是个胜利者，他带领大家成立了一个大一统的伟大的国家，可是他也想念屈原，他也喜欢屈原。毛主席喜欢的人都是具有反抗性、革命性的，哪怕他失败了。在李白、杜甫中，古代评价高的是杜甫，但毛主席喜欢李白，就是因为他喜欢反抗。鲁迅也是。鲁迅这诗，我说它有一个悲剧的预示，"寄意寒星荃不察"，这就是鲁迅和屈原共同的命运，你一腔忠贞，可是你忠贞的那个对象对这个事情很冷淡、很冷漠，你完全是一个单相思，这好像是"士"的命运，越爱国的人，你跟国家之间就越是单相思的关系，国家对这事不看重、不察觉，国家没反过来掐死你就不错了，让你爱我，很像是这样一种残酷的恋爱的关系。这是人生的一个难题，你是一个特别爱国的人，可是你一旦表现出来，可能你的命运很惨，怎么办？为了爱国，你要不要混在那些卖国的人里边，悄悄地为国家做贡献？这是一种选择。还有一种就是屈原的选择，我绝不跟你们同流合污，我活不下去我自杀，这也是一种选择。很多人实际上没有选择屈原的这条道路，但是可能有屈原的那颗心，这是屈原形象高大的一个原因。

鲁迅显然有他的选择，鲁迅选择了坚韧地战斗。你看鲁迅平常的行为，一点不像屈原，他很讲究享受生活，他很知道在官场上怎么应酬，这些坏事他都懂，他也能跟着干。但是他干了这些是为了什么呢？为了在夜深人静的时候写下这些文字。这是鲁迅活在黑暗的时代里耐心打捞光明的方式。他不自杀，他也不跟敌人同归于尽，也不拉响炸药包，他白天跟你们混、吃吃喝喝，然后夜幕降临，他写这些文字。这些文字不能直接救国，但这些文字可以唤起像毛泽东这样的人起来，唤起一大堆毛泽东、周恩来，这是鲁迅在中华民族近代史上的一个功用。可是他自己的命运不好，他还是没有逃脱这个"士"的命运。鲁迅死后，有很多污蔑他的文章，甚至说鲁迅是汉奸。

这是民族主义的一个背景。民族主义这个浪潮必然深深地打在鲁迅的各种文字、各种回忆中，在鲁迅的生平讲述中，非常重要的是一个"幻灯事件"。鲁迅在他的第一本小说集《呐喊》的自序中就讲了这个事情，讲他在日本留学的时候，讲课间隙老师放幻灯，跟日本同学一块儿看，"我在这一个讲堂中，便须常常随喜我那同学们的拍手和喝彩。有一回，我竟在画片上忽然会见我久违的许多中国人了，一个绑在中间，许多站在左右，一样是强壮的体格，而显出麻木的神情。据解说，则绑着的是替俄国做了军事上的侦探，正要被日军砍下头颅来示众，而围着的便是来赏鉴这示众的盛举的人们"。这个画面写得很详细，像介绍一个镜头一样，令我们读了之后的印象非常深刻。这可以说是文化史上最有名的一个幻灯片了。

可是我们对鲁迅研究这么多年，这么多专家一块儿研究鲁迅，竟然没有找到这个幻灯片。日本的史料是什么都保存的，日本人就跟我家隔壁二奶奶似的，什么都留着，耐心整理，包好、捆扎好，一摞一摞地放好——幸亏最近要整理市容，深入各家各户，物业把那些垃圾都给二奶奶扔了。日本人什么都留着，鲁迅不是在仙台上学吗，日本有许多鲁迅研究专家，比我们中国的专家细心多了，我们讲大题目，人家都是讲小题目，人家一辈子就找他这个幻灯片，就没有找着。所以多年前就有日本学者说鲁迅造谣。

我们仔细一想，这个逻辑是不能成立的。没有找到跟鲁迅说的一模一样的幻灯片，但是找到了类似的照片，也许鲁迅记得不大清楚，他的描绘跟照片也许有差异，但是整个的氛围、整个的事件是一样的，无论它的细节如何，这样的事情就给鲁迅造成了深深的刺激。我们想，如果你是一个日本同学，你看见自己国家的军队在人家国土上打败了第三国的军队，你喝彩，这是可以理解的。但是这里边就有所在国家的留学生，一个孤独的留学生，他看了之后，他的感觉一定很不一样。这在鲁迅的生平中是一个重要的事件。这件事鲁迅还不止写了一次，他还写过一次，那一次的记忆有所不同，这也正说明了我们的记忆在细节上可能是不可靠的。那一次是1926年，鲁迅写《藤野先生》，还写课间放幻灯片的事儿，"一段落已完而还没有到下课的时候，便影几片时事的片子，自然都是日本战胜俄国的情形。但偏有中国人夹在里边：给俄国人做侦探，被日本军捕获"，这个记忆跟上边是一样的，但是下面不一样："要枪毙了"。前面写的是砍头，这里变成了枪毙。围着看的也是一群中国人；在讲堂里的还有一个我。"'万岁！'他们都拍掌欢呼起来。这种欢呼，是每看一片都有的，但在我，这一声却特别听得刺耳。"两次回忆的细节并不一样，这说明那个幻灯片鲁迅记得不是那么清楚，但感觉是真实的，感觉是一样的。就像你去吃一顿饭，回来写日记，上菜的服务员长什么样，你记得可能不清楚，但是吃了那个菜之后的感觉是真实的。这个著名的幻灯片事件，现在还有学者不断地在加深研究。现在在鲁迅研究界的基本认识是，鲁迅肯定是看过这样的幻灯片的，但是无法确定到底是哪一个，在仙台没有找到，不能够证明他就没有看过，不能证明没有这样的事儿。

一个屈辱国家的青年学生，在侵略你的国家的课堂上受到这样的刺激，形成的这种精神刺激不只是刺耳，还是刺心的，这具有重大的象征意义。

只有中国人的民族主义是一次一次地硬被灌输起来，民族主义这个东西到底好不好？爱国到底好不好？我们经常说爱国好、爱国是一种高尚品质，这是有具体历史背景限制的。假如将来实现了共产主义，那个时候一定会说爱国是很狭隘的。马克思说，在共产主义实现之前的人类历史，全都是野蛮的历史——人类都是可爱的，你为什么只爱自己的国？也就是说爱国主义本来不是自然产生的情感，它是被打出来的，你如果不爱，你就生存不了；为了生存，你们这伙人必须团结起来，不让那伙人把你们灭掉。在这个前提下，爱国主义才是对的，甚至是高尚的。特别是在我们中国，我们早就实现了这种儒家社会、伦理社会，认字的人和不认字的人拥有相同的伦理结构，我们的父母没什么文化，他也会告诉你，站有站相、坐有坐相，这就是孔孟之道，孔孟之道深入我们生活中的每一个细节，其实我们从小就是高尚的人。但这种高尚后来被人家打败了，人家说谁有本事谁拿东西，你不服？不服把你打倒。你起来把他打倒了，他叫了一百个人，又把你打倒；你为了胜利，你只好也找一百个人——爱国主义是这样用一种暴力输入并培养起来的。可是当你真的能用暴力去反抗他的时候，他给你起了一个名，叫"恐怖主义分子"。所以鲁迅出现和成长的年代，正是中华民族觉醒、民族自立的时代。

"民族"这个东西是怎么被建构起来的？当民族遇到天下的时候，那就像古人说的，"以无厚入有间"（庄子《庖丁解牛》），"天下"到处都是空隙，"天下观念"是不讲团结的，我们古代每个人直接面对宇宙苍天，直接跟宇宙苍天说话，你跟朝廷的关系就是招聘的关系，你种地、交税就完了，相对来说是一种非常松散自由的关系。反观西方，它每个民族国家是什么性质呢？西方每个国家就是一个公司，每个国民是这公司的员工，是这样一个关系。所以当他来打你的时候，他一个小国家也能打败你一个大国家。我们经常很遗憾地说，我四万万人怎么打不过才几百万人口的小国？你四万万人在哪？你看得见吗？四万万人各自在家抽鸦片，形不成组织关系，连四万人都看不见。所以人家来一千个人，想打哪儿就打哪儿。

这一招是我们后来才被迫学会的，可是一旦有了之后，就容易过分。我们原来的"蛮夷"观，到底应该怎么理解？五四开始说的"国民性"，应该怎么理解？我们也可以说鲁迅是爱国主义文化学者，但鲁迅这个爱国不是我们世俗意义上讲的那种爱国，不是现在网络上那些小粉红。我近年来多次批判战狼式的爱国，很多年轻人不理解，其实读一读鲁迅的《随感录三十八》就理解了："中国人向来有点自大。——只可惜没有'个人的自大'，都是'合群的爱国的自大'。这便是文化竞争失败之后，不能再见振拔改进的原因。"鲁迅在中国很需要爱国的时候就发出这样的警示，一大群人合起来表示我们很爱国，你不觉得这很可笑、很凶残吗？这种爱国是建立在你能打人的基础上的爱国。什么是真正的爱国？就是你的国家被人家打得满地找牙的时候，你不背叛，你仍然很忠贞，那才是爱国。

爱国不是一个单纯的事件，它又跟阶级混在一起。你爱你的国，可是你的国里边阶级矛盾尖锐、两极分化严重，你的国里边政府腐败，人民愚昧、互相吃人血馒头，当你和一群人联合起来去反抗的时候，你这一伙人里又有阶级压迫，有人要当奴隶主，要拿你当奴隶，这怎么处理？鲁迅一个人要完成很多任务，他要讲的道理太多，浑身是铁也打不了那么多的钉。鲁迅知道，要真正地启蒙人民群众，靠一两个作家是没用的，得有组织，得有大批有文化没文化的人组成组织，走进穷乡僻壤、走进千家万户，宣传怎么爱国、怎么抗日、怎么讲卫生，这些事儿都得一点一滴地去做。这个任务后来是由共产党的军队完成的，共产党军队不只是打仗的队伍，也是宣传现代文明的队伍。我们中国千千万万农民懂得刷牙，是谁教给他们的，是政府吗？不是，是八路军。老百姓看见八路军驻扎在他们村子里，早上起来用小棍儿在嘴里鼓捣，老百姓就学会了刷牙。

鲁迅说肩起黑暗的闸门，他肩的那个闸门太沉重，也是那个时代太沉重造成的。这是民族问题。鲁迅的关键词里边有一个"奴性"，"反奴性"和"疾虚妄"差不多同等重要。鲁迅在不同的时期，用不同的文笔，都讲过反奴性这件事儿，他有一篇杂文叫《论照相之类》："凡是人主，也容易变成奴隶，因为他一面既承认可做主人，一面就当然承认可做奴隶，所以威力一坠，就死心塌地，俯首帖耳于新主人之前了。"战狼式的爱国主义可怕在哪儿呢？就是他爱国的时候，他觉得自己很强；一旦被人家打败，马上就俯首帖耳于主人，这是可怕的。很多"战狼"是看了我们雄伟的阅兵式之后，觉得东风几号多厉害，想打哪打哪——如果打败了呢，你还爱不爱国？

鲁迅分析了一种图片，叫"求己图"，是利用照相技术，一个人把自己照的两张相片放在一块儿，同框，这是当时很流行的一种照相技巧。鲁迅从分析这种照片讲出人的奴性：框里的人，一个是主人，一个是奴隶；自己是个平民百姓，可是自己希望有个奴隶可使唤，没有奴隶？自己当。

奴隶主和奴隶是一体两面，这个事情不是鲁迅先说的，但是被鲁迅揭示得无比深刻，毛泽东这样的人就得了这个启发。毛泽东的岳父是著名哲学家杨昌济，他翻译的李普斯《伦理学之根本问题》中写道：

> 高贵者、伟大者、自由者、有所自恃者，亦冀他人有如此之自感，彼尊重所有之才能、所有之正善、所有善良而正当之意志，道德界之帝王欲他人亦为帝王，真正之君、主人必恶奴隶主义，必恶他人之对于己而为奴隶与有奴隶之行。至诚之人，真实之价值深入于其心，自憎阿谀卑屈。反欲使他人为奴隶者，其人即有奴隶根性。好为暴君之专制者，乃缺道德上之自负者也。凡好傲慢之人，遇较己强者恒变为卑屈，而奴隶有时亦妄自尊大，俨如君主，此乃与追从之勤勉同根而生者也。

他就是讲人的一体两面。对比自己强、比自己地位高的人特别奴颜婢膝，他对弱者一定很凶，这个基本是没有错的。所以鲁迅有一篇文章叫《谚语》："专制者的反面就是奴才，有权时无所不为，失势时即奴性十足。孙皓是特等的暴君，但降晋之后，简直像一个帮闲；宋徽宗在位时，不可一世，而被掳后偏会含垢忍辱。做主子时以一切别人为奴才，则有了主子，一定以奴才自命：这是天经地义，无可动摇的。"这是鲁迅看人之法。人要站起来是多么难哪！若干年后，毛泽东在天安门上说中国人站起来了，这句话哪容易说出来，站起来还可能再倒下去、再跪下去、再趴下去。鲁迅针对当时的具体时局讲怎样救国："我想，要中国得救，也不必添什么东西进去，只要青年们将这两种性质的古传用法，反过来一用就够了：对手如凶兽时就如凶兽，对手如羊时就如羊！"（《忽然想到·七》）毛泽东时代，国家虽然很穷，但是是穷而强的穷，打谁就灭谁，谁惹我们谁自取灭亡，美国的侦察机来了，我们直接给它打下来，打下来都不告诉它，让它自己来求。毛泽东的政策，就是鲁迅这句话，你对我好，我就对你好；你对我不好，我对你更不好。最后的结果是我们的朋友遍天下，几乎所有的人都抢着和我们做朋友，甚至我们的敌人也主动来跟我们做朋友。

鲁迅是把事情一直戳穿，所以要懂得鲁迅的艺术、懂得他的小说，首先要懂得鲁迅考虑问题的方式，他考虑问题的方式有一个简单的理解方法：双重否定。一般的人都是一重否定，我们觉得什么不好，把它否定了；但是这样否定之后，容易走向另一个极端：你觉得极"左"不好，你为了反极"左"自己容易变成极右；你为了反极右，自己容易变成极"左"。无论中国的古代哲学也好，西方的德国古典哲学也好，讲辩证法都是要双重否定。鲁迅并不是哲学家，可是他自觉地做到这个"双重"，用现实的概念来说，我们要反对帝国主义，但是要警惕后帝国主义；我们要否定封建专制，但是你不要以为民主就不是专制，民主还是专制，反专制的过程中形成的专制可能更可怕；我们要否定阶级压迫，可是在阶级解放的过程中，会产生奴隶总管，你所在阶级内部的压迫有时候更讨厌。所以鲁迅在《野草》中讲，"于一切眼中看见无所有"，这是他已经成为鲁迅之后写的话。在他成为鲁迅之前，他研究过十年佛经。鲁迅的思想是贯穿东西的，读过佛经就知道，"于一切眼中看见无所有"是佛经的思想。最早讲辩证法的佛经——《金刚经》中说："佛告须菩提：凡所有相，皆是虚妄；若见诸相非相，即见如来。"怎么才能看见如来呀，到庙里能看见吗？很多人说，孔老师，你为什么管自己叫孔和尚？据我所知，你结婚了，你还吃肉，你怎么叫和尚了？我说，我正是要提醒你，谁告诉你和尚不能结婚？谁告诉你和尚不能吃肉？我还没告诉你和尚还可以杀人放火呢。你那些概念都是虚妄，你知道佛祖叫释迦牟尼吗？释迦牟尼吃素吗？释迦牟尼还有儿子呢，释迦牟尼更多的私生活我还没告诉你。你说的那些都跟佛没有关系，你到庙里是找不见如来的，何况现在的庙都是什么庙？"若见诸相非相，即见如来"，如来不在任何一个概念里，你只要一说就错。我给我的粉丝也讲《金刚经》，《金刚经》最伟大的是，它讲完了最后再告诉你，我刚才讲的这一切也都是空的，我讲的这些都不要当真。"空"字很重要，这个"空"只有中国人能理解得准确。王勃在《滕王阁序》中说："阁中帝子今何在？槛外长江空自流。"有一个传说是，王勃创作的时候，这个"空"字他空着不写，在座所有有才华的人去填这个字都填不上，最后请王勃回来填，"空自流"，大家一致称赞。所以我们要知道，鲁迅身上集中了中华文化的精华，他的这个"空"，儒家讲"有鄙夫问于我，空空如也，我叩其两端而竭焉"（《论语》），你要知道极"左"和极右是怎么回事，你才能够反极"左"、极右。佛家讲，何等为空空？"一切法空，是空亦空，是名空空。"（《大智度论》）你要空空，这个"空"要空两次，第一次还不行，就像你这个手机不用了，拿出去卖，你把它恢复出厂设置，恢复一次是不行的，它还可以给你"恢复"了，你要"空而再空"。

鲁迅在《野草》序中说："当我沉默着的时候，我觉得充实；我将开口，同时感到空虚。"再读鲁迅对这个"空"的理解，你就明白了。当然鲁迅不只是集中华文化大成，他活在那个时代，因缘际会，很多痛苦的事儿他摊上了，他把握了这些痛苦，所以很多幸运也降临于他一身。他是处在一个古今中外的交汇点上，你不能说这是谁赐给他的 —— 既不是中华民国给他的，也不是清朝给他的。鲁迅虽然是清朝教育出来的，可是他既反清朝，又反中华民国。所以我们要明白鲁迅，就要知道一切都是空的。但是你不要去走虚无主义道路，不要说一切都空的，我不活了、我不上学了，不是那个意思，是说不能执着于具体的、僵化的知识，要超越你那个绩点思维，超越那个考试思维，考试我们尽量考得好一点，考不好也就那么回事儿，有什么了不起；鲁迅小说研究课据说很有意思，但我听了也就那么回事儿，我听这个课主要看看孔老师长什么样就行了，【众笑】这就叫"空空本课"。

好，我们今天就讲到这里，再一次祝大家双节快乐！

2020年9月29日

可疑的叙事者

——谁在写鲁迅小说

　　同学们都不是专门要搞文学研究的，其实讲这个题目呢，一个是要启发大家怎样去看文学作品，包括看鲁迅这样大师级的文学作品。另外，我们看整个人生怎么看？因为我们不论学什么专业，我们大家都要共同地过一辈子，这一辈子要看很多人、看很多事儿。我们人类花了这么多时间，花了这么多钱去学习、接受教育，受完教育之后，我们干吗呢？受完教育之后就挣点钱养活这个肉体吗？那这不太亏了吗？那人家不上学的各种动物，不也把自己养活得很好吗？我们老觉得我们比动物高级，比动物聪明等，可是当你以一颗很平常的心，放弃那些先入之见，你看各种我们平时看不起的动物的时候，它们好像不是那样的。包括我们经常拿来骂人的那些动物，你敢保证它真的不如我们幸福吗？

　　我上个星期去内蒙古考察扶贫工作，去了四五天，看了工业，看了农业，我光动物看了很多种，牛、羊、猪、鸡、鸭、鹅、驴，这都看了。看的时候，因为我这个人看东西都是乱看的，我就想啊，这些动物哪一个不比我们幸福呢？包括我们经常骂的猪。现在那个人养猪啊，那猪特别享受，它从早到晚都是被伺候的，环境特别干净，全村闻不见一点不好闻的气味儿，每天都是现代化地给它冲洗，然后还要放音乐，还要按摩，【众笑】它吃最好的经过科学家严格检验的食品、饲料。

当然你说，这个猪最后不还是杀了给人吃了吗？是，这个结果在我们看来很不好，可是它这一生过得每一天无忧无虑啊！不上课不考试啊！不评职称啊！同样就是一辈子啊，它每天都在那里没事儿，然后老有人来参观，它就看你。人觉得是参观猪，猪是在参观人，它每天看你嘛，哎！又来一拨！这个长得漂亮！这个长得不漂亮！它是这么看人啊！你凭什么就认为你在看它呢？

怎么看待这些事情？其实我觉得我们古人早就有一个很好的方法叫"看象"，不是算命看相的那个"相"，是意象的那个"象"。人类经过上百万年的进化，中国历史上万年，大概到了两三千年之前的时候，中国人发明了看象。我们受的这种现代教育啊，都是把那个因果链条看得特别死，给你一个已知条件，你就做出一个固定的题来，做出一个固定的答案来。其实这种教育是不是有点自我欺骗？

我们在中小学的时候，老师布置给你的每一道题都有人先算过了，对吧？老师是知道答案的，你做不出来是你的问题，不是题的问题。所以我们经过千万次的训练，我们只会干这个，干这种事儿。你脑子里知道这题肯定能算出来，算不出来是我的事儿。可是到了社会上，面对各种现实人生问题，包括工作中的问题，都是已知条件和答案不一一对应的，并不匹配的。你并不知道已知条件够不够，你不知道已知条件是缺了还是多余了，还是有错误的。而一生中，我们永远不可能得到恰如其分的已知条件够你得出结论来。

比如说你谈恋爱，那个人到底跟你合适不合适？什么是已知条件啊？

你怎么能得出答案来呢？我每天上午回答的网络问题，除了教育问题，还有一大类就是婚恋问题。他本人肯定比我更了解他的情况，他为什么还要来问我？而我给他回答了之后，他为什么那么感激涕零，说孔老师你说得太对了？那我觉得这事儿就很奇怪，我不如你，我根本就不知道这种情况，我自己也没谈过多少次恋爱，我也不是什么专家，也没学过这一行，那我怎么给那么多人看，他们就觉得我说得特别对呢？有两个人去年还吵得不行呢，然后我一说他俩结婚了，今年生小孩儿了，来感谢我。

那我是根据什么看的呢？他给我的那点已知条件够我得出结论吗？当然他给我那个条件是必须的，要什么条件都没有，我也没法儿看。他给我的那些有限的已知条件，我把它构成了一个象，通过这个象去看人生。那我还知道什么已知条件，古人可能连已知条件这个概念也没有。古人就随便往西北一望，那里有人造反！而那头果然有人造反。这种例子成千上万，你查查古书，到处都有。古人这种事儿是特别多的啊，就是这种看象的本事，我们现代人基本上已经丧失了。就像我们现在这个牙口、胃口都不行了一样。我相信古人吃一般的泥土都没问题，小碎石头子儿吃进去没问题，跟动物一样。我们现在很多很多东西不能吃了，牙和胃越来越差了，看的能力更差了。

所以你如果只背下来什么叫意象，哪篇小说里什么什么是构成意象的，这就是把知识学死了。你要学会最后自己去看象，意象还有气象，汉语中的那个"气象万千"，是什么意思？那个人物怎么能看出祖国大地气象万千？这个祖国大地气象万千，我也不知怎么翻译成其他语言。那肯定不是气象台那个气象，不是说今天下雨明天刮风那个气象，也不是景色，更不是地形种类很多很丰富的意思，不是！这个气象是不能翻译的，就是你这一看：祖国大地气象万千！而到了其他国家你没这感觉。

其他国家可能很美丽，也有很多景色，你就没看出气象万千来。所以这个象的学问，我是给大家补充一点启发，告诉我们大家怎么上这类通选课。不然你上这课只是为了挣一学分，那很容易，谁都能挣到这个学分。而你付出了这个时间之后要得到什么。

我上个星期去了内蒙古，去内蒙古的时候我就想起蒙古国，想起蒙古国我就想到元，大元，我们中国历史上第一个由少数民族建立的大一统民族国家。于是我就想到我们这个星期正好要讲这个题目，从元文学的这个角度来讲鲁迅小说的性质。

鲁迅小说可以从许许多多角度进入，可以无穷地永远地延续、研究下去。为什么呢？因为我感觉鲁迅小说具有元文学的特性。这个元文学不是指元朝的文学，不是元杂剧，不是这些东西。这个元是本元的元。"元"这个字儿有很多意思，这些意思分别可以翻译成外语，但是外语有没有一个概念能够准确地对应元呢？好像没有。这也是一个气象。

你看中国不同的朝代取的名字都是气象，夏、商、周、秦、汉、唐、宋、元、明、清，你看见每一个字儿的时候，你的感觉是不一样的，即使你对这个朝代的历史不知道多少，但是你看上去它是不一样的。包括那些寿命很短暂的小朝代，它也愿意起一个很好听的名字，比如说叫汉的朝代很多，这个字儿是给人不同的印象的。

所以这个元，本身也是一个大的气象。大家知道成吉思汗死了之后，他的儿子争夺大汗之位，到了蒙哥 —— 在《神雕侠侣》中被杨过打死了，大家知道啊 —— 成吉思汗孙子这一代，又是四大汗国在争，最后忽必烈胜了。忽必烈本来就在前线打南宋，由于兄弟要争大汗之位，忽必烈暂时跟南宋签订了和平条约，暂时停战回去了。回去之后他到底用什么征服了那几个哥们儿？仅仅是靠军事吗？不，他带着雄厚的汉文化的力量，这个汉文化不只是说他身边的那些谋士、大臣，有修养有学问的汉族知识分子，而是包括他本人在内的整个这个政权，他的思想意识形态，都是汉文化。比如忽必烈就选了一个"元"字，为什么呢？他说，以前的历朝历代都是以自己发源地命名自己所建立的这个国家。比如说唐朝为什么叫唐呢？大家知道唐王，唐王起兵，他原来就是唐国公，原来就是在唐这个地方开始的。忽必烈说我们不要这样，我们找一个最伟大的汉字里的概念，最伟大的是什么？他从《易经》里找到"大哉乾元"，说：我这个朝代最牛！是直接从《易经》里边来的。

另外我们看"元"这个字儿，在汉字里有很多意思，可以有"本来"的意思，"本"，什么什么之本就是什么什么之元。它还有开始的"始"的意思。比如我们现在新年的第一天叫元旦，原来春节那天叫元旦，现在我们使用公历了，就把公历的1月1日叫元旦了；原来那个元旦呢就另取一名，叫"春节"——原来春节是指立春，现在我们把它分开了。元还可以指"首"，比如说外国元首来访。还有"大"的意思，比如忽必烈刚才用的"大哉乾元"。

我们看这个"元"，这个字的写法就像一个台子上有个人，或者是一个物体，上面指它最顶上那一块儿，这就是元。

我这是稍微讲点儿，从元的角度来谈、从元小说的角度来看鲁迅。文学研究里面有专门的元小说、元文学的理论，但是我不是拿这些理论来套鲁迅的小说，我只是借用这个视角来谈谈鲁迅小说的独创性、开创性、不拘一格，在中国现代文学中的最重要的作用——从这个角度来说鲁迅的小说是元小说。

那么说到"小说"这两个字，我们首先要知道，小说不是现在才开始的，我们古代有小说，中国小说的历史很漫长。小说不自鲁迅始，但是把小说写成历史，这个事儿是从鲁迅开始的。鲁迅，一般人都知道他是文学家，但是与鲁迅的最大身份同等重要的，还有他是学者，他是大学者，而且他的学术创造是不可超越的。什么叫不可超越？就是他说的一个事儿，后人就绕不过去，很难推翻。你再说这个事儿的时候必须跟他对话，必须先说鲁迅怎么说的，然后我现在又有什么想法。

因为鲁迅在使用"鲁迅"这两个字之前的漫长的时间里，他是在教育部当官，他当官的业余生活怎么过呢？主要就是做学问，不是为了骗职称做学问，那是真的做学问。当然他写成这部中国小说史，是后来了。后来因为他兄弟周作人在北大当教授，蔡元培就很相信他这两个绍兴老乡，说北大国文得开一个小说史的课吧，周作人你来讲中国小说史吧！周作人就答应下来了，答应下来可是他讲不了，他没有这个功力，也研究不了。他回家就跟他大哥商量：大哥我揽了一个活儿，讲中国小说史，大哥还是你来吧。他大哥替他来讲中国小说史。

你想这个没有多年的研究，一个开创性的课，谁能讲啊？所以我们今天看到的《中国小说史略》这本书就是他的讲稿整理出版的。在这个"小说史略"的序中，鲁迅开篇就说，"中国之小说自来无史"，这句话很牛！就是你写一个什么史，先来一句：中国之什么什么自来无史。这已经包含着他本人是开创者的意思，本人是第一个。但是我们还知道，"有之，则先见于外国人所作之中国文学史中，而后中国人所作者中亦有之"，是在外国人写的中国文学史里边有小说史，后来中国人有模仿的，但是又不到全书十分之一，"故于小说仍不详"。那么鲁迅是参考了外国人写的中国文学史。所以后来有人将着这个线索说鲁迅抄袭外国人的作品，这个已经被驳斥和澄清了。

那么从这个我们也可以看到，小说，一个是中国古代就有，另外外国也有，那中国的现代小说的来源是什么？简单地想就明白了，两个来源，一个是中国本来就有小说，再一个我们翻译了、借鉴了、学习了大量的外国小说，这两个成为中国现代小说的来源。但是来源必须得有一个转变啊，怎么变成中国现代小说？找到来源不太难，怎么变的才是一个关键。就像我们官方讲毛泽东思想，毛泽东思想是什么？是马列主义普遍原理与中国革命具体实践相结合的产物。这话听着特别顺哈，谁都愿意背。可是这里边你有没有想它忽略了什么东西？

所以小说也是这样，你说中国现代小说来源于中国古代小说，还有外国小说，这些都对，都没错。但怎么早没出现，晚没出现，到《狂人日记》那儿开始，我们说中国现代小说诞生了？《狂人日记》之前也有白话小说啊！你查时间顺序，有在此之前发表的白话小说。比如有一个现代女作家叫陈衡哲，后来是新月派的，白话小说发表得比鲁迅还早，那她这小说怎么不被看成现代文学的开端呢？为什么《狂人日记》才被看成现代文学的开端？开端不就是刚才我们说的这个"元"吗？为什么说这个元落到鲁迅头上？难道只是因为他后来名气大吗？他后来名气大是因为早就名气大啊，不是后来谁把他推崇起来的啊！

那么我们看看，我们古人是怎么认识小说的。小说这个概念出现得很早，它不是我们今天大家所认识的那种文学作品。早在《汉书·艺文志》里面，有学小说史必学的一段话："小说家者流，盖出于稗官。街谈巷语，道听途说者之所造也。"从这段话我们可以看出，它为什么被叫作小说呢？它有点被人看不起。"小说"这个词儿你翻译成任何一种外语，里边都没有"小"这个意思吧？外语中有"虚构"的意思，但是没有"小"，只有在中国，专门弄了一个不仅是表示空间规模的词儿，小是一个道德评价。这是汉语的一个特点，因为中国地大物博，经常用空间的词儿来进行道德评价。大和小是道德评价，厚和薄是道德评价，长和短是道德评价，飞短流长。所以说这个"小"就不太好，说"小"就一定有大。那什么是大呢？经史子集，早都排好顺序了，四书五经那是大流；你这是小说！

为什么是"小"说呢？街谈巷语、道听途说，这事儿不太可靠。就可见中国人很注重信息的可靠性，而文学作品恰恰是虚构的啊，文学作品就告诉你这是虚的了。所以你看中西文化对比，西方人其实不太重视历史，现在已经有很多学者质疑我们学的那套西方史，比如有人认为古罗马、古希腊都是伪造的，都不能证明，都拿不出材料来，最后都是把传说、童话、谣言归结到一块儿，算他们的历史。如果自己的历史实在编得不好，那就编已经灭绝的文明的历史，反正要编出比中国强的历史来。

我们说曾经有一个人叫秦始皇，这个事从秦朝以后代代都有记载，代代都互相证明。你不能说两千年来没有人听说过有秦始皇这个人，到20世纪忽然说"曾经有一个人叫秦始皇，很牛！这是我们考古发现"，这是不可靠的！我们中国人讲究的是一个一个推。我们为什么认为我们有祖先呢？我见过我父亲，我父亲见过他父亲，他的父亲又一代一代往上见过，所以，我知道几十几代之前的祖先干过什么。当然这里边还可能出现错误，那我们历代的学者就是干的修正错误这个事儿。所以道听途说、街谈巷语在中国是贬义词。比如说我写微博的时候，我经常很注意使用听说、据说、据听说，这都是有细微的差别的。

那么到了《隋书·经籍志》里面，讲得详细一点："徇木铎以求歌谣，巡省观人诗，以知风俗。过则正之，失则改之，道听途说，靡不毕纪。"这个呢，继续讲它的来源是道听途说，但是提高了它的政治意义。就把它讲成一种政府行为，政府派人摇着一个木铎到处去采风。"观人诗"，大家都知道《隋书》是魏徵主编的，魏徵就是李世民时候的大臣嘛，所以他要避讳，把这个文件中凡是带民的都改成人，避李世民之讳，这个"人诗"就是民诗，就是民谣，听听老百姓讲什么。用这个东西来保持自己的政治清明，有了错误就改正嘛。我们看看，仍然不是重视虚构这件事儿，就是你虚构不要紧，我听一听你的态度是什么，我的政府什么地方做得对，什么地方做得不对。

往前找，孔子的徒弟子夏说，"虽小道，必有可观者焉"（《论语》），说这东西是个小道，但是小道有用。"有可观者"，这里边呢有可以琢磨的东西，对我们是有用的。所以小说这个东西一直到后来取得很高成就的时候，仍然在中国的文类系统中是被压在金字塔的比较下端的。你看我们都有四大名著了，《三国演义》《水浒传》《西游记》《红楼梦》，即使有《红楼梦》了，家长仍然不让孩子看，那是小道啊！虽然"有可观者焉"，但毕竟是小道。所以过去那孩子看《红楼梦》，看《水浒传》，看《三国演义》，就相当于二十年前看金庸，家长、老师都苦口婆心去劝他：孩子，咱要学好喽，不能读这些东西啊。就是人那个观念还没有到，不知道这些东西是伟大的阅读文本。这是古代对小说的认识。我们今天知道四大名著，这都是五四以后给它们正的名，在它们产生的时候这都是小道，产生的时候没有几大名著这一说法，那都是几大坏书。

那么现代学者捋清这些小说史的时候，就去想他们的创作的那个中介是什么。这个不能系统地给大家讲，举一个王瑶先生的说法。王瑶先生是我的师祖，他在《小说与方术》中，就专门提出方术的重要作用，这也是他受了鲁迅的影响。方士"利用了那些知识，借着时间空间的隔膜和一些固有的传说，援引荒漠之世，称道绝域之外，以吉凶休咎来感召人；而且把这些来依托古人的名字写下来，算是获得的奇书和秘籍"。

王瑶先生研究中古文学是大家，他后来还是我们现代文学研究的开创者。他提出这个方士，这个是很值得注意的。这些方士写这些小说也不是为了文学创作，还是为了搞政治，搞政治不一定都是用来造反，可能就是结交权贵用的，巴结朝廷。弄一些稀奇古怪的你没有听说的话，没有听说过的故事，没见过的人和事儿来感召人，这样就获得一种话语权。所以这个方士和朝廷有时候是合作的，有时候是矛盾的，有时候朝廷要镇压这些方士。

那么下面就讲到小说本身，这里要重点讲一个叙事者的问题。我们研究小说研究什么呀？小说大家都看过，知道里边有故事，知道李逵、宋江，知道贾宝玉、林黛玉不就完了吗？我读的时候很感动，可以写很深刻的读后感。为什么这些不算小说研究？当然研究者不见得那么感动，研究者也不见得就水平很高，但是他毕竟是个专业的。研究小说的人主要研究什么？研究得非常多，对于大众来说我指出有这么八个事儿是最重要的、最基本的。主要研究：一个是作者方面，何人何时何地何情。这个小说是什么人写的？在什么时候写的？在什么地方写的？在什么情况下写的？这是从创作的角度。你看我们研究牛顿定律之类的，不用这么研究。因为牛顿定律在什么情况下发现的，何时何地发现的不重要，关键是它是否有用，研究它的准确性、有效性如何就行了。但是研究文学需要这样，研究文学的一大块都是在研究作家，研究作者。

那么除此之外呢，很重要的是他用什么方式叙事，他用什么方式写——我们说的写作手法。经常被忽略的是他要对谁写，这是给谁看的，给谁看的很重要。比如我们讲戏剧作品、影视作品的特点，它是给谁看的呢？他写的时候脑子里就想了，在一个剧场里，很多人坐在那儿——看台上，这是我们现在看戏的方法。古代戏台不是这样的，最早的戏台，在一个广场的空间，观众在四面看，四面看和一面看是不一样的。比如我们现在看歌星表演，我们在台下看见他，就觉得很好，但是我和一些歌唱家接触，专业的歌唱家接触，他们就说某某人唱得极其难看。我说怎么难看？他说他是撅着屁股唱的。然后我说我们在台下看不清楚啊！他说我一看就知道他在台上整个那个姿态，根本就没受过专业训练，走没走相，站没站相。那这种人如果在古代是成不了名的，古代观众是转圈儿看的。

还有电影，电影的观看方式是什么呢？是很多人在一个黑暗的环境里看银幕，你在电影院里，电影放映之前一定要熄灯、要关灯。为什么不能开着灯看啊？仅仅是为了看得更清楚吗？为什么要闭灯？大家一块儿在黑暗中欣赏别人的隐私，这满足大家那种不太光明的窥视欲，在这种情况下大家特别喜欢看灾难片，看很多不适合大家一块儿看的东西。很多片儿为什么一定要到电影院里看？为什么不能全家在家里看电视？现在电视屏幕不是很大吗？电视剧的伦理尺度为什么要把握得比较严？因为很可能一家老小三代在看一个作品，所以它的伦理尺度要把握。

那么小说跟评书呢？评书是在茶馆里边，是给集体看的。评书是可以开着灯的，大白天，下边的人坐那儿，喝茶，很随便。所以评书为什么老要故意地耸人听闻呢？你不耸人听闻他就嗑瓜子了，他就打孩子了，他爱干什么干什么了。必须不断地卖关子，吸引他注意，不行还拍一下——"看我看我"，老得说"看我"，提醒这句话。

那现代小说呢？小说没有五百人在一块儿，打开第一页、第二页这么看是吧？没有这么看的。小说是各自在家里单独地去欣赏的，小说这种文本培养的就是自私自利的精致的资产阶级社会成员。用相同的文本，在不同的空间分别控制社会成员，分别给你们洗脑。当然这个洗脑不见得都是贬义的，启蒙也叫洗脑。所以"对什么人"——是很重要的。有很多喜爱文学创作的青年，就没有想过你写的小说打算给谁看，是给你的同学，给你的班主任看的？还是给某一个阶层的人？还是给全社会的人看的？这个是很重要的。

你比如说鲁迅先生的小说，他就没想着去面对那些文化层次很低的读者，他的任务不是那个。他的潜在读者就是文化水平很高的，你们接受了我的思想，再变成比较通俗的形式去进行二次传播、三次传播。因为鲁迅和张恨水的任务是不同的，鲁迅的小说，张恨水可以读，然后张恨水的小说呢是给鲁迅的母亲读的。鲁迅的母亲不喜欢他儿子的作品，鲁迅的母亲是张恨水的粉儿——铁粉。你看鲁迅日记，多次记载给他的母亲买张恨水的小说，我觉得那个时候鲁迅的心里那个滋味很有意思，自己是最牛的小说家，但是为了尽孝，他得给母亲买张恨水的小说，他心里恨死了。

还有就是"叙何事"，到底这个小说讲的是什么事儿，这个往往不要看表面。我们知识分子都痛恨文字狱，但你说文字狱真的是冤枉的吗？我们大家都是玩儿文字的，我们知道文字就是可以杀人的，文字就是可以含沙射影的，文字就是可以搞政治、搞政变、搞反抗、搞起义、搞革命的。既然你文字有这个功能，你凭什么反对人家搞文字狱呢？我们应该反对的是那种冤枉人的文字狱，就是搞错了的文字狱，对不对？你明明通过这个文字用某种方法跟读者产生一种心理共鸣，你告诉读者我们就是要造反，我这个文字就是骂谁谁谁的；明白人一看都懂了，谁不明白这个啊？所以说文字狱不都是冤枉的，文字本身就是武器啊！所以难道说古往今来的统治者都是傻子吗？那是不可能的。所以这个"叙何事"，不能只看它表面的东西，表面的东西没多少可看的，老看表面的东西看新闻就够了。所以为什么研究小说深层意义，它深层到底讲的是什么？它的难度在这里。

当然还有"传何理"，小说只是满足于叙事，讲一个吸引眼球的事儿，那都是低俗的作品；高层次的东西里面一定有道理可传。其实我们古代虽然不重视小说，但是很重视记叙类的文字，这就是历史。那中国人这么重视历史，历史真的可信吗？我们想一想我们学过的一些著名的历史记载，不论《左传》还是《史记》，有多大可信度？大家是不是学过《鸿门宴》？《鸿门宴》可信吗？《鸿门宴》写得栩栩如生，那我们可以问司马迁，你看见啦？"樊哙闯帐"那一段是历史？你拿什么证明它是历史，历史你得说：这一句来自哪儿，谁谁谁的题材；第二句来自哪儿。司马迁的《史记》一个注解都没有，请问史料来自何处？你说据当地老人回忆。【众笑】几百年的事儿老人都记得？据当地老人回忆这事儿是不靠谱的。我们现在很多造谣的记者都来这一套，到哪儿去发现一个抗战老兵，他说什么什么事儿，这不是对待历史的态度。但是司马迁就开始这么干！你看司马迁的那一段"项庄舞剑，意在沛公"，那不就是戏剧吗？一个典型的戏剧场面啊！所以后来才能够从《史记》演化出那么多文学作品来，像什么"霸王别姬"之类的，那时候有那么好的个人的男女爱情？

那么从这些里边我们提出最重要的一个因素是叙事者的问题，现在大家基本都普及这个知识了，叙事者不是作者，叙事者不等于作者，叙事者跟作者的结合度可能有高有低，但是再高他也不是作者。即使鲁迅的小说直接写——不是鲁迅说——我周树人到什么什么地方去看见什么事，这仍然不可靠，叙事者仍然不是作者。叙事者，其实也是一个人物形象，是通过小说文本，字里行间构成的这个文本，一个封闭的文本，所塑造出来的讲这个故事的那个人。这个人是读者跟作者共同创造出来的。

这个作者啊，我们最容易想的就是作者是个男的，他完全可以伪装成一个女人，这一想大家就明白了吧？可以让你觉得这个写作的人就是一个女的。既然性别可以跨越，其他的也都可以跨越啊！民族可以跨越吧？地域可以跨越，年龄可以跨越，职业可以跨越，性格、人品都可以跨越。

有好多人说过，我们读果戈理先生的小说，哎呀，觉得果戈理是一个特别有正义感的、敢于讽刺贪官污吏、敢于向朝廷挑战的有良知的知识分子。你看他笔下尖锐地讽刺了那些无耻的小人。可是据果戈理的亲密的朋友揭露，果戈理本人就是他笔下所尖锐讽刺地挖苦的揭露的那种人。那难道说果戈理是个虚伪的人吗？不是，人是有多面性的，他在生活中可能是有很多缺点的那个负面形象，可是他自己呢可能很讨厌自己的那一面，他看不起自己的这种行为，所以他通过文学创作否定自己的这种生存态度。他创作的这一面也是他的一面啊！你也不能说这一面是虚伪的，他并不是为了骗人。

这是一个相反的例子。相反的例子是比较少的，就是叙事者跟作者完全不一样是比较少的。但是它有一个接近度的问题。人只要一拿起笔来，就想把自己弄得好一点，这个是可以理解的。所以就像现在在网上，我们那个头像都不可信一样的。你千万不要看一个人的头像对他产生什么什么感觉，谁都把自己的头像进行美颜，各种各样的美颜——不是说只是对肖像美颜。比如说有的人的头像不是自己的相片，是一个风景照啊，是一个抽象画啊，这些其实都是象，你通过这些就可以看出一个人的好坏来。通过头像看人也是一种本事，练得好一点儿，可以省很多麻烦。因为我们永远不可能获得一个人的全部信息，如何通过有限信息掌握人？正常人、高水平的人应该是不炫耀自己的，不炫耀自己的立场，不炫耀自己的学问。

这个叙事者呢，其实是作者有意无意塑造出来的另一人，在小说所有人物之外的另一人。就是我们要知道《三国演义》，除了关羽、张飞、赵云这些人之外，还有一个人叫罗贯中；《水浒传》除了林冲、武松之外，还有一个人叫施耐庵。这个人不是那个作者，他也不是其他的那些人物角色，这个人很重要，特别是在现代小说中很重要。古代的那个叙事者没有很深地去想这个事儿，特别是那种从评书演化来的古代白话小说，就是一张口就"看官""看官"的那种，作者和叙事者之间是差不多的，只有技术上的差别。比如说单田芳和袁阔成，两个评书大师，他们只有技术上的差别、学问上的差别，袁阔成学问更渊博更深刻。袁阔成可以大段背诵文言文，然后结合现代白话文给你讲解，一边说书，一边给你一些知识。单田芳是保持风格的稳定性。单田芳说所有的人物都是一个动静，都是一个声音。他所有的人都来自一个地方，价值观保持不变，所以单田芳的书你可以不听，只听他的动静。你看出租车司机好像有很多人听单田芳的评书，他根本就不听他说的是什么，就当成一个背景音放在那里，说的汉朝的事儿和民国的事儿都一样。

而现代小说就不同。现代小说特别注重谁在讲，何人何时何地何情，作家很多的心血花在这个方面。具体地说，一般的小说要隐藏叙事者，虽然不用古代的那种口吻，但是尽量让你不往这方面想，不去想这小说是谁写的，就是制造一种统一的价值观念，好像谁写都这样。特别是跟政治题材比较近的，比如说革命文学，我小时候大量阅读的表现我们革命历程的这些小说，不论好不好，它们喜欢隐藏叙事者，就是谁讲这个革命故事好像都是一样的，就是革命道理是一样的嘛，革命道理都是统一的啊。

当然一开始不是这样的，到了我小时候，到了20世纪五六十年代、70年代的时候，新中国成立之后的这几十年——慢慢地有一些小说就公式化、模式化了。为什么公式化、模式化？就是在于谁写都一样。你要跟别人不一样，好像你这个人特别特殊似的，那不是故事一样，而是叙事者一样，隐藏叙事者，它有一个代表全知全能的意思，代表这个事儿就是这样的，你不要有什么疑问，这个事儿已经是公理！而相比之下早期的革命文学不是这样的，鲁迅小说虽然不是革命文学，但它是那个最早的有意识地要暴露叙事者的。所以鲁迅小说花很多时间来讲叙事者的问题。

大家如果自己读了鲁迅小说，你读《阿Q正传》，那个开头，不厌其烦地讲他为什么要写《阿Q正传》，当然他是用调侃的口气来说的，但这个调侃口气里边包含了很多杂文信息，有很多杂文在里边。他说来说去，结果就把一个叙事者给塑造出来了。你觉得有一个写《阿Q正传》的人，以一种油滑的态度坐在那里，给我们半真半假地讲有个阿Q这回事儿。就是我们除了看见阿Q，我们同时看见另一个人坐在那里说阿Q，这是鲁迅小说不同寻常的地方，而这样做是比较冒险的。你想想我们自己写小说一般也想把自己隐藏起来，把自己打扮成一个共识的代表，就好像我说这事儿特靠谱，就应该这样的。我们一般不敢跳出来跟读者讨论：咱们怎么完成这个文本？

　　所以我为什么说现在那些网络文学都是伪网络文学，没有网络文学？现在我们那些研究网络文学的人，就把发在网络上的文学当成网络文学。那怎么行呢？你网络在哪儿呢？没看见网络啊！就好像《百家讲坛》要被淘汰了的时候——末位淘汰，它那个收视率很低——正好那个编导碰见我了，我给《百家讲坛》策划，我帮它起死回生。他说这节目做不下去了！我问：为什么？他说老百姓都不爱看讲课。我说：错了！老百姓希望上课如大旱之望云霓，哪个老百姓不愿意听北大人讲课？你凭什么这么说？他说：你看我们节目没人看嘛！我说：你这节目怎么做的啊？你就听说哪个教授有学问，扛个摄像机去了，到教室里一摆，"咔"给人录下来，回去一放。电视在哪啊？这活儿还用你们干吗？谁不会干啊？大学不会自己干啊？不会自己录像啊？我没看见电视在哪儿！

　　我们这个网络也是啊，没看见网络。那我理解什么是网络文学呢？就是你一边写一边得和网民商量，得互动啊！一开始你就得暴露叙事者啊，你别装上帝啊！真正写好网络文学必须跳出来——我是谁谁谁。"我是北大化学学院的一年级新生，我现在想写这样一个小说，请各位哥哥姐姐给我出个主意。"这才叫网络文学。然后大家七嘴八舌，说这个男一号是什么，女一号是什么，让大家天天写天天改，改来改去，这才是一种新的文本诞生。我们哪有这样的网络文学啊？都是在自己电脑上写好了，往网络上一传。这跟网络没关系啊，什么网络都没用上啊。那网络文学得一边写一边不断地有各种弹幕，这才对啊！得改来改去的。

所以鲁迅最早发现了现代小说的一个特性，叫"叙事不厌诈"。创作就跟打仗一样，不断地让读者质疑，不是光质疑我这个人，是通过质疑作者、质疑叙事者来质疑这个世界。就像《狂人日记》里说的："从来如此，便对么？"一定要有这个质疑。质疑本身也不一定对，质疑本身可能是错的。比如我小时候看我妈做菜，我就老在旁边质疑。我说：这个为什么要放盐呢，放糖不行吗？我妈听了很生气，哪有放糖的啊？从来都是放盐的。我说：从来如此，便对么？【众笑】就是你质疑本身不一定是对的，但是有这种精神是对的。而这个秘密是在鲁迅的小说中阐明的。鲁迅不怕你质疑，他还故意地"勾引"你去质疑。

这是讲鲁迅小说的叙事者。我们下边通过四五个作品来加以分析——光是这样讲，比较空。我们分析几个作品中的叙事者。

经常被拿来做典范、做示例的是《狂人日记》。《狂人日记》的主人公是狂人，这个我们都知道了，我把这个狂人叫"背锅的狂人"，我们现在已经研究了很多年。以前很多年都没有人注意《狂人日记》前面有个小序，还是后来有一次编一本关于鲁迅的书，我来负责写《狂人日记》这篇稿子，我在那里应该是比较早地注意到这个问题。之后，很多学者都来对这一段狂研究、挖掘。后来我们温儒敏老师又出来说，要纠偏，说也不要把这一段看得太重要了，以至于超过了全文，这一段注意到就行了。

我们都知道，刚才我说了，现代白话小说的第一篇，公认是《狂人日记》，不管前边还有谁写的，这是现代文学的开端。可是恰恰我们没有注意到在这个大的肯定之下，《狂人日记》作为第一篇白话小说，它的开头是文言——这个意义是不同寻常的。被认为是白话小说开端的作品竟然以文言开端。

小序这么写，**某君昆仲，今隐其名**，昆仲是兄弟二人的意思。你看这两句话，这八个字是传统小说的口气和手法，就是有这么哥儿俩"今隐其名"，我也不说他们的真名实姓了。那按照传统小说就该往下讲故事了，说这哥儿俩一个身高八尺，一个身高七尺，应该这么讲吧？不，下边突然冒出一个"余"来，**皆余昔日在中学校时良友**；都是我以前在中学时候的好朋友——这一句话你今天看好像平淡无奇，其实是一个伟大的突破。古代小说没有这么写的，你说别人的故事你出来干吗啊？你是谁啊？怎么出来个"余"呢？你看那个《三国演义》里哪有个"余"啊？"余观桃园三结义"，不可想象有这样的写法，不可能有这样的写法吧？说"打虎之武松乃余昔日之良友"，没有这个话吧？这是一个现代小说的写法，突然出了一个叙事者"余"。那么有这个"余"和没这个"余"有什么区别吗？首先是更可信了吧？你看写的人他都认识嘛，还是他好朋友嘛，所以这事儿是真的——就是加强可信度。

那么既然"余"出来了，我们知道，人只要撒一个谎，为了让这个谎成立，就得连续撒十个谎。撒谎是个贬义词，其实就是说虚构。虚构也够难的，你虚构一个人一件事，为了让它成立，就得连续地虚构下去。既然说他是你好朋友，那这个东西怎么来的呢？**分隔多年，消息渐阙**。很多年不见了，也没什么消息。这里边都是挖好坑了，就是假如什么地方我说得不圆满啊，是因为消息渐阙——事先就给自己辩解好了。那么下面要展开正文，这前面就是铺垫，要铺垫得特别合理，还有很多暗示、伏笔。

日前偶闻其一大病；不久前偶然听说这哥儿俩中的一个患了一场大病，**适归故乡**，回到故乡，**迂道往访**，我拐了个弯儿去拜访他们，**则仅晤一人**，就会见了一个人，**言病者其弟也**。前边说昆仲嘛，昆仲是哥儿俩，叙事者看见一个人，他说患病那个是他弟弟，就是叙事者看见的是大哥。

如果你读过《狂人日记》就会知道后文里边多次出现大哥，那个大哥是个坏人——而大哥早都在这儿出现了，我们注意它前后的这个呼应，这才是欣赏小说的办法。

劳君远道来视，你看，视角变了，这个"余"现在在大哥的口中变成"君"，变成了第二人称。两个一配合起来就更增真实性，"劳君远道来视"，哎呀，你这么老远来看望我啊，**然已早愈**，早都好了，他的病已经好了。

我们要注意，这个故事还没展开，已经告诉你，那个狂人现在不狂了，狂人已经好了。很多人都没有注意到这话里面的沉痛。我们学过之后就知道狂人并不是真的精神病，狂人是反抗黑暗社会的战士，是被那个黑暗的社会最后所吞没，吞没之后呢？他不反抗了——这就叫"好了""早愈"了。有多少忧国忧民的北大学子在北大的时候是狂人，毕业之后到单位里教育两年，"早愈"了。你们就都成"好"人了，千万北大学子都走过相同的道路。这就是鲁迅先生心头的隐痛之一。

早愈之后干吗呢？**赴某地候补矣**。他还不是说早愈了之后做个小生意，做个老师，不是！"赴某地候补矣"，已经要当官啦！已经进入公务员行列啦！一部革命史、反抗史就隐含在这隐喻里。而这个话从大哥口中说出，说得非常平和自然，就是这样的。我们知道有很多人都被教育早愈了："没事儿别瞎折腾，闹什么呀，好好听领导话！"这就是大哥的口气。

因大笑，出示日记二册，大哥拿出来两本日记，**谓可见当日病状，**说你看日记可以看见他当时发病的情况，**不妨献诸旧友。**我就把它送给你吧，老朋友，看着玩儿吧！大哥不拿这个事儿当成事儿，大哥觉得这很可笑嘛！他弟弟病了一场又好了。这个介绍了文本的来历，说下边这东西不是我编的，有来源。

持归阅一过，我拿回去看了一遍，**知所患盖"迫害狂"之类。**鲁迅是学医出身的，虽然学得不太好，但是这些事儿是懂得的。当时说的那个迫害狂，不就是今天我们各种抑郁症吗？

语颇错杂无伦次，又多荒唐之言；这都是为下文提前做好铺垫。因为鲁迅的《狂人日记》之前从来没有过，一般人恐怕读不懂，读之后你就会觉得错杂无伦次、荒唐。他事先告诉你了，病人写的，本来就是这样的。**亦不著月日，**没有写时间，没有写时间是有隐义的，就是它不论时间，它是跨时代的。**惟墨色字体不一，**看墨色看字体不一样，**知非一时所书。**这写过日记的人都知道，过去拿笔写日记，那肯定是字体不一样，墨色不一样，不是同时写的。**间亦有略具联络者，**都不完全是错杂无物的，有的时候又有一点联系，有逻辑。狂人写的东西都是这样的。**今撮录一篇，**这个是我给他编辑了一下叫"撮录"，**以供医家研究。**说得煞有介事，他这个医家不都是指医生，是指研究社会问题、人生问题的人。**记中语误，一字不易；**我很尊重原文，写错的地方我都不改，你如果发现什么错误，你别赖我，不是我写的，原文如此，我没改。**惟人名虽皆村人，不为世间所知，**只有里边的人名啊虽然都是当地的那些土人，谁也不知道，**无关大体，然亦悉易去。**你看他还有保护个人隐私的意思——虽然那些人不出名，我也把名都改了。

至于书名，则本人愈后所题，这个本人不是"我"，不是叙事者，是病人，病人自己好了之后自己写的《狂人日记》，《狂人日记》的名是这么来的。**不复改也**。这个我就不改了。你看他把能够推掉的虚的实的法律责任、道德责任都推得一干二净。不是我把他叫狂人，你别说我污蔑精神病患者，是人家自己叫狂人的，我什么责任都没有。

所以他这个不长的一段小序，发挥的功能是极其大的。除了叙事上的伟大的策略之外，更深刻的是告诉我们：一个曾经反抗的革命战士，现在已经加入统治者阵营，在那里候补。

你想一想，这可不就是穿越时代的沉痛之言吗？我们今天抓起来的多少贪官污吏，二三十年前不也是慷慨激昂地要建立美丽中国的人吗？当年不都是跟我一个年龄在宿舍里怀着美好愿望的一些大好青年吗？后来不都候补了吗？有了一些时间就真的当官啦，一级一级升上去啦，一直升到监狱里去，"人生代代无穷已，江月年年望贪官，又望一拨只相似"。所以你要通过这个去研究，他为什么要暴露自己这个叙事者？他是让你超越这个故事去想别的事儿。所以这个是他鼓捣来鼓捣去的一个目的。

我们分析一个狂人，大家可以自己去读《狂人日记》的正文，跟这个文言比着读就更有趣味。读到里面大哥的时候，然后再来看看大哥……

好，我们再看一个可疑的小伙计，《孔乙己》里的。上次讲意象的时候，我给大家讲掺酒的这个意象。这里，出现了一个"我"，这个"我"和刚才那个"余"又不一样了。《狂人日记》的那个"余"，我们一看是个上过学的人，懂文言，懂医学，很像我们知道的这个周树人、周豫才先生自个儿，很接近。如果《狂人日记》成功了，他完全可以这么写下去，我们很多成名作家就这么写下去了。哎，这个作品成功了，我就还这么写，第二篇、第三篇……我先写个校园生活成功了，我就永远写校园生活，人们叫我校园作家；我写知青生活了，我就永远写知青。

你看鲁迅不是，鲁迅第一篇成功了，《孔乙己》是他的第二篇小说，第二篇马上就变了。第二篇这个"我"是个孩子，当然他仍然伪造了一个场地，伪造了镇口的咸亨酒店。当地也真有咸亨酒店，他是把真假混在一块儿。《孔乙己》的第二段开始，叙事者就跳出来了。**我从十二岁起，便在镇口咸亨酒店里当伙计**，一定要把叙事者的事儿说得很详细，说得很多；而不是简单地说我是一个小伙子，下面的故事都是我看见的。不！他这个"我"老在里边。后边还有情节，"我"出来了。**掌柜说，样子太傻，怕侍候不了长衫主顾，就在外面做点事罢。**

我们看，他是怎么塑造这个叙事者的。这个叙事者，是个小孩；地位是伙计；掌柜认为他傻，伺候不了上流主顾。也就是说这个叙事者这么讲了之后，在读者看来，他恰恰是个可靠的叙事者，这个叙事者可以是可靠的或不可靠的，他是可靠的，因为他已经跟掌柜的切割开了，他跟掌柜的不是一个立场，跟长衫主顾不是一个立场，他有点傻，这样的叙事者的形象是读者所欢迎的，觉得靠谱的。我们想，假如一个叙事者是一个副总理，他来讲总理的故事，这靠谱吗？我们一开始就有警惕了，他是副总理他讲总理，这肯定不可靠！所以这是一个叙事策略。

外面的短衣主顾，虽然容易说话，但唠唠叨叨缠夹不清的也很不少。他们往往要亲眼看着黄酒从坛子里舀出，看过壶子底里有水没有，又亲看将壶子放在热水里，然后放心：这是我上次讲的掺水，**在这严重监督之下，屑水也很为难。所以过了几天，掌柜又说我干不了这事。**你看，他干不了弄虚作假的事儿，这就更可靠了。后文里展示出：整个这个故事里唯一同情孔乙己的，唯一还有人味儿的，就是"我"。所以这个故事如果不是这个小伙计来当叙事者，整个故事的意义就变了。古代小说谁当叙事者都行，都一样，现代小说是不一样的。我们想如果这个故事是掌柜的来讲呢，就完全不同了，就另外一个意义了。另外，我们还可以想，这个故事要是孔乙己自己来讲是什么样的，或者是某一个来喝酒的人来讲是什么样的，所以《孔乙己》的一个动人之处，是非常冷静的一个比较傻的小伙计来叙事，就这个事儿也干不了。

幸亏荐头的情面大，辞退不得，推荐的人有面子，便改为专管温酒的一种无聊职务了。没啥干的，就专门温酒，这事儿谁都能干，这事儿无聊，无聊他才能够去观察，自己没有利益在里边，怎么干都行。所以他的眼中是最纯粹的一个故事的发展。

我曾经模仿这个小说写了一篇调侃的文章，叫《孔乙己考研》，孔乙己每年到中文系来考研。然后我这个叙事者是谁呢？是毕业之后刚留在系里的一个秘书，其实还是模仿这个写的：我比较笨，人家看不起我，但是因为我导师的面子大，所以他们不敢太欺负我，我就干一个无聊的事儿，所以我来观察这个孔乙己考研的种种可笑经历。我那完全都是模仿鲁迅的原文，所以通过模仿就更能体会到如何塑造叙事者这个技巧。

这个《孔乙己》是鲁迅本人最满意的一部小说，也是翻译成其他国家文字最不走样的一篇小说。这个跟叙事者关系极大，就是任何一个国家、民族的人看了之后，都会同情孔乙己。只有我们的中学教坏了，把孔乙己看成一个可笑的人物形象了。这是我们看第二篇小说的叙事者问题。

我们再看一个，著名的小说，《祝福》。《祝福》里也有"我"。你看鲁迅小说里老有这么一个"我"，第一人称叙述的小说特别多。《祝福》的开头是这样讲的，**旧历的年底毕竟最像年底，**这个鲁迅写什么东西呢，都是好像话里有话，都得要琢磨一下：这是什么意思啊？你这好像是对新社会不满吧？鲁迅的话总让你感觉好像对新社会不满似的，本来这事儿跟他没关系。**村镇上不必说，就在天空中也显出将到新年的气象来。灰白色的沉重的晚云，**鲁迅一般不大段地作景物描写，但是偶尔来几句景物描写那是高手不可替代的，**中间时时发出闪光，接着一声钝响，是送灶的爆竹**；你看一个过年的气象被他这么一写，一点都不新，一点都不快乐了，响个爆竹还是钝响。

　　近处燃放的可就更强烈了，震耳的大音还没有息，空气里已经散满了幽微的火药香。"我"出来了——我是正在这一夜回到我的故乡鲁镇的。小说作者叫鲁迅，回到故乡鲁镇，特别合理，增加真实感。现代小说一再让人相信这是真的；古代小说不注重这一点，你爱信不信！**虽说故乡，然而已没有家，**你看这个跟那个小说《故乡》是不是互相照应了？他在这个作品里加强对那个作品的证明，你看我到这个小说里对这个故乡还是这个态度嘛，没变嘛！**所以只得暂寓在鲁四老爷的宅子里。**越说越像——我叫鲁迅，我们家是鲁镇，完了回去之后还有个鲁四老爷。你看鲁迅写的人物，特别是这个不太好的人物，都是排行第四。为什么不叫鲁二、鲁三呢？因为他自己有二弟和三弟，【众笑】他就要避嫌，一写就是鲁四老爷，跟老二、老三没关系，别瞎想。

　　他是我的本家，比我长一辈，应该称之曰"四叔"，是一个讲理学的老监生。我们读过《儒林外史》监生的形象。**他比先前并没有什么大改变，单是老了些，但也还未留胡子，**这个大概是中年人，说老不小的。鲁迅特别会写变和不变，变中的不变，不变中的变。**一见面是寒暄，寒暄之后说我"胖了"，**这些都是日常的套话，我们可以想起无数的场景来，说明这个人没什么新的话题可说，这个讲理学的老先生已经画了一个范围了，在这个范围里他没有什么新话，见面就跟我说些胖瘦的套话。**说我"胖了"之后即大骂其新党。**传统的守旧的人永远是骂新党的，永远是骂新的现象的；所以我也老怀疑我老了，我也是常骂新党的，好在我也骂旧党。**但我知道，这并非借题在骂我：因为他所骂的还是康有为。**鲁迅冷静中有非常刻毒的一面，鲁四老爷还把康有为当新党在骂呢，说明这个人已经守旧到什么程度了，就根本不知道世界的变化，还在骂戊戌六君子这些人。这个就像茅盾的小说《子夜》里面写的一个土豪，共产党革命抓住他，他为了表示自己是好人，说自己孙传芳时代杀过国民党，他不知道他杀的那个国民党是革命党。孙中山领导的国民党是革命党——他那个时候杀国民党，说明他是个老反革命。**但是，谈话是总不投机的了，于是不多久，我便一个人剩在书房里。**

这个小说《祝福》我们都知道后面是要写祥林嫂的，那么祥林嫂的故事是从"我"遇见她，然后展开回忆，开始叙事的。所以他那个铺垫是要铺垫一个"我"的形象，就是什么人在讲祥林嫂。要知道他这个技巧——为了讲"我"是什么人，要拉出一个鲁四老爷来对比。鲁四老爷是一个旧得一塌糊涂的人，还在那儿骂康有为。

在这样一个人衬托下，读者对这个叙事者"我"有了印象。慢慢地这个"我"定位了之后，这个"我"遇见祥林嫂，祥林嫂的命运给我们的感觉才出来。后来我们才知道祥林嫂为什么单单问"我"人有没有灵魂，人死了之后一家人能不能见面。她单单问"我"，因为"我"是代表着科学、民主，代表外面来的知识，可是最可惜的是"我"竟然救不了祥林嫂，"我"这样一个人，"我"比鲁四老爷强多了，可是"我"没有办法救祥林嫂，"我"连一个好的主意都出不了。"我"只能说，大约有吧。最后祥林嫂还是死了。所以这个叙事者的重要性是这样散发出来的。

我们再看一篇小说，再看鲁迅著名的小说，叫《伤逝》，写爱情。鲁迅唯一的爱情题材小说，也是我认为的世界上最好的爱情小说，把爱情问题挖得最深的。虽然篇幅这么短，但是我觉得它的力度完全超过《神雕侠侣》。长篇爱情小说，最伟大的就是《神雕侠侣》，《神雕侠侣》是一部爱情的百科全书，任何爱情在《神雕侠侣》里都有，而且深刻得无与伦比。但是鲁迅无招胜有招，一个薄薄的《伤逝》可以破掉《神雕侠侣》。

《伤逝》里边一个重要的经常被人研究的也是这个"我"。这个"我"到底是什么人？"我"到底怎么回事儿？这《伤逝》本身是一个研究不完的小说。《伤逝》的前两段我们看一下。

如果我能够，我要写下我的悔恨和悲哀，为子君，为自己。开头是散文诗的节奏，是小说，那这不分明是诗吗？"为子君，为自己"，这两个"为"放在后边，故意形成一种诗歌的结构。放到后边是故意强调沉重，而且开头就把"我"拿上来，读者可能忍不住就会问："我"是谁呢？我们一般把这个"我"当成作者，那么经过我们研究，我们知道这个"我"，这个故事里这个"我"不是鲁迅，鲁迅自己并没有这么一段爱情故事。那为什么要用第一人称来写一对五四之后受了新思想启蒙的年轻人的一个爱情悲剧？由于追求自由恋爱在一起同居，然后由于物质生活不能支撑，两个人分开，最后一个死了，一个走了。

这个故事完全是逆五四精神的。我们为了这个伟大的五四运动，为了我们的德先生、赛先生，我们应该多写自由恋爱美满结局啊！"自由恋爱好！都走出家庭，自己看上谁了，跟谁走！"——五四不应该是这样的吗？可是恰恰鲁迅，他自己是五四的大将，他自己却"反"五四。他自己说，你看！自由恋爱没法干，一个死了，一个走了。走那个还不知道将来能不能够活下去。所以这里面这个"我"，就既可疑又复杂。

所以后来周作人有一个解释，周作人说《伤逝》写的不是爱情，《伤逝》写的是兄弟之情，《伤逝》写的就是我大哥跟我。【众笑】这个说法影响很大，但是比较费解，很多人就想这怎么是你呢？你是女的吗？【众笑】当然这个作为一个重要的参考，是应该重视的。周作人为什么这么说？他说的对不对咱不管，周作人这么说，就成了我们研究周作人的一个线索，你周作人到底有什么心理？你为什么自己说自己是子君？这样也拓展了我们对这个小说的认识，到底谁对不起谁啊？

其实周作人这么说的意思就是想说，我大哥对不起我，他不要我了，我活不下去了，我才当了汉奸的。是不是有这样一个心里的声音？周作人后半生努力地从各个方面说，我当汉奸是有各种复杂原因的，其实我也不想当汉奸，当汉奸也没干坏事儿——他其实后半生绕来绕去都是想说这几句话。不管人怎么说，只要你说了话，你就露出了狐狸尾巴，经过技术考察，都可以研究出你的心理。你说的对不对，是另一回事儿。就是子君是不是周作人并不重要，重要的是周作人为什么这么讲。我们看都认为它是爱情小说，你看是兄弟之情。当然这不是同性恋的意思，是另外一种人的隐秘的心理。就是周作人想说他大哥对不起他，所以说他借爱情借男女讲兄弟。

那我们回到这个叙事者的立场上，之所以造成这种扑朔迷离，始作俑者是鲁迅自己。小说为什么要写得这么复杂？我们看下面这第二段——好像还是讲环境，可是还是一个诗歌的节奏。句子很长，很有节奏感，很多的定语和状语，**会馆里的被遗忘在偏僻里的破屋是这样的寂静和空虚**。鲁迅为什么要制造这样的节奏？**时光过得真快，我爱子君，仗着她逃出这寂静和空虚，已经满一年了**。我觉得这些话都可以分行写，分行写就可以朗诵，像诗歌一样地朗诵。可是这个节奏恰恰是把读者拉进某个他预设好的时空限制范围，一句一句你读下去，最后我们就进入那个时空了。

事情又这么不凑巧，我重来时，偏偏空着的又只有这一间屋。依然是这样的破窗，这样的窗外的半枯的槐树和老紫藤，这样的窗前的方桌，这样的败壁，这样的靠壁的板床。这一连串"这样的"，把破破烂烂的一个小院子，写得这么诗情画意。我有几次去南城绍兴会馆那一带转转，去寻找他的这种感情和节奏。鲁迅是住过这样的地方的，但他没有和一个女朋友同居过。那么他自己住到这里的时候，难道脑子里有过这样的幻想？因为鲁迅在五四的时候啊，他比其他的同事们是年长的，他三十多了，他和那个二十多的在一块儿战斗，他是不是想过自己也应该有这样的爱情？我们不知道。但是从生平来考虑，这完全是虚构，一个人怎么能虚构得这么像？就好像自己真的发生过一样的。虚构故事不难，虚构得特别细腻，心理上特别细腻，就好像真的发生过这种感情，这是衡量一个人的文学能力的一个标准。亲身经历过这种生活的人未必能写出来。

深夜中独自躺在床上，就如我未曾和子君同居以前一般，过去一年中的时光全被消灭，全未有过。我并没有曾经从这破屋子搬出，在吉兆胡同创了了满怀希望的小小的家庭。这个节奏是一直保持到底的——缓慢的抒情节奏。通过这个节奏，既讲了故事，又节省了篇幅。倒叙往往就是为了节省篇幅吗？他说他没有，其实就是有，他感觉自己好像没有，因为时光过去了，好像不曾发生那些日子的事。当一个人说不曾发生过一个故事的时候，一方面告诉你发生过，另一方面它增加了一个信息，就是告诉你，我对这个发生过的事情有异样的感情。于是读了这段我们就知道：哦！原来一年前，他和一个叫子君的女孩子曾经有过一段爱情，他从这儿搬走了，和子君到一个地方同居了。那个地方，要注意起的名字，叫吉兆胡同，起了这么个好听的名字，大吉大利。可是看他这一段呢，又好像那个事儿结束了，好像那一段是个不好的结局，已经看到是个不好的结局。

这个故事是写在五四期间，五四期间，风尚是什么呢？就是逃离大家庭，打破大家庭，建立小家庭。五四的主流是声讨大家庭，要毁掉旧中国，旧中国的象征就是大家庭。你看有多少小说都写大家庭里没好事儿，大家庭里那个专制的祖父——老爷爷，是个坏形象，然后叔叔那一辈儿也都是坏人，吃喝嫖赌，无恶不作；然后我们年青一代也有腐败堕落的，但是我要革命，我要反抗！我要逃出大家庭，建立小家庭。我们看新中国怎么建立的？无数觉醒的年轻人逃出大家庭，奔往革命圣地延安，在那里建立了小家庭，然后再杀回大城市，于是又重新建立一个中华人民共和国的大家庭。我们这个家和国是这样游离分离组合的。可是鲁迅在当时就指出：小家庭，失败了……鲁迅也没说大家庭好，但是他告诉你——你们不都是自己走了，就都同居了吗？没啥好下场。而这个事儿是叙事者"我"自己亲身经历的事儿。

你看《狂人日记》啊，"余"没有发言；到了《孔乙己》里边，那个小伙计是个"傻子"，他是冷静地观察一个事儿，没有投入自己的情感；你看刚才讲的《祝福》，有情感了；情感达到最浓，就是《伤逝》。《伤逝》就是一曲悲歌啊！他不断地悔恨和悲哀。所以研究《伤逝》啊，研究完故事之后就研究这个人物，到最后就研究这个叙事者"我"。这个"我"呢，看了后文我们知道他叫涓生，《伤逝》就是涓生和子君两个人的故事。涓生这个人物到底如何评价？这个小说前面有一个题记——"涓生的手记"，这是涓生自己写的，那么他自己也要有一个态度。通过这个小说呢，涓生这个叙事者认为，我离开子君是不得已的，但是我有悔恨，我对不起她。子君当初那么勇敢，跟我结合，子君说：我是我自己的，谁也没有干涉我的权利。这个声音是特别鼓舞人的，是代表五四的声音。真正代表五四的不是鲁迅，而是郭沫若那些人的声音——坚定的革命，我是我自己，谁也没有干涉我的权利，我要冲决一切牢笼，奔向光明的前方，这是五四。所以我们想起五四就是我们北大火烧赵家楼的那种形象，那是一个象，那是一个意象。鲁迅肯定是支持这个象的，可是他同时也是质疑这个象的。

到最后，他还是离开了子君，他没有办法，最后子君死了，他还要寻找新的出路。在我小的时候我看过一些文章，这方面说得比较简单、比较幼稚，他说这个涓生啊，还没有找到革命的道路，他是一个可怜的小资产阶级知识分子，所以他在那里彷徨着游离着，他将来如果走上革命道路就好了。我觉得这个解释呢很甜蜜，但是它很简单，事情不是那样的；这不是一个直接讲革命不革命的事儿，因为《伤逝》的故事是超越时代的，我们今天仍然有无数的《伤逝》在发生。我们现在多少年轻人结合了，分开了，在茫茫人海中各过各的，有各种生死离别的故事；可是我们又没有时间和精力去回顾自己的这些经历。所以有的时候一想，为什么千千万万的年轻人读了《伤逝》都被感动，各自感动的都是什么？也有的人骂涓生，说涓生是个没良心的——你如果不跟子君同居，子君就不会死；也有同情涓生的，说他怎么怎么有道理。正是这种不同的感受，本身映射出了我们这个大千世界，都被鲁迅所写，都写下来了。我们学者很喜欢从纯学理的方式入手去讲个性解放的问题，其实作品所映照出的生活比这要复杂得多。

　　那么涓生有没有可能成为狂人？我把他叫作"类狂人"。你看《狂人日记》其实也是他的手记啊，也是自己写自己的生活和自己的感受。当然我们认为那是疯子写的，不太当真。而涓生是一个特别冷静的叙事者，不断地抛弃自己，抛弃子君，特别是把他们生活的细节写得非常深。就是因为在以后结合的日子中，琐碎的日常物质生活中，没有事儿，无聊，然后子君就不断地去温习他们以前谈恋爱的时候说的那些话——你当时怎么说的啊，不断地温习。两个人老回忆以前的事儿，这个温习在爱情中是很可怕的，它往往孕育着危机要到来。所以鲁迅说爱情要时时更新，不要理解为爱人要时时更新，【众笑】是爱情——就还是你俩，不能够天天都一样啊，不能够年年都一样啊，不能老讲他俩第一次见面的时候，不能老讲这一个故事，生活中要有新的创造。所以鲁迅对爱情的理解永远是有指导意义的。就是你一旦发现两个人老絮絮叨叨一件破事儿、两件破事儿，这次吵架又想起上次吵架的事儿，这个一定要改变，这就有危机了。而他俩就是在这个无聊中，最后只能分开。到底是不是穷得就过不下去了？也未必，毕竟是城市青年嘛，真的穷得过不下去了吗？心理上的危机和危机处理的能力，也都在这里（《伤逝》）映照出来了。

我们再来看一篇小说的叙事者。举一个也是鲁迅有特色的——我专门举了几个叙事者各不相同的作品——《孤独者》的结尾。《孤独者》的主人公是一个叫魏连殳的人，姓名特别独特，这个人本身也是鲁迅精神的一个投射。魏连殳这个形象也是通过叙事者"我"看出来的，叙事者"我"也虚构得特别好，跟魏连殳的距离不远不近，恰好能够深入他的内心，但是有一段时间又离开，这样能够发现他生活的变化。

《孤独者》的结尾是写到魏连殳终于死了，他怎么死的呢？他原来是一个反抗的战士，可是由于反抗老失败，生活越来越差，最后有一天想通了，怎么过呢？躬行先前所憎恶的一切——就是以前我反对的那种做法，我现在亲自去做，而且做得非常好。以前我反对贪官污吏，现在我就做一个贪官污吏。于是他成功了，生活过得好了，家里高朋满座，所有人都来巴结他，跟他交朋友。这不是过好了吗？可是这个成功不恰好是失败吗？这个成功恰好证明了你原来那么做是大的失败，双倍的失败；所以表面上越热闹，他的内心就越痛苦。所以他就胡作非为，最后就死掉了。

这个《孤独者》的结尾我们读一下。**他在不妥帖的衣冠中，安静地躺着，合了眼，闭着嘴，口角间仿佛含着冰冷的微笑，冷笑着这可笑的死尸。敲钉的声音一响，哭声也同时迸出来。这哭声使我不能听完，只好退到院子里；顺脚一走，不觉出了大门了。潮湿的路极其分明，仰看**

太空，浓云已经散去，挂着一轮圆月，散出冷静的光辉。你看这个圆月和那个《故乡》里的月亮是不一样的，虽然还是圆月。

我快步走着，仿佛要从一种沉重的东西中冲出，但是不能够。耳朵中有什么挣扎着，久之，久之，终于挣扎出来了，隐约像是长嗥，像一匹受伤的狼，当深夜在旷野中嗥叫，惨伤里夹杂着愤怒和悲哀。这又是意象，这个人物是通过这个意象写出来的。这个人死了，可是**我的心地就轻松起来，坦然地在潮湿的石路上走，月光底下。**还是诗一般的节奏，月光底下的节奏。

那这个叙事者"我"跟主人公魏连殳是什么关系呢？他仅仅是个观察者——讲故事的人吗？我给大家提供一个思路，我们是不是可以把"我"和魏连殳看成一个人？"我"讲的那个魏连殳就是"我"呀！只不过真实生活中的"我"没有死。

我也曾经有那样的精神经历，我想过那样的生活，我也想过我大学毕业之后，硕士毕业之后，博士毕业以后，不当老师，我下海我就当马云，我从政我现在是某某领导，我也想过那样的事，我都想完了，想完了之后呢，不过就是魏连殳，最后就躺在不妥帖的棺材里面。想完之后呢，我还是回来当我的老师吧，我的心现在很轻松，还能够在这里给大家上课，灯光底下。

好，今天咱们就讲到这儿，下课！下次我们继续来把这个主题讲完。

2020年10月27日

纯白而不定的罗网

——鲁迅小说的叙事美学

好，同学们各就各位，无论坐的、站的找到自己的位置，我们开始上课。

今天有一点对不起大家，今天本人略有小恙，不在状态，不论身体还是心灵，都好像不在此地。上个星期日程比较密，其中去了几天西藏，在海拔五千米左右的地方，进行了过长时间的讲课活动。我这个人有点不知好歹，老是过高地估计自己的实力。不满足于在最高学府讲课，不满足于在最高媒体讲课，总想在一个海拔最高的地方讲课，不断地挑战自己。

我顺便给大家推荐一本书，这本书是我当年博士时候的同学，史成芳同学写的博士论文，题目叫《诗学中的时间概念》。史成芳同学当时跟我住隔壁，是非常有才华的一个同学，不幸英年早逝。二十年前他完成博士论文，一边化疗一边写博士论文，最后完成了答辩，后来不久就走了。我还写过一篇文章叫《史成芳与保尔》怀念他，所以今天想到时间问题，我就推荐一下他的这本书《诗学中的时间概念》。

我们研究文史哲的人一个关键词就是时间，怎么体会时间，看上去最普通的一个词其实是最难以说明白的。谈这类问题是很少有知音的。从我们日常所用的那种时间——今天几点约会，几点上课，几点吃饭，开始去思考时间的本质是什么，从这个层面可以体会人生，体会文学，体会哲学。其实时间这个东西之所以要探讨，是因为它被所谓的现代科学给粗暴地垄断了，我们现在一谈到时间，全是外国人灌输给我们的所谓现代科学概念。把一天的时间分为24个小时，每个小时刻上这60道，每一格里再刻上60道，然后你就得这么活着，用这个来衡量一切。

我们能不能突破这个东西去想，至少我们应该知道在物理时间之外，另有生理时间。比如说我今年五十多岁了，我跟我的老同学聚会，聚会的时候发现有的人好像七十多岁了，有的人好像三十多岁。那有不同的物理时间吗？在我们生理接受方面是有巨大的不同的，但是有的你看他好像七十多岁的人，他的心态像三十多岁，那说明此外还有一个心理时间。至于小说中如何处理时间，那又是一门专门的学问。这个时间问题大矣哉。

我昨天去剪头，我剪头都是在我们小区旁边胡同里找最便宜的，最草根的，最不卫生、最混乱的那个店。跟所有的劳动人民在一起。昨天给我剪头的是一位大嫂，她隔壁店里来了一个人，大概是她的闺蜜，老来找她聊天，然后就坐在旁边椅子上跟她聊天。一般人会很讨厌的——你是怎么做生意的，怎么经营的！但是我不讨厌，我认为这都是免费让我体验生活。我为什么对天下事无所不知，因为我无时无刻不在做社会调查。我就坐在那儿听。后来这位大嫂讲她老公得了腰间盘突出，她陪她老公去医院看病，讲得那个啰唆啊，天下无出其右。她就说早上几点钟起来，做了什么饭，怎么坐了车，怎么到了医院，到了医院之后挂号，进去排队，大夫说什么，她说什么，事无巨细地来描述。中间还要穿插她的个人评论，叙事抒情加评论，没有任何裁剪。要是别人早都烦了，我一想，太好了，正好明天我要讲时间问题，大伙儿来帮我备课了，我觉得特别好。

她讲述的这种方式是很多普通人都具备的，用我们小说叙事学研究的时间视角来看，她讲事情的时间叫"叙事时间"，她讲，她在叙事。被她所叙的那个事是故事，故事另外有一个时间叫"故事时间"。比如说，她到那个医院里，大夫和她说话，大夫对她说你到哪个哪个地方，到上面二楼干吗干吗，哪边拐啊，往右拐再往前走等，这是故事时间。可是她讲这个故事所花费的时间，远远大于那个故事真实发生所需要的时间，这就叫叙事时间大于故事时间。所以我们就明白了，我们为什么受不了这种谈话，一般人不愿意跟这种人聊天，说话太啰唆了。

你怎么判断出她啰唆呢？就是她叙事时间过大，她讲的很多内容都是不需要讲的。我们受过写作训练的人，都知道我们说这段话是什么意思，要表达一个中心，跟这个中心无关的都删掉，我们是受了这种训练。可是这样的人也上过学，她一定也写过作文，她没上过大学也上过中学，肯定写过作文，她为什么还这么说话呢？因为她说话的目的和我们不一样，她说话的目的不是为了传递一个观点，她的话就没观点，她说话就是要把她此时此刻的生理时间填满。因为她店里没事，她过来坐这看她的闺蜜怎么收拾我的脑袋。她不能不说话坐那儿，她得一边说一边欣赏我这脑袋。这就是她这两小时生活的意义。看看这个，看看那个，还一边说着话，这是她的艺术。

如果我们用我们学的文学理论或者作文的规则去要求她，那就是我们不懂事。用我们的标准衡量的再啰唆不过的东西，在她的生活中，是发挥着重要意义的。但是回到我们的标准上来看，这显然是艺术的反面。

我们要求的艺术是什么？是叙事时间要小于故事时间。不然我凭什么听你叙事呢，我直接看故事好了。特别是新闻，新闻为什么要抓新闻点，要精练？其实，它还是一个时间的问题。

那么有没有艺术品、有没有这样的审美，叙事时间大于故事时间是成功的，是对的？或者在某种情况下，就需要这样，就需要叙事时间大于故事时间呢？同学们能想出什么样的小说、什么样的情节、什么样的场面需要叙事时间大于故事时间？哎，同学们有的想到了——武侠。写武打的时候那个故事时间非常短暂，不容易看清楚，瞬间就过去了，这个时候反而叙事时间要大于它，要慢慢说。比如我看一段武打的文字，写一千字、八百字，实际上几秒钟就结束了，但是它写起来是很慢的。"他一刀从这边劈过来""他冷冷地看了一眼"……这两个时间也是错位的，就是把故事时间分解成一格一格的。所以，给你来分析着看，这要看叙的是什么事。

叙事时间和故事时间有时候可以差别不大，有时候可以差别非常大。当然，现场发生得非常快的事情，也不一定非要慢慢说，也可以一句话带过，叫作"说时迟那时快"，六个字，事就过去了。你看，中国人发明的这六个字特别好玩，你就觉得好像已经发生了，也可以发生了。再比如说"一夜无话"，"小两口高高兴兴入了洞房，一夜无话"。怎么可能无话呢，意思是这篇掀过去不说了。还有小说家惯用的伎俩——"十年以后"，讲一青年十年以后怎么样怎么样了。其实这都是采用时间控制的技巧，来调整叙事节奏。

我们今天继续来谈鲁迅小说的综论。上一次在介绍了本课之后，后半段我们重点讲了鲁迅小说的一些问题，讲了鲁迅为什么是中国现代小说的开山祖师、现代小说之祖。小说不自鲁迅始，白话小说不是自鲁迅始，反封建小说不是自鲁迅始，我们经过一些排除之后来确认，他如何是现代小说之祖。又讲他不光是开山鼻祖，同时是顶级大师。我正好采用了嵩阳书院一副对联来比喻鲁迅。

在现代文学研究界，以严家炎先生为代表的学者普遍认为，中国现代小说在鲁迅手中开始，在鲁迅手中成熟，因为鲁迅能够打通古今中外。很多人想学鲁迅，百般努力而不得。我有一个放松的说法，其实不必觉得自己怎么不行，是因为我们这个历史坐标不行。圣人是有具体的历史坐标的，你没有活在春秋战国，你就成不了孔孟老庄，怎么努力都不行。当唐朝过去了，你再会写诗，你写不出中华民族一流的诗歌来。不是你没有才华，你再有才华都不行。苏东坡有才华吧，辛弃疾有才华吧，但是时代过去了，就是汉字组合里边，最优美的组合被人家先用了。你说，"床前明月光"多好，这五个字放一块儿那么好，"长河落日圆""时不利兮骓不逝"都被人家用了，你没办法。汉字最优美的组合被用过了。所以人有时候要认命，圣人要有历史坐标。

最重要的条件，鲁迅的学问是传统文化给的。我上一次课讲弘扬传统文化是好事，但是一定要当心，搞不清楚的情况下，你就老老实实读书就是了。不要老搞花样，越搞花样越错。就老老实实读书，最保险。鲁迅当年说，少读中国书，多读外国书。（《青年必读书 —— 应〈京报副刊〉的征求》）鲁迅说的是那个时代的情况，因为那个时代的青年人不读外国书，主要读中国书。我们现在怎么来体会鲁迅的话呢？

带着这些问题，我们去读鲁迅也好，去读其他小说也好，才会去很好地体会时间问题。茅盾先生说"鲁迅小说一篇有一篇的新形式"，实际就是说他篇篇创新，像金庸的武侠小说的功能一样，每一次都不重复自己。我们下面再从不同的侧面体会鲁迅小说的一些美学特点。

先说一个精练的问题。鲁迅的小说，本来数量就少。我们再想哪个国家，它现代小说的顶级大师，没有写过长篇小说，勉强有一个中篇小说，剩下都是短篇？而且短篇是名副其实的短，都几千字。我们现在有的作文大赛都要求三千字，甚至还有四千字的。鲁迅好多小说都三四千字，有的更短。那现在写小说的，至少都以"万"字来衡量，所以鲁迅小说是真正做到精练。

如果拿小说跟诗来比较一下，鲁迅的小说真好比是绝句，诗里面最短的，鲁迅小说就是绝句。鲁迅自己还有一句话，就是他写完小说之后，他要尽量将可有可无的字句删去。"可有可无"为什么不留着呢？他把可有可无的删去，留下来一定是必须有的，而不是莫须有的，这个是中国传统的审美观。

中国传统审美观就以精练为美，而且精练是一种顶级的审美标准。能写，这是最基本的，写得对，写得好，写得精彩，写得漂亮，这都是衡量标准，但是顶级的标准是精练，什么都在这里头了。你要写得不好不能说是精练，光字数少不行，一定是把前面的优点都涵盖了之后，最后你所使用的符号最少，用最少的符号表达了最多的美，这叫精练。

而精练的东西，只有文艺能做到，最精练的就是文学。比如说政府文件不能追求精练，政府文件一精练，下面就不懂了，政府文件里面可以引用精练的话，里边引用几句。通篇必须说得清楚明白，那是公文的特点。但是文学不是，文学典籍的审美是精练。

我们想鲁迅的大部分小说，换任何人都写不出来。为什么呢？尽管我们解读了这么些年，把鲁迅小说要表达的意思，把它的精妙之处都找出来，可是没有办法超越。其实我们缺少这个"精"，也缺少这个"练"。这个"练"里面需要付出多少社会平均劳动时间？所以鲁迅小说按照信息播放的含金量来说，是最高的。

中国古代诗歌为什么好？好就好在精练，你永远说不完。就一个"飞流直下三千尺"，人们就可以永远写论文，说它为什么好。这句话还谁都能看懂，谁都能看懂的话里就有这么大的学问。李白的诗翻译成外语之后，就如同白开水一样，什么意思都没有了，你看不出它的好——这有什么好啊！但用汉字一写，就这么美。这是精练的一个审美定位。

那么精练的妙处就在于它含着少与多的辩证法，给人的是"多"的东西，但恰恰用"少"的载体。人们为什么觉得这样的东西是美的？而给人"多"的载体，最后人得到的东西是"少"的，人为什么觉得这个不美？这就是人的审美心理的奥秘。很多年前我在一个国家任教，那一天是该国的教师节，校长很热情地请我到他的办公室去喝茶，向我表示感谢，说你到我们国家、到我们学校任教，非常感谢你。然后送给我一个巨大的礼物，这么大一个木箱子。我非常高兴，心里想这给我啥东西啊，我赶紧抱上回教研室去，关上门拆我这箱子，看校长给我什么东西——这是教师节校长送给中国教授的礼物。我找来工具把这木箱打开，里面是一包裹，把包裹打开里面是一小木匣，小木匣打开里面是一个塑料盒。就跟马三立说的相声一样，一层一层打开五六层，最后终于里面一个小塑料匣子露出来，里面摆着两个这么大的鸭梨——这是我非常感动的、终生难忘的一个场面。这梨搞得我都没有办法吃，我是吃还是不吃啊？这两个梨跟最外边的木箱比，甚至不到它的百分之一的体积。你看这就是"多"与"少"的一个反例。你看一些有钱的贵妇人，她们要买那些高级的奢侈品，一定是体积不大，体积不大但是非常值钱，那是代表着高贵的东西。在日常生活中是这样，在艺术中也是这样，一定要以少表现多。所以我们古代有很多文人墨客的游戏，就是比谁用少的文字来表达多的信息。像苏东坡、欧阳修他们经常玩这种游戏。

现代小说也是这样。在当下这个时代，我觉得我们写的东西本来可以更精练，可是在这个问题上，我们恰恰退步了。我们这时代使我们说话反而更啰唆、更不精练了。我觉得微博这个东西很好，微博有一个天然的限制，140个字，你试着每天用140个字来写日记，多了发不了，所以你必须严格控制每一句的信息量，尽量用这140个字写多一点的信息。再试着不但要写事儿，里面还要蕴含着一些力透纸背的东西，这是一个很好的训练，相当于古人练习写诗词。

小说的精练还不仅仅在于字数的多少，更在于言外之意。我们知道中国古代文学讲言外之意。我们一两千年以前的古人觉得这才是高境界：超出言之外，体会言外之意。比如现在如果两个人吵架，你从语言层面伤害了对方，这个可以追究，可以通过语言得到证据，可是我们知道还有很多言外之意，言外之意是没有证据的。它只可体会，不能够说破。

我们比较鲁迅的《药》与莫泊桑的《项链》，这都是著名的作品。由于莫泊桑是法国作家，所以从全世界范围来说，应该是《项链》更有名。可是你比较一下就知道，两个都是世界文学名作，两个也都很精练，哪一个更精练？这一比就知道了。莫泊桑的《项链》单独看很棒，老师讲这课会讲得很高兴，同学们读得也很快乐，可是跟《药》一比，马上就是小儿科。就好像一个小孩单独看很好看，放到一个大小伙子面前，马上就会想他就是一个小孩。说来说去项链就是玩弄情节的道具，小说里的一个道具把人物的命运串起来。这种写作方法，在中国古代戏剧中都写烂了，中国古代随便一个写剧本的人都会这个。像中国古代的戏曲，名字基本上都是一个道具，一张手帕啊，一朵花啊，金钗、银钗啊——都叫什么什么"记"。比如说《花为媒》，就是用道具穿插一个故事，穿插人物命运，这是常见技巧而已。莫泊桑把这个技巧玩得比较娴熟，他主要写了玛蒂尔德夫人借项链、丢项链、还项链几个过程，然后讲她很辛苦，结果这一切都是假的，最后真相大白——借来的这条项链其实是假的，只值五百法郎；然后她半生的心血搭进去了。

当然莫泊桑的《项链》也可以做多方的解读。以前就说这表现了资产阶级的虚荣心，为了戴条项链参加舞会，就怎么样了。我觉得没有这样简单，即使是资产阶级虚荣心，也不能完全否定，玛蒂尔德夫人挺可爱的，她不应该简单地被嘲笑，她是很正直的，对生活有非常阳光的看法的、对幸福有真诚的企盼的这样一个妇女。她借项链当然是有虚荣心，但这个虚荣心没有损人利己，特别是项链丢了之后，她自己节衣缩食去攒钱，用十年的时间去还人家这个项链，这个品德很高贵。尽管后来说这个项链是假的，假的不是她的责任，她是当成真的，所以这更显示出她命运的痛苦、可怜。

《项链》是世界文学的杰作是没有问题的，可是跟《药》一比，《项链》这一层的艺术技巧，被它不动声色地全都覆盖掉了，这些都不用讲了。作为情节、道具这一点，《药》本身就带了，根本不需要在这条线上加以任何卖弄，而《药》的那一层象征的东西，却弥漫在这部小说的字里行间，小说从头读到尾都是一股子药味儿——这才是厉害！

你读《药》就跟喝一壶中药一样，从头到尾都是药味儿。这个药是什么药？作者根本就不用说，也没说。它是华小栓这个肺痨年轻患者要治病的药。但是这个病不好治，所以他要去求各种民间奇方，有一种奇方就是人血馒头。这并不是鲁迅编造的，这是真的民间秘方，一直到我小时候这秘方还传着呢。

但是它隐含的还有更深的意义，就是辛亥革命与药的关系。辛亥革命的药是不是给中国下错了？革命者夏瑜很令人敬仰，也很值得同情，但是他们搞的辛亥革命为什么不成功？为什么辛亥革命之后中国人民更痛苦？辛亥革命之前清朝丧权辱国，但起码这土地还没一块儿一块儿地卖出去，怎么到了中华民国，整个东北都没啦，后来整个华北都没啦，政府跑到峨眉山去啦？这辛亥革命要负什么责任？再抽象点，不仅是辛亥革命，它是一个抽象的人类治病的问题——先觉者与民众的问题。先觉者就好像大夫，民众就好比病人，先觉者给民众看病，怎么下药？我们不能简单批评那个康大叔——野蛮、凶恶，简单地批评华小栓、华老栓——说他们很愚昧、无知。所以《药》这个小说才是真正解读不完的。一比较就知道，《药》的凝练程度是举世无双的。我想了很久，哪个国家还有哪篇小说能跟《药》相比，包括博尔赫斯的小说，很难找到比《药》还精练的小说，更不要说它其中的那些语言了。这是一个精彩的短篇。

我们再看鲁迅篇幅最长的小说《阿Q正传》，算中篇小说——这在今天也就算短篇了。《阿Q正传》几万字的篇幅，就塑造了一个中国人的典型，甚至也可以说是人类性格的一种典型。把它跟其他传记类的小说比一比，哪个能比？比如说狄更斯的《大卫·科波菲尔》，这个半自传体的小说，都是世界一流名著了，没有办法跟《阿Q正传》比。带传字的小说有很多，如孙犁的《铁木前传》、金庸的《射雕英雄传》，都是名作，但是都达不到《阿Q正传》这样的程度。而且《阿Q正传》是单线结构，没什么复杂情节，就写了一个叫阿Q的农民干了四五件蠢事而已，这一个民族就给写出来了。《射雕英雄传》也是了不起的作品，把武林的地图给写好了，从此之后武侠小说就是按照这个地图写，东邪西毒南帝北丐，定下来了。可是，从精练这个角度，我们可以看到鲁迅小说的一个不可逾越的东西。

鲁迅如何能做到？我常常说，鲁迅是大学者，其实鲁迅还是大诗人，还是文字学家。关键是对文字的把握。文字这个东西，要把每一个字都看成活的。我们眼中的文字，都是经过别人阐释之后的那个意义；通过对中文的学习，你要看到每一个字都像这个字刚被发明之后那个样子，一定要那样看文字，这个"字"就不一样了。比如说你看你的名字，你看你父母的名字，由于看的次数多了，什么感觉都没有了。你要打破这个感觉，一个字一个字地看，一笔一画地看，看到这个字刚造出时那个样子，才行！随便一个字你都要琢磨，它为什么用这个词？比如说高兴，高兴是什么意思？高兴表示什么？那为什么用高和兴呢？用高和兴这个意思怎么就出来了呢？你这样一想，"高兴"这个词刚诞生的那个样子就出来了，你对这个文字有了最初的感觉，你才能够体会那个精练之美！

你能提高自己的精练水平，看到别人写的精练的文字，你有知音之感，你就能迅速知道谁的水平高，谁的水平不高。我以前也讲过什么是我们中文人的技艺，我们的手艺是什么。将来你到了哪个公司、哪个政府部门去工作，人家听说你是北大中文系毕业的，你用什么证明你是北大中文系毕业的呀？你不能说我知道鲁迅哪年生哪年死的，哪一个不是学中文的人也能查着。你的本事在哪儿？本事就两个，一个就是你跟别人比，你能够判断出文章的好坏，再一个是你写文章比别人写得好。那么怎么叫好？精练！精练是重要标准。假如你是一个考古系毕业的，考古专业的，怎么证明你的本事呢？不是给人家背诵考古史，不是讲某位考古教授的专业观点是什么，这都不是你的本事，你的本事是人家拿给你一瓶矿泉水："你看看这是哪个朝代的？"你说："哎，这是隋朝的呀！"这叫本事！每个专业要有每个专业的本事。所以我们一个很重要的本事就是做到精练。

我们再来看鲁迅小说的一个跟精练有关的特点。一个东西精练了，它就少了，少了之后就显得不热，我想老师们可能给大家讲过，鲁迅小说的一个美学特点叫冷峻。我们先看一个著名小说的开头，这是非常有意味的开头。

我冒了严寒，回到相隔二千余里，别了二十余年的故乡去。

时候既然是深冬，渐近故乡时，天气又阴晦了，冷风吹进船舱中，呜呜的响，从蓬隙向外一望，苍黄的天底下，远近横着几个萧索的荒村，

没有一些活气。我的心禁不住悲凉起来了。

你看鲁迅的小说语言，貌似非常自然，貌似家常谈话，好像娓娓而来，没有故弄玄虚的句子，都是正常的聊天儿式的话——这就是大师。大师说话好像很一般，不炫人耳目，不吸引人眼球，但是你只要跟他一聊，就被他弄到一个氛围里边去了。就刚才这几行字，你只要读下来，你就被他编织到一个冷峻的牢笼里边去了，就冷了。假如夏天你们宿舍空调坏了，你们宿舍就读这一段，马上就凉快起来了。你看他这么会制造气氛，"我冒了严寒，回到相隔二千余里，别了二十余年的故乡去"，这不是简单地在介绍距离多远，多少年没回了。这话是可说可不说的，但是之所以这样讲，都是在制造"冷"，距离远——冷，相别时间长——冷，都是在写"冷"字。选的时候，又已经是深冬了，天气又不晴，从天到地都是冷的。

然后再具体写这个场面，冷风吹进船舱"呜呜的响"，有声有色的"冷"。天是苍黄的，村子是荒村，还"远近横着"，一个山水画场面出来了。你就想到宋元山水，宋元山水好在哪？就很像鲁迅写的"远近横着几个萧索的荒村"。这个"冷"才是高级艺术。我八月份去意大利，看那些文艺复兴的画，越看越俗。看时间长了满眼全是大肥肉，一摊一摊的肉，全是肉，满墙都是肉。从技术上说，画得好，达芬奇、米开朗基罗啊都是大师，这些肉画得真好。但是你一想，同时代我们中国画家都在看什么、在画什么？我们不是不会画肉，我们的境界甩它八条街，我们画的是"远近横着几个萧索的荒村"。这才叫艺术。他们可好，把这画上所有有空隙的地方，不留空白地全填上肉。所以现实生活中的萧索到了作家的笔下，变成一幅画。你看到最后就觉得每一句都不可删掉，每一句都是有用的，这是一个完整的图景。

"我的心禁不住悲凉起来了。"下面整个小说《故乡》，都是在前面这两段的引领下，调子已经定下来了。就像我们写一首五绝、七绝，你的前两个字写完了，后面的平仄就都规定好了。第一个音节是"平平"，后面就全都定好了，没一个音节能改了。

我们来展开说说这个"冷"字。鲁迅的文字，从冷热这个角度就可以看出，它是可以命名为"冷的美学"。不仅是他的小说，鲁迅的诗、鲁迅的杂文、鲁迅的散文，都是冷。他自己好像喜欢冷。鲁迅的个人形象是孤独的。鲁迅住在北京，冬天不穿棉裤，不是我们说的忘穿秋裤，他那时候没有秋裤，那时候老北京冬天都穿棉袄棉裤的，他不穿棉裤。鲁迅给人感觉是喜欢冷。

可是这个冷，恰恰包含着热，冷是包含着热。如果只是看到鲁迅外表的"冷"，你就不能理解他真实的内心。当我们看到文字或者人，表现出某种极端的状态的时候，你一定要向相反的方向推测，才能够更真实地把握这个人。比如你看到一个女孩子，特别温柔，对人特别好，特别会来事，你一定要想到，她可能本质上是非常狠毒残忍的。我这样说，你们没有人生阅历，会不信，怎么可能呢？你要问很多我这个岁数的人。你要看到一个女人说话很厉害，老百姓常说"刀子嘴、豆腐心"，其实未必她厉害，有时候那样的人反而心肠是软的。这是冷跟热的辩证法。

鲁迅的这个冷，是容易感觉到的，但是这个冷不是远离人世的冷，而是由于他个人所处的位置比较高，所造成的"高冷"。如果不是处的位置比较高，而是你自己就比较低 ——"低冷"—— 低冷的审美品位不够。所以我们知道，"高冷"是一个褒义词。比如我们大家看T台上的时装模特，都假装高冷，其实她在生活中可能是一个非常热情的女孩子，她生活中可能是很温柔的。但她只要一上去，一走台，她就装出高冷的样子。为什么呢？就是人们需要高冷。人们为什么需要高冷呢？这里面就有心理学上的秘密。正因为高冷是蕴含着热的，高冷可以随时释放出高热来，所以当人们看着高冷的时候，其实幻想着高热。

我上个星期在回家的路上抓了一只小猫回到家里。我家里原来有两只猫，然后那两只猫里的一只，就来向这只新的猫献媚。这只新的猫很高冷，就不理它，越不理它，它就越向它献媚，有机会就上去给它舔毛，它越舔毛，那只越不理它。我就分析，人家不理你你还巴结人家干吗啊？为什么还要巴结它呢？它其实是幻想着某一瞬间把它感化了，把这高冷变成高热。它在想着如何感化对方，它在想着突然对方对它好，也反过来舔它的毛——"那该是多么幸福哦"，它想的是这个。这是冷跟热的辩证关系。

我们欣赏一个冷峻的客体的时候，其实是有一种动态的企盼。而从高冷者自身来讲，他之所以能做到高冷，恰恰是他内部有高热。所以很多年前我就说，我们中小学可不要把鲁迅讲成一个很简单的单面的"硬汉"，那不符合鲁迅的实际情况。鲁迅在生活中也好，在写作中也好，他是非常"热"的人。其实，只要是关心社会的这些圣贤，就都是"热"的人。不光孔孟是热的，老庄也是热的，只是表现方式不一样。老子要不是热的，他干吗写那五千字呢？那五千字容易写吗？写得那么优美，对仗那么工整，那都是一副热心肠，但是他表现出来的方式跟孔子不一样。

所以有一句话叫"冷眼看穿，热肠挂住"。像鲁迅这样的人，正是太挂念人间，包括国家民族，这副热肠是不能舍弃的，所以他才用冷眼。毛泽东也是，毛泽东的诗里写"冷眼向洋看世界，热风吹雨洒江天"（《七律·登庐山》）。冷和热是辩证的。他如果没有救国救民的热肠，他自己可以过非常愉快幸福的生活，只要动点小聪明，与世浮沉就行了。鲁迅如果在高校、在学术界混，没有多少人是他的对手，但是他不愿意在这里混，因为他真的有热肠。愿意混下去的人，见了人满脸堆笑的人，往往心里是冷的，不但对民族、对国家、对老百姓是冷的，他真实的心理状态对周围的朋友同事其实都是冷的。

所以在鲁迅的这个"冷"里，要能看出"热"来。就像鲁迅写《铸剑》里面的那把剑一样，鲁迅的笔下也出现了一把剑，铸剑要成功需要高温，高温逐渐冶炼，但最后呢，要用冷水滴上去，冷水一浇，这个剑嗞嗞地吼着，由通红转成青色转成透明，再定睛一看，模子里躺着两柄剑。它是冷与热交融的一个结果。

那么冷与热的美学，我们可以用"耗散结构"来理解。"新三论"讲"耗散论"，其实文史哲的东西也都符合耗散论的原理。从科学上说，耗散论就是：一个远离平衡态的非线性的开放系统，通过不断与外界交换物质和能量，在系统内部某个碳量的变化达到一定的阈值时，通过涨落，系统可能发生突变，即非平衡相变，由原来的混沌无序状态，转变为一种在时间上、空间上的有序状态。这种在远离平衡的非线性区形成的新的稳定的宏观有序结构，由于需要不断与外界交换物质和能量才能维持，因此称之为"耗散结构"。这个耗散结构可以作为传统的系统论结构主义的一种补充。结构主义有它的好处，但是结构主义是让我们静态地观察一个系统，假设系统是静止的，可是我们知道，在现实生活中，任何系统都是有内有外的。比如说我们考察一个宿舍，可以假设它是静止状态，其实宿舍里的每个成员，都跟其他宿舍有着勾连。每个宿舍都是一个耗散结构。所以，大而言之，每一个院系、每一个单位，都是耗散结构。每一个作品也是。用这个观点来研究小说，也是很有意思的。这是我们讲鲁迅的美学，"冷的美学"。

文学的特点，经常被概括为形象思维。到底什么是形象思维，文学理论家所说不一。这本身就是一个很有魅力的话题。我们常说形象思维，还有具象思维，还有逻辑思维，它们到底是什么关系？比如经常有人说文科生如何如何，理科生如何如何，这种说法本身就是不合逻辑的。文科生和理科生、工科生都一样，所学的逻辑都一样，都是用现代科学思维去考虑问题。很多人认为文科生就是作家，这是更荒谬的看法。通过我的观察，文科是更讲逻辑严密的，文科要解决的问题比其他科复杂多了，我们每天要解的都是N元N次方程，我们解的很多题都是已知条件不够的，不是已知条件过剩的。

我们在逻辑之外多一种我们需要思考的东西，不是我们具有的东西，是我们需要思考的对象，叫形象思维。大家学文学理论的时候可以想想，首先要质疑到底有没有一种思维叫形象思维？这个概念本身是否存在内部矛盾？形象能思维吗？思维怎么能形象？形象思维首先成立不成立就是一个问题。但是不管它成不成立，我们模模糊糊知道它要说什么，它就是要说一些表现手段，不是通过逻辑呈现，不是通过推理，所以这种东西至今是人类最大的奥秘之一。比如我们说的镜头感、造型魅力、蒙太奇等。

我今年在很多场合都跟人讨论人工智能的问题，今年人工智能的发展到了一个很可怕的境地。我们原来想的是这个人工智能再发展，也就是比别人算得快，我们人很多不愿意费脑筋算的题交给机器去做，你帮我算就是了，我们人类呢，不是算算数的，我们人类有智慧。我们一直认为人类有智慧，代表人类智慧的一个具体项目叫围棋。围棋谁也算不出那么多的步法来，围棋可算的变化太多，巨大的天文数字，所以围棋高手下围棋，最后比的不是谁能算，比的是智慧，就像打仗一样。

可是今年年初，一个叫阿尔法狗的机器，横扫人类围棋高手，战绩是60：0，就是横扫这些世界冠军摧枯拉朽。我今年春节在家一盘一盘地研究这六十盘棋，就发现这个机器了不得的地方不是它会算，它算早就比人强了，是它竟然有了智慧。比如说围棋走不好的地方先不走，一个局部纠缠很复杂算不清楚，我就不走了，因为棋盘很大，我走别的地方——无缘无故不走了，走别的地方是人类才有的想法。而机器会，机器竟然可以这样做。这到底是怎么回事？这是怎么产生的？是不是数据积累到足够大的时候，就会产生这种决策？那个被我们人类叫作智慧的东西是什么？现在看来智慧这道阵地已经被突破了，我们不能说有智慧就是人了。

再往前我们人类守住的下一个阵地是什么？我们还有情感，这个也很危险，下一个研究什么是情感。因为你总要去衡量测量什么叫情感吧。你说机器有一天会不会哭，很快，我相信在你们有生之年，家里就可以摆机器人了，长得和人一样，那个时候高分子材料技术完全可以做出和我们身体一样的机器人，然后具有高智能，一般的脑力劳动、体力劳动都能替你做了。有一天你跟它说，你在家好好待着，我出门旅游一个月，它说出去这么久啊，眼泪"哗"一下下来啦——这得多吓人哪。那时候你会想什么叫情感，有那一天很危险，人类还能不能守住情感这个东西。

而研究文学特别是研究小说可以给我们一些启迪。我曾经跟一些老师，包括谢冕先生和一些诗歌理论家、诗人都探讨过，有一天机器会写诗，不是有一天，今天就会写诗了，只是有些学者还不知道。我跟谢冕先生说的时候，谢老师还不知道这个事，我说谢老师啊，诗歌你觉得机器能不能写呀？谢老师说，不可能！诗歌是人类的尊严！我说这个尊严已经被突破啦，我说你看，胡适这种诗，机器都不屑写，机器直接入门写的就是徐志摩这种诗，机器已经完全会写了。下一个就会写我们系臧力老师的诗、姜涛老师的诗，现在的机器都可以写。因为你只要把这些老师所有的作品输进去，把人类的语法和造句的程序输进去，它很快就写出来了。而且已经混在人类诗歌中，在大赛中获奖啦，评委没有办法辨别是人写的诗还是机器写的诗。写朦胧诗是这样，写旧体诗词更是这样。你把字典输进去，你把平仄规律输进去，把古诗词、全唐诗输进去，它很快就会写出来。

但是我想，它们写鲁迅的小说恐怕还不行吧。就我们刚刚念的那一段，《故乡》的开头，机器能写出那样一个开头来，那真是天塌下来了。这里就存在人类的这些被叫作形象思维的东西。凡是推理的东西机器都能做，尽管刚才我说形象思维存在争议，不管怎么争议它可能是个语文问题。就我们要说的那个东西，说不清楚的，正因为我们说不清楚，所以机器做不到，机器能做到的是我们能说清楚的，我们给它编好程序。而什么叫镜头感，什么叫造型魅力，什么叫蒙太奇，说不太清楚，这机器怎么能做到？比如机器可以做摄像，机器能做导演吗？机器能不能做导演，这就是一个问题。导演需要的是什么？我相信机器可以是一个非常优秀的摄像师，摄影家也可能，你告诉它什么是好作品就行了。

我们来看看鲁迅几篇小说的文字。比如说《风波》的开头：

临河的土场上，太阳渐渐的收了他通黄的光线了。场边靠河的乌柏树叶，干巴巴的才喘过气来，几个花脚蚊子在下面哼着飞舞。面河的农家的烟突里，逐渐减少了炊烟，女人孩子们都在自己门口的土场上泼些水，放下小桌子和矮凳；人知道，这已经是晚饭的时候了。

又是一个非常平淡的娓娓道来的像聊天、像唠嗑一样的开头，可是就像我刚才写的那几个关键词，他的镜头感是这样强。鲁迅写《风波》的时候还很少看电影，后来他到了上海才看电影。但是他好像老看电影的人一样，镜头感这么强，他随随便便写的每句话都在为这个镜头补充着一些细节，写完之后你可以直接拍电影了。如果你是一个导演，你就知道电影怎么开头了，这就是一个电影的开头，把气氛都制造在里面，比如《故乡》的开头要努力写得冷，这一段他也不是写热，他是要写平常、无聊、不变化、安静等。所以他不经意使用的这些词，不经过深入分析，你不知道它为什么使用，不知道它怎么使用，机器才无法模仿。

比如说太阳落山了这样的意思有许多表达方式，在这里他写的是"太阳渐渐的收了他通黄的光线了"，这句话是不可替代的，不可替代的东西就是真文学，这就叫文学，机器写不出这样的句子来，因为它不知道为什么要写这样的句子，它不知道这个句子跟后面是有关系的，这个光有智慧还理解不了。而且他写"临河的土场"上，"土"字也很重要，其实通篇你都觉得有这个土气，土气弥漫在全篇里面。比如说泼上水，放下小桌子和矮凳，准备在上面吃饭，土气盎然。乌桕树叶干巴巴地喘气，花脚蚊子哼着飞舞。为什么要写蚊子哼着飞舞？对蚊子到底是一种什么样的感情？它不确定，它是模糊的，它肯定是有意义的，但是不要轻易给它赋予这个意义，不要轻易用文字给它表现出来，最好就这么含蓄着理解，才能体会到这是一个美的场面。

你没事毫无目的地读一段这样的文字，你会觉得心里很舒坦，心里很舒服，也不用看后面发生了什么情节。很多人看小说就看情节，老问后面怎么样了，后面发生什么事儿啦，最后呢，到底谁杀的呀——我有一句话调侃：读书问结局，水平不如驴。人读书首先要克服这样一个坏习惯，老想知道结局是什么，不要管结局，要随时停留在某一段文字上，欣赏这一段好不好，就像那个老戏迷闭着眼睛听戏一样，他不管这个戏演的是什么，他就闭着眼睛听，这个腔，对不对。这是文学理论中被叫作形象思维的东西。而鲁迅写这些小说的时候，中国还没有形象思维这个词，那一套理论术语还没有引进来，鲁迅肯定不熟，他就能写出这样的形象来。

不需要外来的文艺理论指点，就依靠中国传统的美学滋养，就依靠清朝给他的学问，鲁迅就能够写出诗情画意的语言来。因为经过中国传统文化训练出来的文人，天然地都能把握语言的音乐性。中国大多数人都能够体会到一点语言的音乐性，因为中国老百姓到处都能接触有节奏的话、押韵的话、对仗的话、排比的话，我们很多老百姓张口就会说很多这样的话。也就是说汉语天然地具有音乐性。特别是经过这两千年的锤炼，汉语的音乐性格外突出。加上汉语发展趋势，使我们的音韵系统特别整齐、对应。

如果你对汉语普通话的拼音系统比较熟，你会发现，汉语拼音本身就像歌一样。你背其他国家的字母背得很费劲，其他国家的字母你是死记硬背，汉语拼音都是一组一组非常整齐的，有 b p m f，就有 d t n l，有 g k h，就有 j q x，有 zh ch sh，就有 z c s，对应的，很简单，一会儿就背完了 an en in，ang eng ing……非常清楚。我们说汉语发音本身是带音乐性的。

那么音乐性一般是要求诗歌的，很多人不知道其实小说里都暗藏着音乐性。音乐性太强的有时候还让人反感，比如说你说话老是带着音乐性，人家就不喜欢了。但是小说里暗藏的音乐性，由于人们不知道，他不知不觉就受了影响，这就是意在言外，羚羊挂角。这是严羽《沧浪诗话》里讲的一种意境，不留痕迹地对人产生影响，就是杜甫说的润物细无声。比如说大家都学过《孔乙己》，这个开头读起来很有魅力，可是分析起来，觉得平淡如水。它就有一种这样的劲儿，好像说闲话。

鲁镇的酒店的格局，是和别处不同的：都是当街一个曲尺形的大柜台，柜里面预备着热水，可以随时温酒。跟说明文似的，像一个很朴实的导游介绍，做工的人，傍午傍晚散了工，每每花四文铜钱，买一碗酒，——这是二十多年前的事，现在每碗要涨到十文，——靠柜外站着，热热的喝了休息；倘肯多花一文，便可以买一碟盐煮笋，或者茴香豆，做下酒物了，如果出到十几文，那就能买一样荤菜，但这些顾客，多是

短衣帮，大抵没有这样阔绰。只有穿长衫的，才踱进店面隔壁的房子里，要酒要菜，慢慢地坐喝。

你没有觉出它有什么音乐性来，也不押韵，也不整齐，好像就这么絮絮叨叨地说——其实是很精练的，其实是经过严格裁剪，它就是要把你装进一种情绪里边，装进一个故事发生的场面的情绪里。这是故事发生的一个舞台，这是一个非常好的舞台简介，下面就在这个舞台上要出场人物。所以他先把舞台打扫得很干净，让观众知道该知道的关于这个舞台的所有信息。讲得很从容，但是已经把特点突出了。你现在眼前有柜台，有水，有酒，有人。它如果分成了一、二、三、四那么讲，貌似清楚，反而人气不足，这种叙述方式，充满了温情味儿，而且有一种淡淡的酒意在这里边，淡淡的酒意已经出来了，傍午、傍晚、热水等。

当然《孔乙己》后边有翻转，他先做一个铺垫。所以每次读《孔乙己》，我都觉得很有味道，特别是这个开头。这个开头很有魅力，让人读了之后，很想模仿，所以我也模仿过一回，我写过一篇文章，还获过奖，叫《孔乙己考研》。

我写这篇戏仿之作，一个是留恋五院，另外一个是我本性"不老实"，愿意胡搞。但其实里边还有一种情愫，就是你模仿的时候，你觉得鲁迅特别亲切，而且你每模仿一句，就特别佩服他，就知道他这一句写得好，如果中间掐断哪一句，你会觉得气儿断了。气儿不能断，这说明它是一个完整的生命，就像一个乐曲里面不能随便掐掉两个小节一样。所以它这个起承转合是包含一种味道的，这叫形象思维的魅力。鲁迅小说的音乐性有人探讨过，但是探讨得还不够深刻。鲁迅的文字是全息的，又像美术作品，又像音乐作品，又像酒，又像药，它是能够打通人的各种感官感受的。

我们来看鲁迅《药》的开头。我在中学当老师讲《药》的时候，都是背着讲的，因为我觉得那样更能体会出它的浓浓的药味儿。

秋天的后半夜，月亮下去了，太阳还没有出，只剩下一片乌蓝的天；除了夜游的东西，什么都睡着。华老栓忽然坐起身，擦着火柴，点上遍身油腻的灯盏，茶馆的两间屋子里，便弥满了青白的光。

我一直觉得，《药》的开头分了行，是一首非常好的诗，是非常可爱的一个意境。尽管你知道《药》后面发生的故事很悲惨，这个故事是谁也不愿意经历的故事，但是他所画的这个画面，让你觉得那么可爱，你甚至都愿意到这幅画里去看一看。他怎么能用这么平淡的语言，这么常见的字，就写出这么好的东西来！每一句话看上去我们都能写，秋天的后半夜谁都能写，月亮下去了谁都能写，但就是这几句组合起来，它就厉害了——"秋天的后半夜，月亮下去了，太阳还没有出，只剩下一片乌蓝的天"——就好像不是说这个天，他到底说什么，好像是在说另一个东西，但是你又搞不清楚他说什么。你只要努力地想把它说清楚，就会变得胶柱鼓瑟，变得很牵强。比如有的老师说，月亮下去了，太阳还没有出，说明反动派已经到了末路，但是革命还没有胜利——这样一解释就很笨了。你可以这样想，但原文没有那么明确的意思，也就是原文可以指点你乱七八糟地去想，但是原文绝不能讲得那么清楚。不能去那样明确地解释我们形象思维的东西，就是含蓄地不解释，但你知道它肯定不是只写月亮太阳的事。它制造的整体的艺术氛围，有魅力。

"除了夜游的东西，什么都睡着"——在这种情况下，下面就又是一个电影的开头。我们想想电影开头，镜头从外面移到屋内，一个身影忽然坐起来，擦着火柴，点上灯盏，关键灯盏的这个定语太好了，"遍身油腻"的灯盏。灯盏可以怎么形容都行啊，但是他给它加上"遍身油腻"，说明作者对生活的熟悉，还有此时此刻这个定语放在这里，它就活了，它就鲜活了。"茶馆的两间屋子里，便弥满了"——"弥"字用得好，就一个油灯，两间屋子都亮了，但是这个亮是很惨的亮，不是很明亮的金黄色的光，是青白的光。为什么是青白的光？首先是合乎生活本来的样子；其次，青白的光，和后面的故事是吻合的，后面那些故事就是一片惨白之色，后面那些故事都不是明亮的。所以你品味这些开头，再去想其他的地方，你就知道鲁迅的小说厉害在什么地方。

那么再讲鲁迅小说一个近年来被一些学者强调的，一个重要的问题，叫复调问题。复调本来是一个音乐术语，指一个乐曲具有多声部的效果，比如说一首交响乐，可能有不止一个主题，有N个主题，它轮番出现，交叉演进，两个主题向前进。两个主题，常见的一个善一个恶，也可以是两个善，可以是男主人公、女主人公，都可以。在样板戏里面进行创新的音乐太好了，也经常有这两个声调，两个声部。比如说《智取威虎山》里面，一个是革命英雄杨子荣的旋律，再一个是人民军队的主旋律。当杨子荣孤身打入敌人内部，感到孤独的时候，他耳边响起《三大纪律八项注意》的旋律，然后这两个旋律会师，这是一种高级的创新，这是传统京剧所不具备的，传统京剧不能望其项背。

近些年来，有一些学者用复调理论来研究小说，最早源自苏联文艺理论家巴赫金，巴赫金研究陀思妥耶夫斯基的时候，他发现了陀思妥耶夫斯基小说的复调问题，大家可以去读有关的书籍、文章。那也有一些学者用复调来研究鲁迅的小说，我们可以发现鲁迅的小说，是具有不同的声音的。我们为什么有的时候不喜欢老师非要讲一个作品有什么中心思想呢？有的时候可能是学生不对老师对，但也有的时候，是学生发现了实际情况不是那样的，但是说不过老师，因为老师是拿着一套很权威的理论来解释。一个作品只能有一个中心思想吗？你如果数学好一点，你就会知道这是不可能的，谁能保证每个作品都是一个正圆形呢？正圆形有一个圆心，只要它稍微椭圆一点就有两个圆心，它在不同向度上有不同的椭圆。文艺作品就是这样，文艺作品往往不是只有一个中心，当然它并不是很均衡的有N个中心。

那么在鲁迅的小说中，我们可以发现有不同的声音存在，到底哪个是它的主要的声音？就比如刚才我们欣赏的那几段，都可以做这样的分析。这里只给大家一个提示，比如我们来看《狂人日记》。《狂人日记》是一个先进的革命战士呐喊的呼声，狂人就是战士，这个我们知道，可是我们注意《狂人日记》作为第一篇现代白话小说，一个代表，它前面有一个文言的小序，这个小序很重要：这里最关键的是这个狂人的病已经好了，这才是关键，他不但痊愈了，而且已经赴某地候补啦。也就是一个坚决反抗体制的战士，当我们欣赏他的作品的时候，这个战士正在这个体制里当官呢，这才是有意思的地方。鲁迅，作为作者，到底什么意思？哎，这就好玩，这就是复调之一。

我们再看《阿Q正传》的开头。并不是开头写阿Q姓什么、叫什么、生于哪儿，第一章是这么写的：

我要给阿Q做正传，已经不止一两年了。但一面要做，一面又往回想，这足见我不是一个"立言"的人，因为从来不朽之笔，须传不朽之人，于是人以文传，文以人传——究竟谁靠谁传，渐渐的不甚了然起来，而终于归结到传阿Q，仿佛思想里有鬼似的。

开头写的很像是杂文，开头不是写小说，写的是"我"，开头就有要把这个话题搞乱的趋势，就没存心好好写一个阿Q，主要是写"我"为什么要写阿Q，最后归结到思想里有鬼。"思想里有鬼"是鲁迅和周作人多次重复的话，他们思想里的鬼到底是什么，他一面要写阿Q，一面要说思想里有鬼，这个不同的声音在周旋。

我们再看《在酒楼上》的结尾，《彷徨》里的一篇，《在酒楼上》。他有一个年轻时候的朋友叫吕纬甫，他回到故乡去，两个人一块喝酒，喝了酒之后吕纬甫就讲，他现在无所谓了，像苍蝇飞了一圈之后又回到原来的起点，对一切都马马虎虎，当年五四的时候那种热情都没有了。然后两个人吃完饭，算了账，最后写：

我们一同走出店门，他所住的旅馆和我的方向正相反，就在门口分别了。我独自向着自己的旅馆走，寒风和雪片扑在脸上，倒觉得很爽快。见天色已是黄昏，和屋宇和街道都织在密雪的纯白而不定的罗网里。

以往单看这个小说好像是写了一个革命战士最后变得颓唐了，乍一下看是这样。仔细看呢，好像有不同的声音。小说里的两个人物，一个是我一个是吕纬甫，这真是两个人吗？我讲这篇小说的时候，我讲我们没有办法证明，作者在那个下午的酒楼上真的就遇见了这么一个老友。从他坐在那喝酒，然后听见楼梯上的脚步响，上来是他老朋友，到他俩离开酒店之间，这段生活没有人能够证明。它不可能是作者在那自己做的白日梦。吕纬甫也有一种可能就是作者自我的外化，就是另一个自我。吕纬甫说的话也是我的声音，我在跟我说话，这两个我出现在一个作品里。但是走出酒楼之后，他的旅馆和我的方向正相反，就在门口分别了。这意味着什么呢？就是我告别了另一个自我。通过这样一个结尾，我已经否定了吕纬甫，走向不同的方向，但是我选的这个方向，也不是什么光明的方向。第一黄昏了，第二就是在"密雪的纯白而不定的罗网"里。我们一般就写我们走向一个光明的金光大道，特别光明灿烂，我选择这个路，但是鲁迅选的这个路，固然不是吕纬甫的路，但仍然不是光明的路，是罗网，他就坦然地又走到这个罗网的方向去，这是《在酒楼上》的结尾。

我们再看《孤独者》的结尾，《孤独者》的结尾其实写的好像也是另一个自我，这个孤独者魏连殳终于死了。**我的心地就轻松起来，坦然地在潮湿的石路上走，月光底下。**

鲁迅的小说不止一篇结尾都是他坦然地走。他走的地方都像什么样的地方呢——我告诉大家，鲁迅是属蛇的，鲁迅走过的地方都像蛇走过的地方，但是他就这样坚定地走下去，他留下了不同的声音。那么这是我们读鲁迅的小说要探讨的一个兴奋点、兴趣点，鲁迅的这些声音到底包含着什么样的意义和意趣呢？

2017年9月20日

蒙着小说的名

—— 解读《〈呐喊〉自序》

鲁迅的《〈呐喊〉自序》，开头先说自己"年青时候"做过许多梦，后来大半都忘却了。那些忘却的部分，就成了《呐喊》的来源。接下来，鲁迅具体讲述了《呐喊》的问世经过。这个讲述本身，颇有一些文学化，或者说，本身带有一定的小说色彩。比如他写的S会馆的生活。

鲁迅在成为"鲁迅"之前，在北京的北洋政府教育部工作，住在绍兴会馆 —— 相当于绍兴的驻京办。我们就从《〈呐喊〉自序》的驻京办开始解读吧。

驻京办是很特殊的文化场所，社会学的同学可以去调查研究，驻京办文化非常有意思，你看看驻京办是干什么的。

S会馆里有三间屋，相传是往昔曾在院子里的槐树上缢死过一个女人的，鲁迅什么东西一写就挺吓人。【笑】**现在槐树已经高不可攀了，而这屋还没有人住；许多年，我便寓在这屋里钞古碑。**

他一开始住在这，我们知道鲁迅成为鲁迅之前 —— 周树人有好多年就住在这个地方，北京南城吊死过一个女人的绍兴会馆里很偏僻的一间屋里，他一年一年住在那儿。关于鲁迅那段日子是怎么过的，研究得还不细，现在开始有人研究了，我们中国的学者、日本的学者开始研究鲁迅那段日子每天干吗啊，到哪个饭馆吃饭啊，有几个女朋友啊，【众笑】要调查调查。那时候没人管他，没人注意他，就知道他在整理古代文化，因为这是他的乐趣。所以人做学问似乎也不需要科班出身，大家注意一个事实，鲁迅不是学文史哲的，鲁迅不是中文系、不是历史系、不是哲学系的，学问是可以自己做的。现在有些青年朋友给我写信说他要自己做学问，我之所以不鼓励他，是我首先考虑到他要去谋生，所以我不能鼓励他这么年轻就去做学问吧。我总是说你要走正路、走正道、走正途，你要高考等，我是从他的生活角度考虑。但其实人是真的可以这样自学成大才的，你只要古书读得多，这套东西看就明白了，就不需要别人辅导你，它不像制造原子弹没有实验室不行，文科这个东西你只要买书看就行了。鲁迅就是看的书多，然后一直搜集某一方面的材料，比如说鲁迅就搜集古碑，那个时候也好搜集，清朝刚覆灭，市场上好多文物都是从宫里流出来的，便宜，不像现在被炒得这么贵，那个时候很便宜就能买到，包括甲骨文都能买到，现在谁还能买到甲骨文？买不到了，买到也肯定是假的。

客中少有人来，古碑中也遇不到什么问题和主义，鲁迅那个时候就是研究这些墓志铭啊、拓本啊，他后来编成过《六朝造象目录》《六朝墓志目录》，再后来还编过《谢承后汉书》和《嵇康集》。这都是一种工作，但他愿意做这个工作，他有一句话说得好，他说：**而我的生命却居然暗暗的消去了，这也就是我惟一的愿望。**我不知道大家想不想一些沉重的问题，我觉得我的年轻时代是很阳光的一个时代，非常乐观向上的时代，但是那样的时代我们经常想一些沉重的问题，就是人的一生应该如何度过？我们经常想这样的问题，这一辈子应该怎么活？虽然有人已经教育我们了，比如说保尔·柯察金，"人的一生应该这样度过……"我会背，但是那段太抽象了，得具体到我这一辈子怎么办，人这样想过他就不一样了。我现在已经勉强算中年人了吧，我走到外面去，比如说今天天气特别好，就像那个小品里面说的"今夜阳光明媚"，今天出去看见特别好的天，蓝天白云晴空万里，我心里面忽然就很寂寞，这么好的天气我今天干什么好呢？我觉得干什么都对不起这个天气！【笑】这么好的天气应该读书吧，读书对得起这天吗？这么好的天应该出去玩啊，你就怎么都对不起这个天。其实是说生命应该怎么过，具体到每一天生命应该怎么过。无论怎么过，事后你都会发现生命都是"消去了"，鲁迅的这个词用得太好了，生命"消去了"，这个消好像就是磨去了，减掉了，又好像是消费掉了，反正它不再回来了，你活一天生命就短一天。有一次我跟中学同学聚会，我们中学同学在北京有二十来个人，聚会的时候大家很高兴，我就说了一句让大家不高兴的话，我说"咱们各位还能活一万多天"，大家听了都说你说什么呢，这么讨厌呢！确实，你一算就知道我们还能活一万多天，每一天就消磨去一块，但是你不消磨又怎么样呢，又是怎么过的？我们大家和鲁迅的区别是我们没有往这块想，没有这个意识。但是鲁迅想，他一边做学问，说"生命却居然暗暗的消去了"，但是又加了一句"这也就是我惟一的愿望"。所以鲁迅好像是有这么一个意思：让生命快点过，让生命快点过完。鲁迅在别的地方讲过这样的话，活着就要"拼命"做，他这个"拼命"做不是我们后来讲的那些劳动模范拼命干好工作，不是大庆的铁人王进喜"宁肯少活二十年，拼命也要拿下大油田"，不是那个"拼命"做；他的"拼命"做是觉得活得长、活得短一样，已经感受到生命的寂寞无助之后，怎么活都一样，通过"拼命"做，高效率地投入一些客体，忘记生命存在的痛苦。所以鲁迅的生命，密度是非常高的，你别看他只活了50多岁，他那50多岁比500岁质量还高！其实周树人变成鲁迅之后只活了18年，鲁迅这个名字到他临终的时候只用了18年，所以我说鲁迅这18年打遍天下无敌手，是独孤求败的18年。但是在这个18年之前他的质量也是很高的，不是传播学意义上的有名、有名望的那个质量，他每天仍然在拼命做，没有人给他规定任务今天写几篇论文，没有，他天天就是干这些事。他为他这个工作环境写了这样一个意象：

夏夜，蚊子多了，便摇着蒲扇坐在槐树下，从密叶缝里看那一点一点的青天，晚出的槐蚕又每每冰冷的落在头颈上。 他随便写一个意象就让人很难忘。他每天过着这样的生活，一个人无聊，夏夜坐在那里，他写的东西都让人很"讨厌"，蚊子咬他他也写，树上的槐蚕掉在他脖子上冰冷的，鲁迅对感觉的记忆 —— 对冷热等这种生理的感觉特别好。他写的这些细节其实烘托了他的寂寞，你想一个中年男人，一个教育部的官员，一天天摇着扇子就这样过日子。所以有的时候我想，我们现在是不是还有这样的人，一个人成名之后我们知道他伟大，他没成名我们就不知道，可能在我们周围就有这样的高人，他没有一个机会成名，但是他也有思想有学问，我们从表面上看不出来。这个时候假如有人认识周树人先生，他的同事、他的邻居，他的院子里肯定还住着别人，他的房东啊，他去吃饭的饭馆的老板啊，能知道这个人很了不起吗？这个人对中国有这么大的影响？有的时候我想，现在我们的教育部是不是也有这样一个副局长、这样一个副司长，能不能有这样的人？鲁迅一天一天这样过，但是老天爷不让他这样过了，有时候历史就由一些细节掀翻全局。

那时偶或来谈的是一个老朋友金心异， 金心异就是钱玄同。钱玄同因为是五四时候一个干将，所以保守派文学大师林纾写了一篇小说来影射这几个人，把钱玄同的名字影射成"金心异"，用对仗的方法，金就是钱，心就是玄，同的反义词是异，叫金心异，林纾写了三个都是反面形象，一个钱玄同，一个陈独秀，一个胡适，所以鲁迅这里用"金心异"这个典故。**将手提的大皮夹放在破桌上，脱下长衫，对面坐下了，因为怕狗，似乎心房还在怦怦的跳动。**这是个序言，不是小说，但是鲁迅写人三笔两笔就能把人写活，抓住最关键的一个特征。鲁迅跟钱玄同是好朋友，但是他经常调侃好朋友，他经常写好朋友的好玩儿的地方，钱玄同在他笔下好像总是被讽刺、善意地调侃，其实这写出钱玄同的善良、简单。

"你钞了这些有什么用？"有一夜，他翻着我那古碑的钞本，发了研究的质问了。这里边都有些幽默，因为当时"研究"是一个时髦的词，胡适他们提倡"研究"，什么叫"研究"？"研究"是一个好词，所以钱玄同"发了研究的质问了"。你想他老来聊天，看鲁迅每天干这个干那个，随便翻翻，他说抄这干什么，你抄这有什么用啊？你看这段对话是这么简单开始，说"你钞了这些有什么用"。

"没有什么用。"

"那么，你钞他是什么意思呢？"

"没有什么意思。"

如果钱玄同不再继续问下去，那也就这样结束了，他就继续这样地抄下去。那么过几十年以后也许只有研究这个专业的人，在图书馆里会查到几本书，这个书的编辑者整理者是周树人，这个人生平材料很少很简单，就知道在教育部当过官。那么我们现在查到的很多这样的作者，是不是都有可能成为鲁迅呢？所以我在别的场合讲鲁迅的时候，还有我在评点那一段的时候我都说过这样一段话：古今多少英雄圣贤，倘无机缘或天降大任，就这样过了一辈子，谁知道他们深邃的内心、伟大的灵魂，谁知道我佛就在自己的身边。这是我发的一个感慨。所以这个S会馆里的故事，S会馆这个意象，没想到对中国有这么大的影响。下面幸亏钱玄同接着说了：

"我想，你可以做点文章……"

我懂得他的意思了，他们正办《新青年》，我们知道新文化运动一开始的时候没有鲁迅。我们后来把鲁迅说成新文化运动的主将，这是从影响的角度说的，一开始这事跟他没关系，新文化运动是在北大发生的，鲁迅一个人在南城那待着呢，跟他没什么关系，他在S会馆里抄古碑呢。这是《新青年》派了钱玄同同志去动员鲁迅，鲁迅是被动员的。**然而那时仿佛不特没有人来赞同，并且也还没有人来反对，我想，他们许是感到寂寞了，但是说：**这段话非常好，你看他前面说了自己的寂寞史，现在人家跟他一说呢，他首先没有说这事好不好、对不对，他先是将心比心说"他们许是感到寂寞了"，这个词是关键词，首先鲁迅是出于一种英雄和英雄之间相惜相敬的感情，包括同情，包括共鸣。鲁迅没说，我觉得他们的事业特别伟大，我跟他们想的一样，我早就想这么说了。鲁迅不是这样，鲁迅的思想和钱玄同不一样，和陈独秀不一样，和胡适也不一样，他们有共同的地方，但是那几个人在五四的时候更接近。比如钱玄同就说过很激烈的话，钱玄同说汉字要废除，传统戏剧都要废除，还有人越活越僵化，脑子越活越糊涂，人过了40岁就该枪毙。【众笑】钱玄同激烈的时候是一愤青，但是愤青很容易变成遗老，等自己岁数大了就遗老了 —— 他不是说人到40岁就该枪毙吗？鲁迅也没吱声，鲁迅就等他到40岁，【众笑】钱玄同到40岁的时候再也不提这事了，鲁迅就写了一首诗来讽刺他，说钱玄同是"悠然过四十"，【众笑】鲁迅是个"坏人"。鲁迅知道他们的这个寂寞，那么鲁迅出不出来帮助他们呢？鲁迅下面做了一个比喻，我把这个比喻叫作"中国20世纪第一比喻"，是中国20世纪最牛的一个比喻，这就是著名的"铁屋"比喻。这个比喻太好了，因为我们想找另外一个比喻代替它，不行，代替不了，好的比喻，他选的这个喻体跟本体的关系是那么紧密，他的比喻最形象，最直达本质。这段话很多人都能背了：

"假如一间铁屋子，是绝无窗户而万难破毁的，里面有许多熟睡的人们，不久都要闷死了，然而是从昏睡入死灭，并不感到就死的悲哀。现在你大嚷起来，惊起了较为清醒的几个人，使这不幸的少数者来受无可挽救的临终的苦楚，你倒以为对得起他们么？"

这段话真是振聋发聩，它是有好几个意思转来转去，一个人得经历过什么样的历史才能够说出这样一段话。我想他不是一遇见钱玄同，钱玄同一提这问题，他马上就临时想的，话可能是临时想的，这个思想一定是在他心中盘桓许久。他要想做事，早都自己做了，还等着你们办《新青年》？他《新生》都办过了，虽然《新生》失败了，他还可以再办别的呀。他办《新生》的时候没有钱，现在周树人先生有钱呀，他在教育部当一高官，他那个时候每个月大洋已经是两百四十多块了，也就是相当于现在人民币两万元。而且那个时候不需要买什么东西，那钱花不了，这钱没地方可花，那时候北京物价特别便宜，一个四合院几百大洋就买下来了，物价便宜得不得了。那个时候不需要买手机、不需要买电视、不需要买电脑，这钱哪儿花去？没地儿花钱。家里雇一个厨师，一个月两块钱，雇一个奶妈两块钱，雇一个骆驼祥子两块钱，【众笑】就是这钱没地方可花。他办杂志是很容易的事情，不是没钱的时候了，鲁迅是知识分子里面的有钱人。但是他想的是这个，他想的还是有没有用的问题。还有，不但没用，反而可能害人。就是我刚才所念的鲁迅的这段话，这么些年来，总是响在我们这些想做点启蒙工作的人的耳边。我有的时候反省，就因为想到鲁迅的这个比喻。我们年轻的时候，是愤青的时候，不顾这些，但是愤青时代过去了，我就会想：我到底是给青年人带来了好处呢，还是害了他？好像是没有标准答案的，只能看你站在什么样的位置上来理解。而钱玄同是怎么回答的？钱玄同的回答非常简单，因为钱玄同年轻，鲁迅是快四十岁的人，而他们有的二十多岁，有的三十岁出头，他们都比鲁迅要年轻。钱玄同说：

"然而几个人既然起来，你不能说决没有毁坏这铁屋的希望。" 我们看这个话是青年人的一腔热血，这个话是非常宝贵、非常可爱的，如果中国都是周树人先生那样，那没希望了，都是周树人是不行的。所以王蒙先生说鲁迅不能多，有一个就够了，我是同意的，鲁迅要是有好几个那就难办了，但是钱玄同可以多。钱玄同说了这么一个简单的话，我们可以看出来钱玄同这个话显然是没怎么经过脑子，是一点都不深刻的话，但有时候恰恰是不深刻的话推动了历史前进，简单的话、年轻人的话，年轻人敢作敢为推动了历史前进。我们看看共产党、国民党年轻的时候，那些精英都非常年轻，都是二十多岁的人，你看我们共产党的那些领袖、那些将军，有的十八岁就当了军长，十八岁就可以指挥几次大的战役了，我们现在十八岁干吗呢？我们看看毛泽东、周恩来闹革命的时候都是二十多岁，毛泽东稍微大一点。国民党那边也是。不要说革命党，保守党也一样，你看看晚清的洋务运动、戊戌变法，都是年轻人，当年他们成才的时候，曾国藩、李鸿章这些人，袁世凯，都是少年得志，不过到老就出事了。这袁世凯很可惜，袁世凯假如不当皇帝的话那是一个伟人，袁世凯就坏在忽然让人忽悠了要当皇帝。历史往往是年轻的、简单的思想在推动。其实鲁迅刚说的那个话绝对深刻，钱玄同的这句话绝不足以驳倒鲁迅的，但是不足以驳倒鲁迅，鲁迅却听了他的，这很有意思。我有的时候被学生的几句简单的话给打动了，其实他的话很简单也不符合逻辑，更不能把我打动，能打动我的是他话语背后的那份真诚、那份单纯等。你看，鲁迅是怎么自我分析的，他说：

是的，我虽然自有我的确信，首先他是确信自己那个，他没有说他自己那个不好，他对自己那个打不破铁屋反而让人们痛苦地死去的怀疑没有改变，他是确信的。然而说到希望，却是不能抹杀的，他敏锐地给钱玄同总结了，他总结钱玄同说的是希望。因为希望是在于将来，决不能以我之必无的证明，来折服了他之所谓可有，鲁迅说"必无"，钱玄同说"可有"，这两个在鲁迅看来是对等的，他没有说哪一个就是标准答案。于是我终于答应他也做文章了，鲁迅答应他做文章，也就是他答应成为鲁迅。要注意，鲁迅并没有认为可以打破铁屋子，所以要参加革命——这是鲁迅和大部分革命者的不同，大多数革命者，包括伟大的毛主席在内，都是认为革命是一定要胜利的，毛主席气壮山河地说"我们的事业是正义的，而正义的事业是任何敌人也攻不破的"（《为建设一个伟大的社会主义国家而奋斗》），毛主席是排山倒海，他认为这事是正义的，一定要胜利，然后他就领导着他那些同志，还真取得胜利了，这很牛，没什么可说的。但是鲁迅跟毛主席不一样，鲁迅认为这事不一定胜利，即使胜利了也变样了，但是，他又不是因为说你不会胜利就不参加，他还是参加了，所以鲁迅是恩格斯说的独特的"这一个"，他跟谁都不一样，他参加了，但是他没有认为这铁屋子可以打破。从这段话看，他只是不愿意让充满希望的青年人失望，他是为了他们，为了这帮年轻人，他看他们就像自己当年那么寂寞，是为了这个。所以我把这段话理解为好像是武侠小说里面一群年轻的侠客去请一个老侠客出山，我在另一个地方是带有调侃意味地这样解说，把鲁迅理解为一个老江湖，现在有一帮小兄弟要去打天下，他们来请这个鲁迅来领导他们，"那个，你看，大哥你来领导我们吧，你看我们在外边干了一番事业，老受人欺负，没人理我们，大哥你要来就好了，咱们这买卖就做大了"，鲁迅告诉哥儿几个"我不做大哥好多年"，【众笑】我经常爱提这事。其实鲁迅觉得这没什么劲儿，但由于小弟兄苦苦哀求，好像他自己年轻的时候也曾经有过这样的痛苦，他自己年轻的时候就找不到大哥，想找大哥没有，今天好不容易自己成了大哥，被人家认可为大哥，怎么能老端着呢，老端着不合道义，所以他出于人性中基本的道义之感而出山。鲁迅的出山和诸葛亮的出山是不一样的。诸葛亮是早就憋着要出山了，【众笑】诸葛亮是给刘备做好了一个套，诸葛亮早就把天下看得清楚了，然后在江湖上宣传，宣传自己有管乐之才，然后看刘备来没来，看刘备来了就假装睡觉，高卧，要把这个隐士劲儿摆足了，然后一定要让人家请三次，刘备心里也知道不请三次肯定不出来，这俩人是有默契的，有一个"三顾茅庐秀"，【众笑】等于是把条件谈好，然后他出来，他出来就是要治理天下，实现他政治理想。所以诸葛亮并没有更深的人生思考，诸葛亮是要建功立业，是天生的好丞相。而鲁迅不是这样的，但是如果刘关张那么去请鲁迅，鲁迅也会出来，但是他出来之后是肯定没有诸葛亮干得好，因为他老犹豫，他老琢磨，把曹操打败了又怎么样呢？【众笑】这样比喻我觉得大家能够理解鲁迅的心态，其实鲁迅总的态度仍然是消磨生命。我这样讲呢，讲得鲁迅很不高大很不高尚，甚至有几分庸俗，但可能这是事实，他总的态度是，人生怎么过呢？这样过也罢！这样想，于是他就这么过了。所以他才做得从容不迫，所以他不写文章则已，他一写那就是石破天惊。你别看新文化运动搞得轰轰烈烈的，陈独秀啊、胡适啊折腾半天，没人理！我们今天把那个吹捧得过高，都是我们学者吹捧的，都把陈独秀、胡适看得太高了，其实他们那个文章没人看，就我们这些人看，我们受过专业训练的，跟自己有关系。你会看某一篇革命论吗？什么《文学改良刍议》吗？那文章简直就是味如嚼蜡，你要从一个读者的角度看这文章没法读，尤其是胡适的文章，那是五四特别"臭"的文章，【众笑】毫无文采毫无智慧，就是一个非常枯燥的思想。所以鲁迅说：我终于答应他也做文章了，**这便是最初的一篇《狂人日记》。**

我们说这《狂人日记》是现代文学的奠基作，而且又像中国古代的传统一样，第一个是最好的，以后都不行，外国的事情是越来越好。你看二十四史，最好的是《史记》，后面越写越差；根据历史写成的演义小说，最好的是第一部《三国演义》，以后的演义越写越差。最好的都是第一个，现代小说最好的是第一篇 ——《狂人日记》。他一出手就这么高，是因为他的功夫太高了。

从此以后，便一发而不可收，每写些小说模样的文章，这里你要把"小说模样"记下来。一般的人说从此开始写小说了就行了，他不说自己写小说，也不说自己写的不是小说，他说自己写的是"小说模样的文章"，这个特别值得注意。什么叫作学问啊？这就是学问的切入点，他说自己写的是文章。中国的文人啊、士大夫啊最重视的是文章，我们古代科举考试也是考你写文章，写诗词歌赋小说这都不算，文章是最主要的，杜甫说"文章千古事"（《偶题》），我也写过一篇文章就叫《文章千古事》。中国人的生命是寄托在、流动在文章里面，文章是一个很严肃很高的文本的样式，鲁迅把自己写的东西叫文章，但是前面加了个定语 ——小说模样，小说模样的文章，这里面大有学问可挖啊。他写的到底是什么？到底写的是不是小说啊？是小说为什么又叫文章？为什么叫小说模样？这是一个可以研究的地方。**以敷衍朋友们的嘱托，**这是写作目的的，他把自己的写作目的说成是敷衍，"敷衍朋友们的嘱托"，我们在别的文章里可以看到，陈独秀们是不断地去向他催稿，这一段他写的是钱玄同来约稿，他写了《狂人日记》，以后那《新青年》老来催他，陈独秀更要催他了，所以一共又写了若干篇，鲁迅就是这么成名的。但是在鲁迅看来是敷衍他们。**积久了就有十余篇。**这十余篇就是他《呐喊》里的十余篇小说。

所以你看鲁迅到底愿不愿意做这个事啊，用郭德纲说相声的话"你是愿意啊？你还是愿意啊？你还是愿意啊？"——到底愿不愿意？那么在我看来鲁迅其实是以出世的心做入世的事。中国知识分子的一个人生困境：到底是出世好还是入世好。有的时候我也想这样的问题，研究鲁迅不能不带着自己的生命进去，我想我是出世好还是入世好？这天下乌烟瘴气的，有的时候真不想管这些闲事儿了，每天那么多人骂我，别人抬举我、打压我，我何必管这些事儿呢？我就安安静静当我的教授不好吗？每天写些与世无争的文章，挣几个小钱，喝点小酒，不过得挺好吗？但是有的时候，又没有办法，不知道为了些什么原因又要入世。后来只能找到一个暂且觉得不错的方法：就叫以出世的心做入世的事，也许这样能够稍微好过一点。但是我并不敢把这样的处世态度推广给大家，我觉得这个毕竟有几分消极，我觉得你可以把这个话记住，也许有一天有用，现在最好不要这样。现在年轻时候还是应该满腔热情地投入人生，这个比较好，但是你要知道人生有多种选择，多种生存方式。这是鲁迅写的这个S会馆的转变经历。看鲁迅的《呐喊》，越分析就越复杂，他不是我们想的简单地大声疾呼，鲁迅的第二本小说叫《彷徨》，我们一般研究鲁迅，鲁迅有一个呐喊时代，有一个彷徨时代。那么在我的研究看来，我觉得呐喊里面已经包含了彷徨，鲁迅的呐喊的这个姿态本身就潜藏着彷徨的姿态，他在《呐喊》之前就知道藏好，所以他要在这个自序里面解释。

在我自己，本以为现在是已经并非一个切迫而不能已于言的人了，这个话非常绕，就是说现在其实可以什么都不管，现在可以不发言，不说话。其实咱们北京大学很多老师就是这样一个状态，北京大学很多老师是很有学问很有思想的，但是他现在不愿意去社会发言，你不要以为他不对社会发言他就没有想法，或者认为他没有深刻的思想，不是，我们北大校园里随便走过来的任何一个人都不能轻视，那都可能是非常深刻的。我只不过还不太成熟，还愿意在这里胡说八道，他们可能都笑话我：孔庆东成熟？他在胡说什么呢？也有很多老师是不想再管这些事了。但是鲁迅说：**但或者也还未能忘怀于当日自己的寂寞的悲哀罢，**不能忘记自己那个当年，不能忘记自己当年那个寂寞的悲哀。**所以有时候仍不免呐喊几声，聊以慰藉那在寂寞里奔驰的猛士，使他不惮于前驱。**

这段话很重要，这段话就是鲁迅把自己跟别人分开了，他不能忘记自己往日的悲哀，所以现在他还要呐喊，呐喊的目的是慰藉这些勇士，怕他们胆怯了，所以我要替你们呐喊，那些勇士在干吗呢？勇士们在奔驰。所以我用了一个形象的比喻，来解释鲁迅的这个呐喊，我们以前理解鲁迅呐喊就是无产阶级革命战士在那里冲锋陷阵，其实你仔细分析就明白了，鲁迅把自己很明确地跟冲锋陷阵者区分开来。过去我小的时候看革命战争影片，看很多，你看那个革命战争影片里面，我们共产党的指挥员和国民党的那个长官，说的冲锋的话是不一样的，共产党的连长也好团长也好，"啪"，把枪拔出来："同志们，跟我上！"国民党的说："弟兄们，给我冲！"【众笑】是吧？两党语言完全不一样。鲁迅呐喊是什么呢？鲁迅呐喊既不是"同志们，跟我上"，也不是"弟兄们，给我冲"，他是说，哥们儿，你们冲吧，使劲打，我看着你们。他是号召别人冲锋，但是鲁迅自己并不冲锋，这是一个非常重要的区别。我为什么要这样详细地讲鲁迅的《〈呐喊〉自序》呢？因为这是他从周树人转变成鲁迅的一个关键点，我们要从这一点上、从根上来搞清楚鲁迅到底是个什么位置，才能够弄明白我们当下围绕着鲁迅的这些争论 —— 把鲁迅当成一个政治上的革命家是错误的，所以从这个角度来攻击污蔑鲁迅的那些言论也是不值得一驳的，因为鲁迅根本不是那样的人，左右两方面的人都没有很好地理解鲁迅。他的呐喊是这样的一个呐喊。

至于我的喊声是勇猛或是悲哀，是可憎或是可笑，那倒是不暇顾及的； 他这是要喊，但是没有顾及那个喊的形式和效果。**但既然是呐喊，则当然须听将令的了，** 这句话也是一个有名的话，"听将令"。到底这个"听将令"是什么意思，听谁的将令？有些人说鲁迅是共产党，他自己都说了他要听将令嘛，他要听人家的命令。那么这个显然是信口胡说，因为鲁迅写《狂人日记》的时候还没有共产党呢，那时候不光鲁迅不知道共产党是谁，连陈独秀都不知道，那时候没有共产党。当然共产党是几个北大教授攒起来的。但是鲁迅这个听将令并不是听共产党的将令，陈独秀也领导不到他，他们都是朋友关系，他也不是《新青年》编辑部的。他说的这个听将令指的是时代的呼声，时代的呼唤，并不是一个什么组织目的或者是威逼利诱。因为一伙人干一个事总要有一个宗旨，他们理解的这个宗旨现在就是启蒙，这个启蒙是鲁迅说的"将令"。所以你看他下文说：

　　所以我往往不恤用了曲笔， 他认为他写的一些情节是曲笔。**在《药》的瑜儿的坟上平空添上一个花环，** 我们学过《药》，《药》的结尾坟上有一个花环，鲁迅却说这个花环是"平空添上"的，那也就是说在他的本意里面，现实中可能不应该写这个花环，这个花环是没有的。他为什么要写这么一个花环呢？按照鲁迅自己的写法就不写这花环。我们研究小说的都认为《药》是一篇非常精彩的小说，但鲁迅自己不这么认为，鲁迅自己最喜欢的小说是《孔乙己》。我每次讲鲁迅的时候都重新琢磨一遍，《孔乙己》到底好在哪儿？他为什么喜欢《孔乙己》？你今天拿《药》来对比呢，还有这么一点：《药》的结尾和《孔乙己》的结尾不一样，《药》的结尾有一个花环，就增加了一点希望，增加了一点亮色；而《孔乙己》的结尾是没有亮色的，《孔乙己》的结尾是更现实 ——"大约孔乙己的确是死了"——就完了，孔乙己没有出路。有人说鲁迅怎么这么狠心哪，就不能来个光明的结尾，孔乙己忽然参加了革命党的队伍，【众笑】鲁迅不会这么写，所以他认为那样写是更好的。但是他在《药》的结尾就添了这么一个花环。**在《明天》里也不叙单四嫂子竟没有做到看见儿子的梦**，可能有些朋友没有读过《明天》，《明天》写一个劳动妇女单四嫂子很悲惨的命运，孩子死了。**因为那时的主将是不主张消极的。** 因为正在猛烈战斗的时候，他们觉得应该多说鼓励人的话，用鲁迅的话说要偏至，鲁迅早期有篇文章叫《文化偏至论》，他主张要偏至。在某一个历史时期，一个固定的具体的历史时期，不能温文尔雅讲中庸之道，讲中庸之道可能对于具体的问题来说是片面的。当你在街上看见一个坏人殴打老年人殴打妇女殴打儿童的时候，你不能各打五十大板，说你也有错他也有错，如果这个时候采取中庸之道你恰恰是片面的。那么在那个时候，比如陈独秀是主张更激烈的，陈独秀说就是要对他们施以猛烈的火力，不容他们有辩驳。鲁迅说：

至于自己，却也并不愿将自以为苦的寂寞，再来传染给也如我那年青时候似的正做着好梦的青年。

我们上中学的时候，老师是不是经常让大家分析鲁迅的一些长句子？语文课有时候是很讨厌，但是实事求是地说，鲁迅的长句子是应该分析的，是值得分析的，但是如果只把鲁迅的长句子用来做语法练习，那可能就是暴殄天物了，鲁迅的凡是长的句子都有他很复杂的思想，非这样的句子不能表达。从刚才我读的这句话来看，我们注意他文字背后透露出的信息。从这句话可以看出，鲁迅即使在他认为合乎时代要求，添上亮色添上花环，在昂扬地战斗的时候，他的内心仍然是寂寞的。你看他说"并不愿将自我以为苦的寂寞"传染给别人，他的意思不是说自己没寂寞，他说自己有寂寞，就是控制着不传染给别人，控制着自己的寂寞不影响青年而已。那么我们注意到他掩盖的那一面，说明他心里更寂寞了，他有了寂寞故意强颜欢笑。他明知道那个坟上没有花环，夏瑜没有同志，没有人去看他，他死了就是白死，没有人理解他，不但统治者是那样污蔑他，他的母亲也不理解他，天下老百姓没有人祭他，他连个同志都没有，连去他坟上纪念的人都没有，这是真实。但是鲁迅要给他加一个花环，所以他心里面是痛苦的。为什么鲁迅难以理解呢？为什么很难研究呢？因为他对我们所说的话有时候不是真话，他对主要由青年人组成的读者群所说的话，并非他完全真实的内心。我们这样想，正像有时候我们怎么理解父母的话，你想想父母对我们说的话，有时候不能从字面去理解，父母有时候正话反说，有时候把重话说轻了、轻话说重了，等等。我们往往要通过父母话的表层去琢磨到底是什么意思，不能只看那个字面，如果只看字面就能明白意思的话，那谁都能做学问了，那学问太简单了。学问绝不只是到图书馆查查资料就能写东西的，资料不经过审慎地分析，反复地思考、质疑，是有问题的。比如说去查人家的登记表，查人家的户口，来证明人家多少岁，这个不靠谱。一个人比如说他20岁，你说我查了你的身份证，查了你的户口，查了你的出生证，证明你只有15岁，这个说不准，你不要以为白纸黑字写的就是真的，人生是万分复杂的，有许许多多你想不到的情况，你只可以质疑，说：哎，你说你20岁，我查你身份证，跟你说的不符合啊？你只能提问题，你不能断定他是骗子，因为你那样断定的话，很可能就冤枉一个人了。所以鲁迅的话，也是不能从表面去理解，要想到他为什么说这样的话 —— 他想的是青年人不能太消极，所以鲁迅的这个意思，其实是为了青年好，我理解是一种慈父般的心态。

这里涉及鲁迅的心灵结构，鲁迅属于什么人呢？我觉得鲁迅的精神类型，就是刚才我跟大家开玩笑说的：鲁迅是一个大哥型的人，鲁迅就是一个大哥。我们往往可以用一种血缘上的称谓、一种定位，来概括某种性格，比如有的人活一辈子，她就永远是个小妹妹；有的人活一辈子永远是个流浪汉。鲁迅的人生经历，决定了他就是一个大哥的性格。他家道中落，少年丧父，他很早就肩负起家庭重担，家里全靠他，万人注目着他，这个家靠他支撑，他的二弟、三弟都是靠他提拔起来的，花钱送他们去日本留学，直到培养他们成才。所以这个大哥是半个父亲，大哥就要忍辱负重，大哥有天生的责任感，大哥是寂寞的，是有很多话找不着知音说的。你看现代文学中有好多大哥的形象。你看看巴金笔下写过大哥，叫什么？对，觉新；老舍笔下也有大哥，《四世同堂》里那个大哥。那几个大哥的形象都写得很好。大哥是痛苦的，大哥的性格不是十全十美的，那么我们落实到作家身上，鲁迅是这样的大哥形象。金庸有一个小说里写了一个带头大哥，【众笑】那个带头大哥是不是也很痛苦啊？非常痛苦。大哥是文学作品中的一类人。那鲁迅把他这个寂寞史联系到他的创作史，解释清楚了《呐喊》的来由。他在最后两段说：

这样说来，我的小说和艺术的距离之远，也就可想而知了，这里提出一个小说和艺术的问题。我们一般认为小说不就是艺术吗，艺术的一种嘛，一种艺术作品嘛，但他说"我的小说和艺术的距离之远"。这个时候是1922年，因为在1921年的时候，中国文坛成立了文学研究会，还成立了一个创造社，那个时候的创造社，标榜为艺术而艺术，把艺术弄得很高，这艺术怎么怎么样，艺术是很神圣的。你看鲁迅说自己的小说跟艺术很远，那意思好像说小说不是艺术。**然而到今日还能蒙着小说的名，**鲁迅用的词很好，"蒙着小说的名"，蒙着一个名目，那么他写的东西到底是不是小说呢？反正现在蒙着一个小说的名。**甚而至于且有成集的机会，**能结成集子了。**无论如何总不能不说是一件侥幸的事，**这个汉语被他们兄弟两个用得真是有意思，什么话被他们这么绕来绕去地一说，都变得可质疑啦。上个学期我在我们系里给研究生开一门课，讲通俗文学，我在课上，特别讲现代汉语的一个问题，就是我们现在的这种简单的白话文汉语，变成一种很浅薄的语言，变成一种透明的语言，白开水的语言。我们自以为这个语言能够控制客体，直达本体，我说"水"就直达这个"水"，我说"瓶子"就直达这个"瓶子"。其实我们可能恰恰是反过来被这个语言所忽悠、所控制了。文言为什么不可废？鲁迅一方面是站在白话文一边，但是他为什么坚持写这样的一种语言，这都是我这个学期的课上想引起大家思考的，我自己也没有成熟的答案。但你发现鲁迅这样的语言，恰恰抓住了事物的复杂性，而我们今天这种非常暴力的语言，恨不得把一个事情简单地抓住，或者把人简单地骂死，这样的语言，恰恰是一种虚无的，有的时候是虚脱的一种语言，恰恰不能把握这个事物。这里后面涉及语言学的问题，以后有机会再说。**但侥幸虽使我不安于心，而悬揣人间暂时还有读者，**鲁迅用的词非常形象，他不说"我猜想，我估计，我估摸"，他说"悬揣"。所以真正的语言是不可翻译的，真正好的文学语言不能翻译，不但不能翻译成另一种语言，即使在同一个语言中也不能翻译成另外一个词。"悬揣"，就不可改变，你把它变成猜想，变成捉摸，变成估计，都不行，就是"悬揣"，非常形象，悬在那里，揣测。**则究竟也仍然是高兴的。**到底高兴不高兴啊？所以读鲁迅，有的时候特来气哈，有的时候想揍他一顿，【众笑】这到底要说什么呀？但是你这样读来读去之后呢，你自己就被他影响，看事情就变得复杂起来了，不是那么简单的高兴或不高兴可以判断的。他说"人间暂时还有读者"，好像是谦虚，但又好像是真的，好像再伟大的作品都不敢保证永远有读者。你比如说，前几十年受过批判的一些文学作品、一些文学家，这些年又受到重视，甚至被吹捧为大师，以致有人说，你看，这才是永久的艺术、永恒的艺术，终于什么"大白于天下"呀。那我说，既然是永恒的艺术，以前怎么受过批判呢？既然前几十年受过批判，就不能保证后几十年不再受批判，甚至被冷落、被埋没啊，你怎么证明它是永恒的艺术？你这个思维方式有问题啊，只要它有一天被批判过，就说明不存在永恒的艺术，不存在放之四海而皆准的艺术。虽然鲁迅说"人间暂时还有读者"，恐怕不全是谦虚，鲁迅对历史深刻的洞察，让他知道可能有一天没有读者，有一天鲁迅也会被批判。他活着的时候就被批判了，鲁迅活着的时候被批判得很惨，幸亏鲁迅战斗能力极强，学问太大，他的对手不行。

所以我竟将我的短篇小说结集起来，而且付印了，他说的这句话是用谦虚的句式、谦虚的口气，但我怎么听都像特别自负。你看他用谦虚的口气说出话来，但是你觉得他又特牛：我这个东西不好，但是我就印出来了，【众笑】背后有这个意思。**又因为上面所说的缘由，便称之为《呐喊》**。这就解释了他的小说为什么叫《呐喊》。

所以我们看这个序，表达的是很复杂的一种思想。很坦诚，但是说得不简单。他找了一个非常好的方式把自己想说的话说出来了，不可能说得比他更清楚了，这件事情本来太复杂，换一个人也没有这么复杂的经历，也没有什么复杂的说法。那么这个序言表达了他的小说艺术观，他认为小说到底是不是艺术，这有一个问题，以后我们还可以继续探讨。从这里我们能够知道的一些问题是，他写小说不是为了小说，不是为了艺术，这个我们知道，为的是救国，这以前我们就知道了。但是我们这次的解读还要强调一点：不仅仅是为了救国，还为了救他自己，这一点很重要。为了救国的那些人当然很高尚，但为了救国的人不见得能写出好作品，鲁迅的作品好是在于他既救国又要救自己，他不救自己不行，他其实在写作中找到了一种救自己的道路。当然说救自己也不一定非得写小说，救国救己也有很多方法，还可以做得很好，但这是一种。鲁迅说人生的道路太多，他有一次在回答人家问题的时候，他说我这是姑且找一条路，随便走走。因为他走哪条路都可以，他就随便找一条路，就是说钱玄同找他写小说，他就写小说了。假如有别人找他来写剧本，假如梅兰芳来请他写剧本，也许就写剧本了，在他看来都是消磨生命，都可以，他也许会干点别的。但是不管怎么样，在此之前，有一个非常充实的、非常厚重的周树人，这个周树人1881年来到世上之后，活到1917年、1918年左右的时候，他已经把人生看透了，他已经把自己全都搞定了，就是以后干什么都行，以后他可以随波逐流，与世俯仰。因为他功夫太高了，他不一定非要做一件事，随着情况的发展，有个什么机会人家先来请他做什么事他就做了，当然这个事情应该是好事，对国家、对他个人都有好处的事，他就随缘而做。所以有的时候我们有点宗教情结的人会想，我怎么遇不见上帝呢？佛怎么不来救我呢？如果你认为佛也是一个生命的话，那么你应该理解，佛很忙，【众笑】佛在家里自己就练，佛也得把自己搞定了，是吧。佛自己搞定了，但是他要救谁可不一定，哪天他碰见谁救谁，碰见钱玄同救钱玄同，碰见胡适救胡适，就这样了。所以我理解的鲁迅，这个时候的周树人，就是这样功力完满，剑气迷天。周围的人感到他的这个剑气了，但是他要干什么不一定。正好有一个机缘——《新青年》招兵买马，来请大哥出山，这个大哥就出山了，从此之后，鲁迅就纵横天下十八年，打遍武林无敌手。

好，今天的时间讲过了，今天就讲到这里。【掌声】

2009年3月

叫喊和反抗

——《我怎么做起小说来》

　　同学们，我们先通知两件事。因为很多同学每天都坐在地板上上课，经过本教师的不懈努力，有关部门答应给我们换一个稍微大一点的教室，就在旁边的117，听说那个教室可以容纳五百个人不站着。不过我们要停两次课。我希望大家把这个时间用来读鲁迅小说，还好我觉得两次课的时间正好可以把鲁迅小说全部读完。你把鲁迅小说读进肚子里，你这一辈子等于增加了一份营养，等于念了一个学位，有些人的话你就不用再听了，而且我讲的什么地方不对，你都能听出来，即使你认为我讲得对，你也可以有另外的一套理解。实际上有些书，没有一个机缘，没有一个外力我们可能也读不到。从小到大那么多的老师、机构给我们推荐了很多书，经常有人说，你给我们推荐一个书目吧，书和书目有的是，关键就是大家都怎么读的。但是我自己也知道世界上还有不少的经典著作我没有读过，都要等到一个机会才能去读到它们。我觉得作为一个现代的中国人，鲁迅是必读的，如果说鲁迅全集读不完，你应该把薄薄的几本鲁迅的小说都读下来，希望大家利用这个时间读一下，这样你期末的时候写报告，心里面也有一个谱了。

刚才过来的时候，我在路上看见一些活泼可爱的教师在那里跳舞，教职工们手里拿着绸子的扇子，非常优美，伴着乐曲在那里跳舞，正好楼门口有一些外国朋友，可能是外教啊，或者是进修生、留学生，在那里非常喜悦地看着这个场面。今天天气很好，万物复苏，那个场面给我留下非常深刻的印象，我就想这是很幸福的一个生活场景，这是一个国际关系的缩影：中国人在那里翩翩起舞，然后那些外国人怀着很复杂的心情在那里看着，有惊奇、有喜悦、有羡慕，想加入不好意思，等等。今天正好我要给大家推荐一本书，叫《美国的中国形象》，和我上次推荐的那本书属于一个书系，都是西方对中国的评价这个书系的。我上次推荐的是一位英国夫人写的《穿蓝色长袍的国度》，那是一百年前她个人对中国的印象。那么今天我推荐的这本书，是一本美国的政治学教科书，是一个在调查报告基础上写成的书，作者20世纪三四十年代到中国工作，后来回到了美国，也做新闻工作，当然也做大学教授，对亚洲，对中国、印度都很有研究，他的这本书我觉得也是很值得一读的。比如说国与国的关系，我刚才所看到那个楼前的场景，我觉得是一个理想的关系，就像鲁迅先生说的，大家友好相处，放心大胆互相不提防，放心地吃饭，放心地睡觉，放心地谈恋爱，多么好的一个世界！可是我们同时知道，这个场景并不是一个真的现实国际关系的浓缩图。我们可能知道每天世界各地都在发生着许许多多的杀戮，我们进入所谓全球化时代以来、进入民主社会以来，全球各地以民主的名义杀掉的人远远多于以前的冷战时代。很多地方，这个国家的人本来过着很平稳的日子，本来是这样正常地过着日子，那么在某种观念的驱使下非要说这样过得不对，要改变一种生活方式，然后他们就开始改变，他们都不知道不争论、不折腾的说法，他们就那么折腾，很多人头就落地了。比如说在非洲的一些国家，本来过得好好的，不管它是封建社会也好、奴隶社会也好、原始社会也好，有些人非要说你这样不好，你要民主，不民主我就打你。比如卢旺达、布隆迪，发生那种上百万人被屠杀的惨剧，其他各地战火纷飞。有一年，赵本山在小品中说我们中国好，"风景这边独好"。我比较喜欢、比较推崇赵本山的小品，但我觉得这句台词不怎么好，这句台词过分自信，其实传达了我们国人一种不正常的态度，并不是风景这边独好。

多数国际关系到底是怎么样出的问题？我觉得是彼此的交流出了问题，理想的状态是大家坐下来，共同吃饭，友好地谈话，这不是交流吗？问题是人与人之间大多数情况下的交流不是自然的和平等的，我们都是在具体的现实关系下进行交流。比如现在我们各位要交流，我们彼此都怀有百分之百的诚意，这就能够达到交流的目的吗？还是不行，因为我们有具体的现实关系，现实关系是我是老师你们是学生，我一个人你们五百个人，使我们这个交流不可能对等。我们陈平原老师也说过，学识渊博的老师和刚刚入门的学生之间，强行要求他们平等对话，吃亏的只能是学生，这老师只能伪装出一副平等的样子，最后只能是使学生情绪上满足，态度上满足，不可能使学生获得真的知识。而我们传统的教育强调师道尊严，老师和学生说到底就是不平等，不平等是真实的，他不欺骗你，就是孔子讲的"君君臣臣父父子子"，君就是君，臣就是臣，父就是父，子就是子，我们今天是父不父，子不子 —— 明明他是你爹，他非要告诉你咱们是朋友，我跟你说咱们是好朋友啊！我们把这个美其名曰民主自由。这些不一定直接导致杀戮，不一定直接导致悲剧，但是它导致交流的问题，交流有许许多多的问题。我们今天，比如说中美关系有很大问题，这个问题会激发一些民族情绪，我们互相会妖魔化对方、丑化对方，实际上你要想人都是一样的人，都是有血有肉的人，那么我们彼此之间的误解是怎么形成的？我觉得大家应该多看看这样的书，比如这本《美国的中国形象》，他调查了181个美国人，这181个美国人全都是美国各界的精英，不是一般的人，其中很多来过中国，来过亚洲，这本书不是现在写的，是20世纪五六十年代的时候调查的，所以他的这个调查是比较客观的。他讲美国人，并不是天生地对中国不友好，他们关于中国的知识是怎么得到的？就像我刚才讲的两个人之间的平等交流很难一样，两个民族的平等交流更难。我们中国原来根本不知道外国，为什么？因为不需要知道。干吗要知道外国？人要知道一个知识是因为需要，他不需要知道外国，他只需要知道我们中间是华夏、外边都是蛮夷就够了，每次蛮夷来就是来进贡嘛，他好吃好喝招待他们，给他们拿、装，装满了财宝送他们走，就是兄弟来看大哥了嘛，然后给小弟弟装满了礼物让他们带回去，就这样嘛，他不需要知道他们家里的那些事，也不干涉他们，就是这样一种关系。那么后来我们知道为什么要去了解人家，拼命地了解人家，是现实情况改变了。今天的美国和以前的古代的中国有类似的情况，我们经常埋怨美国人无知。这本书里面讲，在第二次世界大战的时候，百分之六十的美国人不能在地图上找到中国。大家可能很吃惊，美国文化那么发达、教育那么发达，那么多大学生，怎么可能呢？但是这是事实。当大多数美国人说到东方这个概念的时候，他能想到的是东欧，中国甚至在东方之外，中国就不在他们的思考范围之内——中国是哪儿啊？对于大多数美国人是这样的。关于中国的印象，关于亚洲人的印象，是来自他们的媒体，而我们知道媒体几乎都是营利单位，世界上几乎不存在客观公正的媒体，任何一个媒体要吃饭，钱是从哪儿来，这是第一位的。当然如果我讲的和你们新闻传播学老师讲的不一样的时候，以你们老师讲的为准，【众笑】如果你们老师讲的是新闻是客观公正的，听你们老师的。我要讲的是另一种，我的看法，就是所有的新闻人都是要吃饭的，每一个记者、每一个编辑、每一个主编都是要吃饭的，如果他的饭来自政府，他就不敢骂政府。今天我们很多媒体说宣传自由，因为它敢骂政府了，那你要问问它的饭是谁给的。你忽然发现，这个报纸主要靠广告生存，那你观察它敢不敢骂它的广告客户。如果你不敢骂广告客户，那你装什么？你不敢骂给你饭吃的那个人，这就不叫独立，这怎么能叫独立呢？这只不过是换了一个主子而已，仍然是被豢养，所以这是新闻的本质。美国的新闻所制造的某个地区、某个国家的人的形象，最终给全国人民造成了这样的一个结果。

说到亚洲，过去很多美国人脑子里面是：氏族，饥饿的人群，在农村无数家庭竭力维持生活，过分拥挤的城市，乞丐，平民，苦力，忍受着极低的生活水平带来的各种苦难……在这本书所调查的美国的中小学教科书里，在各种历史、地理课本中，中国所占的比例只是1%—1.5%，他们所获得的中国知识只是这样。他们只知道中国几个名人，有孔子，有一个不知道应不应该算中国人的——成吉思汗，这是他们永远的噩梦，【众笑】西方人永远的噩梦，但是我们中国人有时候看来成吉思汗不应该算，有的国家算，美国人就把他算作中国人。美国人最有印象的就是这么几个人：孔子、成吉思汗、毛泽东，这是使他们永远不能忘的几个人。再一个跟中国有关系的人，那就是马可·波罗。我们看他们所记住的这几个人，给他们带来的是一个必须仰头看的中国，须仰视才见的中国，马可·波罗给他们带来的中国是特别好的、特别正面的、辉煌灿烂的。其实像我们今天世界上许许多多的人崇拜美国一样，在19世纪之前，这个世界的任何一个角落都是崇拜中国的，不仅仅是崇拜中国的财富、经济，还崇拜中国的文明礼仪，这种情况一直延续到1840年。就是在1840年，那支小规模的英国军队来打中国的时候，他们都没有想到能够打胜，他们觉得打败了也不要紧，就是小土匪骚扰城市那个感觉，败就败，无所谓。我们现在一说起那场失败，就说我们是败于落后、人家船坚炮利，等等。随着近些年来史学研究的进展，最近在"天涯"上韩毓海老师还写了一篇文章，讲18世纪历史性的偶然，你去看一看1840年英国用什么打我们，几条破木头船，根本不是什么坚船利炮，跟工业革命这些都没有关系，经济上的对比就更不用说。那么不管怎么说你打败了，由于你败了，所以关于你的知识从人家教科书中就大面积地消失了——没有必要来了解你。

我多介绍一点这个情况，西方人，包括美国人，对中国认识有几个时期。18世纪之前，都叫"崇敬时期"。1840年开始到1905年，就是八国联军进北京的时候，叫"蔑视时期"，是他们看不起的时期，所以我有一个观点，我说1900年八国联军进北京是中华民族命运的最低谷，被打得低到不能再低了的程度。从这个时候开始美国人对中国人的态度开始转变了，进入第三个时期，叫"仁慈时期"，你想人心都是肉长的，你绝无反抗能力的时候，完全是奴隶的时候，完全是待宰的羔羊的时候，我想这狼也会对羊怜悯，所以这个时候叫"仁慈时期"。为什么在这个时候美国第一个退还了庚子赔款，并且用这笔钱帮助建立了清华？不是说清华不好，是说它建立的背景，也就是说美国建立清华大学就是为了源源不断地在中国培养孩子再送到美国去，这样一直到1937年。美国人其实心肠很好，你如果接触到个体的美国人，会发现美国人充满着优越感、喜欢照顾别人。美国人很像中国的大城市的人，比如你接触北京市民、上海市民，北京人和上海人其实很喜欢照顾人，但是他们的照顾里面怀着一种优越感，他们经常跟你讲你不知道的东西："哎呀，小伙子你知道天安门吗？"带着这样的一种感觉。这是"仁慈时期"。从1937年开始到1944年，我们知道这是抗战时期，这个时候对中国进入了"钦佩时期"，抗战时期他们开始钦佩中国，他们发现了中国以前没有发现的那么多的优点。然后抗战结束直到1949年的这几年是"幻灭时期"，这个钦佩转瞬间就幻灭了。那我们当然知道幻灭的原因就是国民党统治，他们关于中国的很多的不好的想法、不好的印象，都来自20世纪40年代后期国民党政权的迅速腐败，腐败速度也太快了，国民党用了三四年的工夫国家就没落了。1949年之后进入一个"敌视时期"，他的书就写到这里。当然1949年之后还有几个阶段转变，我们知道毛泽东时代开展"乒乓外交"，乒乓球转动地球，然后就到邓小平时期，再到现在。

关于对中国人的看法，他所调查的这181个人都是各界的精英，几乎都在城市，多数人对中国怀有好感，因为其中有一部分人来过中国，跟中国人实际接触过，但是他们都知道，他们并不代表全美国。美国多数人、普通老百姓没来过中国，他们是受媒体、受电影的影响，比如有一个学生总结美国人对中国的看法：中国人喜欢的美食是老鼠和蛇，中国人把"否"说成"是"、把"是"说成"否"，他们用筷子喝汤，炒杂碎和炒面是他们的民族菜，除了这些之外他们只吃米饭，中国男人穿裙子女人穿裤子，中国人老容易喝醉，中国是一个洗衣工的民族，却有一个高度发达的文明，所有中国人都是狡猾的、诡计多端的，等等。就是很多很奇怪的印象混合在一起，比如说中国人没有神经，可以在任何地方睡觉……这些知识乱七八糟组合在一起。

为什么越是在民主时代人们越容易被忽悠？首先是你的知识决定了你自己会受到什么样的煽动。我记得我在韩国的时候，韩国人民有的性格更激进，他们的大学生也经常抗议美国对他们的歧视。有一个美国人喜欢东方，娶了一个韩国太太，他写了一本书，在书里写他爱东方人，他用了多年的努力来改造、教化他的太太，使他的太太能够进入文明世界。我们知道韩国人跟日本人一样，是睡在炕上的，他的屋里就是炕，这是人家的民族习惯，但是美国的老公说，我用了很多年的时间改变了她随地睡觉的习惯。【众笑】要知道这个美国人绝不是恶意的，对他的太太不可能是恶意的，他真的是出于一片好心，但是又充满优越感——也就是说在这个世界上我们彼此之间是这样的交流。就像刚才在楼前我看到那一幕，我不知道在场的那些外国老师心里是怀着怎么样的想法，因为这个想法根源于人的知识，我们现在好像看起来交流手段方便了，交流的途径多了，但是不一定真正达到交流的目的，因为彼此掌握的知识千差万别。所以不论美国人对中国人有很多很多好的看法还是坏的看法，这些看法可能都是不准确的，他们喜欢中国人的时候就把中国人说得特别好，把中国人说得特别诚实啊、勤劳啊，人类的一切美德都在中国人身上；一旦两国关系不太好的时候——经常是受外界影响，你看每个时期不一样，受战争影响——把很多缺点都加到中国人身上，总而言之是不理解。

特别是新中国成立之后的朝鲜战争，朝鲜战争也是美国人的一场噩梦，是美国人没有打赢的战争，而且这个是好莱坞永远回避的一个题材——好莱坞把美国的光荣史都演遍了——不敢演朝鲜战争，怎么失败的他们搞不清楚。他们大量的回忆录都把中国志愿军写成人海战术，你看很多的回忆中都写着，数不清的黄色的士兵向他们蜂拥而来，成千上万的人喊着口号啊、吹着喇叭啊就来了，这种回忆录特别多。所以我在韩国生活的时候韩国人也说：你们就是靠人海战术啊。他背后意思就是你们不尊重生命，你们不把生命当人，我们是尊重生命的，所以我们失败了。这种信息慢慢就变成知识，甚至变成一种所谓的史实，今天很多人都持这种观点。我有一篇文章叫《在韩国和韩国人说韩战》，也许有的同学看到过。这种知识显然是非常幼稚的，因为它不符合基本的军事常识。我在《美国的中国形象》这本书里看到一个美国海军史学家安德森·吉尔在1952年一个论述，他对这个看法提出了尖锐的异议，他说：

"人海正面进攻是少见的，而且是在胜利需要如此高昂的代价时被指定为最后的惩戒手段。报纸上报道（中国军队）在许多情况下对联合国军阵地进行人海攻击，实际上中国军队在朝鲜极少采用这样的进攻，报道这样的战术是为联合国军遭受的失败寻找一个借口。"熟悉中国军队历史的人就会知道，共产党军队是讲效率的军队，是讲战略战术的军队，共产党军队擅长的就是以少胜多，人海战术恰恰不是共产党军队的特长；共产党军队擅长的是包抄啊、埋伏啊、夜战啊、近战啊、突然袭击啊，共产党非常讲战斗队形，共产党没有成百上千地向一个地方冲过去的。特别是朝鲜战争时候的志愿军，那主要是林彪的部队，林彪的战术原则不知道大家知道不知道，一个班要三三制，三个人三个人地往上冲，三个人还负责的不一样，两个掩护的一个冲锋的，前面一个人死了，第二个人就往上续，看过电影《董存瑞》吗？是人海战术吗？不是。一个班就分成三个小组，火力组、支援组、爆破组。美国人哪儿懂这个呀！这些东西其实也不是林彪的发明，在孙子那时代就发明了。【众笑】人海战术在现代火力面前是没有用的，对方几挺机关枪摆在那里，人海能够冲上去吗？根本冲不上去，只是说明他们的战略战术方面是荒谬无知的。美国军队是强大的军队，主要强大在他的火器上，只要一没子弹马上投降，根本是不会打仗的军队，跟东亚军队比起来美国军队算不会打仗的，有什么战术、有什么经典战例吗？没有，没什么经典战例，经典战役都是中国的、日本的，这才是会打仗的部队。但是我们讲这些影响不了美国人，大多数美国人就喜欢说中国人可怕、成千上万，这个就是"黄祸论"。

这些印象与现实，友好与不友好的东西叠加起来，形成了一个民族对另一个民族的认识。那么反过来讲，我们自己反思自己，我们对其他民族的看法，是否也有那么多不客观、不对头的地方呢？现在在世界格局中，中国人可以说是最渊博的，中国人勤奋地甚至是贪婪地学习每一个国家的知识。我想大多数经过高考来到北大的同学，起码在世界地图上指出50个国家应该是没有问题的。我们心中是有天下这个观念的，我们听到今天巴黎有小雨你就感到很亲切，这是中国人的一个生活习惯，因为我在电视里看天气预报的时候我都觉得很亲切，我觉得就跟我家附近差不多，巴黎我听着跟北京郊区似的，【众笑】另外一方面，我觉得我们不能因为外国人对中国有误解和歪曲，我们自己就自大，有些问题中国人确实存在。我们经常看一看这些外国人对中国的看法，就能够理解鲁迅那代人为什么要那样拼命地改造民族性。

如果我们今天回过头来看，其实鲁迅对中国的批评有些时候可能是过于尖锐了，或者有的时候是他专门讲缺点不讲优点，这种情况可能是存在的，我们不能把鲁迅神化。但是我想鲁迅是一个聪明的人，他这样做是故意的，他不在一个场合把话说得四平八稳，他可以在另外一个场合去说你的优点，这种笔法其实是整体上的《春秋》笔法。比如说司马迁写《史记》，《史记》写世家也好、写列传也好、写本纪也好，他在汉高祖刘邦的本纪里面，就是正面写刘邦的时候，他多写他的优点，但是他心里面讨厌刘邦，那怎么办呢？你不能在他的传记里面把他的缺点写那么多啊，那不要紧，他在写《项羽本纪》的时候，多写刘邦的缺点，所以他在《项羽本纪》里面就把刘邦写成了一个流氓。他为什么不在《刘邦本纪》里写？因为刘邦是他们汉朝的开国皇帝，所以不能那么写，但是在写他的敌人的时候顺便把他写得很狼狈，把他写得很不人性，这是春秋笔法。那鲁迅也是一样，当有人全盘否定中国的时候鲁迅就站出来了，说中国如何如何好，中国人民是有脊梁的，中国人怎么怎么样。他其实心里早就知道这些，但是他认为自己的工作，特别是他写小说那个时代的工作，主要是写中国的缺点。

好，这本书我介绍到这里——《美国的中国形象》。

今天有些学者说，鲁迅当年之所以那样批判中国，他代表了帝国主义的立场，鲁迅是殖民主义者的急先锋，因为有这样一种偏激的观点，所以我们要仔细地辨析种种言论。今天是一个思想极为混乱的时代，这个混乱，体现在每一个重要人物的评价问题上。有人说鲁迅是专制的帮凶，有人说鲁迅是汉奸，有人说鲁迅是殖民主义者，所以，为什么我说大家要亲自去读原文哪，你不去读原文，你就没有办法辨析，只能跟着媒体起伏。鲁迅是天天跟媒体搏斗的人，他的一生都是在媒体的大海里面浮沉着，鲁迅每天都在报纸的副刊上写一段小文章，就相当于我们今天天天写博客一样。而且我们今天博客很多"恶搞"的文体，都是鲁迅发明的，鲁迅把几个报纸的新闻掐头去尾剪到一块，就凑成一篇文章，就变得奇妙无比，这种方式是鲁迅发明的。

我们前面讲完了鲁迅的《〈呐喊〉自序》，《南腔北调集》里面有一篇文章叫《我怎么做起小说来》，这篇文章也介绍给大家，这个可以加深我们对鲁迅创作目的的思考，同时也可以理解他后来为什么不写小说了。我把第一段先读一下啊。鲁迅说：

我怎么做起小说来？——这来由，已经在《呐喊》的序文上，约略说过了。你看他承认《呐喊》序文就是讲为什么要做小说的。**这里还应该补叙一点的，是当我留心文学的时候，情形和现在很不同：在中国，小说不算文学，做小说的也决不能称为文学家，所以并没有人想在这一条道路上出世。**我们看鲁迅的选择，从来不是赶时髦，不是投机，不是看哪一条路好走他就去走。鲁迅的选择跟大多数人都不一样，比如大多数人都选科举道路的时候，他不选科举了，他走别的路了，他后来到外国留学；到外国留学人家都学法政、经济、警察，那些有用，他学没用的，他学文学；学文学失败了之后呢？自己搞；自己搞文学也行啊，你搞点正经的文学，那时候小说不算正经文学，他搞的都是人家看不上的；等到他把小说搞出名了，小说成了正宗文学之后，他又不写小说了。所以今天也有很多人攻击鲁迅不是小说家 —— 鲁迅算什么文豪啊，都没有长篇小说，文豪应该有长篇小说啊，你看你后半辈子写了那么多杂文。我们看首先鲁迅的选择跟别人不一样。鲁迅说：**我也并没有要将小说抬进"文苑"里的意思，不过想利用他的力量，来改良社会。**我们看鲁迅这里说得很清楚，他要改良社会。鲁迅说的这个改良，摆明了他的一个功利目的，他做事情有功利目的，"功利"好像不是一个太好的词。那么多作家都标榜自己没有功利目的，我就是献身于艺术，就是热爱这个，没有什么别的目的，但是鲁迅却讲明了他是有功利目的的，我写小说就是为了改良社会。那我们有功利目的行不行？做事情有功利目的可以不可以？有功利目的能不能把事情做好？比如说写小说，有功利目的的人写小说能不能写成大师？这是我们可以考虑的问题。

但也不是自己想创作，"创作"这个词在那个时候很时髦，特别是创造社那些人，郭沫若他们，都强调创作的重要。**注重的倒是在绍介，在翻译，而尤其注重于短篇，特别是被压迫的民族中的作者的作品。**我们都知道鲁迅是创作家，但其实鲁迅也是一个翻译家，鲁迅翻译的作品数量非常庞大，但可惜几乎没有人去读鲁迅的译作，其实在专业的鲁学研究领域，都很少有人研究鲁迅的翻译，原因是不好研究，无从进入。鲁迅的翻译一个是注重短篇，还有注重被压迫民族中的作者的作品，我觉得这一点我们今天尤其汗颜。我们今天都在翻译什么？都在翻译那些财大气粗的民族国家的作品，而且反复翻译，有的是前人翻译过的，再翻译一遍，为的是谋利，明明已经有翻译大师翻译好的作品，非要凑几个研究生再重新翻译一遍，找几个版本互相抄一抄，再出版。所以我们今天的翻译市场，重新翻译的那些外国作品，几乎不可读。我们今天培养了这么多外语硕士博士，但是我们全国的翻译能力越来越低越来越差，翻译的作品几乎不可读，有的时候几年都遇不到一本好的译作。当然原因很多，并不是说我们全民疯狂学英语，英语就学好了，不客气地说，从绝对的水平上来讲，我们的英语水平越来越差，不是越来越好。我们英语水平最好的就是鲁迅那代人，就是钱锺书那代人，就是冰心那代人。我们现在的大学生水平是越来越差，当然汉语水平也是如此，汉语也越来越差。我们现在可曾有人翻译布隆迪的作品吗？可曾有人翻译阿富汗的文学作品吗？有人愿意翻译朝鲜的文学作品吗？没有，我们现在连俄罗斯的作品都不翻译，我们现在是一个多么趋炎附势的时代——你自己根本就变成了聋子，你根本就不了解人家！你知道俄罗斯人民在看什么电影、看什么绘画、听什么音乐、看什么小说吗？你不知道啊，你不知道怎么评价人家，然后都是道听途说，听那些财大气粗的媒体灌输给我们这些东西，要不有时候我会说我们活得很可怜。这种孤独感也是鲁迅经历的，鲁迅翻译了那些被压迫民族的作品，但是他翻译的那些作品，说实话，当时卖得并不好，但是他坚持做。他早年没成名的时候，他们兄弟两个就翻译《域外小说集》，一共就卖出去20部，第一集多卖的一本还是朋友买的，很可怜。所以这些失败他都经历过。

因为那时正盛行着排满论，有些青年，都引那叫喊和反抗的作者为同调的。所以"小说作法"之类，我一部都没有看过，鲁迅没有看过什么小说作法。这个我觉得是可以鼓舞很多不学文学的同学。其实我虽然说过文史哲是人间最大的学问，但同时我要补充一句，文史哲这样的学问，正因为是真的学问，所以是不必到大学里来学的。到大学里来学、到重点大学来学，只是给你提供一个方便的门径，方便进入而已，你如果摸到门径的话，不来学校里学也一样。许许多多大师，都是自学成才的。但是你要学高能物理，却必须上大学来学，因为家里没有条件，【众笑】它需要条件，家里连一个烧杯都没有，那不行。文史哲是可以自学的，你看鲁迅就是这样，他不用看小说作法，看小说作法的人永远作不了小说。你看我们中文系有很多著名的老师，会写小说的有几个啊？没几个，就曹文轩老师会写，一般会写的还有几个，但是能写成作家的，写成全国有名的，现在也只有曹文轩老师。曹文轩老师是我们中文系的得奖专业户，年年都获得文学大奖。那鲁迅说这些书他都没看，**看短篇小说却不少**，关键是看作品。所以即使在我们中文系讲课，我都强调，同学们一定要看作品。你别稀里糊涂看了好多理论，理论是没用的，理论都会过时，你现在学的这些理论，三五年就一换，跟歌星一样，三五年就会换。所以千万不要盲目崇拜某一个小歌星，没有用，把生命都耗费了，你至少得崇拜个邓丽君这种级别的，几十年那都是偶像。不看理论，要看作品，这是重要的。**小半是自己也爱看，大半则因了搜寻介绍的材料。也看文学史和批评，这是因为想知道作者的为人和思想，以便决定应否介绍给中国。和学问之类，是绝不相干的。**我们看鲁迅也做学问，但是他写小说，看这些文学方面的书，不是为了做学问。鲁迅反对无关现实的学问。你要做学问的话什么不是学问？你研究一个苍蝇都是学问，什么事情都是学问。但是你具体投入某一个研究事业中去的时候，你要想想，它有什么用？就像钱玄同问鲁迅一样，你抄了这些有什么用，鲁迅说没什么用，他是为了消磨生命。那我们大家都是这样为了消磨生命吗？好像不是，那就应该有选择。鲁迅有选择，他是因为要改良社会。

　　因为所求的作品是叫喊和反抗，势必至于倾向了东欧，鲁迅很注意东欧。我刚才说了，在大多数美国人的印象里边，东欧已经是世界的边缘了，他们想到的东方就是东欧。至于远在东欧外的那些地方，比东欧更东的地方，他们都不知道，所以他们一直把中国算作远东。负责中国这部分情报的叫远东情报局，远东就是非常遥远的东方的意思。但是在中国那个时候，那么落后的中国，却有这样一个人，他关注东欧，他的眼光是何等深邃啊，即使跟他同一阵营的想振兴中国、想让中国富国强兵的那些知识分子，一般也都是注意英国、美国、德国、法国，近邻日本，就注意那几个国家，但是他注意东欧。**因此所看的俄国，波兰以及巴尔干诸小国作家的东西就特别多。也曾热心的搜求印度，埃及的作品，但是得不到。**我们今天的中国，缺乏真正的全球视野，一说走向世界，我们想想，我们说的走向世界不就是走向美国吗？那是世界吗？干吗要走向世界？难道我们在世界外边吗？说走向世界，说中国与世界接轨，这些话本身都是不通的。中国本来就在世界里边，还往哪儿走啊？我们忽视了大多数第三世界的兄弟，那些敲锣打鼓把中国送进联合国的兄弟，那些把乔冠华抛到半空中的兄弟。什么叫真正的开放？你这国家大多数人民数不出十个以上的非洲国家，怎么叫开放？！我们现在给大家一个非洲地图，把国名都隐去，然后来填，你能填上十个非洲国家的名字吗？你都能填上，你是好同学，说明你是有世界眼光的，你有全球视野。不信你现在闭目想一下，坦桑尼亚在哪个位置？贝宁在哪个位置？索马里在哪个位置？你至少要知道非洲、拉丁美洲大体的格局。还有，你现在能背下来多少个国家的首都？这也是一个考验。我在6岁的时候能够背下来全世界所有国家的首都，因为当时我家墙上挂着一幅世界地图，上边是毛主席的语录：你们要关心国家大事！当然实际上不能来比这个。什么是开放？我们今天叫改革开放时代，实际上很多人的心态是不开放的，是非常狭窄的，我们这个门是非常狭窄的，可是在我们不叫改革开放的那个时代，我们的朋友遍天下！那个时候可能是另一种意义上的开放。再回到鲁迅这里，鲁迅的心态是开放的，他心中装着全世界。他也不是说不关心那些强国，强国当然也关心。

记得当时最爱看的作者，是俄国的果戈理（N. Gogol）和波兰的显克微支（H. Sienkiewitz）。日本的，是夏目漱石和森鸥外。这是他讲他写小说的背景。回国以后，就办学校，再没有看小说的工夫了，这样的有五六年。为什么又开手了呢？——这也已经写在《呐喊》的序文里，不必说了。但我的来做小说，也并非自以为有做小说的才能，只因为那时是住在北京的会馆里的，要做论文罢，没有参考书，要翻译罢，没有底本，就只好做一点小说模样的东西塞责，他还说是小说模样。这就是《狂人日记》。大约所仰仗的全在先前看过的百来篇外国作品和一点医学上的知识，此外的准备，一点也没有。

我们看鲁迅写小说，他仰仗的基础是什么？没有小说作法，没有文艺理论，他也没学过文学史，他是写文学史的，不是学文学史的，他写过小说史。第一个就是看过百来篇外国作品。中国现代文学史上第一个出版小说集的是郁达夫，不是鲁迅。郁达夫怎么会写小说呢？他在日本近十年，读了千本小说，读了千本小说就会写了。我们古人说，没有人教你怎么写诗？你读《唐诗三百首》就行了，你每天摇头晃脑读《唐诗三百首》，把《唐诗三百首》都读得烂熟了，你自然就会写了，你肯定会写。如果有个人教你怎么写诗，你肯定写不好，不要跟那些人学了，那些人教你文学史可以，文学史是可以学的，文学创作没有办法学，就像游泳啊、跑步啊、打球一样的，必须实践。我听说现在很多中学都取消体育课了，因为怕学生受伤，家长来索赔，所以越是大城市越取消体育课。但是我说我看你们那个报名单上体育的成绩都不错呀，他说那都是书面考试的成绩——体育课其实是在室内上，有教材，有挂图，然后考试，怎样游泳。【众笑】这个考试都是这样的，怕受伤。但鲁迅、郁达夫他们是自己在文学大海里学会游泳的。

还有一点很重要，就是医学上的知识很重要。我很重视医学，我有一篇讲演叫《医学政治学》，是我去301医院给全国来进修的医生们讲的。我一直认为医学和文学有着非常丰富的联系；还有我们从现在的考古学的系统来讲，医学其实和政治有着密不可分的联系。在中国，我们现代文学史上两大文豪都是学医的出身，这绝不是偶然的现象，可能在座的有我们北大医学部的同学，我希望从北大医学部里走出几个文豪来，走出几个改变中国的人。现代中国历史上我们的国父孙中山就是学医的，两大文豪鲁迅、郭沫若都是学医的。你再放眼看看世界，很多著名的文学家、政治家、哲学家、社会活动家，都是学医的。学医本来是接触人的肉体，接触人的病患，但是它能够唤起人深刻的对人生的思考。所以在这个意义上，它和"人学"是相通的——我认为文史哲都是研究人的学问。还有，医学背后的政治因素是非常隐蔽的，但是医学和政治在很大程度上又是同构的。我在医院里那个演讲中说，大家都认为医院是个公共福利设施，我说不对，医院其实是国家机器，医院是国家机器的重要组成部分。你看看每个城市，全国医院的分布，医院的分布和派出所的分布是一样的。根据福柯的理论，病是被规定的。你以为病是客观存在的吗？病是被规定的，你得了什么病，是由医生说了算的。你到医生那里去诉说，诉说的是你的一些感觉症状，你在诉说的时候，医生头脑里迅速地转圈儿，他在根据他的知识来判断，把你装在哪个格子里，这个像猩红热，又不像，像荨麻疹……然后迅速地捕捉到一个，好，你就是……【众笑】就把你放到这个格里来了。他不保证正确，他只保证分类处理，他是一个处理程序。一个病人，就被认为是一个失去正常状态的人。病人为什么是弱者呢？病人不见得身体上真的弱了，病人是被规定为弱者的。那么这些医学上的知识，其实是关于人的一些基本的知识。我们看不仅鲁迅、郭沫若、周作人等，还有其他很多名人，他们都没有经过系统的学院学习。周作人也说，他的知识主要是生物学知识，他喜欢看动物知识、植物知识，这些知识对人是特别重要的。有了这些基本常识之后，就不会被很多学到的理论所忽悠。比如我经常骂媒体骂电视，但是我又很喜欢看电视，我最喜欢看《动物世界》，因为动物世界一般不撒谎，动物世界一般都是真实的。我看《动物世界》，我想通了人生的问题、社会的问题，都是生命与生命如何处理关系的问题。我有一段时间曾经觉得人应该吃素，吃肉不好，吃肉很残忍，有一段时间突然想吃素。后来我看了《动物世界》，我发现不能吃素，很多动物都不吃素我干吗吃素呢？我发现通过看这些东西会帮我们认识问题。

但是《新青年》的编辑者，却一回一回的来催，催几回，我就做一篇，这里我必得记念陈独秀先生，他是催促我做小说最着力的一个。我们看《〈呐喊〉自序》知道主要是钱玄同去促使他第一次写了《狂人日记》，但是写了《狂人日记》之后，是陈独秀去一回一回地催他，才使得他一发而不可收地写下去。**自然，做起小说来，总不免自己有些主见的。例如，说到"为什么"做小说罢，我仍抱着十多年前的"启蒙主义"，以为必须是"为人生"，而且要改良这人生。**这些贯穿中国20世纪的关键词，特别是"人生"这个词，我们近年来不太提了。鲁迅在这里讲他为什么写小说，我们大家是不是也想一想你为什么上大学，你为什么考北大，等等？我想大多数同学首先是从生存层面来做出这些决定，一旦你觉得你的生存层面不值得那么焦虑以后，能不能把它提升到人生层面来考虑？能不能从人生层面考虑今后的路？

我深恶先前的称小说为"闲书"，而且将"为艺术的艺术"，看作不过是"消闲"的新式的别号。小说在中国古代是被看作闲书的，所以好多家长是不让孩子看小说的，这个一直延续到现在。现在很多家长都不让孩子看闲书，如果老师推荐孩子看小说，家长还很奇怪：看这书能行吗？不耽误学习吗？考试考吗？创造社提出"为艺术而艺术"，鲁迅一眼就看穿了，鲁迅说"为艺术而艺术"也不过是一种"消闲"，一种新的"消闲"，鲁迅是赞同"为人生"的。我曾经在一次讲当代文学的讲座中讲到，我们现在老百姓对中国当下的文学很不满，整体上很不满——不是说完全没有好作品，一年也有那么一点好作品——整体上不满，就因为我们现在的文学背叛了"为人生"。我们现在的文学不是为人生，你说它"为艺术"都做不到，是这样一个文坛状况。

所以我的取材，我们看下面这些，鲁迅所讲的都是他小说的具体内容了，都是《〈呐喊〉自序》中没有讲到的，就是小说创作上的一些问题，这是以后我们要结合小说作品来看的。**多采自病态社会的不幸的人们中，**鲁迅写的是病态社会、不幸的人们，他选材上就故意这样选的，并不是鲁迅真的把中国看得一团漆黑，就没有好处了，他是故意选这些病态的人来写。他写华老栓，他写祥林嫂，他写孔乙己，他有意地去选那些病态的、不幸的人来写。鲁迅写小说不是让人高兴的，也不是让你从中学习一些人生技巧的。曾经有批评家攻击鲁迅，说读了你的小说使人感到不舒服，鲁迅说对啊，我就不让你舒服啊，就是让你不舒服啊。**意思是在揭出病苦，引起疗救的注意。**我们看他又不小心用了一个医学的词，"引起疗救的注意"。文学作品的一个功能，就是疗救功能，这是我们文学理论中不怎么讲的，很多老师都没有讲到这个问题。我们一讲文学作用，以前就讲教育人民、团结人民、打击敌人，后来加上娱乐呀、消遣呀、消费呀，等等。文学作品有它疗救的功能。比如说最近若干年，为什么风行村上春树的作品？村上的作品在中国年轻人中受到热烈的追捧。正好我去年在日本待了一年，日本东京大学的小森阳一教授专门写了一本书，这本书评论了村上的一本长篇小说叫《海边的卡夫卡》，他就讲村上春树风行的原因。在我们中国是把村上当成一个流行的都市小说来解读、来阅读的，读他的都是一些小白领啊、大学生啊，都是些时髦的人。但是日本已经推举他去获诺贝尔奖。这两国是有这样一个差异。那么小森教授解读，说村上的作品恰好满足了日本和西方世界在"9·11"之后那种末日心态。而村上春树的作品恰恰就在虚构的故事中迎合了人们忘记自己所犯下罪恶的这种需求，在他的作品中一切不合道德的事情都可以被原谅，比如说什么兄妹乱伦啊、师生乱伦啊，这些事情其实都隐喻着侵略者和被侵略者的关系、奴役者和被奴役者的关系，在时空的错乱中、反复的回忆交叉中，这些事情都被解释成可以原谅的、都无所谓的。这样凡是阅读这一类小说的人心理上都得到了缓释，这是这样的作品的疗救的功能。而鲁迅讲的这个疗救是要疗救病态社会。中国从1840年至1900年连续打了60年的败仗，然后一直到五四这个时候，这个社会已经非常病态了。在多数国民心中就已经有阿Q那种意识，就是明明失败了不想承认，于是就出现了两极，一极拼命地想全盘西化，另一极就是我们古代什么都好、老子先前厉害了这种想法。这是鲁迅创作的宗旨。

所以我力避行文的唠叨，只要觉得够将意思传给别人了，就宁可什么陪衬拖带也没有。这里鲁迅讲到了他的文体意识，鲁迅小说的文体。鲁迅小说的一个特点，专家们总结为精练，但是精练的一个结果就是会有很多人读不懂，而且随着我们全民语文水平、文学鉴赏能力的逐年下降，越来越多的人读不懂了。我有时候自己写一点闲话，写一点闲文章，我就觉得鲁迅的书太难懂了，我写得通俗一点。后来发现连我这么通俗的话都有人读不懂，连我也居然经常遭受误解、曲解，我就知道现在随着教育水平的提升，人们的水平不是提高了，而是越来越差了，一个简单的幽默都会被误解，而且每隔十年都在下降。比如我十年前写的文章里边说孔子背唐诗，孔子拿着一本书，背着"远上寒山石径斜"，然后就有人批评我，你看，孔庆东多么无知！孔庆东写孔子会背唐诗，孔子怎么能背唐诗呢？孔庆东这个文学怎么学的？如此无知的人在北大当老师？我只好在另一篇文章里愤然写道：是啊！无知！使我悲愤得没话可说。就是说很多人连这样的东西都读不懂，到今天为止我发现国民水平又进一步下降，居然有那么多著名的人却看不懂赵本山的小品，就连这么通俗的东西都看不懂。比如赵本山的小品《卖拐》，说是宣传欺骗。他们连什么叫文学都不懂，说文学里不能出现坏人。那鲁迅写阿Q是不是就是宣扬怎么做阿Q啊？在20世纪70年代没有人提出金庸写韦小宝是为了宣传韦小宝式的英雄，那今天就出现了很多道貌岸然的专家学者说《鹿鼎记》不好，你看他宣扬中国人都应该成为韦小宝，也就是作家写什么就是宣扬什么，而且说出那些话的人不是没上过学的人，往往是专家、教授、歌星等。【众笑】鲁迅是因为要疗救社会，所以他不需要把话说得那么通俗易懂。

中国旧戏上，没有背景，新年卖给孩子看的花纸上，只有主要的几个人（但现在的花纸却多有背景了），我们看鲁迅虽然读了好多外国小说，但是你看他又提到中国新年的花纸、剪纸。你想鲁迅小说确实很像剪纸，有剪纸的意味。**我深信对于我的目的，这方法是适宜的，所以我不去描写风月，对话也决不说到一大篇。**你看鲁迅小说有对话，对话非常传神、简练，让你反复地回味。比如我学过《药》，《药》里面有几句对话我到现在还会背："哼，老头子。""倒高兴。"到现在你搞不清楚这是什么意思，他没有非常冗长的几十句在那里来回地说。这是其他一些小说家的毛病。

下边这几段话对理解鲁迅的小说都很有用，算他的自白吧。

我做完之后，总要看两遍，自己觉得拗口的，就增删几个字，一定要它读得顺口；【众笑】这个大家听了很奇怪是不是？同学们说鲁迅作品读着很拗口啊，他居然说顺口，所以这就是值得思考的一个问题。鲁迅是非常努力做到让他的文章顺口的，我们为什么读着拗口？这里边有好多问题。刚才有同学说时代，对，有一个时代的问题，鲁迅那时候是创造现代汉语的时代，此前没有这种白话大面积写文章的情况。此前的白话就是《水浒传》式的白话，新的白话是鲁迅、胡适、朱自清他们这代人创造的，鲁迅是其中的创造者之一。那么后来我们走的这条路，一直到现在，我们形成的高考作文文体，不是走的鲁迅这条路。我们现在最容易学的是朱自清、冰心的文章。所以如果你写高考作文的话，你不能写鲁迅这种文体，鲁迅这种文体很难学，学不到。我们是从冰心、朱自清这边走下来，然后加上毛泽东时代的新华文体，结合成我们现在的文体。有一个时代的原因。还有一个原因，是我觉得鲁迅的文章并不拗口，我和诸位之间又存在一个代沟，我并没有觉得它不顺口。我也关注中学的问题，我不知道你们现在中学语文教学朗读课文的比例还有多大？我从小到大上语文课，朗诵课文占了非常非常多的时间。老师基本上很少讲，老师讲也是讲干干巴巴的中心思想、段落大意，按部就班地讲一遍，课堂上很多时间是读课文，一排一排地读，横着读竖着读，就读课文，读课文占很长的时间。如果经常读课文，经常能朗读的话，你会觉得鲁迅的文章虽然很别扭，虽然有一种跟别人不同的特色，但它不是拗口。我们觉得它拗口，是因为我们理解不了他的句意。我们觉得他那句子的意思翻来覆去的，太长，里面的意思搞不清楚，如果搞清楚的话，读出来反而是有韵味的。那么鲁迅他自己反复读，读什么呢？就是要把韵味和形式结合起来。**没有相宜的白话，宁可引古语，希望总有人会懂，只有自己懂得或连自己也不懂的生造出来的字句，是不大用的。**他讲得很老实，他并不是说自己没想好就写，写完之后他要检查。这样做的还有一个作家，就是老舍，老舍也是写完了小说就自己朗读的，写完戏剧都朗读。老舍写完剧本拿到人艺去，把演员和导演都找来，他在那朗读，自己一个人分角色朗读，他是为了让大家都来帮他发现这里边有没有毛病，有没有问题。但老舍的目的是让语言更加通俗易懂，老舍是奔着通俗、流畅，但是鲁迅说的这个"顺口"，可不是流畅。鲁迅说他的文章努力避免拗口，他要顺口，这个我们可以同意，但鲁迅的文章绝不是流畅的，他就不让你流畅。我们这里应该引用另一个文人的创作风格，这就是杜甫，杜甫的创作风格叫"沉郁顿挫"。大家学过杜甫的诗，你不能说杜甫的诗不顺口，杜甫的诗肯定是顺口的，诗歌本身就要求顺口，但他的顺口和李白的顺口完全是两回事。李白是"黄河之水天上来"，"飞流直下三千尺"，今年考研，有一个学生写了"下流直飞三千尺"，【众笑】很好笑，就因为李白的诗太顺口了，就容易顺到这种程度。杜甫的诗虽然顺口，但是读了之后有沉郁顿挫之感，"暮投石壕村，有吏夜捉人"，绝不是李白讲的，所以我觉得可以用这个来理解鲁迅。鲁迅的语言，虽然不是诗，是小说，但是你读起来是沉郁顿挫，不论他写《孔乙己》，还是写《药》，还是写《幸福的家庭》，不管写得幽默也好，有时候坏坏的也好，里面有一种沉郁的东西。

这一节，许多批评家之中，只有一个人看出来了，但他称我为 Stylist。文体家。所写的事迹，大抵有一点见过或听到过的缘由，但决不全用这事实，只是采取一端，加以改造，或生发开去，到足以几乎完全发表我的意思为止。我们看他选的这个人和事，是改造过的。人物的模特儿也一样，没有专用过一个人，往往嘴在浙江，脸在北京，衣服在山西，是一个拼凑起来的脚色。他用的是手脚的脚。有人说，我的那一篇是骂谁，某一篇又是骂谁，那是完全胡说的。

鲁迅很通俗地讲了一个典型塑造的问题，我们后来学的文学理论把它叫作"典型塑造法"。文学作品当然是有原型的，但是原型不见得是固定某个人，我们现在很多人研究文学，还是用那种影射法，以为文学家写一个作品，一定是影射现实中某个固定的人、某个固定的事。所以某些人研究《红楼梦》，一定要把《红楼梦》当成谜语来猜，说贾宝玉是谁，林黛玉是谁，妙玉是谁，秦可卿是谁，完全都是胡说八道。这种研究方法八十年前就被批得体无完肤了，今天还在欺骗全国人民，文学作品都是这么写出来吗？鲁迅说得很清楚，这个人，"嘴在浙江，脸在北京，衣服在山西，是一个拼凑起来的脚色"。有的人说，我怎么越看越觉得好像是写我的，【众笑】那你不能怨作家。因为常有人这么想，所以很多作家往往写上"本篇纯属虚构，请勿对号入座"，这本来是个废话，不需要写。为什么老需要写呢？而且现在越来越多的人这么写，现在电影也经常这样写上，"本片纯属虚构"，因为人们对文学理解能力有限，有偏差，以为人家写了一个东西就是攻击谁。鲁迅在另一篇文章中说我很悲愤，悲愤我自己没有那么下流，不能满足他们的想象。【众笑】鲁迅并不是说他要写小说攻击谁，但是他写的人物有没有原型？可能是有原型，孔乙己有原型，祥林嫂可能也有原型，但是可能就有一件事写得像，这是生活中的塑像，他并不是为了去跟那个人报私仇。

不过这样的写法，有一种困难，就是令人难以放下笔。一气写下去，这人物就逐渐活动起来，尽了他的任务。但倘有什么分心的事情来一打岔，放下许久之后再来写，性格也许就变了样，情景也会和先前所豫想的不同起来。

他讲的这一段很重要。我们现在中学语文老师讲课，经常把一篇课文讲得通篇都有道理，我们高考的毛病也是这样，作者为什么要写这一句？请问这两句在全文中起了什么样的作用？这简直令人哭笑不得，痛心疾首。我每年都给全国语文老师做报告，就讲过这个问题，我说你们自己写过文章没有？你自己写过文章就会知道，文章很多地方随意性很大，是随意写的，文章最后写的两句话也许跟开头有呼应，也许没有呼应。我举一个例子，比如说某个杂志社约我写一篇文章，说孔老师你写一篇文章，我们明天要庆国庆，你给我们写一篇庆国庆的文章，我们给你一千块钱的稿费，我一看给我的钱很多啊，又是庆国庆的，写吧。就写了，写完了之后觉得很好，一统计字数，不对，还差五十个字。人家叫你写一千两百个字，那还差五十个字怎么办呢？加两句吧，随便加了两句。也许这两句加得好，也许这两句加得不好，也许加得非常妙，你说这里边有什么道理吗？没什么道理，就是为了凑字数。【众笑】但是却被一个语文老师讲得通篇都有道理，是神来之笔啊。我说这本来没有什么道理，你这样考学生会引导学生整天说假话，挖空心思去想些没用的事情，他怎么会喜欢文学？他不喜欢文学。我说，好的语文课是尽量少讲，好的语文课就是大家轮番念课文，最好。老师随便讲讲，抄抄背背，剩下念课文是最有用的。古人为什么说"念书"呢？一天到晚就念书，讲的东西是多余的，多少文学大师都是不讲的！前几天张中行去世了，我们不管对张中行的评价，他毕竟是个语文大师。有一个北京市著名的语文教师去请教张中行先生，说你看我给学生讲作文，看了好多书，想了很多办法，就是教他们怎么写作文，可是学生怎么也写不好，你给我出个主意，到底怎么讲才能提高他们作文水平呢？张中行先生就说两个字："不讲！"不讲就好了，你越讲越糊涂。作文没有讲出来的，他说不讲。还有我们过去那个老诗人废名，在北大上课的时候，在北大教唐诗，你想在北大教唐诗那得多高的水平啊，他怎么教你们知道吗？就是领着学生念："春眠不觉晓，处处闻啼鸟。夜来风雨声，花落知多少。下一首……"【众笑】北大教授是这样讲唐诗的，有学生抗议说老师你怎么不讲啊？"啊？你没听明白啊？再念一遍。"【众笑】他是不是不会讲？你让他讲他肯定能讲一二三四五六七八，他肯定能讲出来 —— 他故意这样讲，就是用禅宗的办法喝破你，告诉你，讲那些都没用。你不懂，讲了你也不懂；你要懂了，一读，摇头晃脑就懂了，这恰恰是一个禅宗的办法。所以我们看，鲁迅其实是揭破了很多创作的秘密，他并没有留着什么诀窍。他举了一个他的《不周山》的例子，《不周山》原来是收在《呐喊》里面的一个小说，后来放在《故事新编》里，叫《补天》。

例如我做的《不周山》，原意是在描写性的发动和创造，以至衰亡的，他本来是用弗洛伊德的学说，我们中国人说女娲补天、女娲造人，我们都是女娲的后代。女娲抟土造人，鲁迅用现代的性意识来解释这个，女娲为什么抟土造人？因为女娲无聊，她一个人没老公，她一个人待着，无聊，没事，就造人玩儿。其实鲁迅是把弗洛伊德的意识巧妙地运用到人类的创造上，他写的是一个中国化的性的力比多的转移，是这个意思。他本来写这个，没写完，**而中途去看报章，见了一位道学的批评家攻击情诗的文章，**他中间受到影响了。**心里很不以为然，于是小说里就有一个小人物跑到女娲的两腿之间来，不但不必有，且将结构的宏大毁坏了。**我们知道中间有一个插科打诨的地方，女娲的两腿之间，女娲是不穿衣服的，她下面出现了一个士大夫，士大夫指责女娲不穿衣服，不文明不礼貌，其实他们都是女娲创造的。鲁迅是调侃，调侃这些伪道学家。**但这些处所，除了自己，大概没有人会觉到的，我们的批评大家成仿吾先生，还说这一篇做得最出色。**我们知道创造社四元老，创造社的创作大师是郭沫若，理论大师就是成仿吾，成仿吾当然后来是我党重要理论家，中国人民大学校长。但是成仿吾当年就是批评鲁迅最有力的一个人，每天像李逵一样抡着板斧"砍"鲁迅，天天"砍"鲁迅。成仿吾说鲁迅小说写得不好，我们知道攻击人的一个诀窍是局部地肯定他某些部分，然后再否定他，成仿吾说鲁迅小说写得太臭，这篇写得不错，说《不周山》写得好。于是鲁迅再版《呐喊》的时候，就把这篇去掉了，这篇就没有了——这篇因为成仿吾先生说好，所以这篇就没有了。【众笑】

我想，如果专用一个人做骨干，就可以没有这弊病的，但自己没有试验过。

忘记是谁说的了，总之是，要极省俭的画出一个人的特点，最好是画他的眼睛。我以为这话是极对的，倘若画了全副的头发，即使细得逼真，也毫无意思。我常在学学这一种方法，可惜学不好。我们看鲁迅创作，一是有中国特色，他打通中西；二是他打通古今；三是他还能打通文学和其他的艺术，特别是绘画。鲁迅用的很多比喻都是绘画的，因为他小时候很喜欢美术，他知道画什么最重要。

可省的处所，我决不硬添，做不出的时候，我也决不硬做，但这是因为我那时别有收入，不靠卖文为活的缘故，不能作为通例的。我们看鲁迅表示的态度，他自己不卖文过活，但是他宽容别人，别人卖文过活他可以宽容，因为大家活着都不容易，有的人需要卖文过活。鲁迅为什么能够做到真正的自由？我们现在有很多人号称自由撰稿人，号称自由撰稿人的往往都是最不自由的，因为他靠卖文过活，只要你做的事跟吃饭有关系，你就不能说你是自由的，你一定站在某个立场上，有人资助你啊。或者你说你是在某个报纸上写专栏，你写专栏肯定是不自由的，你起码不敢骂这个报纸，你怎么能说是自由的呢？所以号称自由的都很危险。鲁迅之所以写文章能自由，因为他的钱不来自写文章，他别有收入，他的收入是多元的，某一项收入断了，不影响他的生活，但是他宽容别人。比如说，现在某个记者采访我说，孔老师，我采访不到你，我就下岗了，我主编给我下了死命令，必须采访到你，必须写一千两百字。那我就同情他，就编一段吧，只要不骂我就行。

还有一层，是我每当写作，一律抹杀各种的批评。因为那时中国的创作界固然幼稚，批评界更幼稚，不是举之上天，就是按之入地，倘将这些放在眼里，就要自命不凡，或觉得非自杀不足以谢天下的。这是讲中国批评界的弊端，现在中国的严肃批评界倒是有很大进步，但是这个弊端都改到网上了，看我们的网上人人都是批评家，我们现在进入一个批评自由的时代，人人都可以随便批评，匿名也好，实名也好。但是我们现在的批评就处于幼稚阶段，攻其一点，不计其余，或者要喜欢一个人就喜欢得不得了。鲁迅说：**批评必须坏处说坏，好处说好，才于作者有益**。这话是大白话，但是是真理，好的批评就是好处说好，坏处说坏。比如说我评论某本书某个人，我说这本书很好。别人会说，你上次不是骂他了吗？上次不是说他不好吗？你今天怎么叛变了？他就不理解，好处说好，坏处说坏。比如，我说周作人当汉奸是不应该的，是一个错误，但是不影响我评价他文学上的伟大，学问上的了不起。这就是好处说好，坏处说坏。如果我说贾平凹某篇小说写得不好、很差，不影响我过两天我评价他另一篇小说写得很好，这里面也许还包含着鼓励的意思嘛。【众笑】

但我常看外国的批评文章，因为他于我没有恩怨嫉恨，虽然所评的是别人的作品，却很有可以借镜之处。但自然，我也同时一定留心这批评家的派别。

以上，是十年前的事了，此后并无所作，也没有长进，编辑先生要我做一点这类的文章，怎么能呢。拉杂写来，不过如此而已。

这篇《我怎么做起小说来》是鲁迅写《〈呐喊〉自序》的十多年后写的，是20世纪30年代初了，十多年过去了，他已经不怎么写小说了，这时候他进入一个杂文时代，每天就写几百字的一个东西，有时写好几段，随便什么都写。杂文这种东西本来什么都不是，完全靠了鲁迅，可以说几乎是靠他一个人的力量成为一种文体。我们今天居然有一种文体叫杂文，鲁迅说硬排进文苑里边来，这也是了不起的一个功勋。我们今天有很多人写杂文，但是可惜不是更上一层楼，都远远不如鲁迅。鲁迅为什么杂文写得好？我说几个原因，一个是他生活上的积累，深刻的洞察，这不用说了。从文体上说，他是学者，他有大学问。我们今天很多写杂文的人首先学问不行，见识不广，看事不深，处理材料的能力不行，经常以偏概全，以偏概全的人可能写出锋利的意味，会骂人，能写得特别激烈，这就是写杂文吗？你必须在整体上是公正的，然后攻击一点的时候才有力。还有一点是鲁迅是小说家，他会艺术，小说是一种艺术，鲁迅的杂文为什么能够流传？我们今天的很多杂文骂完了就完了，为什么呢？因为我们今天的很多杂文不是艺术，鲁迅的杂文里面带着小说的因素，他的杂文、小说是可以打通文体的。所以鲁迅到后期，写杂文写小说都无所谓了，就是功夫达到一个很高很高的层次之后，用我的一句研究武侠的话说，叫飞花摘叶皆可伤人。你不用问他使的是刀还是剑，写小说写杂文对他来说都一样。你说像郭靖啊、令狐冲啊、杨过啊，他们使什么兵器，有什么区别吗？没有区别，他们随便一挥手，给个树叶都能把人杀了。所以，鲁迅的杂文真是达到至少现在来说空前绝后，几十年过去了，我们社会上有那么多现象可批判，也确实有很多优秀的杂文家，但是回头看看鲁迅，真是那句话：须仰视才见。

好，我们今天就讲到这里。

2009年3月

紫水晶的柱子

—— 意象主义与鲁迅小说

　　我们前面的若干讲，主要是讲鲁迅为什么写小说，鲁迅为什么写得好。这些问题可能是以往开的同类课里面，老师不一定涉及的，一般地讲鲁迅小说，主要讲鲁迅小说的创作背景、思想艺术、人物形象、情节等，所以我有意讲这些大家不一定能够听到的、不容易听到的。

　　那么除了鲁迅为什么写小说、为什么写得好之外 —— 当然那些问题是讲不完的，它可以继续讲下去 —— 我们今天换一个问题讲，我们讲一个鲁迅小说写得如何好的问题。我们前边讲他为什么写得好，我们今天讲他写得怎么好。你说鲁迅小说写得好，可能到今天没有人会否认，可以比较，中国现代文学、当代文学差不多一百多年了，无数的作品，你可以随便提拉出来一个作家跟鲁迅比。在这一百多年的历程中，有很多人想否定、贬低，或者诋毁鲁迅的小说，这样的文章也是有的，这样的人也有。那么鲁迅的小说怕不怕人家诋毁？怕不怕人家贬低？实践证明，几乎所有贬低鲁迅小说的人，要么是坏人，要么是水平很差的人。我在网上和一些朋友交流的时候，有人问：有人骂我怎么办？我郁闷老有人骂我、有人批评我。我说这不要紧，有人骂不见得是坏事，你要首先看是什么人骂你，如果骂你的人是水平很高的人，有利于你的进步；如果骂你的人是好人，也有利于你修养；如果骂你的人是坏人，那你应该高兴，说明你做了好事；如果骂你的人是水平很低的人，那也是值得高兴的，说明他没读懂你，说明你的话已经有人开始读不懂了，近乎技矣了！所以不要怕人骂你，但是也不要实行鸵鸟政策，自欺欺人，要冷静地分析，都是什么人骂你，如果在相当长的时间里都是水平低的和坏人骂你，说明你已经很了不起了。你再往另一侧看看，你的身后一定站着千百万水平高的人和好人在支持你！历史必然会这样！

鲁迅小说写得好，可能是大多数人都赞同，这方面的论著很多，如果讲鲁迅的小说怎么写得好，反反复复地也讲不完。我今天讲一个问题：鲁迅小说的意象。讲一个比较玄的问题。"意象"这个词比较玄，但是我们讲起来就会很具体，因为我们不是讲美学课。讲到这个意象，首先就得解词，解释什么叫意象。什么叫意象呢？说不清楚。你就写上"说不清楚"就行了。为什么说不清楚？孔老师你是中文系教授，你还说不清楚什么是意象？对！就因为我是中文系教授，而且因为我是北大中文系教授，我研究意象几十年了，所以说不清楚，一个问题你研究得越多可能你就越说不清楚，你就不知道怎么下结论。凡是能够轻易地给一个事情下结论的，一定是在研究的初始阶段，刚刚入门的人敢下结论，什么都敢下结论。比如你看越是没有文化的人越敢于下断语："不就那么回事吗？"我记得高英培有一个相声，他的一个邻居看他跟范振钰经常说相声，老要跟他们一块说："高英培，赶明儿我跟你们掺和掺和行吗？"【老师用天津话说】要跟他们掺和掺和，"跟我们掺和掺和？我们是说相声的，我们这是艺术啊"，"嘛艺术啊，不就两人往台上一站，一白话不就完了吗"。【老师用天津话说】就是说外行人敢于下结论：什么艺术啊，两人在台上一站，一白话就完了。其实这个朋友对相声的态度是我们大多数人对一切问题的态度，大部分人都敢于评价自己不知道的东西。所以意象，你问我，我就不敢说。意象不仅中国讲，西方也讲。我自己除了做学问，也写作，也写诗，我从小就写诗，写新诗也写旧体诗，意象肯定是绕不过去的问题。上研究生的时候，我一硕士同学的硕士论文就是研究意象的，他的硕士论文名义上是他的导师指导的，其实有一半是我指导的。我这人有点不自量力，读硕士的时候就指导硕士研究生，读博士的时候就指导博士研究生，而且不一定指导自己专业的，专门喜欢指导别的专业的人。【众笑】

那么说不清楚怎么办呢？说不清楚可以采取老百姓的办法，老百姓有个办法叫望文生义。看字猜它的意思，你说"意象"不俩字吗，一个字叫"意"，一个字叫"象"，由这俩字生发开去 —— 有意有象，这是一种解释，"意"加"象"。还有一种解释，"意"来修饰这个"象"，有"意"之"象"，这样解释是比较对的。古人不会随便找两个字放一块儿，如果强行给它加一个解释你可以说"具有特定而丰富意蕴的艺术形象"。当然我这个说法是在我们这个课堂这样讲，如果真正写论文的话不能这样说，真正写论文，你要查好多好多这个方面的论著，你要读好多这方面的书。这个意象，本来是中国古代文论的一个重要概念，后来我们也用来翻译和对应西方的一些类似的概念，比如今天在美学意义上讲意象的时候，我们可以说古代所说的"赋、比、兴"就和意象有关，赋、比、兴里都可以有意象。《诗经》为什么了不起？《诗经》已经包含了我们后来几乎所有的文学艺术的内容特点，比如说《诗经》的第一首，"关关雎鸠，在河之洲。窈窕淑女，君子好逑"，不管"君子好逑"怎么解释 ——"君子好逑"有好多好多解释 —— 前两句和后两句是什么关系？就单说

"窈窕淑女,君子好逑"不行吗?为什么前面非得要说"关关雎鸠,在河之洲"呢?"关关雎鸠"跟这个是什么关系?这是古代的诗。那么现在很多民歌也是这种形式,比如西北流行的信天游"芦花子公鸡飞上墙,救万民靠咱共产党"。这个"共产党"和"芦花子公鸡"什么关系?你说好像没关系,但又觉得好像有关系,它不是那种简单的关系,如果不说这个"芦花子公鸡飞上墙",单说"救万民靠咱共产党"好像不行,而且前面这句如果换成别的,意思也不一样了。比如说"五谷里数不过豌豆儿圆,人里头数不过女儿可怜",这个"豌豆儿圆"和"女儿可怜"是什么关系?有人说押韵,可以不押韵啊,也有大量不押韵的例子,其实这个就是意象。"关关雎鸠,在河之洲。窈窕淑女,君子好逑",如果改成"关关熊瞎子"行吗?"关关老鼠"行吗?它都不行,它必须是一对雎鸟,必须是一对恩爱的鸟,在河上很亲密很和谐的样子,在河中的沙洲上那个样子,然后再说这个才子佳人的事儿,它才对得上。它不是一个简单的比喻,你想把它们的关系说清楚了,一说清楚就错,但是又不能否认。所以中国古人聪明地抓住了人和宇宙的关系,聪明地抓住了事物之间的关系。这个关系不像西方人想得那么死板,一定要论证它们之间有什么关系,它们之间相似性达到百分之六十二点几啊——不能这么想。就是说似有似无,但是你一旦说无,就不对。"关雎"就是一个意象。

我们今天说的这个意象、意象主义,是刚好一百年前的事情。一百年前,1908年、1909年的时候,在英国出现了意象派。意象派后来传入美国、苏联,出现了一批被称为意象派诗人的人。我想在座的恐怕有诗人吧?我们北大人里边一般一百个人里就有七八个诗人,在座的应该有好几十个写诗的,按照比例来说。那么大家都知道休姆、庞德、艾米,还有苏联自杀的那个叶塞宁,都被学者归为意象派。当然他们不全是意象派,他们诗歌生涯的一段是意象派。比如庞德后来是一个大诗人,不能仅仅用意象派来概括他。他们为什么被叫作意象派啊？他们和此前盛行的这种象征主义、再前的浪漫主义的区别，就是他们主张这个意与象要统一，不要把意和象分开。你们高中写的那些作文和最后高考写的那些作文，往往意和象是不统一的。你要有论点，然后要举例子。论点加例子，不论你写得多么好，哪怕你是满分作文，你这个作文都一钱不值——我们必须在你上了大学之后告诉你。你看哪篇考试作文留在文学史上了？考试作文即使满分也不会留在文学史上，因为都是一堆漂亮的空话。当然作文的训练对我们是有帮助的，写作文能够训练我们的思维，但是那些文章是没有价值的。文章为什么没有价值？你的意象是分开的。你有一个论点，比如说人要讲诚信，然后你下边举了好多诚信的例子，这人讲诚信就好了，有人不讲诚信他倒霉了，所以我们要讲诚信。你这个意是意，象是象，这样说可以，但是这不是好文章，好文章根本不需要给人讲道理。你看《诗经》为什么是好诗啊？它不讲道理，没什么可说的，它就是"关关雎鸠，在河之洲"，就千载都感人。它要是说，我们谈恋爱的时候要讲诚信啊，【众笑】那它就不是好诗了，不能那样说。

英美意象派既反对之前那种猜谜似的象征主义，也反对那种滥情的浪漫主义。诗歌有很多种吧，有的是"啊，姑娘我多么爱你"，这是一种，"快到我身边来吧"，这是一种浪漫主义诗；还有一种你不知道他说的是什么，就是让人猜谜，"啊，姑娘，地下室里的烂白菜"，【众笑】你不知道说的是什么意思。所以，这个意象派，主张意与象要统一，要有鲜明的具象。大家就从这个汉字里去体会这个"象"，讲这个"象"，就可以讲一学期，因为"象"是从佛教来的，当然是找的一个汉字，我们用这个汉字来翻译佛教的概念，后来又用来翻译西方的那些概念，今天我们有具象和抽象，象本来是具象。那么英美的意象派，特别是后来庞德他们，从中国古典诗歌中，从中国古典哲学中，从中国古代美学中，吸取了很多灵感。西方人很喜欢玩儿概念，每隔几年就推出一个新的说法，推出一个新的概念，这跟西方的体制有关系。我们今天学习西方这种大学体制，这老师就得不断地生产新概念，如果不生产新概念，就好像你没有创新，好像没有干活，所以每隔几年就有一个什么什么主义出来。中国不是这样的，中国比较少地发明概念，但是当我们学了很多西方的概念之后呢，我们回过头去看，这东西中国早都有了。所以在我们中国，经常有中国古已有之的思想。这种思想呢，有的时候是阿Q精神，但是不能一言以蔽之，不能说都是阿Q精神，有些是事实，确实是很多很多东西是中国古已有之的。在警惕阿Q精神胜利法的同时，我们要客观地面对历史。就比如说意象这个东西，不是我们自己说西方人是自中国学习的，中国古已有之的，因为有大量的文学史的例子。

你比如说，我们随便举，这种例子太多了，"大漠孤烟直，长河落日圆"，为什么这是好诗呢？为什么你读了之后，不用老师讲？好诗根本不用老师讲，老师越讲越糊涂，让你背二百字这句诗的意思，那就把这诗糟蹋了，你只要认识字，哪怕只是小孩，你读"大漠孤烟直，长河落日圆"，你就会感动。八岁小孩会感动，八十岁老人也会感动。但是让你说这是什么意思，你说不清楚。老师可以讲得天花乱坠，可以写两万字的文章，为什么？你说它什么意思呢？意思就在这里边了，但是不能拿出来。"大漠孤烟直"，是个意象，它是象，这里边首先有象，但是这个象，不是一个物理学的描述，如果一个地理学家、一个物理学家、一个植物学家去考察，他说这片沙漠方圆几百里，上面忽然冒起炊烟，这烟有多么直，他测量过：我离它两公里左右，去测量一下这个直。只有一道烟，没有别的烟，所以叫孤烟，孤烟很直，它是九十度垂直于地面。【众笑】那这样讲就没有意思了，这个作者显然不是要告诉我们这样一个意思。为什么"大漠孤烟直"？这里面任何一句评价都没有，连感情都没有，没有抒情没有议论。我们写作文的时候老师还告诉我们，夹叙夹议，它没有议，就是"大漠孤烟直"，你怎么就感动了？"长河落日圆"，这一条大河，很长，太阳落下来了，是圆的，这有什么可感人的呢？所以还有人说这不是废话吗，说这是中国古人写废话，那落日可不就是圆的吗？它不是三角形的。人有没有艺术细胞，可以通过这些诗句来衡量，看你说什么。以前据说有个北大还是清华的同学，反正是学理工科的，到食堂去买饼，说师傅我买那个饼，师傅说哪个饼啊，就那个锐角三角形的。【众笑】买饼要买锐角三角形的，学傻了都。他还没说弧形底边的呢，人家还有弧形底边的。那么懂诗的人自然会知道"大漠孤烟直，长河落日圆"，它非常好。这里边有人的孤独，有人的豪迈，有人的勇气，有人的鲜血。人家说你从哪儿看出来的，你要问从哪儿看出来的，这没法证明，用西方的科学思维没法证明，但是你的血液分明在那一刹就涌动了，你就知道能写这样诗的人的人品不会差，艺术是掩盖不了人格魅力的，论文可以掩盖人格，坏人可以写出很好的论文。还有像"明月松间照，清泉石上流"，你一读好像能读到作者的心里，你说这好像也是废话，这个评价是对的，最好的艺术都好像是废话，当然不是说废话都是艺术，这不能反过来说，就是说最好的艺术疑似废话。"明月松间照"，这谁都会说，好像你也会说、我也会说"明月松间照"啊，那你怎么没说呢？【众笑】他就说了，他说了你再说你就很"仇恨"他，好话被他说了。"清泉石上流"就像口语一样，离我们一千几百年的人说的话跟今天说的一样啊，"明月松间照"大白话呀，就这么美。这可以从很多角度去解说，我们从意象来解，这就是一个绝佳的意象被他捕捉到了。宇宙中有很多很多东西，它被我们作为审美对象观照的时候就成象了。那么这个意是哪儿来的？它本来没有意，外边现在也有太阳，太阳自己是没有意的，当你看它的时候，你能看出意来，但不是所有人都能看出来，有人说它很讨厌，都晒死了，这没有意象。必须能从中看出意来，能写出东西来，写出诗来，那意就装在里边了。

　　跟意象相近的还有"意境"，意境也很难解释，什么叫意境？我上中学的时候，我们学校开运动会，我是负责投稿的，负责给广播站写稿，一会儿送一首诗一会儿送一篇散文什么的。有一次把持我们学校广播站的那个同学说，你们多写点有意境的啊。后来我们给他起个外号叫"意境"，"意境"来了，"意境"来了。为什么给他起外号呢？因为我们知道他没什么文化，在我们这些小秀才看来，他哪懂什么叫意境啊，还说写稿要写有意境的，所以我们嘲笑他。意境也是个不容易说清楚的概念，我们刚才说意象的"象"，这个象强调形象，强调表象，能够看得见，象必须是能看得见的东西。所以我们今天讲的哲学，事物分本质和现象，现象是能看得见的，看得出来的；本质存在不存在，唯心主义和唯物主义讲的是不一样的，佛教讲这个象跟那个象是空的，空才是本质，象是假的，是虚的。那么意境的"境"，强调的是一个空间，但是是有意味的一个空间，充满了意味的空间才叫意境。

　　所以跟以前的那些诗比，跟印象派、象征派、浪漫派相比，意象派强调，不要说那么多的废话，它这个不要说主要强调不要发议论，作者要尽量把自己的主观评价隐藏起来，这当然和20世纪西方哲学的发展脉络也是呼应的。比如我很喜欢维特根斯坦的哲学，维特根斯坦是20世纪分析哲学大师，维特根斯坦就强调少说，"当你不能说的时候，要保持沉默"。我觉得这个话对我们今天来说特别宝贵，我们今天是言说空间比以前大得多的一个时代，言说手段也非常丰富，有许许多多的渠道可以说话，那么这个时候，少说话的人可能是贵人。在那个说话不容易的时候你想办法多说话那是贵人。鲁迅说"吟罢低眉无写处"（《无题·惯于长夜过春时》），你想办法有写处那是贵人。今天说话太容易了，今天出书太容易了，今天在大学当老师的谁不出书？所以记住了出书多可能是没学问的表现，出书少才是有学问。"不要说"但是又"说"，他毕竟说了，那最后形成什么结果呢？要说得含蓄，说得精练。维特根斯坦其实是受老子启发的，老子就主张"大音希声"，少说，真正的声音、宏大的声音是没声的，你声音越高其实传播越没有力量。北大我们系有个著名的教授去新加坡讲课，新加坡每天下午差不多都下雨，我也在新加坡讲过课，差不多每天下午一场大雨，每天上课的时候外面哗哗地下雨。他正讲课呢，他说，同学们，我们现在停一会儿，大家安安静静地听外面的雨，我们听十分钟。然后课堂就沉默。新加坡尽管天天下雨，但是学生没有时间去听这个雨，因为这个现代化让人太忙了，分分秒秒都是钱啊，我们交了学费你不给我们上课，你趁机休息，老师不上课就让大家听这个。哎呀，那节课教学效果特别好，新加坡的同学特别感动，说没遇到过这样的老师，北大老师真牛、真高！我想，听那十分钟雨对他们的人生有非常大的启发，那10分钟雨胜过讲十分钟的课，这就叫大音希声。你从他不讲课中应该听到一种宏大的东西。我们讲唐诗为了什么，不就是为了美吗？我们现成的美怎么不知道欣赏？天天下雨你都没有听听，没有听见过下雨，下雨对你们来说只是一种自然现象，那不是白活了吗？现在还有人听雨吗？没有；还有人听雪吗？可能更没有。我就能听见下雪的声音，比如说早上下雪的时候，我一下子醒了，我说"下雪了"，开窗一看，白茫茫一片。

所以"不要说"又"说"，就要说得精练含蓄，也就是他们主张简洁。你看中国古诗美在哪儿啊，中国古诗特别是中国古诗的高峰唐诗，美在什么地方？它能把汉语的美学的最高状态给表现出来，汉语的美在于它凝练。我们今天说话用很多关联词语，这些关联词语我们才用了一百来年，以前我们根本不用这些话，你看古人说话就不用"因为所以""不是而是""而且"，所以当我们说这些话的时候觉得很难受，有时候不得已要这么说，古人不用这些话，我们不用这些词的时候我们活得挺好，就是简洁。我们不要以为知识分子才会说话，其实最会说话的还是老百姓，不用这些词能够畅通无阻地传递信息。我小的时候感受挺深，我小的时候在哈尔滨街上看两人吵架，说上几句我就知道谁有道理，是怎么回事，来龙去脉我都能听清楚，尽管我们东北人吵架的时间比较短暂，经常就打起来了，【众笑】或者一般先打然后讲道理，但是能够使我在短时间内明白事情的起因。说话越多可能越不清楚，反而是混乱的。

比如李白有一句诗"惊沙乱海日"（《古风其六·代马不思越》），庞德翻译了很多中国古代的诗，庞德翻译"惊沙乱海日"的时候——你们英语都比我强，你们自己心里面也试着翻译翻译，这怎么翻译成英语——怎么翻译？庞德对汉语、对中国文学很有体验，他发现按照正常的翻译，就没有办法表达汉语之美。最后他发现了，其实汉语就是把几个意象罗列在一起，中间不加以很固定的关联，这是庞德的一个了不起的发现。就像开头我讲到的，关关雎鸠和才子佳人没什么固定的联系，但是又有联系。庞德就发现了这个秘密，所以他就把三个词堆在一起。当然他翻译得不一定准确，但是他摸到了这个脉搏，他就翻译成"惊奇，沙漠的混乱，大海的太阳"，就完了。他翻译的意思不太准，但是这个结构是对的。特别是节奏，他模模糊糊地知道汉语的节奏，汉语的自然的节奏。他翻译的这种句式，在中国古代诗词中多了去啦，浩如烟海。那么我再说两句诗，大家看看。这是大家都知道的："鸡声茅店月，人迹板桥霜。"这也是古诗中的名句。"鸡声茅店月，人迹板桥霜"怎么翻译？按照你们所学的十几年的英语来翻译，那就叫暴殄天物，不论你怎么翻译，都是糟蹋东西。也许我们这种学英语的方式就错了。我们为什么英语学不过鲁迅、钱锺书那些人啊？为什么学不过冰心、林语堂那些人啊？可能我们学的方式就错啦。学外语不能那么学。为什么那代人出国一年就全部掌握了？有的人出国几年学了十几种外语，我们老觉得他们是天才，真的是天才吗？真的比我们聪明那么多吗？不一定啊，可能我们那个方式就有问题了，我们不能去把握那个语言最基本的奥秘。那么"鸡声茅店月"，我们想，这个鸡声，和这个茅店，还有这个月，是什么关系？你只要一想去翻译它们的关系，就错。是鸡叫的时候小茅草店的后面升起了月亮？你觉得挺好，错了。谁告诉你是啊，原句中没这个意思啊，月亮是在这个茅草店的什么地方啊？后面，上面，你用哪个词？用哪个词都错，作者就没告诉你。这个空间是由你自己来组织，它只是这几个东西组成一个意象，"鸡声茅店月"，加上"人迹板桥霜"，组成了一个意象。如果你单独地出去旅游过，你不要去参加旅游团，我特别反对参加旅游团去旅游，特别是你没去过的好的旅游胜地，跟着旅游团去就全部糟蹋了，你连旅游的心境都没有了。你有没有单独住在一个农家客栈里，听见鸡叫，早早地起来看月亮，然后那个独木桥上还有薄薄的一层霜，上面有几个脚印儿？他只是描绘这个画面，这个画面本身是有意思的：旅行者的孤独，人在宇宙中的渺小，都有了。但是那些话都没有说出来，只要一说，就俗，不能说出来。所以唐诗的伟大就在于它里边的意思，都没有说。"春光乍泄"，有人说它没有泄，人体会到里面有春光，但是它没有跟你说，就放在那儿了。"鸡声茅店月，人迹板桥霜"就这么美。我讲过好诗不能翻译，也不能讲，只能反复读。所以我们传统的教育就是老师领着学生摇头晃脑地读，它是有道理的。凡是需要讲才明白的，那反正不是聪明的学生。人家古代是精英教育，需要讲才明白的学生那就不用理他，反正要被社会淘汰的。上课就是给将来能中状元、中举人的这些人上的，他们仅是摇头晃脑就明白了，社会要的就是这些人。就连"床前明月光"，都不能讲，也不能翻译。我曾经看过一本中英对照的唐诗选，这边汉语，这边英语，读了两页就读不下去了，就在那儿哈哈大笑，在宿舍里读得哈哈大笑，这唐诗能这么翻译吗？！

再深入地说，汉字本身，就是天然的意象。汉字和拼音字母为什么不一样？汉字就是天然的意象。你看见每一个字，你看见的不仅仅是一个发音，也不是它被字典所解释的那个意思，这个字本身就给你一种美学上的感觉，汉字天然是艺术语言。你看见这个"月"，你觉得是什么离我们38万公里的那个东西吗？你如果那样想就不对了。这一个"月"里包含多少东西，就是你所有对月亮的知识，都凝聚在这个符号里面，你看见它的时候都可以想起来。就是说汉字本身是一个全息符号。那么说到这儿，我带了一本《意象派诗选》，我不是给你们推荐这本书，这书你们已经买不到了，是我二十多年前买的，我上大学的时候买的，一家出版社1986年出版的。这个意象派的诗、意象派的书有很多了，但是我还是喜欢这一本，这是当年写诗的时候买的。我找几首诗给大家读一读吧。我当年买的书都还包上书皮儿了，这书皮儿上还是个美女，这当年的哈。【众笑】读一首爱德华·斯托勒的诗，写诗的同学可能知道，不写诗的不知道我也不介绍了，他有一首诗就叫《意象》。他们的诗都很短小，学习中国的古诗，学习日本的俳句，写得比较短，几行，我读一下《意象》。只有三行：

遭到遗弃的情人们，

望着一轮皎洁的月亮怒火中烧，

在孤独和干旱的奇特的柴堆上。

这就是早期的意象派的诗。你看这里边：月亮、柴堆、被遗弃的情人，它有点意思，有点中国古诗的意思，也有点日本俳句的意思。我曾经写过一篇文章论日本俳句和中国古典诗歌意象，这个情人和月亮和柴堆是什么关系，大家可以去想。

我再读一首休姆的，休姆也写了很多诗，我也读一首叫《意象》的诗。这个《意象》好像是一个习作，四段，每段和每段之间好像没有联系，像四句话的练习，我读一下，第一段："古老的房子一度曾是脚手架，还有工人们吹着口哨。"这很像日本的俳句。我很喜欢日本的俳句，我虽然不会日语，但是我用汉语试着写过，现在也有这种汉俳。

第二段："她的裙子提起，仿佛暗淡的雾霭出自紫水晶的柱子。"这个很有意思，很美，写一个女人提起裙子，给人的印象是"仿佛暗淡的雾霭"，有点像印象派，"出自紫水晶的柱子"，写得很棒，她的裙子到底是紫色的还是什么样的，还是紫花的？裙子给人一种紫水晶柱子上面弥漫着雾霭的感觉，实际上写的是这个女人的一种形象。

第三段："声音拍动宛如暮色中的蝙蝠。"这很像中国古诗的一句，也更像俳句。日本俳句好多都这样，日本俳句最著名的是："古池塘，青蛙跳入水声响。"确实越读越有味道，有千古的魅力。

最后一段："长裙的荷叶边，仿佛拍打峭壁的浪花渐渐退下。"写的是一个妇女穿着长裙，长裙的边像荷叶似的，他描写荷叶的边"仿佛拍打峭壁的浪花渐渐退下"，写的是一个非常细微的局部。好，这是休姆的《意象》，大家去琢磨，我也不讲我的感受了。

再读一首叫《意象》的诗，好多人都写过这个，诗的名字就叫《意象》。阿尔丁顿的《意象》，分六段，我来读一下。这诗比较长：

一

像一只满载嫩绿芳香的果实的平底轻舟，

在威尼斯暗黑的运河上徐徐飘来，

你，噢美艳绝伦的人呵，
驶入了我荒凉的城中。

二

蔚蓝的烟跃起，仿佛
盘旋的云似的鸟儿正在消失，
这样，我的爱情向你跃来，
消失了而又重新出现。

三

当枝头、轻薄的雾霭间，
落日只剩了一抹依稀的红，
玫瑰黄的月亮在苍白的天空中，
对于我，这就是你。

四

就像林子边一棵小山毛榉树，
静静伫立，伫立在暮色中，
一阵微风拂来，所有的叶子窸窣颤抖，
还仿佛惧怕星星呢，
你就是这样静静，这样颤动。

五

红色的鹿高高地奔跃在山上，
它们越过了最后一棵松树，

于是我的欲望和它们一起远去了。

六
风儿吹落的花朵呵，
即刻又为雨水绽开，
同样，我的心被泪水绽开了，
一直等到你回来。

我们看阿尔丁顿的《意象》，这六段诗写的是什么呢？是一个爱情的过程，这个过程没有诗人主观的评价，都是通过一个客观的意象表达的：第一段是船，是一个平底的舟载着果实来，"驶入了我荒凉的城中"，意思已经在里边了；第二段是烟，云烟；第三段是月亮，玫瑰黄的月亮，我们中国古人经常看见月亮思念爱人；第四段是树，小山毛榉树静静的；第五段是鹿，爱情要走了，像红色的鹿奔走，爱情消失；最后是花，他看见花在雨水中绽开，就像他心疼的泪水绽开一样。这是阿尔丁顿的《意象》。

我再读一个被广为传颂的意象派的名作，弗莱契的一首名作叫《溜冰者》，讲意象派的人往往都要讲到这首诗。《溜冰者》我来念一下，可能大家都会溜冰：

黑色的燕子猝然飞临或悄然滑行，
缠在一起的、圆圈和弧线令人一阵眼花缭乱；
溜冰者滑过结冰的河面，
他们的溜冰鞋在冰上的咔嚓声响，
就像银色翅膀尖互相碰擦。

我觉得这个诗可能跟翻译有关，翻译之后我估计不如原文优美。因为光看翻译过来的汉语，我们还不一定能够确认这是世界一流的诗，几乎所有的诗评家都说这是最好的诗。好在哪儿，其实就好在像我们中国古诗一样，它把溜冰者其实是比喻成燕子，但是它没有说溜冰的人就像燕子，他直接讲的是燕子，那么既然把溜冰者讲成了燕子，最后那句就很好，溜冰鞋互相碰擦的时候就像燕子的银色的翅膀碰在一起，整个画面就活了，整个溜冰的场面的那个轻快就出来了，它用不着去评价这个场面多么好，多么轻快。这是弗莱契的《溜冰者》。

我们再读一个著名的诗人乔伊斯的诗，你们都知道，詹姆斯·乔伊斯，非常著名的意识流作家。我读一首他的，也是名作，《我听到一支军队》：

我听到一支军队向着陆地冲来，

马蹄奔腾，像雷声轰鸣，腿上全是白沫，

战车的驾驶者，骄傲地身穿黑色的盔甲，

在马匹后，玩弄着缰绳，挥舞着鞭子。

他们在夜空中喊着他们战役的名字：

听到他们远远地哄笑，我在睡眠中呻吟。

他们劈开了梦的阴郁——一道令人睁不开眼的火焰，

叮当、叮当，敲在心上就像敲在砧上一样。

他们凯旋归来了，甩动他们长长的灰发：

他们从海上来，高声呐喊着登上了岸。

我的心啊，你真这样笨，还没有绝望吗？

我的爱，我的爱，我的爱，你为什么把我一个人留下？

这个诗写的是什么，有很多人研究。比如我最早看到这首诗，一开始的时候我以为是写海潮的，写海浪的，像写钱塘潮一样，像一支军队登上岸，我觉得这个很好，因为当年毛泽东形容钱塘潮就像千军万马一样，从容杀敌再回来。毛泽东是伟人、军事家，所以他看见钱塘潮就是他指挥的千军万马。所以我一开始看是一支军队来了，我以为也是写潮水的，又想起苏东坡的"乱石穿空，惊涛拍岸，卷起千堆雪"，很像。但是看了后半段又觉得不像，看到最后，哦，跟爱有关系，这是失恋。看到最后，我们能看出这是失恋之后的压抑，失恋之后心里面像一支军队奔腾来了一样。但是再仔细想呢，它好像不局限于失恋的压抑，这个爱不一定是一个具体的爱一个人的爱，可能包含生命中更丰富的一种向往、一种欲望不能实现的这种压抑。

那我们再来读庞德，跟中国关系非常大的。庞德写了好多诗，有的不是写，有的就是翻译，有的就是翻译中国的古诗，把中国古诗随便翻译两句，就成了西方伟大的作品。而且那种翻译也是不准确的翻译，你看他翻译李白的"惊沙乱海日"一样，翻译得不准确，但是在西方人看来是很了不起的，就像鲁迅翻译《斯巴达之魂》，其实不是准确的翻译，不知是在哪找了些材料就翻译了一篇，中国人看了反而好。比如庞德有一首叫《仿屈原》，他肯定是读过屈原的作品，读过《离骚》，写出《仿屈原》：

　　　　我要走入林中，
　　　　戴紫藤花冠的众神漫步的林中，
　　　　在银粼粼的蓝色河水旁，

其他的神祇驶着象牙制成的车辆。

那里，许多少女走了出来，

为我的朋友豹采摘葡萄。

这些豹可是拉车的豹。

我要步入林间的空地，

我要从新的灌木丛中出来，

招呼这一队少女。

　　他读了屈原的作品，知道屈原写的《山鬼》，《山鬼》里那个美女在山间是骑着豹走的，这个意象是非常美的，这可能是全世界最早的美女与野兽。美女与野兽组合在一起更能显示美女的美和野性，所以庞德受了屈原的影响，"为我的朋友豹采摘葡萄"。她让这个豹拉车，我觉得不如让豹驮着一个美女，这是仿屈原的一个意象。

　　他还有一首诗叫《蔡姬》，就是蔡文姬，只有三行：

深山中花瓣飘零，

　　　　还有橘黄的玫瑰叶，

叶子的赭色紧贴在石头上。

　　这首模仿中国诗人的手法模仿得很到家，一句评价没有，一句抒情没有，全部是画面。花瓣飘零枯黄贴在石头上，别的话什么都不说了。你要去想什么意思，必须结合题目，中国古代的这样一个女人，这样去想。庞德最有名的诗，被称为意象派压卷之作的，是这首诗，叫《地铁车站》，这都是20世纪有名的诗，大家不一定有空读，我就替你们读了。20世纪最有名的诗只有两行，题目叫《地铁车站》：

人群中这些脸庞的隐现；

湿漉漉的黑幽幽的树枝上的花瓣。

就完了，这就是20世纪最伟大的诗之一。我们去想象西方人为什么读了这首诗之后这么崇拜，诗这么了不起，诗美在哪儿啊？美就美在它像中国诗，它说不清楚。我们大家都到过地铁车站，都看过地铁车站的人，地铁车站的人和其他车站的人是不一样的。你看公交车站的人是另一种神态，站在那等着，一般头向左歪这么等，车从左边来，所以中国人的脖子容易向左歪，都这样等车。我曾经写过文章告诉人家怎么等车，不要这么看，要这么看，你看人突然头动了，就知道车来了。那么地铁车站的人不是这样的，地铁车站的人是来去匆匆，像蚂蚁一样。因为一个城市有了地铁，说明这个城市已经非常忙了。修了地铁的城市，你看地铁车站的人都不像人，你不信，你哪天没事，你不忙着出门，你就专门到地铁车站站着，你就看里面的人，你会发现大多数人的表情都非常可悲。但是我们太忙没有时间去观察，只有诗人能看出来。所以你看他写的《地铁车站》为什么好，他就写出了资本主义的铁蹄践踏下，地铁车站的人都不是人，他看到那些人的脸就是树枝上长出来的花瓣，而且树一点都不可爱，树是湿漉漉的黑幽幽的树。他能够一眼看出这些人不是人，其实我们如果用哲学给它分析，这是看出了人的异化。一般的人都没看出来，所以这个诗一写出来，人们就这么崇拜、惊异。如果只是看它的艺术技巧，我们不会太佩服，因为中国诗中有的是这样的东西，就是把两个意象叠加到一块。这种手法在中国诗中俯拾皆是："单衫杏子红，双鬓鸦雏色。"随便就能举出例子来："娉娉袅袅十三余，豆蔻梢头二月初。"这种诗到处都是。你比喻某一种人，不用加上这个关联词，它就是了。

那么我把意象派和意象简单介绍到此，不是为了给大家讲美学理论的意象，而是让大家望文生义地对意象有点感觉，然后我们用这个感觉来理解鲁迅的小说。鲁迅的小说好、高级、能够成为经典，有很多原因。其中有一个很重要的原因，在我看来，鲁迅的小说是有意象的小说。尽管鲁迅他自己强调他的小说学习了很多西方的技巧，我们在五四新文化运动时，必须强调我们大规模向西方学习。要再造中国，改造民族灵魂，的确有很多东西要向西方学习，即使到了今天，我们还应该强调这一点。我们说是向西方学习，其实很多好的东西都没学到，学的是人家不好的东西。好的东西那么容易学来吗？鲁迅说"拿来主义"，很多人以为随便拿，叫"拿来主义"，根本没有仔细看，鲁迅的"拿来主义"是非常难的，要有眼光要会鉴别。你到人家那儿去拿东西，好东西能让你那么随便拿去吗？他教给你的往往都是错的，好的东西谁随便告诉你啊。人家告诉你这么做，他自己怎么不那么做呢？想学到人家的好东西是非常难的。我们看看鲁迅的小说，尽管在中国来讲格式很特别，但是从中我们仍然能够领会到中国艺术中核心的精华，就是意象。那么说到意象，刚才用这么多的时间来铺垫，我们再一想鲁迅的小说，不用我讲，大家就能够油然想到鲁迅小说中有许许多多的意象。我随便说几个小说的名字，只要你读过，或者你上中学的时候学过，你就会想出意象来。比如我说一篇小说《故乡》，《故乡》里你想到什么意象？我一说下面就有同学自动回答了。我们想到很多很多意象，最有名的就是月亮。我们找到《故乡》的有关段落来读一读。

《故乡》的叙事者回到故乡的时候，跟他的母亲对话，母亲提到闰土，提到闰土的时候下面有这样一段：

这时候，我的脑里忽然闪出一幅神异的图画来：深蓝的天空中挂着一轮金黄的圆月，下面是海边的沙地，都种着一望无际的碧绿的西瓜，

其间有一个十一二岁的少年，项带银圈，手捏一柄钢叉，向一匹猹尽力的刺去，那猹却将身一扭，反从他的胯下逃走了。

不知为什么，我读过这一段之后我就再也忘不了，后来我也当过中学老师，我发现学生也非常迷恋这一段，好像所有学过这篇课文的人都忘不了这一段描写。你说这一段它有什么好？你说作者写这一段的时候用了很大的力气吗？好像又没用很大的力气，没有用什么很奇怪的字，不像我们学过的那个《斯巴达之魂》，或者《怀旧》那样，它就好像随便的记叙文中的一段嘛，但是我们就永远忘不了这个海边沙地上，深蓝的天空中一轮金黄的圆月。而我们自己在作文中如果也这样写的话没有人注意，那么鲁迅把这一段写在《故乡》这个小说里面，就这样传诵出去了。我有一个同学，他后来是从事公安工作的，他特别喜欢鲁迅，他没事就在纸上画这个画那个，他用那个圆珠笔画那个蓝的天空，然后画金黄的月亮，下边有月亮的影子，他特别迷恋这些东西。我也久久地不知道我为什么特别喜欢这段，我们现在可以看到，这个就是《故乡》的一个魂一样的东西，《故乡》里如果没有这一段好像不行。鲁迅的小说好在它不是讲一个简单的故事，就是鲁迅的小说你要把它情节归纳起来就没什么意思：我回家去，遇见少年时一个朋友叫闰土，现在过得很惨，还有一个邻居，原来长得很漂亮，现在特凶。【众笑】你把这个情节这么讲讲意思就没有了。那么小说最后两段又重复了这个意象。最后这两段：

我想到希望，忽然害怕起来了。闰土要香炉和烛台的时候，我还暗地里笑他，以为他总是崇拜偶像，什么时候都不忘却。现在我所谓希望，不也是我自己手制的偶像么？只是他的愿望切近，我的愿望茫远罢了。

我在朦胧中，眼前展开一片海边碧绿的沙地来，上面深蓝的天空中挂着一轮金黄的圆月。我想：希望是本无所谓有，无所谓无的。这正如地上的路；其实地上本没有路，走的人多了，也便成了路。

这最后两段学校老师是要求背诵过吧，很多人都知道。后面这两句成了中国人的口头禅——"其实地上本没有路，走的人多了，也便成了路"。以前我们中文系静园那里刚有一个大草坪的时候，中间是不让走的，我们一走学校保卫处的人就来干涉我们：这不能走的，这没有路。我们说：走的人多了，也便成了路。【众笑】这句话是开玩笑，其实不是鲁迅的这个意思。我记得我几年前也开鲁迅小说研究课的时候，有一位日本同学很好，他下课来找我：孔老师，我认为鲁迅最后这段话是多余的，鲁迅最后一段话应该去掉。我在好几个场合都表扬了这位同学，我很喜欢日本同学考虑问题很细，他就说这个意思已经说完了，为什么还要说这句呢？我说你这个想法很好，敢于质疑鲁迅这样的大作家。"我认为去掉最后几句话小说仍然很好"——这没问题，但是他为什么硬要这几句？这几句跟前面真的是突然的关系吗？鲁迅不是凭空地说出希望的问题，最后两段都是讲希望的，那么这个希望和刚才我们讲的这个月亮的意象有什么关系？有没有人能够想到这关系？就是鲁迅画的这个画面——沙地上，深蓝的天空一轮金黄的圆月——只是一个美丽的画面吗？这个语言并不奇怪，很平常啊，我们自己也经常在作文中写月亮，深蓝的天空中有一个月亮，怎么他写的我们就永远忘不了呢？如果鲁迅这段写到别的小说里，可能也未必有这样神奇的效果，为什么写到《故乡》里我们就那么难忘呢？它和《故乡》怎么就分不开呢？孔老师非说它是《故乡》的核心意象，他凭什么说这是《故乡》的核心意象？这里就涉及最后那几句话，《故乡》是讲什么的？《故乡》只是讲自己回家搬家的故事吗？把我家老房子卖一卖，看能卖多少钱，把老娘接到北京来——就是讲这么个故事吗？他通过讲闰土，讲豆腐西施，讲孩子们，讲水生，他在讲什么？闰土拿烛台、香炉，他嘲笑他，他在讲什么呢？这就可能是老师没有点透的，即使鲁迅最后说得那么清楚，我们也只是把它来背诵，背完就完了。其实鲁迅《故乡》讲的是人的希望的问题。鲁迅一生考虑很多很多的问题，其中有一对问题就是希望与绝望的问题，这个他老想。

由于我们受的都是西化教育，已经对汉字缺乏敏感了，我们一说希望想的是远大的事、未来的事，我们就会这么去想。我们什么时候才能养成习惯，看到一个字的时候先"望文生义"一下，先看看这个字是怎么写的，先看看字原来是什么意思。鲁迅为什么强调这个希望？"望"是什么意思？"望"是look look吗？是看吗？显然不是，否则古人为什么单独要造这么一个字，有"看"就行了，有看有见有睐有瞅有瞧，中国古代形容看的字特别多，还有顾、瞥等，为什么要用"望"？这个望的动作最合适的宾语是什么？望什么最合适？望最合适的 —— 我想很多人一想就想起来了 —— 宾语是月亮。人一般不用望，太阳不能望，一望会刺伤眼睛，最合适的对象是月亮。望是有感情地看，不仅是看远的东西，望的时候就有感情，为什么望呢？为什么说月亮是它最合适的宾语呢？那就涉及望的一个意象。农历每月的初一叫什么？【学生：朔】每月的十五叫什么？【学生：望】十五为什么叫望？为什么月亮最圆的时候叫望呢？就因为它最好望，它最好看，它最能投注我们的感情，所以十五的时候叫"望"，望，天生就是月亮，讲到这里我想就不用再讲了。再想想刚才那个画面，那个画面不是一个少年看西瓜，那个画面本身就藏着说不尽的人类的希望。希望的本义，如果用我们最原始的一个象形字的话，那种画面是它最原始的那个象形字，所以，当我的那个同学在这个演草纸上用圆珠笔画了那么简单的画面，周围是蓝的中间是一个月亮的时候，为什么让我一辈子都忘不了？那就是希望，它几十年来打动我的，就是希望。当我那个同学没有考上他理想的大学，最后选择了走上公安战线的时候，他心中充满了希望和绝望的交战。我想，他在月黑风高之夜去抓小偷的时候，他心里面仍然有着这幅画面，他想着他的好朋友孔庆东在北大讲希望，他在这抓小偷呢。人与人的命运是这么不容易沟通。正因为"望"的本义在这幅画面里，所以，鲁迅随便写一轮月亮，人家就记住了，因为写的是希望的月亮，所以它最后这几句话不是可有可无的。写这个月亮，紧接着就是说"希望本是无所谓有，无所谓无的"，这是《故乡》这篇小说的核心。核心的意象就是这个"望"。而鲁迅是不是这么想的呢？是不是像我们说的这么想的呢？未必。这纯粹是一种浑然天成，这是艺术家的浑然天成，他未必想我要写希望，所以我要画个月亮，不是这样想的，这都是妙手偶得，鬼使神差，小说就这么写了，所以才融合得天衣无缝。那么，鲁迅特别善于绘画，鲁迅画画很好，但他的画画好不是我们一般说的画得像不像，他能画出意象来。

还说《故乡》这篇小说，除了我刚才讲的核心意象，沙地上的月亮之外，还有很多小的意象。比如说小说中形容豆腐西施，形容她长得像什么？大家都记得。为什么我一说，你们就能记得？说明他写得太形象、太生动了，所以大家不会忘，一辈子你都忘不了——圆规。我有时觉得这鲁迅是不是太刻薄了，人家也是一劳动妇女嘛，对你就是有点复杂的感情，想要你点钱吧，你干吗给人写成圆规呢？我们知道形容一个人瘦，可以有很多种形容或者比喻，那为什么把她比喻成"圆规"就这么像，就不容易忘了呢？我喜欢号召学生们给人起外号，你看你起的外号能不能得到全班同学的同意。你给一个同学起外号，大家都赞同这个外号起得好，说明你善于提炼意象。我虽然从小是好学生，但是经常干坏事，特别喜欢给老师、同学起外号。我起外号上瘾，我起的外号往往不胫而走，成为通称，代替他的姓名。比如，刚才我起的"意境"，大家后来都管那个同学叫意境。"圆规"这个意象能够代替"豆腐西施"，因为圆规除了瘦之外，它还有一点——扎人。圆规不仅仅是瘦，除了"细脚伶仃"之外，圆规给人一种不好的感觉。你说瘦，按照现在的审美观念，那豆腐西施最标准了，多瘦啊，跟圆规似的，只有七八十斤，多好啊，按照今天的这种变态的审美观念，恨不得女的都绝食才好。但是，他选择了一个让人不喜欢的意象，就因为圆规有危险，没有人愿意手里老拿着圆规，或者你看一个同学手里老拿着圆规，你会觉得你要离他远点，怕他扎着你。所以说鲁迅特别善于捕捉这些东西，这是一个艺术家的天赋。一个人光有思想不行，你光有思想你就写论文好了，当思想家。你如何能把它变成人人都能接受、永远不忘的东西，这需要艺术天才。

在《故乡》这篇小说里，我们举了一大一小两个意象——月亮和圆规。而圆规好像可以画圆，好像可以画月亮，但我们更多注意的是尖尖的、扎人的那面。所以，有这样大大小小的意象，《故乡》这部小说我们不会忘记的。你看鲁迅写小说好像都是娓娓道来，没有用很大的力气，但功力功夫在这呢。他的真诚只要投在里面，他写的画面，他塑造的人物，你就不会忘记。

那么其他鲁迅小说的意象，我们下次再接着讲，今天就讲到这里。谢谢大家。【鼓掌】

2009年4月21日

爱卿平身很亲切

—— 鲁迅小说的意象

各位同学大家好，我们差不多有半个月没见面了。这半个月里世界上好像发生了很多事情，但照在我们身上的鲁迅的影子并不因为时光的流逝而改变 —— 九月份是鲁迅月，十月份还是鲁迅月（注：9月25日是鲁迅诞辰，10月19日是鲁迅忌辰）。

9月份的前两次课，我们讲了"鲁迅者谁"，重点不是讲鲁迅生平知识，而是从不同的角度启发大家，如何进入鲁迅这样一个个体。正像大多数人其实不认识字一样 —— 在《孔乙己》里，大家说："孔乙己，你当真认识字么？"这是一种老百姓的调侃。这个话拿出来问一下我们自己，我们真的认字吗？北大中文系有研究甲骨文的学者，在他们看来，我们都是不认字的。对作家而言也是这样 —— 你真的知道谁是李白吗？你知道谁是曹雪芹吗？当然曹雪芹比较特殊，红学界到现在还在吃"谁是曹雪芹"这碗饭，他们真的不知道谁是曹雪芹。而我们的中学课本里选了那么多鲁迅的文章，我们真的知道谁是鲁迅吗？那么又有随之而来的问题——我们有必要知道谁是鲁迅吗？为什么要知道谁是鲁迅？

研究自然科学的，不太需要很详细地了解科学家的生命，知道那个东西大概是个叫牛顿的人鼓捣出来的就可以了，其实换一个人，说是爱迪生鼓捣出来的也可以，没太大差别，我们干吗要那么计较灯泡是谁发明的呢？

但是为什么对作家就这么重要？为什么非要知道这个作家的一切？其实我讲"鲁迅者谁"，包括以前讲的"金庸者谁"，我们探讨这些问题是为了认识我们自己，是要最终搞清楚"我是谁"——但是又不能搞疯了，不能像欧阳锋一样追问"我是谁"，最后把脑袋追问蒙了。鲁迅研究的重要之处，就是让我们一边要站着走路，一边还要搞清楚"我是谁"。

国庆节过去，我想换一个题目来跟大家交流，讲一下"鲁迅小说的意象"。在讲这个问题之前，我先向大家汇报一下我在国庆假期做的很多事儿当中的一件。

这个国庆假期，我和我的一些同学去看望了钱理群老师。就像跟大多数老师、同学都大半年没有见面一样，我也大半年没有见我的导师钱理群先生了。钱先生1987年获得招研究生的资格，我是他的第一个研究生。他现在住在养老院。

钱老师看上去气色很好，身体状况很好。其实每次我都有点不敢去见他，因为每次见他，他都不像一个80岁的人，每次他都兴致勃勃地谈：我最近又写了什么什么东西，我今年准备出几本书；明年我还有一个打算……我说，老师你给我们留口饭吃好不好，【众笑】你一个人把事儿都干完了，那我们干什么？面对钱老师以及一些跟他年龄差不多的老学者，我这一代人感到比较惭愧。

钱老师经常很谦虚地说："我的知识有缺陷，我不懂古代的东西，我不懂外国的东西。"我觉得钱老师之所以这么说，一个是他有自知之明，一个是他有理性，再一个是因为他的人格谦虚，但这反而给我造成一种压力。我一想，很奇怪啊，跟钱老师相比我们什么都懂了，我们又懂古代，又懂外国，我跟三教九流都能混到一块儿去，但为什么我这代人做学问就是做不过钱老师？这个差别在哪？他的知识肯定不如我，不如我们全面，不如我们丰富；知识之外的东西，杂学他也不如我们多，那为什么他的东西就那么有力量？

这个时代，没有物质上的忧患，确实不知道挨饿是什么。我为了健身，有时候故意一个月饿一顿，这叫吃饱了撑的。钱老师那代人年轻的时候，在一个六平方米的小屋里边，没有看书写作的空间，得等孩子写完作业、把孩子哄睡着了，才能够抢一个小桌子、小床来做学问——一本一本能够留在历史上的书是那样写出来的。而现在每年出那么多书，都堆在图书馆里面没人看！所以见钱老师我很有压力。我老说，钱老师啊，你注意身体，少写，少看，多休息啊。我这么说的时候，自我反思，我为什么这么劝钱老师，是不是自己感到很自卑？是不是希望老师少写点？当然从老师的健康角度讲，他不写作也没别的干，因为他没有什么爱好，不写作他就打盹，他只有写作写兴奋了才行。

假期看望钱老师，我们每次不能去多了，只能去几个同学。这些同学都是很有成就的人。我们见面之后，跟钱老师也没什么其他问题可谈的，他是一个专注于思想文化的人，生活中的事他不知道，我们说什么菜好吃他就吃什么，他单纯到谁也不忍心欺骗他。所以我跟我的同学们说，见老师只谈两件事：第一，谈政治，老师喜欢谈政治；第二，谈现代文学，以鲁迅为核心。所以我们每次见面必谈鲁迅。

钱老师送给我们他的《名作欣赏》，因为我们北大中文系很多老先生出了单人的画册。钱老师出的这本画册好像是他自己取的名，叫《仰望星空，脚踏大地》。我觉得这八个字用在钱老师身上是实事求是的，并不是一种自我标榜和自我吹嘘。钱老师自己想的就是一个简单的结构：我自己脚踏大地，然后仰望星空。

钱老师有三个座右铭，我给大家转述一下：第一个是屈原的话，"路漫漫其修远兮，吾将上下而求索"，这个我们都熟悉；第二是鲁迅的话，"永远进击"，永远前进的"进"，击打的"击"、冲击的"击"，永远进击；第三句是"在命运面前碰得头破血流，也绝不回头"。

从这三个座右铭能够看到钱老师人很单纯，思想很复杂。钱老师这三个座右铭很有意思，但是我想，他自己有没有意识到这三个座右铭彼此有矛盾之处？屈原的精神，钱老师取的是"路漫漫其修远兮，吾将上下而求索"，这个"上下而求索"和鲁迅的"永远进击"是不一样的，他上下求索就是上上下下，也可以理解为进进退退、左左右右、晃来晃去，最后死了，自杀了。所以在一部漫长的中国古代历史上，屈原没有多高的地位。

我上次讲皇帝与屈原的问题，儒家文化不待见屈原 —— 因为社会黑暗、因为统治者腐败你就自杀了，那你太不负责任了！人民好不容易培养了你有这么多学问，你说死就死了？

当然屈原的死本身还是伟大的，不像我们今天被老师训了两句，马上跳楼了 —— 这是毫无价值的死。但是屈原的做法和精神毕竟跟鲁迅是完全不同的，鲁迅是不"上上下下"的，鲁迅是看准了之后"永远进击" —— 我跟你拼了，我跟你死磕，我不怕失败，我死了就死了，死了我也不饶你！鲁迅临死的时候说"我也一个都不宽恕"（《死》），这是很多右派辱骂攻击鲁迅之所在 —— 鲁迅太不宽容了，他临死了还不宽容！这是一种生活态度。

我们再看屈原，他没有智慧，他成天说，我自己很牛、我有才华、我能治国、我能救国、我特干净、你们都很脏，这能跟人合作吗？别人全是贪官污吏，满朝文武就你一个好人，你还成天在媒体上叫嚷"我最干净，我最漂亮""看我这花多香"！屈原一辈子就说了这么一句话，这就是屈原。所以屈原这个形象，从孙中山那时候开始重视，一直到了抗日战争，我们需要这样一个人作为传统伟大的爱国主义典范，屈原的伟大形象才树立起来。但是从当时的世界大势来说，秦国统一才是世界潮流，你凭什么负隅顽抗？

所以我说，钱老师的三个座右铭表现出一个鲁迅研究学者内心的纠结——他内心有不同的层面。那么我们自己是不是也有很多纠结？我不知道同学们二十多岁有什么座右铭，也许现在的孩子都没什么座右铭。那你相对喜欢的话是什么？你喜欢的几句话里面存不存在不同层面的叠加，有没有交集、有没有冲突？

钱老师说他的人生基地有两个，一个是北大，一个是安顺。他大学毕业之后被打成右派，在安顺二十多年。安顺和北大合起来，就是老师说的"脚踏大地，仰望星空"——北大代表精英，贵州的安顺代表人民。不管钱老师实际在多大程度上能够沉到底层，这是钱老师自己定的一个基本结构。我觉得这本身就是一种北大精神。

所谓北大精神，一方面做学问要做高端，不论哪个专业的老师、同学都要做高端；另一方面，要知道为什么做学问——这学问是为谁服务的。比如说，你研究化学，研究的东西到底对人民有害还是有利？北大那么多世界级化学家，我很佩服徐光宪先生和我们前任的周其凤校长，我认为他们是有良心的人。徐光宪先生在国家最高科学技术奖领奖的时候说："我们化学家都是有罪的。"这句话体现了什么叫"北大人"。我们在媒体上看到的和我们自己买到的那么多假冒伪劣食品，都是谁发明鼓捣出来的？农民能不能鼓捣出来？那么多假农药、假化肥，各种添加剂、各种害人的东西，没读过化学博士能弄出来吗？千百年来那么多农民怎么没鼓捣出来？

所以要打通这两个"北大精神"是很难很难的，首先要有一种志向。我觉得钱老师在安顺那二十几年是没有白过的，他再一次回到北大之后，焕发出了那样的力量。

钱老师1978年回到北大，跟王瑶先生读研究生，这时候他已经39岁了。39岁回来读硕士，还住在上铺，每天爬上爬下的，而且他一打呼噜，那三个同学都睡不着觉。

钱老师有安顺那二十几年垫底，那二十几年他主要一个是读鲁迅，一个是读毛泽东，他写了一百多万字的鲁迅研究笔记。他曾经把在安顺教过的一个学生写的回忆录拿来给我们看，回忆录里说，钱老师当过他学校的足球队教练，他专门从毛主席的著作中找了很多条语录，编成一个小册子，用这个小册子指导他的队员们踢足球——这很像现在一些著名的教练员组织队员去看升国旗。这位同学的回忆录还写道："自从钱理群老师担任我队教练之后，我队从安顺地区的冠军队下降到第四名。"【众笑】这个调侃很有意思，这说明钱老师要深入基层、深入民间，不是一帆风顺的——从理论到实践，中间这个媒介怎么让它顺畅，怎么来完成？我想钱老师是颇有甘苦的。

钱老师二十年前退休。恰恰是在退休之后，他旺盛的精力迸发出来，反而取得了更高的成就——实际上不光是钱老师一个人，北大中文系还有一批老师也是这样。我知道很多专业，特别是很多工科应用的专业，四十岁以后就没有成就了。我听北大的一些科学家说："我学生写的论文我是看不懂的，我只能够给他们提供方便——说是指导，其实只能给他们提供方便；我们这个专业如果四十岁没有成就，一辈子就完了，永远也没有成就了。"

我们这个专业不一样，只要身体好，越老越有成就。因为这是一个积累的过程，需要不断感悟人生，不断从人生的井里面打水。钱老师这二十年来就是一个爆发期。可是钱老师还很有自知之明，他知道："我是越来越脱离社会了，我不了解社会，特别不了解现在的年轻人。"钱老师很遗憾的一件事是，他如果到哪去讲课，听众跟他是有隔膜的，年轻人就是来看看钱老师长什么样，听说钱理群来了："这老头长得不错！"然后说，钱老师很可爱。但是钱老师很得意于这个评价，说他能做一个可爱的、在青年人眼中的可爱的老头，就很满足了。钱老师说自己，可爱的人也是可笑的人，他愿意当一个老小孩。

我们这次师生会谈，谈着谈着鲁迅就发生了一些争论，这是我们每次见面都免不了的。当然不光是因为关于鲁迅的问题，其他问题也有。关于鲁迅的问题，我们一位老同学兴之所至，就提出一个小说家理论，我们这期讲鲁迅小说，说鲁迅是小说家，这个没问题，那这话是什么意思？他是想说，鲁迅的本质是小说家，而不是杂文家。这句话是有学术背景的，在学术界有人提出，鲁迅主要是杂文家不是小说家。这并不是说去查他写了多少字，不是这个意思，是说他的思维本质，他是小说家的思维，还是杂文家的思维，是这个意思。那么这位同学强调他是小说家的理念，并且把主张鲁迅是杂文家的学者，包括很著名的学者，都一顿痛贬。但是钱老师不同意，钱老师就很认真地跟他说："你这个完全不对，鲁迅怎么是小说家？鲁迅明明是杂文家！"两面都各有道理，都能够陈述长篇大论的论据。

我这个人喜欢和稀泥，想调和老师跟同学的矛盾，另外我也正在思考这学期要讲的鲁迅小说的"意象"问题——这是我们这学期课的一个主题，我就说这样继续下去是永远没有结论的，它只能使两个话题都更宽泛，就好像你说物理重要还是说化学重要，最后只能使两个学科更丰满了，是好事，但是它不会有结论的。

我说我们换一种，我说鲁迅是有"意象"的。看上去这个词是很旧的，但是却很少有人注意。正像钱老师说的，我们搞现代文学的人都不懂古代，"意象"这个词是古代的词，近些年来重新热起来，因为外国有"意象派"，外国的"意象派"跟中国古代讲的"意象"当然不一样，但有相似之处。真正从"意象"这个角度去看鲁迅的，好像很少。所以我说，我们能不能突破从简单的"小说家、杂文家"来谈问题，而从"意象"这个角度来看鲁迅，而且这个问题并没有什么门槛，并不用一堆名词术语把陌生人拦住，不许外行进入。

　　现在有话语"霸权"，你要跟人谈论某个问题，他首先说你是科盲，你不懂，所以你没有资格；而他是科学，他操着"科学"的话语，他代表科学。你说这个东西不能吃，他说，你做过实验吗？你是化学博士吗？你是生物博士吗？你不是，那你凭什么说不能吃？因为他掌握了话语权，他可以生杀予夺，以科学的名义杀人。现在，"反科学"是一个罪——在我看来"反科学"只是一种态度，没想到这种态度成了"罪"，科学是不能"反"的。

　　当今非常可怕的一件事是科学家与资本家的结合，非常厉害的是科学家自己就是资本家。某著名科学家自己开了8个公司，自己当了6个董事长——这是多么可怕的事情。

　　古人提出的"意象"，它是使人能够打通学科壁垒，直指事物本质的一个途径。这是从意象角度进入鲁迅的一种可能性。

　　回到"杂文"与"小说"之争，我们看看鲁迅是怎么评价自己的杂文的。鲁迅在《伪自由书》这本杂文集《前记》中评价自己短小的文章，有这样一段话常被引用。

　　这些短评，有的由于个人的感触，有的则出于时事的刺戟，但意思都极平常，说话也往往很晦涩，我知道《自由谈》并非同人杂志，"自

由"更当然不过是一句反话，我决不想在这上面去驰骋的。我之所以投稿，一是为了朋友的交情，一则在给寂寞者以呐喊，也还是由于自己的老脾气。然而我的坏处，是在论时事不留面子，砭锢弊常取类型，而后者尤与时宜不合。

这是典型的鲁迅的语言，谁都模仿不了。有多少人想当鲁迅、有多少人被吹捧成鲁迅，你写一段这样的话看看？这不是你模仿他几个词、几个句式就能做到的，这是一种思维方式。所以你每次看到鲁迅的一段话之后都很烧脑，要反复想他的意思，你刚捕住他一个意思，他又转一个弯——太复杂了，鲁迅的每一段话都是一个N元N次方程，需要解半天。鲁迅谈"自由"的话我们不谈，他为什么写作我们来说一说，他有一句很重要的话叫"论时事不留面子"，这个话也不太容易做到，我们论时事有时候留面子，有时候可以不留面子。我偶尔也写点批评这个批评那个的文章，为什么有时候留面子呢？不是说我有同情心，是怕我被人家灭了，是为了保存自己，所以才要留面子。

"论时事不留面子"也可以做到，难做到的是"砭锢弊常取类型"。很多人写杂文就只知道批评，其实批评来批评去还是在就事论事。鲁迅的杂文之妙、之高、之伟大，在于他不仅仅是论一个具体的人和事，具体的人、事里坏人坏事太多，他是"常取类型"。所以，在鲁迅的笔下出现的具体的人名，其实也是"共名"，是某种人和现象的共名。鲁迅笔下，比如说梁实秋，他不仅仅是那个具体的叫"梁实秋"的作家，而是某一类人的代表。鲁迅笔下写的某一个人，已经形象化了，我们可以说某个人是"梁实秋"。所以鲁迅并不是跟某个人过不去。梁实秋批评鲁迅，是想要鲁迅的命的，他说鲁迅是拿卢布的人，这不是要鲁迅的命吗？拿卢布的是什么人？这不是暗指鲁迅是共产党、是苏联特务吗？所以梁实秋表面上好像说话很客气，心里边极其歹毒阴险。有事说事，你怎么要人命呢？而鲁迅说他是"资本家的乏走狗"，资本家的走狗只是不好听，对梁实秋没有任何危险，不会影响到他现实生活、不会使他辞职、不会使他降薪。所以你看鲁迅好像批评人很尖锐，其实鲁迅心里才是柔软、是大善，他不会做危害别人饭碗的事情。当时的社会不是资产阶级统治吗？不是一个资本主义社会和半殖民地社会吗？那你是资本家的走狗，资本家听了很高兴，领导者听了很高兴啊！这叫什么"公平的争论"啊？

　　而鲁迅自己知道"后者尤与时宜不合"，鲁迅知道应该怎么样安全地生存，但伟人有时候就忍不住，为什么忍不住？其实是对人民有一颗"不忍"之心，不忍心看着人民受苦受难，才有时候忍不住——"忍"和"不忍"是辩证的关系。当年苏东坡说他的肚子里不过是一肚皮的不合时宜，鲁迅也没办法，他们这些人就是与时宜不合。钱理群老师也说：你们光注意到我很严肃的一面，其实我也有很世故的一面，你看我批评，我不直接告诉你我批评的是谁。钱老师从来是批评一个现象，并没有指名道姓，所以一般人不知道他说的是谁。比如全社会都疯传钱老师批评"精致的利己主义"，只有我知道他批评的是谁，这话被传开之后，由于它典型化、形象化了，每个人都在自己身边看见了精致的利己主义者，而并不关心具体说的是谁。

　　从上面这段《伪自由书》里我们看到，鲁迅在评论自己杂文的时候，不小心说出来他的杂文有一种文学创造方式。为什么杂文这种东西靠鲁迅一个人的力量竟然变成了文学？我们一般谈文学只有四种，诗歌、小说、戏剧、散文，现在来了一个叫周树人的人，他说还有一种叫杂文——杂文成为五大门类之一，靠的他一个人的力量。如果没有鲁迅，那些"喷子"能让杂文成为文学吗？今天网络上那些"喷子"距离文学都很远，他们恨不能说几句话就弄死人，那怎么叫文学？当然文学是可以有很大力量的，是可以弄死人的，文学是有惊天动地的力量改造世界的。

我们看鲁迅杂文的特点，为什么千百个人去写杂文都写不过鲁迅，甚至写来写去，最后发现他们写的不是杂文呢？这有很多奥秘。我们前面说了，鲁迅的杂文，不经意中采用的是文学创作的方式，是典型化的方式，他取的是"类型"。所以鲁迅批评的人我们虽然不认识，但读了鲁迅杂文之后我们好像看见这个人了，那个人的样子是动态的；如果不是典型的，就不能达到医治国民痼疾的作用。就像高明的医生看病，他心里也有典型，你到医生那去看，他把自己的知识调动起来，"你这是典型的肝硬化""你这是典型的狂躁症……"他心里有他的典型，如果跟典型对应不上，医生就很踌躇，就半天拿不定主意。所以医生也最喜欢典型病人来看病，特别是现代西医，大都是教条主义的思维，你去看病的时候，医生紧张地调动自己在学校学的那点东西，一条条往上对，对上他就很高兴，对不上就蒙了——现在的大夫基本都是读取数据的大夫、读取数据的学生，你去看病，用了一堆机器去化验，他只能用化验出来的数据对应他的知识，而没法一个病人一个病人去"看"。

现在有一种流行的文体叫"非虚构小说"，这本身是有矛盾的。小说就是虚构的，但它要求你写非虚构小说，这跟鲁迅杂文有没有关系？鲁迅的杂文人皆不可及，比如说鲁迅的杂文是学问化，他的学问太渊博了，这个"学问化"不是指专业化，并没有一个杂文专业，是他知道的事太多了——他写一千字的杂文，后面有十万字的知识等着你；他举一个例子，可能知道一百个相关的例子，所以他是不可驳的。而我们由于受现代愚昧的中学作文训练，一共就那几个例子，不论写什么作文，都是"李白说""爱因斯坦说"，翻来翻去就这几个人。我看作文，凡是写李白、写爱因斯坦的，一律列入三等以下。不用看别的，看他举的例子，就知道他是什么德行的学生。活了十七八岁了，满世界你就知道这么几个人，不论写什么作文都是这几个人上，每一部文学作品都是只举第一主人公，男一号、女一号，能不能举著名文学作品中排名在十位以后的人？这才显得有水平。

最后，是鲁迅的杂文能够哲理化，让你读了之后不是只感兴趣、愤慨于一件事。几乎所有的新闻都会过去，新闻发生的时候，那么多人顿足捶胸、非常愤慨，一个月之后再看，有多少人还记得上个月的热点？我们不断地被眼前汹涌而来的新的热点所遮蔽，大多数人的脑海就像一片操场的杂草一样，被各种动物践踏来践踏去，整天四蹄翻飞，自己还觉得挺热闹的，一个月之后呢，全忘了。我们从这个角度来看鲁迅的杂文话语与他小说的关系，进而分析怎么指向鲁迅的意象。

今年上半年我们没法跟研究生见面，给研究生进行开题答辩都是在网上进行的。我们系今年毕业一个博士，他的论文对于同学来说可能比较难，我们简单地介绍一下。论文本来的题目叫《杂文话语》，但是"杂文话语"这个概念很费解，很多老师都读不懂——我经常说，我们这的研究生到了别的学校都相当于副教授的水平，这样说有时候还有点客气，因为他们就是读不懂我们学生的论文，我们跟他们完全是两种训练。我们想一想就明白了，一个县级队的，跟国家队的就是不一样，那能比吗？由于他的"杂文话语"比较难懂，后来改成一个让很多人觉得好懂的题目，叫"心声"，其实在我看来"心声"更难懂，但是马马虎虎可以过关。最后他的题目叫《为心立言——鲁迅心声及其文本形态研究》。

鲁迅研究是很难的一个领域，虽然不断有人写论文，但是真正能够把鲁迅研究推进的人是很少的。这位同学的论文我认为是近年来为数不多的真正有分量的论文。我念一下他摘要的一部分："在《摩罗诗力说》

中，鲁迅将'心声'与'手泽'并列，是古人与今人、个体与群体心心相'撄'的中介。但鲁迅发现一个问题，那就是因为语言的'摹故旧而事涂饰'。"

我们觉得语言是好东西，没有语言怎么沟通啊？但语言有很多坏的方面，语言的负面意义极大。语言刚发明的时候是为了给我们提供方便，但人类很聪明，马上就发现了语言更好的作用，是互相欺骗。人类很多坏事发生都是因为有了语言，你看动物之间互相欺骗不了，动物之间因为没有语言，一个动物对另外一个动物有了爱慕之心，不会去表白，它直接付之于行动，所以动物之间没有欺骗。一只蜜蜂飞回来告诉蜂群某某处有蜜源，绝不会欺骗，大家一定跟着它去，它们没有语言。人类的语言，"摹故旧而事涂饰"，这个用途太大了。

"'心声手泽'从古汉语的并列关系变成现代汉语的偏正关系，'心声手泽'类'心声'而非'心声'"——这就比较难解了——"实际上成为徒具心声其表，其实空心的'恶声'"。

我们今天学到的那些用语言充实、搭建起来的各种知识结构，很多其实是"恶声"，学了之后反而有害。但是你不学，你还找不着工作，你必须被害了之后，资本家才相信你、才给你一口饭吃。

"恶声导致古今人心、'精神界战士'心与'群'心'不撄'。为此，鲁迅在《破恶声论》中赋予'心声'以'心声者，离伪诈者也'的特殊功能，开始了他以心声破恶声的方式为心立言的全新文学事业。"

鲁迅的文学事业跟其他人写小说出名完全是两回事。庸俗的作家写作的目的就是要获诺贝尔奖。那是恶劣的文学追求。所以他们永远不会懂鲁迅的，更不懂鲁迅为什么受迫害。鲁迅要干的事，是用这种方式从根本上解放全人类。我们到底被什么所束缚，所压迫？你表面上看是被资本……再往根里钻，是种种的"恶声"。

推荐大家去看鲁迅的《破恶声论》，当然很难看懂。鲁迅的语言，汪晖老师把它叫作"古文"。什么叫古文？不是文言文。我们在中学受的教育，认为古文就是文言文，其实它们不是一回事。鲁迅写的文言文，唐宋八大家都读不懂，至少读得很费劲。我们学的文言文，是以唐宋八大家为代表的流畅的文言文，只要你文言文的语法比较好，一读就懂了，个别生字难字一查也就明白了——那是古代的"白话文"，《前赤壁赋》《后赤壁赋》，那都很简单。

而鲁迅是真正用文字产生时候的那个意义来写作的，他是把每一个字擦亮了重新放到我们眼前，就像"菩提本无树"一样，让我们看到了文字产生之初的那种光明灿烂。我们现在说的话都太"脏"了，被千百人使用过了你还在那里说。像我这样的人，表面上马马虎虎，我对语言其实是很有洁癖的，谁说了一句不一样的特殊的话，我特别敏感，我马上就知道这个话是他的"心声"，是他创造出来的，不是跟别人学的。你一辈子能说一句这样的话吗？我们一辈子能说几句自己的心声？我们一辈子说的都是别人说过的话，就好像你一辈子花的钱都是从别人手里到了你手里的钞票。我们为什么拿到新的钱很高兴？新旧钞票的价值不是一样的吗？但是你拿到一沓新钱很高兴，跟拿到旧钞票的感觉是不一样的，因为它是新的。鲁迅就给语言重新地赋予了生命。

我们再看鲁迅的小说，他的杂文有小说创作的特点，而他的小说恰恰又有杂文化的特点。王瑶先生当年研究《故事新编》，就指出《故事新编》有杂文化的一面。受王瑶先生启发，我们又可以发现，不仅仅是《故事新编》，也不仅仅是《故事新编》那种打通古今的方式——比如说让古代的人说几句英语这种貌似油滑的调侃方式——杂文化，并不只是这些。杂文和小说之间有一个不容易发现的连接的奥秘，就是叙事者。我们一般人写散文也好，杂文也好，叙事者跟作者是趋同的，有时候是完全一致的。比如说韩寒写一篇杂文，这里边这个"我"就是韩寒，就是既写小说又当车手的那个韩寒；但是韩寒写小说里面的"我"，不见得是真实的韩寒，这个道理不难懂。可是鲁迅就创造一种新的方式，鲁迅杂文里的那个叙事者和一般杂文的叙事者不一样，鲁迅杂文里的叙事者很可能带有小说叙事者的特点；而鲁迅小说中的叙事者，有时候会说鲁迅自己的话，叙事者的声音会出来，叙事者的声音又很像杂文。在鲁迅那里，"我"和叙事者是随便跨界的，这一点有点像二人转。二人转的魅力在哪？他只有两个人，但是这两个人，特别是那个男的丑角，他可以跨进跨出，随时以第一人称、第二人称、第三人称来讲任何一个故事，而且中间不告诉你他下边演谁，说变就变了——他的魅力就在于这样。他好像在说一个有点黄的段子，其实那是一个政治讽喻，是一个政治批判，但你要抓他的小辫子又抓不住，因为他人称是变化的，他说这不是我的话、不是我的意思，我是讽刺某个贪官。所以二人转有魅力的一个奥秘，跟它这个叙事方式有关。而鲁迅的小说，有时候你可以看到它是叙事者发生的，有时候是叙事者不发生，发生与不发生的都混在一起。我们下面讲《故乡》的时候再说。

大家体会一下《破恶声论》为什么难读，这样的古文我们是没读过的。《破恶声论》里有这样一句，**吾未绝大冀于方来**，鲁迅的白话不好懂，他的文言更不好懂，这不是我们熟悉的文言文，读这文言文，苏东坡也是一愣一愣的，苏东坡也像第一次看见这个字一样，要想一下。这个时候你才知道什么叫"文字"。弄懂了之后你会觉得这意思并不难——我对将来还怀有很大的希望，不就是这个意思吗？但是如果我这么一说，"我对将来还有很大的希望"，意思还是这个意思，感觉完全就不同了，就好像一件新衣服忽然变成了一件旧衣服，而鲁迅说出来是这样的新鲜，"吾未绝大冀于方来"——这话再没有一个人能模仿，他就这样脱口而出，鲁迅的文字功夫在这里。

则思聆知者之心声而相观其内曜。内曜者，破瘰（luǒ）暗者也；心声者，离伪诈者也。人群有是，乃如雷霆发于孟春，而百卉为之萌动，曙色东作，深夜逝矣。

这么有深度，又这么有味道。不知道孔子之前几千年的人如何写作，我觉得鲁迅好像就是从那个时候来的。但是我又想，那个时候文明没有积累到一定程度，能出现这么伟大的人吗？而文明积累到一定程度，语言又太旧了。这个时候天上掉下来一个周树人，你说人得活一百岁才能写出这样的句子吧？不，这个时候他很年轻，只有二十来岁，他还不知道自己将来叫鲁迅。不得了！所以我才说，我们能不能跳出"杂文家鲁迅""小说家鲁迅"这个维度，从意象角度来看鲁迅。当然鲁迅小说中不只是意象，除了意象还有意境。意象强调的是一个"象"，意境强调一个空间、一个氛围，意象能够造成意境。这样我们可以超越典型化。

我们以前从现实主义的角度讲小说，经常举鲁迅为例，说鲁迅的小说是典型化的，这样说固然没有错，但是总觉得不尽然。就好像我们说李白是浪漫主义，杜甫是现实主义，这么说也没错，但是，这就把李白讲完了？这就把杜甫讲清楚了？李白知道自己是浪漫主义吗？他根本就不知道啊！在他不知道的情况下，他怎么感觉自己？那个时代的人怎么感觉他？毛泽东后来当然知道现实主义和浪漫主义，可是他年轻的时候不知道啊，他年轻的时候就喜欢屈原和李白，我们想，毛泽东喜欢屈原、李白也是从意象入手，他抓住了那个意象。毛泽东一定不赞成屈原投江自杀，但是他喜欢屈原作品中那个意象，那个丰富博大莽苍苍的意象。

"意象研究"在学术界不是一个新的话题，它已经很旧了。意象研究首先起源于诗歌，中外都一样，古人最早是从诗歌中捕捉到意象的。我们知道诗歌这种文体是纯粹玩语言的，什么东西能写进诗，什么东西不能写进诗，比小说要明确得多。我们接触过很多古诗，古诗中经常出现哪些字？比如说"马"，马为什么经常进入诗歌里？跳蚤和蚯蚓呢？我们不能说蚯蚓完全不能进入诗歌，但它比马差多了。诗歌里可以写树、春、酒，但是这些东西一旦进入诗歌之后，你会发现它不是那个具体的东西了。诗歌中写的"马"不是现实中的马；在诗中看见一个"春"字，你想到的不仅仅是一个季节，不是冬天过去夏天还没来的那一段，不是那回事。诗里边能不能写塑料袋？我们中国人为什么一定要把计算机叫成电脑？科学的叫法是计算机嘛！但是很快中国人就不把那个东西叫计算机了，而叫它电脑，然后电脑很快就把"计算机"这个名称取代了。这难道只是因为少了一个字吗？不是，计算机没有人味，计算机冷冰冰的，它不是意象，而电脑是意象，这个意象是由两个原有的意象组合的，一个叫电，一个叫脑，"电""脑"放一块儿，中国人一看，不用查字典就懂了。中国人把"电"意象化了之后，跟电有关的加上"电"就完了，"电脑""电话"，一加就可以了。所以汉语的词不能够望文生义地直接翻译成外语。近年来西方人也逐渐明白汉语的优点了，知道有的时候直接翻译（硬翻译）也行——比如说手机就叫handphone，时间长了也都懂。

意象从诗歌研究开始，慢慢到小说研究，现在已经蔓延到非常多的领域了。我们看书画界，到处都是某某画家的"意象研究"，建筑、园林、城市、翻译、学术等也一样。我上周跟某个城市的人谈他们城市的园林建设问题，我不懂建筑、不懂农业、不懂工业，只能跟他们谈意象，我说你这个建筑要有意象，他们很感兴趣。

我前几天百度一下"意象研究"这个词，意象研究的论文有三万五千多篇，这个规模很大。当然这些论文不见得都是合乎"意象研究"这个概念的，多数是凑数、挂羊头卖狗肉，多数意象研究者其实不懂意象。尽管我们可以分为单纯的意象、复合的意象、组合的意象等，在我看来许多意象研究是存在着偏差的，那么多学校的人都要写论文，特别是学者的论文，很多都只是挂个题目而已，很多作者所谈的意象，其实还是形象、具象，把"意象"这个词泛化了，随便搞个词就叫"意象"，"论某某诗歌中的塑料袋意象"，这都成了论文，其实谈的就是一个形象而已。意象必须有意、有象，"意""象"不能分离，"意""象"是一体的。当然我们可以区分出"意"和"象"，但"意"和"象"必须是一体的，这才叫意象研究。

刚才我说意象也可以用来谈学术，我曾经写过几篇谈论钱老师的文章，后来钱老师就不让我写了，说老师写学生、学生写老师不好。我们知道很多学生写老师都是拍马屁的，多数不可信，他的老师都是德高望重的、都是特有学问的，为人特别好，对学生就像慈母一样。我近年还看到一些学生写老师，"您像天使"！

我写钱老师，我自己觉得我是有好说好、有坏说坏，我也批评过钱老师，钱老师也跟我争论过。我这里边是谈意象：

> 钱理群思想方式的第三个特点是善于抓取"意象"。即研究客体中反复出现的那些最能表现"本质"的典型语汇。这种思想方式是理性与感性的结合，需要有极强的"悟性"。而这所谓"悟性"不是神秘兮兮自欺欺人的，它实际就来自对自己生活的切肤体验并把这种体验投射到研究中去。如钱理群在鲁迅身上抓取了"绝望""抗争"，在周作人身上抓取了"苦住""兴趣"，在话剧问题上抓取了"大舞台"和"小舞台"，在20世纪40年代文学中抓取了"流亡"和"荒野"，在1948年文学中抓取了

"生存"和"挣扎"……这些意象的选取事实上都是一种主客观的契合。当不能找到合适的意象时，钱理群的研究就不能深入进行下去。一旦找到了合适的意象，则如同杠杆找到了支点，"成吨的钢铁，它轻轻地一抓就起来"。这种研究方法是钱理群在学术实践中自己摸索形成的，但还没有在方法论的意义上得到系统的总结和推广。我在一篇文章中谈到，这种方法具有将"现象学"和"历史主义"结合起来的特点。但它同时又带有经典马克思主义和中国传统诗学的某种气息。或许不必急着去总结它，让它在流动中发展下去更好。总结常常意味着凝固。

一旦把某一种方法总结得很清楚，大家都来模仿了，它就死亡了。

在学术上善于抓取意象，这也是很高难度的一个"动作"，往往很简单的一个词，做起来最难。把复杂的问题变简单最难，而最容易的事就是把最简单的事情讲得特复杂，讲得谁都不懂。就像那和尚老道作法一样，那东西本来很简单，他怕你看透，所以要制造一个很复杂的语汇，你看道教制造了多少神，数不过来、搞不清楚，你让他念经，他可以念三天三夜，也可以念七天七夜，还可以念四十九天，主要看你花钱多少，因为他有无数的神，可以一天拜一个。

我们回到小说中来看研究小说的意象。在我看来，小说的意象可以分为"寓意之象"和"寄意之象"，"寓"是原来就住在这里，"寄"是我放出去，放了一个出去叫"寄"。"象"这个词是中华民族的关键词之一，是中华民族的基本理论。我们这个民族的思维方式跟西方不同在哪里？就是我们是看"象"的。那些使用拼音文字的民族，他们的文字在中国看来不是字，只是记录发音的符号，然后根据那个声音去想象。"想象"在这些民族中很重要，因为它没有"象"；而中华民族的文字天然地就是一个"象"。

西方学者最早发现象形文字的时候，认为象形文字是落后的，认为他们的文字简单方便，就几十个字母，ABCD可以解决一切，而我们要认好几千个字。他们简单地把我们的文字混同于他们那字母。我说按照你的说法，我们只有点、横、竖、撇、捺，比你们简单多了——我能这么混吗？我们学了一千个字之后，基本上就可以包打天下了，学一个"电"，电脑、电话都一样；而你们要学几十万个词，每个词都要背，你的电脑和电视不是一个词；你看我们"公牛""母牛""牛肉"，你们呢？你要学多少个词？这里头的奥秘是"象"，中国很早就发现了"象"的奥秘。

在我们现代科学的思维方式之外，我们其实是真正地被什么所打动、被什么所征服？特别是对于那些生活中非常重要的事情，比如说对于你们年轻人来说，最重要的一个是谈恋爱，你到底凭着什么喜欢你那个对象？你说你了解他的家境、他的收入、他的绩点，【众笑】这些都有用吗？好像没什么用。有些事情周围人都反对，家长也反对，但是你俩就觉得跟对方合适，这其实就是"象"。两口子为什么叫"对象"？两个人的"象"对上，这叫"对象"。所以《周易》的《系辞》中强调"观物取象，立象以尽意"。这是中国意象学说的来源。

而我们现在研究西方文学中所讲的"意象派"，庞德主张描绘"意象"，他说的意象是一种在"一刹那间表现出来的理性与感性的结合体"。读这种翻译文字会觉得有点拗口，其实它还是从中国走过去的，中国思维到了欧洲旅行一圈之后再回来就变成这个样子。就像我们说马克思主义很伟大，马克思主义来源于什么？来源于德国古典哲学，德国古典哲学还不是受中国古代哲学影响？就像我们今天说要马列主义普遍原理与中国革命实践相结合，西方文化也是把中国哲学普遍原理与人家西方的具体实践相结合，促进它思想的发展，人家发展起来了再来影响你。

我们用庞德的对于意象的解说"一刹那间表现出来的理性与感性的结合体"来看，古人怎么读《诗经》？"关关雎鸠"，我们今天读就好像没有时间的隔阂一样，"关关雎鸠，在河之洲"，河边看见很漂亮的鸟，你看见它之后，心里有一种很复杂的感情，这个感情一旦说出来就是不完满，只要说出来它就有缺陷，那一刹那理性与感性结合在一起，只要一解释就错，不解释的时候最好。"关关雎鸠，在河之洲。窈窕淑女，君子好逑"，这样最好。它后边为什么一定要跟爱情的事连在一起？在河边站着一猫一狗行不行？好像不行，这个"象"是不能变的。孔夫子说，"诗三百一言以蔽之，思无邪"。它是写爱情的，我们觉得思无邪，这是非常好的一个爱情的画面、爱情的形象。但是后世的人没那么聪明，比如到了宋朝，大理学家朱熹就认为，孔子说了《诗经》是"思无邪"，所以《关雎》一定不是写男女之事，写男女之事不就"邪"了吗？所以他要解释这是政治讽喻，这是让王后劝国王要好好地统治，他是这么一番解释。所以我觉得后人就笨了，首先朱熹自己心里邪了，他自己心里不干净，一看见跟爱情有关、跟男女有关的东西，他就认为这个不对，那是他自己思想不健康。我们再考证朱熹是什么时候这么解释《诗经》的，那个时候朱熹正好在武夷山包了一个小三，正好是在他自己心里比较虚的时候，他害怕看见男女之事，才要把《关雎》往政治上解释。其实真正的思无邪恰恰是不回避男女之事，男女之事有邪的、有不邪的，《诗经》所写的爱情，不论是两个人幽会也好，两个人私奔也好，都是堂堂正正、非常坦荡的。所以孔子说这叫"思无邪"，就像你在河边看见漂亮的水鸟那种感觉。如果旁边还趴着一只野猫准备冲锋，那就不一样。我有时候在未名湖看北大的猫准备伏击喜鹊，那时候所看到的场面，下边都不适合再接跟爱情有关的段落，这就是"象"的奥秘。

说到鲁迅小说的意象，我们读很多鲁迅的小说，会觉得没什么激烈起伏的情节，也不好玩，甚至不愉快，可是读了之后怎么印象就这么深刻呢？它怎么老进中学课本，难道编教材的人这么爱鲁迅吗？很多编教材的人也不爱鲁迅啊，甚至是反鲁迅的——他不得不编。我们可以讲出鲁迅小说的很多好处、很多道理，我今天要跟大家说的是鲁迅小说从意象角度看，它很了不起。不是所有的小说都有意象，现在的一些小说都是贪图于讲刺激眼球的情节故事，最后什么都剩不下。

在鲁迅小说中，人物可以是意象，场面可以是意象，道具是意象，情节是意象。我下面略举几个作品的例子。比如说《狂人日记》，"鲁迅"这个名字就是写《狂人日记》的时候取的。首先这个"狂人"就是一个意象，这个人鲁迅并没有做详细的描写，多大年龄、多高、身材怎么样，并没有仔细写，但是你读了之后，这个人的形象就在你脑海里挥之不去，以后再想到反抗一种秩序、反抗一种吃人制度的时候，这个"狂人"的形象就出来了。"狂人"在我们的心中互相可能并不一样，但应该有一个大体的轮廓，"是那样的"，有点像蒙克画的《呐喊》那样一个形象。《狂人日记》里的月亮也是个意象，《狂人日记》一开始就是说这个月亮——

我不见他，已是三十多年，今天见了，精神分外爽快。

他也没有写月亮的亮度大小，但月亮作为一个意象就留在了我们心里。作家是很喜欢写月亮的，这也是一个可以做论文的题目，比如说比较一下鲁迅的月亮、张爱玲的月亮。一个作家笔下的月亮在不同的作品中也不一样。这是《狂人日记》。

我们再看《孔乙己》，《孔乙己》里，首先这个一号人物本身是个意象，当然这个意象经常被误解了，一说孔乙己，大家就觉得特可笑，尤其在今天这个崇拜金钱的社会里，孔乙己有什么用啊——一个窝囊废，不能挣钱、不能当官，老有人笑话孔乙己就知道"茴"字有四种写法。没有人去反思，一个人知道"茴"字有四种写法，这不是很高深的学问吗？北大中文系的教授有几个人写"茴"能写出四种写法来，你去问过吗？一个人既然知道"茴"字有四种写法，别的字他还知道有多少种写法？这不可能是一个孤立的学问，他恐怕知道几百个字的多少种写法。孔乙己的学问到北大中文系不能当教授，不能当博导？所以可怜的是孔乙己吗？我们跟那些嘲笑孔乙己的茶客、看客还有什么区别吗？可笑的正是我们哪。孔乙己的沦落是因为他知道"茴"字有四种写法吗？不，恰恰是他知道"茴"字有四种写法，却当不了教授，这才是我们中华民族被人家打的原因。我们今天可着全中国都找不出几个有这种学问的人，你们还要笑话，你凭什么笑话？

孔乙己是男一号，这个意象容易发现，但《孔乙己》里还有个意象不容易发现——掺了水的酒。这个小说的叙事者是一个小伙计，这个叙事者选得非常聪明。我们想，假如叙事者不是小伙计，而是咸亨酒店的老板，小说是不是完全就变了？小说一开始就这样：哼，这家伙还欠我十几块钱！【众笑】小说马上就不一样了。这个叙事者是一个小伙计，当然他也有点看不起孔乙己，可是他能够从一个单纯的小孩的眼睛看这个故事，相对客观地讲出这个故事。他一开始到咸亨酒店去，是亲戚介绍去的，但是很快老板就给他换了工作，因为他不适合这个工种，为什么不适合呢？他不善于掺水。小孩单纯，不善于掺水。因为来喝酒的人也知道他们要掺水，要监督着，在重重监督之下很难掺水，小孩技术不高明，所以给换了工种。将来你们毕业了到公司去工作，老板一定会教你们怎么"掺水"，这是很多北大同学毕业之后面临的第一个人生难题。不论你是学物理、学化学、学会计还是学什么的，第一个月老板就让你造假，你造不造？一个严峻的人格考验。我经常收到北大学生这样的咨询，他要是不那么干，工作就没了。《孔乙己》里这个小伙计就面对这种情况，他不会掺水。这写的好像只是一个情节，但这个情节其实贯穿全文。

小说为什么选择在酒店，难道只是因为鲁迅爱喝酒吗？我近年来由于经常不务正业，又多了一个职业，到处给人家讲酒文化。其实我特别不能喝酒，我的酒量就半瓶啤酒，但因为有一个外号叫"北大醉侠"，误导了社会，各大酒厂都以为我特别能喝酒，就请我去讲酒文化。为了讲酒文化，我也恶补了很多酒的知识。当然在这个过程中我也有很多收获，我知道了企业，特别是酒业的很多事情。很多酒因为我的出场而提高了它的身价。我讲的是文化，我讲完了这酒马上就大卖。我上个月就讲现在中国酒业正在弘扬的一个理念，叫"醇厚"，我们中国酒的一个特点是什么？就是醇厚。所以现在在全国很多名酒，都打"醇厚"的牌子。我就给他们讲，你们这么多酒，这么多董事长翻来覆去就说"醇厚"，你们知道"醇厚"这两个字的意思吗？他们说喝了之后觉得这个酒味很浓，特别像酒。【众笑】我说，你们都不知道，"醇厚"这两个字本来就是跟酒有关系，"醇"（醇）这个字的左半边，就是酒，这本来就是"酒"原来的写法，现在我们加了一个三点水，不加三点水它也是酒。那另一边是什么？是一个酒坛子，在甲骨文中它就是一个底部尖、上部宽的酒坛子。

"厚"（厚）这个字是什么意思呢？还是一个酒坛子，是一个大号的酒坛子，尖底的，我们在博物馆可以看到很多。那就是"醇厚"这两个字的起源。醇厚本来就是跟酒有关系的，从喝酒开始才有"醇厚"，吃饭谁说我吃得很"醇厚"？【众笑】吃饭与醇厚无关，"醇厚"是酒的本意，特别是"厚"这个字，因为喝酒，酒是厚的，越喝感情也越厚，厚是这么来的。

如果往酒里边掺了水，叫什么？那就是厚的反义词，那就是"薄"。"薄"这个字的起源就是往酒里掺了水。所以《孔乙己》这篇小说通篇讲的是什么？就是中华文化被掺了水。为什么我们看不起孔乙己？为什么孔乙己周边的人对孔乙己发出那种无耻的嘲笑？他们不知道谁有学问，不知道应该给谁多的收入，不知道这个社会多么需要孔乙己。鲁迅其实也知道"茴"字有四种写法，但是他得到一个好的命运，得到一个好的机会，他更新了自己的知识结构，其实他的水平就是孔乙己的水平；孔乙己只是比他早生了，没有得到这样的一个机会而已。所以《孔乙己》这个小说通篇写的就是一个"凉薄社会"。读鲁迅的小说经常会感到"凉"，这是能用方程式证明出来的吗？不能，这必须看"象"，这是看象看出来的。你看到《孔乙己》里面往酒里掺水你就知道，这个社会坏了，人与人之间的感情再也没有"厚"的那种感觉了，取而代之的是"薄"。这中间可能有起伏，所以人们老说今不如昔，老有这个感觉。

　　不知道到了同学们这一代，你们的人际关系是厚了还是薄了？你现在已经上了大学，你回去看望你的小学同学吗？你跟小学同学的交情如何？我相信你们跟中学同学还有感情，因为分别不太久。你去看望你的小学老师，是不是想起来都是很怪的事？想起来觉得这个老师很差？那么跟邻居的关系呢，跟亲戚的关系呢？不说过去，就说现在，你觉得你们班主任怎么样，觉得你同宿舍的同学怎么样？想一想就知道了。

　　我可以跟我所有届的同学聚会，我光同学群都有十几个，从小学到博士，而且群还不同，有班级群，有年级群，有学校大群。我没上过幼儿园，所以我没有幼儿园的群，如果上了幼儿园，我还要把幼儿园的小朋友给找进去。我跟同学开玩笑说，我们能不能找到当年一个产房的，大家在一个医院出生的也建一个群。

　　我这个年代的人很愿意寻找这种人际的温情，当然我也反思我们寻找这个温情，是不是因为当下的社会太凉薄，互相都不建立友谊，住在一个楼里都不认识。住在楼里，我是主动跟邻居交往，主动帮邻居干点活，主动跟保安打招呼。

为什么到最后都变成孔乙己这种结局？《孔乙己》里的这两个意象，是不是有利于我们从新的角度读文学作品？

《药》这篇小说大家也熟悉里面的意象，一个是"人血馒头"，"人血馒头"已经成了日常词，"吃人血馒头"，一说就懂了，这就完全成了一个经典意象。还有在小说结尾出现的那个乌鸦，鲁迅自己也强调那是个意象。

鲁迅的代表作《阿Q正传》相对比较长，意象比较多，我们经常会想到阿Q和小D打架，两个人拽着辫子，然后墙上就照出一个影子，那个意象是很刺心的。被压迫者之间打得你死我活，怎么才能救这些人？还有阿Q最后画圈，因为不会签名，就用画圈代表签名，阿Q没拿过笔，老画不好，哆哆嗦嗦马上要把圆合上口了，可是画一下又歪过去了。实在画不好阿Q就生气了，他就说孙子才画得圆。阿Q说孙子才画得圆，这是一个很经典的意象。我曾经在韩国任教，遇见韩国的翻译《阿Q正传》的学者，他翻译成阿Q"把革命胜利的希望寄托在自己的子孙后代身上"，【众笑】我连忙跟他解释不是那个意思，不是将来革命胜利了他孙子就画得圆，孙子是骂人的话。这个意象很好玩，给人以深刻的印象。

《长明灯》这个小说可能有的同学没有读过，里面有一盏长明灯，一个疯子要把它熄掉。以前只说"长明灯"是一个象征，其实它是一个意象。

《在酒楼上》和《孤独者》，不知大家读过没有。《在酒楼上》一开始，叙事者"我"到一个酒楼上，看见外面有一个废弃的花园，里面有花，这是一个意象；后来来了一个他的老朋友吕韦甫，絮絮叨叨地讲他的经历，里面有一个小红花，这也是一个意象。我推荐大家看《在酒楼上》和《孤独者》，读这两篇能够深刻地理解鲁迅这个人，是非常好的小说。《孤独者》里面有一个意象大家应该很熟悉，就是"受伤的一匹狼"。一匹受伤的狼在深夜里边嗥叫，夹杂着惨伤地嗥叫，这个意象没有人能够塑造出来。我们人类传统都认为狼是个坏东西，而鲁迅写了这匹受伤的狼，后来齐秦唱的《北方的狼》，那个意象就是从鲁迅这儿来的——一个孤独的受伤的英雄，不被理解。我们前些年出现的《狼图腾》，又赋予了狼新的意义。我们不要因为这些文学作品，就改变我们现实生活中对动物的态度。有很多人看文学作品就觉得什么动物都可爱，到了动物园就往里面跳。特别是由于对大熊猫的宣传，很多人都以为大熊猫是可爱的东西，想去抱大熊猫，结果被大熊猫咬伤了。其实"大熊猫"这个词错了，它本来是大猫熊，不是猫，而是熊，是猛兽。远古的猫熊是吃老虎的，后来基因变化了，不能吃老虎，改吃竹子了，但是仍然是猛兽。

鲁迅"狼"的意象给文学带来了一个新的感受。还有《孤独者》最后的棺材，主人公死去之后躺在一个不很妥帖的棺材里面，这也是一个意象。大家比较熟的《祝福》里边祥林嫂拄的那个开裂的竹杖，还有她老要"捐门槛"是意象，虽然我们没有看见那个"门槛"，但"捐门槛"这个事儿成为一个意象。其实我们的生活中也存在很多"捐门槛"的事儿，它才能够成为意象。

我们看一看祥林嫂出场的意象，这一段是大家都熟的。叙事者"我"讲述——

就在河边遇见她；而且见她瞪着的眼睛的视线，就知道明明是向我走来的。我这回在鲁镇所见的人们中，改变之大，可以说无过于她的了：五年前的花白的头发，即今已经全白，全不像四十上下的人；脸上瘦削

不堪，黄中带黑，而且消尽了先前悲哀的神色，仿佛是木刻似的；只有那眼珠间或一轮，还可以表示她是一个活物。她一手提着竹篮，内中一个破碗，空的；一手拄着一支比她更长的竹竿，下端开裂：她分明已经纯乎是一个乞丐了。

小说中描写人物非常普遍，但是大多数我们记不住，然而学过鲁迅这一段之后，我们就忘不了祥林嫂这个形象，读了之后就记住了，你不是画家脑海中也会画出这画来。我们中文系的著名语言学家，也就是语言学权威陆俭明老先生，他对我比较好，不嫌我年轻，不嫌我是搞文学而不是搞语言的，多次跟我探讨语言问题。陆先生专门跟我探讨过这一段，他说，鲁迅为什么这么写祥林嫂——"内中一个破碗，空的"，为什么要把空的放在后面，为什么不写"内中一个空的破碗"？为什么要写"一手拄着一支比她更长的竹竿，下端开裂"，为什么不直接把定语写在前面，"拄着一支比她长的下端开裂的竹竿"？陆先生一辈子就是研究这个问题的。

陆老师跟我提鲁迅语言这个问题的时候，我没有办法从语言学的角度来回答他，从语言学的角度我当他研究生都不配。我就说这是意象。【众笑】我说，如果像您说的那样，"内中一个空的破碗""拄着一支比她长的下端开裂的竹竿"，在您看来语法上是更通顺，但这个意象没有了。我说我是这么理解的，他写这东西都破了，还是空的，这就像一个电影镜头一样，本来是一个近景，突然出现一个特写，然后特别写到"空的"，一棍竹竿下方开裂，然后镜头"啪"就下来了，镜头移动——下端开裂的。如果不这么写的话，祥林嫂的印象不会让人记忆这么深刻。您说的那种写法鲁迅也一定会，他特意要把"空的"和"下端开裂"两个细节放后面，从文学上讲是具有意象的效果。

后来在语言学研究上，我们著名的语言学家对文学很熟，也采纳了好多文学学者的意见。我说，同样写一个人拄着竹竿，祥林嫂跟苏轼完全不一样，苏东坡写"竹杖芒鞋轻胜马，谁怕，一蓑烟雨任平生"，我相信苏东坡这个竹竿拄来拄去下端肯定也开了裂，他为什么不写那个细节，而要强调他很轻松？意象在这里。

我们看看这两幅画，很多画家都想努力把祥林嫂画出来，他们都很努力。

我找了两个画得都很好的，但是跟鲁迅的描写相比，总觉得这还不够。文学塑造的绝顶形象，任何好画家都画不出来，否则文学就可以被替代。现在看似进入了读图时代，但图也好、音乐也好，永远代替不了文学。画家已经很努力了，他一定是把上下文读了很多遍，努力去想祥林嫂这个人的命运，然后截取了这两个瞬间来描绘。我们如果小时候没看过《祝福》的原文，直接读小人书，看到这两张画也会感觉很不错，画成这样已经很传神了。但是读了以后就觉得，总是还差一点。这就是意象的魅力。

我们再来看《故乡》，"故乡"这个词在汉语中有很多表达，在外语中有多少种表达我们不知道，但是中国人看见"故乡"这两个字，涌起的情感是不可言说的、不可说尽的，互相看一眼好像都知道。为什么我们说"老乡见老乡，两眼泪汪汪"，这"两眼泪汪汪"是哪来的？有时候见到并不熟悉的老乡，只要一问，你是哪的 —— 哦，我家离你就隔一个村，马上感情就不一样，这是为什么？

我们要从这个字的起源说起。我们学鲁迅，就要学那个字的初心，那字产生的时候我们中华民族的初心，这字最原始是什么意思。我们看"故乡"的"乡"（𢍱），甲骨文是"相对而食"的意思，也就是说这个字的起源首先跟吃饭有关系，而且不是一个人吃饭，是面对面吃饭。"面对面吃饭"是中华民族的一种根本性的日常生活方式。大家有没有去注意，老有一种声音否定和破坏中国人的各种生活方式，特别是我们吃饭的方式。一旦出现了什么疫情、什么传染病、什么健康问题，马上有一种声音出来，说中国人愚昧、野蛮、落后，围在一起吃饭、不使用公筷、你一筷子我一筷子，这种声音不断地出现，说的时间长了，我们中国人就自卑了，说我们很落后，你看人家西方人多好，各吃各的，一个人一个；慢慢地觉得公餐制不好，分餐制很好。但没有人去想，正是因为我们这种吃饭方式，我们民族才这么强大，人口才这么多。他们各吃各的，吃出什么了？我们这个民族的发展和吃饭方式没有关系吗？有关系，不然他们为什么这么看重这件事，拼了命地都不让我们一块儿吃饭？特别是他们反对中国人一块吃火锅这件事，也不知道他们怎么这么嫉恨我们吃火锅，非要把这事儿往死了说。可是你看他们到中国来，他们自己拼命吃火锅，没有人能抗拒这个魅力。【众笑】大家到网上查查，有一个法国厨师在中国天天讲法国菜，以此挣钱，可是他自己每天吃的是什么呢？全是中餐。讲了一天法国大餐，晚上自己下面条，你晚上怎么不吃你的法餐呢？

所以吃饭方式是人类根本的生活方式、精神方式。我们对"乡"这个字为什么这么有感情？因为"乡"一开始就跟吃饭有关系，还不是一个人吃，得相对而食；然后由这个字发展出四个意思：第一，一大帮人在一块儿吃饭，越来越多，这一伙人就成了一个"乡"；乡里乡亲、乡党，这个"乡"出来了。第二，跟这个字形象比较接近的、容易写错的，"卿"，成了一种官职、一种官语。官名有那么多，为什么我们看见"官"这个字就觉得很冷，看见"卿"觉得很暖？"卿卿我我""爱卿平身"，看着这个字很亲切，就因为它原来起源于吃饭。而"官"跟吃饭没关系，你只能想到棺材。第三，方向的向，也是从这来的。第四，祭祀的时候用的，"呜呼尚飨"，请神仙吃饭，请祖先吃饭，用这个"飨"。从"乡"这儿来了四个意思。

所以大家可以想一想，"故乡"这个词很早很早就意象化了。无论你老家是哪的，你是湖北的、他是山西的、她是河南的……一说起"乡"这个字，感情马上就出来了。追根溯源，就因为故乡跟聚餐有关。中国人怎么这么喜欢聚餐，找任何借口要聚餐？国庆要聚餐，中秋也要聚餐。中国人什么事情都要聚餐，谈生意要聚餐，谈政治也要聚餐，而"乡"这个空间概念，跟"聚餐"这种生活方式联合在一起，就造成了整个中国人的生活方式是意象化的。

好，今天我们这个《故乡》暂时讲到这儿，下一课我们继续讲，下课。

2020年10月13日

狂人又当官了

—— 鲁迅小说的内在矛盾

好，同学们我们上课吧。

我们用了两次课的时间讲了鲁迅小说的意象问题，通过意象这个视角来看鲁迅，看鲁迅的小说。不知道大家收获如何，我想起码大家模模糊糊地知道，好像这样来看文学作品有点意思，不仅仅是看鲁迅，我想对更多同学可能有鲁迅之外的启发意义，用意象看其他作家的作品，看文学之外其他的艺术形式，甚至不仅仅是看文学，你看整个人生都可以。你看活人，你看你身边的人，你总结一下你们宿舍的同学，你给他总结一个意象，最能代表他的一个意象，反映他本质的、他性格的。比如你宿舍住一个同学，叫武松，他的意象就是打虎，"武松打虎"就是他的意象。那你的同学有什么意象？某某同学你想起他来第一个画面是什么？是在食堂吃饭？是在那儿记笔记？还是他晚上脱袜子？肯定有一些意象是特别反映这个人的。有一些作家喜欢给人物取外号，鲁迅倒不取外号，但是鲁迅喜欢用人的一个最突出的特征来写人，比如他说"花白胡子"，"花白胡子"的那个人肯定还有别的特征，他为什么只写他是"花白胡子"？鲁迅笔下的人物他没有说"大高个"，他说"大高个"来了？没有！他笔下的人物要不是"花白胡子"，要不是"红鼻子"，要不就是"驼背五少爷"，你看他抓取的这些特征是什么？再比如有一个作家叫赵树理，赵树理喜欢给人物取外号，他取的外号都很绝。比如有一个人物叫"小腿疼"，就是生产队里一干活他就说小腿疼，他就不去，但是他给自己家干活，哪都不疼，干得非常好，所以他给人物取外号叫"小腿疼"。"小腿疼"这个外号其实是一个意象，让人想起他来，这个意象就代表他的性格，所以用意象可以看整个人生。

中国文化在我看来，就是一个讲求意象的文化，非常讲求意象的文化，但这样说不是说中国文化就一定优越，就一定好，这只是它的一个特点。中国文化的一个特点是不讲求精确，你如果用贬义词来说它的缺点，就是中国人不认真、马马虎虎，这是中国文化的特点。但是这个不认真、马马虎虎未必就是绝对的缺点。我们在很多问题上都不认真，但是你看中国人凡是到了需要认真或者非认真不可的时候，他并不缺乏认真的能力，在特别该认真的地方，中国人不会有一丝的差错，所以有时候中国文化是很奇怪的。你说我们把一个人弄到天上去，把船发射到天上去，可以做到分毫不差，谁说我们中国人不认真啊？中国人很认真啊！可是中国人给小孩子喝的奶粉就那么不认真！在大量的马马虎虎、模模糊糊、差不多就行了这样的现象的背后有一种中国人的思维，这个思维是一种意象式的思维——图像就不清楚，许多具体的元素需要观看者、想象者自己来填补。所以中国人不习惯把话说绝，不喜欢把课讲得太清楚，点到为止。比如自从我们有了《诗经》里面那句"关关雎鸠"之后，中国人看到河里一对野鸭子，管它是不是鸳鸯，管它是什么鸟，反正看见一对水鸟花花绿绿在水里待着，大部分中国人都会想到这跟爱情有关。如果有一个想的是"一会儿去拿两个鸭蛋去"，这个人会被看成一个俗人，其实他的想法有什么错误呢？也未必就错误，但中国人都是这种意象思维，每一个图像背后都有一个特定的美学含义。如果用意象的视角来看鲁迅小说的话，我们可以讲很多很多，但我想两次课已经够了，足够启发大家继续看下去，大家在读其他作品的时候，你们可以自己掌握这个办法。

我们一个学期课是有限的，我们今天来讲另外一个问题，很多问题可能几十年来被学者们讲得非常复杂了，神乎其神的。我上课的特点呢，是想把复杂的问题简单化一点，因为我觉得讲课的一个任务，不是让大家成为学者，不是让你能够去搞学问，讲课的一个意义就是把人家研究得很复杂的东西最后经过简化，变成大家多少能够消化的东西。我今天想讲这样一个问题，叫"鲁迅小说的内在矛盾"，我不知道怎么能够讲好，我想大概用两次课的时间来讲鲁迅小说内在矛盾的问题。我们前面的授课中，贯穿一个很重要的思想，就是强调鲁迅小说里面的主体性问题，我在很多地方都强调了这个主体性问题，就是鲁迅与众不同，鲁迅存在的价值是为东亚人民或者说所有的被压迫人民、殖民地人民、半殖民地人民建立起一个精神主体。有了这个主体我们才能真正救自己，没有这个主体，即使有一天我们的GDP全球第一，远远超过美国也不行。要懂得这个道理，首先就要有主体性。我们前面强调过好多次鲁迅所强调的人的主体性。

鲁迅的世界不是充满阳光的，也不是一片黑暗，鲁迅的世界跟他自己《野草》里面所讲的一样，是处于明与暗之间，光明与黑暗之间，而且你搞不清楚是黎明还是黄昏，因为黎明和黄昏是很相近的，你判断不清楚下一秒钟是光明越来越多还是黑暗越来越多，鲁迅自己也不知道。这个问题他在散文诗《野草》里讲到，但是在他的小说中我们同样能感受到。

我之前意外地认识了某城市的一个警察同志，那个警察若干年前发短信发错了，发到我这里来了，他邀请我到他家里去吃老鼠，刚刚做好了一锅老鼠请我去吃，我大吃一惊！我说，你是谁啊，在哪儿啊？他说发错了，是发另外一哥们儿。这样我俩就长期保持短信往来，至今他不知道我是谁，【众笑】他认为我是一个北京的普通的干部。他非常佩服北京人，说北京人是真牛，怎么全是政治家呀，他每当遇到生活中的疑惑，就向我来请教。我又不好公开摆明我的态度，我不能摆明我的身份，就经常用鲁迅先生的话来影响他。今年他的思想进步很大，昨天他发给我一个短信，他说为了纪念五四运动，他通读了鲁迅先生写的《纪念刘和珍君》，他发了好多感慨。当然他不知道刘和珍其实参加的不是五四运动，她参加的是另外一个运动，他搞不清楚，但是他反正知道这些学生都是好学生，干的都是好事，鲁迅是支持他们的。我也不用给他讲什么历史知识了，我主要是关注他思想进步就可以了。【众笑】就是通过这些情况，我知道鲁迅在全国人民心中是什么样的一个地位和情况。

那么鲁迅的话能够影响人前进，也能够影响人不前进，归根到底是有一个内在矛盾存在于鲁迅那里。但是你从哲学上讲，谁都有矛盾。很多思想论文没有矛盾吗？也有矛盾，但是很多思想论文并不把它显示在文章里。

但鲁迅不是这样，鲁迅不认同那样，他早就确定这点了，我不干这事儿，那是你们干的，我就管在旁边呐喊，而且高兴了就多喊几句，不高兴可以不喊，他就彷徨了，他背着手在那边散步，他不用负领导的责任，所以鲁迅所袒露的思想更为真实。这个思想在他的小说中也同样体现了，而且我觉得这是他的小说一个巨大的魅力，这和我们前两节课所讲的意象有很大的关系。文学作品和普通的思想论文、宣传品不同在哪里？就是宣传体的文章、思想体的文章，或者我们将来要写的毕业论文，都必须立场态度很鲜明，要有观点 —— 你要干什么。我认为二加三等于五，这是你的观点，或者我说二加三未必等于五，也是你的观点，反正你得有一个明确的观点。而文艺作品不必有明确的观点，文学艺术好就好在它不负责给人下结论。当你指责它为什么不下结论的时候，它也可以给你下结论，它可以下，可下可不下，这是文学艺术！

我们大家可能都会讨厌我们以前上中学时候的语文课，老师总要把每一篇课文都总结出一个中心思想，为什么大家这么反感这件事？这个本质的根源是什么呢？就因为文学可能没有中心思想，有一部分有，被他蒙对了，我看这篇是这个中心思想，大家也同意这样，但是下一篇可能又没有，但是他硬说有一个中心思想。而且这个中心思想 —— 当然现在我们教学都改革了，很民主了，让同学讨论，讨论来讨论去反正都没老师说的那个好 —— 最后他说的那个最好。所以这样的事情多了，就使大家在心里不信任文学了，这还是文学吗？这就不是文学了。比如说我们大家都熟悉的《孔乙己》的中心思想是什么，《药》的中心思想是什么，《狂人日记》的中心思想是什么，咱们都可以总结出一套话来，但是另外一个人总结出另外一套话来，你怎么就能驳倒他？你驳倒不了。然后过了十几、二十几年，你说不定又会想出一套新的话来，这不同的总结之间是什么样的关系？那这样我们就质疑这可能都是不存在的。

文学这东西可能客观地存在着内在矛盾，这个矛盾表现得可能不那么鲜明，如果表现得太明确，那就不是文学了。我们说毛泽东也是文学家，那是说他有文学创作才华，他的诗词写得好，他的文章的语言好，有文学性，不是说他的文章就是文学作品，这是两回事儿。鲁迅也不是所有文章都是文学作品，但是他文学作品的这一部分，为什么那么文学？他是伟大的文学家，这个伟大的文学家奠定在什么基础上？就是因为他最好地用意象的办法来表达了这个世界，而这个意象是不能盖棺论定的，说它通过什么反映了什么。

我们小时候买的长篇小说，前边有一个内容提要，那个提要就是说这部小说以什么什么、通过什么什么，反映了某一次战争，表达了、塑造了、鞭挞了、歌颂了什么什么。所以有的时候这样的小说为什么公式化、模式化呢？他没写的时候可能就按照这个套路去想的。假如一个革命的老文艺战士，他回忆当年的一次战斗，抗日也好，打蒋介石也好——"我要写一场战斗，通过这个战斗，表现了我军的勇敢和敌人的腐败，塑造几个高级指挥员形象，还有几个战士形象。"他事先这么想，然后这么写，他就不容易感知，就不容易写得好。很多文学作品不是事先想好了怎么写，而是模模糊糊有个意象他就写起来了，写的过程中可能会发生什么作家不知道的、控制不了的事情，作家控制不了的作品可能才是好作品。同样写革命斗争的小说，比如说《林海雪原》，曲波写的，就写得很好。他以前就是解放军的指挥员，参加过东北剿匪，有过惊心动魄的战斗，解放了没有仗可打了，他怀念那些死去的战友，他眼前老想着那个牺牲的战友，想着杨子荣，他想杨子荣这么好的战友，他想着想着就想起一些经典的场面，他不知道那就是意象，他其实脑海中涌现出来的就是意象：杨子荣怎么拿着枪在林海雪原里跟土匪作战啊，百鸡宴啊。他会想起很多这样的场面来。时间长了这些场面会让他压抑，他非得写出来不可，他不知道自己将要写成一部什么作品，他就这样写来写去，这小说就写成了。这里边有很多意义生成，这些生成都不是他事先控制的，他可能一开始想到的很简单，就是想怀念战友，就是这么一个简单的事情。

我们今天学了这么多的理论，学了心理学、社会学、符号学、语言学等，我们就更知道，人是有潜意识的，当一个作家真正进入文学创作状态的时候，他其实是处在一种催眠的状态下。我们知道人被催眠的状态，半睡半醒的状态，和我们常态是不一样的，人在进入睡眠的时候，你得特殊地看待他。我曾经有一次和一个著名作家在一起，作家说他写小说的时候，正构思着小说里的情节怎么发展，正在那儿写呢，这时候他太太叫他去吃饭，他抓起桌子上的茶杯就飞了出去。那么是不是他们夫妻关系不好？是不是他特别恨这个太太？都不是。这时候他不是一个正常人，这时候他的举动需要原谅，这时候你不能叫他去吃饭，他这时候不是正常状态。我们可以读到许许多多作家这样的故事，作家处在催眠状态中的这种情况。他既然处在催眠状态中，他心中很多复杂的小"鬼"都出来，不定是哪部分在起作用才写了这部作品。那么我们文学研究者的一项任务就是把这些"鬼"给他找出来。

当我大学毕业以后，当我了解到很多学校的中文系，念的就是鲁迅生于哪年、死于哪年、写了什么作品，哪个作品思想性是什么、艺术性是什么的时候，我说算了，我说你还不如不上大学，你这也叫念过中文系啊？我说你中文系白念了，我说你浪费了四年的时间，你还不如去学土木工程建筑呢，这跟没上过大学没什么区别。我说中文系不是学这个的，这些还用学吗？这些书上不都写了吗？只要不是傻瓜，到图书馆一看不就懂了。他说，你们中文系学什么？我说中文系就是学捉"鬼"的，就是把这"鬼"捉出来，而且是逐字捉"鬼"，不带看他老师的，不带老师指导，随便拿一作品，你就能找出他说的"鬼"来，这才叫中文系毕业。而且还可以超出文学作品，什么作品都可以，随便给你一篇文字，哪怕是街上的随便一条标语，政府下的一个文件，你看一看，就能找出问题来，这才叫中文系毕业。中文系毕业不是知道一些作家作品，我说那跟中文系没关系，凡是每天弄那些的，你看看吧，都是文学青年，都不是中文系的，都是每天到中文系来请教问题的人，还有说张爱玲如何如何、沈从文如何如何的，全部都不是中文系的，中文系的人没这么说话的。

那么今天要讲鲁迅小说的内在矛盾，我想给大家推荐一本书，严家炎先生写的，叫《论鲁迅的复调小说》。这是严家炎先生一部鲁迅研究文集，上海教育出版社出的，里面收了严先生很多关于鲁迅研究的文章，其中有一篇就叫《复调小说——鲁迅的突出贡献》，大家可以去看一下，我想大家可能对钱理群老师的鲁迅研究比较熟悉，那么我建议大家，从鲁迅的艺术性本身来看，可以读一下严先生的书，书很薄不厚。严先生的很多论点都是我们学术界的定论，严先生写的东西并不是很多，但是他是这种不轻易下结论的人，下一个结论基本上就是定论，他是这样的人。比如20世纪60年代，那时候严老师还是中文系年轻教师，他跟人家辩论，说《创业史》写得最好的人物不是一号主人公，不是梁生宝，而是梁三老汉，梁生宝他爹，其实是认为他是中间人物，遭到全国上百篇文章的围攻。时过境迁之后，历史证明严老师这样的观点才是经得起时间考验的。那么严老师提出的鲁迅的复调问题，是我们考察鲁迅小说一个很好的视角。我们从前面所讲的意象，再往深一步讲鲁迅小说的复调。我们以前注意到鲁迅的内在矛盾，但是我们只注意到这个矛盾了，我们有的时候就从社会学的角度理解，这是鲁迅的思想斗争、思想痛苦，或者当时中国社会生活很黑暗，革命低潮，共产党中央红军还没到陕北等，去这样理解的。这样理解可能都是比较浅薄的。

那么讲复调，要先介绍一个理论背景。中文系和外语系的同学可能比较了解，复调是从巴赫金来的。读一点文学理论的同学要注意巴赫金的复调理论，这是20世纪80年代以来很重要的一个理论，复调小说理论，苏联文学研究大师巴赫金先生在研究俄国作家陀斯妥耶夫斯基小说的基础上提出的。要讲这个理论背景会聊得很长很长，要先从结构主义讲起，然后讲到后结构主义，讲符号学，讲接受美学等。怎么说呢？我们以前看文学作品，很注重它的主体性，就像我前几次讲鲁迅一样。那么我们一提到俄罗斯文学，提到俄罗斯文学大家熟知的这些大师，普希金、托尔斯泰、莱蒙托夫等这些人，都知道他们有强大的主体。有这样一批英雄盖世的大文豪出现，那随后肯定一个伟大的民族就会崛起，伟大的民族和伟大的文豪是分不开的，凡是伟大的民族全有伟大的文豪，而且是先有的文豪，没有伟大的文豪就没有伟大的民族，不论法国、英国、意大利都一样。俄罗斯没有文豪的时候，没有普希金的时候，不算伟大民族，有了普希金就不一样了，俄罗斯的太阳就升起来了！所以有了普希金以后几十年，俄罗斯横扫全球。然后到了20世纪70年代以后，俄罗斯不出什么大文豪了。那么我们想到19世纪的几大文豪的时候，那正是俄罗斯上升的时候，不得了！所以那个时候我们就注重它的这个主体。

在这些大文豪中，有一个人叫陀斯妥耶夫斯基，这个家伙特别折磨人。我们学外国文学的时候，我们最恨的就是他，他的小说是巨难读啊，而且还特别长，好几卷好几卷的，而且你想我们中文系的学生，又不是俄语系的，我们学俄罗斯文学只有一个学期的时间，你想一个学期把俄罗斯的文学从古学到今，而且那么多的长篇小说，那真是累死啊。当然你要不读书，混考试，也容易，混考试背教材也行，但你想要对得起自己，你就得读书啊，老师这个星期讲托尔斯泰，下个星期就讲屠格涅夫，所以这个星期就必须把托尔斯泰全部读完。幸亏我中学的时候读过几部，我要中学时没读过些那就坏了，在中学读过了，然后找没读过的再读，那时候脑子跟机器一样，"哗哗哗"……速读就是这么练出来的，那宿舍里一片翻书页的声音，借来一部小说大家就这么轮着看，你刚把托尔斯泰看完，屠格涅夫来了，屠格涅夫完了，陀斯妥耶夫斯基来了，下面就是契诃夫，别车杜（别林斯基、车尔尼雪夫斯基、杜勃罗留波夫），后面还有肖洛霍夫、果戈理、奥斯特洛夫斯基，一大堆斯基等着呢。【众笑】西方最折磨人的就是这个陀斯妥耶夫斯基，你本来就特别长，你写得有意思点啊，而他写得都枯燥，而且不是枯燥，鲁迅先生用一个词儿，叫拷问。为什么折磨人呢？不是一般的枯燥，枯燥就要你受伤，还敲打人的灵魂，严格地说那不是小说，小说得好看啊，得有情节啊，得有悲欢离合啊，你要么有金戈铁马，要么有男欢女爱，要么有惊险悬疑，他什么都没有，就一个人坐在椅子上拼命地想，很痛苦，他天天在那想灵魂问题、公平正义、痛苦地自我挣扎……所以在学习期间这样去读真是一件苦差事，但是呢，你过后去想，当你跟这门考试、跟学习完全没有关系的时候，你再去回想那个拷问，这样的拷问、这样的灵魂折磨是非常有好处的。就是你颤颤巍巍地多次来到了地狱的门槛前，我觉得这是最好的锻炼、最好的实习。你在悬崖边站着，你的这个脚一半都越出悬崖，越界了，颤颤巍巍有掉下去的危险，那么这样的人在回到安全地带的时候，他和没到过悬崖边上的人是两个境界。

陀斯妥耶夫斯基一直以来是文学研究中的一个难点，巴赫金有两个研究的重点对象，一个是拉伯雷，欧洲大作家拉伯雷，一个就是俄国的陀斯妥耶夫斯基。他在研究他的时候就提出了这个复调理论，"复调"本来是一个音乐术语。巴赫金在文学研究中讲的这个复调，强调的是主人公意识的独立性，小说中的主人公，我们一般都认为他是作者的传声筒，他是作者创造的。陀斯妥耶夫斯基认为，作者跟这个主人公之间是平等的对话关系——这个一开始大家不好理解，所以我说得慢点——主人公与作者之间是平等的对话关系，不是谁创造谁的问题，不是那么简单的。比如我们讲阿Q是鲁迅创造的，所以我们很容易把阿Q的一些问题往鲁迅那儿去找，很多问题也确实在鲁迅那里找到了答案，这样就固化了我们的认识，我们进一步认为就是这样的，剩下没有找到答案的那些问题继续在这儿找。一般的小说还真给我们找到答案了，就像我们老师总结中心思想一样，很多课文的中心思想被他总结得还真挺正确，这就加深我们的迷信，我们一定要在所有的课文中都找出中心思想来，就好像我们在一个地方去找石油，打了十口井，其中两口有油，剩下八口没有油，但是我们就想反正是已经证明这个地方有油了，就继续打，我们没有想过可能这地方就那两口井有油，别的地方、别的井确实没有油。那么巴赫金遇到了陀斯妥耶夫斯基这样的难点，使他产生了这样的想法，所以他在研究陀斯妥耶夫斯基的时候指出：复调小说的主人公不只是作者描写的客体和对象，他并非作者思想观念的直接表现者，而是表现自我意识的主体，这一点很重要。

我从小就喜欢读作家的逸事，喜欢看各种名人的名言、科学家的名言、科学家的小故事、牛顿煮怀表这些事，拿个小本记了好多作家、科学家的趣事。在这里，我就发现一些作家有这样的例子，就是作家控制不了笔下的人物，人家说这个小说中哪个人物不是你安排他杀的，或者这人死了怎么又活了，他说人物自己活的，说人物自己安排的，这样的例子有很多啊。我记得托尔斯泰写《安娜·卡列尼娜》的时候，有一天他在书房里写，他的家人进来，好像是给他送茶，看见托尔斯泰满面泪水，哭得一塌糊涂，就问：你怎么啦？托尔斯泰呜咽地说：安娜死了。所以别人会不理解：安娜死了，不是你给写死的吗？【众笑】你让她死的你还哭什么啊？你这不是猫哭耗子假慈悲吗？是你给弄死的。那看他那么哭是真的呀，好像是他不愿意让她死，但是有一个力量使他控制不了自己的笔，这个笔现在就是一个被催眠的状态，这个笔就真的让他笔下的人物死了，而他说自己没有责任。这个时候真是用唯物主义解释不了的，好像是一个什么东西附体了一样。这样的例子有很多。

巴赫金说复调小说中并不存在一个至高无上的作者的统一意识，小说不是按照这种统一意识展开情节、人物、命运、形象、性格的，而是展现有相同价值的不同意识的事情。那么我们想想，这种用中心思想来总结文学作品的做法，就非常不合理。党中央的报告可能是有一个统一意志，大家可以研究一下从党的一大到十七大，所有的政治报告，你总结它的中心思想是比较容易的，有的时候，标题就是中心思想，每一届大会上做的报告都是有一个标题的，比如说"团结起来，争取更大的胜利"，或者"奋力开创有中国特色的社会主义路线的新局面"，它一定有一个中心性的题目。可是文学不是这样，文学在巴赫金看来，不存在一个作者的统一意识。所以文学，特别是那些经典的文学作品，它经典在哪呢？就是可以长期地、无限地研究下去。不是说这些研究者无聊，可研究的东西那么多，他怎么不成年累月研究党的十七大报告呢？研究十七大报告也有人，但人数很少，是非常专业的一些人，专业的一些教授——政治学教授在研究。而全世界这么多高校，永远有人在研究托尔斯泰，永远有人在研究莎士比亚。那么这点事儿如果是简单得能说清楚，一本书上告诉大家不就完了吗？是因为没有这样一个统一意识。复调小说由互不相容的各种独立意识、各具完整价值的多重声音组成。大家看复调小说是有多重声音，不是一个声音。那么这个多重声音是可以有各种理解的。一个是这个作品的主人公的声音和作者的声音可能不是一回事儿。比如我们想这个贾宝玉，贾宝玉是不是曹雪芹？贾宝玉的立场是不是曹雪芹的立场？我们许多学者研究红学，包括很著名的学者，其实在文学理论上都不及格，他们的研究路子，一百年前就被否定了，他们今天还在那里猜哑谜，拼命地考证《红楼梦》里的哪个人物是谁谁谁。所以我用最客气、最真诚的态度说他们是浪费时间！浪费才华！你这就不是文学研究的路子。贾宝玉永远不是曹雪芹！你可以说找到这个人物的原型，这个人物的原型和这个人物没有一一对应的关系。还有，作品中的每一个人物，可能都建立了一个独立的世界。我们文学研究的说法，叫分为主要人物、次要人物等，也就是我们认为，我们要总结《红楼梦》的精神、总结《红楼梦》的思想，就是用贾宝玉和林黛玉为代表的一批进步人士的声音来代表《红楼梦》的声音，那么我们就不管其他那些人的声音，你凭什么说薛蟠就没有独立存在的价值呢？难道就因为描写他的字数少，他出场的次数少？你有什么铁证、逻辑来驳倒人家呀？人家说这个薛蟠，他的存在是有很大价值的，虽然出场次数少，我没有经过研究，我就觉得薛蟠是《红楼梦》的第一主人公，我就按照这个思路，我一样在《百家讲坛》可以讲五十回。【众笑】我说《红楼梦》里几乎所有人物都受到薛蟠的影响，其实林黛玉的梦中情人不是贾宝玉，是薛蟠，【众笑】假如林黛玉嫁给薛蟠，那是幸福的一对儿，两个人正好互补嘛，一个雅一个俗嘛，薛蟠会非常爱她，是吧，小说里有证据 —— 薛蟠见到林黛玉的第一眼，酥了半截，他见别的女人没有这个感觉。我也找个歪理来讲，问题是你如何驳倒我？我明知我讲得没有道理，我是强词夺理，但是你驳不倒我啊，因为的确他是一个独立的人，他是一个独立的世界。我这样讲，不是为了真的说薛蟠这个人那么重要，我是为了颠覆 —— 你干吗要用贾宝玉、林黛玉来一统天下呢，是吧？背后说的是这句话。

那么在巴赫金看来，陀思妥耶夫斯基小说的艺术世界中，主人公都是一些意识相对独立的思想家，他强调所有的人物之间是一个对话关系。林黛玉和薛蟠是对话关系，你不能用一个人的，其中的甲的思想否定乙的思想。你不敢说林黛玉的思想就绝对是对的，即使是在那个作品中，也不是这样的。或者我们今天，我们认为它是对的，因为我们这么想，那么过二十年以后，孩子们可能不这么想，那个时候的人可能认为薛蟠是对的，完全可能啊。就在1999年 —— 十年前的时候，媒体做了一个民意调查，调查女性对《西游记》中人物的喜爱程度，结果得票最高的是猪八戒。我毫不吃惊，但是很多的著名作家、研究者坐不住了，站起来了：啊？怎么这么堕落，怎么猪八戒最受喜爱呢？！他们拼命想说这些孩子不对，想说他们堕落啦、人心不古等，可能都有道理，但不是那么一回事儿。因为文学作品本来就没有统一的一个思想结论。他们以前都认为孙悟空是最厉害的人物，从古人一直到鲁迅，都是这么认为的，但是它不是板上钉钉的事情，时代变了，人们的看法就可能变，他就说猪八戒有什么不好啊，吃苦耐劳、热爱妇女、【众笑】都是优点啊，看着脏活累活抢着干，态度很谦虚，见到女同志上前主动服务，多好！你孙悟空有什么好啊，目空一切，架子那么大，也不懂得做小伏低。所以我们用巴赫金的复调理论来看许许多多的文学作品，很多问题我们就恍然大悟了。

我想给大家的一个启示，就是你不要把作品中的人物和观念等同于作者，这一点非常重要。在今天的中国，我认为是欣赏能力普遍下降的一个时代，很多简单的文学作品、文艺作品，大家都看不懂了，不是一般的人看不懂，专家都看不懂了。比如最近我看到很多著名的人物在批判小沈阳："小沈阳这样的人怎么能去赞美他、歌颂他呢？他怎么还能在辽宁省获得'五一劳动奖章'呢？你看这个不男不女的样子，这是社会堕落嘛。"我感到非常荒谬，我一看说这话的人不是一般的人，一般人我不注意，一看是某某学校中文系主任、文学院院长。我说怪不得我们今天全民文学素质这么低，这些人怎么当的院长、怎么当的教授啊？他把小沈阳这个演员等同于小沈阳所扮演的那个人物。我说你没上过中学啊？你不懂得什么叫演员、什么叫人物啊？这都不懂啊？小沈阳穿着男不男女不女的衣服，做出娘娘腔，是他扮演的一个人物啊，那是小沈阳吗？那并不是小沈阳啊。小沈阳对那个人物的态度和我们是一样的，他并不是号召人们成为那样的人，他所扮演的人物是他所讽刺打击的对象啊。就这么一点文学欣赏的常识都不懂，那鲁迅写阿Q，你们是不是把鲁迅枪毙了？鲁迅等于阿Q嘛，阿Q是主人公嘛，主人公的思想等于作者的思想嘛，那鲁迅在作品中没说阿Q一句坏话啊，那是不是他赞美阿Q啊？所以我们今天的文学水平之低——我从来不批评老百姓水平低，我坚持鲁迅的态度，永远把枪口对准教授学者，也就是在鲁迅的词典里，教授学者统统是贬义词，他们的素质影响着全民的素质。只不过陀斯妥耶夫斯基的小说把这个问题表现得比较清晰，巴赫金把它总结出来而已。但是，巴赫金又说，这并不意味着作家就没有自己的艺术构思和审美影响，但是不是我们所理解的简单的传声筒？绝不是那样的传声筒。所以巴赫金认为复调型的小说要比独白型的小说高级，审美层次上要高级。巴赫金认为陀斯妥耶夫斯基的小说的人物之间是一种对话。对话是非常重要的。

我为什么要举前面那些例子呢？为什么要举林黛玉、薛蟠的例子呢？一般人认为这根本就不存在对话关系，那么在我看来，不，一个文学作品中最次要的人物，都是有尊严的，从他的世界中讲，他是最重要的人。

我想起一个例子，我们北京人艺，北京人艺的表演水平、表演功力是众所周知的，北京人艺的演员为什么水平这么高呢？你看看当年演《茶馆》里边那些小人物，连一句台词都没有的人物，有一两句台词的那些演员，现在都是大腕，现在请都请不着的人，他们功夫怎么那么高？就因为在老人艺的表演团体中，只有小人物，没有小角色，所有的人物都是有尊严的，哪怕你在这个戏中只出场一次，只去倒了一次水，跑了一次龙套，或只说了一句话，你都是重要人物。你不要管这里谁是主人公。导演有一个要求，哪怕你在这个戏里只出场一次，只说一句话，你回去给这个人物写一个传记，写他一生的传记，这个人一生是怎么过的。你了解了他的一生，然后你来说这一句话，你就说这一句台词。当然，这里导演的主要目的是让演员演得好，让他身临其境，让他体会人物，更好地深入人物内心，更性格化，所以做了这么大的努力。但是，我们从文学研究的角度来讲，这么做的道理太深了，其实它客观上的效果就是在戏里面的人物都是可以对话的。所以，他每一个场面都演得非常棒，他一旦到另外一个戏里面，他就成了大腕。

复调小说的世界是一个非常复杂的世界，人物相互作用，人物和主人公作用，人物、主人公和作者相互作用，那么这样一个作品的意义到底是什么呢？在巴赫金看来，文学作品的意义是一个不断生成的过程，而且这个过程永远是未完成的，是一个未完成的过程。未完成怎么完成？就是我们大家一块儿参与，不断地参与它这个延展、延续。所以鲁迅可以永远讲下去。不是哪个老师讲完了鲁迅的意义，整理成书发给大家，然后所有的文学老师下岗，不是这样的，它可以永远流传下去。我们今天遇到的问题跟鲁迅有关，我们就用今天的眼光去看，二十年后又有新的问题。凡是值得这样永远完成的作家，他就是重要作家，他的作品就是重要作品；不值得这样做的那就是非重要作家，他的重要性就比较差。

陀斯妥耶夫斯基的小说虽然说很折磨人，但是给人类提出了很多尖锐的问题，哲学意义是非常深的。巴赫金把它总结出来，所以巴赫金的这个对话里面，其实颠覆了结构主义，他开启了后结构主义研究的文学样式。

其实我们每个人的言谈、每个人的话都不是一个封闭的系统，所以一定要慎重地说有什么个性这样的话，我们大多数人是没个性的，你要承认这一点，承认自己的卑微渺小。尽管你是北大学生，你很牛，但是你其实没什么特点。那些被看作、被称作、被叫作有个性的人也不是天天有个性，他在大多数情况下也是没个性的，他上课有点个性，他下课就很俗，没个性；他今天有个性，明天就很庸俗。孔子说"吾从众"，孔子在大多数情况下和别人是一样的，人的一生难得有那么几回有个性就不错了，有那么几篇文章有个性就不错了。所以有个性的作家是能够被人家记得住的。那么巴赫金这个对话，细讲起来是非常复杂的，当然讲到这里，我们可以用来阅读鲁迅的小说，来体会鲁迅小说的内在矛盾。有兴趣的同学去找点巴赫金的书来读读，巴赫金的书翻译过来了不少。还有现在已经进入后巴赫金时代了，巴赫金的问题也已经被人看出来了。我们不要迷信任何一种理论就是最后的真理，巴赫金有了不起的发现，巴赫金除了复调之外，跟对话相关的还有一个狂欢理论，这个非常重要，同样可以用来讲赵本山、小沈阳这个问题。文艺作品的一个功能是狂欢，通过狂欢来颠覆统治者的秩序。在欧洲中世纪的时候，人民受到的压迫是不可想象的，比中国人惨得多，但是欧洲有狂欢的传统。在狂欢节的时候，每年有很漫长的狂欢时间，人们在广场上戴着面具扮成小丑，这个时候他进入另外一个世界，这个世界是自由的。这个世界不是本我，不是本来的我。扮演小丑的这个人不论多么丑，他这个时候其实是伟大的，因为这个时候其实他正在从事一个严肃的工作。你如果不能知道这种伟大，那是你自己庸俗。我们不敢说小沈阳是伟大的，但是起码你要知道春晚那种场合，当今中国的小品的功能是什么，这些小品在干什么。

用巴赫金这个小说理论我们来看看鲁迅的小说吧，今天先看看鲁迅的《狂人日记》。这些年来在现代文学研究领域有一个事实已经被大家注意到了，这事儿十几年前我们就注意到了，我有一篇文章是专门写《狂人日记》的三重结构的，我那个时候还是用结构主义观点来看《狂人日记》，今天看来那篇文章写得有点幼稚，分析得有点太清楚了，其实有些事情是根本弄不清楚的。我刚才说的是大家都注意到了的一个事实，是文学史这样描述《狂人日记》：现代文学第一篇白话小说。《狂人日记》确实了不起，但是我们很多年都没有注意这样一个事情：《狂人日记》的一开始是用文言写的。你不要认为什么事情摆在那我们大家就看见了，什么叫视而不见？就是很多事儿摆在你眼前你都看不见，几十亿人都看不见。我们只要一说这是白话文学的开山之作，就愣没看见前边第一段是文言，十几年前才被看见，这是很有意思的现象，所以不要太相信自己的眼睛，说什么眼见为实耳听为虚。眼见也不见得为实，眼睛看的不是实的，有的时候回忆都不能相信，被洗脑的人回忆不起真实的往事，你只能回忆起错误的往事，你的回忆是被整理过了的。我们大脑是很奇怪的，你只有用儒家的修养功夫，把自己的心恢复到那个诚的阶段，一片澄净，这个时候你才能回忆起真实的往事，真的去再现以前的事情，不然你一定是错的。

当然，我们今天已经找到了比《狂人日记》还早的白话小说，但是意义的确没有它重大。所以你说现代小说的开山之作是《狂人日记》，这个没有太大问题，关键是文言和白话的矛盾问题。1917年，陈独秀、胡适他们搞这个文学革命，文学革命的一个重要内容就是形式革命，就是载体的革命，就是要写白话。胡适的"八不主义"，重点是否定传统文学的那个形式，胡适主要就是从形式下手的，所以后来才有周作人出来纠偏，周作人看出了胡适的浅薄——周氏兄弟非常深刻的——周作人就说，重要的不是用不用国语。鲁迅说得更明白，鲁迅说：反动思想用文言能写，用白话也一样写，不在于白话不白话，不要太迷信白话。胡适认为只要一白话就好了。所以当时，白话是最重要的问题，可是鲁迅发表在《新青年》上的这么一个"重磅炸弹"，这么伟大的《狂人日记》，竟然一开始这一段是文言。当然我们不是说把文言这个小序强调得太重要，它毕竟只是一个开篇，但是你又不能绕过去，你不能绕过这个小序来看《狂人日记》。它跟正文到底什么关系，得具体去研究。

正文的内容我想我们都知道，表面上写一个疯子，他生病了，生的这个病从医学上讲叫"迫害狂"。"迫害狂"确实有很多，我这些年来遇到的越来越多，就在我身边，每一个学期大概都有几个来找我，包括到课上直接来找我。"迫害狂"典型症状就是认为周围的人都在迫害他，或是周围的某些人在"迫害"他，把一些我们认为正常的事情，他做了特殊的解读。比如说有几个人看了他几眼，"他们都商量好了，一会儿要对我下手"。我以前遇到这种人都是嘲笑他，随着我现在读书越来越多，我不知道是不是我也有病了，我开始不再嘲笑他了，我有时候觉得他们可能说的是真的吧，也许他们都是真的，我们凭什么管他们叫"迫害狂"呢？那是按照我们的标准，我上次说的，因为我们人多，我们就有权力说他们是病人，我们本来认为"迫害狂"是幻想，结果最后当我们把他们命名为"迫害狂"的时候，把他们关进精神病院的时候，我们就真成了迫害他们的人，他们的幻想成了事实，他们真的成了这个社会上受迫害的人。比如有某教授说"上访者有多少多少是精神病"，根据巴赫金的理论，不能这么简单地认为这就是这个教授的思想，我们要根据上下文去找，他在什么情况下，有什么样的上下文，被什么样的记者给下了套，说出了这样的话，这才是客观的态度。

这个小说的表层是写这个"迫害狂"的病中日记，可是我们按照文学史给我们的暗示、给我们的训练，我们语文课上不是这么读的，对吧？我们语文课上老师讲《狂人日记》，一定不会说这是一个精神病人写的日记，而说这是一个象征，这不是一个狂人，这是一个战士。很有意思的一个概念：狂人——战士。我讲鲁迅讲了很多年，从1990年开始讲鲁迅，我1990年在北京二中当语文老师，是全国第一个在中学开设现代文学选修课的老师，我在北京二中讲《狂人日记》的时候，主要讲的是钱理群老师的观点，就是：战士嘛，总是被看成狂人的，古今中外都是这样。第一批站出来的战士，反抗这个秩序、发出呐喊声音的，别人都认为有病，是狂人，都是这样。我们自己的经历也是这样，我从小就被我们家看成不正常，所以我跟别人发生矛盾，我的父母总是跟别人说：别理他，他有病。【众笑】都是这样的。因为我有跟别人不一样的地方，别的孩子回来都是打个沙发呀，做个衣柜啊，摆弄收音机啊，安个灯泡啊，那我什么也不干，所以他们说我是"病人"。而我就认为是受到迫害了，一开始我感到很孤独，后来看了《狂人日记》之后，啊，原来我不是"狂人"，原来我是战士啊。我于是就更加坚定了我的立场。所以，狂人和战士，其实就是名目的不一样。假如现在有人说我是"精神病"，我绝不会抗议，我绝不会去找这个言说者，我绝不会趴他家里边让他给我赔偿。"我"就是和很多人看问题不一样，"精神病"就是看问题不一样，跟多数人不一样，按照多数人的规则，"我"是异类。

而我们看一部人类思想史，最早的先觉者都是这样的人，耶稣就是这样的人。尽管我不喜欢现在的基督教，但是我充分肯定基督教的历史作用，耶稣其实是一个先觉者，耶稣就被当成"狂人"。孔子也说过，如果人不能做到百分之百的完全正确，不能做到那么平衡，那怎么办呢？他选择做狂狷之人。在《狂人日记》的正文中，我们是这样解读的，我们读这个狂人发狂就是战士觉醒了，革命战士终于觉醒了，这是历史的开始。

现代文学是一个伟大的时间开始，以前是茫茫的黑暗、无边的黑暗。我们读《圣经》，《圣经》一开始就是时间开始，"太初有道"，《圣经》以前是没有历史的，上帝来了，上帝开创了时间，从此之后，有了纪年了。所以我们每一个皇帝登基，重视的都是时间这个事，时间得重新开始，得什么什么"元年"。我们中华人民共和国，为什么采用西历啊？我们新中国成立为什么是1949年啊？其实那是一个非常伟大的决定，重要的一个全球化的决定：直接就1949年！这跟日本和中华民国不一样，时间很重要。

那《狂人日记》这么解读起来，也是一个时间的开始。可是这个时间开始来开始去，它有一个绕不过去的问题，就是在这个短短的文言小序中，他给否定了。你读一遍这个文言小序，时间又回去了。文学作品中重要的是时空问题，时间空了。

"赴某地候补矣。"他还不是一般地上班，就是这个揭露吃人隐秘的战士，现在回到了吃人者的行列，结果我们几十年，竟然就没人注意这事儿，我们睁着眼说这是战士伟大。当我们十几年前，一批学者注意到了这个问题的时候，马上问题出来了——鲁迅到底什么意思啊？这个时候，不好解释鲁迅了，这里就出现了复调，当然按照原来的思路，我们可以修改原来的中心思想，说：哎呀，万恶的封建制度太黑暗了，好不容易出来一个战士，又给吞没了。战士后来投降了，好像我们看《潜伏》，余则成到了台湾，"投降"了，"出卖"了别的同志，是这么回事儿吗？他好像不是这样简单地又被黑暗吞噬。你看这个小序的叙述的语调，小序虽然短，但是它笼罩着全文，从小序的眼光、视角看去，下边都是胡说八道。也就是说，在鲁迅的心里看来，他到底是狂人？还是战士？二者必须择其一吗？或者说当时的鲁迅认为二者必须择其一吗？要么是狂人要么是战士？我们今天的很多对话不能完成，我们平时平等的人也很难对话。为什么很难对话？因为我们的思维有问题，我们不能用对话心态来看待他人、他事，我们一定要两者择其一，我们一定要说不是狂人就是战士："你给我鉴定，你说我到底是不是精神病？你今儿把这事儿给我说清楚了，不说清楚了，我跟你死磕。"就是说，我们今天很多事情尖锐到这个程度。

所以我想，单从小说结构上来说，本来这个序可以不要：第一，可以不要；第二，也不一定非得这样写；第三，可以写成白话，可以说"我是一个医生，我在医院里捡到一本狂人写的日记，下边就是日记的节选"，这样写也可以。但是偏偏鲁迅用了这样的方法：第一，用了文言；第二，用它来笼罩下面的全文；第三，特别强调这个狂人好了，没有死、狂、不可救药、跑，这都有可能是结局。但是，这个小说的结局——他好了。好到什么程度？完全被原来的那个体制接纳，"赴某地候补"，重新当官了。

2009年5月

课后花絮

一

孔老师签名：有趣竟成。

学生乙：不是有志吗？

孔老师：有志成不了，得有趣才能成。

二

学生：我请教一下，孔老师，鲁迅是反对儒家文化吗？

孔老师：不是，他反对什么东西，都是反对那个"伪"的，他不是反对儒，也不反对任何一种真正的主义，他反对的是伪士。就是在提倡儒学的时候，有很多人肯定是假儒士；提倡马克思主义的时候，肯定很多人是假马克思主义者。他一生反对的就是做假的，打着某种旗号来谋取别的利益。其实你真的儒也好、什么也好，他都不反对。他说你主张什么都可以，你得来真的。

很好的月光

—— 鲁迅小说的元文学性质

　　同学们好，我们开始上课。今天本人有点身体欠安，所以请允许我坐着上一回课。我这个人外表看上去不那么文弱，其实这也是假象，是外强中干。虽然我已经比鲁迅长寿了，这是我很欣慰的一点 —— 终于在一个项目上能干过他老人家了，但是健康状况我并没有那么大的自信。其实我跟鲁迅一样，都是小时候身体不好，体弱多病，幼年时候基础没打好，所以到了青少年时代，为了某种身外的驱动，刻苦锻炼，顽强锻炼，把自己弄得挺禁折腾，然后到了三十多岁，就开始胡乱折腾，提前透支了生命，透支得非常多。

　　鲁迅说，他的多活几年倒不一定是为了爱我者，是为了恨我者。这个话也不能当真，他这话是故意气人的，是给那些恨他的人听的。我觉得人往往是为别人活的，像鲁迅这样的人，如果是为了他自己，活不活或者活多大岁数已经没太大意义。我们来这个叫地球的地方旅行一圈儿，如果你提前都看明白了，剩下的事儿都是多余的、重复的，活不活好像意义不大。就好像你跑百米之前，你已经知道自己几秒钟能够到达终点，跑到终点之后一切你都很清楚，怎么样发奖杯，怎么样鼓掌，怎么样升旗——这一切都知道之后，你何必去把它再上演一遍呢？所以人活着可能是有某种"元气"，我们讲元文学的"元"。

比如《孤独者》中"我"和孤独者魏连殳到底是个什么关系？这个魏连殳死没死？魏连殳这个人，死的是那个好的还是那个坏的？ 最后这个魏连殳死了，"我"活下来了，我的心地就轻松起来了。这个有点细思极恐，有点像真假美猴王。真假美猴王到底死的是真的还是假的？真假美猴王大战之后，活下来那个是真的孙悟空吗？有没有可能是把真孙悟空打死了，以后的故事都是假孙悟空，都是假美猴王了？鲁迅和魏连殳是一人二体，决心作恶的、干坏事的那个死了，他说"我"就轻松起来了。我每一次因为上课，因为什么原因，再读这一段的时候，总是要想半天。

他说"我快步走着，仿佛要从一种沉重的东西中冲出"，有没有冲出？我们相信这个话、这种想是真实的，但是有没有冲出来？然后又一次响起狼的声音。响起狼的声音，我们觉得这是很沉重的、很悲伤的，我们马上就被这个意象所感动，可是作者却说"我的心地就轻松起来"。哎，你怎么能够轻松起来呢？我们听一般的流行歌曲会轻松起来，但是听到齐秦唱的《北方的狼》并不轻松啊！我当时一想，哦，他能写出这样的歌来，谁说鲁迅的精神在台湾没有任何影响？有影响啊！他怎么知道北方的狼才能代表这时候这种心情呢？这个"北方的狼"显然不是台湾北方的狼，不是台北的狼。

所以鲁迅、魏连殳这种人靠什么活下来，可能是一个问题。那么，鲁迅的反复地"玩"叙事者隐藏和不隐藏这个游戏，他的目的是什么？我想从这个角度跟大家谈一谈。他有一个目的，叫"破虚构"。

我上次说了，小说这个概念在西方是没有"小"的这个含义的，但是它有"虚构"这个含义。我们大家彼此约定俗成：小说是虚构的。如果一个文学作品前面故意说"本篇纯属虚构"，那是故弄玄虚。谁把你当真了？我没认为你是真的啊！就是我们接受者和作者事先等于签了一个心灵的契约，签好合同了，你是假的、你是虚构的。可是偏有一种叙事者出来说，这个虚构，我告诉你，它是怎么虚构的。

这种方法有时候是比较讨厌的，我们现在有个词叫"剧透"，真正欣赏艺术的人是反对剧透的，最讨厌剧透。特别是看有悬念的文学，看推理，看侦探，最反对有人提前告诉答案。有一个作家到剧场去看戏，服务员很殷勤地接待他，服务员想让他给小费，但是他没有给小费，服务员恨他，想报复他。等一会儿戏剧开始的时候，那个服务员趴在他耳边说，那个戴帽子的园丁就是凶手！【众笑】这个报复是非常惨痛的，这个戏就等于给它毁啦，提前告诉他那个人是凶手了，应该到最后一幕才知道的。所以剧透是毁艺术的。

美国的好莱坞被叫作梦工厂，就是要让成千上万的劳苦大众觉得自己生活有希望——你看看人家007过得多好啊！你看人家那些英雄、美女、美国梦——看完电影好继续当牛做马。就是各种想方设法地造梦，让这些奴隶好好干活。可是偏有一些不老实的人出来打破这个梦。鲁迅是这样的人，鲁迅这样的叙事方法，明明造了一个梦，但是他要自己打破自己的梦，只有特别有力的人，还有想法的人才能这样做。所以瞿秋白对鲁迅有一个评价，他说鲁迅是最清醒的现实主义，本来是茅盾评价瞿秋白是清醒的现实主义，瞿秋白说鲁迅是最清醒的现实主义。这个我们下面再说，先说鲁迅自己在《〈呐喊〉自序》里一段话：

既然是呐喊，则当然须听将令的了，所以我往往不恤用了曲笔，在《药》的瑜儿的坟上平空添上一个花环，在《明天》里也不叙单四嫂子竟

没有做到看见儿子的梦，因为那时的主将是不主张消极的。至于自己，却也并不愿将自以为苦的寂寞，再来传染给也如我那年青时候似的正做着好梦的青年。

你看鲁迅自己透露自己这个创作秘密。我们读过《药》，知道《药》的结尾，革命者夏瑜的坟上有一个花环。我不知道语文老师怎么讲这个，老师们会讲，这说明他有革命战友，虽然他被反动派杀害了，他有革命战友给他的坟上献花。按照鲁迅的本意，他是不愿意这么写的。按照鲁迅的思想，他的战友会干这事儿？他的战友一部分叛变了，那才是真实的情况。

所以鲁迅明明看得很清楚，但是，他却添了一个花环，而且他又出来告诉读者，这花环是我添的，本来没有。天下哪有这样的小说家啊！《明天》里可怜的一个母亲，儿子就那么死了，但作者不写她没有做到看见儿子的梦。鲁迅为什么这么写呢？他是照顾那时的主将。那个主将不要理解为某一个人，是那个时代的要求，那个时候，还希望青年人积极向上，他要鼓励他们战斗，所以鲁迅自己是有犹豫的，他要鼓励青年往前走，但是他又知道前面是坟。到底这个话应该跟青年们怎么说？我原来是青年的时候就在琢磨，后来我不是青年了，我慢慢地变成要向青年们讲话的了，我就发现我面临着同样的困境。这个社会的黑暗，我到底告诉青年几分？告诉三分好还是七分好？这是一个如何对待梦的问题。这是从虚构的角度来理解。

刚才我说的瞿秋白的这段话，我放在这，这是瞿秋白给《鲁迅杂感选集》作的序言的后面那个部分，分了四点，这是第一点。第一点就说鲁迅"是最清醒的现实主义"，里面还引了鲁迅自己的话："中国人向来因为不敢正视人生，只好瞒和骗，由此也生出瞒和骗的文艺来，由这文艺，更令中国人更深地陷入瞒和骗的大泽中，甚而至于已经自己不觉得。"这是鲁迅《论睁了眼看》里写的。这个瞒和骗——自从鲁迅揭露了之后，我们有段时间就开始追求它的反面。

真正的爱国主义是什么？你看看毛泽东时代的文艺作品，它既充分满足了人民的娱乐要求，同时是发自内心的真诚的真善美。当年的《上甘岭》《英雄儿女》那些作品，它是怎么反映抗美援朝的？

瞿秋白是鲁迅的知音，鲁迅给他写过一副对联，"人生得一知己足矣，斯世当以同怀视之"。鲁迅把瞿秋白看成知己，因为瞿秋白真正地分析出"鲁迅"这个符号背后的深刻的社会关系。"这种思想其实反映着中国的最黑暗的压迫和剥削制度，反映着当时的经济政治关系。科举式的封建等级制度，给每一个'田舍郎'以'暮登天子堂'的幻想；租佃式的农奴制度给每一个农民以'独立经济'的幻影和'爬上社会的上层'的迷梦。这都是几百年来的'空前伟大的'烟雾弹。而另一方面，在极端重压的没有出路的情形之下，散漫地剥夺了取得智识、文化的可能的小百姓，只有一厢情愿地找些'巧妙'的方法去骗骗皇帝官僚甚至于鬼神。"这说的是不是还是现在？大家是互相骗的。老板骗员工、员工骗老板，研究生骗导师、导师骗研究生——没有什么变化啊！然后你觉得茶余饭后可以骂一骂，你觉得社会进步了，"大家在欺人和自欺之中讨生活"。

瞿秋白分析了深刻的原因，瞿秋白自己是个清醒的现实主义者，所以他看清楚鲁迅是最清醒的。鲁迅采用那种叙事方式是要打破虚构，打破梦想。鲁迅这个人，为什么有时候你觉得他不讨人喜欢、很讨厌呢？他断人的退路。你刚想往后退，说这么过吧，稀里糊涂吧，他"啪"就给你断掉了，说往后退也是没有出路的，所有的希望都是绝望。所以读懂了鲁迅的共产党人知道，只有勇往直前，只有涌现出千百个董存瑞、黄继光，新中国才能成立。就没有退路，退出去，不是阿Q就是祥林嫂、单四嫂子，而祥林嫂的结局还是死亡。所以有人就研究，现代文学中更多的人物，好人、可怜的人为什么要死？孔乙己死了，祥林嫂死了。他们不死，新中国就成立不了。这是现代文学和我们这个民族国家的关系。

那么我们再从原创性的角度来谈鲁迅小说的元文学性。所谓原创性的这个"原"，就是你不是模仿，而相反必须是开创的。好的文学作品有很多，但是如果你写的这个别人写过了，它未免就要打折。就像巴尔扎克的名言，第一个说女人像花的是聪明人，第二个说的就是傻子。当然第二个说的可能还不算傻子，也许是英雄所见略同。语言最忌重复，虽然没有申请专利，但是如果别人看见过类似的话，就觉得你这个没什么意思。像现在网上天天传的那种心灵鸡汤，要单独看，它说的有道理，很多心灵鸡汤不都有道理吗？但是为什么大家看了就很烦呢？因为它们说的都一样，都是一种巧言令色的表达；也许不是抄袭的，也许真是作者自个儿想的，但它仍然是鸡汤。

茅盾先生最早在《读〈呐喊〉》中就这么评价过鲁迅："在中国新文坛上，鲁迅君常常是创造'新形式'的先锋；《呐喊》里的十多篇小说几乎一篇有一篇新形式。"在那个时候，"新"这个概念是非常重要的一个道德评判，"创造'新形式'"是这一百年来中国的一个关键的概念。茅盾讲《呐喊》里的十多篇几乎一篇有一篇的形式，其实后面也一样——这个时候他还没有看鲁迅后面的作品。鲁迅的《彷徨》，鲁迅的《故事新编》，都是一篇有一篇的形式。强者，对自己有一种强迫症，不想让自己重复，你说我这个好，我第二个偏要改一下，跟自己挑战，这是强者。通俗小说为什么一般让人觉得艺术品位没有那么高呢？就是因为它不但彼此重复，它自己也重复，自己跟自己是一样的。当然通俗小说这种形式，本身就是公式化、模式化的。

那么我们为什么觉得在通俗小说里金庸这么伟大呢？就因为金庸跟鲁迅一样，一篇有一篇的形式，绝不重复。金庸的每一部武侠小说，几乎都可以说是一个伟大的开创。相比之下，不要说古龙了，就连梁羽生，他笔下的人物都似曾相识，都一样。梁羽生笔下的武侠都是高大全，都是智勇双全，又有感情有理性，长得又帅，武功又高——都一样。当然这种堂堂正正的侠气是应该提倡的。那令狐冲跟杨过、跟郭靖是绝不一样。

那么我们回过头看鲁迅，最早在中国这样写小说的是鲁迅。我们通过一些作品来看鲁迅在不同方向、向度上的原创性。鲁迅自己好像对这一点也有认识，20世纪30年代编了一个《中国新文学大系·小说二集》，"新文学大系"是我们这个专业必读的书。在《小说二集》导论（即《〈中国新文学大系·小说二集〉序》）里边——这个导论是鲁迅写的，他要评价五四时候的小说，当然包括他自己的啦——鲁迅先强调翻译的重要，他说一开始是翻译外国的，但是慢慢地就有了创作。他很客观地说：**在这里发表了创作的短篇小说的，是鲁迅。**这是鲁迅最早。**从一九一八年五月起，《狂人日记》《孔乙己》《药》等，陆续出现了，算是显示了"文学革命"的实绩，**也就是文学革命一开始是打嘴仗，嘴上吹牛，说我们要推翻旧的、建立新的，可是你新的作品拿不出来啊！要没有鲁迅，那五四文学革命能不能成功——难说。如果没有鲁迅的小说，你说新文学的第一个十年有什么？没有鲁迅、没有茅盾、没有老舍、没有巴金、没有艾青，那有什么？那就只剩下徐志摩那种东西。那不让人古代文学笑死吗？所以文学革命拿出实绩来，是鲁迅，沉甸甸的。但是鲁迅这座山太高了，鲁迅是珠穆朗玛峰，下面都是香山那么高的峰。

又因那时的认为"表现的深切和格式的特别"，这句话是鲁迅小说叙事学上的特点，表现深切。别人可能也表现过旧社会不好，别人也写过，但是他深切，还有格式上的特别——这是他的创造。**颇激动了一部分青年读者的心。然而这激动，却是向来怠慢了绍介欧洲大陆文学的缘故。一八三四年顷，俄国的果戈理就已经写了《狂人日记》；一八八三年顷，尼采也早借了苏鲁支的嘴**，这个"苏鲁支"也翻译成"查拉图斯特拉"，说过**"你们已经走了从虫豸到人的路，在你们里面还有许多份是虫豸。你们做过猴子，到了现在，人还尤其猴子，无论比那一个猴子"**的。**而且《药》的收束，也分明的留着安特莱夫式的阴冷。但后起的《狂人日记》意在暴露家族制度和礼教的弊害，却比果戈理的忧愤深广**，这个忧愤深广也是鲁迅的一个特点，这是他自己概括的，忧愤深广。有人说，你看果戈理都写过《狂人日记》，你再写，你这不是抄袭吗？那你看一看就知道，两个完全不一样。

也不如尼采的超人的渺茫。鲁迅受尼采影响很大，但是尼采的思想鲁迅认为是"超人的渺茫"，鲁迅不是渺茫的，鲁迅是相反的，很坚定。尼采那个"超人"是要抛弃大众的，"我们很优秀，咱们灭掉他们"。所以德国后来的法西斯的思想跟这个有关系。现在少数美国权贵要消灭人口，要把我们亚非拉几十亿人用各种手段消灭掉，也是来自尼采的思想。就是"超人"不能跟大众一块儿活嘛。但是鲁迅这个"超人"，他要回来救大众——这些人太可怜了，我们要帮助他们——这是两种选择。

此后虽然脱离了外国作家的影响，技巧稍为圆熟，刻画也稍加深切，如《肥皂》《离婚》等，但一面也减少了热情，不为读者们所注意了。鲁迅知道自己到《彷徨》阶段啊，影响没有《呐喊》那么大了，鲁迅后期更多地投入杂文了。鲁迅自己，这里引他在20世纪30年代的解释，他说技巧更深了，但是热情减少了。这个热情为什么减少？这本身是可研究的一个问题。20世纪30年代，我们知道，中国革命——共产党的革命如火如荼，可是鲁迅在文艺创作上却减少了热情，其实就是更内敛了，他写的东西更内在、更深刻了，还有的是他的一部分热情转到杂文上去了，直接的杂文。鲁迅对自己的写作、对这种原创性，他是有自己的认识的。

好，我们来看他几篇小说，来看他的原创性。

我们先看看这个《狂人日记》，开山之作。《狂人日记》，我们上一次谈了它的文言小序，这是我们现代文学开山之作的一个特点。白话文学的开山之作竟然以文言开始，文言小序之后就是一二三四五六七八若干节。第一节我们来看一看。我们要知道，这不但是鲁迅《狂人日记》的第一段，也是整个中国现代文学创作的第一段。

我们现代文学的第一句话是什么？**今天晚上，很好的月光**。我想大家都应该把这句话背下来，"今天晚上，很好的月光"，多么普通的一句话啊，但是多么简单、多么干净！就像我们人类刚刚产生语言一样，一群猴子"呜呜呀呀"地说了几十万年，突然有一个猴子说出了一句清晰的话，大家都听懂啦！是那个感觉！"今天晚上，很好的月光。"我们的语言使用了数千年，已经肮脏不堪，好像第一次被他给洗得干干净净。就像那个西施浣纱，从清净的溪水中拿出来一条洗得干干净净的纱布一样。"今天晚上，很好的月光。"我很高兴，我们现代文学有这么一个不平凡的开头。如果你读过古代文论，我们知道什么叫最好的语言，最好的语言就是最简单、最干净、最单纯、不用典，是大家都能说出来，但是大家都没有说。

我们想想，那些最伟大的诗句，都是最简单的，"床前明月光"，最简单；"春眠不觉晓"，最简单，男女老少都能说的，小孩教一遍就记一辈子啊；"锄禾日当午"。而这几首伟大的诗呢，竟然还都不合格律。我现在在我的粉丝群里给他们讲格律，如何写旧体诗词，其中要讲到，最伟大的诗竟然是不合格律的！小孩的话你不要给他修改，小孩的话是最好、最高级的话。我举的那个例子，我朋友的孩子 —— 小学生 —— 写作文："昨天晚上刮着好大的风，下着好大的雨。"老师一看，哎呀！写得真啰唆！我教给你一个成语 ——"风雨交加"。老师给他改成"风雨交加"了。老师觉得自己很有学问哪！你看我教了孩子一个成语嘛，他用四个字儿就表达了嘛。那么这个孩子的这个写作天赋就被老师给扼杀掉了！"风雨交加"是个很脏的词儿，被我们使了多少年？你也说，我也说，还有感觉吗？你看见"风雨交加"的时候看见的就是一个意思，你永远看不见画面了。而那个孩子写"昨天晚上刮着好大的风，下着好大的雨"的时候，他的眼前，如画一般地看见了风、看见了雨，他的小伙伴读了他的作文也能够看见那个风，看见那个雨。而老师给粗暴地改成了"风雨交加"之后，他们都"瞎"了，就什么都看不见了。以后写作文就想着找一个好词儿，满足老师的虚荣心。所以说上学真的都是有好处的吗？未必。我们多少孩子的文学天赋、数学天赋、经济学天赋都这样被老师扼杀掉了。

所以我们要永远知道，现代文学的开头是"今天晚上，很好的月光"。往下读，奇怪了，**我不见他，已是三十多年**；第一句话是伟大的话，但是是人话；第二句话读着不像人话了，怎么你不见他已经三十多年呢？第二句话就让我们进入深刻的思考。月亮不是想见就能见吗？偶尔不见若干天可以理解，怎么不见他三十多年呢？显然话中就有话，显然这说的不是月亮。当然我们现在也很少看月亮了，现在人都忙着看手机，没有人看月亮了。有多少人八月十五、正月十五在外面在阳台上真的看月亮呢？所以"我不见他已是三十多年"，是有象征意味的。**今天见了，精神分外爽快**。合起来读，读出味道来了。**才知道以前的三十多年，全是发昏**；这三十多年到底是哪三十多年，还是个虚指？是指四千年还是就是过去的三十年？我们每个人都有每个人的理解。当你发现你心中真的有月亮的时候，你会有这种感觉，哎呀！以前都看错了，以前都白理解、白读了，甚至是白活了。可是鲁迅的话呢，你刚要理解完上一句，下一句又出来一个新的幺蛾子，不断地造成陌生化的效果。

判断一个文学作品的品位，陌生化是一个标志。如果你读的都是你熟悉、都是你爱读的你就永远不懂什么是文学 —— 就像现在有些文青，他经常按照要求去订阅文学作品：有没有很美的、很甜的文章？他自己先定了一种风格，甚至定某种情节：有没有一个学霸爱上学渣的小说给我看看？他定那个情节去看。好的文学必须是陌生化的，就像读侦探推理一样，你觉得这个人是凶手，他肯定不是凶手，最后他又真是凶手。好的文学一定是不断地陌生化，你总是没看见过，你总是觉得 —— 哦，原来是这样啊！出乎意料又合乎情理。

你看鲁迅第一篇，《狂人日记》就是这样，刚说完月亮，然后说"发昏"，突然又一转：**不然，那赵家的狗，何以看我两眼呢？** 就突然跳到狗身上，狗又是赵家的，赵家是谁呢？我们现在这个"赵家"在网上是一个彼此心照不宣的用词，赵家的人，或者他是赵家的，现在这是网上常用词，就是从这个现代文学开端来的。本来姓赵挺好的，是个大姓嘛，人家老赵家还当过皇上呢，本来是挺好的一个姓，现在一说"赵家"大家都躲了，都要辩解自己不是赵家的。

所以我们看，为什么这是现代文学的开端？就是以前没有人这样写。并不只是因为白话，你要说白话，以前有，宋朝就有白话啊；我们古代那四大名著，你读上去不也是白话吗？但是你看，跟这一样吗？完全不一样。如此新鲜的白话！好像一个睡了几千年的人醒来了。所以我说，这是"醒来的白话"。干干净净、透明的、通透的，但是又有陌生感 ——这是我认识的中国话吗？你觉得你能读懂，又觉得读不懂。所以说这是现代文学的开端。

而这一段话上边就是那段文言，那段文言写得很好，但是我们只要稍微有点文言文知识就能读懂，那是熟悉的表达，"某君昆仲"，那是熟悉的表达；而这个是白话，完全不熟悉。所以你想，像鲁迅的母亲那样的能够阅读小说的普通中国民众，更愿意读哪个文字？他肯定更愿意读那个文言、读文白相间的，读白话也读传统的、读章回体的，读张恨水的，描写一个女孩子"柳眉倒竖，杏眼圆睁"——他读这些。读了之后他熟悉啊，"这个我熟！这个看着舒服！"他一读（鲁迅的白话）——这？这是什么东西啊！说这个干吗？

　　就是这种文字本身，我们说得尖锐一点，它是在向全体中国人民宣战：再不要读那些，要读这样的东西。这是多么艰难！经过多少年我们才会这样读、会这样写！可是当我们也会写类似的文字的时候，这个文字又被我们用旧了，又不新鲜了。你今天写小说，开头第一句"今天晚上，很好的月光"，别人会说这话好像看过，我好像读过。而在1918年，你打开一本杂志，叫《新青年》，上面有《狂人日记》，一读，"今天晚上，很好的月光"。你想想你是那时候的青年，就好像走进了一个新世界一样。所以这是《狂人日记》的原创性，巨大的冲击力，冲开了多少道门——是那样的力量。

　　我们再看《狂人日记》最后结尾的部分，中间的情节我们不讲了。这个狂人说了十几段狂话之后，最后说，**不能想了。四千年来时时吃人的地方，今天才明白，**又回到今天，呼应"今天晚上，很好的月光"，今天明白了，**我也在其中混了多年；大哥正管着家务，**大哥就是这段文言里边拿出这个日记的给我看的那个，哥儿俩中的哥哥，**妹子恰恰死了，他未必不和在饭菜里，暗暗给我们吃。**这样的文字非常沉痛，傻子也知道，这不是写精神病的。**我未必无意之中，不吃了我妹子的几片肉，现在也轮到我自己……**

这个时候，读到这个地方，你就不觉得这个"我"只是一个精神病人的自称了，这个"我"把我们都写进去了；这个"我"是我们每一个人。我们批判学校、批判社会、批判父母，批判这个批判那个，我们自己都是吃人的人。我小时候以为我们读了鲁迅、读了毛主席，我们就是新人了，我们就不再吃人了；等你长到中年你回头看看，你肯定也吃过人，**有了四千年吃人履历的我，当初虽然不知道，现在明白，难见真的人！**谁是真的人？不知道。所以最后他又留下一句振聋发聩的话，**没有吃过人的孩子，或者还有？救救孩子⋯⋯**

"救救孩子"，大家都会说了，一看见有什么事儿危害到少年儿童，大家就说"救救孩子"。但是鲁迅的"救救孩子"是希望孩子是真的人，希望孩子不再吃人。我们为什么看见小孩很喜悦、很高兴呢？即使那不是自己的亲人你也看着很高兴，因为你希望像他那样，接近纯人、接近本源——孩子代表我们的本源嘛。所以说《狂人日记》作为我们现代文学的开山之作，真是当之无愧，不论是表现的深切还是格式的特别。这个"格式"在当时特别，在现在也是特别。你想模仿鲁迅写一个精神病的日记？你写不到这个水平！你想通过一篇小说挖掘历史的深刻？你挖掘不到。

"吃人"这个主题以前有人隐隐约约探讨过，不完全是鲁迅的发明，我们这个仁义道德中有吃人，别人提过。但是是鲁迅第一次把它系统地、如此深刻地揭示出来了。所以这一段，我说它是"化装的杂文"。这一段已经跟小说没有关系了，就像《故乡》里的那段话一样，是化装的杂文。只不过把这个叙事者掺在里面，好借这个"狂人"之口讲我们整个民族所有的成员都吃过人。其他的先觉者们都在批判社会，鲁迅同时要挖掘自己；只有把自己这点不光明的事儿也挖掘出来，社会才能真的好。

我们看《孔乙己》。前面提过几次了，这是鲁迅自己最喜欢的小说。

《孔乙己》很难得的也是鲁迅自己很得意的是什么呢？就是"不动声色"这几个字儿。你看《狂人日记》是很动声色的，但是它是借一个狂人：狂人发狂大家都可以理解，狂人嘛，他可以大动声色，大声疾呼吃人的问题。《孔乙己》呢，其实也是写吃人，可是呢，半个字儿都不提，说得非常清淡，轻描淡写，你看开始马上就换了一种文笔。

鲁迅的第三篇小说又变了一个形式。《孔乙己》看上去似乎是无技巧、无招破有招的杰作。是不是鲁迅没招啊——我给你显示一个有招的。鲁迅的《药》，那就是绝对有招。鲁迅的《药》很像曹禺的第一部话剧《雷雨》，用技巧取胜，给你玩一个技巧。我们去看《药》的场景变换，来体会它的戏剧性。

《药》一开始是茶馆，**秋天的后半夜，月亮下去了，太阳还没有出，只剩下一片乌蓝的天；除了夜游的东西，什么都睡着。华老栓忽然坐起身，擦着火柴，点上遍身油腻的灯盏，茶馆的两间屋子里，便弥满了青白的光。**这是茶馆的开头。然后他拿着大洋就去了，就上了街头，看见刑场，侧写刑场在杀人。然后再回到茶馆，在茶馆通过人们的叙述、交谈，暗写革命者夏瑜在牢里的生活。第四节到了坟场，两个老太太上坟，对比出两个青年人的死的不同，一个是死于真的肺病，没有药，吃错了药；而他的"药"恰恰是革命者的鲜血。革命者要救的就是千千万万的这种没有思想、没有文化的青年人，可是恰恰这种人吃的是革命者的鲜血。这个双线结构精彩无比！所以只有几千字的小说，胜过几万字的分量，你几万字都写不了这么深刻。所以你永远也就记住了一个华家、一个夏家，合起来是华夏，就是中华民族。中华民族就是互相吃。但是呢，最痛心的不是统治者吃被统治者，而是被统治者去吃要救他们的人，这是最可悲的，谁救他他吃谁。所以我说，鲁迅虽然学医不成，我们也可以说他是学医大成，他真的懂得了医学，真的懂了什么是药、什么是手术、什么是医生。所以，《药》的这种构思，《药》的这个新意，又可以开启多少创作者的灵感。

被称为鲁迅代表作的《阿Q正传》，又是一种形式。《阿Q正传》的形式有点像通俗小说，连载的，而且像那种滑稽的通俗小说。我们看他的第一章的《序》的第一段，就显得很不正经。他前面的小说，不管什么风格都是很正经的，《阿Q正传》偏偏是不正经的。要给一个人作传，首先这个人的名字很奇怪，这个人我们都读惯了，读"阿Q"。我们不知道鲁迅自己是怎么读的。但是很多人都说应该读"阿桂"，说这是一个"桂"的拼音缩写的字头；我们没有听过鲁迅自己怎么读，我们一般就读"阿Q"。我刚上大学的时候在宿舍里，我们几个同学来自不同的省份，来自天南地北。大家就为这个还争论过，说我们都叫阿桂啊，也有的叫阿Q啊，偏偏有一个省的同学说——我们那儿叫"阿圈儿"，【众笑】我们说很奇怪，他说就是打扑克嘛。

鲁迅故意用了这么一个可以供人开玩笑的词儿，本身就显得滑稽。但是那个年代没有"黑色幽默"这个词儿，鲁迅本人是黑色幽默大师。要给这么一个连正经名儿都没有的人做"正传"，这本身就是滑稽可笑的。但是这个滑稽可笑里却有很多可解读的空间。我们都知道在以前劳动人民是没有资格被写传的，特别是劳动人民里那个又被看不起的最底层的人，连劳动人民都看不起的人，怎么会有传呢？而鲁迅要给他写个正传，写完之后呢又看这个人很不正。

我要给阿Q做正传，已经不止一两年了。但一面要做，一面又往回想，这足见我不是一个"立言"的人，因为从来不朽之笔，须传不朽之人，又回去调侃自己，调侃叙事者自己。**于是人以文传，文以人传。**"传"这个词儿很妙，它又读zhuàn又读chuán，既是名词又是动词，可是它恰恰是中国文体金字塔中的很重要的一环。什么人能够入传？我们从司马迁《史记》的体例中就知道，什么人入本纪，什么人入世家，什么人入列传，那是不同的。这么多历史作者，我们为什么说司马迁是伟大的人民历史学家啊？就是司马迁写本纪的时候，里边竟然有《项羽本纪》。项羽是他们汉朝的敌人啊！司马迁是汉朝人，汉朝的头号敌人是项羽，他竟然把项羽写到本纪里边，跟帝王写在一块儿，这了不起！世家是写仅次于天子的人，仅次于皇上的人。世家里竟然有《孔子世家》，孔子是什么身份啊？孔子不就是一个民办教师吗？一个民办教师给入世家。那将相是入列传的，将相才有资格入列传，他这里边竟然有《刺客列传》，写了一堆刺客——刺客不就是要杀帝王将相的吗？杀那些王公大臣的吗？——有《刺客列传》，有《滑（gǔ）稽列传》等。

所以这个传（zhuàn）和传（chuán）在这里不断地被鲁迅调侃来调侃去，他其实就是要解构这个文体的等级秩序。整个《阿Q正传》，就要解构很多东西，最后是解构中国人。鲁迅写来写去，我们发现他写的又是我们自己。《阿Q正传》又是每天连载的，连载的时候很多人不断地心惊肉跳，这个很有意思啊。我觉得那个时候的人是不是比我们现在更有良心？他老往自己身上想。我们现在看见一个批判性的、讽刺性的文学，一般不想自己，都想别人了——你看这就是讽刺某某某，你可以想到你同学身上，不往自己身上想。那个时候的人往自个儿身上想。有的人读了《阿Q正传》连载，越读越愤怒——这个事儿他怎么知道的？他就怀疑身边的谁谁告了密，于是到处打听《阿Q正传》是谁写的。鲁迅后来有文章写这个事儿，说我没有那么卑鄙，故意去影射谁。也就是随便写的，就写中了很多人。所以最后我们知道，阿Q"传"的原来是我们大家，是中华民族。

关于阿Q到底是谁，学界中一直不断地有新文章出来。有的说是中国的农民，有的说是中国落后的农民，有的说是全体中国人，后来又说是全人类，等等。我年轻的时候，我第一次讲鲁迅小说的时候，我就讲阿Q是中国人的代表，然后课堂上有一位留学生就说："孔老师，我们国家也有阿Q，我觉得我们国家的人更像阿Q。"这个引发了我的思考。后来我去了一些国家，我发现全人类都一样。但是鲁迅本人是照着中国人写的，因为他主要是要救中国人，他没有想那么多外国的事儿。后来我们发现他之所以了不起，是全人类都有阿Q。

究竟谁靠谁传，渐渐的不甚了然起来，而终于归结到传阿Q，要把他写到传记里，**仿佛思想里有鬼似的。**鲁迅和周作人经常说自己思想里有"鬼"，就是有一种挥之不去的欲望要做一个事儿，要写一个东西。也就是说不正经的文字呢，恰恰透露了很严肃的、很正经的一个想法。而这个小说连载的时候，本来是当成通俗文学连载的，这个编辑叫孙伏园，他把这个小说放在一个叫"开心话"的专栏里边，连载之后，没想到影响很大，很多人天天看——其实很多人不知道这是鲁迅写的，这篇小说发表的时候笔名叫巴人。后来编辑就给它放到严肃的栏目里边去了，编辑就希望鲁迅不断地写下去，写得越长越好。可是鲁迅不想写那么长，鲁迅善于写短的东西嘛，鲁迅想早点结束，这编辑不同意。后来终于有一天编辑出差去了，鲁迅一看他出差了，不在了，也不用跟我商量了，就迅速地把阿Q枪毙了，【众笑】小说就结束了。鲁迅觉得那个性格已经塑造成功了。我们知道通俗文学是越长越好，最后好出书，好有稿费，那是言情小说、武侠小说的写法。而以后的言情小说、武侠小说没有像《阿Q正传》这么写的，所以它是严肃文学。也就是不经意间写出了公认的一个代表作，这是鲁迅代表作的开创性。

我们再回到《孤独者》上。刚开始我就说不知道这两个人（指"我"和魏连殳）的关系是什么，而在小说里边就有一段叙事者的自我探究。

我和魏连殳相识一场，回想起来倒也别致，竟是以送殓始，以送殓

终。那时我在S城，S城就是影射绍兴，就时时听到人们提起他的名字，都说他很有些古怪：所学的是动物学，却到中学堂去做历史教员；哎，你看这个不很像鲁迅自己吗？学理工科，完了去讲人文。对人总是爱理不理的，却常喜欢管别人的闲事；常说家庭应该破坏，一领薪水却一定立即寄给他的祖母，一日也不拖延。你看鲁迅这样的人，新文化的领袖，可是忠孝双全。当年我的老师钱理群先生过60岁大寿，我们给他祝寿，我写的文章就说，我们这些五四传人，我们这些研究现代文学的人，我们这些号称是鲁迅的学生的人，其实都是最讲传统文化的。我们忠孝两不耽误，随时准备为国家抛头颅洒热血；而那些满嘴仁义道德、研究所谓国学的人，我看未必。

此外还有许多零碎的话柄；总之，在S城里也算是一个给人当作谈助的人。有一年的秋天，我在寒石山的一个亲戚家里闲住；他们就姓魏，是连殳的本家。但他们却更不明白他，仿佛将他当作一个外国人看待，说是"同我们都异样的"。鲁迅的小说里在写另外一个人，这个人还是主人公，却写着写着总和叙事者自己夹缠不清。

这是现代小说的一个特点，现代小说有一种自我分裂的写法。鲁迅自己并没有好好地研究外国小说史，他虽然翻译了很多外国文学，但并没有去研究博尔赫斯啊、卡夫卡啊这些。后来我们这代人读过更多的外国文学，我们知道整个系统的叙事者的演进史。鲁迅是靠他自己的艺术天分，他就能创作出这样的小说来。小说的主人公是自己说不清楚的哪一部分，可以合久必分，可以分久必合，实际是通过自我分裂的方式来拯救自我。文艺创作的一个了不起的地方，是它能够拯救自我。我们看歌德写《少年维特之烦恼》，少年维特因为失恋，拔枪自杀了，可是现实生活中这个写维特的歌德先生，他失恋之后并没有自杀，而是很幸福地活到了八十多岁，又失恋了十几回。那他怎么不自杀呢？他通过写维特自杀把自个儿救了；那个人物自杀等于他死了，所以他继续进行下一场恋爱。这是文艺创作的一个功能。所以魏连殳之死也可以看成鲁迅之死。懂了文学其实也就更好地懂了现实人生。我们发现一些人，在不同的历史阶段呈现出不同的面目，他的思想有变化，就是这么回事儿。

那么就在《孤独者》这篇小说里，主人公魏连殳给叙事者"我"写过一封信，这封信也很重要。通过这封信，我们知道叙事者叫申飞，而我们查鲁迅本人的生平，鲁迅确实有笔名就叫申飞，这个叙事者又在暗示，这个就是鲁迅，鲁迅又在玩虚虚实实的游戏。魏连殳这封重要的信是写他人生转折的：

"人生的变化多么迅速呵！这半年来，我几乎求乞了，实际，也可以算得已经求乞。然而我还有所为，我愿意为此求乞，为此冻馁，为此寂寞，为此辛苦。但灭亡是不愿意的。你看，有一个愿意我活几天的，那力量就这么大。然而现在是没有了，连这一个也没有了。同时，我自己也觉得不配活下去；别人呢？也不配的。同时，我自己又觉得偏要为不愿意我活下去的人们而活下去"；这不就是鲁迅自己吗？鲁迅说他是愿意为敌人活下去的。"好在愿意我好好地活下去的已经没有了，再没有谁痛心。使这样的人痛心，我是不愿意的。然而现在是没有了，连这一个也没有了。快活极了，舒服极了；我已经躬行我先前所憎恶，所反对的一切，拒斥我先前所崇仰，所主张的一切了。"这句话太沉痛了，很多人说不出来，但是鲁迅一说出来我们就明白了。我们有千千万万的青年都走过这样的道路，这些青年人在社会的大染缸里面受了种种的打击、侮辱之后，就变化了，就变成去做他先前憎恶、反对的那些事，拒斥了他在大学里那些崇高的理想和信仰，抛弃了原来的青春，背叛了初心，其实多数人恐怕都会背叛初心的，很难坚持。但是我们说不了这么准确、这么深刻，而《孤独者》说出来了。

一旦这样，一旦躬行先前所憎恶、所反对的一切，马上道路就变好了，生活变顺了，升官了、发财了。所以这些人的生活，到底是成功了还是失败了呢？魏连殳的话是："**我已经真的失败，——然而我胜利了。**"这是鲁迅的辩证法，失败就是胜利，胜利就是失败；死就是活，活就是死；希望就是绝望，绝望就是希望。这是鲁迅的正面和反面。所以魏连殳的死，是某一层面上鲁迅本人的死。所以鲁迅是活到55岁还是85岁，在他自己看来无所谓，在我们看来很不一样，在他自己看来早都看透了。这是《孤独者》中这种主人公与叙事者变来变去、糅合来糅合去的一种开创。

那么鲁迅的文学之所以能够扛起整个现代文学的脊梁，是因为他大量原发性的思想。现代文学很容易被人记住的是它是白话文学，但是像鲁迅这些人早就看出，如果思想不变，用白话和用文言有什么区别吗？那还不如用文言。关键是思想。所以鲁迅从他最早的弃医从文到他放弃小说写杂文等，都来源于他的这个文学功用的思想。所以"我们的第一要著，是在改变他们的精神，而善于改变精神的是，我那时以为当然要推文艺，于是想提倡文艺运动了"（《〈呐喊〉自序》）。

鲁迅年轻的时候在日本也参加过革命党，革命组织派他回国来从事暗杀行动，他拒绝了。所以有人说鲁迅怕死：你看人家汪精卫都那么勇敢！汪精卫都"慷慨歌燕市，从容作楚囚。引刀成一快，不负少年头"（《被逮口占》）。这诗写得多好啊！假如汪精卫当年就牺牲了，那就是革命烈士，多高大啊！刺杀清统治者，然后被清统治者杀了头。我们都希望汪精卫同学那么死去多好，就没有后半节，没有后半节就是一个完整的高大的汪精卫。

可是鲁迅偏偏不去暗杀，鲁迅拒绝了，鲁迅说不行啊，我死了我家里还有老母亲没人养呢——其实你不还有俩弟弟吗？他说他有老母亲没人养，其实就是不想去。其实是鲁迅觉得暗杀没用，就是说你杀了几个人，这社会就变了吗？所以不是具体人的问题，是人的精神的问题。而他的那些革命党同志是理解不了这个问题的，他们觉得谁坏就去杀谁。两个不主张杀人的人，一个是鲁迅，一个是毛泽东。毛泽东说"一个不杀，大部不捉"（《论十大关系》），但是他的话到了下面就被扩大，还是抓了比较多，也杀了若干。这是中国革命跟苏联革命不同的地方，苏联把地主资本家都杀了，中国是都养起来，不杀也不抓，除非你有血债。

　　所以鲁迅看到了问题的实质，问题是改变精神，能不能改变精神。当然我们也不能说光改变精神，别的不动，但是鲁迅抓到了一个最要害的。那么怎么才能改变精神？开会做报告？上课？进培训班？送孩子上各种班？鲁迅认为最重要的是文艺。这是一般人看不到的，都是历朝历代最有眼光的政治家才能看到的，特别是那些兼文人的政治家，才能看到文艺的作用。而大多数人，包括我们这些学者都是事后才看到，我们可以总结以往，而不知道当下最重要的是什么。我们现在的国民为什么变成这种样子？你得回顾从三十年前、四十年前开始的这个文艺的变化。

　　而对文学这个概念的理解本身又非常复杂。文学不是我们大多数人想的那个风花雪月，讲个故事、抒个情。所以作为文学人或者文学者的鲁迅，他的本质是什么？我给大家介绍两个非常著名的日本学者，他们也对我们中国学者的研究产生过很大的影响，一个叫竹内好，一个叫丸山昇。

　　竹内好是从抗日战争那个时候开始就研究鲁迅、喜欢鲁迅，他是日本的一个年轻学者，他好像1944年的时候也参加过日本侵略军，被派到中国来打仗，到的是湖南，后来日本就投降了嘛。所以他对鲁迅有非常深刻的研究，就是说在日本最重要的思想家、影响最大的思想家恰恰是研究鲁迅的。特别是日本战败之后，他们也要反思自己：我们国家怎么了？我们不是很牛的国家吗？我们不是打败了北洋水师吗？我们打败了俄国，我们又偷袭珍珠港，跟美国都干了好几年，怎么最后落到这个下场啊？这里边一定有思想的问题啊。用我们中国人的话说，一定是政治路线出了问题，他们要检讨他们的政治路线，最后就发现：日本跟中国比，它差了什么？它差了一个鲁迅。

日本有这个有那个，学什么东西都很快，一个中国工程师发明了什么，日本把它迅速推广到全世界，日本有这个能耐，可是最后它发现它没有鲁迅。同样面对西方列强的侵略，日本迅速地跪下了，投降了，然后自己变成一个伪列强。它发现当奴隶主很好，奴隶主可以杀别人、玩别人、欺负别人，那我也当一个奴隶主，我来侵略亚洲。它走的是这样一条道路，就没有一个鲁迅告诉它，这样走是死路一条。鲁迅代表中华民族的这个抵抗，不是跪下了、投降了，而是先说我哪儿不好，我一定有不好的地方；尽管狼是肯定不好，狼的不好不用说，羊一定也不好，我为什么成了羊？这是鲁迅要问的问题。

竹内好把鲁迅的这个思想叫作"文学者的回心"，这个"回心"是日语，我觉得最好还是不要翻译，就用这两个汉字本身的意思来理解——回归自己的内心，回到自己的内心，或者是在内心里转来转去；它类似于自觉，就是一定要想自己。我相信大家都看过很多日本动漫，你通过日本动漫去想这个民族的心理结构是什么、它的想法是什么。日本总是要到外面去开拓，它总认为外面有很好的世界，外面有宝藏。大家就看那个《海贼王》，外面有无穷的宝藏等着我们去开发，他不问这个事儿是好是坏，在这个过程中表现自己的勇气、忠诚、智慧等。他的这个故事原型永远是到外面去抢东西、偷东西、拿东西，为此要把它的对象、把它的宾语说成坏人，我是不用证明的天然的好人。

你看看中国有这样的故事吗？我们中国老年人给孩子讲什么？讲的是《西游记》。《西游记》是出去抢东西吗？不是，是出去求一个教材、找一个课本。【众笑】对吧？我们不是去找一个课本吗？最后找回来的还是假的。这是我们的教育。找课本干吗？不就是来探究我们哪儿不对，我们哪儿还不够吗？所以日本人发现了鲁迅。当然竹内好在那一代学者中，最具代表性的是他紧密地把鲁迅跟第二次世界大战那个背景结合，又跟中国革命胜利、新中国成立、毛泽东思想等结合起来，他更强调鲁迅本人的文学者特性。

后来的丸山昇影响同样很大。竹内好我们都没有见过，丸山昇和后来那些日本学者都到我们这儿交流过。丸山昇同时更强调鲁迅与整个中国革命进程的关系，他强调鲁迅："一切都无法片刻离开中国革命、中国的变革这一课题，中国革命问题始终存在于鲁迅的根底里。"（《辛亥革命与其挫折》）——他强调鲁迅的这一点。

更年轻的一代学者叫尾崎文昭，尾崎文昭20世纪60年代的时候是日本的左派。世界上著名的学者几乎都是马克思主义者，或者是多多少少受过马克思主义影响。尾崎文昭有一个解释，他说："竹内好的《鲁迅》所说的'文学者'，就相当于丸山昇的《鲁迅》中的'革命者'，而'启蒙者'则相当于'文学者'。"（《竹内好的〈鲁迅〉和〈鲁迅入门〉》）

这个概念有点缠绕，我们不管它的这个缠绕，我们从中可以知道鲁迅的这个文学不是一般意义上的风花雪月的文学，鲁迅的文学是启蒙与革命紧密地关联在一起。这既是由于鲁迅本人的特质——研究文学的一个魅力在于个体的不可替代的特质，如果不是他不行，非此人不可；又是由于这个人和他的时代密不可分——没有中国革命，鲁迅也许一辈子就当一个教育部的官僚，他有很多才学，会写一些学术著作，也会有小说等，但他不是现在这个鲁迅。如果没有中国革命，毛泽东就是中国儒学系列中的一座里程碑，毛泽东将是一代儒学大师，是继顾炎武、王夫之、曾国藩之后的一代大儒，新儒家的那一座高山。那恰好有中国革命，他就用马列主义改造了中国儒学，形成了一套新中国的礼乐制度，核心思想叫为人民服务；那恰好有中国革命，他们个人的这个特质在一个平台上得到新的发挥。

所以鲁迅是把这种原发思想带给了中国现代文学，使中国现代文学跟其他国家的现代文学都不一样。当然我们的分期就不一样，我们跟日本一个很不一样的地方在哪儿？日本管现代叫"近代"，日本人说"近代"的时候就是现代，而我们近代是一个专门的词儿。我们一般说的近代是1840年至1919年，这是由于中国历史的特质所决定的。

我最近审阅一部教育部课题的稿子，有一个学者认为近代开始于嘉庆时期，就是从乾隆以后中国就进入近代了。那个具体的开端、结尾不重要，重要的是我们如何理解近代与现代的区别。在中国，近代是夹在古代和现代之间的，我们现代之后还有个当代——我们中国是非常复杂的。所以最近有些老师感叹跟同学们不好交流，其实是他的那个时代变化感没有跟上。要时刻理解现在是个什么时代。我上课的时候就想，在座的同学们是哪年出生的？你是不是"跨世纪人才"？现在越来越多的同学不是跨世纪人才了，都是21世纪出生的。那同时你就想，你是哪年上的学，你上学的时候用的是什么教材？这些很重要，这才叫触摸历史。比如我们研究鲁迅也要想，鲁迅的那个时代谁当中国一把手、中国是什么样的——才知道他怎么写作。在这方面日本学者做得很好，他们非常细致。我们有时候喜欢做大的深的题目，日本学者做得比我们要更切实际一点。这是讲原发思想。

要讲以文学来承担思想功能，最早可以上溯到曹丕。曹丕的《典论·论文》是中国文化史上第一篇单独谈论文学的理论文章，曹丕的

《典论》二十篇大多遗失了，就剩下一篇《论文》完整地留在萧统《昭明文选》里。我现在每天都在微博上发《三国演义》知识题，让粉丝们来答。《三国演义》里面有很多英雄，我觉得真正的英雄是曹氏父子。曹氏父子了不起，伟大的政治家、文学家集于一身，其实也是革命家。很难想象那样一个乱世，人口丧失一半以上的一个时代，群雄并出。看《三国演义》的时候真是让人雄心勃发，每一天都有各种阴谋诡计，阳谋阴谋，到处都是人才，包括我们嘲笑的那些人才，比如说像蒋干这样的人。而且那个时候竟然有这么好的诗歌，这么好的文章，这么深刻的见解！

曹丕的《典论·论文》，可能有一些中文系的同学熟悉。他把文章这个事儿提到这么伟大的高度："盖文章，经国之大业，不朽之盛事。"当然这个文章不仅仅包括我们现在学的文学了。"年寿有时而尽，荣乐止乎其身，二者必至之常期，未若文章之无穷。是以古之作者，寄身于翰墨，见意于篇籍，不假良史之辞，不托飞驰之势，而声名自传于后。"

曹丕写《典论·论文》本来是给他弟弟看的，本来是给曹植看的，意思就是让弟弟别跟我争权夺利，在政治上你没啥出息，政治上你就认我这大哥算了！这天下就是哥的，弟弟你要干啥？你写点文章算了！你写文章一样能够永恒、能够不朽。他本来是有这样一个目的，但是他无意之间却写出一篇伟大的文论来，历史上第一次深刻地探讨了文学的功能。文学不是写着玩的，文学是可以让人不朽的，比别的东西都不朽。人都得死啊，人攒的钱都没用，"钱还有，人没了"，钱没用！当官也没用！哪个人仅仅是因为寿命长留下名了，因为有钱留下名的，因为当官大留下名的？多少皇帝我们都记不住。都没用！真正有用的就是文章，可以不借助任何东西就使你永恒，使名字传于后世。

当然我们知道曹植也确实是这样，曹植果然写的诗比他哥好。他哥没事儿就迫害他啊，就训练他啊，"煮豆燃豆萁"啊，把他弟弟迫害成一个伟大诗人。当然他哥也了不起，但是伟大的政治家最后都干不过阴谋家，最后被司马他们家给灭了。现在我们看很多人崇拜司马他们家——司马家有什么啊？干了那么大的阴谋诡计，夺了人家的江山，你自己家写不出好文章来，最后还是没人记得你。谁会对司马懿有好感啊？谁会对司马昭有好感啊？倒是留下个成语——司马昭之心。所以真正伟大的还是老曹家。

正是因为把文学当成"经国之大业，不朽之盛事"，鲁迅才能够把他全部的思想寄托在特殊的文学表达方式上，这种方式上升到了古今中外无人能够达到的程度。如果读鲁迅的《野草》中的一篇——《墓碣文》，读这一段的话，会让人无比地佩服鲁迅对文字与思想关系的理解。

这里边说：**抉心自食，欲知本味**。你要想知道自己的本质，你就得吃自个儿的心，吃自己的心才能知道本质。可是你吃自己心的时候，**创痛酷烈，本味何能知？**……因为你要知本味就得用心知啊，可是你吃自个儿的心，多疼啊！这么疼的情况下你怎么能够知道这个味道呢？没法知道；我们知道当身体疼痛的时候吃什么那味儿都不对，那怎么办？那就是……**痛定之后，徐徐食之**。等不疼的时候再慢慢吃。可是不疼的时候你慢慢吃呢，**然其心已陈旧，本味又何由知？**……这时候已经不新鲜了，不新鲜了怎么知道本味呢？这个话本身就是创痛酷烈。我们读到这样的语言，我们觉得是惊心动魄！他怎么想出来的？这不是想出来的，这是人和语言达到人剑合一的地步，这样这个人就呈现在这里。

钱理群老师第一本专著叫《心灵的探寻》。钱老师已经出了一百多本书了，我们赶不上了，但是他第一本书我觉得还是最有魅力的，这是他多少年，包括"文化大革命"十几年的积累。他就是要探讨鲁迅这个人的心是什么样的，尽管这种探讨是没有答案的，是没有终结的一天，但是起码让我们知道，我们怎么样探讨自己，以及为什么探讨不出个究竟来。鲁迅已经说得很清楚了，在这种矛盾的情况下，我们很难知道自己的本质，要知道就得"创痛酷烈"，创痛酷烈又知道不了，这是一个两难境界。

毛泽东很简单地概括鲁迅——伟大的思想家、文学家、革命家，可是他不会细致地去探讨鲁迅这个文学是怎么个文学，他的文学跟革命、跟思想什么关系。鲁迅不是在三种情况下分别当文学家、思想家、革命家，鲁迅是天天在吃着自个儿的心，所以鲁迅这个"吃"是他的一个关键词，从第一篇《狂人日记》开始，就始终探讨"吃"的哲学。因此鲁迅的小说一开始就是珠穆朗玛峰，其他人的小说跟他比就是香山、鹫峰山，顶多是太行山。我讲《故乡》的时候讲过，在鲁迅的带动下出现了一批乡土文学，那些乡土文学也写得不错，但是拿出来跟鲁迅比，没法比，完全不是一个量级的，没法跟《故乡》这样的小说相比。所以鲁迅的小说就成了现代文学中的一个经典。他自己有一个言说，有小说自身的内容，可是这个小说的内容又不断地映射出去，所以鲁迅的小说是超时空的，正像阿Q的意义可以不断地放大一样。

所以这个阿Q到底是谁？到了今天就可以说，这个阿Q是谁都行。当然这又不是作品本身的一个指向，鲁迅自己写阿Q，就是写中国人；特别是写经过了鸦片战争之后，多次战败、签订了种种丧权辱国条约之后的那个中国人——它是有它的特定内涵的。但是其他人从中都可以得到启迪，这是一个文学的功用。同时它又超越了时代，尽管鲁迅不喜欢自己永远活着，可是在我们的心目中，他就是永生的。

有的时候某些具体的情况甚至比他写的更严重。比如今天中国人麻木的程度跟鲁迅笔下的那个时代比，到底如何？我们觉得时代进步了，人们都上了大学，不上大学也上过中学，都有文化了；买个手机都能够看消息了，都能看抖音了，还能发抖音了，这不是进步了吗？我们还会那么麻木吗？我们也都会嘲笑孔乙己、嘲笑阿Q了，这是不是就算不麻木？

过去的人因为没有文化，所以他有自知之明。没有文化的人不会去攻击有文化的人，特别不会在文化问题上去碰瓷儿。闰土绝不会去攻击鲁迅；豆腐西施杨二嫂也只敢偷他们家的东西，而不敢在文化问题上跟他叫板；祥林嫂更是老老实实地请教有没有灵魂，而不会跟他反驳有没有灵魂这件事，因为他们知道自己没文化。不认字的人而有自知之明，和上过大学的人但是没有自知之明，哪个更麻木？这才是一个问题。你就觉得自己有文化了，懂天下很多事了，见谁都可以碰瓷儿，什么问题都跟人"平等探讨""独立思考""平等对话"，而被你强行要求平等对话的那个人又不好意思跟你不平等，否则不成了歧视你吗？现在"歧视"这个词儿很伤人啊，谁敢歧视你啊？所以大家表面上都和气一团，都是平等的，于是你就更加麻木。

比如说我逮住一个物理学家，我一定要跟他探讨量子物理。我也读过七八本量子物理的书啊！那我逮住一个真物理学家，跟他去抬杠，他也不好意思把我骂得一钱不值啊，他也得尊重我这个人。那这个时候只有我自己心里觉醒：我在干什么？我没有资格跟他这么探讨，我只有请教，说我读过哪本哪本书，这书说得对不对啊？我只能用这样的口气去请教，我哪能跟他去"探讨"啊。而我们现在这个社会呢，不是这样的。

所以在某些问题上、某些侧面，现在可能比鲁迅的时代问题更严重，都是上过大学的阿Q，而恰恰缺少的是鲁迅、缺少的是魏连殳、缺少的是竹内好先生说的"回心"——没有了。当卖国汉奸固然是错误的，这个不用批评大家都知道了，但是那样闹哄哄地爱国，爱的是什么国？你要干什么？所以后来日本的学者终于总结出来他们没有鲁迅，这给他们带来巨大的伤害，万劫不复的伤害。包括他们现在把核污水就直接排进太平洋——自己挨了两颗原子弹，现在核泄漏了，再往太平洋一排，危害全人类。这事儿难道简单的是一个政府不作为吗？是一个政府的事儿吗？根源还在于这个民族没有鲁迅，不但没有鲁迅，连老舍、连茅盾、连郭沫若都没有。

好，这个不多说。正是因为这么一大堆的原因，严家炎先生讲："中国现代小说在鲁迅手中开始，又在鲁迅手中成熟。"前面也说过，一般来说"开始"是不容易成熟的，万事万物有一个发展过程嘛，开始很幼稚，慢慢地成熟，达到高峰，再衰落，一般是这样的一个轨迹啊。但是中国文化很不然，中国的很多事情往往第一个就是最好的。二十四史中，《史记》是最好的，往后越来越差。

中国很多事儿是第一个最好，现代小说又是。学界有人说你看鲁迅也没写过长篇小说，可是那些写过长篇小说的人谁敢对鲁迅不敬呢？我们最高级的长篇小说奖叫"茅盾文学奖"，那茅盾对鲁迅什么态度？那是恭恭敬敬的学生的态度——茅盾也是五四先驱，那茅盾也了不起啊。就是因为我们讲的这些开创性方面、元文学方面，他不如鲁迅。茅盾很伟大，但是他的小说我们可以分析出很多不是原创的，不是元文学的创新，特别是思想性、革命性，没有那么强。鲁迅不用到街头、到部队、到前线去闹革命，他的文字本身就是革命的，"今天晚上，很好的月光"，这就是伟大的革命，这就掀开了历史的新篇章。所以严老师研究了很多年现代文学，他得出这么一个结论，这是我们现代文学界的一个共识，严老师也是能给专业留下结论的人，这句话也很普通，但是它成了一个共识。"中国现代小说在鲁迅手中开始，又在鲁迅手中成熟"——这就是一流大师的境界。比如说武侠小说金庸写得最好吧？但是我们不能说武侠小说在金庸手中开始，又在金庸手中成熟，金庸就达不到这个程度——

分明不是在你这开始，以前还有很多高人。所以鲁迅小说为整个中国现代文学以及当代文学开创了广阔的道路。

当下的中国文学出了什么问题，是当代文学学者要探讨的。中国老百姓现在对文学一方面很疏远，一方面又有不满。我们有没有可能从鲁迅那里得到一点启迪、得到一点生发？我们今天的创作者们还能不能写出一两句很新鲜的话来，像"今天晚上，很好的月光"这样的话来？古人讲，最好的诗是"直寻"，就是一句话说到你那个客体，不要绕来绕去。最好的诗不是李商隐的诗，不是用了很多典故、挖空心思，"身无彩凤双飞翼"，不是那种诗。而是什么呢？"明月照积雪""池塘生春草"一流的诗是这样的，最简单的几个字，你一读，就明白了，不用解释。一句诗只要需要解释，诗味儿就减少了，因为解释的过程中你就离开诗了嘛，这诗怎么还要解释呢？好诗是不需要解释的。好诗就像第一次看见婴儿一样的，"池塘生春草"，多好的意象！禅宗经常引用的诗句，"春来草自青"，一切都在这五个字里了，还用讲什么道理？我们今天不再有那种开天辟地的气象，你看那个开天辟地的人说的话，都是直白的，一句话说到点子上，不需要注解。毛泽东说"中国人民站起来了"，一句话说到——就完了，这是开天辟地的气象。

所以我们当代文学到今天，开了七十年，大家很不满。我是很关注当下文学的，我每个月都读当下的小说创作，人民群众接触不到的，网络不推的，就是登在杂志上的。应该说现在有一些严肃的作家，他的创作水平还是很好的，每个月都有很好的作品，只是大家接触不到而已。为什么接触不到？除了一些原因，还有文学自己的原因。我们的文学失去了原创性，失去了思想性、革命性，丧失了这个问题。你看毛泽东时代的文艺，每十年八年都有创新，它不是停留在一套话语中的。

所以说鲁迅的小说具有"小说的小说"的性质，这才是元文学。打个比喻，他的小说既是现代文学的太阳，同时也是黑洞；他既照耀着整个现代中国，同时又能吞噬其他的文本。就是这个鲁迅挺遭人恨的，你想我们这种人想写点什么东西，很容易就被他吞噬掉了，写着写着发现，哎，这个事情是不是鲁迅说过呀？一查，果然被他说过，还不如不查，一查就被他"带走"了，就顺着他的话去说了。他有这么伟大的力量！而我们现代中国的文化主题、叙事模式、表达方法都被他给开创了。我们现在说来说去的文化主题，要么说到国民性上，要么说到传统上，这都是鲁迅开掘的。现代中国的叙述模式，切开一段，观察横断面，进行质疑，这种科学式的文学叙事是鲁迅的写法，不论《孔乙己》还是《药》，都是这么写的。

还有鲁迅创造性的白话。五四提倡白话不假，一开始为什么让人看不起？因为人们见过白话，鲁智深说的不就是白话吗？李逵说的就是白话，都见过啊。所以鲁迅的是创造性的白话，鲁迅是由创造语言来寻找这个民族的初心，最后要重新恢复"白心之民"，纯白的心，就是我们后来说的"赤子之心"。我们抗美援朝为什么能够胜利？是因为抗美援朝的英雄们是一群白心之人，非常淳朴，没有那么多的文化，那么多的绕来绕去的、夹缠不清的概念，他们就是要为这个国家、为了人民啊，等等——就是恢复了最初的赤子的状态。

因此可以说，现代文学从鲁迅开始标志着一元复始——这个"元"，何休说是气，徐彦说是端，都一样——由此具备了空间性与时间性。所以新中国的成立正是《易经》中说的"元亨利贞"。新中国是1949年成立的，但新中国文化的开端，是要追溯到鲁迅那里的。

好，鲁迅小说的元文学性质就讲到这里，好，下课！【掌声】

2020年11月3日

薛定谔的猫

—— 怎样读鲁迅小说

好，我们开始上课。

前天是我们中文系一百一十周年的系庆，我每次参加系庆这样的场合，都是以一个小学生的心态和身份去受教育的，老先生们讲的很多话可能在场的很多人听完就过去了 —— 你们还记得开学典礼上的各种讲话吗？可能同学们都不怎么记得了，我是经常记起的，我觉得那些话往往是给我讲的，开学典礼、毕业典礼我很愿意听那些话，也许一百句话里只有三五句有用的，但是就那三五句也值得我们铭记终生。

前天，我们中文系很多身体还不错的老先生来参加这个典礼，七十岁的搀着八十岁的上台，他们个个都是国之重器。最后代表老先生们讲话的唐作藩先生，已经九十三岁了，他唠唠叨叨地从他的小学讲起，我们大家都很爱听，没有人嫌他唠叨，他从他小时候家里如何贫困、上不起学，后来怎么上的学、怎么上了大学，又怎么在偶然的情况下到了北大，一路讲来，最后讲到他的九十三岁。唐作藩先生是语言学家，他说他不算老，还有一个更有名的语言学家，大家可能听说过，叫周有光，周有光先生活了一百一十一岁。所以唐作藩先生觉得，他前面还有很长的路要走，他感到压力比较大。老先生的讲话给我们很大的鼓舞。

我们北大从1910年开始设立了中国文学门，后来就改为中国文学系，再以后改为中国语言文学系。新中国成立后我们设立了文学、语言、古文献三大专业，这个结构持续至今，中间还增加过其他专业，比如说写作专业、编辑专业、作家班等，但是主要的还是这三大块。

是不是变成现代科研体制之后就都是优点呢？我们以前不是这样研究文学的，以前没有"文学史"，以前的学术跟今天不一样，今天这个框架是从西方搬来的。如果讲现在这一套西方的大学体制，那西方比我们早得多，但是要说很高深的专门教育，那西方跟中国没法儿比。严格地说，我们北大的校史要从汉朝的太学开始算，到现在已经两千多年了。近代之后，为了所谓的富国强兵，把传统否定了，中国人很聪明，玩儿新的东西很快，迅速上手、赶超，很多从西方来的东西，现在中国都是世界第一。可是这个过程中我们是不是损失了一些东西？这些东西可能还深藏在老百姓的潜意识中。

社会上的人想象中的中文系，和我们的实际情况差十万八千里。我上高中的时候也想象，北大中文系，是不是天下最浪漫的地方，每天都吟风弄月、吟诗作赋？我就是被这几个字儿给忽悠来的。我们大多数同学怀着一个作家梦、诗人梦、剧作家梦来到北大中文系，来了之后都发现上当了，中文系不是这样的地方，这个系的老师一点也不比其他系的老师浪漫，仔细观察，他们更严谨、更刻板、更严肃。以前学生一入学，老师、领导就先泼一盆冷水，告诉大家中文系不培养作家。你中文系为什么不能培养作家？古代的一个青年人，他跟着李白、跟着苏东坡混个十年八年，我相信他的写作水平一定很高。苏东坡、李白怎么就能培养人？我们为什么就不能培养人？这里边恐怕还是有问题的。

幸亏北大中文系有它独特的意义，它在这样一个严酷的学术体制中，依然顽强地保持了很多传统；你多多少少还能看见它的一些气质、风骨。一百一十年来风云变幻，然而北大中文系有一些东西是不变的，比如说追求自由、保护个性、彼此宽容。北大中文系，如果多听几门课你就知道，哪个老师跟哪个老师哪哪都不一样，你以为他们是对立的吗？他们关系很好。就是那些赫赫有名的老人家也是一样的，有很多东西从来没变过。我们按照体制在教学、做科研，但是我们有很多体制之外的东西；有很多体制之外的东西在北大不但是受到保护的，甚至是受到提倡的。比如说我今天讲怎样读鲁迅小说，下边莫名其妙地来了一句论"薛定谔的猫"，你打听打听，天下哪个大学敢这样？在我们这儿保持着可贵的精神自由。

当然，这不是说我下午要上课，然后头脑一热，上午想一个"薛定谔的猫"。我表面上很自由，其实骨子里是很严谨的，我的课都是在假期就备了，这个学期的课我在暑假就备了。现在我一边给你们上课，同时没事儿的时候我也想一想下学期的课。所谓备课不是说要写教案，写教案的人很多是不负责任的人——你不就想早早把活儿干完好交差吗？真正的老师，心里时时刻刻都连着学生、连着课堂。虽然你早在假期里把课备好了，但是你在上课的这一个星期还要再备课。我今天下午要上课，上午就不能干别的，表面上东翻翻西看看，跟这个打招呼、跟那个说说话，其实我心里一直想着下午的课。所以中文系有一个口号，叫"课比天大"，尽管上课不挣钱、不算科研成就，什么都不算，但是既然上了课，我们要把它上好。所以中文系多多少少还保留着从《论语》延续下来的那种上课之风。

我前天遇到一位北大其他院系的青年教师，他在多年前也听过我的课，包括鲁迅课，他回忆了很多我在课上讲的话，有不少我都忘了，他还记得；他说当时也不太理解，慢慢地就理解了很多，特别是现在他当了老师，他觉得那些话很有价值。我一开始以为他就是吹捧我几句，但他不是，他记得很清楚。他说我每次课前为了聚拢一下上课的气氛随便说的那些话，和那课本身是一样的重要。我说那都是随便的开场白，是耽误正经上课时间的，它在中学里不被允许，在其他大学也不被允许。我还说，中国除了北大，其他大学都越来越中学化了，大学老师如果一个星期上十节课，那还叫大学老师吗？你上十节课，起码要用十节课的时间去备课吧？那你还有时间搞科研吗？还有时间关心人民群众吗？还有时间思考学科问题吗？你不就是一个上课赚钱的辅导老师吗？所以听了这个青年教师的话，我觉得，我有时候胡说八道的几句话，看来还有点价值。

我想起我从毕业之后，每次上课前，或者给大家推荐点书刊，或者给大家随便讲点什么，但是这挺不好把握的。如果是给中文系的学生或者是研究生上课，他们比较一致，有一个统一的目标；但是上现在这样的通选课，大家来自不同的专业、不同的年级，不好给大家推荐书或者是讲什么东西。正好我今天上午拿到一本书，是我们系当代文学的贺桂梅老师的新作，给大家推荐一下，北大出版社刚出版的，叫《书写"中国气派"》。这书是她写了好多年的、打通现代文学与当代文学的一本力作。书比较贵，我看了一下，八十九块钱，但也非常厚，五六百页，大家可以到图书馆去借阅，读了能够看明白许许多多现当代的问题。贺桂梅老师是"70后"，她当初也受她上学时的气氛影响，看不起新中国前三十年的文学。但是到了1998年——她书里后边写了，1998年她有一个巨大的转折和觉醒，她开始重新认识这个国家，重新找到了马克思主义，重新找到了毛泽东思想，于是"照亮了整个的研究领域"，于是她能够思考，从中国20世纪40年代开始一直到现在，什么是中国问题，中国问题是什么。我觉得一个国家最重要的不是它的古代文学，而是当代文学，是当下的文学——"最重要"不是说它价值高，而是说学者应该首先重视当下人民群众在吃什么、在喝什么，这是最为重要的。这是给大家推荐的一本书。

下面继续来讲我们的课，我们今天讲一个务虚的东西——怎样读鲁迅小说。以前我讲过很多次鲁迅小说课，我觉得不是为了培养同学们、听课者去当学者，去研究鲁迅，而是想通过展示解读最高级小说的方法，提高同学们整个的文学鉴赏能力，以后你遇见其他的作品、小说，一眼就看明白了，你一辈子和那些文学青年就区别开了，永远不会像我每天上午回答的那些问文学问题、读书问题的人一样，问那么浅薄无知，甚至让人反胃的问题。每天都有人问：老师请给我推荐一本最甜的小说，【众笑】还有给他推荐一个什么什么——他给我规定好了情节——两个霸道总裁打架的故事。【众笑】提这些问题的多数都是大学生，所以我就觉得大学生和大学生之间，是珠穆朗玛峰跟香山的差别，这个差别太大了！如何把自己从那个堆儿里拔出来，这是最重要的，从尼采到鲁迅要做的都是这件事儿——告诉能听懂的人，把自己从那个堆儿里拔出来，先救自己，然后回过头去看，顺手能提溜几个出来就提溜几个出来——这就是救人。所以我也想，能不能告诉大家一些怎样读鲁迅小说的方法？可是这样一想问题就大了，就变成普适性的东西了。

今年暑假，我有一次跟别人讨论"薛定谔的猫"的问题，我想就从这儿开始聊。"薛定谔的猫"已经成了一个很普泛的话题，很多不同专业的人都可以谈这个事儿。薛定谔本人是一个很传奇的科学家，他是奥地利物理学家，量子力学奠基人之一，曾经跟狄拉克一块儿获得1933年诺贝尔物理学奖，20世纪60年代去世了。这个人的故事大家感兴趣的可以去查，我就不在这里多讲。这里讲他这样一个假设——

薛定谔提出一个量子力学领域的悖论，他说：假设有一只猫，一些放射性元素，还有一瓶毒气一起被封闭在一个盒子里一小时，在这一小时内放射性元素衰变的概率为百分之五十，也就是它可能衰变也可能不衰变，如果发生衰变的话，有一个连接在盖革计数器——这个也是20世纪发明的计数器——上的锤子就会被触发。这个锤子一旦被触发，就打碎这个瓶子，毒气散出来，猫就被杀死了。那么这件事儿的可能性有多大呢？元素衰变的概率是50%，所以它是否会发生的概率是相等的。那这猫到底死不死呢？薛定鄂认为在盒子被打开前，盒子中的猫被认为是既死又活的。当然这个假设前面有一个漫长的科学史，我们哲学系有专门讲科学史的老师。薛定谔是回应科学史上的一些假设，我们就简单把他的这个假设放在这里。这是很不可思议的，一个猫怎么能既是活的又是死的呢？根据我们的常识，它只能是一种，要么死要么活。可是薛定谔认为有一只猫是既死又活的，他的思想核心在这里，这个实验的核心思想是事件发生时不存在观察者，盒子里的猫同时存在于其所有可能的状态中，也就是既死又活。

薛定谔最早提出这个实验是在回复一篇讨论量子态叠加的文章中，"薛定谔的猫"同时也说明了量子力学的理论是多么令人无法理解，其中最奇异的就是多重世界假说，这个假说表示有一只死猫和一只活猫，两只猫存在于不同的宇宙之中，并且永远不会有交集。接触过这类知识的同学会觉得这个并不难理解，如果没有接触过的还得想半天。

我是一个很喜欢猫的人，所以我很讨厌鲁迅的一点，就是他不喜欢猫。我老想，薛定谔这个实验干吗非得放一只猫呢？放一只兔子多好啊！放一只老鼠也行吧？我因为这颗爱猫之心，很关切他这个思想。这个思想牵扯到近二十年来被到处热炒的量子力学问题。我中学的时候就很关注科幻问题、科普问题，我在十几岁的时候就想过应该存在很多个宇宙，只不过我不是从科研的角度去想的。

量子力学有一个著名的"双缝实验"，就是让一个电子同时穿过两个缝隙，没有想到的是这个电子可以同时穿过两个缝，可是当你去追踪的时候，发现它又只能穿过一个。这是经典物理学无法解释的。于是物理学家们就提出可能存在平行宇宙，平行宇宙就是它们之间的相互作用力是不一样的。我们今天认识的由牛顿力学所建立起来的这个宇宙，根据几个牛顿定律就知道了，作用力和反作用力的公式我们都明白。如果我们认可牛顿力学建立起来的这个宇宙，将推出什么结论呢？一定存在上帝！所以牛顿最后就疯了。我们发现，很多科学家，特别是大物理学家，最后都是疯了，要不就死了、自杀了。为什么中国科学家不自杀，外国的科学家会自杀？这里边有深厚的文化原因。外国人自杀和中国人自杀还不一样，外国人自杀基本都是抢救不过来的，比如说跳楼、用手枪自杀；中国人自杀很多都能抢救过来，比如说喝农药、投河。中国人自杀抢救过来的概率是很高的，外国人自杀一般很暴烈，死了就死了。

科学家提出有平行宇宙，有平行宇宙才可能不用上帝——牛顿的世界必须得有第一推动力。于是，玻尔提出了一个哥本哈根解释，这个解释在我看来一点都不奇怪，西方人怎么绕了这么大一圈儿才明白呢？波尔说，双缝实验的关键在于有没有观测者。人们对一个事情的结论判断之所以不同，关键在于"观测者"。我们从小到大做的那些数理化题，学习好的人觉得做得很好玩儿，多数同学为什么觉得很厌烦，上了大学赶紧抛弃了呢？因为里边没有"人"的因素，没有"人"。那道题肯定是能做出来的，你做不出来是你的问题，既然老师让你做一道题，那题肯定早就有答案，这其实就是彼此欺骗的一个游戏。做那道题有什么意思呢？你题做得再好，到社会上也未必能办事儿，因为社会上的题不能保证你最后能做出来，已知条件是不满足你做出最后结论的。哥本哈根解释说，当引入观测者的时候，它其中的某一种可能性就发生了坍缩，一种可能性就没有了。比如说波粒二象性，这是我们几十年前就知道的——要么是波，要么是粒，可是你这个观测者一来，它这个波或者是粒就坍缩了，于是你只能观测到波或者只能观测到粒。

于是这就可以解释许许多多我们超出经典科学之外的现象，比如说灵魂问题，鬼神问题，祥林嫂的死去的一家人能不能再见面的问题——那种把鲁迅困扰得很痛苦的问题，鲁迅最后采取一个滑头的办法，说"也许有罢"。他是人道主义者，想给祥林嫂一个安慰，但是从科学上他没有把握，他不知道能不能见面。你如果承认有多世界，那么死去的人不过是在我们这个宇宙里死去了，孔夫子、秦始皇、亚历山大、耶稣，他们在无数个与我们平行的宇宙中还继续活着，他们"既死又活"；只是因为各个宇宙是平行的，所以不能随便来往。大家想象一下那个立交桥，上面走火车，下面走汽车；他们在一个空间里，但是彼此不能来往，因为轨道不同。我们这是在谈很玄的多元宇宙问题，现在许多专业的人都在讲这个事情。但是有了多元宇宙或者多世界的存在，它不应该否定我们在当下这个世界里生存和活动的各种逻辑，不能说牛顿经典力学就没有意义了，孔孟老庄、柏拉图都没有意义了，不是这个意思。

这种想法为什么中国人理解起来很快，中国人觉得似曾相识呢？因为中国人虽然不用这种表达，但中国人早都想过类似的问题，是用其他的角度进入的。大家更为熟悉的是王阳明，王阳明也是近些年来被热炒的。王阳明《传习录》里有一段经典，很多人都引用了，他认为一切"皆备于我心"，心外是没有物的，一切都在我心里。有一天游南镇，一个朋友就问他，你说天下无心外之物，那么我问你，如此花树，在深山中自开自落，与我心亦何相关？这意思就是切磋学问，向他挑战了：你不是说心外无物吗？可是你看这花儿，人家在这儿自开自落，它跟我的心有什么相关呢？好像没关系啊！

按照我们经典的马克思主义哲学，王阳明是唯心主义吧？人家这个提问的是唯物主义嘛！可是王阳明回答：

"你未看此花时，此花与汝心同归于寂。你来看此花时，则此花颜色一时明白起来，便知此花不在你的心外。"

这个话大有妙理存在，我们可以从儒学的角度、佛学的角度、禅宗的角度去体悟，密宗的角度也可以体悟，也可以从科学的角度体悟。王阳明并没有说是我们的心决定这个花的有无，他没有说我们没来的时候这花在不在，他不管这个问题；孔子也不谈这些不可证实也不可证伪的问题。现代科学家争来争去的问题，孔子早都看明白了，所以孔子根本就不谈这些。我们看屈原的《天问》，屈原很想不通，屈原问，宇宙从哪来啊？东西南北的边界在哪儿啊？海有多大啊？屈原很痛苦地上下去问。而儒家这些人根本不问，儒家看屈原跟看小丑似的。这有什么可问的呢？儒家集体地不谈这些问题，但是他们不可能不想，他们还有另一套思路。你看王阳明的回答，他不说本体的问题，他说的是一个认识论问题。王阳明强调的是看不看，也就是刚才我们说的"引入观测者"的问题：你没有看的时候，这个花跟你的心同归于寂，这个花有没有我不管，你没看的时候那都是一片黑暗的；但是你来看它的时候，正因为你看它，这花颜色一时明白起来，因此说，这花难道在你的心外吗？这花不在你的心外。明白这句话才能明白王阳明的哲学，它不是一句唯心主义所能概括的。他没有谈世界本原问题，没有说咱们不来的时候这个山有没有；但是分明是你来了，你才看见山清水秀，你要不看，没有人的话，它绿不绿、青不青有什么关系吗？在中国文化中，"看"和"不看"是很重要的。

我们现代文学接受美学中特别强调"看"的问题，我讲文学经常要讲"看"。我们看一个影视节目的时候，一定要注意摄影机是怎么运动的，摄影机代表谁——摄影机是有阶级的；摄影机是怎么看男人，怎么看女人，怎么看孩子，怎么看穷人，怎么看富人的？电影是赤裸裸的政治。古人早都明白这个问题。今天因为有人又在炒量子力学，王阳明的这个话也跟着"一时明白起来"，所以许多问题从根儿上讲还是哲学问题。

我们再复习一下马哲课的一个基本概念，关于唯物主义的基本概念，很多来自列宁的这句话："物质是标志客观实在的哲学范畴。"列宁说物质是什么？物质是个"范畴"——要想学好哲学，首先得学好语文。他说物质是范畴，范畴是什么？范畴是概念，是精神的东西，是语文问题。也就是说，"物质"其实是语文问题，列宁在这个语文问题前边加了个定语"客观实在"，物质只是标志客观实在的"哲学范畴"。那这个"客观实在"怎么解释呢？列宁从两头说，"这种客观实在是人通过感觉感知的"——这句话经常被忽略。你怎么知道有客观实在的？那不是通过感觉感知到的吗？有感觉，你才感知到客观实在，那没有感觉的时候有没有客观实在呢？列宁用下面一段话回答："它不依赖于我们的感觉而存在。"可是这句话是没有证明的，他就给了一个结论，说"不依赖于我们的感觉而存在"，但是又强调"为我们的感觉所复写、摄影、反映"。我们有没有"感觉"，这个"感觉"能够复写客观的物质，能够摄影之、反映之？所以这里边留下很多问题。我从中学到大学，学马哲的时候给老师提一些基本的问题，老师都没法回答。我说根据列宁的定义，这个物质是通过感觉感知的，那么感觉是不是一种物质？老师一开始听不懂，说你说什么意思啊？我说，列宁不是说了吗，物质是不依赖我们的意识而存在的，它是通过我们的感觉感知的，可是我们得先有个感觉吧？那这个感觉是不是物质呢？比如我的感觉对于你来说是不以你的意志为转移的，对吧？你不能转移我的意志吧？不能转移我的感觉吧？所以说我的感觉对于你来说就是物质吧？老师连忙说：让我歇会儿，让我歇会儿。我能把老师说蒙了。

我不是要把老师说蒙，是这里边存在着巨大的讨论空间，不论你认为客观物质如何存在、是否存在，它都跟我们的感觉是分不开的。正因为如此，它才给人类带来那么大的痛苦，哈姆雷特的痛苦，to be or not to be，这句话不是指一个具体的人的死活，是整个人类、整个存在的问题。因此，我们唯物主义经常批判的贝克莱的这句话，"存在就是被感知"，不能简单地一句话把它推倒。我们认为世界是不以人的意志为转移的，那么你怎么知道世界不以你的意志为转移？这本身不还是一个主观判断吗？所以这个话它就又绕回来了，必须绕几圈，你才能把它刹住。

我们今天不具体地探讨哲学问题和科学问题，我们是从这个入手，来想想文学问题。老师们给同学们讲的各种文学作品的意义，是怎么来的？我前几天参加一个北大培文的读写活动，北大很多老师介入中学教育、语文教育、读写问题，在这个活动上发言，我就指出，现在中学老师上课太能讲，讲得太多，他们讲的那些东西是从哪来的呢？是参考大学老师的科研成果。大学老师为了自己评职称，解释了很多文学作品，无穷地生产，生产了之后，中学老师看了很好，他到课堂上给中学生讲，学生一听很新鲜，说这老师很有学问，讲得很热闹，可是最后呢，学生的语文水平很差。所以我说，最好的办法就是传统教育，语文课不要讲课！你敢保证你讲的东西是对的吗？换一个老师又一种讲法，那究竟谁对呀？我可以把你们讲的全部推翻，因为我们北大老师的本事就是互相推翻。所以我一说，很多老师都赞同，大家都有同感。过去被否定的私塾老师摇头晃脑领着学生们背四书五经，那是最佳的学习方法，一说、一解释就错了！因为笨的学生你怎么讲都没用，越讲越歪，越讲他越往歪路上想；聪明的学生摇头晃脑就摇出来了。意义是无穷的，不同的观测者会观测到不同的意义。

文学意义是怎么产生的呢？我们抽出几个要素来，文学首先有一个文本——不管诗歌、戏剧、小说，它有一个文本，文本本身构成一个世界。我们为什么要看文学？我们是要看文本中的那个世界，文本构成了一个世界。文本中的世界是怎么来的呢？创作这个文本的人，生产这个文本的人，我们把他叫"作者"。作者有一个世界——鲁迅有一个他的世界，我们研究了很多鲁迅的世界。鲁迅从他那个世界里提取原料进行加工，然后做成文本，于是我们看见那个文本的世界了。文本的世界跟作者的世界是有关系的，但不是等同的，一定有变化、有变形，就像我买回来的菜跟端上餐桌的菜肴，那是不一样的。看文本的人叫读者，读者还有自己的世界。因为读者有自己的世界，所以他所理解的文本世界和作者的世界必然是不同的。

这就涉及很多教育问题。你说小学生该不该读《红楼梦》？这不就涉及几个世界的关系问题吗？小学生的世界是什么世界？《红楼梦》的世界是什么世界？《红楼梦》背后的世界是什么世界？我只提取三个最简单的要素，其实还有别的要素，还有搅局者，就是学者，学者是很"讨厌"的搅局者。本来世界很简单，读者读文本就行了，可是学者的声音现在越来越多地渗透、进入读者那儿。学者老告诉你，这个意义是什么："我告诉你贾宝玉其实不是贾宝玉，这写的就是乾隆！"这学者是特别讨厌的，学者不让人好好读书。

那么我们就明白了，文学意义的产生，跟三个世界的关系有关。三个世界的趋同度如何？我们学过交集——这三个世界在多大程度上有交集？我们经常去研究那个交集，但是我觉得我们更要去研究那个补集。有时候这个补集很重要。

而这三个世界有彼此想象——作者往往以为自己创造的这个文本世界，是合乎于自己所来自的那个世界的，一般的读者也会这么想。文学的迷幻性就在于此。学者这个职业有什么正面的价值吗？就是学者告诉人们，事实不是这样的，事实上这三个世界差别很大，只是"只缘身在此山中"，大家"不识庐山真面目"。作者的世界不等于文本的世界，读者的世界更不同于文本的世界，这三个世界放到一块儿组合起来，就组合成了那句话，叫"一千个读者，有一千个哈姆雷特"。所以讲文学作品不应该讲成标准答案，有标准答案就错了。而我小时候受的毛泽东时代的教育，语文课基本上不讲。我们觉得那个时代很讲政治吧，却不怎么讲语文课，老师上课主要的活动就是领着大家念课本，先写生字、生词，然后讲重要的修辞现象，比喻、排比……讲完了，剩下的时间就是念课文，老师念一遍，班长念，学习委员念，课代表念，小组念，横着念，竖着念，全班念，然后，下课。这就是语文课！上得快快乐乐的，什么也没落下。后来才发展出什么"第一段什么意思，第二段什么意思，第一段跟第五段什么关系"，这都是学者们编出来的。我作为一个文本的生产者，我不知道我的文章第一段跟第五段什么关系，我只是到了那一段就这么写而已。有很多地方拿我的文章去出题，出题之后都编得非常深奥：此处表现了作者怎样的思想感情？我就赶紧看我啥思想感情。【众笑】学者们分析出来我也认可，他说的其实有道理，但是换一个老师又能分析出另外一种思想感情来，你还是会觉得有道理。也就是说意义是无穷的，区别只在于观测者。所以讲文学作品一定要记住，你可以选择一种讲法，但是不要认为这个讲法是标准答案，不存在标准答案。

我三十年前到中学去当了三年老师。我到了中学之后才发现现在的语文课是这样讲的，区里还让我去进修，我说怎么还要进修呢？然后负责的人说，不进修你怎么会讲课呢？我觉得这事儿很荒谬，我说，进修时谁给我们讲课啊？他说是某某人。我告诉他，这个人我认识，他到我们北大进修，都是我辅导他的，我还到他那儿去进修？然后我一看区里发那考试题，请问《雷雨》中周朴园的性格？这竟然有标准答案，答案是"虚伪残忍"。【众笑】周朴园的性格竟然有标准答案！其他几个选项都是错的，只有这个是对的，那这个语文课还上什么？此后肯定是一溃千里，越改越差。因为整个思路是错的。我不反对适度地借用大学里的科研成果，但是像我讲的这个才是真正的成果，某些学者说"经过我研究，周朴园这个人很虚伪残忍"，那是错的。一个人可以这样认为，但那不是标准答案。经过我的研究，周朴园非常可爱，一点都不虚伪。他怎么虚伪了呢？难道说你三十年前的恋人突然来找你，你就不应该有一个警惕心吗？周朴园当时什么身份？那是著名民营企业家。

这三个世界的彼此想象，同学们记住就可以了。将来你们为人父母，给孩子讲文学作品的时候，一定不要讲死了，最好的方法就是不讲。你说武松打虎有什么好讲的？拳打镇关西有什么好讲的？就让孩子记住那精彩的场面，让他读着很快活就可以啦！不要讲意义。我们有许多的文学名著改编成各种曲艺，改编成各种戏曲，大家传唱就好了。我很喜欢听评弹，苏州评弹唱潇湘夜雨，唱林黛玉病恹恹的，不要去讲什么意义，什么封建制度的牺牲者，被这个残害被那个残害，一讲就错。你记住那个楚楚可怜的林妹妹就可以了。这就是文学，它没有丧失任何可能性，这个猫既是死的又是活的，这才是一个全面的、完整的世界。

从文学意义的产生，我们再来看看现代文学史。胡适那首被现代文学史认为是第一首白话诗的破诗，虽然破，但是非常有名，我们讲文学史的时候必须要从这首诗讲起。胡适写的《蝴蝶》：

两个黄蝴蝶，

双双飞上天，

不知为什么，

一个忽飞还。

剩下那一个，

孤单怪可怜，

也无心上天，

天上太孤单。

【众笑】为什么年年讲，同学年年会笑呢？就因为这诗没有带来任何一个新的世界，没有带来任何新的意义。大家解读这首诗的趋同度太高，作者的世界、文本的世界和读者的世界高度统一，一看，这有什么东西？它如果不是写在文学史上那样一个时刻，不是这样一个有名的人写的，换任何一个别的时刻、别的人写，这首诗都不值得一说，它只显出作者思想的孱弱、丑陋、可怜。你说它是新诗吧，它又不新；说它是旧诗，它又不旧，完全不合格律，既不雅也不俗，就是这样一个怪物。我们现在为了给这个诗文学史地位，就说一个新生事物产生不容易，开始的时候是很幼稚的。我们现在只能这样讲，给它一点谅解。很多胡适的崇拜者削尖了脑袋绞尽脑汁，要给这首诗灌入什么伟大的意义，说这首诗写了一个思想家的孤独——你看他产生新思想却没有人帮助，就像一个可怜的蝴蝶那样，飞又飞不上去，飞上去又回来……可无论怎么解释，这个文本就是提不起来的阿斗，越抹越黑，哪怕他另外又写过比较好的诗也不行，这首诗在胡适那还算水平比较高的。【众笑】实在找不出别的东西来，不如就干脆承认他不会写，他就是没有文学创作能力。

我们对比同时期另外一个不是诗人的作者随便写的一首诗，就知道什么叫新的世界、新的意义。鲁迅当年也是为了帮忙，1918年写了一首诗，新诗，白话诗，叫《梦》：

> 很多的梦，趁黄昏起哄。
>
> 前梦才挤却大前梦时，后梦又赶走了前梦。
>
> 去的前梦黑如墨，在的后梦墨一般黑；
>
> 去的在的仿佛都说，"看我真好颜色。"
>
> 颜色许好，暗里不知；
>
> 而且不知道，说话的是谁？
>
>
> 暗里不知，身热头痛。
>
> 你来你来！明白的梦。

这是现代白话文产生初期水平最高的，它不但是非常标准、完全解放的白话诗体，同时又凝练，不因为解放就变成散文、变成大白话，它是凝练的诗，最难得的是它深刻的思想。他告诉一个在变动时代的人，不要相信这个变动的伟大意义。人们身处一个变动之中，很激动，以为经过我们的奋斗，新的世界就来了——鲁迅通过前梦和后梦的对比，告诉你"前梦黑如墨""后梦墨一般黑"，没好。

我们想一想，五四运动那个时候人们做了多少梦？张大帅打跑了王大帅，你以为张大帅是好人，张大帅一会儿变得更坏；一个改革接一个改革，每一次人们都觉得新的幸福要降临了，结果都是一个比一个黑。尽管如此，鲁迅仍然盼望一个明白的梦，"你来你来！明白的梦"，他没有因此完全灰心丧气。在1918年那个时候，最好的诗是这样的诗。可惜鲁迅还不是诗人，他只是随便玩一玩。

我们来想想鲁迅的小说，我前面讲鲁迅小说的"元文学"意义。大家也许听说过作家们非常推崇的一个名字，博尔赫斯，这是我上大学的时候，传到中国来的拉美作家。世界级的小说家博尔赫斯，没有听谁说过他的坏话，没有谁贬低过他；好像各个国家不同流派的人都非常崇敬博尔赫斯，给他冠以各种各样的名目，说他是未来主义啦、立体主义啦、现代派啦、魔幻现实主义等，也都合适。一个更简单的说法，博尔赫斯是作家中的作家，他就符合我前边讲过的元文学，他的小说是元小说。很多喜欢写作的人标榜自己很雅，就拿着一本博尔赫斯。博尔赫斯有一篇很有名的小说叫《交叉小径的花园》，小说讲的是第一次世界大战的时候，主人公是一个德国的间谍，他看不起自己的上司，看不起敌人，看不起正在追杀他的那个敌手，甚至对自己也有点嘲讽，但他必须完成任务。他的任务是要探知敌军的一个城市，让自己的飞机去炸那个城市。可是他探知了之后，怎么把消息传给自己的上司呢？传不过去，那个时候又没有微信，通信也不发达。最后他用了一个很奇怪的办法，他找到一个很有名的汉学家，这个汉学家的名字跟那个城市的名字相同，他就去杀害了这个汉学家。这个事儿变成一个新闻，一报道，大家都以为一个学者被害了，其实他是告诉他的上司，你要去炸那个城市。

博尔赫斯这个故事里面有很多中国元素，特别是主人公去拜访那个汉学家的时候，后边有敌人追他，还有一小时就到了，而他只剩下一颗子弹。然后他和汉学家讨论中国明朝的一个学者，这个学者留下了一部小说，还留下一个迷宫 —— 迷宫式的花园；但是他经过考证，认为小说本身就是那个迷宫。所以这是两个东西合为一个，这小说本身就是一个"交叉小径的花园"。这个小说在我看来，因为我从小读了很多哲学的书，我觉得没有什么震撼的，但它给中国文化界、哲学界、文学界带来很大震撼，很多人都觉得豁然开朗，原来可以同时存在多个世界，可以同时存在多个可能性。

在这个小说中，我引的这两段，就是主人公 —— 那个德国间谍和汉学家的讨论，讨论一个小说里有两种写法。"在第一种写法里，一支军队行军经过荒凉的山地出发去打仗，嶙峋的怪石阴沉的山谷使他们觉得生命毫无意义，于是他们轻而易举地取得了胜利。在第二种写法里，同一支军队行军，经过一座宫殿，里面正举行宴会，这场光辉的战斗在他们看来仿佛就是宴会的继续，于是他们取得了胜利"。我们看——两个胜利都一样，"大约是两种方式，只需要两种写法，这样去讲时间问题。这张时间的网的网线互相接近，交叉合贯，或者几个世纪各不相干，包含了一切的可能性，我们并不存在于这种时间的大多数里，在某一些里您存在，而我不存在；在另一些里我存在，而您不存在。在再一些里您我都存在"。

也许同学们没有读过这篇小说，大家去想一想，也许作家只是为了把一个作品写得扑朔迷离一些，写得吸引人一些，故意卖弄这个技巧，可是他给有思想能力的读者带来了很多的启发。也许你少年时代有过类似的奇思妙想，很多学习好的孩子应该在少年时代有过这种那种想法。关于时间的问题，关于并存的问题，关于生和死的问题，也许会有这种想法，就是——存在不存在。

我上大学的时候尝试着写一篇小说，因为一个普通的细节，导致有三个结尾。我也看过一个小说有两个结尾：一个人出门，看见这边来了一辆汽车，然后他就在汽车穿过斑马线之前过了马路，汽车在他身后就过了斑马线；第二种写法是他出门的时候忽然想起要戴一个帽子，他就回身拿着帽子戴在头上，于是就差了两秒钟，然后他过马路的时候就被那汽车一下撞死了。这个好像是卖弄一个技巧，但是你仔细一想，这两种情况其实是并存的，由这两个细节引发的跟这个人有关的世界的变化，它所影响的下面的可能性，又是无穷的。

《交叉小径的花园》给了许多中国作家以各种启发，包括莫言、余华他们那一代作家，都是很崇拜博尔赫斯的，他们在创作技巧上受到博尔赫斯很大的影响。我们用这种想法去想鲁迅的小说，一个是鲁迅本来有多种写法——在他既定的这种写法中，又可能存在着其他多种想法，而我们每一次只能够讲一种我们的理解。当你听孔老师讲解的时候，你心里也许会想到另外一种解释，你的想法和我的想法不一定是对立的，你的想法可能也是存在的，你的那种想法和我的这种想法，在你我两个人的脑海里算是一种平行宇宙现象。有的时候可能有对错，就是当我们有了交集的时候——我说你这个想法不对，你忽略了一个什么什么条件——可能有这种情况；还有的情况是我们两个人都有道理。我觉得真正的高等教育，就是要保护和尊重每一个平行的小宇宙。你不要认为老师讲的跟你不一样，或者老师讲的特别有启发，你就不再去想了，你应该用你那个脑袋再去继续进行独立的思考，这才是北大人。

鲁迅小说的意义，我们之所以可以研究一百年以上，首先是他这个文本的世界是奇特的。鲁迅小说建立的文本世界跟别的作家都不一样——跟他同时代的作家不一样，跟他前边后边、跟国外的作家也都不一样，而这个不一样是由于他的语言、结构形成的。鲁迅的语言，你可以模仿，但很难模仿得像。我上一次给大家看我写的那个拙劣的《孔乙己考研》，我模仿的孔乙己，一对比就知道了。鲁迅小说的结构，那更是奇特。这是他的文本世界不一样。

第二个是鲁迅所指的世界。就是沿着他的小说放射出去，你去想象小说指向的那个世界。我们经常说鲁迅通过什么批判了什么，他批判的那个东西，也是别人看不见的、别人看起来跟他所看不同的。比如五四时候的人都在歌颂自由恋爱，都说自由恋爱好，他们看见的那个自由恋爱的世界是美丽的，逃脱了封建大家庭——我自己的事情自己做主，我们自己租了一个小屋，我们共同生活多好啊，多美丽啊！可鲁迅看见的是：死路一条。但是你不要以为他反对自由恋爱，鲁迅赞成自由恋爱，但是他告诉你，自由恋爱是死路一条。他的"猫"是既活又死的。读鲁迅小说总是有一种阅读的陌生化，即使像我对鲁迅小说这么熟了，我每次讲鲁迅都要重新读一遍，一读，那个陌生化又来了。

所以我说鲁迅小说里边就藏着"薛定谔的猫"。我们认为现代文学最伟大的作品是鲁迅的《狂人日记》，《狂人日记》既是鲁迅的代表作，也是现代文学代表作，可是这个小说可以永远解读下去，就一个问题：狂人到底狂不狂？鲁迅写的那个人，到底有没有精神病？我们说他是一个反封建的战士，这个战士在生理上、病理上是不是精神病？他可不可以合而为一，可以分可以合？我们今天到精神病院里去看那些精神病，那些医学上的精神病里边，有没有战士？有没有文化战士？有没有真正的艺术家？

我们既然说到这个狂人，正好我有一篇讲《狂人日记》结构的文章，我看《狂人日记》是由三重结构组成的，我简单地说一下。

"小说的第一重结构是它的客观结构，也就是作者站在'清醒人'的立场，通过展示'狂人'日记中的所见所思，向'医家'和我们这些'清醒人'透露出的故事的真象。"

鲁迅的母亲是爱读小说的，但她是张恨水的粉儿，她主要读张恨水那类小说——言情小说，鲁迅的母亲是不喜欢读鲁迅小说的。有一次一些朋友在他家聊天，他妈妈那天很高兴，对鲁迅说，人家都说你的小说写得也不错，你拿来让我看看吧！鲁迅听见很高兴，他妈妈喜欢看他的小说，赶紧捧着他的《呐喊》给他妈妈看。他妈妈看了以后说，这有什么意思啊，这不都是咱们家那些破事儿嘛！所以他母亲不喜欢看。我估计看的是《孔乙己》之类的那些小说。

老太太看《狂人日记》，能看出什么呢？老太太看的就是第一重结构，那不就是疯话吗？这疯子脑子都乱啦，说得前言不搭后语的，人家对他好，他不知好歹，还认为人家要吃他。所谓的狂人，在常人眼中就是这样的。我们由于受了教育，先被学者灌输了一些概念，被孔老师这样的人灌输了一些什么"他是文化战士"之类的概念；但假如你身边有这样的一个人，你宿舍有这样的一个同学，你是不愿意跟他在一起的。早上起来突然说："你要吃我，我要举报！"三天两头报案，你受得了吗？肯定受不了。

我是本科83级的，我们系86级就有一个同学这样，把我们系领导折腾坏了。他多数时间还是好人，忽然有那么两天就这样，半夜看《红楼梦》，忽然坐起来哈哈大笑，【众笑】把宿舍同学吓得不得了。这样一个人在现实生活中你是不愿意接受的，但是如果离我们远，在文本中，我们愿意分析他。所谓分析他，就是进入他的第二层结构，第二层结构是他的主观结构，也就是狂人把他所看到的世界用狂人的心理意识进行分析推理之后，以狂人的语言所展现给我们的幻象。做一个合格的鲁迅小说的读者，你就不能只认同一个世界。你要能够进入客观结构，还要进入主观结构，也就是你知道狂人的立场是什么样的，以狂人的眼光看，这些人都是伪装的，他们就是吃人的，他们就是来吃我的肉；大哥不是好东西，大哥把妹子杀害了，把妹子的肉和到饭里给我们吃。这个时候你就不能认为他是疯子。

而你把这两重结构结合起来之后，才能看到第三种结构。第三种结构是一个象征结构，在这一层结构里面，狂人啊、大哥啊、赵贵翁啊、古久先生，还有赵家的狗，乃至月亮、太阳，都变成了一种寓体、一种意象，甚至一种符号。尽管对于他们的具体象征意义不免会产生许多分歧，比如赵贵翁到底代表谁，古久先生代表谁，可能学者有争论，这不要紧，总之读者能够立足于小说的现实本体之上，看出这是一个先觉者反抗黑暗的心路历程。你要看到这一层，就不会把它局限在辛亥革命时期，它是可以超越时代的。

我们今天一样有狂人。文本中的狂人，我们经过学者的引导，能够认出来了；我们身边的狂人和那个纯精神病，我们有时候分不太清，因为有时候他们是分开的，有时候是合一的。比如说凡·高，凡·高就是精神病，同时他是天才艺术家。但是他就没有正常的时候吗？应该有，他不可能时刻都是那个把自己耳朵割下来送给妓女的人——那是他发病到极端的状态，他应该有很多正常的时候：他写信的时候，在一般的创作和日常起居的时候可能也正常。生活在他身边的人会很不喜欢他。

这是鲁迅小说本身存在多重结构所产生的不同意义。我们举几篇鲁迅的小说来谈这个问题。

《弟兄》，这个小说不太知名，我曾经专门讲过。这个小说比较费解。小说的故事发生在民国时期的一个公益局里边，公益局里边是处理公益的，其实就是一般的民政事务，老百姓的各种事务啊、公共卫生啊、公共医疗啊，都叫公益。这个小说主要写的不是这个公益，而是侧面反映了一些可笑的公益行为。

小说写的是一对兄弟，关系很好，同事们都很羡慕，为了衬托他们兄弟关系好，作者专门写了另外一个人，他家里兄弟打架，为了一点财产，从门厅打到客厅，从堂屋打到门厅，那个人老来叙述他们兄弟打架，衬托主人公这对兄弟特别好。可是有一天，他的弟弟生病了——这里就透露出民国的疾病问题，如何诊断、如何医治、如何保险。我曾经说过中华民国是人类历史上最黑暗的一个时代，生多少人就死多少人，死的人数以亿计，得任何病死亡率都非常高。经常听见有人说谁谁谁又死了，谁家老三死了，谁家媳妇死了，这是太平常的事儿了！特别是得了猩红热之类的病，基本上和死差不多了。

《弟兄》里的主人公叫张沛君，他兄弟得了病，他作为兄长很着急，同事也劝他请假回去。他在家里照顾他弟弟，然后去请西医，花了很多钱。表面上看这对兄弟关系非常好；可是张沛君做了一个梦，梦里他的弟弟死了，死了之后，他弟弟的孩子和他的孩子都要上学，可是钱是有限的，那怎么办？送谁的孩子上学？在梦里他就让自己的孩子去上学了，他兄弟的孩子要跟着一起去，他就举起了巴掌，然后他就醒了。梦里的这个人，是不是真的张沛君？现实生活中的 —— 为他的弟弟生病请医生、着急、叫汽车的这个哥哥是真的还是假的？结尾张沛君到了公益局上班了，说他弟弟已经退烧了，已经治好了；大家就又恭维他，说你们兄弟关系真好啊！而另一个人还在讲他家里兄弟关系不好。这个时候就有人呈上一个公文，说郊外发现一具无名男尸，然后旁边一些人要办理这个事情，他说，我来吧 —— 这个事情他就去办理了。

　　于是有细心的读者提出，这个无名男尸是不是他弟弟？唉，这就很有意思，这个小说就具有了多重可拆解的可能性。可能这个无名男尸跟他毫无关系，虽然他做了那样一个梦，但是在现实生活中他是一个好哥哥，花了很多钱把弟弟的病治好了，痊愈了，所以现在他放心地来上班，多干点活，帮别人处理一个普通的公益事件 —— 很好。还有一种可能性是什么呢？他弟弟其实死了，但是他不愿意花钱给他弟弟买棺材，他利用这段时间把他弟弟连夜抛尸郊外，然后来上班，有人报发现无名男尸，他用政府的钱给他弟弟收殓，等于他自己不花钱，这种可能性也是存在的。不论这两种可能性哪个存在，它都不影响小说另一个主题，就是小说讲人性的问题，本我、自我和超我的问题。只要是在私有制下存在财产问题，这个问题就是免不了的。也许有那样的兄弟，万里挑一的，兄弟俩不分你我，绝对的肝胆相照，可能有，但它说明不了这个社会，兄弟俩为了一块钱打得头破血流才是常态。

看看我们现在的社会，当然现在兄弟很少，但是你们的长辈还是有兄弟姐妹的，他们为了一点钱，为了房子、为了拆迁、为了赡养父母，闹了多少矛盾！我所居住的小区就有很多这样的，我家楼下有一个八十多岁的老太太，她是北京的一个拆迁户，拆迁得了五套房子，全部被她的子女分掉；然后没有任何人养她，她的孙子还来向她要学费，她拿不出钱，每个月捡破烂、卖废品，卖的钱都被她的儿孙抢走。她的孙子把她屋里一个小电视都给砸了。老太太很要强，我们邻居想给她一点粮食、给她衣服，她都不要，因为她原来的生活是很不错的。这种情况很多，到医院里去看看，儿女骂病床上的老人："快点死！早点死！"让人愤怒的这些情况都有。

所以《弟兄》在情节上是费解的，有多重可以解释的缝隙，就像刚才说的双缝实验，每一次只能选择一个可能——那个尸体是不是他的弟弟？可是无论选择什么，都不影响我们对私有制社会的解读。这个小说不太有名，有兴趣的可以看一看。

下面这个也是很没有名的小说，我认为它在鲁迅小说中属于艺术水平、艺术魅力最差的，就像金庸小说里《鸳鸯刀》那个程度的小说，是《兔和猫》。看这题目有点不像鲁迅写的，像童话一样，《兔和猫》。

《兔和猫》的故事分前后两个部分，前边是一个弱者的视角，出场的是邻居，有太太，有孩子，有母亲——叙事者的母亲，有兔子，兔子生了小兔子，很可爱的场景。后半部，"我"出场，这个"我"一出场，事情就尖锐了，因为兔子被猫杀害了。当然猫到底是不是凶手，这是可疑的，但是由于"我"是恨猫的，就认为一定是猫杀害了兔子，到最后他就恨造物主。在这个小说中兔子被写得很实，而猫写得很虚。"薛定谔的猫"到底是死还是活，有两种可能，而这个小说里兔子到底是不是被猫杀害的，也有两种可能。这个叙事者努力描绘兔子很可爱，我小的时候家里也养过兔子，后来我也给我的孩子养过兔子，但我很快发现兔子不可爱，没什么可爱的。兔子简直什么也不会干，特别傻，就知道吃，而且味儿特别大。其实猫是特别干净的，猫成天到晚臭美，把身上洗得干干净净，猫才是真正可爱的。但是我不知道为什么大部分的故事里都写兔子可爱，都渲染小白兔。

小说里努力渲染了这个兔子的可爱，最后的结果却只是可怜。叙事者努力渲染猫的可恨，但是最后的结果只是一个可疑。其实作者写这篇小说最终的落脚点，并不是讨论现实中到底是兔子好还是猫好，刚才我讲的那些都不重要。我刚才讲的是现实生活中的兔子和猫，真正的文眼是下面这段话，这是小说中的原话："但自此之后，我总觉得凄凉。""谁知道曾有一个生命断送在这里呢？""他实在将生命造得太滥，毁得太滥了。""造物太胡闹"，这才是能够打通一切的，不论你喜欢猫还是喜欢兔子，都有那样一个共同的心理，一个生命随随便便地死掉了，让人觉得凄凉。

有的时候我过马路看见一只轧死的老鼠，我也感到凄凉，其实我特别讨厌老鼠，我是亲手杀害过老鼠的人，可是我看见马路上被轧死的那只老鼠，我会想，老鼠就这么死了，它的家人会不会想它？会想很多这种幼稚的问题。不敢多想，一多想，就觉得自己枉为一个大男人，怎么会多愁善感呢？可是我自己是亲手打死老鼠的，宿舍里发现老鼠，我一定会找到它把它打死。这个时候，鲁迅想的是，造物主生命造得滥又毁得滥，你干吗造得这么滥，毁得这么滥呢？这又是在那个兵荒马乱的旧中国所产生的感想。那个时候的人就跟动物一样生生死死，那个时候家里生七八个孩子太常见了，但死三四个孩子也很常见，生得滥，造得滥，毁得滥。

所以《兔和猫》这个小说的情节很简单，它透露的思想却很深邃。

这里他故意选择猫和兔子做对比，我们研究作者的世界，从文本的世界研究到作者的世界，是因为鲁迅有仇猫情结。**我的母亲是素来很不以我的虐待猫为然的，现在大约疑心我要替小兔抱不平，下什么辣手，便起来探问了。而我在全家的口碑上，却的确算一个猫敌。我曾经害过猫，平时也常打猫，尤其是在它们配合的时候。但我之所以打的原因并非因为它们配合，是因为它们嚷，嚷到使我睡不着，我以为配合是不必这样大嚷而特嚷的。**鲁迅有他自己的心病，他不愿意听猫叫春，猫叫春的时候他拿个竹竿出去打那些猫，不让它们使劲叫唤，大概鲁迅认为它们太无耻了吧。其实鲁迅批评这个猫，他是把猫当成某种"公知"看待的。

他在一篇杂文叫《论"费厄泼赖"应该缓行》中说他为什么讨厌巴儿狗。因为自然界中本来没有巴儿狗，巴儿狗是人培养出来的一种奴性的狗，是给人玩儿的，不断地让它转成这种奴性的东西。所以鲁迅说："虽然是狗，又很像猫……平正之状可掬，悠悠然摆出别个无不偏激，惟独自己得了'中庸之道'似的脸来。"这才是答案。说了半天，他仇的最终是奴性，是虚伪，这才是真正的原因。鲁迅喜欢的是自然的东西，雄鹰一样自由飞翔；鲁迅喜欢狼，喜欢猫头鹰，喜欢很多我们常人不喜欢的东西，这才是他写这个的答案。

像钱理群老师这样的人，很喜欢读这些小说，他从字里行间读出他的感受来，钱老师有他的感悟，"每次读到这段文字，总要受到一种灵魂的冲击，以至于流泪。不只是感动，更是痛苦的自责。我常常感到自己的感情世界太为日常生活的琐细的烦恼所纠缠左右，显得过分的敏感，而沉湎于鲁迅所说的个人'有限哀愁'里；与此同时，却是人类同情心的减弱，对人世间（不要说生物界）的普遍痛苦的麻木，这是一种精神世界平庸化的倾向"（《心灵的探寻》）。这是钱老师通过读鲁迅，坦白写自己有精神世界平庸化的倾向。这也是钱老师的学问，生命力所在。几十年过去，我们看看，真正的大学者还是钱老师这样的，把自己的学术研究始终与人民的痛苦、与人类的痛苦结合起来的学者。他通过鲁迅这面镜子来照自己，觉得自己是不是减弱了人类的一种同情心，反省自己精神世界平庸化。我觉得现在的世界更坏了，现在能保持平庸化都不容易，现在已经"变态"化了，做一个平常人都很不容易。所以现在我只要看见我的学生是个平常人就很高兴，你们都要当一个健康的平常人。千万不要变态，不要被那些宣传变态的东西给卷走，那些变态的东西会说，他们才是常态，而我们是变态。当我们认为他的某种取向不正常的时候，他会反驳，说：你咋知道你不是这样的人呢？其实你跟我们一样！这使我很惶恐，我觉得我们现在——当然人类能追求向上更好，不能追求向上，做一个正常的平庸化的人——在这个时代也不容易。

我没有钱老师这么深刻的自省，我读《兔和猫》有另一种感悟。我专门找了一张猫跟兔子的图片，我是这样读的："爱兔怜童趣，憎猫疑罪空。抽刀问造物，生死可相通。"我写这个五绝，是想囊括小说中存在的诸种可能性。作者爱兔子其实是爱一种童趣，他恨猫倒不一定是认为那猫有罪，他恨的是另外一个东西，他是要"抽刀问造物"，他有一个自己的"天问"，他追问的是生死的问题。这是鲁迅一篇容易被人忽略的小说《兔和猫》。

我们再来看《彷徨》小说集里最后一篇，《离婚》。《离婚》写得很有点黑色幽默，一个乡下妇女叫爱姑，她觉得受了婆家的压迫，要离婚、要造反，不让她离婚她要去上告——传统社会也有传统社会的上告途径。因为她很泼辣，所以闹得不可开交。他们最后找了一个七大人去说理，七大人是当地有名望的人，大概是乡绅之类的。到了七大人面前，这爱姑还是表现得很泼辣，就骂她的丈夫、骂她的老公公是小畜生和老畜生。于是对《离婚》就有各种解读。比如一般人说这是一个反封建的小说，它写一个勇敢的劳动妇女反抗封建礼教，公开地骂欺负她的婆家人；还有的人说这是影射辛亥革命，是说辛亥革命成功或者不成功的。那么我们仔细解读，作品中的女主人公爱姑是一个性格泼辣、敢作敢为的人，她为了维护自己独立的人格和权益，在封建势力面前进行了激烈的抗争，但在交锋后她的梦想全部化为了泡影，这属于一个乡下女人的不幸。怎么化为泡影了呢？也不是那个七大人带领着政府的暴力镇压她、打她、骂她、把她推出去，然后说她无理上访；七大人态度很好，她去见七大人的时候，七大人正在和别人玩一个古董，这个古董我觉得写得很恶搞，叫屁塞儿，是古人下葬的时候塞在屁股里的那个东西。他们把玩这个——鲁迅专门选这么一个细节来写，很有讽刺意义。然后这个七大人就做了一些上等人的动作，比如打哈欠啊，说一些乡下人不懂的话啊，说"来——兮"这样的话，一下子就把爱姑给镇住了。中国的老百姓见了官之后突然就萎缩了，我这样说是不是有点诬蔑中国人的意思？我不了解外国人，我觉得外国也应该如此，但是我们作为中国人要自省。老百姓没见官之前本来很有反抗精神，一见了之后突然就自己萎缩了。

同学们想一下，比如说你们觉得学校哪个措施不好，你们准备去找校长讲理，一帮同学热情昂扬地去了，突然校长出来见你们，你会觉得你的心理竟然变了，那一瞬间大家忽然都觉得自己很小，都想让别人说，结果谁也不说；最后一说，说得很客气，然后校长哄一哄，没事儿了，回去了——是不是这样的？

所以我就很理解这个爱姑。她去的时候，你说她反封建、很泼辣，都对。突然出来一个七大人，说了几句莫名其妙的话，这个事儿就给平了，然后她也不闹了，就回去了。所以这不是一个什么乡下女人幸不幸的问题。这个小说是不是还有其他更丰富的解读？现在还有学者从女性主义角度来探究这个爱姑，我对女性主义研究是抱着敬而远之的态度，我是赞同妇女解放、妇女抗争的，但爱姑能不能算一个女性主义的立场？或者鲁迅写这个小说是不是要专门针对女性的？我觉得爱姑这个人换成男的也行，甚至换成知识分子都可以。在叶圣陶先生笔下，有些知识分子也类似，一旦见了官，人就矮三分，这是埋在我们骨子里的一种东西。

多年前我在艺园那边吃饭，旁边有一桌学生也在吃饭，忽然来了一个同学，先前那些同学都肃然起立，马上都站起来了，原来后来的同学是学生会主席。于是我们这些老师很感慨，小小年纪就搞这一套。我倒觉得同学是真诚的，不是搞哪一套，学生会主席来了，大家马上都站起来，是一种本能。学生会主席算个什么官儿啊！我从小就当学生会主席，一路当学生会主席当过来，我没觉得是个什么官儿，但是现在怎么把官场做派弄到这儿来了——我们骨子里有东西需要去挖掘。看小说不要老看别人，老觉得阿Q有问题、孔乙己有问题、谁谁谁有问题，能不能去想自己？这就是我——爱姑就是我，是我们许多人，应当这样去解读《离婚》。解读的视角可以有很多，婚姻与家庭、私讼与乡绅、草根与精英、奴性与主体……所以你换位思考，你是爱姑，是七大人，是她的父亲庄木三，是鲁迅，这样解读的时候才能达到王阳明说的这句话，"此花颜色一时明白起来"。而不是说只有孔老师讲了之后你才明白起来，一旦你真正地会解读文学作品了，你可以从无数的角度进入。

我们之前讲过的《奔月》，我再换一个角度给大家讲，我用八卦的角度解《奔月》。羿，我一再强调他想干什么，他现在不想当英雄，他想过恒常的日子，他想天长地久就这么过下去了。嫦娥本来叫恒娥，由于要避刘恒的讳改为嫦娥了，所以我们从八卦里取恒卦，来解这个《奔月》。同学们有没有研究《易经》的？现在我粉丝群里边有专门讲八卦的课。

"恒"："亨。无咎。利贞。利有攸往。"

这个卦是很好的，没有什么不利，堂堂正正地做人，一定会有收成。这个卦震上巽下，雷风恒。具体我不讲了，我们讲讲这个爻卦，先讲这个象辞，象辞也说这个"恒"很好。

"恒，久也。刚上而柔下，雷风相与，巽而动，刚柔皆应，恒。'恒：亨，无咎，利贞'，久于其道也。天地之道，恒久而不已也；'利有攸往'，终则有始也。日月得天而能久照，四时变化而能久成，圣人久于其道而天下化成：观其所恒，而天地万物之情可见矣？"

君子当英雄的时候是"乾"卦，"乾"卦是昂扬正气，"天行健，君子以自强不息"。清华那写着"厚德载物"，厚德载物是"坤"卦；北大的精神是"天行健，君子以自强不息"，北大是"乾"卦。北大清华合起来正好是一"乾"一"坤"。

但是从"乾"卦过渡到"恒"卦，就是西方神学中那个西西弗神话——西西弗不断地把一个大石头推到山顶上去，然后夜里这个石头又滚下来，第二天就要重新开始。你从正面理解，他是坚持不舍，做正义的事情，但是我们总觉得这里边好像有什么不妥。这是一个正常的现象吗？"恒"看上去是一个好字，是一个好的概念，其实它里边有很多不祥——是不是所有的事情都要恒？

我上中学的时候，老师有两次让我们写作文，叫"坚持就能胜利"。我说这句话不能成立，谁告诉你坚持就能胜利呀？老师可以举出坚持就是胜利的例子，那我也可以举出许多坚持最后灭亡的例子啊，为什么坚持就是胜利呢？你说你五个人守一个山头，人家来了五百人，你怎么能守得住？大部分情况下坚持就是灭亡。那么这五个人为什么要坚持呢？因为他们有更重要的任务，要掩护大部队转移，要掩护老乡转移，所以这五个人宁可牺牲了；大部队胜利，他们没有胜利。恒，不一定是要坚持的。

我们看"恒"卦的爻辞。"恒"卦的六个爻从初六开始,"浚恒,贞凶,无攸利",你老坚持着原来的状态不变,是没有什么收成的。在小说中是怎么样——大的野兽都被后羿射尽了,对吧?这已经没有胜利了。九二,"悔亡",读成"悔wáng"或者"悔wú"都可以,就是说他到底是悔还是不悔,如果悔而不改,前途更不妙,后悔也悔之晚矣。九三爻"不恒其德,或承之羞;贞吝"。后羿在这个过程中心思有动摇,是靠对嫦娥的爱维持着,于是他又出去打猎,结果怎么样呢?路上受辱,不但受老太太的辱,最关键是受他徒弟的辱,他亲手培养的逢蒙,竟然用他教给他的技术来反射他,这就是"或承之羞",幸好他没有把本事都教给他,"贞吝"。到了九四爻,九四爻就是阳处于阴位,你明明是一个大英雄,你现在做小伏低,这本身就是不祥之兆。大英雄甘于过这样平凡的日子,每天当一个怕老婆的丈夫,你觉得很好,其实这是阴阳不调,所以它的结果是"田无禽"。你看中国哲学多伟大,这八卦里说得多准!他出去就没有打到野禽,打到一只家禽,古人早都告诉你了,出门儿算不算卦啊?算一卦就应该知道田无禽,射不到野鸟啊。昨天不是射碎了一只小麻雀回来了吗?那就是最后的一只野禽给你射了,已经射碎小麻雀了,你还要出去,也就预示着今天只能误射老太太的家禽。六五爻,"恒其德",他还不改,"贞",就是坚持原来的信念不改,这个事儿怎么样呢?这事儿是"妇人吉,夫子凶"。就是他家的妇女得了好处了,嫦娥在家里受不了了,她吃了灵药,飞到月亮上去了,后羿"凶"了,他没办法,没有药了,嫦娥一个人跑了。小说的结尾,他让王升喂马,他说明天我再去找,后来结果怎么样,小说没写,现实生活中我们知道结果是很凶的,"振恒,凶"。根据记载,后羿死于寒浞。我前面给大家讲的《奔月》是按照正统的讲法,现在用一个"邪门歪道"的讲法,用八卦解《奔月》,一样,分毫不差,但是这招儿不能随便告诉你。

最后总结一下怎么样读懂鲁迅，记住这几点：第一，不要追求懂，这是唯物主义态度；第二，重要的是懂你自己，好好修心；第三，要多知道常识，也就是多看看王阳明的那个花儿；第四，要尊重常理，常理是劳动人民千万年来积累的基本公理。最后做到心花合一，这样你看任何花时你的心和那个花就同时"明白起来"。

好，今天讲怎样读懂鲁迅，下课！

2020年11月24日

开天辟地讲小说

——《中国小说史略》

　　同学们好！我们上课吧！天气突然就这么热了，热得让人比较难受，而且将会越来越热，一个令人烦躁的季节就要开始了，希望大家保持好平和的心态。历史事件有它自己发生的历史的原因、走向，但是我总觉得跟天气也有关系。古人所讲的天象，不完全是封建迷信，很多事情我们恐怕不能简单地用单线思维去考虑。

　　上次课我说人应该怀旧，怀旧是一种素质，有同学说，孔老师干吗要怀旧？怀旧有什么用啊？怀旧有什么好处啊？我就给他当头棒喝，我说不能这么想问题，这样想问题是错的。我们想问题不能想这件事有什么好处，这样想本身就不是中国式思维，这可能是西方科学思维，可能是狭隘的欧洲人的思维。很多欧洲人办一个事情要有好处，先设定一个好处然后去干，干的目的是达到我原来想的那个好处，然后达不到我再修正，想办法达到。西方人这个思路很简洁明快，经常是很有效率的，但是它有极大的缺陷。你说我们人活着干什么？人是为了干什么才活着的吗？不对，人活着本身是先有的一个存在，所以萨特说存在先于本质，你先不要问人为什么活着，人就活着了。然后你如果真想问一下为什么呢，你再说我今天怎么过，明天怎么过，你不能说我为什么活着。人做很多事情是有目的的，但是如果人做的每一件事情都是有目的的，那我觉得我们还不如不来世上一遭，那可能是枉来一遭，人生应该有很多事情是不问目的的。你在街上看见一件事很高兴，你就愉快地笑了，这是一个自然发生的过程，你不能问我干吗要笑，笑有什么好处。我就不笑，你越逗我越不笑。你干吗非得跟事件拧着呢？干吗故意非要和世界作对？跟世界作对，跟自己作对，如果是故意的，这在中国的圣贤看来是不对的，所以孔子说"毋意、毋必、毋固、毋我"，就是什么事儿你不要太固执了，当你不追求好的时候，可能好处就来了。一个人处心积虑想出名的时候，你不会出名，你出名也是坏名；当你不想出名，你就好好干活，好好生活的时候，你不小心就出了大名，这才是这个世界的本质。马克思主义就认为有一个原因、有一个结果这种目的论的思维，是不符合世界的本质的。比如经常有哪个网站、哪个媒体来忽悠我，让我在它那儿写文章、开博客，我说我干吗要在你那儿开博客，他说看我们这里人气很旺，你在我们这里开博客很多人都知道你，有利于你提高知名度。我说我干吗要有知名度，我不需要有知名度，我现在就需要减少知名度，我现在恨不得谁都不认识，我现在最讨厌的是一出门大家都认识我。我说我在北大出门没法活动，我买瓜子都没法买，我在西门买瓜子，我说来一块钱瓜子，小贩一看，你不是那谁吗？"喔、喔"来了两铲子，拿走吧。【众笑】我说你看我没有人身自由嘛，我不能正常买瓜子，幸亏没让学生看见，学生看见得说孔老师占小便宜了，买瓜子不给钱！【众笑】我说不是我故意的，没办法，我说我不需要知名度。所以人不是为了一个目的而去做事，当你这样想的时候就有很大的空间去展开。比如说怀旧，你不能问怀旧有什么好处，但是你有了怀旧的素质之后，你就真的获得了很多好处。我最近说了怀旧这个事之后，我在别的场合也说过，收到很多反馈，有人说我三岁的时候就开始怀旧了，我七岁就开始怀旧了等。

我上次好像介绍过一本书叫《易经》（"中华自然国学丛书"之一），好多同学感兴趣问我在哪儿买的，因为那本书不是我买的，我真的不知道在哪儿买的，我好多书都是作者直接寄给我的，你到网上去搜一搜，这个作者叫袁立，他应该很有名。

好，我们今天这个课，我想介绍鲁迅的一个学术著作，跟小说有关系，叫《中国小说史略》。在介绍《中国小说史略》之前，我先推荐另外一本小说史的著作，叫《中国古代小说史叙论》，这本书的作者是刘勇强教授。刘勇强老师是我们北大中文系专门研究古代文学、研究古代小说的非常著名的学者，刘勇强老师写的这本《中国古代小说史叙论》，北京大学出版社2007年10月份出版，实际上是去年（2008年）上市的，这是一本新的著作，暂时先推荐这一本。为什么要推荐这个呢？鲁迅在《中国小说史略》这本书的题记里，讲自己写的小说史，我读一下：

题记

回忆讲小说史时，距今已垂十载，即印此梗概，亦已在七年之前矣。尔后研治之风，颇益盛大，显幽烛隐，时亦有闻。如盐谷节山教授之发见元刊《全相平话》残本及"三言"，并加考索，在小说史上，实为大事；即中国尝有论者，谓当有以朝代为分之小说史，亦殆非肤泛之论也。此种要略，早成陈言，惟缘别无新书，遂使尚有读者，复将重印，义当更张，而流徙以来，斯业久废，昔之所作，已如云烟，故仅能于第十四、十五及二十一篇，稍施改订，余则以别无新意，大率仍为旧文。他是谦虚，他说自己这个小说史并不是太重要，研究得不好。**大器晚成，瓦釜**

以久，虽延年命，亦悲荒凉，校讫黯然，诚望杰构于来哲也。

他说这个东西都是越厚越好，我这本小说史写得不好，我校对完之后感到很失望，"诚望杰构于来哲也"。鲁迅说自己这小说史写得不好，希望将来能够出现"杰构"——出现另外杰出的著作，"来哲"——将来的哲人，将来的有大学问的人，能够写出好的小说史来。那么我借用鲁迅先生的这句话，我觉得刘老师的这本书是"杰构"，是小说史上的"杰构"。刘老师这本书我反复地读，读到现在还在继续读，里边很多章节的论述，的确是在深厚的研究基础上谨慎地而又带有创新精神的，有很多新的见解，从这本书的规模上来说也确实是一个宏伟的"杰构"。研究中国小说史的人，研究古代文学的人，我觉得都非常有必要去看看这本书。

那我们下面来说《中国小说史略》。我们前面用了很多的时间，其实都在讲鲁迅为什么写小说和鲁迅小说为什么写得好，因为鲁迅小说写得好这是大家都公认的，别人写得不如他，这不需要我来吹捧，所以我们都是在外围来讲。那么鲁迅小说为什么写得好，甚至有人说写得最好？我们前面讲过几个主要的问题，第一个就是他的立意好，他写小说不是为了商业目的，也不是为了所谓的艺术，不是为艺术而艺术；而是他发了一个宏愿，我觉得鲁迅他了不起就是发宏愿。我觉得很多伟人，他能够伟大、了不起，有一个重要的原因是他立志立得很高，叫"发宏愿"，我觉得这对于我这代人来说好像是老生常谈，我们小时候老师老教育我们要树雄心立壮志，所以我们觉得这些话都是老生常谈，特别陈腐，又不爱听，树什么雄心立什么壮志，我觉得我小时候没什么雄心壮志，我就觉得我将来要下乡当一个会计，所以我小时候拼命好好学习，因为反正长大了都要上山下乡，上山下乡我觉得当会计比较好，当会计不用下地生产，他就算别人得多少工分，这个活比较好，所以我就没有太大的愿望。现在回过头来看，我觉得这种教育是好的，虽然我们当时已经烦了，他们教育得过分了，但这教育本身是对的。我们今天这个社会大家都不发宏愿了，没有宏愿了，我遇到的几乎所有的青年学生的愿望都是个人愿望，都是个人谋生的一个愿望——这当然一方面因为我们现在谋生很困难，但是谋生很困难也不是说所有人都困难，北大学生肯定不至于找不着工作的，不至于挨饿的，这是不可能的事。如果说北大学生都挨饿，那全国得饿死多少人，这是不可能的。所以我在北大20世纪80年代的时候我就坚持不下海，很多人都要下海，那时候知识分子收入很少，很多人都下海了，做导弹的不如做茶鸡蛋的，都去做茶鸡蛋了。我就相信如果做导弹的人都能饿死，那全国人民肯定都饿死了，我就坚持要做导弹，我就不去煮茶叶蛋。所以我觉得我们今天发宏愿这个事反而是值得注意的，发宏愿是佛家的话，佛祖、菩萨都是发宏愿救人，要救人出苦海出地狱，佛说"我不下地狱谁下地狱"，这都是宏愿。我发现其实很多伟人就是这样发宏愿，我在一篇写毛泽东的文章中，说毛泽东就是一个发宏愿的人，他能够有一个大的视野。我觉得鲁迅能成为鲁迅，他这是有一个宏愿，那个宏愿从他把名字改成周树人那天起就开始有了，他不叫周樟寿了，叫周树人了，他就开始有这个宏愿了，有了这个宏愿他写的就跟别人不一样，从小说里能看到他的宏愿。我们不论从《斯巴达之魂》还是从《怀旧》里，都能看到文字背后有一个人，有一个高大的影子，尽管鲁迅本人不高大，但是那个叙事主人公的影子是很高大的。这是他写小说写得好的一个原因。

那么光发宏愿不行，光发宏愿没有功夫来配合，那就是一个空的宏愿。鲁迅功夫好，这是他成为大师的又一重要原因，他能够下苦功。我们一般人看大师光看他的结果，你没看他吃的苦，没看人家流多少汗、挨多少打，这都不去看。大师就是这样，大师永远把好的一面给大家，把好的结果给大家，我们看到的都是台上十分钟，看不见台下十年功。

鲁迅怎么下的苦功我们不知道，我们看结果，我们看到他对中国文化、对汉字把握到炉火纯青的地步。我们讲《怀旧》和《斯巴达之魂》的时候，大家都清楚地感觉到了，我们能够感受到鲁迅的文字的功夫。文字的功夫不是与生俱来的，智商是与生俱来的，但是最后变成功夫是要下苦功练的。当然有的人说我虽然下了功夫，但是我不苦，那说明这个人心态好，心态把握得比较好，学习过程就是充满快乐的，不是痛苦的。但是我们仍然把它叫作下苦功，因为对于大多数人来说这是一个苦功。发宏愿，下苦功，这是鲁迅小说取得卓越成就的两个重要原因。

今天我们要讲第三个原因，鲁迅能成为小说大师的第三个原因，这个原因就是鲁迅的学问好，他是大学者。我们今天不是宣扬国学大师吗，一说就是民国时代产生了多少多少国学大师。那么我们今天所推崇的这些人，有些人是大师，是名副其实的大师，有些人不是，有些人是半个，有些人是被吹捧成的。谁是国学大师，我们得比较 —— 你干了什么事，你写了什么东西，你写的东西学术界评价怎么样，经过时间的考验能不能站得住，有多少原创性，你对传统文化的研究达到一个什么样的高度 —— 用这些标准来衡量，那么鲁迅才是称得起大师级的人。所以我们今天以《中国小说史略》为例子来讲。《中国小说史略》收录在《鲁迅全集》的第九卷，也有单行本，因为这是非常重要的一部著作。我们很多人都知道鲁迅小说写得好，不知道鲁迅写过非常重要的中国第一本小说史，那是中国小说史的开山之作。那么通过这个也顺便给大家普及一点小说史的知识，也许在座的不都是中文系的同学，顺便讲的里面会涉及小说史的一些知识。

鲁迅在中国现代文学史是那么与众不同，你要讲第一，他有太多太多的第一。有一点，就小说这个问题来说，鲁迅是一流的小说家，兼一流的小说研究学者，一流的作家和一流的学者统一在他的身上。我们以前称鲁迅三个伟大，伟大的思想家、革命家、文学家，那是就他整个人来说。就文学成就来说，就学问来说，他是一流的学者加一流的作家，没有第二个人，在我看来。也许有人不同意，也许有人说他能举一个人就跟鲁迅差不多，或者比鲁迅还厉害，那是他的看法。我认为没有人能够跟鲁迅比。也许有人推举说钱锺书就是，钱锺书是一流学者，但文学创作跟鲁迅比，是二流。《围城》确实写得好，但是钱锺书跟鲁迅比还是少了东西，少了一种沉甸甸的东西——《围城》写的是抗日时代的事情，你觉得《围城》能代表抗日战争时期的中国人的灵魂吗？其实钱锺书写得非常好，但是差一点东西。胡适是一流的学者，或者有人说一流都够不着，是二流，那他至少是一流半，一流二流之间，一流半是可以的，但胡适的创作是四流，【众笑】胡适的创作连三流都进不了，胡适什么都写，是有东西可以拿来看的，诗歌、现代诗、近体诗都写过，戏剧、小说、散文都写过，没有一个人说崇拜胡适的创作。你背两句胡适的名言给我听听，没有。创作是不入流，但是胡适做了很多开辟的工作，胡适是一个旗手，也是一个呐喊的人，做了很多开辟的工作。茅盾的创作是一流的，所以我们中国今天最高的文学奖叫茅盾文学奖，茅盾创作是一流的，但是学问是二流的。茅盾做学问的时候，名字叫沈雁冰，沈雁冰的确翻译、介绍、创造了很多文艺理论，但是学问是二流的，不能跟鲁迅、胡适、钱锺书比，比不了。老舍的创作是一流的，没有问题，大作家，但老舍的学问是三流的，老舍学问也不够，也许修养很厚，但毕竟没有写出什么东西来，老舍写个《文学概论》啊，可以在大学当个教授，没写出什么东西。所以比来比去，没有人能跟鲁迅比，鲁迅小说写得好，不仅是因为他发宏愿、下苦功等，他学问太大，从他的小说里能看出很多很多学问来。比如我们具体分析这些小说的时候，就能看见这些学问，我们读《怀旧》，里面有一句话，他往蚂蚁穴里泼水，一般的作家可以把这事写得很幽默，但是用那四个字可以看得出他的学问做到什么程度了，他想象蚂蚁的洞穴里有一个大禹，大禹出来治水，"以窘蚁禹"，写得太棒了。所以学问大的人，力气就大。学问大的人就好像物理学上讲的势能非常大，他随时可以转化为庞大的动能，但是转化不转化，由他说了算，他也可以不转化。所以我经常怀疑还有很多大师没有被我们发现，没有被我们挖掘出来，也许有另外的人跟鲁迅一样深刻，跟钱锺书一样博学，但是人家就保持着那个势能，不动了，人家不转换为动能，所以你不知道。所以每次我在北大校园里走的时候，看见每一个人我都很尊敬，都怀疑他势能很大，虽然可能没写过什么文章，但一肚子都是学问，很可能是这样的。而这个时代啊，我们这个时代由于生存的艰难，逼迫我们大家把有限的势能全部转化为动能，有的人势能不够，他就要弄虚作假，我们是这样一个时代。而鲁迅那个时代是相反的，很多可能有学问的人没有表现。鲁迅由于学问大，所以能够高瞻远瞩，举重若轻。在我们看来很沉重的一个小说，其实鲁迅写起来我估计他没费多少工夫，他可能一连两天、三天就写出来了，很随便地就写出来了。我们讲的时候讲得很复杂，给人感觉好像鲁迅挖空心思在那构思似的，其实大作家用不着那么煞费苦心地构思，拿支笔随便写就是了。我们可以看看鲁迅的手稿，我家里放着鲁迅的手稿，当然不是原来的手稿，是影印的，但这一套也挺值钱了，全套手稿。可以看到鲁迅很少修改，跟其他作家比，鲁迅在手稿上勾勾抹抹的痕迹比较少，鲁迅很爱干净，他写的东西非常干净，那种学者的字，那种绍兴师爷的字，写得很漂亮，很少画掉。所以说他功夫老到。另外是他这个人的性格是喜欢安静，喜欢沉，喜欢重，喜欢慢慢地写，想好了再写。你看毛泽东的诗稿就修改很多，能看出人的性格来，毛泽东不是没学问，学问也很大，但是他忽然想起一句来就写上，写完了擦掉，勾到这边再写，就不要了，再勾到那段，没想到，这段还得要，再勾回来，这是毛泽东的性格，他天马行空，是道家的性格，庄子的性格。所以从文稿上来看，鲁迅是举重若轻、写轻若无。

那么我们先介绍一下这个《中国小说史略》吧。《中国小说史略》的序言，我念一下，《中国小说史略》序言的开头，第一句话说：

中国之小说自来无史；这是第一句话，你看这是一句很平淡的话，但是我们读书会读出文字背后的那个意思来。他要说的是什么呢？中国小说有历史从我开始，我现在就在创造这件事呢，我现在做的就是这个事情。他实际上是非常自负的，他正在做一个开天辟地的工作，"中国之小说自来无史"，有历史是从我周豫才开始，是这个意思，但是他这个话不能说出来，说出来就傻了。下面说，**有之，则先见于外国人所作之中国文学史中，**因为外国人写过中国文学史，你要到中国文学史里面去找中国小说史。**而后中国人所作者中亦有之，然其量皆不及全书之什一，故于小说仍不详。**小说原来说得不详细。

我们知道中国是一个历史大国，中国最辉煌的就是历史，你想中国什么东西最久远、最成系统、最伟大？还是中国历史。你要比文学，那可能比不过西方，比如人家西方不管是叙事类还是抒情类或是戏剧类都比中国要早，西方的神话也比中国有系统，人家讲西方古希腊神话、罗马神话一套套的，中国神话是乱的，当然这有中国的原因。中国历史这么发达但是没有专门的文学史，我们过去长期把这个看成一个缺点，你看中国没有文学史，没文学史也没有小说史、没有诗歌史，这是一个学术问题。我们长期自卑觉得中国没有这个，所以这么多年来我们努力建设文学史，我们搞文学的人都要参与到文学史的写作中去，如果参与了哪本文学史教材的写作，他才觉得自己加入了历史的阵营，就可以照汗青了，或许这是一种虚荣。其实现在看来呢，干吗要写文学史呢？一定要写文学史，可能也是一种奴化思维。为什么不要写文学史？中文系的教授非要参加各种史的写作吗？古人不写文学史又怎么样呢？当你这样一问的时候，很多盲点就被你看清楚了。但是在鲁迅那个时代，我们面临的问题确实是这样，特别是小说没有史，有人写了文学史，里面小说占的分量很小，这说明了小说在中国的地位很差、很低。我讲过中国文学史之伟大，去掉小说也一样伟大，中国文学史靠唐诗宋词就可以了，就是一部伟大的文学史，从《易经》《诗经》《楚辞》往下讲就可以了，本来就是伟大的文学史，加上小说更伟大，不加小说也伟大。但是毕竟没有一个单独的小说发展的脉络，所以鲁迅做这样的一个工作。

那么鲁迅这个工作是什么时候做的呢？是差不多九十年前，鲁迅1920年在北大就讲中国小说史，因为那时候鲁迅在几个大学兼课，那个时候大学很有意思啊，大学里头没有那么多的教授，不像我们今天这么多教授，大学没多少教授，所请来的教授都是特有名的人。这些教授不见得有学历，不见得有文凭，有的教授是小学文凭，有的教授什么文凭都没有，但是蔡元培说我估计他行，就把他请来了。我们今天很崇拜蔡元培校长，但是没有办法模仿，我们不能用蔡校长的标准要求现在的校长，现在的校长没法这么办，他得先出差，看你这个人，他觉得你行，你来到北大数学系当教授吧，那就是你了。因为我们今天这个体制就不允许，那个时候可以。像鲁迅这样的人，不专门在北大当老师，只是来上课，这样的人叫讲师。那个时候教授和讲师不是职称，教授就是本校的老师，外边请来讲课的叫讲师。鲁迅是北大的讲师，他不仅是北大的，他也是北京高等师范学校的，也是北京女子高等师范学校的，他是好多学校的讲师，他还在北京好几个中学上课，鲁迅最多的时候同时在八所学校上课，所以说鲁迅非常能挣钱，还在教育部当一官儿，一个月拿着差不多三百块大洋，然后在八所学校上课，还写文章有稿费，这得挣多少钱啊，鲁迅确实很厉害。但是那个时候，为什么敢到校外去请这些人当讲师呢？就因为这些人有真才实学，这些人不是按照国家科研计划 —— 国家拨一笔钱，自己申报什么课题，申报什么项目 —— 那样研究的。就说研究小说吧，从鲁迅到现在，我们有多少本小说史，但是谁也不敢说自己超过鲁迅了，比如说我说刘勇强老师这本书特别好，但是刘老师自己也不敢说他超过鲁迅了，我们都是站在鲁迅的肩膀上。但鲁迅为什么写得这么好，就因为我一开始说的，他没有目的，他写这个东西、研究这个东西的时候没有目的，他很早很早就研究中国文学，他当着官儿，下了班没事就买书去研究，他研究的目的绝不是为了有一天到北大当老师，他想都没想过，他在中华民国没成立的时候就做学问了，他怎么会想到到国立北京大学来当老师？没想过。人活着就得干点事嘛，有学问的人就干有学问的事，这是一个自得其乐的事。但是你有学问了，自然会有人请你，没人请你也无所谓，所以它是一个自然发生的过程。所以人家比如说蔡元培或者陈独秀请鲁迅来讲小说，没有现成的教材，没有教学大纲，什么都没有，就是我们认为你有学问，你来讲小说好了。假如说现在哪个大学请我去讲鲁迅，然后给我一本教材，说孔老师你按着这教材讲，那我说拜拜，你不要找我。我讲鲁迅是不用别人编的教材的。讲课怎么能用别人的教材呢？教材很可能是落后的，即使今天写出来是先进的，那世界在发展，我永远要讲我脑子里的东西，要讲我最新看到的东西，我怎么能讲已经被人家编成教材多少人在使用的东西。所以鲁迅来讲小说，就得自己写教材，自己写讲稿，他自己讲，因为他做过学问，他研究了多少年，他家里有好多书，他早就做了很多很多考证，他把他的这个讲稿印出来了，就是我们后来看到的《中国小说史略》。

它一开始是油印的，后来铅印。鲁迅的这个讲稿我们今天能够看到，有一个重要的原因，是鲁迅口才不太好，鲁迅讲话是绍兴话，很多人都听不懂。当时中国的学术界分好多派系，我们今天知道好多人跟鲁迅有矛盾，这矛盾不见得是跟鲁迅本人过不去，有时候是派系的矛盾。比如说在北大有一派叫绍兴派，这绍兴人占了很多位置，比如说校长就是绍兴人，他又请来两个绍兴的周氏兄弟，还有一个绍兴人，就是章太炎的弟子，鲁迅也是章太炎的弟子，章门弟子。这个绍兴人呢，他说话学生听不懂，当时好多北大老师讲课学生都听不懂，但是当时北大学生几乎不提问，听不懂都装听懂了，使劲记笔记。比如有一个老师，黄侃，大学者，在北大开选修课，给学生讲基督教，讲了一个学期了，一看学生笔记，把耶稣全都写成野兽。【众笑】老师说你们怎么不问呢，学生说不好意思问，说听不懂你上的课。鲁迅口才不太好，鲁迅自己说他不太善于讲演，所以鲁迅不能当政治家；而且他有严重的口音。当然坏事变好事，他知道自己讲课学生有的时候听不懂，他就把它印出来。所以很多口才好的人反而吃亏了，口才好的人都觉得学生听懂了，反而就不印了，或者由别人随便去记录，一记录以讹传讹可能还写错了。鲁迅都是亲自校订，我们今天看到鲁迅的讲演稿，已经有学者编辑成鲁迅讲演集，你看那都是很好的文章，因为他很严肃认真，他觉得我讲得虽然不好，我要把它写得好，他的小说史讲义就油印过、铅印过，内定发放使用，越来越成熟。经过修订，到了1923年、1924年的时候，就分成上下册，由北大的新潮社出版，原来叫《中国小说史大略》，后来改为《中国小说史略》，1925年的时候就由北新书局作为一册印出来，后来又不断地再版，修订再版，鲁迅生前已经再版了11次。尽管鲁迅自己序言说得很谦虚，可它能够这样再版，说明它是无可替代的。

在《中国小说史略》后面还有一篇章，叫《中国小说的历史的变迁》，是他一次去西安讲课时的讲稿，我们可以看成这个《中国小说史略》的提要。《中国小说史略》这本书，是中国小说研究的开山之作，从这开始中国小说有历史了。我们知道，第一部著作，大多是非常简单的、粗糙的，很容易被后面给超越，可是这个现象在鲁迅这就说不通。鲁迅是中国现代文学史上第一位作家，但是他的小说一出来，就是一座高峰，他的《中国小说史略》也同时是这样，一出来就是一座不可逾越的高峰。我们中文系的严家炎先生，研究鲁迅有一个论断，他说中国现代小说在鲁迅手中发生，在鲁迅手中成熟，他讲的这个基本上成为一个定论。鲁迅这儿一出手就成熟了，再看后面的作家写的反而没他好。那么我觉得严先生的论断也可以用来评论鲁迅的小说史研究，中国的小说史研究著作、学术著作，也是在鲁迅这里开始，在鲁迅这里成熟，他写到这里就成熟了。鲁迅的小说研究的局部论断、局部研究，在很多问题上后人都可以补充、超越、纠正，我们今天看到的中国小说史肯定比鲁迅的小说史写得丰富，但是整体上的成就，不能超过鲁迅，而且没有办法绕过去，你说我研究中国小说不看这本书行不行？不行，它是一个不可逾越的东西，不可替代。你不论想有什么样新的发明创造，往前推一步推半步，都必须从读这本书开始，我们今天的思维框架都离不开鲁迅。还有很多话他说了，差不多一百年来、九十年来没有改变，大家认识的就是这么回事。比如研究生入学，我要问他你说说鲁迅怎么样评价《红楼梦》的，鲁迅是怎么评价《水浒传》的，因为这个很重要，基本上我们都是要在鲁迅画的一个圈儿里打转。所以说八十多年前的中国小说研究的开山之作是开创且成熟的小说史学术著作。

那么我们下面说说鲁迅这本书的几个主要内容。首先鲁迅辨清小说的概念，这个很重要，就是什么叫小说。小说的概念，用汉字这两个字来表达，很有意思。小说在各种文学题材中跟诗歌比、跟戏剧比、跟散文比，它的字数是最多的：短篇小说一般至少有几千字啊，现在短篇小说也有几万字的；20世纪80年代流行中篇小说——有一阵是中篇小说热，中篇小说都十万字左右；最近流行长篇小说，长篇小说我们知道一本三十万字左右。规模最大，可是为什么就叫小说呢？"小说"这个词，你想想它的英语、它的法语、它的德语、它的俄语，每国语言，人家的语言里面都没有小的意思，只在中国叫小说，为什么不叫大说呢？反正这个说不通啊。汉字是具有强烈的暗示性的，为什么大家这么注重自己的名字啊？因为名字对你的一生都有强烈的暗示，现在的人都明白这个道理，越来越注意自己的名字，所以当上官儿的人就忌讳自己小时候叫狗子。【众笑】

那么鲁迅就在小说史的开头，讲清楚这个问题：**小说之名，昔者见于庄周之云"饰小说以干县令"**（**《庄子·外物》**），鲁迅首先从《庄子》里边"小说"这个词开始讲，其实《庄子》讲的"小说"，和我们今天说的小说没有关系。汉字中最早的这两个字"小说"，讲的不是我们今天的作为一种文学体裁、一种文学形式的这种创作的作品，讲的不是文学作品。

后来鲁迅又举别的人：**桓谭言"小说家合残丛小语，近取譬喻，以作短书，治身理家，有可观之辞"**（李善注《文选》三十一引《新论》）。古人，上古之人讲的那些小说，都是"残丛小语"随便说说的意思。后来到《汉书·艺文志》的时候，里边有一句话，成为现在学者讲小说必然要引用的一句话。古代不是有诸子百家吗？也有一家叫小说家，那个小说家不是我们今天讲的莫言、王蒙这些人，小说家是什么呢——"小说家者流，盖出于稗官，街谈巷语，道听途说者之所造也。"这是小说家。

所以你看，小说在中国古人眼中就是这样的，它天生是一个被看不起的、一个低等文类，甚至可以说是最低等的文类，就是道听途说一些乱七八糟的事，把它编起来。我觉得类似于我们今天那种——在不太负责任的网络上，把标题凑起来，那就是小说，看了之后，很吸引眼球，但是真实性不可靠，也没有严肃性，就是听了有意思。但是你说它完全没用吗？又不对，因为孔子说过："虽小道，必有可观者焉，致远恐泥。"孔子的话包括两方面，一个是说你不要看它小，虽然小，里边也有可观之处，存在有价值的部分，不可一概废除；但是孔子又说了"致远恐泥"，就是说夸张得太厉害了，就不可靠了，不要拘泥于它，不要被它所局限住。而《汉书·艺文志》还有其他古代的史书中所记载的那些小说，今天都找不到了，都散佚了。你说中国确实是个历史大国，文献、书籍很多，但是丢的更多。

我们今天的人，我们今天的这种保护文物的思想，讲的是丢了什么东西都可惜，今天的人到处保护文物，其实大多是财迷思想，懂什么文物啊？大多是以换成多少钱来想。历史要发展，不可能什么东西都保护下来，在这个问题上鲁迅先生说得很好，要问国粹能否保存我们，这是第一要务。我们是第一要务，把我们保护好了，我们再保护文物。你不能说什么东西都不能动，什么东西改的都是错的。你要说现在的北京城是明朝的北京城，是清朝的北京城，然后你把后来几乎所有的实践都否定掉，这是一种书呆子的想法，这是不可能的事情，世界上没有任何一种事情是这么发生的，没有任何一个国家是这么发展的。当然你想你们家什么东西都保留五百年，都是文物，但是可能吗？那是不可能的啊，也没有那么多地方放那么多东西。

鲁迅从小说的这两个字开始讲。我不是说鲁迅的这个中国小说史写得好吗？这是学术界的公论，但是也有人不服啊。有一个专门研究小说的专家，写了一本叫《中国小说史略批判》，这是一个很著名的学者，我也很尊敬的，学问很大，是欧阳健先生。欧阳健先生也是几十年研究小说，特别在考证、材料方面功夫是非常深的。他用非常严肃的学术态度写了这么一本书，批判这个《中国小说史略》。他讲了这个《中国小说史略》一些不足，材料方面、结构方面等不足。他对这个事情也批判过，他说鲁迅前面讲的这段都是废话，因为你说的庄子的"小说"，还有《汉书·艺文志》的这个小说，根本就不是我们今天讲的这个小说，他说自从鲁迅这么研究之后，我们就造成了一个不好的先例，这个先例是什么呢？以后大多讲小说的人都从这个开始，以后大多讲小说的人开始都要讲：小说是道听途说。从这儿来讲，然后再辨析说不是那么回事，所以他说鲁迅开了一个不好的头儿。欧阳健先生很气愤。大概按照欧阳健先生的意思，什么叫小说应该先从英语的"小说"讲起。其实讲英语的"小说"也非常复杂，英语的"小说"不是一个词，它有好多好多词。英语的"小说"从词根上讲，恐怕还不如中国"小说"两个字好讲，你要从拉丁文、希腊文开始辨析的话，它也非常麻烦。但是他指出了一个问题，就是这个"小说"确实不是我们今天讲的小说，这是两个相差很远的概念。我们今天讲的这种虚构的文体，这个所谓的小说，主要的一点就是虚构。道听途说这东西如果不是虚构，而是有材料来源，那就不叫小说，不管情节多么曲折，人物多么鲜明，只要说这事是真的，或者有来源，就不叫小说，那就叫新闻。

我们知道新闻是可以讲得惊心动魄的，今天为什么小说的读者在减少呢？很多是被新闻给拉走了，因为看新闻可以得到同样的快感，【众笑】因为小说据说是假的，所以很多人不看小说了，看新闻去了。我觉得今天很多记者虚构的能力比作家强，生活中有很多事情也超过小说。我记得我读博士的时候，我屋里写了很多乱七八糟的东西，有一条就是：生活比小说更精彩！你老研究生活的人就不需要看小说了，生活太精彩了。我们中文系有小说家，中文系曹文轩先生是著名小说家，曹老师都说：生活比小说更精彩，我在生活中，出去走一天，我觉得很多事情是我构思十年都想不到的。

小说这个概念的辨析，我觉得是很重要的。因为中国自古以来就把道听途说、残丛小语放得很低，所以日后一旦有人虚构这一类的文字的时候，也同样不被重视，都被放在不重要的地方。当然中国人注意保存文献，旧的去了新的再来，总是还留下了很多。中国文类是一种金字塔，我们也讲，中国古代人写东西，写什么东西地位是不同的。最高级的文——经，四书五经的那个"经"，那是最高级的文类，经不是凡人写的，谁敢说我在家写个经?【众笑】这个不敢。凡人一辈子最高的奋斗目标是写史，不是写经，就是说我能够加入历史写作队伍中去，那是最高的荣誉。经是圣人写的，圣人弄的；写历史是一般人可以达到的目标，加入历史写作班，就不错了。为了能够写历史，为了能够留在历史上，可以献出生命，所以说"人生自古谁无死，留取丹心照汗青"。为什么大义凛然? 我死了不要紧，我加入历史了，历史是次于经的很神圣的文字。比历史差一等级的就是文，加入不了历史，但我写文——文章，能够流传于后世就行了，古代的文章也包括一部分正经的诗，韩愈说"李杜文章在，光焰万丈长"(《调张籍》)，文是有利于安邦治国、兼济天下的，所以写文地位也比较高。写不了文那就写诗，写诗的地位要再低一点，但是写诗也是一个严肃的事，也是正经的事，科举考试中还考诗呢，写诗可以在公开的场合交给皇帝，在大臣之间互相酬唱。但是严肃的文体到诗为止，诗以下的都不正经了。

词，词是所有不正经文字中最高级的，古人说"诗庄词媚"嘛。这个诗是妻子，词就是妾了。我觉得广大人民群众好像更喜欢词，我调查了，几乎所有的中学生都是更喜欢宋词甚于唐诗。因为词不担负那么多的政治任务，不担负教化功能，所以词反而更能融入人的真性情，从它的艺术特点上说是这样的，所以写词就被认为不太正经。你看宋朝的大词人柳永，词写得很好，因为词写得好，耽误了当官，皇上不让他当官，皇上说，你不是愿意写词吗？且去填词——就批了四个字：且去填词。所以，柳永就到处打着皇上的旗号，叫"奉旨填词柳三变"。他是"奉旨填词"，皇上让我填词了，但是也就不能当大官了，所以词就是不正经的。比词更差的就是曲。其实我们知道写曲更难，后来汤显祖写《牡丹亭》，那更难了，但是曲不如词的地位高。那么最低等的就是小说。那些元曲作家还能署上自己的名字，关汉卿、王实甫，写完了能署上自己的名字，写小说是最见不得人的事，不正经的事情之最，所以都不敢写上自己的名，古代小说特别是白话小说，我们今天要考证作者是谁。鲁迅、胡适那代人为什么厉害啊？他们有一个功劳，就是考证出了好多小说的作者是谁，这很牛。你比如说《红楼梦》的作者是谁啊？是胡适那代人考证出来的——曹雪芹，到今天大部分人都同意这个结论，你看了他很严密的考证过程，合乎逻辑，有材料支撑，你说差不多是曹雪芹吧，或者说目前找不到别人比他更像的，【众笑】曹雪芹，只能这样。你比如说《金瓶梅》是谁写的，到今天还没查出来，还是个悬案，这个兰陵笑笑生到底是谁？鲁迅在《中国小说史略》里面首先否定了是王世贞的说法。因为《金瓶梅》写得这么好，语言这么活泼，对社会这么了解，人物栩栩如生，这一定是当时最大的才子写的，当时最大的才子就是王世贞，所以很多人就认为这是王世贞写的。但是鲁迅、胡适等人不同意，他们觉得不像，他们有别的材料证明这不可能是王世贞写的。鲁迅写《中国小说史略》的时候，还没有发现一个《金瓶梅》的重要版本——《金瓶梅词话》，在山西发现的《金瓶梅词话》本，是原来的一个本子。这个本子的《金瓶梅》里面用了大量的山东话，说明作者是山东人，而不是江苏人。所以又进一步否定了作者是王世贞。他们那代人考证的功夫很厉害。

我觉得从一个文化史的意义上来看，鲁迅那个时代需要从小说是道听途说者流开始讲，一直讲到小说应该是什么，讲到小说应该是我们今天说的一种虚构性的文体、虚构性的叙事文体的时候，我们知道它本来应该是很重要的，但是在中国一直被压抑着，一直不重要。重要不重要不能用道德去批判，只能说历史需要它重要的时候自然就有人把它抬高，在中国把小说抬高就是从梁启超开始。但是梁启超只是在理论上说小说很重要，他说得很夸张，梁启超说，西方为什么比中国强？就是因为西方人民天天读小说，所以比中国强。这种说法是很有刺激力的，你不能说他胡说，他是一个宣传家，他要向人宣传。中国不仅要拿出新的小说来，还得拿出小说史著作来。胡适写了半部《白话文学史》。胡适好多著作都是半部，胡适这个人，意识到一个事儿很重要，就抢先去做，做了半部之后又不做了，放在那儿，然后又去做另外的一个事情了，像跑马圈地，每到一个地方扔一个签子——这是我的，这是我的，然后就成了很多事业的开创者。那个半部也写得很好，很有开创性，很有价值，但是《白话文学史》也有很多理论上站不住的，胡适为了抬高白话的价值，昧着良知说文言的东西不好，把文言说成死文学，白话的就是活文学，这个理论是非常有问题的，所以有一些不能自圆其说的地方。鲁迅的这个《中国小说史略》虽然是在北大上课的时候写的，但是并不是说他从上课才开始研究这个小说，他前面十来年早就研究过了，他家里都编好很多小说集了，是他多年搜集的结果。所以鲁迅的这部小说史，考证功夫非常令人钦佩，资料严谨扎实，在那个时候，很多资料别人是看不到的，因为是他亲自整理的。他在死之前，编了《古小说钩沉》，好多已经找不到的小说，他找到了，把它编辑起来，特别是对唐宋传奇的研究他很厉害。所以，这些事情都是靠个人的一种文化心愿才能做到。你说靠国家计划，这些学问国家计划不了，谁计划？不可能计划好。所以，鲁迅提供了好多第一手的材料。当时鲁迅和胡适经常在一起，他们两个互相提供、互相借鉴了好多材料，关于《红楼梦》的，关于《西游记》的，等等，有好多是共同使用的，还有周作人的贡献。

《中国小说史略》的另一个特点是断代很清楚，中国小说你要讲历史，得讲每一个时代怎么发展的。文学史不是作家作品的堆积，不是把作家作品按时间顺序堆积在一起就是文学史。文学史是活的，像一条河、一个生命一样，你得讲出每一个阶段的特点，还得讲出阶段与阶段之间的关系，有内在发展的逻辑，这才叫历史。鲁迅的这本书，二十八篇，从古代一直往下讲，我把这个大概的章节读一下，大家知道这个结构。

第一篇："史家对于小说之著录及论述"。刚才我们讲的从"小说"开始。

第二篇是："神话与传说"。从神话讲起，很多小说来源于神话，中国古代的小说就来源于神话。**神话不特为宗教之萌芽，美术所由起，且实为文章之渊源。**鲁迅很多眼光是非常独到的。他讲中国的神话为什么没有西方那么成系统，中国的神话为什么比较乱：**一者华土之民，先居黄河流域，颇乏天惠，其生也勤，故重实际而黜玄想，**把它归结为中国古代人生活得很苦，所以神话不发达。我觉得这个逻辑上好像说不通，古代的哪个民族生活得不苦？古代人生活都很艰难，都得从早到晚辛勤劳动，这是原始社会的时候。相比较而言，中国还不算苦的，因为中国这片土地土壤好，非常早进入了农业文明，很早就有大量的空闲了。中国为什么文明发达，就因为非常早进入农业文明，春天种下去就等着秋天收就行了，剩下好多时间就不用干活了，然后弄一些马、牛、羊、猪、鸡、鸭、鹅养着，养完了杀，杀完了还有后代，不用天天出去打猎。这个文明是发达的，所以这一点好像不太成立。鲁迅又讲了别人说的一个原因，说因为后来孔子出来了，孔子是一个很正经的人，每天讲修身齐家治国平天下，他讲实用，孔子不喜欢神话，所以孔子把神话都给删除了，把一部中国神话史都给格式化了，没留下来，这事情怨孔子。鲁迅觉得这个好像不太靠谱。

鲁迅觉得中国有一个重要的特点是"神鬼之不别"，就是中国的神话是乱的，中国人把神和鬼放在一块，神、鬼、人分得不太清楚。又由于中国文明可能比较发达，**如天地开辟之说，在中国所留遗者，已设想较高**，就是同一个神话，不断有新的版本，新的版本就覆盖掉了旧的版本。很多的民族你看他们的神话，那神话都是非常粗浅的，是我们现代的文明所不能接受的。比如许多民族的祖先都是一对兄妹，经历过大洪水也好，或者没有洪水也好，是一对兄妹繁衍了他们这个民族。日本也是这样，日本的民族传说中一对兄妹是他们日本人的祖先。按理说中国也应该有类似的神话，可是中国没有。中国的伏羲、女娲已经是比较成熟的一个神话类型，很可能是后来的版本把先前的版本给覆盖掉了，后来的人觉得先前那个版本不雅，觉得那个不好。那么有的时候没有覆盖掉，没有覆盖掉就是多种版本并存，并且是后起的版本一定更受欢迎。

你比如说西王母，西王母到底是个什么人？我们今天的人以为西王母是一个老太太，望文生义，西王母是西天一个王后嘛，或者是女国王吧，一个女皇上吧；或者有人想得年轻点，西王母就是年轻的贵妇人吧，是武则天一类的人吧。但是西王母最早的形象是一个野兽，这个西王母是能吃人的。后来不是野兽了，近于人了，也是一个男性的形象。他也不是一个女的，你不要看到母就是女的，不是这样。但是后来人就愿意接受我一开始说的那些。再比如观音是一个什么形象？我们今天觉得观音是一个慈眉善目的中年妇女，【众笑】管很多家庭里的琐事，给你送个孩子什么的。就这么想象这个观音，但观音原来不是这个形象，观音原来是男的啊，观音原来也不是女的。但是人们就慢慢接受了后来的版本，接受了现在这个版本——拿一个瓶，里面插着杨柳枝，下面光着脚，这样一个形象，愿意接受这样一个大婶的形象。这是观音。

再比如现在我们过年门上都贴门神，有时候电视台会出题，或者春节晚会上会问，这两个门神是谁？这里有很多同学很有学问，知道这是秦叔宝和尉迟恭两个，这也是后期的版本。最早的门神，"沧海之中，有度朔之山，上有大桃木……其枝间东北曰鬼门，万鬼所出入也。上有二神人，一曰神荼，一曰郁垒……"（王充《论衡·订鬼篇》）我记得每一次只要电视台一说门神是秦叔宝和尉迟恭的时候，往往就有学者在报纸上发表批驳文章，然后考证说门神本来应该是神荼和郁垒，表示这个学者很有学问。其实鲁迅讲得很清楚了，这是不同版本的问题。最早讲的就是神荼和郁垒，"主阅领万鬼，害恶之鬼，执以苇索而以食虎。于是黄帝乃作礼，以时驱之。立大桃人，门户画神荼、郁垒与虎"。但是按理说这是最早的门神，他们应该有生平，神荼、郁垒到底是干吗的呢？我们只知道很少的资料，多一点都不知道了，没有他们的身世，身世已经被淹没了。后边还有别的版本，中间还有别的版本。我们想在唐朝以前中国人就贴东西了，一左一右，怎么可能是秦叔宝、尉迟恭呢？不可能是他俩。但是因为唐朝是伟大的朝代，伟大的朝代声音就大，它就能盖过别的声音。你说秦朝真的没文化吗？不见得，但是秦朝命短，很快就被农民起义推翻了，建立了大汉朝，把秦朝都否定掉了。所以秦始皇就是一个暴君形象，不论你怎么给他翻案，他也不能受人喜欢，命短就吃亏。唐朝伟大啊，所以门神之一秦叔宝这个说法反而就流传广泛。为什么？因为他借助于小说，这个人物形象深入人心，秦叔宝好——秦琼多好啊，秦琼卖马这多好啊，男人非常想演秦琼。我们今天大多数人都认为门神就是唐朝的秦叔宝和尉迟恭。尉迟恭名字也有演变，比如胡敬德，现在叫尉迟敬德。

所以鲁迅在这个方面的考证上做了好多工作。他断代断到真正小说的产生，他认为是唐朝：**唐人始有意为小说**。唐朝以前的小说都是今天我们追认的，小说的萌芽，小说的起源，不是故意写的，没有创作意识。我们今天讲的小说必须有自觉的创作意识，说我这是一个创作。

《中国小说史略》后面篇目为："《汉书》《艺文志》所载小说""今所见汉人小说""六朝之鬼神志怪书"（上）（下）、"《世说新语》与其前后"。他说以前的那些都是为了记一些奇怪的事儿。为什么叫志怪呢？就是哪儿有奇怪的事儿把它记下来，相当于我们今天的新闻，我们说的摘要的性质。我们北大不是有《北大新闻周刊》吗？经常记一些北大的新奇的事儿，听说第二食堂后面，有一只猫生了八只小猫，叫"志怪"。那么到了唐朝，为什么就有意写小说了？鲁迅的研究方法，也是后来的学者借鉴的，鲁迅从社会生活的角度去解释文学的发展。唐朝写小说的都是什么人啊？都是举子，都是去科举考试的人，科举考试的人写小说。为什么要写小说？因为唐朝的考试制度让大家在参加科举考试之前有一个"温卷"的习惯，就是先去跟导师套套近乎，让导师了解自己是有学问的人、有才华的人，但是怎么让导师知道自己有学问呢？你写一篇文章给导师看，但导师不看，导师就不看。比如今天某个学生说：孔老师，我要考您的研究生，我写了一本书《论鲁迅》。三十万字给我了，我没时间看啊。那怎么办呢？得写个东西让孔老师喜欢看，不能写《论鲁迅》，得写《论鲁迅的八次艳遇》，【众笑】孔老师没听说过呀——怎么鲁迅还有这事儿，我得看看。导师就看了，导师一看，哦，原来都是假的，是小说，不是真的。虽然是小说，但是发现这学生挺有才啊，于是在考试的时候就注意这学生了，假如他考得很好，不会埋没他，这是唐朝的科举考试制度造成的。包括白居易这些人，考试之前都写了一些小说，在小说中包含了自己的学问，就像我们讲的鲁迅的《斯巴达之魂》一样。假如我们读到一篇叫《斯巴达之魂》的小说，我们必定会认为这个作者非常有才学，虽然考试不考小说，但是我们对这个作者留下了印象，一旦他考得很好，他被录取的可能性就比别人高。所以当时就形成了这个风气，考生在考试之前要创作文学，写很多传奇，什么《李娃传》《霍小玉传》，都是这么产生的。他不是写完了投稿去拿稿费的，没人给他稿费。他写完了送给导师看，导师一看，这人挺有才，光看里面引用的几首诗都不错，这小说写得挺有正义感，这个人将来当官挺好，是一个好官儿。你看鲁迅研究唐朝人有意创作小说和这个文化制度是有关的，鲁迅的这种文学研究思路，给了我们后来的学者以深刻的印象，我们今天很多研究都是这样的。

鲁迅认为宋朝的传奇就不好，宋朝的志怪和传奇都不如唐代，因为宋朝跟唐朝比，不那么自由，不是说文学越发展越好，因为宋朝人开始讲道理了。**宋传奇始多垂诫**，宋朝人讲的东西里边有太多的道理，告诉人怎么做人，这跟宋诗和唐诗的对比差不多。为什么唐诗更好？唐诗不讲道理，唐诗就把一个美好的人生展现给你，"春江潮水连海平，海上明月共潮生"，讲什么道理啊，没讲什么道理，你觉得世界就是这么好。宋朝人最后一定要给你讲个道理，"万紫千红总是春"，你觉得这诗是好，但总觉得背后有点什么阴谋，总觉得宋朝想给我说点儿别的话，有给人上课的欲望。但是宋朝另外有伟大的文学，宋朝的志怪、传奇不行，但是出了一种叫话本，话本从宋朝开始。话本小说为什么好？鲁迅仍然从社会生活发展的角度来讲，因为宋朝的经济发达，宋朝的商品经济、城市经济比唐朝发达。我们现在一想，宋朝老被周边少数民族打，在对外关系上是弱的，但是内部的经济是非常发达的。宋朝是文人统治，没事儿就是吟风弄月，城市里面整天上演着曲艺节目，有各种曲艺场所，剧场、杂技表演场所很多，客观上促进了这种说书艺术的发展。说书人要有底本，那就叫话本，话本印出来就成了我们今天说的宋元话本小说。

有话本，还有拟话本，就是模拟话本，拟话本不是说书人拿到书场上去讲书的那个底稿。他模拟那个话本，实际上是印出来给人看的。我们今天看到的那个小说，其实不是评书演员讲评书的底稿，但是他的口气，假装成评书演员，他经常说"列位看官"，其实谁也没看到，在哪儿呢，没人看到你，那个"看官"是在茶馆里的口气：列位看官，你多赏两口吧。所以它是拟话本，模拟。但是有了话本，就为小说的进一步繁荣发展奠定了一个很好的基础。

后面中国小说的历史进入了一个了不起的时代——到了元、明，几大名著就出来了，《三国演义》等，中国长篇小说开山之作。中国的事儿很奇怪，往往都是第一个最厉害，中国出了一部长篇小说就叫《三国演义》，那就是顶天立地的小说，以后再没有一个演义超过它，你说《三国演义》之后多少演义吧，把中国的二十五史全都演义过了，演义完了之后还是没超过《三国演义》。中国很多事儿是第一个最厉害，按照西方人的思维，是不可理解的。按照科学思维会越来越好，但中国不是这样，往往是好的那个已经过去了。鲁迅对中国小说的分类，也分得非常好。元、明以来，小说讲史，明朝有神魔小说，就是《西游记》《后西游记》《东游记》《南游记》《北游记》，这些叫作神魔小说，包括《封神榜》《封神传》《三宝太监西洋记》，这都叫神魔小说。所以，你必须按照它的类别来评价它，你不能说《西游记》《封神榜》荒诞不经，说这都是假的，哪有什么七十二变啊？那说的就不是人，这些小说说的都是神话，假定他有七十二变，不然你读书还有什么劲儿哪？你读书老跟作者较劲儿，说这都是假的，不可能。鲁迅把《金瓶梅》等小说叫作人情小说，鲁迅对《金瓶梅》的评价是非常高的，《金瓶梅》的一个严重缺点就是性描写太多，所以家长不能让孩子读，老师也不能鼓励学生去读，但是你要是忽略掉这个问题的话，就整体上来看，《金瓶梅》确实是一部伟大的著作：全面地反映了那个时代的风貌，那个时代老百姓各行各业的生活状态，官商勾结；特别是人物描写，人物性格栩栩如生；再有，《金瓶梅》是独立的小说创作。像《三国演义》《水浒传》都有潜在的积累，说书的人不断积累，是有历史积累的。《金瓶梅》几乎完全是虚构的，就从《水浒传》里弄了一个引子，把《水浒传》里潘金莲和武松拿来当成一个引子，然后讲了这么一大篇文学。明朝话本也很发达，冯梦龙的"三言"里的《古今小说》，这我们都知道，明朝的小说也很发达。

鲁迅把清朝的小说分了好多种。对清朝的讽刺小说《儒林外史》的评价，在鲁迅的《中国小说史略》中就有发展，一开始他没太重视《儒林外史》，但后来他发现自己是不对的，他重新高度评价了《儒林外史》，并且把讽刺小说的地位写得很高。清朝也有人情小说，最伟大的就是《红楼梦》。其实要是单纯作品比作品，《红楼梦》的成就未必在《金瓶梅》之上，但是，《金瓶梅》有巨大的缺陷，不便于广泛流传，【众笑】缺陷非常大。咱北大图书馆有一部原来的《金瓶梅》，非常好的版本，我有幸借出来看过，但是不便于广泛传播。而《红楼梦》就没有这个毛病，《红楼梦》的文字是非常干净的。但是《红楼梦》有巨大的缺陷——结构不完整。所以你看，中国的有些伟大的东西，不完整，这很有意思啊，很像杨过与小龙女的爱情，感天动地，但却是天残地缺的，两个人都有巨大缺陷，传统的观念认为不完美，其实在老天爷看来，有什么不完美？就是完美的。杨过、小龙女的故事能够感动这么多人，可能和不完美也有关系，《红楼梦》就是不完美。清朝还有别的小说：才学小说、狭邪小说、公案小说，一直到清末的谴责小说。鲁迅对谴责小说评价不高，认为它"辞气浮露"，不像《儒林外史》所代表的讽刺小说那么含蓄，鲁迅认为好的讽刺小说应该是含蓄的，不要把话说尽，而谴责小说经常容易把话说尽，把人写得太夸张，像《官场现形记》《二十年目睹之怪现状》《老残游记》《孽海花》，鲁迅认为不如那些讽刺小说，但鲁迅认为这也不错。更差的，鲁迅批判的是黑幕小说，专门揭露人家隐私的，鲁迅痛恨的就是揭露隐私这些东西，不顾文学、不顾思想，专门写一些人们不注意的、不知道的，吸引人注意。

鲁迅对具体作品的评判，也是非常令人钦佩的。当时研究小说的胡适、郑振铎等人，他们对鲁迅的《中国小说史略》评价是非常高的，但是他们有一点遗憾，说鲁迅这里边材料太多，都是考证，对作品的论述比较少，他们说鲁迅对作品的论述不够，这是一个事实。鲁迅的论述确实少，但是鲁迅的话都是精练的，鲁迅对这个作品不说话则已，说几句话都是我们今天考试要考的，说几句话基本上都是你驳不倒，我们都要用的。比如鲁迅说《三国演义》这本书写得好，但是写人写得不太好，**欲显刘备之长厚而似伪**，写刘备写得"似伪"；写诸葛亮，**状诸葛之多智而近妖**；诸葛亮写得跟妖怪一样。你一想，鲁迅说的其实非常有道理。因为作者是站在刘备的立场上写的，作者要把刘备塑造成好人，但是你读来读去，总觉得刘备这人不太像好人，因为写得太伪了，所以老百姓都说"刘备摔孩子——收买人心"，老百姓都知道这俗语。赵云在长坂坡七进七出，怀里揣着阿斗，把阿斗他妈推到井里边砸死了，【众笑】然后把阿斗救出来，把孩子送给主公，这刘备接过孩子来说：小冤家，为你几损我一员大将！"啪"把孩子扔地上，幸亏刘备手比较长，反应快，一捞又捞回来了，早有铺垫刘备双手过膝，长臂猿，【众笑】这孩子没摔坏。但从这个情节看我们总觉得这刘备是故意的，为了表示对大将的关怀，也不能摔孩子啊，赵云就是为了救你孩子回来的。还有写诸葛亮，诸葛亮一出场就那么智慧，永远那么智慧。《三国演义》里的人物是没有性格变化的，出场什么样，完了还是什么样，这人物是定型的，没有发展。诸葛亮什么事情都判断得那么准，什么聪明智慧都是他的，历史上诸葛亮没使过空城计，大家如果听过易中天老师讲座就知道，空城计谁使过？张飞使过。本来历史上张飞使过空城计，但是你要说张飞使空城计，老百姓不信啊——张飞有这智商吗？【众笑】所以一定要弄到诸葛亮头上。诸葛亮死后还能吓走司马懿，"死诸葛吓走活司马"，把诸葛亮写得"近妖"。你看鲁迅轻轻的两笔就指出了《三国演义》重大的问题。鲁迅对名著的几句话，基本上都是不疑之论，或者是你必须面对的论点。比如《西游记》的玩世的思想，他说《西游记》并不是宣传宗教的。有的学者说《西游记》是宣传佛教的；有人争论，说不对，是宣传道教的。鲁迅说这都不对，根本就不是宣传宗教的，这作者就是一个玩世不恭的，这里边和尚、老道都随便被他调侃，他讲《西游记》有个玩世思想。他又说这跟明朝有什么关系，鲁迅把文学作品和社会思潮联系起来。比如说《金瓶梅》，这个时候为什么有那么多色情小说？那么多性描写小说？这跟社会风气有关，皇帝也喜欢这个，那个时候，方士得宠，朝野上下都弥漫着腐败的风气。还有《水浒传》，《水浒传》为什么遭到腰斩？什么时候遭到腰斩？跟农民起义都有关系。我们今天很多对《红楼梦》的论点，都是在鲁迅论点的基础上。鲁迅说《红楼梦》"摆脱旧套"，写才子佳人的小说很多，《红楼梦》好在哪儿呢？写实，**正因写实，转成新鲜**，《红楼梦》的好处不是在于虚构，不在于瞎编理想的那个结局、结构，在于写实。所以鲁迅自己的小说，好处之一就是写实。别人都说鲁迅善于讽刺，我说不对，鲁迅只不过是把实话说出来而已，就是写实，我看见他脸上有一个黑点，我就写出来：他脸上有黑点。我是写实，你们认为是讽刺。因为别人都不肯写，所以我这就成了讽刺。

　　鲁迅写的《中国小说史略》是一个开山之作，他在那个时候，能够将整个中国小说史尽收眼底，他的境界自然就高大，出手不凡。王安石说"看似寻常最奇崛，成如容易却艰辛"（《题张司业诗》），我们可以用这来看很多大人物，都这样。鲁迅在成为鲁迅之前的那些岁月里干什么？就在做学问。鲁迅做学问和我们做学问完全是两个态度，我们是为了完成任务，为了当老师，为了当学者等；鲁迅什么都不为当，那就是他人生的一种活法。这么好的阳春三月，他在琉璃厂逛逛，买两本旧书，回去研究研究，抄一抄，比较比较，这是他的生活方式。

我昨天去中央芭蕾舞团给他们讲《牡丹亭》，因为他们要演《牡丹亭》。一路上看着很好的天气，我就想：这天气好的时候，老百姓很幸福啊，老太太悠悠晃晃地走，还有很多少女已经穿上超短裙了，我觉得人们过得很幸福啊，挺好啊。我说我干吗去啊，我有任务，要给他们上课，假如我要不给他们上课呢，我就觉得很空虚，我就遇到了杜丽娘遇到的问题，"良辰美景奈何天"。越是在好天气的时候，你觉得干什么都对不起这个天，这么好的天干什么？这么好的天应该玩儿嘛，不对啊，这么好的天怎么能玩儿呢？这么好的天，读书吧，上自习吧，好像也不对，这么好的天怎么能上自习呢？【众笑】就是怎么过都对不起这个大自然。这种对不起的感觉其实是因为自己空虚，自己不充实。我觉得像鲁迅这样，很充实，他在成为鲁迅之前，在北京过的那七八年、十来年，就是没有目的，不为了一个什么目的，不为了功利而做学问而读书，他就把自己的生命变成了一个宝藏。所以不论是不是春天，春天多长多短，不论冬天什么时候来，他的心里边都有春天。我觉得人活到鲁迅这种份儿上，才叫真正的自由。

好，今天就讲这么多吧。

2009年4月14日

汉语魂和民族魂

—— 解读《斯巴达之魂》

    同学们都各就各位，各有其位，我们开始上课。

    我们前面几周讲过了鲁迅写小说的缘由，这个是很重要的。鲁迅写小说那个缘由，也并不是深刻得不得了，但是对我们今天来讲是很有意义的，我们今天还有多少人这样去写小说，这样去工作，这样去活着？！

    鲁迅小说写作的缘由我们告一段落，从今天开始，我们进入鲁迅小说的一些具体的作品和具体的问题。今天我想给大家推荐一本书、讲一篇小说，推荐的一本书叫作《鲁迅与终末论》，终是终点的终，末是末日的末。关于鲁迅研究的书太多了，这本书是日本学者伊藤虎丸先生写的，它的副标题是"近代现实主义的成立"，这本书是三联书店去年（2008年）8月份出版的，李冬木先生翻译的。伊藤虎丸是日本非常有名的学者，在鲁迅研究方面是一个大家，我很敬仰的一位先生，多次到中国北大来。鲁迅研究在日本也是一门很重要的学科、学问，日本人对鲁迅的理解有时候可能具有比中国人更加深刻的地方。为什么比中国人更加深刻？不是说日本人更加聪明或者说他做学问认真等，不是因为这样，而是两国心理不同。提起鲁迅，我们很多人没琢磨过他有多么深刻，反正老师说什么就是什么，老师说挺伟大他就挺伟大 —— 据说鲁迅这人特厉害。王朔描写得很形象：据说丫行走在一个黑暗的胡同，有一条狗在这后面叫，他一回头说："呸，你这势利的狗！"然后这狗就跑了。（《我看鲁迅》）我觉得王朔描述得特形象，鲁迅给大多数孩子就是这形象，就是"特牛一人、一牛人"，没觉得他有多么伟大。日本人为什么理解得比较深刻呢？因为日本尽管是世界经济大国，但是从政治上讲，它是缺乏独立性的，它的事情自己做不了主。你如果在日本生活一段时间就会发现，这个社会很好，生活得很舒服，各个方面都很先进，但是你总觉得它有一种上不来气的感觉，特别是你在中国生活过，尽管中国有这样那样的毛病，毕竟是一个伟大的社会主义国家，你在这样的国家生活过，到那块儿总觉得有什么地方上不来气。所以日本有一些严肃的真诚的学者，他能够面对这个问题，他能够拿日本跟中国比，少什么？少鲁迅！所以他在鲁迅研究方面投入了很多优秀的学者，投入了很多精力。

那么新中国中间那个时候其实已经忘了鲁迅。在我们天天讲一个人的时候，可能正是对这个人的遮蔽，我们可能意识不到鲁迅的深刻之处。鲁迅曾经说过：忘记我。鲁迅说中国社会如果进步到真正文明的程度的时候，大家一定要忘记我。

我从20世纪80年代开始，就听孙玉石老师讲课，听钱理群老师讲课，我们系有好多老师讲过鲁迅方面的，不光是现代文学的老师，我们文艺理论老师也讲过鲁迅，我们闵开德老师也讲过鲁迅。大家都说我们现在要重视鲁迅，我们忘不了鲁迅，我发现这个话是从20世纪80年代开始讲的，从80年代我们就认识到，我们离不开鲁迅。其实在80年代之前，我们真的忘记过鲁迅，是以神化鲁迅的方式来忘记他，把鲁迅讲成一个伟大的革命家、文学家、思想家，把他放那儿供起来，供完之后就忘了，没有人再去深入思考。鲁迅那些深刻的命题恰恰是80年代之后，被我们重新想起。而在那个时候，有一批严肃的日本学者，认真地思考鲁迅：鲁迅对中国的意义，鲁迅对东亚的意义，鲁迅对人类的意义，还有鲁迅跟毛泽东是什么关系，鲁迅的思想跟毛泽东思想是一个什么样的关系。

愿意思考问题的同学，可以读一读我推荐的这本书。我简单介绍一下它的几个观念，比如，伊藤虎丸先生关注鲁迅是怎么接受欧洲的。东亚一个共同的问题是，我们经历了政治上、军事上的失败之后，我们在一种被迫的情况下接受欧洲，接受西方，我们应该实事求是地承认，这个接受是被迫的。

虎丸先生讲鲁迅接受欧洲的方式和一般人不同，他带有一种深刻的中国文化意义。我们一般学习欧洲，学习的是表面的一些东西，器物性的东西。比方说战败了，被打败了是不是我们船不好？我们的炮不好？我们沿着这一条路线去想，船不好炮不好，我们不是有的是钱吗？我们去买啊，买完了造啊，中国有的是钱，即使是被打败了之后，这个国家的银子，真是金山银山花不完，我们可以建非常大的兵工厂。"汉阳造"——汉口的兵工厂造的武器，晚清造的武器可以使用到20世纪40年代，在40年代的战场上还可以使用的，这个兵工厂很先进。后来发现不是那么回事，我们工业不发达，我们发展工业，我们交通不发达，我们修铁路，建邮局，发展电话、电报，我们什么都有了。毕竟这么大一个农业国家，积累了许多财富，多少年一直是贸易顺差，中国像一个黑洞一样，把世界的白银都滚滚地吸引到这里了。欧洲人辛辛苦苦到非洲抓了奴隶，到美洲采了白银，最后都被中国人赚来了。

最后什么都有了，发现还是不行。我们到底要学习欧洲什么？到底什么比我们强？直到今天，学者们不是还在探讨这个问题吗？

在伊藤虎丸看来，鲁迅先生所代表的对欧洲的接受，包含了双重抵抗的过程，这个"双重的抵抗"概念是从另一个日本大学者竹内好那里来的。

第一次抵抗，是抵抗外来的人家给你的压力、军事上的失败。还要抵抗这种失败感，抵抗自己由于失败而不由自主想变成对方的这种压力。

什么叫中国？中国不是这片土地、这片土地上的生物，中国是一种文化，是一种生存方式，是孔子、孟子、老子、庄子那种生存方式。如果我们全中国都变成美国人那样活着，就等于全世界都变成兽了，那这个世界没有必要存在了，这不就变成了一个终极的、高科技的丛林吗？这等于我们已经就死啦 —— 如果我们没有对这个的抵抗。

中国的现代化的道路，为什么这么曲折、这么艰难？是因为我们在抵抗自己失败的同时，还在抵抗另一种东西。你欺负我，我抵抗你，我摆脱你的欺负，但是我同时在没有达到我的目标之前，我得小心，我不要成为你。这才是中国一百年来的悲壮之处。这是鲁迅那些人从一开始就想到的问题。

他一开始就想这些问题，所以在鲁迅思想中"奴隶"这个概念特别重要。奴隶，大家对这个概念并不会陌生，我们一般理解的鲁迅批判的奴隶性，主要指的是被统治者跟统治者的关系。阿Q就有奴隶相，进一步，奴隶最不好的是奴才，鲁迅说人可以做奴隶但不可以做奴才。做奴隶有时候是迫不得已。鲁迅把历史分为两种：一种是做安稳奴隶；一种是想做而不得，求着给奴隶主做奴隶。

在鲁迅看来，奴隶其实等于奴隶主，奴隶和奴隶主是一回事，你以为奴隶主就自由吗？奴隶社会之所以不好其实是因为奴隶主是不自由的，你跟一个奴隶，完全没有自由的人在一起你会有什么乐趣呢？你想让他干什么就干什么，想让他死他就死，这有什么乐趣？这没什么乐趣，反正这个乐趣很浅薄。比如你跟别人下棋，他是个奴隶，他肯定要输给你，让他怎么输就怎么输，这棋下得还有什么劲儿呢？这棋下得就没有意义。什么是精彩的棋呢？两个人是平等的，地位平等。所以说民主自由好，真的民主自由是两方平等，平等地玩，然后经过努力我打败了你，在这个过程中我感到了我的伟大、我的价值，我没有让你让我任何一步，不需要让，这才是民主自由给人带来的快乐。

而人性中就存在着一种想做奴隶的冲动。人有多向冲动，有神性的向往，有往上走的欲望，也有往下走的欲望。往下走容易，往上走难！这是老人都会告诉你的道理。要摆脱奴性，有一个必须摆脱的陷阱，就是不要去向往奴隶主，想做奴隶主的奴隶，即使做了奴隶主他还是奴隶，因为奴隶主和奴隶是等同的，他们思维方式是一致的。

所以古代许许多多的农民起义，不管是成功还是没有成功，它不具有真的革命性，它是换了一伙人当皇帝而已，换了一伙人当官，那社会有什么变化啊？仍然有那么大比例的人当牛做马，由于一次次这样的循环，鲁迅就觉得中国人奴性特别重，怎么样彻底使中国好起来？鲁迅的思想从立国转到了立人。

想国与人的问题，这是鲁迅和晚清其他思想家的区别。晚清许许多多思想家想了很多办法，想让国如何好。鲁迅发现，欧洲之所以能打败中国，打败天下，有一个秘密，是人和我们不一样。第一，欧洲很穷，把我们打败了；第二，你说他一些工具比我们好，那些工具就算比我们好吧，后来这些工具我们也都有啊，我们有了之后还是失败。然后有人说我们制度不好，制度我们也可以改啊。这些我们都会做，发现做了之后还是不行。我们近年来有些学者研究鸦片战争前后那些历史细节，比如，鸦片战争为什么失败？怎么就失败了呢？到底失败在哪儿？就那个时候那几艘破船那几个破炮，来了千把人，里边一大半是印度人，怎么就能把我们打败呢？说武器不如人，这都是托词。鸦片战争时候中国和侵略者军事上的差距有抗美援朝时候差距那么大吗？有抗日战争时候差距那么大吗？没有。那什么变化了呢？什么不一样了？是人。

鲁迅就在欧洲人身上发现了中国其他人没有承认的一种精神，这种精神一般没有说得很明确，我把它说出来，其实就是"主人翁精神"。主人翁精神就认为这个世界是我的，我首先做我的主，我不但可以做我的主，如果发现你没出息，我还可以做你的主。这个如果不用来侵略是很好的状态，如果用来侵略那是很可怕的，就是"我的东西是我的，你的东西咱们再看"这样一种状态。而中国人跟人家正相反，中国人就说"你的东西是你的，我的东西咱再商量"，这是中国人活在世上的态度，所以两种态度已经把结果决定了。

鲁迅早期的思想，他的作品，都致力于要恢复、要建立、要挖掘中国人身上的精神，他的痛苦都在这里，伊藤虎丸先生把这叫作"中国'文化革命'的原点"（《鲁迅与终末论》）。重点在于建立一个人的精神，有了这个精神，几千人可以去打一个几亿人口的大国，而且能够打下来。这就是我们当时最缺乏的东西，缺乏的不是别的东西。你想这么大一个国家，就来了几千人，沿着海边，这儿咬一口那儿咬一口，全咬掉了，这不是精神是什么？这就是精神。这种精神叫"光脚的不怕穿鞋的"，打败了不要紧，打败了明天再来，早晚得把你打倒。所以其他思想家也讲过，陈独秀先生就讲中国人缺乏兽性，鲁迅也讲过类似的话，鲁迅说，我看中国人的脸和欧洲人的脸，中国人的脸长得像食草动物，欧洲人的脸长得像食肉动物，这话说得是有点刻薄，但是他们想说一个问题，说明这种精神。我们看看动物世界，看看食肉动物和食草动物的气质到底不同在哪里，不同在是否有主人翁精神，是不是这理儿？你看看狮子、老虎、猎豹，它觉得这儿就是我的，我就是这儿的主人，你再看看它早上懒懒散散起来，这儿逛逛，那儿逛逛，这儿是我家啊。而你看看牛啊、羊啊、鹿啊，老觉得自己不是这儿的主人，老要迁徙，迁徙这儿迁徙那儿，我觉得鲁迅看出那个气质差异来了。

鲁迅首先强调，个人要有这种精神。毛泽东为什么说"我的心和鲁迅是相通的"？从哪个入口挖掘？毛泽东是想把鲁迅讲的这个个体的主人翁精神，扩大到工农大众身上去。在毛泽东看来，怎么样能够获得革命胜利？胜利之后怎么保持革命果实？怎么让红色江山不变色？靠制度恐怕不行，他想，主要靠精神。让亿万人民都有了主人翁精神，都觉得这国家是我的，我得管！我不管你什么省长、部长，你敢贪污腐败，把你撸掉！如果亿万人民都有这个精神，那不论这个制度啊、法律啊怎么被人家操纵，不论学者们怎么把这个事情讲得云山雾罩，都欺骗不了人民。

这个想法对不对，咱们可以商量，可以研讨。但是，他们之间是有这样一条线。鲁迅早期的写作中，很注意民心的问题。鲁迅用道家的话强调白心之民，白心，就是纯白的心、纯洁的心、朴素的心。一部人类文明史，给人类带来很多方便，但是这个文明知识，也给人带来污染。发展到今天，纯洁的人，还有吗？恐怕只有孩子。鲁迅为什么那么把希望寄托在孩子身上啊？就是他认为孩子可能还没吃过人。这个白心之民是非常重要的。

奴隶和奴隶主这个问题，晚清其他的思想家也都讲过，比如梁启超也讲过。梁启超就讲中国人，专制时间长了，当奴隶当惯了总希望有皇上，等等，讲的这个问题确实是对的。梁启超说人要摆脱奴隶怎么办呢？梁启超认为就是开启民智。梁启超的这个办法和其他思想家讲的都一样，不就是教育吗？！让大家多学民主啊、科学啊。可是鲁迅早早就预料到：这没用！他也不是完全否定，他不是说否定发展教育、开启民智。但是他觉得这不是关键，在鲁迅看来，这反而不如白心之民。他说人心好不好，是决定性的。如果这个心不白，你有了知识也没用，你读了博士都没用。

所以，光有知识不行，不能解决问题。我们今天看过了现实才明白的道理，鲁迅他早早就预料到了，他看到了。所以伊藤虎丸先生讲，鲁迅的文学是预言者文学，是预言。结合我们前面讲的，鲁迅为什么要从事文学？文学在鲁迅看来，等于精神。文学有很多作用，文学可以从很多角度理解，你可以把文学理解成别的东西，也行。但是在鲁迅先生看来，文学是精神。所以，他从事文学，他放下医学的手术刀，拿起文学的这把刀，是为了建立精神。这个精神，具体化就是"主人翁意识"。

我来读一段伊藤虎丸先生的论述：

"中国近代思想史是一个从根本上变革自身的过程。先是不过是'天下王朝体制'——'天→天子＝帝王→人民＝天……'"一个循环。

"那么正如（鲁迅）已经反复强调的那样，把'奴隶＝奴隶主'和'人'相对置起来并从中自然导出'奴隶不是要变成奴隶主，而是要变成人'，'创造这中国历史上未曾有过的第三样时代，则是现在的青年的使命'的认识，是贯穿鲁迅一生的文学主调。可以说，他正是如此全面把握到了中国近代思想史上的中心课题。而且，如上所见，初期鲁迅对欧洲近代个人主义的人之观念的把握，是把这个课题的根本极为'明确'地变成了自己的东西……同三千年沉重传统进行抗争，对其中'奴隶＝奴隶主'之构造给予了全面的否定和勇往直前的战斗；一是他又同时通过对作为知识阶级自身的否定，把近代个人主义思想传播给了工农阶级。我认为，毛泽东称鲁迅是'中国文化革命的主将'正是这个意思，而且在这个意义上又是非常本质的深刻揭示。这是我所认为的初期鲁迅的'个人主义'所具有的第一种意义……这里所说的'人的革命'，与马克思主义的中国革命理论的形成（毛泽东思想的确立）并不是两码事。鲁迅在初期评论中竭力要向中国人昭示的西欧精神之'内质'例如与毛泽东在《实践论》中针对教条主义者和经验主义者所展开的……苦口婆心的劝导，不说一脉相承，至少也相距不远。"就是说毛泽东为什么那么苦口婆心地来讲。

"我并非想说通常被当作毛泽东思想特征的'主观能动性'与鲁迅身上尼采的'能动的虚无主义'两者之间有关……毛泽东在取名为《实践论》的认识论中对教条主义、经验主义之所言，以及其中所说的'主观能动性'，我以为与丸山在这里指出的都是相同的问题。而且，由上面所看到的初期鲁迅关于'人'的发现，又正意味着他通过近代个人主义把握到了强烈的'主观能动性'，那就是这里所说的以'虚构'来创出'作为其创造源泉的精神''自由主体'以及理论和概念。很显然，只要这种精神还不属于工农大众，'天下之民'就不会脱胎换骨为'每个人都是具有思想的主体'这样一种新的'人民'，引导中国革命成功的理论也不会产生出来。"

我读这段就是想让大家知道伊藤虎丸先生所论述的，鲁迅到毛泽东思想的过渡。中国怎么样才能真正地解放自己、救自己？绝不仅仅是把外国军队赶走，获得独立，发展经济，不仅仅是这样。

日本学者对鲁迅研究是非常深的，以后有机会我再给大家介绍，伊藤虎丸的《鲁迅与终末论》就介绍到这里，下面的时间我们来讲一篇小说。我们两周没见面了，我相信很多同学都已经把《呐喊》《彷徨》读了，今天我要讲的这篇小说是鲁迅的小说集里面没有的，我也没让大家预习，因为这部小说很难，是文言小说，如果让你们预习就占用你们的时间了，我尽量不占用大家的时间去做这些非思想性的东西，我直接把文化精神给你们就行了，我自己来劳动，然后我们在思想层面上来交流。因为这是文言小说，我读的话大家可能听不明白，所以我给找出来，找出来给大家看一看，叫《斯巴达之魂》。

《呐喊》《彷徨》大家都很熟了，我讲一个大家不熟的，《斯巴达之魂》。这篇作品在鲁迅研究界大家有不同的看法，有人认为是翻译，有人认为是译述，翻译的译加上叙述的述。什么叫译述呢？好像是半翻译半讲述，在晚清的时候流行这种东西，晚清的时候有许许多多的作家翻译外国作品，但后来我们这些学者一研究很麻烦，我们找不到原作，他说翻译的，你翻译谁的作品啊？人家作家没写这东西啊，我们找不到原作。有人说"我听谁谁讲，然后我把它写出来"，这叫作"译加创"，就是翻译加创作，还有人说这就是创作。直到现在学术界还有不同的看法，有更多种说法，这些说法和我们这个课没有关系，我们不管，我们不去说谁是谁非，因为我们的课只是讲鲁迅小说，不去探讨翻译学的理论问题，那个很复杂。我们要注意的是鲁迅。《斯巴达之魂》是青年鲁迅第一篇公开发表的作品，而且题材恰好是小说，鲁迅第一篇公开发表的就是这样一部小说。我们来看看它最后的注解：本篇最初发表于1903年6月15日，11月8日在日本东京出版的《浙江潮》月刊第五期、第九期，署名"自树"。那时候还没有鲁迅呢。前面我们讲鲁迅为什么写小说，那时候他不叫鲁迅，他给自己起了名叫周树人，给自己编一个笔名叫自树，他先把自己树起来，然后再去树别人，所以鲁迅的想法是非常清楚的，先自己树起来之后，再去树别人，能树一个树一个。因为毕竟只是文学家，不是政治家，只有毛泽东才能同时树一万个，一两万个，他是一个一个来树，这个背景是当时俄国要把东三省归入俄国版图，在日本的留学生要成立拒俄义勇队，准备去当敢死队。据其他的人回忆当时，他们要出版一个刊物，酝酿一个名字，酝酿来酝酿去觉得"浙江潮"这个名字最好。我们今天大家想起江浙来以为是江南温柔之地，这种想法是不对的，往往我们望文生义的想法都是不对的，其实江浙人是非常有骨气的，真是这样的。我们一般都是望文生义，北方人很勇猛啊，南方人很文弱啊，这都不对。你统计一下中国的奥运冠军，南方人多还是北方人多，肯定是南方人多。北方人有北方人的特长，不在于那个方面。最有骨气的，从历史事件上看都是江浙人。清入关，抵抗最激烈的也是江浙人，在日本留学生中最爱国的都是江浙人，争来争去他们就出版一个刊物取名《浙江潮》。其实鲁迅在浙江群体中不是很突出，他不算是里面很冒尖的人，长得又特别瘦小，别人看不上他，特别是有一个英姿飒爽的浙江姑娘名叫秋瑾，不大看得上周树人同志。鲁迅先生终生都对秋瑾怀着崇高的敬仰，以后有机会给你们讲讲鲁迅与秋瑾。这文章发表的背景是，《浙江潮》编者许寿裳他们跟周树人约稿，周树人很勤奋，这是1903年，当时他刚22岁，隔一天就拿出这么一篇作品来，叫《斯巴达之魂》。前面有一个小序，我把这个小序读一下：

西历纪元前四百八十年，波斯王泽耳士大举侵希腊。斯巴达王黎河尼佗将市民三百，同盟军数千，扼温泉门（德尔摩比勒）。敌由间道至。斯巴达将士殊死战，全军歼焉。兵气萧森，鬼雄昼啸，迨浦累皆之役，大仇斯复，迄今读史，犹懔懔有生气也。我今掇其逸事，贻我青年。呜呼！世有不甘自下于巾帼之男子乎？必有掷笔而起者矣。译者无文，不足摸拟其万一。噫，吾辱读者，吾辱斯巴达之魂。

不用看下文，就看这段话你们能写出来吗？鲁迅二十二岁啊，我今年五十二岁，我写不出来。你说人不应该个人崇拜，但是你面对太伟大的人你不崇拜不行，我觉得我的语文水平还算可以，但我写不出这样的文字来。虽然我古文读得很多，也经常写点小古文。这不是文字水平的问题，而是精神的问题，我没这种精神。所以我经常觉得我很庸俗，我到了井冈山，我在井冈山烈士墓前低下这颗六根不净的庸俗的头。不是开玩笑，是真的，跟鲁迅比，不是简单的文字水平问题。

这是鲁迅第一个公开发表的作品，鲁迅的这段话，我们看看，我觉得首先要注意他选的一些关键词。

第一个关键词就是"斯巴达"。我们那个时候向西方学习，一提就是古希腊如何如何，我们今天也有许多学者一讲也是古希腊，毛泽东说我们"言必称希腊"（《改造我们的学习》）。可是希腊一提主要都是提雅典，很少有提斯巴达的。一听希腊，就是民主啊，雅典议会啊，没事了吃饱饭就喊要民主要自由啊，这是雅典，很少有人谈斯巴达。但看鲁迅不一样的地方，他注意斯巴达。为什么？就是因为斯巴达跟雅典比，它具有铁血精魂、牺牲精神。鲁迅没有说雅典不好，他注重的是这个，是斯巴达。第二个应该注意的关键词是"魂"，就是斯巴达之魂。这个"魂"，我觉得是很难翻译成其他外语的一个汉语词。魂不能说就是幽灵，魂不是幽灵。中国人说魂的时候，有很多复杂的意思。魂魄是一个什么东西？一般我们说魂魄的时候，魂飞魄散，惊魂未定，这都不是幽灵的意思。这个"魂"是鲁迅的一个关键词。

从这一段落也看到鲁迅为什么要写斯巴达之魂，小序里面有了：贻我青年。写这个是送给我们青年的，是给中国人看的，是为了中国写这个东西。把这个给青年干什么，他说："呜呼！世有不甘自下于巾帼之男子乎？"激励男子汉，激励男人精神。所以我讲武侠小说的时候，我就讲中国武侠小说到晚清开始光复，在鲁迅这一代身上我们看到了大侠，看到了侠客。这激发人的雄心，如果有这样的男子汉一定会掷地而起。他还说"译者无文"，从这句话里可以看出，这里好像是翻译，因为他说"译者"，他在这里就是翻译。翻译就翻译吧，还说"译者无文"，说文采不好，说自己水平不够，"不足摸拟其万一"，不能够完全表达事情本来的样子，就感到很惭愧，用了一个"辱"字。"吾辱读者"，读者，对不起你啊，我写得不好，翻译太差了。不但对不起你，我还"辱斯巴达之魂"，斯巴达之魂也没有写好。可见他真是面对斯巴达之魂像我们面对革命先烈那样的感觉。

这里这个"辱"字很重要，我最近看了一系列张承志的文章，张承志就认为在鲁迅的思想中，有"辱"这个音，鲁迅是一个有耻辱感的人。一个人要想真正自立，在天地间应该知耻，我们国家圣贤讲"知耻近乎勇"（《礼记·中庸》）。人真正有勇气的时候是知耻，知耻的时候他才勇。任何人心中都有知耻的时候。比如李逵，见到宋江他就知耻了。宋江不在的时候，他就去赌钱，输了钱他就抢回来，回头一看，宋江来了，马上就知道这事儿不对，他说我错了，他知耻。

鲁迅有这种耻辱感，我觉得特别是秋瑾、徐锡麟两位为了革命牺牲，在鲁迅一生的心里面烙下了一个阴影，挥之不去的阴影，他觉得自己对不起这些烈士，所以他一辈子要发扬他们的精神。

这个时候——1903年，他二十二岁，还没有那么深刻的思想，但是已经有了他以后思想的构架。从小序中"我今掇其逸事"这些字可以看出他不是完全的翻译，他东捣西捣一些材料，凑在一块，用今天的北京话就是"攒"。他这个作品就有攒这个因素在里边，并不是原来有一个外国人写了一篇小说叫《斯巴达之魂》，把它翻译过来，不是。他东捣西捣一些材料，所以是有一定的创作成分在里面的。而在此不久之前，梁启超写过一篇文章《斯巴达小志》，鲁迅很可能看过《斯巴达小志》。

看过《斯巴达之魂》这个小说的正文吗？我们鉴赏一段。

依格那海上之曙色，潜入摩利逊之湾，这看上去很奇怪。我们要把自己想象成一百年前的人，要回到1903年。1903年的中国人民读过这样的小说吗？我们中国人民读的小说都是"话说天下大势，分久必合，合久必分"，那叫中国小说，或者"某时某地有一俊俏书生，写得一笔好字，邻家住着一个漂亮姑娘"，这是中国小说。中国小说没有一开始就描写景色的，景色是情景发展起来顺便写一写，没有专门描写景色，特别是在开头。所以这个开头很值得注意，你看一开头就是"依格那海上之曙色，潜入摩利逊之湾"，这太美了，这两句写得真棒。还有**衣驮第一峰之宿云，亦冉冉呈霁色**。这就是一幅非常漂亮的画，是文学语言艺术的表现手法。鲁迅是语言大师啊，他既学了严复的文章，更是章太炎的学生。每一个字在他那里，都像一员大将一样，随时能派出去完成一个重要任务。**湾山之间，温泉门石垒之后，大无畏大无敌之希腊军，置黎河尼佗王麾下之七千希腊同盟军，露刃枕戈，以待天曙。**写得多有气魄。**而孰知波斯军数万，已乘深夜，得间道，**就是从小道，**拂晓而达衣驮山之绝顶。趁朝暾之瑟然，偷守兵之微睡。如长蛇赴壑，蜿蜒以逾峰后。**哪个作家敢出来比一比，不论是白话文还是文言文。就这一段，咱们谈文言小说，我觉得不在蒲松龄之下。就是让蒲松龄先生来写这一段，顶多到这水平，顶多如此而已。我们今天的英语水平这么高，英语这么普及，普及到疯狂的程度，英语博士那么多，为什么我们外国名著越翻译越糟糕呢？你看哪个外国名著译本能看到这么美的字句。我看的时候都特嫉妒，让我翻译多好。文言就比白话强吗？不是啊，要看在谁的手里。你看在鲁迅手里写波斯军，从间道突出来，"如长蛇赴壑，蜿蜒以逾峰后"，这就叫文学！汉语的魅力在这里就出来了，这样的汉语怎么能废掉？如果我们不能够欣赏这样的汉语，岂不白活一场？所以我觉得世上不懂中文的人都很悲哀。

这个小说很长，我们再来看一段：

旭日最初之光线，今也闪闪射垒角，照此淋漓欲滴之碧血，其语人以昨日战争之烈兮。垒外死士之残甲累累成阜，上刻波斯文"不死军"三字，其示人以昨日敌军之败绩兮。然大军三百万，夫岂惩此败北，夫岂消其锐气。噫嘻，今日血战哉！血战哉！黎河尼佗终夜防御，以待袭

来。然天既曙而敌竟杳，敌幕之乌，向初日而噪。唉，这词儿是怎么想到的。众军大惧；而果也斥候于不及防之地，赍不及防之警报至。"有奢刹利人曰爱飞得者，这是一个叛徒，他把敌军引来的，以衣驮山中峰有他间道告敌；故敌军万余，乘夜进击，败佛雪守兵，而攻我军背。"呲呲危哉！大事去矣！警报戟脑，全军沮丧，退军之声，嚣嚣然挟飞尘以磅礴于军中。"磅礴"能这么用。

黎河尼佗爱集同盟将校，以议去留，佥谓守地既失，留亦徒然，不若退温泉门以为保护希腊将来计。黎河尼佗不复言，而徐告诸将曰，"希腊存亡，系此一战，有为保护将来计而思退者，其速去此。惟斯巴达人有'一履战地，不胜则死'之国法，今惟决死！今惟决死战！余者其留意。"

鲁迅用这些其实不多的一段文字，把当时敌强我弱、敌众我寡的情况介绍得历历在目。

我昨天备课的时候看这一段，想起我刚刚告别的井冈山，第二次黄洋界保卫战的时候就是这样的。我们知道毛泽东写《西江月》"早已森严壁垒，更加众志成城。黄洋界上炮声隆，报道敌军宵遁。"那是第一次胜利了。第一次黄洋界保卫战胜利，第二次怎么失败的呢？第二次也是有一个叛徒，国民党军队用二百块大洋买通当地一个农民。我觉得这也是群众工作做得比较疏忽，井冈山群众基本都是好的，但也有个别人不好，给二百块大洋他就说了。那农民没事就在一条小溪那儿钓鱼，把国军从那条小溪引上来，也是跟那个情况完全一样，从后面扑上来，把守在那里的彭德怀、何挺颖打下去了。后来彭德怀只带着七百人突围了，这个情况完全一样，战况也是非常惨烈。能把那个战况写得这么好，有时候我就想，鲁迅这样的人做什么都是一流的。

回到小说，毕竟部队是好几支，有一些退了，没退的是斯巴达的武士三百，还有一支七百人的同盟军，另外还有西蒲斯人，西蒲斯是一个反复无常的小国，加起来也就是一千多人。

下面这一段也写得非常好，这一段我觉得都可以跟《史记》《左传》的战争场面相比。

嗟此斯巴达军，其数仅三百；然此大无畏大无敌之三百军，彼等曾临敌而笑，结怒欲冲冠之长发，这句话写得太棒了。因为希腊人有一个风俗就是战斗之前把头发结起来，平时是披头散发的，打仗的时候把头发扎起来。原文肯定没有这么美，不管它是不是有原文。鲁迅能把打仗之前把头发扎起来这句话这么写，"结怒欲冲冠之长发"，这不仅是外语水平的问题，关键是你母语水平的问题。所以我觉得今天中国的英语怎么疯狂都上不了台阶，关键是母语太差，汉语没学好就去学英语。

以示一瞑不视之决志。黎河尼佗王，亦于将战之时，毅然谓得"王不死则国亡"之神诫；就是说古希腊战斗，领导人必须身先士卒，勇于赴死，如果领导人不死，这个国家肯定会死。**今无所迟疑，无所犹豫，同盟军既旋，乃向亚波罗神而再拜，从斯巴达之军律，舆榇以待强敌，以待战死。**抬着棺材去打仗，读到这儿我们好像在读《左传》一样，这完全是古代写战争的写法。

然后下面这一段讲：

呜呼全军，惟待战死。然有三人焉，王欲生之者也，就是留几个人，因为那个战争的结果是几乎没有什么悬念，战斗的结果肯定是全部灭亡，如此众寡悬殊之战。但是有几个人，王不想让他们死，有两个是王戚，一个是古名祭司之裔，王不想让他们死，让他们回去。下面就写这个王让他们回去，可是人家这几个人非常有志气，**誓愿殉国以死，遂侃然谢王命。其二王戚，则均弱冠矣；正抚大好头颅，屹立阵头，以待进击。**这些人都是好汉，都是好样的，不愿意接受这个照顾。

王：“卿等知将死乎？”少年甲：“然，陛下。”王：“何以死？”甲：“不待言：战死！战死！”他们都愿意战死，这样的情况是非常感人的。我们读这样的小说的时候，因为我们是从文学史的角度来看，经常要想作者这个时候为什么要这么写，译者为什么要说这一段。鲁迅突出这一段，其实处处想的都是中国。这样的场面，在以后共产党所领导的人民战争中是并不奇怪的，但是在共产党的军队产生之前，中国没有这样的军队。晚清军队为什么一败涂地呀？人家几百个人冲过来了，几万人一溃千里。后来1944年，抗战就快胜利时，日本人就五六万人从北往南追，消灭国民党军六十万。我们不能简单地说国民党不抗战，但是抗战抗到这个份儿上，还有什么脸面提啊？就没有这样的精神。我们不相信拿着美国精锐武器的六十万国军竟然灭不了六万日军。

异哉！王何心乎？青年愕然疑，肃肃全军，谛听谛听。而青年恍然悟，厉声答王曰：“王欲生我乎？臣以执盾至，不作寄书邮。”这个王是给他一个借口，说你回去送信，其实是给他留一条命。他说我是拿着盾来的，我不去替你当奴才，我不回去，我来就是战斗，就是要当战士的。所以甲不奉诏，乙也不奉诏，这个志气不可夺。而王乃曰，“伟哉，斯巴达之武士！”斯巴达之魂体现在它的战士身上，人人有必死之心。鲁迅觉得中国人身上所缺少的那个血性，也接近于陈独秀所讲的这个“兽性”。晚清的人害怕死亡，他也不愿意去牺牲自己。

下面这些用词，都太棒了，如果我们读一段，逐一欣赏的话，都像电影的写法一样，文笔之精妙，表现力之强，都使人怀疑五四为什么要搞文学革命，为什么非要写白话文不可，白话文有这写得好吗？当然，能够写到这种程度的人太少了。我不是说白话文不重要，文学革命是必要的，正因为文言文写到这个程度太难了，鲁迅可以说是唯一的，换当时的任何一个人都达不到这个程度。我也读了同时代作家的作品，特别是我研究的鸳鸯蝴蝶派，早期鸳鸯蝴蝶派的作品为什么忒受欢迎，也是文言文写得特漂亮。今天看来，很多都是借鉴了电影文法，而我们没有注意，其实鲁迅早就写了。在1912年前后，民国成立前后的几年间，是中国鸳鸯蝴蝶派文学非常繁荣发达的时期，大家可以看《玉梨魂》等一些作品，也是开头从景物描写开始，把景物描写和人物性格结合起来。像这种办法，他们也开始学习，也这样写，当然写得没有鲁迅精彩。鲁迅一万字，别人得写两万字才达到差不多的效果。比如这段：

初日上，征尘起。睁目四顾，惟见如火如荼之敌军先锋队，挟三倍之势，潮鸣电掣以阵于斯巴达军后。 看一个作家的文字功夫，有一个窍门，主要看他动词是怎么用的，这个人的文字水平，最集中表现在他如何用动词，鲁迅动词用得非常好。**然未挑战，未进击，盖将待第二第三队至也。斯巴达王以斯巴达军为第一队，刹司骇军次之，西蒲斯军殿；策马露刃，以速制敌。壮哉劲气亘天，竣乌退舍。未几惟闻"进击"一声，而金鼓忽大振于血碧沙晶之大战斗场里；** 他随便的几个字、几个限制语就能看出他驾驭文字的功夫。**金鼓忽大振于血碧沙晶之大战斗场里；** 你马上就能想象出这个战场是什么样的，战场中，空气中隐隐闪烁着沙子、沙土，这里面还有鲜血。**此大无畏，大无敌之劲军，于左海右山，危不容足之峡间，与波斯军遇。呐喊格击，鲜血倒流，如鸣潮飞沫，奔腾喷薄于荒矶。** 看看这个"荒矶"你就知道"洛杉矶"的"矶"是什么意思了。**不刹那顷，而敌军无数死于刃，无数落于海，无数蹂躏于后援。大将号令，指挥官叱咤，队长鞭遁者，鼓声盈耳哉。然敌军不敢迎此朱血涂附，日光斜射，愈增熻灿，而霍霍如旋风之白刃，大军一万，蜂涌至矣。然敌军不能撼此拥盾屹立，士气如山，若不动明王之大磐石。**

从这些文字中你可以想象不可能是完全的翻译，也不可能有一种外语这么好，不可能有，外语中不可能有"不动明王"这个词，这是佛教的词。肯定是他的创造，只有熟悉佛教的人才能那样用。佛教中讲的这个"不动明王"是坚如磐石的那种大英雄的形象。所以，能够看鲁迅这种作品的人也必须是文化水平很高的，一般的人看不懂。他用的字经常是罕见的字。

字的用法也不寻常，章太炎这一派经常喜欢把古字给它复活，人家已经不用的字，他能把它复活了。而我们今天也能做到，比如说网络上的"囧"，我们都不用了，又复活。我们说，少壮不努力，老大徒囧囧。这个"囧"，也很好，我们如果能够创造更多这样的字，汉语就更好了。

刚才讲的是惨烈的天昏地暗的战斗场面，下一段讲还有两个人没参加，为什么呢？这两个人眼睛有病——**瞿目疾故**，这两个人眼睛受伤了，送到一个地方养伤去了。然后得到了战报，其中有一个人带着仆人也来了。这里就写他们参加战斗的情况，这主仆二人参加战斗，**大呼"我亦斯巴达武士"一声，以阗入层层乱军里。左顾王尸，右拂敌刃，而再而三；终以疲惫故，引入热血朱殷之垒后，而此最后决战之英雄队，遂向敌列战死之枕**。这个也写得非常感人，他就是去送死的，整队人马都牺牲了，他不忍心自己活着，他还要投入这个战场。**巍巍乎温泉门之峡，地球不灭，则终存此斯巴达武士之魂**；晚清的文言，里面经常掺入一些现代词，比如这里有"地球"这个词，古代的文言文里是没有这个词的。看晚清的文言就很有意思，里面经常有很多新的词，"地球"啊、"科学"啊、"火车"啊、"法制"啊，有的还有"社会"。从中可以看出时代的印记，也表达了那七百个同盟军**亦掷头颅，洒热血，以分其无量名誉**。

但是，这里笔锋一转，有一个生还者，就是因为眼睛有病那个。这一张一弛，上面刚写完激烈的战斗之后，笔锋一转，转到后方，这个人回来了。这段写得非常好，**夏夜半阑，屋阴覆路，惟柝声断续，犬吠如豹而已。** 我总觉得这不像希腊，好像中国，好像绍兴乡下，但人家说这是斯巴达府，斯巴达府之山下，我觉得像绍兴府。**犹有未寝之家。灯光黯然，微透窗际。未几有一少妇，送老妪出，切切作离别语；旋铿然阖门，惨淡入闺里。** 我读着这也不像西方女孩，像中国女孩。你看下面写得更绝了，**孤灯如豆，照影成三，** 这个女孩人家还读过李白的诗，知道"对影成三人"，下面更好了，**首若飞蓬，非无膏沐，** 用了《诗经》的典故。现在的人绝不敢这样翻译外国的作品，谁敢这么翻译，人家原文怎么写，查查字典，变成一句话就完了。但是那个时候，鲁迅包括严复他们都是这么翻译的，觉得这个意思传达出来了，意思肯定是这个意思。

鲁迅写这个女的，丈夫出去打仗，她在家里每天肯定也不化妆，用东北话说：头不梳，脸不洗，小脖梗好像大车的轴。就是这样，因为男人出去打仗，没人在家。这个典故用得非常好，**盖将临蓐，** 而且她还要生产，**默祝愿生刚勇强毅之丈夫子，** 要生一个英雄的孩子。然后讲她的叹息，也是英雄女人的叹息，**叹息岂斯巴达女子事？惟斯巴达女子能支配男儿，惟斯巴达女子能生男儿，** 赞美斯巴达巾帼女子。**长夜未央，万籁悉死。噫，触耳膜而益明者何声欤？** 你看耳膜，文言文里面没有"耳膜"这个词，这是新的词，鲁迅到了日本学了科学之后，知道有耳膜这种东西。**则有剥啄叩关者。少妇出问曰："其克力泰士君乎？请以明日至。"应曰，"否否，予生还矣"！呲呲，此何人？此何人？时斜月残灯，交映其面，则温泉门战士其夫也。**

大战啊，全军都牺牲了，就剩下一个男人，他活着回来了，按照人之常情，这个少妇应该高兴啊，应该说，你还活着，我以为你死了呢，应该拥抱，等等。

少妇惊且疑。久之久之乃言曰："何则……生还……污妾耳矣！"

这四个字写得太好了。所以我一开始介绍伊藤虎丸讲鲁迅接受欧洲，接受的是一个完全不同的欧洲，鲁迅所接受的欧洲是这样的一个欧洲，是高昂人的主体战斗精神的一个欧洲，不是人欲横流的欧洲。人欲横流的欧洲是，这个女的应该想办法把她的丈夫藏起来，不让他参军，根本就不让他上前线，这是人性啊，人性都贪生怕死啊，这才是对的，干吗为国家打仗、为暴君打仗？要自由，不打仗，这是今天宣扬的我们理解的所谓西方文明。

但是鲁迅所接受的是这样一个欧洲：丈夫没有死，回来了，他的妻子认为是"污妾耳矣"，为之感到羞愧，**我夫既战死，生还者非我夫**——你活着回来你就不是我的丈夫。

我们后来的共产党的军队，"妻子送郎上战场"，这个思想传统是哪来的？古代没有这个传统啊，从鲁迅这儿来。需要给人民以主体性，让他认识到要为自己打仗，不是为君王打仗，你看这里写的那个"王"也死了。最近，我们电视里演很多国共的作品，比如《红日》，我们比较一下可以看到，国民党的将领是在为蒋介石打仗，蒋介石对他们很好，他们是校长和学生的关系，要报校长知遇之恩，也很感人，但是打起仗来就互相不配合。再看共产党的军队，并不是为毛泽东打仗，也不是为朱德打仗，即使不是毛泽东、朱德领导的，他们也能获得胜利，可能没有那么精彩而已。因为他们是为一个主体精神在打仗。国民党的失败也是败在没精神，没有精神了。国民党的部队能有一个士兵回家去，他的太太不认他，说"污妾耳矣"吗？所以，鲁迅特别插了一句："读者得勿疑非人情乎？"——读者朋友，你们读到这里是不是觉得太不近人情了？他也想到这一点。

说到这里，介绍一下小说叙事学上面的一个技巧，我们看鲁迅在这个小说里，开头到现在已经用了两次"读者"，"读者"这个词中国古代小说里有吗？没有。中国古代小说里，作者要跟读者交流的时候怎么称呼？看官。"众位看官"怎么怎么样，"看官"和"读者"是不一样的，当他说看官的时候，他想象自己在茶馆里说书呢。虽然那个是话本，或者拟话本，但是创造者和阅读者之间要有一个约定，约定咱们假装在茶馆里，所以我称你们为"看官"。到了晚清，变成"读者"，你就是读我这个小说的人，也就是说，这个不是给大众看，是直接唤起一个一个的个体，读者是个体，没有一百个人捧着一本书同时看的，只能一百个人听书。这是晚清叙事学上的一个变化，如果有研究这方面的，这是很重要的一个作品，可以拿来参考。

下面解释为什么这个女子对她的夫君有这样的态度，认为她的丈夫活着回来是一种耻辱，不合我斯巴达之精神。**少妇曰，"君非斯巴达之武士乎？何故其然，不甘徒死，而遽生还。则彼三百人者，奚为而死？"**你回来了，那三百人是为什么死的？最近不是有一首歌叫《为了谁》吗？"我不知道你是谁，但却知道你为了谁"，歌颂了这个。

他强调是他因为受伤了，养伤，但是他的女人批评他："**而目疾乃更重于斯巴达武士之荣光乎？来日之行葬式也，妾为君妻，得参其列。国民思君，友朋思君，父母妻子，无不思君。呜呼，而君乃生还矣！**"我真没想到你还活着回来了。《斯巴达之魂》这个小说是发表在日本的刊物《浙江潮》上，所以不能在国内引起直接的反响，只能在留学生中引起反响，一点点地启蒙。

假如在全国范围内能够有很多人看到他这个小说，一定会产生非常大的冲击，他所塑造的人物会成为举国都知道的英雄。当时我们翻译了很多小说，严复译的小说，林纾译的小说，什么《茶花女》啊，这都成了中国家喻户晓的"英雄"。

她把她的丈夫说成懦夫，他想跟她解释，但是他的妻子不听他的解释，最后说：

"将何以厕身于为国民死之同胞间乎？"她有国家精神，说我们如何与他们在一起"……君诚爱妾，愿君速亡，否则杀妾。"如此刚烈啊！"呜呼，君犹佩剑，剑犹佩于君，使剑而有灵，奚不离其人？奚不为其人折？奚不断其人首？设其人知耻，奚不解剑？奚不以其剑战？奚不以其剑断敌人头？噫，斯巴达之武德其式微哉！妾辱夫矣，"用了这个"辱"字，"请伏剑于君侧。"丈夫生矣，女子死耳。

既然她的夫君不死，那么她选择死，以死来谏她的夫君。就是如果你愿意苟且偷生，那我活着没脸见人，我不活了，我死。这是一个烈女子。我们中国封建社会有许许多多的《烈女传》，但我们表扬的是什么烈女呢？跟这完全不同性格，我们强调的只是封建的那个"贞洁"，为男人守节的那个叫烈女。鲁迅塑造另一种烈女，这在当时的中国应该是振聋发聩的。这个情节有大场面，大场面转到个人的儿女感情之间，然后再一转，他前面已经说了这一次战斗斯巴达勇士三百人都牺牲了，但是在后面的一场大战中他们复了仇，取得了大胜，打败了波斯大军，维护了自己国家的独立。

可以看到，这下一战也写得很好。在这一场战争中发现了刚才那个青年人的尸首。原来，他的妻子以死谏之，终于使他知耻了，知耻近乎勇，他就再一次走向战场，成为一个勇士。克力泰士，彼已为戍兵矣，他在战场上死了。将军发表了一个演说，这个演说里面有"奴隶"二字，注意："不见夫杀国人媚异族之奴隶国乎，为谍为伥又奚论？"克力泰士临死之前说的故事，这时告诉了大家，全军咽唾，耸听其说。然后将军说为他的妻子立一个纪念碑，"……为此无墓者之妻立纪念碑则何如？"军容益庄，惟欢呼殷殷若春雷起。全军都赞成为这个女人立一个碑，然后笔锋一转，用今天的视角，斯巴达府之北，侑洛佗士之谷，行人指一翼然倚天者走相告曰，"此涘烈娜之碑也，亦即斯巴达之国！"

我们看这个"魂"，鲁迅写的这个《斯巴达之魂》是把魂、人、国结合在一起写的。在我小的时候经常看到这类文字，就是写八路军啊、新四军啊、抗日啊、革命战争史啊，我觉得这没啥了不起的，革命军人从来就是这样啊，我还以为中国人从来都如此。

中国人并不从来都如此，真正有现代民族国家意识，经过了非常艰难的努力，是从鲁迅这代人开始，让国人有"我与国是一码事"的这个意识。我们古代老百姓认为国家是皇上他们家的，据说现在国家是老朱家的，再过几百年就是老张家、老李家的了。这国家不是我的，老朱家可以雇我去打仗，给我钱，我去打仗国家得给我钱，百姓跟国家是这样一种关系。我们今天说的"纳税人""公民"的观念，"我与国是一体"的观念，对于中国人来说，建立起来是比较难的。直到今天，我们也不能说完成了这个任务。

鲁迅认为，一个国家的建立关键在于"立人"，而"立人"关键在于立这个"魂"！而这个"魂"，我觉得可以结合《楚辞》里面的《国殇》来看。怎么理解这个魂，我开始就说这个"魂"很难翻译成外语。我们看《国殇》最后一句："诚既勇兮又以武，终刚强兮不可凌。身既死兮神以灵，子魂魄兮为鬼雄。"《国殇》讲的也是一场失败的战斗，也是人都被敌军杀死了，所以我觉得鲁迅写的《斯巴达之魂》在意境上、结构上都跟《国殇》有关系，特别到最后战士都死了，"身既死兮神以灵，子魂魄兮为鬼雄"，这个"魂"是这样来理解的——英雄精神，他所讲的斯巴达的魂是一种英雄精神，不屈的精神，有了这个精神谁说落后就要挨打？在我们的中国历史上大部分是落后打先进的，清入关，一百万人不是打败一亿人口的大明吗？靠的是什么？不就是靠精神吗？成吉思汗有什么先进的生产力啊？为什么能够横扫欧亚大陆啊？靠什么？靠精神。

所以鲁迅认为当时的中国缺的就是这种精神，虽然他当时不是很快走上文坛，写完了这个就去干别的去了，多少年以后才成为鲁迅，才成为作家，但是这个时候，以"自树"为笔名发表的这篇小说，鲁迅的"魂"就在其中了。

　　谢谢大家，今天就讲到这里，下课。

2009年3月31日

放低了身段陪我玩

——解读《怀旧》

请大家就座，我们开始上课吧。天气突然就热起来了，北京就这样，北京是一个没有春天的地方，过了残暴的冬天马上就是残暴的夏天，所以在北京生活几年是个很重要的人生锻炼，会遇到很多残酷的事儿，从北京到祖国的其他地方去你会感到祖国是多么可爱。我小时候特别向往北京，后来好不容易通过那么多年的努力来到北京，发现北京值得称赞的地方甚少。有那么一两处可以称赞的地方，都是我们外地人建立起来的。特别是气候这一点，在北京待时间长了，反过来很感谢北京，使我到任何一个地方都觉得这个地方的气候真好。

上一次我们讲鲁迅的《斯巴达之魂》讲得比较激动，是因为那篇小说写得好，给我们带来慷慨激昂的一种气氛。今天可能气氛没有那么昂扬，可能比较消沉一些。今天讲鲁迅的这个作品之前，我还是先按照惯例介绍一本书。我十多年前上课的时候，每次都拿这么高一摞书来向大家介绍，很多书和刊物，有的时候还有报纸。这是我当老师的一个毛病，我以前也当过中学老师，好为人师，总想把自己看到的认为不错的好东西推荐给大家。但是这两年我不这样做了，我把很多的读书札记写到我的博客上，所以上课的时候我就减少了这方面的活动，上课的时候我一般就不推荐书了，或者只是推荐一两本跟这个课多少有点关系的书。我今天推荐一本书叫作《中华自然国学纲目》，一说你们就知道这是什么书了，这本书有点意思。它的作者叫袁立，字建公，道号自然子，法号圆融；男，京生苏籍，大学教师，中华老子研究会常务理事，后边就不用讲了，反正后面有很多头衔。

他讲的意思，我简单地介绍给大家。我们一般提"国学"这个词的时候，指的就是文、史、哲，指的就是人文科学。我们现在弘扬传统文化的时候，很多人都要学习国学，好多学校成立了国学班，还有的学校以培养国学大师为标榜，招了很多学生，弄到了一个班里，大家以一种兴奋的"大跃进"的心情企图造出一批国学大师来。我们不去说这个是对还是错，但是在这样一个对传统文化的理解和冲击下似乎意味着我们传统文化在其他方面不行，特别是说到自然科学。我们觉得中国的自然科学不发达，中国没有自然科学，我们的科学都是从西方来的，一百多年来这个观念已经根深蒂固了。从洋务运动以来，我们就形成了这样一种想法，造成了今天，我们的大学很发达了，我们的科学院也很发达，其实我们真正拿得出手的科研成果很少。事实是不是真的这样，我也是一直有怀疑。我看过李约瑟写中国古代科学成就，尽管他把中国古代的科学成就评价得很高，很多人说他评价过高了，但我仍然认为他评价得甚低。因为我不相信一个国家的自然科学不发达，它能当两千年的超级大国，这是不可能的事情。

《中华自然国学纲目》里面引用了荣格的一句话。英国人类学学会的会长问荣格："你能理解像中国人这样高智商的民族，为什么没有科学吗？"这个问题很有意思，一方面承认中国高智商，但是他说中国没有科学，他们要研究的是中国为什么没有科学。假如你认为的中国没有科学的前提错了怎么办？那你后面的研究不是白研究了吗？就好比说你认为人必须穿西服，但是你发现这个地方的人这么聪明，他们没穿西服，你认为他们不是人，感慨这片土地上为什么没有人啊，那可能是你这个"人"的概念错了。

荣格是这样回答的："他们有科学，只是这种科学你不理解。"荣格的这个回答是不是对中国人的一种格外的宽容？还是他这个话没有一点谦虚，没有一点儿宽容，事实就是如此？这书的作者，他提出：我们现在所接受的这一套科学观念，都是西方的。就好像我们从小在四川学了四川话之后，忽然到了山东，我们认为山东人说的话不是人话，因为我们就没听过这样说话的人。在本书的作者袁立先生看来，中国古代当然有科学，而且是非常伟大的科学。中国国学最重要的部分并不是人文科学，而是自然科学。因为我觉得这个说法对很多人来说会很新奇，所以介绍给大家。

中国古代的那些圣贤，我们今天继承他们的，都是那些人文思想，我们根本就没有研究他们的自然科学方面的探究、贡献。比如说《周易》是一本什么著作，孔子是干什么的，老子是干什么的，道家是干什么的。道家，用今天的观点来讲，首先是一群自然科学家，是一群非常伟大的自然科学家。孔子作为一个我国第一代的民办教师，他所办的那个学校里，基础课程有哪些，我们都没好好研究。其中有一个字儿叫"数"，孔子的学校里有一门重要的课程叫数学，我们今天有人研究孔子是怎么教数学的吗？没有。

记得有一次我接受北大数学学院的采访，因为我给数学学院讲过"大学语文"，他们很奇怪我为什么这么高看数学学院，在北大所有的院系里，我评价最高的就是数学学院。数学学院的学生比我们中文系的学生一般要聪明，就是在文学上，一年级的学生跟一年级的学生比，数学学院的一般超过中文系的。中文系都要学上两三年，在这个专业环境熏陶下，才能赶上数学学院的。因为人家入学时候的素质，那是中国的人尖子，那是把中国人尖儿里的人尖儿掐到北大来的。中国人天然的自然科学的素质就高。

我上次讲过，后来由于被人家打败了，打败了之后你什么都不算数了，你的科学被叫作迷信。其实我们今天所接受的这一套西方的观念，已经在现实面前碰得头破血流。按照西方的这套科学再发展，这个道路已经把人类逼向一个死胡同。地球已经千疮百孔，我们下一步已经走投无路的时候，我们还在这个科学里面打转，我们还在迷信这个。在作者看来，我们今天所接受的这个科学，不能叫作一种具有普遍真理性质的科学，它只能叫科学的一种，准确地说是欧洲民族科学。

我们不是说各地有各地的文化，各地有各地的曲艺吗？我们今天学的这一套，什么笛卡尔啊、爱因斯坦啊，这一套东西是欧洲地方科学，是地方性的。它取得了很大的成就，一说一大串儿，我们学的科学史里面就有。但是它有许多问题，比如说，它认为世界是可以分成主观和客观的，分成主体和客体的，界限是很明确的。在这个前提下，它把哲学分为唯物主义和唯心主义，后来我们发现这个说法，很多问题解决不了。

西方科学的世界观是原子论的世界观，这也已经被现代科学否定了。世界上不存在不可再继续分割的基本粒子，世界不是由这个不可分割的基本粒子构成的。从古希腊开始的西方人奠定的这个世界观是站不住的。爱因斯坦的伟大发明，最后证明的是元气论，而不是证明原子论。世界其实是由能量构成的，不是由粒子构成的。什么叫能量？中国古人叫元气，世界恰恰是这个元气构成的。

西方的思维，是单线逻辑思维。A的后面必然有一个B，是导致这个A的，B的后面必然有一个C，是导致这个B的，人活着的目的就是一代一代这么导上去。中国人的思维是立体的，是立体逻辑，A的后面不一定有B，即使有B也不一定就决定了A。后现代时代所产生的新的科学观念，正在把工业时代的科技一项一项的结论都推翻。所以在作者看来，需要恢复中华科学的主体地位，解放炎黄子孙的创造精神。

他在书里讲的是很系统的，我没有办法在这里仔细地给大家介绍，只是把重要的观点讲一讲。比如说中国"天人合一"的自然观，"元气论"的物质观，"超时空"的生命观，"阴阳互根""全息宇宙"等。还讲到中国古代的数学成就，中国的数理逻辑，中华的形式逻辑，从先天《河图》到后天《洛书》等，"人法地，地法天，天法道，道法自然"，他讲了一个新的，所以叫作"中华自然国学"。我们不一定能够全部接受他这些概念和术语，但是对我们是有启发的。

为什么我说这个问题跟我们这个课有点关系呢？鲁迅早期，他不是说一定要当一个文学家，他当什么家无所谓，他的目的就是要救国救民，不是为了自己。所以他早期做的很多工作是翻译和介绍西方的自然科学，化学、生物学、地质学。很多这方面的知识是他最早介绍进来的，比如说居里夫人的成就。当时介绍这些东西，对中国人来说是有震撼作用的，有振聋发聩的作用。因为中国人没有见过这样的说法，一个现象的背后，原来是有一些我们看不见的东西在起作用，这些东西在决定着世界。我们如果发现了这些东西，我们就能够控制它，就能够掌握它。从西方传来的这种科学观念给了我们巨大的鼓舞，我们就按着这个模式，培养了许许多多大学生、专家，我们也做了很多这类东西。我们也能够发明新的东西，能够制造什么"胰岛素"啊，能让庄稼直接杂交啊，产生新品种啊，转基因啊，我们现在可以做出很多东西来。我不知道在我有生之年能不能看到各种怪物，因为现在克隆技术如此发达，不知道哪天会克隆出什么东西来，也许有一天，在你胳膊上扎一针，"啪"，这儿长出一只猴子来。我们按照目前的这个科学逻辑发展下去，是有可能的。

所以鲁迅的那个时代，为什么全国人有一种恐慌？他觉得自己被否定掉了。几个战场上的失利，一连串的军事上的败仗，把这个民族的自信都打掉了，认为自己什么都没有了。我们枪炮不如人，精神不如人，我们也没有科学，我们以前都是迷信。如果不解决这个问题的话，就很难解决鲁迅所说的奴隶等于奴隶主的问题。我介绍这样一本书，给大家一个大的背景以参考。

我们上一次讲了鲁迅的《斯巴达之魂》，这个小说不全是鲁迅的创作，也不全是他的翻译，加上那个时代因素和鲁迅年龄的因素——鲁迅只有22岁，所以那个小说写的是格外鼓舞人心，有一种让人热血沸腾的阅读效果。

过了将近十年，鲁迅又写了一篇小说，这回他真的是在创作。我们今天说鲁迅创作的第一篇小说，很多人会脱口而出《狂人日记》，其实不是，远在《狂人日记》之前，远在新文化运动开始之前七八年的时候，鲁迅写过一篇文言小说叫作《怀旧》，也由于是一篇文言小说，我给大家翻译翻译。

《狂人日记》一般被认为是现代文学的第一篇小说，像第一声春雷一样，以前有很多这样文学性的描述，后来我们慢慢地发现给历史画界线是很难的，再后来我们就发现在《狂人日记》之前有别人写过其他的白话小说。搞理工科的同学可能知道，随着测量仪器的不同，测量结果一定不同，测量标准不同，测量结果也不同。我们看历史也是这样，从哪块儿分，什么叫白话小说，什么叫现代小说，你只要一琢磨，一切界线都模糊了。即使《狂人日记》，也不是完全的白话小说，读过《狂人日记》的同学会知道，《狂人日记》的开头是文言，它一开头有一段小序是文言，有不少人就研究这段文言和后面白话之间的关系，写出不少的论文来。

在此之前，中国的知识分子写小说有两种，一种是文言小说，一种是宋元白话小说。中国白话小说的历史是很早的，但不是用日常生活中的白话，不是说"老张你吃了吗"这样的白话，是《水浒传》那样的白话，大家大概也能读懂，但是读着像白话又像文言，所以真正地用口语的方式写白话，可以说是现代文学的一个特点。

后来我们发现鲁迅很早之前有一篇小说叫《怀旧》，几十年间没有人注意这篇小说，鲁迅这时候还不叫"鲁迅"，这是他年轻时的一篇习作，那时候革命的风暴还没来，思想还没那么进步，所以大家认为不重要。20世纪80年代的时候，一个捷克的学者叫普实克，在我们现代文学研究界非常有名，他对鲁迅的这篇小说非常重视，后来慢慢地我们自己的学者也觉得这篇小说很有味道，小说本身很有价值，另外，是和鲁迅整个思想、生平都有很大的关联。如果不是学中文的同学，一辈子未必能接触这篇小说，所以我给大家介绍一下这篇小说。

这篇小说是文言，但是这个文言和《斯巴达之魂》是有相当大的不同的，我们来读一下第一段，就能够感觉到这种语言味道的不同之处。

开头第一段说，**吾家门外有青桐一株，高可三十尺，每岁实如繁星**，就读这么一句，就能感觉到跟《斯巴达之魂》天差地别。鲁迅这个时候也不过三十岁出头，写这个小说的味道完全不同。《斯巴达之魂》一开始就给人一种很紧张的急促的两军对垒的感觉，上次我们欣赏过，"如长蛇赴壑，蜿蜒以逾峰后"那样的气势。这个小说一开始就打消了这种希望，不会出现那么好的句子了，是另一种味道，你这一句话还没读完，就觉得这节奏是慢的。"吾家门外有青桐一株",闲闲的一笔,从一棵树开始写,有一棵树就完了吗?后来我们知道,鲁迅就愿意这样写一棵树:"一株是枣树,还有一株也是枣树。"这是鲁迅的拿手好戏,专门"折磨"人的。

"高可三十尺,每岁实如繁星",你读到这里发现他的文笔还是很棒的,随便地写两句话,很形象。**儿童掷石落桐子**,你看,文言很棒,"落"在这里是什么用法?使动用法,他文言功夫还是很深的。**往往飞入书窗中,时或正击吾案**,正打在我的桌子上,**一石入**,一个石头打进来了,**吾师**,我的老师,**秃先生**,这好像更神奇了,这老师叫秃先生,**辄走出斥之**。大家知道,文言里"走"就是跑的意思,不是走的意思。这个场面我们似曾相识,我不知道你们是不是似曾相识,我是似曾相识的。我想比我岁数大的人都经历过类似的场面,就是老师给学生上课的时候,外面有其他孩子在捣乱。我小的时候上课就是这样,上课的时候,外面有别的学校的同学来捣乱,我们那时候是上半天学,没有像现在一天到晚学习的,人生美好的花期都摧残掉了。我们就上半天,或者是上午或者是下午,另外半天就去别的学校捣乱,都是这样的。所以我们学校的被别人来打过,我们也去打别的学校的,最刺激的是他们的老师出来追。我小时候学习特别好,我记得有一个下午,我到我家附近的一个学校,刚好老师在里边讲《三峡》呢,讲"两岸连山,略无阙处",然后我在窗外跟他一块儿讲,我讲得比他好,他每念一句原文我给他翻译一句,结果他翻译得要么跟我一样,要么没有我准确,那些学生都看着我,老师气愤极了,他拿着课文假装踱到窗口,突然翻出来打我。所以我看到这种场面感到格外亲切。

这句话里面有"儿童"这个词,下面有一个"吾","儿童"和"吾"我们能读出什么来呢?能够读出写这篇小说的时候,这个"吾"已经不是儿童了，如果他此时还是儿童，他不会写"儿童"，他此时不是儿童，这是带有回忆性的描写，所以叫"怀旧"。

桐叶径大盈尺，他文言的描摹能力是非常棒的。五四运动的时候很多人怀疑白话文没有这么好的功效，白话文不可能写得这么美，像这几个字儿，"桐叶径大盈尺"，我们感到历历在目。当然后来经过朱自清等人的努力，证明白话文也可以达到这个效果，甚至可能更好。但那是后来的见识，一开始的时候，我们感到文言太棒了。

受夏日微瘁，得夜气而苏，你看他把"瘁""苏"这样的词都用得非常活。**如人舒其掌**。把桐叶写得很可爱，让我们想起"桐叶封弟"的典故来。**家之阍人王叟**，他们家有一个仆人王老头，**时汲水沃地去暑热**，往地上泼水消暑。**或掇破几椅，持烟筒，与李媪谈故事**，你看他写的这样一个生活环境，一个秃先生领一个儿童读书，在桐树下，外面还有孩子捣乱，家里一个王老头一个李老婆子，没事时在谈故事、过去的往事，谈天。**每月落参横**，这都是用典，但都是眼前的景物，**仅见烟斗中一星火，而谈犹弗止**。

这个小说第一段所写的这样一个人生环境，似乎放在任何一个朝代都可以，它没有时代感，你说是汉朝的行吗？唐朝的、宋朝的、清朝的都可以，它没有时代感。读上去你觉得这个叙述者，讲这番话的人，好像是个老头子，当然，过去四十多岁就算老头了，很难相信这样的人写过《斯巴达之魂》。

告诉大家，那时候是辛亥那年的冬天，辛亥革命之后，1912年年初，他写了这个作品。我们看鲁迅的写作和这个时代的关系似乎与一般作家不同。他写《斯巴达之魂》那时候，20世纪初，我们用官方的话语说，是"祖国大地一片黑暗"，黑暗沉沉，哪有一点革命的希望啊，八国联军刚进了北京，刚走了不多日子，他却写《斯巴达之魂》，他是那样一个心态。而1912年皇上都没啦，翻天覆地的革命到来了，建立了"伟大"的民国，他怎么写成这样一个环境呢？因为鲁迅的思维跟别人是不同的。理解鲁迅是很困难的，从这里面读不到一点中华民国的气味。中华民国刚成立的时候政府很忙，政府若不忙，应该把这个作者抓起来，他否定革命的伟大成果。

他写了这个开头，我们就能感到这个调子，是很低沉的。我一边往下讲，一边来介绍和这个小说有关的资讯。鲁迅写这篇小说的时候用的笔名叫周逴，一个卓越的卓放一个辶，chuō。逴的意思是远处，或者作动词是"去远处、超越"这样一个意思，我们看他这个笔名的意思，跟他后来叫的这个"迅"似乎是有关联的，都是不安于现在，要么就到远处去，要么就快点办快点走，这两个字都有一个相同的偏旁，这个偏旁都是要走，鲁迅一生的形象就是一个过客的形象，是一个行走的战士。他一生都在行走，当然行走时经常彷徨着走，犹豫着走，有时候正面走，有时候横着走，还有时候倒着走，是这样一个形象。

这个时候周树人干吗呢？他从日本已经回国了，在日本搞文学革命，失败了，没人理他，学了点知识，然后就回国了。回国做一点踏踏实实的努力吧。虽然是个海归派，但是被别的海归看不起。因为人家是从英国回来的，他是从日本回来的，而且是在杭州啊、绍兴啊当一个中学老师，被看不起。但是他还是做了很多在今天看来具有开创意义的事情，比如领学生去外地实习，去采集各种标本，他好像还是中国最早讲生理卫生的老师。后来终于有了辛亥革命。大家是不是学过《范爱农》这样的文章？当革命真的到来的时候，鲁迅对于革命的那股热情，早都不是那么热了。有点像《一千零一夜》写的那个瓶子里面的魔鬼，瓶子里面的魔鬼希望早早有人把他救出来，第一个世纪没人救他，第二个世纪没人救他，四百年后他就说谁再救我，我把他吃了，他对解放已经不抱什么幻想了。所以辛亥革命在很多人看来是欢欣鼓舞，在鲁迅看来国家没有什么变化。这一年冬天也不知道是什么缘故，反正他就写了这么一篇《怀旧》。他写《狂人日记》的缘由我们都清楚，我们学《我怎么做起小说来》和《呐喊·自序》已经知道得清清楚楚他为什么写《狂人日记》和以后的小说。但他怎么写《怀旧》，具体的背景我们不知道。但是我们把它放到辛亥革命之后这个大环境中来推测，你会看到他对辛亥革命起码是不太感冒，或者说有很大的失望，跟别人的想法都不一样。

这个小说的发表是在1913年，鲁迅和周作人他们两个都回忆说过了两三年把这个小说投稿出去了，他说的两三年是中国过去的说法，按照农历算年头，中间隔一年那就是三年了，不是隔一年算两年，其实只有一年。因为当时周树人、周作人都是不分彼此不分你我的，生活都在一块儿。这个小说还是周作人给他投的稿，当时很多周作人的东西也是鲁迅写的，他们两个是兄弟。当时发表的速度是非常快的，根据周作人日记的记载，是1912年12月6日周作人把这个小说寄给了中国最著名的杂志《小说月报》，《小说月报》这个时候是没改革的，改革了以后变成白话刊物了。这时候《小说月报》都是发表文言小说的，6日寄去的，12日就收到回信，表示要发表，28日还没发表就收到了稿费，5块银元。说到稿费，我给大家讲一下，这篇小说我们还没有读完，一会儿来串读它。这篇小说一共不到五千字，马马虎虎五千字，因为过去的文言文是没有分段没有标点的，这是我们今天加的标点。把这些标点去掉，把段空距去掉，过去得那么算。在晚清、民国初年的时候五块大洋是非常值钱的，大概有五百块人民币吧，当时的普通人一个月一两块大洋就够生活了，一切物价都是非常便宜的，小学老师一个月也就是收入五六块大洋。当时《小说月报》能够给他这么高的稿费，这是表示对这个作品非常赏识非常重视。当时《小说月报》的主编也是一个非常有名的人，研究中文的人会知道，叫恽铁樵，鸳鸯蝴蝶派的一员大将，一个非常有名的作家，发表过很多著名作家的作品，其中鲁迅的小说是一个。

我们可以看到，当时虽然兵荒马乱，但是当时刊物对待文学家的态度比今天强得多。鲁迅刚出道，还不叫鲁迅，叫周逴，这时候写了不到五千字，得了五块大洋，这是非常非常多的。后来等到他成了鲁迅的时候，那时候他的稿费一般是千字一元，一千个字一块大洋，后来越来越高，等到20世纪30年代的时候，大概是千字七八十个大洋，所以鲁迅晚年给《申报·自由谈》写稿，那个时候《申报·自由谈》的主编叫史量才，他常常给鲁迅批稿费的时候，手直颤抖，鲁迅的稿费太高了，但是那个报纸没有鲁迅的文字显得不够分量。这是讲一讲发表的过程。这个稿费很高了，可是周作人认为并不高，周作人认为还比较低。在那个时候他们兄弟俩毫无名气，一个普通的中学教员，这个稿费确实很高了，当时稿费全国最高的是梁启超，千字二十元，后来胡适出了名，胡适最高时千字六元。林琴南翻译小说，商务印书馆给他千字十元，这都是全国一流大师的稿酬收入。我们看看这个发表的情况，1913年中华民国刚刚成立，按理说一个新的国家成立了，应该有新的气象，起码文坛上有新的气象，但是我告诉大家，1912年之后文坛主要作品都是鸳鸯蝴蝶派的作品，都是哀情小说，一片哭哭啼啼的样子，所以中华民国一成立就很不吉利，按照古人的说法，这个国家没有气象。

鸳鸯蝴蝶派是主流，边角落里有一些不被重视的作品，比如鲁迅《怀旧》这样的。后来他成了鲁迅，我们才重视他。我们看下面他写的什么故事，他一开始写的是老头老太太在那聊天。

彼辈纳晚凉时，秃先生正教予属对，教他对对子，题曰："红花。"给他出一对子，**予对："青桐。"**则挥曰："平仄弗调。"平仄不对，我们知道红花、青桐都是平声字，这是对不上的。**令退。**下去再对，**时予已**

九龄，已经九岁了，**不识平仄为何物，而秃先生亦不言**，这讲的都是过去的教育方式，其实这个道理很简单，特别是对于南方孩子来说，一说就懂，南方人天生就应该懂得平仄，南方保留着很多入声字，我们北方人学平仄反而要难，我都是死记硬背的。可是老师不告诉他这些，不告诉他什么叫平仄，这个教育方式很有意思，你什么时候明白什么时候算，不明白不告诉你，就说平仄不对。**则姑退。思久弗属，**想了半天也不行，**渐展掌拍吾股使发大声如扑蚊，**小孩待着无聊，待着没事，使劲拍自己的大腿，好像打蚊子一样，**冀秃先生知吾苦，**希望老师知道我太苦了。**而先生仍弗理；**不理，**久之久之，始作摇曳声曰："来。"**他把这个秃先生写得很可笑，故意夸张地讽刺他。**余健进。**这个"健"字在这里用得真好，也就是说鲁迅用字用得特别好，"健进"，换成别的字好像没有这个神态，忽然这里边精神写出来了，奔儿就过去了。**便书绿草二字曰："红平声，花平声，绿入声，草上声。去矣。"**这老师是这么教育他的，还是没告诉他什么是平仄，但是举了具体的例子，红和花都是平的，绿是入声字，草是上声字，其实他还没明白，只是完成任务了。**余弗遑听，跃而出。秃先生复作摇曳声曰："勿跳。"余则弗跳而出。**不跳，还是出去了。我们看这个第一段，气氛很消沉，第二段好有趣，好像是一个讽刺小说，我们知道一个朝代新建立的时候，如果这个朝代是一个很不错的朝代的话，第一它开始不能够出现哀惨之音，第二也不能出现冷嘲热讽的。这个东西不能占上风，这个东西应该在朝代末才出现，一个朝代快不行的时候出现愁惨之声，这个朝代一定是要出大事了，才会出现靡靡之音。你看唐朝、汉朝刚建立的时候哪有这种声音啊，唐朝到了晚唐才出现这种声音。中华民国刚一成立，就有这种文字出现，当然我们可以从这里说是深刻地批判了传统教育的枯燥无聊，戕害儿童心灵，等等，但我也没看见这小孩受什么戕害啊，我反而读出这小孩很健康。这个教育可以说是有问题，这个老师是有问题，但是我没觉得他损害了学生，我觉得学生的天性很圆满，他知道这玩意儿没劲儿，他对老师是一种糊弄的态度。

予出，复不敢戏桐下，他跑出去了，不到桐树下边去了。**初亦尝扳王翁膝，令道山家故事，**找王老头讲故事，**而秃先生必继至，作厉色曰："孺子勿恶作剧！食事既耶？盍归就尔夜课矣。"**吃完饭赶快回去复习去，其实过去的私塾老师，就是想让孩子别占自己的时间，孩子学习不学习他根本不管，主要是脑子里有点事，他好干自己的事儿，如果稍微不听话，第二天就用戒尺来打孩子的脑袋。**稍连，次日便以界尺击吾首曰："汝作剧何恶，读书何笨哉？"**我**秃先生盖以书斋为报仇地者，**他把书斋当报仇的地方，**遂渐弗去。况明日复非清明端午中秋，予又何乐？**小孩也知道清明节应该放假，**设清晨能得小恙，**假如清晨得点小病，**映午而愈者，**过了中午就好了，**可借此作半日休息亦佳；**如果不能这样，**否则，秃先生病耳，死尤善。**小孩这么想你不觉得小孩特别罪恶，这是小孩的真实意思。这死老头子怎么办，**弗病弗死，吾明日又上学读《论语》矣。**这家伙不病不死，我还天天得读《论语》，这个很有意思。我孩子小的时候，我也领他读《论语》，他也不太爱读，但是不至于这么仇恨我，因为我的教育方法和秃先生不一样，我是尽量把《论语》讲得有意思，和孩子的生活结合起来。这个秃先生的教育方法跟生活是不相连的，随便讲一个红花绿草，跟生活没有多大关系。

明日，秃先生果又按吾《论语》，要检查论语，**头摇摇然释字义矣。**还是讲字义。**先生又近视，故唇几触书，作欲啮状。**好像要吃书，**人常咎吾顽，**别人都说我不好，**谓读不半卷，篇页便大零落；**说我的书没读一半就把这个书都读坏了，**不知此咻咻然之鼻息，日吹拂是，纸能弗破烂，字能弗漫漶耶！**这个书到底是谁弄坏的，别人都说是小孩不好好读书把课本都弄坏了，小孩说是老师给弄坏的，小孩说老师离书太近，天天吹这个书，把书给吹坏了。**予纵极顽，亦何至此极耶！秃先生曰："孔夫子说，我到六十便耳顺；耳是耳朵。"**鲁迅很"坏"，**"到七十便从心所欲，不逾这个矩了。……"**鲁迅有一个本事，三言两语就把一个人写得活灵活现，鲁迅很少大段地写人的对话，几乎不写一大篇的一句一句说个没完，他几句话就让你把这人看透了。从这几句话我们看到这个老师教学水平是很差很差的。"我六十便耳顺；耳是耳朵"这不是废话吗？该解释的不解释。这句话若解释，也应该解释"顺"，耳是不用解释的，而他说"耳是耳朵"，老师抓不住教学重点。"到七十便从心所欲"，从心所欲也不解释，成语就这么念过去了。"不逾这个矩了"，逾和矩也不解释，中间加"这个"。这样的讲课方式学生肯定是不喜欢的，他自己可能也是囫囵吞枣，未必全明白。**余都不之解，**都不明白，**字为鼻影所遮，余亦不之见，但见《论语》之上，载先生秃头，灿然有光，可照我面目；**这小孩够缺德的。**特颇模糊臃肿，远不如后圃古池之明晰耳。**读这段我经常想到汤显祖写的《牡丹亭》，大家如果看过《牡丹亭》的话，知道活泼的生命跟将死的书斋生活比是多么具有吸引力。《牡丹亭》写的是一个如花少女被自然美景唤醒生命。这个小孩虽然还没到青春期，他也知道书斋生活远不如池塘里的一潭清水，那一潭清水多好啊，清水能照影，比这个光头照的影要好得多。所以老师讲什么他不管，他看这个秃头。

从这里可以看出鲁迅的文学修养，一个人光有深刻的思想是不行的，光有深刻的思想你不能够用非常好的形式把它表达出来。鲁迅的同时代人也有很多人有很深刻的思想，但是表达功夫不行，表达功夫集中体现在你如何驾驭你母语的文字上。我们看鲁迅这个时候，不管他总体心态有聊还是无聊，他一进入创作状态，他的生命就活了，每个字在他这儿能这么用，真是令人佩服。

先生讲书久，战其膝，又大点其头，似自有深趣。予则大不耐，盖头光虽奇，久观亦自厌倦，势胡能久。 产生审美疲劳了，头再好看，看时间长了也不行，不能持久看。我研究这个时候的很多作品，前面这一段的描述，跟同时期的其他小说比，真是鹤立鸡群。同时代有很多文言小说，1912年前后，也有骈体文小说，就拿最优秀的人来说，写得也非常好的，跟鲁迅比，绝对比不了。比如这里边的"战其膝"，"战"字这样的用法是别人没有用过的。而在鲁迅这里毫不费力，随随便便就写出来了。

我们看，下面的情节展开了，**"仰圣先生！仰圣先生！"肇门外突作怪声，如见青而呼救者。** 终于情节展开了，前面只是一个铺垫。非常可笑，原来这个秃先生非常有名，叫仰圣先生，这个名字很高雅。仰圣啊，很适合一个教书先生。**"耀宗兄耶？"** 要知道这个人的名字叫耀宗。**"……进可耳。"先生止《论语》不讲，举其头，出而启门，且作礼。** 把他写得好像规规矩矩，但是跟前面一对比，就能显出可笑来。**予初殊弗解先生何心，** 我一开始不明白他怎么回事。**敬耀宗竟至是。** 怎么这么尊重这个叫耀宗的人呢，耀宗是谁呢？**耀宗金氏，** 姓金，**居左邻，** 左边的邻居。**拥巨资；** 家里边很有钱。**而敝衣破履，日日食菜，面黄肿如秋茄，即王翁亦弗之礼。** 就我们家老王头都对他不好，对他没有什么礼貌。他吝啬得可怕。晚清颇有一些小说写吝啬鬼的，其实中国有好多写吝啬鬼的小说，绝对不亚于巴尔扎克写的葛朗台。中国有好多可写，生活中有很多吝啬鬼，家里很有钱，但是长年不吃肉，一辈子吃黄瓜都没有吃过直的，专门挑弯弯曲曲的买，因为这便宜。**尝曰："彼自蓄多金耳！不以一文见赠，何礼为？"** 老王头就很有意思，说他有那么多钱，但是不给我一文，我对他就无礼，我用不着对他施礼，这是老王头的人生哲学，你有钱可以，得照顾照顾我，我才尊敬你。**故翁爱予而对耀宗特傲，** 喜欢小孩而不喜欢他。**耀宗亦弗恤，且聪慧不如王翁，每听谈故事，多不解，唯唯而已。**这个人虽然有钱，但是他的智慧不如看门的老王头，老王比他强，他还听不懂人家讲的故事。**李媪亦谓，**李大娘也说。**彼人自幼至长，但居父母膝下如囚人，不出而交际，故识语殊聊聊。**他的钱不是他自己挣的，是依靠父母，从小就娇生惯养，不去社会实践，所以他知道的语言，他知道的词、概念非常少，就不太懂世事。**如语及米，则竟曰米，不可别粳糯；**他就知道米，不知道分好几种。**语及鱼，则竟曰鱼，不可分鲂鲤。**不知道叫什么鱼，不知道鱼还分种类，分鲤鱼、鲂鱼，鲂鱼是一种鳊鱼类的。**否则不解，须加注几百句，而注中又多不解语，须更用疏，疏又有难词，则终不解而止，**跟他说话，你解释的话他还不懂，最后只能不解。**因不好与谈。**没人跟他谈话。**惟秃先生特优遇，王翁等甚讶之。**这就奇怪了，怎么就秃先生喜欢他？**予亦私揣其故，**我也琢磨着这到底怎么回事。**知耀宗曾以二十一岁无子，急蓄妾三人。**这很可笑，二十一岁的时候还没有孩子就着急了，马上纳了三个妾。一般来说，五十一岁的时候还没有孩子，再纳妾是正常的。这就写出了可笑的事。

　　而秃先生亦云以不孝有三，无后为大，故尝投三十一金，购如夫人一，你看他的如夫人是从穷人家购的、买的，因为他俩有共同的爱好，所以**则优礼之故，自因耀宗纯孝。**他俩都是孝子，孝子的表现就是要有妾或者如夫人。**王翁虽贤，学终不及先生，不测高深，亦无足怪；**你看这个话，多不像是九岁的儿童说的，所以这个叙事视角是一个回忆的视角，是今天回望当年的时候说的，这么解读才明白。**盖即予亦经覃思多日，始得其故者。"先生，闻今朝消息耶？""消息？……未之闻，……甚消息耶？""长毛且至矣！"**我们知道，小说发表的时候是1913年，但他写这个故事发生的时候是晚清，而长毛是什么时候？**"长毛！……哈哈，安有是者。……"耀宗所谓长毛，即仰圣先生所谓髮逆；而王翁亦**

谓之长毛，且云，时正三十岁。今王翁已越七十，距四十余年矣，即吾亦知无是。太平天国已经被平定四十年了，1864年天京陷落，这个捻军失败也是1868年了，过了四十年，20世纪初，这个时候听长毛的故事已经非常遥远了。但是在有些人心目中，长毛还活着。我们今天想一下我们对四十年前的事情的印象。"顾消息得自何墟三大人，云不日且至矣。……""三大人耶？……则得自府尊者矣。是亦不可不防。"对于过去对于老百姓，一个消息或者是言论，只要是得自某某大人，就带有一定的真理性，被统治阶级的思想受统治阶级所操纵，统治者他们那里的消息是准的。**先生之仰三大人也，甚于圣。**他的名字虽然叫仰圣，他仰圣是这么用的。仰三大人，甚于圣，这个仰是这么个意思。**遂失色绕案而踱。**马上就踱几步。**"云可八百人，我已遣底下人复至何墟探听。问究以何日来。……"**

"八百？……然安有是？"写得很有气氛，让我想起《徐策跑城》里边的台词"青龙会还有八百兵"。**"哦，殆山贼或近地之赤巾党耳。"**仰圣先生不太信，说可能是山贼吧，或者附近的赤巾党。**秃先生智慧胜，立悟非是。不知耀宗固不论山贼海盗白帽赤巾，皆谓之长毛；**耀宗是不知道新闻的。**故秃先生所言，耀宗亦弗解。**耀宗说**"来时当须备饭。我家厅事小，拟借张睢阳庙庭飨其半"**。借庙来请他们吃饭。**"彼辈既得饭，其出示安民耶。"耀宗禀性鲁，而箪食壶浆以迎王师之术，则有家训。**他虽然知识很浅陋，但是家里有句家训，箪食壶浆以迎王师，就是大部队来的时候要迎王师，要去管饭。**王翁曾言其父尝遇长毛，伏地乞命，叩额赤肿如鹅，得弗杀，为之治庖侑食，因获殊宠，得多金。**得了很多财宝。**逮长毛败，以术逃归，渐为富室，居芜市云。**就是说金耀宗他家发财是这么发的财。**时欲以一饭博安民，殊不如乃父智。**他不知道他父亲聪明，以一顿饭就安了。这里突然写到长毛到这里来的情节，透过这个情节看出耀宗先生的反面，侧重他的反面。这个长毛是谁？肯定不是太平天国的，太平天国早就没有了，但是太平天国影响这么巨大，凡是有造反的人，老百姓都认为是长毛。可见太平天国的影响非常深远。不管是什么人，只要来了一伙人要造反，中国人民怎么对待？比如这个耀宗，他就按着秉性，正因为他没有什么思想，这种反应是代表他那个阶级的。他这个阶级首先想到的是我们这一块儿的有钱人，怎么办。首先要请他们吃饭，这是他们的第一反应。不管他们是什么倾向，首先要管他们的饭。管了饭，自己的命就保住了，也许还能从此发财。但是这个秃先生说，"**此种乱人，运必弗长，试搜尽《纲鉴易知录》，岂见有成者？……特特亦间不无成功者**"。他的话说得很有意思，说这种人没有长运，从历史上看呢，没有成功的。但是好像也有一点成功的。"**饭之，亦可也。虽然，耀宗兄！足下切勿自列名，委诸地甲可耳。**"这两个人的关系等于结成一个有权有势同盟，一个国师一个军师。

先生出主意，说可以招待他们吃饭，但是你不要把自己的名写上，不要列这个名，"委诸地甲可耳"，交给甲长、保长就行了，让他们去干，你在后边，出钱就行了，你不要列这个名。通过这个小事，这个人的智慧就出来了。社会发生什么大的动乱，要不要列名是一个选择。你怎么对待这事情？肯定很多人想，他们要是成功了呢？他们要是不成功呢？肯定会有这样的思想斗争。

"**然！**"耀宗答应他，"**先生能为书顺民二字乎**"。这个很重要，金耀宗要求他给自己写两个字，就叫"顺民"。我们知道在古代中国社会发生暴乱的时候，不管谁造反、谁平叛，你在家门口写上两个大字 —— 顺民，表示我顺你，就有保全生命的可能。或者说，这个可能系数比较大，所以中国人就习惯于当顺民。我们从这里边能不能闻到一点儿斯巴达之魂的气息？大概十年过去了，这个叫周树人的人，他的脑子里其实还盘旋着这些概念：奴隶、奴隶主、魂、精神、顺民等。这是一组概念。这里提出一个"顺民"来，这个顺民的思想源远流长，一直到抗日战争的时候，日本人来了，我们还是有很多老百姓打出"顺民"的旗号，想想老舍先生写的《四世同堂》、曹禺先生写的《北京人》，这个首善之区的人，祁老太爷，他首先的想法是当顺民，日本人来了，管谁来了，能拦得住我做亡国奴吗？他并不去想这个国家的事。

耀宗要写顺民。"**且勿且勿，此种事殊弗宜急，万一竟来，书之未晚。**"还是这个军师有主意，不要着急，万一他们真的来那时候我们再写还不晚，你别先写，先写了万一不来那你不就露馅儿了吗，政府收拾你怎么办？"**且耀宗兄！尚有一事奉告，此种人之怒，固不可撄**"，你不要惹他们，"**然亦不可太与亲近**"。但也不能跟他们太亲近了。"**昔髪逆反时，户贴顺民字样者，间亦无效；**"以前贴"顺民"的也有无效的。"**贼退后，又窘于官军，故此事须待贼薄芜市时再议。**"等他们逼近的时候咱们再商量。"**惟尊眷却宜早避，特不必过远耳。**"你们家属先避一避，但也不要避得太远。

你看，这是中国下层知识分子所理解的中庸之道。中庸之道在下层知识分子里，在这个秃先生为代表的阶层中是这么用的。不问是非，不问背景，只要听说有一伙人造反了，首先采取不近不远的策略，不惹怒他们，也不跟他们特别亲密，是这样一个态度。我们在这里看不见"国家"两个字——据说是建立了一个叫"中华民国"的东西，跟老百姓何干？没有关系。所以我们看看鲁迅后期的想法，他以鲁迅这个名字写的小说，想想《孔乙己》，想想《药》。

"**良是良是，我且告张睢阳庙道人去耳。**"

耀宗似解非解，大感佩而去。人谓遍搜芜市，当以我秃先生为第一智者，秃先生是第一智者，语良不诬。先生能处任何时世，这句话很重要。这样的人能够处在任何时代，每个时代都有这样的人。**而使己身无几微之痛，故虽自盘古开辟天地后，代有战争杀伐治乱兴衰，而仰圣先生一家，独不殉难而亡，亦未从贼而死，绵绵至今**，我们看这句话，其实批判得非常深刻，这个"仰圣"不单指他一家人，不单是这个秃先生，这"仰圣"成为一个符号，许许多多的"仰圣先生"都是这样保全自己的。其实这就是鲁迅先生批判的"苟活"，这是苟活精神，愿意当顺民。**犹巍然拥皋比**，拥皋比就是拥虎皮，是指当老师的。**为予顽弟子讲七十而从心所欲不逾矩**。把他前面讲的自己又颠覆掉了，这是他所说的从心所欲。**若由今日天演家言之**，当时流行天演论，自然进化论，**或曰由宗祖之遗传；顾自我言之，则非从读书得来，必不有是。非然，则我与王翁李媪，岂独不受遗传，而思虑之密，不如此也**。这个小孩作为叙事者，把自己放在与王翁、李媪一个立场，跟秃先生对立。

耀宗既去，秃先生亦止书不讲，状颇愁苦，云将返其家，令予废读。今天放假，不读书了。**予大喜，跃出桐树下，虽夏日炙吾头，亦弗恤**，不管，**意桐下为我领地，独此一时矣。少顷，见秃先生急去，挟衣一大缚。先生往日，惟遇令节或年暮一归，归必持《八铭塾钞》数卷；今则全帙俨然在案，但携破筐中衣履去耳**。今天教科书也不拿了，就拿了衣服走了，看来很着急。

予窥道上，人多于蚁阵，而人人悉函惧意，这个"函"字在这里用作动词。每个人都怀着恐惧的心态，而用了一个"函"，比"怀"更好。**惘然而行。手多有挟持，或徒其手，王翁语予，盖图逃难者耳。中多何墟人，来奔芜市；而芜市居民，则争走何墟**。最好的小说是不加评点，作者不出来评论，就用场面自身来展示它的形象。鲁迅没有对这些居民加以评论，就这么一句话，意思都出来了。何墟的人往芜市跑，芜市的人往何墟跑，没头的苍蝇一样。这是一群什么人？没有是非，没有知识，也没有灵魂的国民。这和鲁迅以后写的他在日本那个幻灯片里看见的那些人是同一群人，所以鲁迅想，我给你们治什么病啊，我给你们治好了病，一个个身强体壮的，就何墟往芜市跑，芜市往何墟跑，就这样子。**王翁自云前经患难，止吾家勿仓皇。李媪亦至金氏问讯，云仆犹弗归，独见众如夫人，**看他们家中众多的如夫人，**方检脂粉芗泽纨扇罗衣之属，纳行箧中。此富家姨太太，**似视逃难亦如春游，不可废口红眉黛者。逃难都带一些杂乱的化妆品。**予不暇问长毛事，**一小孩，就他最逍遥自在，他不怕，没空问这些长毛的事。**自扑青蝇诱蚁出，践杀之，**下面几句话写得好，他正好得了自由，好不容易得自由了，杀虫子，杀蚂蚁。**又昏水灌其穴，以窘蚁禹。**这句话写得太棒了。"以窘蚁禹"，这句话用任何一国语言都表达不了，你用哪国话，用四个音表达这么丰富伟大的意思？他往那蚁穴里面灌水，那么对于蚂蚁世界来说相当于发了大水，蚂蚁中必然出来大禹治水，但大禹治不了这个水，它必然发窘，叫"以窘蚁禹"。所以每当我读到这几个字，我对鲁迅博学之修养，五体投地，我所佩服的国学大师很少，而鲁迅的文字太棒了，能把汉字发挥到这样一个程度。他怎么想出来的，这个时候我很可能想象自己是一只蚂蚁在那里面窘，没法治那个水。**未几见日脚遽去木末，**就是太阳落山了，**李媪呼予饭。予殊弗解今日何短，若在平日，则此时正苦思属对，看秃先生作倦色也。**高兴的日子过得快，一会儿就过去了。**饭已，李媪挈予出。王翁亦已出而纳凉，弗改常度。**这老头、老太太还是那样。**惟环而立者极多，张其口如睹鬼怪，月光娟娟，照见众齿，历落如排朽琼，**古代写的烂骨头，**王翁吸烟，语甚缓。**还在讲故事，他们没有变。

"……**当时，此家门者，为赵五叔，性极憨。**"讲长毛的故事，当年看家的叫赵五叔。"**主人闻长毛来，令逃，则曰：'主人去，此家虚，我不留守，不将为贼占耶？'……**"

"唉，蠢哉！……"李媪斗作怪叫，力斥先贤之非。他写老百姓谈话也是活灵活现的，就几句话。

"而司爨之吴姬亦弗去"，司爨是做饭的意思，做饭的吴老太太也不走，"其人盖七十余矣，日日伏厨下不敢出。数日以来，但闻人行声，犬吠声，入耳惨不可状。既而人行犬吠亦绝，阴森如处冥中。一日远远闻有大队步声，经墙外而去。少顷少顷，突有数十长毛入厨下，持刀牵吴姬出，语格磔不甚可辨，似曰：'老妇！尔主人安在？趣将钱来！'吴姬拜曰：'大王，主人逃矣。老妇饿已数日，且乞大王食我，安有钱奉大王。'一长毛笑曰：'若欲食耶？当食汝。'斗以一圆物掷吴姬怀中，血模糊不可视，则赵五叔头也……"你看，这老王非常会讲故事，讲得像评书一样，情节非常有起伏有悬念，讲得很引人入胜。"啊，吴姬不几吓杀耶？"李媪又大惊叫，听众配合得也挺好，每次老王讲到关键的时候这个李老太太叫一声，可见常年在一起搭配。众目亦益瞠，口亦益张。

"盖长毛叩门，赵五叔坚不启"，你看，还有一个倒叙，"斥曰：'主人弗在，若辈强欲入盗耳。'长……"还在继续讲。生活是没有变化的，对于这些下层的劳动人民来讲，他们虽然没有逃难，但是仍然并不关心政治发生什么样的动荡。

"将得真消息来耶？……"则秃先生归矣。予大窘，然察其颜色，颇不似前时严厉，因亦弗逃。思倘长毛来，能以秃先生头掷李媪怀中者，余可日日灌蚁穴，弗读《论语》矣。这小孩多恨这老师啊，刚讲到这个故事，秃先生来了，他想"秃先生头掷李媪怀中"，他就日日灌蚁穴去了。中国传统的教育到晚清也崩坏了，不怪我们后来全盘接受西方教育制度。中国教育制度虽好，但是到晚清也已经崩坏了，已经不再为人民所认可，还是自己出了大问题。

"未也。……长毛遂毁门，赵五叔亦走出，见状大惊，而长毛……"

"仰圣先生！"你看这是两条线，老王头继续讲呢。"我底下人返矣。"耀宗竭全力作大声，进且语。"如何？"秃先生亦问且出，睁其近眼，逾于余常见之大。余人亦竞向耀宗。"

"三大人云长毛者谎，实不过难民数十人，过何墟耳。"原来是一个谣传，并不是长毛，不过有几十个难民经过何墟。"所谓难民，盖犹常来我家乞食者。"耀宗虑人不解难民二字，因尽其所知，为作界说，而界说只一句。他怕人家不懂什么是难民，他给人家解释，其实是他自己不懂。

"哈哈！难民耶！……呵……"秃先生大笑，似自嘲前此仓皇之愚，且嗤难民之不足惧。众亦笑，则见秃先生笑，故助笑耳。我经常觉得假冒伪劣的电视节目里面的那些观众都是助笑的。

众既得三大人确消息，一哄而散，耀宗亦自归，桐下顿寂，仅留王翁辈四五人。秃先生踱良久，云："又须归慰其家人，以明晨返。"遂持其《八铭塾钞》去。临去顾余曰："一日不读，明晨能熟背否？趣去读书，勿恶作剧。"生活又恢复原样。余大忧，目注王翁烟火不能答，王翁则吸烟不止。余见火光闪闪，大类秋萤堕草丛中，因忆去年扑萤误堕芦荡事，不复虑秃先生。这里有点意识流的意思，看着那个火想起去年流萤的事，非常自然的转折。

"唉，长毛来，长毛来，长毛初来时良可恐耳，顾后则何有。"王翁辍烟，点其首。在老王头看来，一切事情都无所谓，来了还会过去，过去又怎么样呢？社会依旧，所以鲁迅对于新旧的感觉是敏锐于常人的。

"翁盖曾遇长毛者，其事奈何？"李媪随急询之。又问他这个事情，其实不定讲多少次了，"翁曾作长毛耶？"余思长毛来而秃先生去，长毛盖好人，王翁善我，必长毛耳。这个小孩寻思，长毛一来，秃先生走了，所以长毛是好人，王翁跟我一样，喜欢长毛。

"哈哈！未也。——李媪，时尔年几何？我盖二十余矣。"

"我才十一，时吾母挈我奔平田，故不之遇。"

"我则奔幌山。——当长毛至吾村时，我适出走。邻人牛四，及我两族兄稍迟，已为小长毛所得，牵出太平桥上，一一以刀斫其颈，皆不殊，推入水，始毙。牛四多力，能负米二石五升走半里，今无如是人矣。我走及幌山，已垂暮，山颠乔木，虽略负日脚，而山趺之田禾，已受夜气，色较白日为青。"你看他在讲的过程中，还有景物描写。"而前瞻不见乡人，则凄寂悲凉之感，亦与并作。久之神定，夜渐深，寂亦弥甚，入耳绝无人声，但有吱吱！哐哐哐！……"

"哐哐？"余大惑，问题不觉脱口。李媪则力握余手禁余，一若余之怀疑，能贻大祸于媪者。她听这些故事，都是能够身临其境，真的感到恐惧。

"蛙鸣耳。此外则猫头鹰，鸣极惨厉。……唉，李媪，尔知孤木立黑暗中，乃大类人耶？"一个木头，在黑暗中很像人。

"……哈哈，顾后则何有，长毛退时，我村人皆操锹锄逐之，逐者仅十余人，而彼虽百人不敢返斗。此后每日必去打宝，何墟三大人，不即因此发财者耶？"他讲一些人发财的原因，"打宝何也？"余又惑。

"唔，打宝行宝，……凡我村人穷追，长毛必投金银珠宝少许，令村人争拾，可以缓追。余曾得一明珠，大如戎菽"，就是土豆，"方在惊喜，牛二突以棍击吾脑，夺珠去；不然纵不及三大人，亦可作富家翁矣。彼三大人之父何狗保，亦即以是时归何墟，见有打大辫子之小长毛，伏其家破柜中。……"你看他讲这些事情，讲得很有趣，讲的水平很高，但是和讲课，和真正的评书家有什么区别吗？就是他这里面没有思想，他只是讲的事情好玩，讲来讲去，天下还是那样，天下毫无变化，而且他觉得自己是穷人就因为运气不好，本来已经捡到一个珠子，结果被人家抢了，所以自己没有当成富人。

"啊！雨矣，归休乎。"李媪见雨，便生归心。下雨了，讲得再好听她也不要听了。

"否否，且住。"余殊弗愿，大类读小说者，见作惊人之笔后，继以欲知后事如何且听下回分解；则偏欲急看下回，非尽全卷不止，而李媪似不然。

"咦！归休耳，明日晏起，又要吃先生界尺矣。"

雨益大，打窗前芭蕉巨叶，如蟹爬沙，雨打芭蕉叶的声音。余就枕上听之，渐不闻。这些语言都写得特别棒，在《小说月报》发表之后，编辑有十几处评语，都是极高的评价。

"啊！先生！我下次用功矣。……"

"啊！甚事？梦耶？……我之噩梦，亦为汝吓破矣。……梦耶？何梦？"李媪趋就余榻，拍余背者屡。

"梦耳！……无之。……媪何梦？"

"梦长毛耳！……明日当为汝言，今夜将半，睡矣，睡矣。"

这个小说就这样完了。

这样的结尾，是当时的中国小说中所没有的，当时在中国只能看见，顶多算进步的，像鸳鸯蝴蝶派一样的小说，比如骈体文的小说。像鲁迅这样的小说，是空谷足音，可惜空谷中的人太少。在这个小说中我们看见，这个以秃先生仰圣为代表的一般知识分子对待革命的态度，算是最聪明的——不过是一个投机的态度，是一个投机分子的态度。中国近代以来的革命为什么这么艰难，是这个本来富有革命精神的民族，革命精神沦落，革命是像这篇小说一样寂寞。我们今天说太平天国提出了什么什么主张，什么天朝田亩制度，什么男女平等，这个那个的，不管他继承得怎么样，我们在老百姓中可看到一点反响？没有。老百姓就得到了"长毛"二字而已。知识分子是这样，民众是麻木的，跑来跑去。而那个老王头和那个李媪，在那里仿佛说着天宝年间的旧事——闲坐说玄宗，像白居易写的诗一样。为什么说鲁迅的感叹非常深沉？不是说只要一伙人起来一号召，国家就能好，他从来不相信这个。即使在鲁迅死后，中国人也不把这个国家当成自己的，不管发生什么事情，只要自己不死，自己就当看客，这种心理是仍然存在的。就比如说我今天刚跟人讨论的一个问题，当年抗战的时候，上海八百壮士守四行仓库，那么这个新闻当然有很多夸大之处，其实是四百人，谢晋元团长，带领四百人在上海守一个仓库。当时还有一个女孩，奋勇渡过苏州河，送去一面中华民国国旗。当时媒体炒作得很厉害，其实全是假的，全是表演。这小女孩是从旁边一胡同过去的，根本没有游泳过去，但她此后一生都坚持这个谣言。我们说这是为了振奋民族志气吧，这个宣传、这个夸张是允许的。在当时，国军将士浴血奋战抵抗侵略的时候，大上海其他地方，该跳舞的跳舞，花天酒地的还是花天酒地，跳舞跳累了，吃饭吃累了，说去苏州河看看吧，那边打仗呢，看看打仗。这已经是抗日战争，这样一个国家，根本就不是一个现代国家，有四万万人有什么用？有八万万人也没有用啊。这个国家真正的建立，真是随着抗战的进程建立的，共产党及其领导的军队，不仅打仗，而且同时担负了启蒙的任务。共产党也是一个宣传队，使这个国家的人真正知道这国家是我们的。只要有了这一条，你四万万人就可以当八万万人来使。

这篇小说，我们说一说它的题目，叫《怀旧》，我们今天能找到的鲁迅小说里，这是第一篇鲁迅自己正式的创作。我们把这篇小说放到整个鲁迅创作生涯中去看，我们可以发现，怀旧是鲁迅的一个情结，是他一生不能摆脱的一个情结。鲁迅所写的大部分作品，我们读上去都有怀旧的味道。《故乡》不是怀旧吗？《风波》不是怀旧吗？《孔乙己》不是怀旧吗?《社戏》不是吗?《从百草园到三味书屋》不是怀旧吗?不是说写过去的事就叫怀旧,写了过去的事,并且有所怀,有那个"怀",才叫作"怀旧"。

怀旧不仅仅是赞美是依恋,也包括否定,包括一种不确定的态度,是一种文学家的态度,不仅仅是政论家的态度。我觉得"怀旧"是人的素养、修养的一个考察标准。我自己有时候也写一点怀旧的文章,有人说人一怀旧就老了,你怎么开始怀旧了呢,怀旧就是老的一种标志。我说那我可能三岁就老了吧,我从小就有怀旧这个习惯,但是我怀旧不等于我向后看,越怀旧我越向前看。我向前看的劲头也是别人超不过我的,我是一个能向前看的人,但同时我也大范围地远距离地向后看。我觉得,人能够怀旧才成熟。这句话对老年人不能说,是对青年人说的。你什么时候开始怀旧了,是你成熟的一个标志。能够怀旧的人,有历史感,能够看透眼前的很多泡沫、喧嚣。常怀旧的人才能创新,因为健忘乃人之大患。怀旧不是你想怀就能怀的,怀旧是一种素质。但是健忘是很容易的,健忘天天都在发生,像我每天身上死去的细胞一样。克服健忘的一个好办法是经常怀旧。

从这篇小说里我们也可以看到鲁迅对当时的中国是失望的,在这里虽然读的是文言,但是读到了他后来在白话小说中的信息,读上去很像《孔乙己》,读上去很像《风波》。从艺术形式上看,这是中国第一篇儿童视角的小说,从一个儿童的眼睛里看人世看社会。正因为从儿童眼睛里看,所以它比较含蓄,不用把话说得那么露、那么直接。鲁迅自己最喜欢的小说是《孔乙己》,《孔乙己》为什么好?因为《孔乙己》也是从一个小孩的眼中看出来的,从一个小伙子的眼中看那个孔乙己。所以《孔乙己》我们读了之后一辈子都忘不了。你说不清楚你对他的那种感觉,又同情他,又讨厌他,又批评他,又怜惜他。对孔乙己那种复杂的态度,都是从一个小伙子的眼中看出来的。不信你试着换一个角度写写，假如你用掌柜的角度去写《孔乙己》，你是咸丰酒店的掌柜，你写一篇《我眼中的孔乙己》，开头便是"孔乙己还欠十九个钱呢"，那完全就是另一篇小说了。

第一篇以儿童视角来写人的，是鲁迅的《怀旧》。我们可以想，倘若此后没有新文化运动，这个叫"周树人"的人，他尽管把历史看透了，把人生看透了，他可能就这么活着，偶尔用"周逴"的笔名发表一点东西，人家给他几块大洋，过两个月再发表点东西，人家再给他几块大洋，可能就这么活下去。即使发表几篇作品，他因为没有成大名，所以也不会被注意，这些作品可能就湮没在历史中了，不会有人再去看它。因为近些年我们还不断地发现鲁迅的一些散佚的作品，这篇小说是收在鲁迅的《集外集拾遗》里面的，《集外集》里面都没有，《集外集》后面还有"拾遗"，《集外集拾遗》后面还有一个"补编"，《集外集拾遗补编》。这些散落的东西太多，我们可以想象，鲁迅还有其他作品没有被我们发现，不足为外人道也。除了鲁迅之外，有的时候我又想，是不是还有其他具有同样思想深度的或差不多思想深度的人，已经被湮没在滚滚的历史洪流中了。所以我觉得在路上看见任何一个人，在网上看见任何一个人，首先我都要对他尊重，我想他可能是一个高人，是一个隐士，可能是他故意放低了身段来陪我玩一玩。希望大家能够借鉴我的这几句话，对这个世界采取更谦虚的态度。

好了，今天我们就讲这么多，下课。

2009年4月7日

异化与归化

—— 鲁迅的语言和翻译观

同学们好，我们开始上课。今天我想从另一个角度探究鲁迅的小说，就是鲁迅的语言。一说到语言问题，中学课上的老师只是讲语言好、语言的各种特点 —— 语言优美啦、语言精练啦，等等，大学老师会讲什么美学风格之类的。而我想从一个特殊的角度来探讨鲁迅的语言 —— 从翻译的角度来探讨。

我们一般理解的翻译是把一种语言用另外一种语言表达出来、阐述出来，这就叫翻译。我是中文系的人，我从小就对语言文字有热情、有兴趣，所以经常思考语文问题、语言问题。在我看来，语言本身好像就是翻译。我们认为动物是没有语言的，但是动物有它表达信息、表达感情的声音。我家养了三只猫，其中有一只猫，这半年来经常发出一堆很复杂的声音。有时候我说："你要说话吗？说什么？"它"呜噜呜噜"连续叫半天。那么我想，我要翻译它的语言，没法完全翻译过来，得借助其他的信息去猜想。

原始的人和人之间、一个物种之间，互相能听明白 —— 什么叫听明白？听明白就是能翻译。比如说一个原始部落的原始人外出回来了，然后他指着后面说："狼，狼！"别人听到这个声音就会翻译，他发"狼"这个声音是什么意思呢？原来他后面跟着一种危险的动物，正向我们这儿扑来，这个动物和那个声音就连接起来了，他发的那个声音代表这个危险的动物。也就是说，语言本身就是翻译 —— 他并没有拿狼的实物回来啊，他是用一种声音指代一个东西。语言学上把它分为能指和所指。他发的"láng láng"这个声是"能指"，你翻译之后想到的那个实物是"所指"。所以今天语言学家研究来研究去，很多都是研究"能指"跟"所指"的关系。而很多的语言问题 —— 说这个人会表达，这个人讲话能力很强，那个人说话含混不清，等等 —— 都是"能指"跟"所指"的关系。

　　这样看来，语言本身就是翻译。语言的微妙变化和我们微妙的理解，包括误解、歪曲，都是翻译。今天由于方言大面积弱化和消失，我们的语言能力其实都不强了。所以大家如果有机会跟其他省区的同学在一起互相说一说方言，玩一下方言，锻炼我们一切的能指、所指关系的问题，这个是很有好处的。

　　接下来就说到我们一般人认为的翻译 —— 不同语种之间的翻译，汉语和英语和法语和俄语和阿拉伯语之间的翻译。同学们的外语应该都很好，大家可以想一个问题，不同语种之间的语言是可以互相翻译的吗？你英语特别好，好得跟英国人、美国人一样，人家一说你就懂了，这是否意味着你能够准确有效地将其翻译成中文？假设你两种语言都非常好，你是不是能翻译得如意？

　　昨天，一个著名的钢琴家，傅聪先生，在英国得新冠去世。傅聪是傅雷的儿子，《傅雷家书》的收信人。傅雷很有名，他是著名的翻译大师，新中国成立前他最早肯定张爱玲的作品，后来又跟张爱玲闹翻了，张爱玲写文章攻击他。傅雷后来由于生活上的各种乱七八糟的事情，就自杀了。

大家都会翻译，有那么多英语好、中文也好的人，为什么傅雷能成为翻译大师，大家都说他翻译得好？我觉得翻译既然有好有不好，这似乎已经透露了一个秘密，就是语言是不能翻译的。那么翻译过来的是什么呢？我们分明需要翻译，可是我们又知道不能翻译。我中学的时候看过中英文对照唐诗，这边是李白的诗，另一边翻译成英语。我英语很差，但是我再差也知道翻译的那东西不能看。后来我又想，把唐诗翻译成现代白话文是不是就可以了呢？还是不行。也就是说，语言跟它的形式是不能脱离的。"床前明月光"还要翻译吗？"春眠不觉晓"还要翻译吗？只要翻译，就错。"朝辞白帝彩云间"，为什么还要翻译？早晨起来我告别了白帝城，下边怎么翻译？在彩云间行走？在彩云间旅行？怎么翻译都不对。一种形式不能替换为另一种形式。可是我们生活中又好像老需要翻译，而且翻译的位置越来越高。

那么我们要谈翻译问题，我们专门找一个鲁迅的翻译案例来讲。

鲁迅是一个了不起的翻译家，这一点经常被忽略——由于鲁迅文学创作的功绩太大了，这掩盖了鲁迅许多的其他成就。我想我们可以通过鲁迅的翻译来看鲁迅的语言。鲁迅的语言，不好说它是怎么形成的，一个人语言的形成有多种方式。我有一个师弟，他说：老孔，你的语言由四大板块组成。我说我还没琢磨过哪几大板块，于是他就说了什么什么板块，我趁机回想一下我的语言构成问题。

鲁迅的语言是怎么形成的？我们都知道鲁迅的语言是最值得研究的，因为他跟谁都不一样。中学生为什么"恨"鲁迅？因为鲁迅的文字比文言文还难。文言文有语法呀，你学了语法就可以蒙，是吧？你知道什么名词动用啊、宾语前置啊……这都懂；但鲁迅没有语法呀，没有人能编出鲁迅语法来，这鲁迅太让人恨了！所以我想我们通过鲁迅的翻译来谈这个问题。鲁迅翻译过日本小说家芥川龙之介的作品，有两个很著名的作品，一个叫《罗生门》，一个叫《鼻子》，我把它连在一块儿，我把这个题目叫"罗生门的鼻子"，也是通过一个入口来谈语言问题。

要谈语言问题，我们先得说说鲁迅这个人。很多人老冒充鲁迅，以为敢骂社会、骂政府就叫鲁迅，还有很多人互相吹捧说谁谁谁是当代鲁迅。为什么我说他们都是谬托知己或者说不知廉耻？他们不知道鲁迅是什么人，鲁迅那是渊博得地负海涵之人，地球装不下之人。我们首先看，鲁迅为什么那么厉害呢？鲁迅的知识结构是无人能比的。鲁迅是干什么的？看上去他好像没有干出什么惊天动地的事儿，你说鲁迅是哪一科的人？很多人老把鲁迅往我们中文系推，我说我们中文系根本就没有资格，我们根本就装不下鲁迅，连半个鲁迅都装不下。鲁迅都学过什么呀？工科、理科、医科、文科，鲁迅是真正跨学科大师，但每一科他都不好好学。他不好好学，不是我说的那百分之三十厌学的学生，他往那一坐就知道，"你讲的那些东西我听听就行了"。他是真正的百科全书式的人物。我们现在就缺少这种百科全书式的人物，就像伏尔泰、狄德罗这样的人，没有！而鲁迅是。他跨越的学科之多，无人能比。

他不光是学习一些书上的道理，还能够把人生的常识与哲理结合起来，这就更难了。我下面列了一堆鲁迅早年写的文章，看这些文章的题目，你能看出来这个人是干啥的吗？根本就看不出来。你看他写的这篇文章——《花镜》，研究老花镜的啊？这是历史，还是干什么的？《科学史教篇》《说鈤》《中国地质略论》，这是地质学院的教授啊？《生理实验术要略》，又跳到医学那边去了。今天的人不可能同时写这么多跨学科的文章。所以鲁迅首先是一个有大学问的人，是个杂学家，他才能成为鲁迅，他才能寸铁杀人。他那个寸铁，是一万吨钢炼出来的，一万吨钢来自一千座矿山，他才炼出那个寸铁来。这是鲁迅不可超越的地方。动不动就有人拿这个跟鲁迅比，拿那个跟鲁迅比，动不动说胡适跟鲁迅比……胡适怎么能跟鲁迅比？

除了丰盈的知识结构，我们再看看鲁迅的外文。鲁迅的外文好像也不行，你看他每一科好像都不是很精通，都不是大师级的，但是他学过，其中学得最好的是日文——鲁迅在日本留学嘛，日文是精通的。我们可以举一个例子：他晚年教许广平日文，有很多教材他都不用，他自己编了教材教许广平，自编一套教材，教了很短的一段时间，许广平就能翻译日文了。这说明他是摸到了日语的一些规律。

日文之外他粗通德文，因为日本从明治维新开始，特别重视德国文化，日语把德国翻译为"独逸"。我觉得我们中国翻译外国的名字翻译得够好了，但是我觉得有些日文也翻译得不错。比如我赞成日本把美国翻译成"米国"，这个可能比我们翻译得好，我们翻译成"美国"就误导了国人，老以为这个国家很美，全国人民都上当了——这国家一点都不美啊！还是人家日本翻译得对，应该是米国嘛，粮食大国，是不是啊？操控全世界粮食市场。所以"米国"是翻译得对的。还有它把德国翻译为"独逸"，我觉得特别好，德国文化就是独立的，矫矫不群的，还很飘逸，我觉得德国是"独逸"之国还是很对的。当然我们翻译得也不错，德意志，非常坚强的一个人，也不错。

日本特别重视德国文化，日本学生二外选德语的曾经最多，现在被选中文的人超过了。鲁迅在德文方面可以达到阅读书刊的程度，但口语交流不行。至于英文，从洋务运动开始，各学校学的外语主要是英语。鲁迅从两个学堂开始就学英文了，但是学得很一般，只能简单地阅读，可能跟今天一般的大学生差不多吧。另外，鲁迅对以俄国为代表的那些东欧国家很感兴趣，所以他学过俄文，但是学的时间不长，不能直接地翻译俄文，他翻译俄文往往都是通过转译，拿着几个俄文本子、拿着英文本子去转译的。这是他对俄文的了解。

还有一个特殊的事儿，他学过世界语。世界语在五四时期曾经风靡一时，许多著名学者、作家都学过世界语。学世界语的背后其实也是跟无政府主义、共产主义运动有关，他们脑子里有一个世界大同的幻想，所以很多人学世界语，鲁迅也学过。我记得20世纪80年代又兴起过一阵世界语，包括我们北大，也有人在讲世界语，但是后来终于没有风行起来，现在英语等于是世界语。英语等同于世界语，这个事情本身是可以研究的。世界语这个东西能不能成立？由一帮专家专门发明一种很简单很科学的、全世界人都可以很快掌握的世界语，和用一种现成的语言，然后由这个国家推行霸权主义，最后全世界人民都学——这两种世界语是个什么关系？这是一个语言学的问题，当然也是社会学、政治学的问题。我们这里只是告诉大家，鲁迅也学过世界语。

我们想一想，由这几种主要语言构成的鲁迅的语言结构，对鲁迅起了什么样的作用？鲁迅本人是绍兴人，他说浙江话，然后在南京上学，应该了解南京话；又长期在北京住，他应该了解北京话。我们在鲁迅的作品中发现他模仿北京话，他写北京人说话比较传神。他说到鞋店里去买鞋，发现两只鞋不一般大，他跟伙计说"这两只鞋不一般大呀"，伙计说"怎么不一般大？一般大呀，您瞧！"写得非常传神，北京伙计就是这么对付你，说"你看，你看，就是一般大的"。（《事实胜于雄辩》）鲁迅后来到了厦门大学任教，到了中山大学任教，还有，他的爱人许广平是广东人，那他应该对福建话、广东话这两种中国最难的方言有了解。鲁迅晚年基本住在上海，他描写上海话也很传神。

也就是说鲁迅对汉语的一些主要方言是有了解的，又学过这么多的外语。他并不是要在某一种语言上成为该语言的大师，像钱锺书这种语言巨人，钱锺书的英语比英国人好，法语比法国人好——当然这个我也不知道，我也是听别人说的，但我相信他语言水平是极高的。鲁迅显然不是往这个方向发展，这些语言是帮助他成就了一种"鲁迅语言"，这就是古人说的"观千剑而后识器，操千曲而后晓声"（刘勰《文心雕龙》），这些语言是他的"千剑"，是他的"千曲"，他最后是为了铸成自个儿那把剑，铸成鲁迅的语言。关于鲁迅的语言是怎么来的，这是讲鲁迅的外文构成。

我们都知道鲁迅是了不起的作家，可是他创作的数量并不多。我们讲鲁迅小说研究，研究是研究不完，但鲁迅小说很快就读完了，一共就薄薄的三本，就那么几十篇短篇小说。《鲁迅全集》那么多字，都有什么呀？《鲁迅全集》里边鲁迅的创作不多，但译文就有三十一本，三百多万字，而且他翻译的体裁特别多，有小说，有剧本，有随笔，有论著。所以有的鲁迅研究专家说，鲁迅首先是翻译家，这话是有道理的。假如鲁迅没写过《呐喊》《彷徨》，或者也没写过《野草》《故事新编》，鲁迅就是中国现代著名翻译家，而且是独树一帜的翻译家，他的翻译有重要的价值、重要的影响。而我们知道，这一个半世纪以来，翻译对现代中国的重要性是多么大；我们现在的思维、现在的说话方式都已经不知不觉地受了许许多多的"鬼子"的影响——我这儿说"鬼子"是调侃，不是贬义的。由于翻译带来的影响，我们想问题就不一样了。

现在研究翻译的理论有两种说法，一种叫异化，一种叫归化。一种翻译倾向是努力地让它向我们本国的母语、向我们的文化靠拢，另外一种翻译倾向是努力保持它与我们母语的异质性，不像我们的语言，让你一读就知道它是外语。你们这一代人小时候就读过好多外国童话，父母会给你们买什么绘本之类的东西，我现在有时候也参与编辑这些书、指导这些书。我不知道你们读的那些东西，比如你读的《安徒生童话》《格林童话》之类的，那个版本写得是像中国话还是像外国话，你读了之后，你觉得跟《西游记》一样不一样，这对于塑造你的语言，是很有作用的。

1995年有一本书，劳伦斯·韦努蒂写的《译者的隐身》，这是研究生们研究翻译问题要读的。我们讲翻译的时候经常说，是直译啊还是意译啊？这也是一个角度。其实在这里更主要的研究，是翻译者的位置在哪里。翻译者决定着归化和异化，这是翻译理论，我们不去专门讲它，只是作为一个背景介绍给同学们。从现代翻译史上说，我们在晚清时候的翻译主要倾向于归化，把它都翻译得像中国故事、中国语言、中国人物。比如外国人那个名字很长——我们今天看外国小说，里面的人名都很长，为什么呢？就是因为我们基本是音译，忠实于原文的音节数、音步数翻译过来。比如说"亚历山大"，我们一看就知道这是外国人，而我们古代不是这么翻译的，古代人遇见"亚历山大"怎么翻译呢？叫"安禄山"，是吧？大家学过安史之乱，安史之乱的领导人就是胡人，他本名叫亚历山大，但是在那个时候我们翻译成安禄山，看着跟中国人是一样的，他的后代慢慢就姓了"安"。这就叫归化的翻译。

晚清翻译很多国外的书，不光是文学书，也包括科学书、哲学书，都是归化的翻译，翻译外国人名都翻译成带一个中国姓的三个字儿，比如说"高尔基"，看着就像中国人。高尔基的笔名是"Горький"，我们给翻译成"高尔基"。高尔基是个大文豪，鲁迅就塑造了一个人叫高尔础，有人以为高尔础是高尔基的弟弟，基础嘛！

晚清的时候归化比较多。著名的大翻译家严复，他翻译外国小说是用标准的《史记》体语言翻译的，人也是中国名，说的话也是文言，景物描写、心理描写都是文言，看着就像中国小说。所以晚清是归化的倾向。

辛亥革命之后，晚清崩溃了，翻译风格就变了，就变成异化了，变成保留原文的特点。我们不好就此说晚清是以自我为中心，民国就都是崇洋媚外，不好这么简单地下一个结论，但这两个时代确实不同。民国的翻译，人名长了，很多外国的专有名词也是按照音译，比如说"普罗列塔利亚"，看着很吓人，有的人读了很多年"普罗列塔利亚"也不知道是什么，后来终于改成了"无产阶级"。由于很多年都叫普罗列塔利亚，所以有一种文化就叫普罗文化，然后攻击无产阶级文学的人，把无产阶级文学叫普罗文学，再进而利用汉语的谐音，把它叫成"破锣文学"。语言转来转去，有时候不经过研究，你不知道它最开始是什么东西。

鲁迅经历了从晚清到民国的变化过程，他体验、经历了这个阶段，有了他自己的想法、他自己的抉择。鲁迅翻译的作品很多，这一大堆都是他翻译的：《域外小说集》《现代日本小说集》《桃色的云》《苦闷的象征》《月界旅行》《小约翰》《工人绥惠略夫》《爱罗先珂童话集》《小彼得》《毁灭》《竖琴》《十月》《一天的工作》《表》《俄罗斯童话》《死魂灵》《坏孩子和别的奇闻》《山民牧唱》《译文补编》《地底旅行》《壁下译丛》《现代新兴文学的诸问题》《艺术论》《文学与批评》《出了象牙之塔》《思想·山水·人物》《现代小说译丛》《近代美术史潮论》《文艺政策》《药用植物及其他》……读了这一堆书名，你还是不知道这个人是干什么的，这人好像什么都能干。即使查封他的创作，不让他发表任何作品，他靠翻译也能养活自己，随便买一本外国书就翻译过来了。这是他翻译的作品。

单说小说，最早他兄弟两个翻译了《域外小说集》，那是很年轻的时候，鲁迅在日本读书，没有出名，但是那个时候他就很注意翻译那些国家的作品。但是很不幸，《域外小说集》据说只卖掉了20部，剩下的本来准备成名之后继续卖，然而由于日本轰炸上海商务印书馆，把那个纸型都给炸没了，很遗憾。他还翻译了《现代小说译丛》《现代日本小说集》；翻译过俄国的小说，M. 阿尔志跋绥夫 —— 这是鲁迅非常喜欢的作家 —— 的《工人绥惠略夫》、法捷耶夫的《毁灭》、雅各武莱夫的长篇小说《十月》、果戈理的《死魂灵》、高尔基的《俄罗斯童话》、契诃夫的《坏孩子和别的奇闻》。我们可以看到，鲁迅虽然俄文不好，但他很偏爱俄国文学。

下面我们就直接说鲁迅的翻译。不知道大家中学的时候有没有学过像《死魂灵》这样的译文，我上中学的时候是学过的，我觉得很奇怪，也感到很有味道、很好，但是同时会觉得鲁迅的翻译，跟他的创作一样，不好懂，要一个句子一个句子地去理解。"不好懂"是当年就有人批评鲁迅的，这个在现代文学史上有一场论战，关于"硬译问题"的论战。鲁迅是公开主张硬译的，鲁迅故意用了软硬的硬，就像我提倡年轻人要读硬书一样，不要读软书，要读硬书。鲁迅的硬译受到了梁实秋的点名批判。梁实秋专门写了一篇文章叫《论鲁迅先生的"硬译"》。我们知道梁实秋是新月派的理论家、理论大将，也是著名的翻译家。梁实秋到台湾之后，用了很多年的时间，翻译了《莎士比亚全集》，还编过英汉大辞典，所以梁实秋在翻译上是具有权威性的。

但是当年梁实秋对鲁迅的翻译风格有看法，《论鲁迅先生的"硬译"》这篇文章批评鲁迅的这种翻译叫作"近于死译"。鲁迅说是"硬译"，梁实秋说是"死译"，读的时候要"硬着头皮看"，而且是"我们'硬着头皮看下去'了，但是无所得"——看了半天也没看出什么东西来，所以"'硬译'和'死译'有什么分别呢？"梁实秋是从阅读的角度、阅读感受的角度来批判鲁迅的翻译。其实他隐藏了自己的阶级性问题 —— 后来蔓延到阶级性问题的时候，鲁迅把这层窗户纸捅破了。

鲁迅在这场论战中有一篇很有名的文章叫《"硬译"与"文学的阶级

性"》。我们文学研究界，以前都很注意后一个词儿，就是"文学的阶级性"问题，后来有一个革命文学家叫冯乃超，冯乃超批评梁实秋是资本家的走狗，梁实秋说我不知道我是谁的走狗，我也没拿谁的钱，你怎么说我是资本家的走狗啊？后来鲁迅说那你就是资本家的乏走狗。由于这个争论很热闹，大家都去关注文学的阶级性问题了，但其实硬译问题本身也很重要，它关系到一个翻译理论问题。

鲁迅怎么回答这个"硬译""死译"的呢？鲁迅说，我的译作本不在博读者的爽快。其实鲁迅声称"硬译"就已经把这个答案放在那里了，我就是硬译的，本来就不是软的；我翻译这个东西的目的不是要让读者爽快的，我的东西不是流行歌曲，"往往给以不舒服，甚而至于使人气闷、憎恶、愤恨"。翻译有其目的，你翻译的目的是什么？严复为什么要把西方小说都翻译成那个样子？跟严复同时代还有其他一些翻译家，他们不光是像严复那样翻译成中国故事，还改原文——原来的故事不合乎中国文化，就给它改了。比如说两个人谈恋爱谈得惊天动地的，他给直接翻译过来了；后来那男的死了、女的改嫁了，他说这不行啊，怎么能改嫁呢？不是要从一而终吗？所以他就把情节改了，改成从一而终了。这就强行把外国文化翻译成了中国故事。改成那样，就是让读者爽快。

而鲁迅翻译的目的往往是让你气闷、憎恶、愤恨，你们为什么要让读者读了爽快呢？鲁迅说"读了会'落个爽快'的东西，自有新月社的人们的译著在"，鲁迅反击梁实秋，"徐志摩先生的诗，沈从文、凌叔华先生的小说，陈西滢（即陈源）先生的闲话，梁实秋先生的批评，潘光旦先生的优生学，还有白璧德先生的人文主义"，鲁迅一棍子把新月社一船打到了——你们写诗的、写小说的、写闲话造谣的，还有你这个理论家，还有潘光旦，就是我们前面讲的《理水》里面那个学者，还有你们的外国主子白璧德先生的人文主义，你们这些合起来都是读了让人落得爽快 —— 读了感觉"很好"哇！

我们现在的中学课堂上把沈从文的《边城》吹到什么程度了？沈从文都成了超越人类的伟大作家，千千万万的中学语文老师在那里吹捧沈从文。当然《边城》是不错的小说，但怎么就吹成那个程度了呢？因为落得个爽快啊 —— 这多好！读了多爽！优美啊，忧伤啊！读了多好啊！就像电视剧《潜伏》里面那个女孩子说，人要忧伤，人要忧伤一下。然后翠平问她：忧伤，什么叫忧伤啊？"就是像我这样的啊！"【众笑】这就是"落得个爽快"的问题。

爽快其实也不错啊，人生也需要有一些爽快的东西，我们要听一些轻音乐，或者说我们生活中需要大量的爽快的东西；但这些不是最重要的，要救人、要强国、要让我们读很多读了之后气闷、憎恶、愤恨的文字，这是鲁迅的目的，这不但是他创作的目的，也是他翻译的目的。明明人家原文就是那样的，你为什么要给改成爽快呢？这是鲁迅翻译理论上跟新月派的矛盾。

鲁迅自己的语言，其实不知不觉地受到外文的许多影响。因为他成名晚，"鲁迅"这个名字的出现已经是1918年 —— 他周岁都37岁了。在这漫长的过程中，他的武功早就练好了。鲁迅的语言受了多方面的影响，不局限于技法方面。从所受影响的来源讲，有两个国家对他的影响相对大一些，一个是俄国，是更深沉的、内在的那种俄罗斯情怀，博大深沉，像大地一样的情怀。我中学是学俄文的，俄语里边形容感情的词儿、形容大自然的词儿，比我们中文丰富得多；描写树林的那些词儿，各种树皮的颜色，太丰富了，所以能产生屠格涅夫那样的小说大师。

从表层上看，鲁迅的语言受日本影响很大。当然这也是一个很深的理论问题。日语本身受中文影响很大，到了近代，这两个国家的语言都发生了复杂的变化。有一部分日语，本来是受中文影响的，后来又倒过来反输入中国；另外一部分日语，是它在翻译西方术语的时候找不到对应物，就只能从汉字中去找。由于日本进行维新的人都是顶级的知识分子，他们的中文修养很高，所以他们都翻译得很精妙。比如说"革命"这个词，日本的日常语言中没有"革命"这个词，他们就从《尚书》中找到了这个词，去翻译revolution。《尚书》有"革命"，这是《易经》的思想。

我们今天所用的大多数双声词和多声词，比如说科学、社会、派出所、系主任、学院……百分之八九十，都来自于日本。当然，在先前，有一部分又是日本从中国学去的——有很复杂的关系。恰恰在日本这个文化特区，保留了对中文的一种非常有创造力的状态，它的创造力——使用汉字创新的能力甚至比中国本土还要强。

你们年轻人现在使用的很多网络语言，基本上是日本人先发明的。比如说"萌"，"萌"是一个中文汉字吧？古已有之吧？但是现在我们说这个人很"萌"，这是从日本来的，是日本的青年人发明的。也就是说直到今天，日本在这个方面都做得比我们好。比如说"人气"，"人气很旺""各大商场人气"什么的，这是日本的日常用语，而且还在不断地来，有的是日本直接输入的，有的是日本通过中国港台拐一个弯儿输入中国大陆的，很多。这方面例子还有很多，我就不多举了。

鲁迅受日本语言影响也很大，但是他应该很清楚日语跟中文的区别。他为什么要故意保留日语表达方式呢？比如我们日常都说"介绍"，鲁迅非要说"绍介"，"介绍人"，你给我"介绍介绍"，鲁迅非要用日语的说法，他说"绍介"。其实"绍"和"介"是一个意思，介绍就是绍介，绍介就是介绍。我们说惯了"介绍"，就忘了这个词的本义。鲁迅故意说"绍介"，就让人产生了一种陌生化，你要想一下，在这一刻你就回到了这个字的本初，回到了造字的那一时刻；你觉得又陌生又新鲜，就好像你久未见面的亲人，这是如此亲切！所以鲁迅说"绍介"，它起到了语言原初的那种作用，这都有鲁迅独立的思考。

技法之外，鲁迅透过语言去把握每一种语言背后的民族胸襟与民族情志。人的精神实际上会外化到语言上，说不同语言的人的胸襟是不一样的，不管是大的语种还是小的方言。比如我们对某一个地方人的印象，往往是离不开语言的。我们到上海街头听上海人说话，到武汉街头听武汉人说话，即使听不懂，也能感觉出很多气质。比如我写过一篇文章叫《六到武汉》，我现在去武汉已经十多次了，在武汉街头虽然听不懂，但听他们说话好像听吵架一样，他们声音很大，很像吵架，但是仔细看不是吵架，可能还是很友好的聊天。但是到上海去你再看看，你听着是很温柔地在那里抒情表白，其实就要动刀子了，吵得很激烈。

鲁迅自己的语言受了很多外文影响，加上他自己原有的语言，就形成了他的"鲁迅文法"。学界对于鲁迅文法一向就有质疑。我曾经当过中学老师，我三十年前当中学老师的时候，班上的语文课代表就质疑鲁迅，他说，老师，鲁迅这不都是病句吗？后来我就知道不光他一个人，天下有很多聪明的学生都认为鲁迅写的是病句。"大约孔乙己的确死了"，到底"大约死了"还是"的确死了"？鲁迅不会说话吗？可以找出鲁迅的很多"病句"。刚才我们举了梁实秋，几十年前还有著名学者李敖，近年还有一些年轻学者，这形成了一个脉络，他们认为鲁迅是文法不通的人。

李敖曾经在电视上举出一些常见的鲁迅名言，他说"你看这叫什么话，听不懂，什么叫'地上本没有路，走的人多了，便也成了路'——完全不通嘛！鲁迅连中学生水平都没有"。我很钦佩李敖，他是胡适的学生，他对胡适是绝对忠诚的；一个学生誓死忠于自己的老师，自己老师看不惯的人他誓死要往死里打，这种忠诚我很佩服。但是他认为鲁迅连文法都不通，我觉得这损害了他自己的名誉。李敖是一个同时跟国民党作战、跟"台独"作战——两线作战的横站的英雄。但是自从国民党被打得差不多之后，李敖老是打"死老虎"，就像后羿一样，没有封豕长蛇可射了，他开始射鲁迅。但是在鲁迅的语言问题上，他的学问还不够。

一直有质疑鲁迅文法不通的人，可能再过些年，就要有人质疑鲁迅不会写字、不会画画了，鲁迅的这些设计方案可能都会被否定，这个也很好玩儿。

我刚才提到严复，晚清的时候，严复提出一个很具有中国气派的翻译标准，三个字："信、达、雅"。很多翻译家都秉承"信、达、雅"，我到北大之后，北大那些著名老师也说翻译的标准就是"信、达、雅"，而且是三个阶段：第一个阶段是信，信就是真实，人家什么意思你就翻译成什么意思，这就叫信；第二个要达，要通顺，光真实不行，还要通顺；第三个阶段最难，是雅，还要"雅"。我初听到这种理论之后是挺赞成的，对呀，就像我们说话一样啊，第一要说得真实，不撒谎；第二要说得通顺，让人听明白；第三还要说得漂亮，这不挺好的三段论嘛，是对的呀。

所以后来我接触到鲁迅的翻译理论，是努力地去消化的，才知道原来"信、达、雅"不是最高的标准，这个标准有时候甚至都是可以商量的。如果原文不雅，你为什么要翻译得雅？原文不雅你翻译得雅，那不就是不信吗？那不就是撒谎吗？原文不达，你为什么要翻译得达？这三者的关系原来是这么复杂！所以我就越来越不相信翻译。

我相信，两国领导人说话的时候，那翻译一定是很有技巧的，他不会全部翻译。所以两国领导人如果不是自己对语言有敏感，单听翻译的，很可能会误事儿。你看毛泽东，他就不完全相信翻译。比如说翻译员翻译"纸老虎"的时候，把"纸老虎"翻译成scarecrow（稻草人），毛泽东就听出来翻译得不对，当场纠正：不对，纸老虎就是paper-tiger。（李光荣、李娜《毛泽东与英语的不解之缘》）你看他关键时刻把得住！

鲁迅很尊重严复等老一代翻译家，可是他为什么不信任"信、达、雅"这一套呢？鲁迅借着翻译论战在中国普及了他的翻译思想，就比如说翻译日语的作品为什么要像日语？翻译欧美的作品为什么要像英语？鲁迅说"日本语和欧美很'不同'，但他们逐渐添加了新句法"。在一个转折的时代，翻译往往也参与了一种新时代语言的构造，没有这一百多年来的翻译，我们今天写文章说话都不是这样的。不论你的民族立场如何，只要一接触一翻译，双方都会发生改变。"比起古文来，更宜于翻译而不失原来的精悍的语气，开初自然是须'找寻句法的线索位置'"，这个引号里的话是梁实秋的话，梁实秋说鲁迅那个"死译"我读不懂，我读鲁迅的时候我得找寻句法的线索位置。他本来是贬低鲁迅的，但是鲁迅说，你说的是对的，你读人家的文字就应该找寻句法的线索位置啊。你为什么稀里糊涂地一眼就读过去呢？那个才是不对的，你那不就是讲求爽快吗？你读我翻译的东西就是要按照线索去读，当然这样是"很给了一些人不'愉快'的，但经找寻和习惯，现在已经同化，成为己有了"，经过这个阶段之后，你慢慢就熟悉了，就不用再找了。

我们现在都习惯了读那种欧式的长句子，你是考上北大的人，你读那些句子一点都不觉得吃力。比如一个句子有多重的关系——因为什么，所以什么，虽然什么，但是什么，结果……而且——这都不是中国古人说话的方式，我们的前人没有这么说话的。但是这一百年来就这么说了，说时间长了之后你就不用再说，哦，这是"虽然"，"但是"在哪儿呢？你不用再这么读书了吧？我们都已经习惯了，一眼就读过去了。在这个过程中我们变了，当然我们这种变并不是投降卖国。

所以鲁迅的翻译，他是重视创作的意思。在这一点上，鲁迅倒和新月派、郭沫若、其他一些作家有共同的观点，就是别看不起翻译，翻译要等同于创作，甚至比创作还难。我们今天翻译水平这么低，原因有很多，我也为学外语的朋友说句公道话，翻译的稿费太低了。我觉得翻译可能比创作更费时间。创作，你怎么想就怎么写对吧？可是翻译不是啊，它本身是创作，然后还有对错的问题，往往翻译一本书费的时间比自己写一本书还要多。单从劳动力的角度讲，我认为翻译的稿费要大幅地提高，甚至要高于原作，否则谁去做这种翻译的事儿啊？就变成水平差的人去做了。

关于不同语言之间的翻译、接触、创作新语言问题，鲁迅还举了唐译佛经、元译上谕的例子。佛教进入中国经过了一千年的翻译过程，人家本来就是一种异质文化，人家的概念你都没有的，中国原来没有这些词儿，怎么翻译？如果要采取归化式的翻译，那就不要取经了，自己编一套经书好了。取经就要尊重人家的经。

所以佛教里的大多数概念，是采取不翻译的态度，也就是鲁迅的"硬译"，如果你对一些基本的佛教概念没感觉，那你就读不懂佛经。比如说"佛"这个词儿，就是硬译的，就叫佛，你爱懂不懂。直到现在，大多数人也不懂什么叫佛、什么叫菩萨、什么叫罗汉、什么叫和尚。每天有那么多的人问我，你为什么叫孔和尚啊？据我所知，你结婚了！听说你还喝酒还吃肉，你为什么叫和尚？我跟那些人解释不过来，到今天都有很多人不知道什么叫和尚，不知道什么叫佛。但是你能用另外一套词儿来编吗？那更不好。你爱懂不懂，这个词儿就硬译了，就这么写。但是慢慢地有很多概念，我们似懂非懂地通了。比如"过去""现在""未来"，中国古人是没有这个概念的，我们现在有这个概念，要感谢佛教，这是佛教传给我们的。经过一千年的斗争，佛教诞生地几乎没有佛教了，佛教成了中国的一个文化的支柱，我们成了"佛之国"。同样，一百多年前马克思主义来到中国，现在在马克思主义诞生地，还有多少人讲马列？

所以翻译和接受本身有"双方都要变形"的一个问题。这一课就讲到这里。祝大家元旦愉快！

2020年12月29日

忠诚于鼻子

——鲁迅的翻译小说

同学们好，我们开始上课。

今天是我们最后一次课，恰逢小寒，"小寒近腊月，大寒整一年"（《二十四节气歌》），一年就过去了。包含在小寒里面的三九，是最冷的时候。按照传统习惯，小寒要温补，但现代人不需要补，需要清火——现代人补得太多，都补出病来了。我倒觉得寒一点好，现代人的病都是热出来的，都是火太大，补出来的。小孩子现在一点冷都没有经受过，包括你们这一代人，从小就保暖过分，很少挨饿、很少挨冻，阳气明显不足。

你们不知道真正的生活快乐是什么。真正的生活快乐就是在这个天气里，学龄前的儿童光着屁股在外面跑，这样你的身体基础会特别好——我们祖祖辈辈小时候都是这么过的。到了20世纪八九十年代，忽然不这么过了，说怕把孩子冻着；天刚一冷，就把孩子裹得严严实实的。我们老认为这是社会进步。后来我在日本任教，发现日本下了雪之后，幼儿园的那些阿姨都领着孩子 —— 不但光着屁股，还光着腿光着脚 ——在雪地上跑。这如果在中国，家长不得告到教育局吗？

我们接触外国文化、翻译外国文字，是把它都翻译得尽量像中国话、像中国文章、像中国故事，让中国人非常畅快地理解呢，还是用其他的方式、其他的途径？现在的一些文艺晚会，包括春晚，上面有留学生演节目，这是非常值得进行文化分析的一种节目。由程度不齐的一些外国人 —— 主要是留学生，在春晚这种场合用汉语表演一些节目，它具有什么样的文化意义？他们的节目是怎么排练的？传递的是什么样的感情？这一切都和我们所讲的鲁迅怎么对待翻译有关系。

我们上次讲鲁迅的知识结构情况、外文情况、翻译情况，涉及他的硬译问题，梁实秋等人给鲁迅找毛病，说他的硬译是死译；然后鲁迅怎么样又讲道理、又反驳，解释他的硬译问题。鲁迅不是反驳一个梁实秋就完事儿了，这背后不仅是一个技巧的问题。直到近年，仍然不断有人质疑鲁迅，不断质疑鲁迅的翻译、质疑鲁迅的原作，认为鲁迅的文笔很差。大家可能觉得这很可笑，那是因为你水平高，你本来就是这个国家的优秀青年。但是这个国家的大多数民众，如果没有人给他们解释，如果有另外的声音天天给他灌输，他们就会认为鲁迅很差。所以我觉得我们需要补一补这些很寒冷的东西。

鲁迅有一个根本性的对待不同文化之间交流的想法，我把它总结为"超越'信、达、雅'"。实事求是地说，"信、达、雅"是个不错的翻译原则，能做到"信、达、雅"很不容易了；在我们看来"信、达、雅"是一个很完美的东西，但是鲁迅不想让这个世界很完美，在鲁迅看来完美的东西都是可疑的。所以他说，我们要真正接受异质文化，首先要接受不愉快。你干吗老要接受那个愉快的东西呢？就像有人向我提问，他心里希望我的解答是让他舒服的，我如果解答得让他不舒服，他有意见，他说，我好心好意向你提问，你怎么给我这样的答案呢？还有的人向我进行付费提问，他以为交了钱，我就应该给他舒服的回答。他不知道我首先要救他的灵魂，正因为你交了钱，我更要救你的灵魂，可能有的时候需要给你一点舒服，但不一定，有的时候需要迎头给你一棒，把你打晕，就像你是一个溺水者，我现在跳下水来救你，怎么才能救你？我应该从你的后边游过来，照你的后脑勺就是一拳，使你不再挣扎才能救你。如果你一直挣扎，那连我一块儿死了。

鲁迅很重视文字本身的创造性。上次最后我们讲到我们中国怎么消化外来文化，怎么消化佛经、消化马克思主义、消化包括西方来的一些科技和数理化。看看我们那张元素周期表，那仅仅是科学问题吗？那是伟大的中国文学。每一种元素都翻译成一个字，带某个偏旁的字，这哪个民族能做到？那是一张优美的文学表，是一个伟大的文明在吸收着其他人的劳动成果。

鲁迅特别重视一种思想原初的状态，不论是佛教、基督教还是马列主义。鲁迅是在有一个大的文化思考的情况下坚持他的翻译原则，这一点很多人都不明白。今天很多人刻苦学了二十年英语，可以跟外国人随便对话了，他就以为他懂语言了，其实越这样的人越不懂语言——你再懂，你能够比人家本国人还懂吗？就像一个在河南生活了三十年的人，就懂中华文化了？不是中文系毕业的博士不可能懂语言；是中文系毕业的博士也不一定懂，你还得在河南生活三十年。我这样讲是希望大家理解，翻译是个很重要的事情，好的翻译家和不好的翻译家，差别太大了。

我们来讲鲁迅翻译的几篇小说。先看一下鲁迅翻译夏目漱石两个小说的开头，体会一下他的风格。夏目漱石不得了，他是日本的大国民作家，尽管地位没有鲁迅在中国的地位这么高，但也是一个像国父一样的人。他比鲁迅去世得早，1916年就去世了，鲁迅翻译过他的一篇小说叫《挂幅》。我们看，鲁迅的翻译都是尊重原文，他不叫《一幅画》，叫《挂幅》。我们就看开头这一段，体会他的语言：

> 大刀老人决计在亡妻的三周年忌日为止，一定给竖一块石碑。然而靠着儿子的瘦腕，才能顾得今朝，此外再不能有一文的积蓄。又是春天了，摆着赴诉一般的脸，对儿子说道，那忌日也正是三月八日哩。便只答道，哦，是呵，再没有别的话。大刀老人终于决定了卖去祖遗的珍贵的一幅画，拿来做用度。向儿子商量道，好么？儿子便淡漠到令人愤恨的赞成道，这好罢。儿子是在内务省的社寺局里做事的，拿着四十圆的月给。有妻子和两个小孩子，而且对大刀老人还要尽孝养，所以很吃力。假使老人不在，这珍贵的挂幅，也早变了便于融通的东西了。

我们不必去管小说原作的故事，也不必去追究这故事到底怎么回事，就体会这语言：假如我们自己翻看一本书，读到鲁迅翻译的这么一个小说，会觉得好像有点别扭，第一个感觉是不顺畅；第二个感觉，这不像翻译。一般的翻译要顾"信、达、雅"，特别是"达"，所以不论原文是什么样的，我们读到的大多数翻译作品都比较顺畅。出版社检查翻译者翻译的稿子也经常提出这样的要求，如果不太顺畅、不太好懂，会把稿子退回去，让翻译者再处理处理，处理得更易懂。而我们看鲁迅翻译的这段文字，很像是鲁迅自己的文字。有些地方我们觉得好像少了什么，一般我们觉得少的地方翻译者是要给添上的，但这段开头，没有什么上下文，大刀老人就出现了，他也不解释什么叫大刀老人。"决计"，是一个文言词，在哪天为止"一定给竖一块石碑"，一般的翻译一定要加上给谁竖石碑，而鲁迅不加，让你自己去猜，可能是给他的亡妻竖石碑。"靠着儿子的瘦腕"，这一定又是直接翻译，其实就是说他很可怜的那点谋生能力、那点养家糊口的能力，才能够使他过上今天的日子。"赴诉一般的脸"，"赴诉"鲁迅也不翻译——就是像告状一样的脸，苦着脸。这都要我们自己很费劲地去猜，于是我们就明白梁实秋读鲁迅的译文为什么生气——梁实秋希望看见很顺畅的东西，这一看，哪个词都得想一下，他就火了，他说这就是死译。梁实秋的心情是可以理解的，我们也觉得别扭。

下面很多话都跟这个差不多，他跟儿子的对话如果是用中文来讲，一般都是"谁说"，"下面谁又说"，主语都要标出来。但日语原文的小说是不标的，日文中两个人对话，一千多字、两千多字，就这么一句话接着一句话地写出来，不写谁说的。中文都要写明"老王问""小刘回答道"，日语不这样，就一气写下来。鲁迅就这样翻译，得自己按照顺序看下来，你才知道哪句话是谁说的。"向儿子商量道，好么？儿子便淡漠到令人愤恨的赞成道，这好罢。"上面是"便只答道，哦，是呵，再没有别的话"。一般来说这里应该加上"儿子回答道""儿子回答"，得说这样的话才行，而鲁迅都是遵从原文，没有加上主语，根据原文对应着一一翻译。我们估计，整个翻译的长度一定不超过原文。

由于汉语的精练，汉语翻译成其他文字，特别是翻译成拼音文字的时候，体量一般要增加三四倍。翻译成日语可能增加得不太多，因为很多汉字有直接对应的日语，但也得两倍；翻译成韩语大概是三四倍。我在韩国书店里看见金庸小说全集，整个一面墙，一百多本，叫《金庸大河历史小说》。真是"大河"，一面墙都是。翻译成英语、法语也差不多。反过来，汉语翻译其他外国文字本来应该很精练，可是由于我们翻译习惯的问题，翻译者往往要加上很多原文没有的内容，所以并没有比原文相应精练两三倍。只有鲁迅的翻译，字数可以明显少于原文，他等于把日语里那些虚头巴脑的东西去掉了再变成汉语，那就好像是遣唐使刚回到日本之后写的文字。日本跟中国不通的时候不知道用的乡下的什么语言，后来日本连续派了很多遣唐使到中国来，把中国文化带回去，这些遣唐使传播的汉文从此流传下来。到夏目漱石这，他是可以直接用中文写作的，夏目漱石还写了许多汉诗，这种情况在一百年前大有人在。鲁迅的这种翻译风格使我们仿佛回到了汉文刚到日本时候的状态。

我们再看一段，也是鲁迅翻译夏目漱石《克莱喀先生》的一个开头。

克莱喀（W. J. Craig）先生是燕子似的在四层楼上做窠的。立在阶石底下，即使向上看，也望不见窗户。从下面逐渐走上去，到大腿有些酸起来的时候，这才到了先生的大门。虽说是门，也并非具备着双扉和屋顶；只在阔不满三尺的黑门扇上，挂着一个黄铜的敲子罢了。在门前休息一会，用这敲子的下端剥啄剥啄的打着门板，里面就来给开门。

这一段开头，仍然保持着鲁迅尽量精简、不加啰唆的特点，能够不增加一个字就尽量不增加一个字。先说克莱喀先生是"什么什么的"，不加解释，然后下面没有主语，直接是动作——立在哪儿、望在哪儿、走上去、到大门，门上挂着一个黄铜的敲子，"敲子"这个词儿很奇怪，鲁迅也不加解释，按照原文的象声词翻译出来里面就给开门。

这段话有两个特点，一个是很经典，一个是很有意思、很有情趣，这个"情趣"是读者自己琢磨出来的，不是作者灌输给你的。我曾经讲过钱锺书的《说笑》，谈幽默问题。什么是幽默？幽默不是表演者耍给你，而是我们自己琢磨出来的东西。幽默的人不是耍猴——马戏团的小丑能把我们逗乐，我们能说他很幽默吗？不能。马戏团的小丑做各种滑稽动作，故意摔一跤，还有像英国的憨豆先生那样的，那叫出洋相，叫"恶搞"。我们笑话他不是因为他幽默。当然也可以说他这种"恶搞"很高级，搞得很熟练、演技很高，但那不是幽默。幽默的东西是经过作者和我们的合作，把它挖出来，我自己感觉到的，那才是幽默。这里边有一种情趣，如果把句子成分都填满了，这个情趣就没有了——反而是在精简中有情趣。很多幽默是诞生于空间想象的，"原来他还没说完"，越琢磨越可乐，这叫幽默。

鲁迅受了日本文化和文字很大的影响，刚刚讲的夏目漱石，是日本的一位大师。下面我们看鲁迅和芥川龙之介。

芥川应该是日本超一流级别的作家，可惜寿命不长，就活了三十多岁，他生得比鲁迅晚，死得很早，1927年就去世了。芥川跟鲁迅差不多在同一时代，鲁迅很重视他，早在1921年，鲁迅翻译了两篇芥川的小说，分别是《鼻子》和《罗生门》。1921年是写《阿Q正传》的那一年，对鲁迅来说这是创作上很重要的一年。鲁迅这样评价："芥川氏是日本新兴文坛上一个比较出名的作家……他的作品所用的主题，最多的是希望已达之后的不安，或者正不安时的心情。"（《〈鼻子〉译者附记》）两个主题，一个是希望达到之后不安，一个是正不安于希望还没达到。他总结芥川创作上的两个特点：一是"多用旧材料，有时近于故事的翻译"，用旧的材料，好像把一个原来的故事翻译成现代文一样；二是"老手的气息太浓厚，易使读者不欢欣"，就是人很年轻，可是文字很老练，那种老手的气息读上去不容易让人高兴。

一般人读文学作品都是为了让自己高兴、欢欣，哪怕是读悲剧，其实也是在悲剧里开心，看着别人的悲剧然后自己快活。旧社会很多大军阀的老母亲喜欢看苦戏，让她儿子叫一个戏班子来唱堂会、唱苦戏，老太太特意准备一堆手帕，看着戏台上的悲欢离合，擦着眼泪，最后说一个"赏"，赏戏班很多钱。她看苦戏是因为她很慈善吗？其实她是通过看苦戏化解自己的心情，她那一天过得很开心。

什么叫"阅读的不欢欣"呢？不欢欣就是无论这些作品是喜剧还是悲剧，都让你看着别扭，说话就别扭，故事也别扭，跟你想得不一样，你觉得该这么着它偏那么着，而且"那么着"之后你还不容易接受。其实这就是文学研究中常说的"陌生化"。

我现在每天都回答各种文青的问题，有人专门让我给他推荐书，推荐"好读"的书，读了之后使读者欢欣的，什么霸道总裁啊，霸道总裁跟灰姑娘的故事啊……还有一种，要孔老师推荐一个"虐心"的故事，"虐心"，这是一个现代的词儿，很多人要读虐心作品。你以为他喜欢虐心作品，就是要不欢欣吗？不，他只不过是认为虐心能够使他欢欣，仍然是要顺着他的意思 —— 这不过是一种变态的求刺激罢了，如果他觉得不够虐心，他又不高兴，要读到他认为虐心的作品他才高兴。

而伟大的作品一般不是这样，文豪们都不是这样。托尔斯泰如果迎合读者，他就不会让安娜去死。其实他自己也懂得读者的心，所以写到安娜死的时候，他自己先哭了。他太太推门进去给他送茶，看到托尔斯泰泪流满面，问，你怎么啦？他说，安娜死了。太太很奇怪，不是你给写死的吗 —— 那个时候托尔斯泰体会着普通读者的心，不愿意让安娜死，可是他作为一个思想家型的作家，不能迎合读者的欢欣。

鲁迅作为一个高水平的人，他就读出芥川"老手"的气息浓厚，让读者不欢欣 —— 这不就是鲁迅自己吗？鲁迅说芥川的这几点，都是鲁迅自己。"希望已达之后不安"，鲁迅没有说一个人达到希望之后从此就快活幸福，恰恰相反，他笔下的人物只要达到希望，就危险了。子君，自由恋爱成功了，离死就不远了；祥林嫂，从婆家逃出来，逃到鲁镇，鲁四老爷家对她还不错，吃得又白又胖，她离死也不远了 —— 都是希望达成之后才出大事。

过去很多大作家能翻译，但是翻译家未必自己有很好的创作。鲁迅的翻译与他自己的创作关系太密切了。

我们再看看鲁迅评价的另一部作品《罗生门》："取古代的事实，注进新的生命去，便于现代人生出干系来。"（《〈罗生门〉译者附记》）这不就是"故事新编"吗？1923年鲁迅评价芥川："他想从含在这些材料里的古人的生活当中，寻出与自己的心情能够贴切的触著的或物。"他想找出某种东西，不是单纯觉得古人这个故事好玩；"故事新编"谁都会编，往哪个方向编？很多年后鲁迅出版《故事新编》，是不是"取古代的事实，注进新的生命去，便于现代人生出干系来"？关键是落到"于现代人生出干系来"，鲁迅不论是写后羿还是写大禹、眉间尺，都要"于现代人生出干系来"。

在面对这些日本文学大师的时候，鲁迅很重视夏目漱石的一个文学观，夏目漱石主张"自己本位"。在亚洲各国中，日本是最先全方位向西方学习的。如何向西方学习，而不使自己的文明断掉，各国都有思想家考虑这个问题。当然思想家的思考未必能够被全民所认同，未必能够被政府所接受。从这一百多年的实践来看，应该说还是中国做得最好，其他东亚国家做得也不错，各有成就。夏目漱石主张"自己本位"，说我们学习西洋的东西不嫌多，但是以我自己为主。当然"自己"跟"自己"是不同的。在朝鲜，金日成提出一个"主体思想"，很多仇恨朝鲜的人根本就不读人家朝鲜的书，跟着一些人在那里盲目地诽谤朝鲜。你读过一篇金日成的著作吗？金日成的"主体思想"也是儒家思想发展史上的一个里程碑，他思考的仍然是朝鲜这样一个国家如何对待外来文化。朝鲜是一个小国，面对西方文化，面对中国文化、苏联文化、日本文化，如何树立自己的精神主体——在主体稳固的情况下接受可接受的东西，也就是我们中国官方说的"马列主义普遍原理与中国革命具体实践相结合"。

夏目漱石在文字上和文学创作上主张"自己本位"。而在五四时期，鲁迅的姿态和其他的五四作家也都不相同。很多作家在一定程度上迷失了"自己本位"，以满口"莎士比亚"为荣，或者满口"马克思"，他们都没有搞清楚，不论是莎士比亚还是马克思，跟"我"到底是什么关系。那些人最后都不如鲁迅了解莎士比亚和马克思。

下面看一部具体的小说，芥川著名的小说《鼻子》。小说虽然很短，我们也没法全部来看，只把小说重点的部分举例式地放在这里，目的是体会它语言的味道。《鼻子》开头是这样的：

一说起禅智内供的鼻子，池尾地方是没一个不知道的。长有五六寸，从上唇的上面直拖到下颏的下面去。形状是从顶到底，一样的粗细。简捷说，便是一条细长的香肠似的东西，在脸中央拖着罢了。

五十多岁的内供是从还做沙弥的往昔以来，一直到升了内道场供奉的现在为止，心底里始终苦着这鼻子。这也不单因为自己是应该一心渴仰着将来的净土的和尚，于鼻子的烦恼，不很相宜；其实倒在不愿意有人知道他介意于鼻子的事。内供在平时的谈话里，也最怕说出鼻子这一句话来。

这个故事是很有趣的，很像一个小传奇故事，它也确实是古代的一个传奇故事。单看这个故事，好像就是嘲笑一个和尚长得难看，特别是有一个长长的鼻子。在民间故事、古代故事里，用一个人的生理缺陷来嘲笑他，是很多的。但如果只是讲这么一个故事，把它翻译成现代文有什么意思呢？这些意味恰恰在文字的叙述形式中。

小说一开头也是直接切入故事的一个横断面，没有来源，没头没尾。"一说起禅智内供的鼻子"——他这个庙大概是跟朝廷有关系的庙，所以叫内供，这人法名叫禅智——"池尾地方是没一个不知道的"；下面基本上就是原文的直接搬运，讲他可笑的一个鼻子，回过头来说他对鼻子的烦恼。这个句子很长，一般的翻译家一定要把句子重新整理。而鲁迅不整理，就让你长长地读下来，所以我们读第二段文字的时候，感觉就好像看着那个鼻子一样，受着这种折磨。"五十多岁的内供是从还做沙弥的往昔以来"，这句话其实是可以用两句话来翻译的，但鲁迅都把它放在定语里面，"一直到升了内道场供奉的现在"，直到去皇宫里面做法事为止，"心底里始终苦着这鼻子"。如果让我们来翻译，一定会翻译成"因为这个鼻子而烦恼，因为这个鼻子而痛苦"等，会翻译成别的说法，他就说"苦着这鼻子"，这个语言反而就新鲜了，不嫌别扭。"这也不单因为自己是应该一心渴仰着将来的净土的和尚"，我估计这一句话能把梁实秋烦死，这句话得一个词一个词去想是怎么回事。这个"因为"是一直管到"不很相宜"的，因为什么什么不很相宜。因为你是净土的和尚，净土宗是准备迎接将来那个"光明未来"的，有点像基督教，这辈子受苦，下辈子幸福；它不是禅宗，禅宗认为日日是好日，天天都快活，禅宗就是孔老师这样的人——喝酒吃肉打人骂人。净土是现在得忍着，我没必要恨这个人，我假装爱他，下辈子我干掉他。所以净土宗应该不在乎此事，净土宗应该是"什么鼻子不鼻子的，无所谓"。

下面这句话，"其实倒在不愿意有人知道他介意于鼻子的事。内供在平时的谈话里，也最怕说出鼻子这一句话来"，正因为别扭，才知道他隐秘的心理，也就是他最苦的还不是这个鼻子，苦的是不愿意有人知道他介意于鼻子的事，怕别人知道他自己其实很在意。这就有提升了，这是古代或者民间的一般笑话所挖掘不到的。所以从另一个角度说，老百姓的笑话倒是健康的，老百姓的笑话不会把人分析得那么深，老百姓的笑话是一笑了之，比如老百姓模仿一个残疾人，模仿了一笑也就完了，不会再挖得那么细。

而文学，说它伟大、了不起也好，说它刻薄也好，它就是挖得很细。就像鲁迅写阿Q的心理，阿Q头上长了疮疤，这本身是不愉快的事，但是最不愉快的还不是这个疮疤，最不愉快的是别人知道他以此为烦恼——这是烦恼之上的烦恼，所以阿Q不愿意听到别人说跟光有关的话，一切能够转折到疮疤的话，他都忌讳。这是人物隐秘的心理。有很多专门学心理学的人都想不到这一点，他们在书上学了一堆理论就去开心理诊所，给别人咨询问题，结果一大群心理咨询师自己是抑郁症，这是非常普遍的情况。

接着往下看这个《鼻子》：

内供之所以烦腻那鼻子的理由，大概有二，——其一，因为鼻子之长，在实际上很不便。第一是吃饭时候，独自不能吃。倘若独自吃时，鼻子便达到碗里的饭上面去了。于是内供叫一个弟子坐在正对面，当吃饭时，使他用一条广一寸长二尺的木板，掀起鼻子来。但是这样的吃饭法，在能掀的弟子和所掀的内供，都不是容易的事。有一回，替代这弟子的中童子打了一个喷嚏，因而手一抖，那鼻子便落到粥里去了的故事，那时是连京都都传遍的。——然而这事，却还不是内供之所以以鼻子为苦的重大的理由。内供之所以为苦者，其实却在乎因这鼻子而伤了自尊心这一点。

作者的笔好像是尽量平实，尽量不逗乐，不是跳出来眉飞色舞要把你逗乐的样子，可是他越克制，却越幽默，正因为他竭力地抑制着，这个意趣出来了，它使人不会大笑，而使人微微发笑，觉得这事儿有意思，这事儿挺好玩的。就这么一个事儿，写得这么细，偏偏要用很长的句子写很详细的细节，包括鼻子怎么妨碍吃饭、怎么找小童子帮他吃饭，包括这个木板多长、多宽都要写出来，写得活灵活现，把平实跟传奇结合起来，这样才显得他心里很有压力。这些细节"京都都传遍的"——古代的京都也不大，也就相当于北京的一个小区，还不能是望京那么大的小区。京都很小，所以能传遍。禅智内供在乎的是伤了自尊心这件事儿，吃饭方便不方便倒在其次，这就成了他一个大的困扰、大的烦恼。

下面说：

池尾的百姓们，替有着这样鼻子的内供设想，说内供幸而是出家人；因为都以为这样的鼻子，是没有女人肯嫁的，其中甚而至于还有这样的批评，说是正因为这样的鼻子，所以才来做和尚。然而内供自己，却并不觉得做了和尚，便减了几分鼻子的烦恼去。内供的自尊心，较之为娶妻这类结果的事实所左右的东西，微妙得多多了。因此内供在积极的和消极的两方面，要将这自尊心的毁损恢复过来。

这件事儿成了当地的谈资，老百姓有这种想法那种想法，其实都没有猜中他的心理。能不能娶妻，对他来说倒是无所谓，他现在主要是想要恢复自尊心。要恢复自己的自尊心，就要从这个鼻子下手——他要改变这个鼻子，然后再改变自己的自尊心。所以他就想办法要收拾这个鼻子。

把一个句子写得如此委婉细致，这是日语的特点。从这里也可以看到日本人的细致，日本人注意事物的细枝末节有时候会达到匪夷所思的程度。你永远不知道日本人的心有多细，他也不让你看出来，日本人所有的东西都藏起来。日本人的家里干干净净，我到日本人家里去，那房子都跟刚买的一样，家里好像什么东西都没有，但其实什么东西都有，只是你不知道藏在哪儿。日本人的收纳功夫世界第一，所有平滑干净的地方都可能藏着东西，你看着是墙，其实全是柜子，全是小格子；一个门上有很多机关。所以人家家里40平米比咱们80平米的利用率还高。

关于一个和尚的鼻子的故事写得这么曲折，中国人几句话就说完了。我们读日本的文字、读日本著名文学家的小说，会发现他们想的事情咱们往往都忽略过去了。

中间我们省略一块，直接看下文：

有一年的秋天，内供的因事上京的弟子，从一个知己的医士那里，得了缩短那长鼻子的方法来了。这医士，是从震旦，震旦就是中国，渡

来的人，那时供养在长乐寺的。内供仍然照例，装着对于鼻子毫不介意似的模样，偏不说便来试用这方法；人家有方法他还不说要，一面却微微露出口风，说每吃一回饭，都要劳弟子费手，实在是于心不安的事。至于心里，自然是专等那弟子和尚来说服自己，使他试用这方法的。日本人没事就琢磨这种隐秘的心理。弟子和尚也未必不明白内供的这策略，但内供用这策略的苦衷，却似乎动了那弟子和尚的同情，反驾而上之了。

弟子的心理也写得很微妙，弟子不是不知道这个和尚的心理，并不是上了他的当，而是因为知道了对方的心理，所以产生了同情心。张爱玲有一句话"因为懂得，所以慈悲"，就是这个意思，太明白了，所以产生了慈悲心。

那弟子和尚果然适如所期，极口的来劝试用这方法；内供自己也适如所期，终于依了那弟子和尚的热心的劝告了。这点事儿又写了这么一大篇。叙事者很冷静耐心地写了一件很无聊的事情、很恶搞的事情，这个弟子从中国得到一个办法、一个土方，把鼻子烫到火红的，然后用脚去踩，就给治好了。这是一个恶搞的方法，但是当时竟然很有效。鼻子用热水泡这个戏份很足：

待到取出第二回浸过的鼻子来看，还泡到第二回了，诚然，不知什么时候已经缩短了，这已经和平常的竹节鼻相差不远了。内供摸着缩短的鼻子，对着弟子拿过来的镜子，羞涩的怯怯的望着看。那鼻子，——那一直拖到下面的鼻子，现在已经诳话似的萎缩了，这个比喻很好，诳话似的萎缩了，不加别的解释，只在上唇上面，没志气的保着一点残喘。各处还有通红的地方，大约只是踏过的痕迹罢了。这样，再没有人见笑，是一定的了。——镜中的内供的脸，看着镜外的内供的脸，满足然的眨几眨眼睛。

这里很戏剧化，很像日本的能剧，那种脸谱化的戴着面具的表演。

本来两句话就能写完，但是作者把它写得很生动，很有画面感——怎么浸泡、踏那个鼻子，鼻子怎么缩短、缩短成什么样，怎么照镜子，镜子里面和外面互相看，然后说他满足了，还自己眨几眨眼睛——把这种心理展现得活灵活现。其实这也是一种文学手法，越要写无聊的事，越要把戏写够，写作者不因为无聊就敷衍过去。严肃的事儿偏偏可以敷衍，不严肃的事儿反而要写得认真，这就是文学。

然后下面这是作者的抒发：

人类的心里有着互相矛盾的两样的感情。他人的不幸，自然是没有不表同情的。但一到那人设些什么法子脱了这不幸，于是这边便不知怎的觉得不满足起来。夸大一点说，便可以说是其甚者且有愿意再看见那人陷在同样的不幸中的意思。于是在不知不觉间，虽然是消极的，却对于那人抱了敌意了。——内供虽然不明白这理由，而总觉得有些不快者，便因为在池尾的僧俗的态度上，感到了这些旁观者的利己主义的缘故。

小说的作者一般尽量少出来发言，出来发言一定是有很重要的话，这才能画龙点睛。这段话说得很深刻，也很"鲁迅"，跟鲁迅对人类的观察一样。人一方面很有同情心——当别人有了不幸的时候，但是等那个人解除不幸，却忽然觉得有点失望。人到底是什么心理呢？他希望人家处在那个不幸中，供他同情。有钱人老希望有很多穷人，然后好去做慈善事业、做公益；一旦人们都富起来了，他也不敢说不好，但是有点失落。

内供本来是要解决自尊心问题，好容易找了个中国土方把这鼻子缩短了，他却忽然发现别人对自己的态度变了，别人好像更不喜欢他了。原来大家只是嘲笑他，拿这个当谈资，这固然让他很伤自尊心，但笑过也就过了；现在好像大家对他有敌意了，他把这鼻子治好了，反而对不起大家。这就不是一个民间笑话了，这个事儿就忽然变得很深刻。这就是标题党新闻和文学的区别。这种旁观者的利己主义，其实恰恰是正常的利己主义。钱理群老师批评"精致的利己主义"，社会上在到处传，但是我们想一想，这不很正常吗，一点都不变态呀，大多数人就是这样的，社会的风气、教育的导向都是如此，你又不能赖某一个具体的人。

这就是前面鲁迅说的，目的达成之后，悲剧来了。

于是乎内供的脾气逐渐坏起来了。无论对什么人，第二句便是叱责。到后来，连医治鼻子的弟子和尚，也背地里说"内供是要受法悭贪之罪的"了。更使内供生气的，照例是那恶作剧的中童子。有一天，狗声沸泛的嘈，内供随便出去看，只见中童子挥着二尺来长的木板，追着一匹长毛的瘦狗在那里跑。而且又并非单是追着跑，却一面嚷道"不给打鼻子，喂，不给打鼻子，"而追着跑的。内供从中童子的手里抢过木板来，使劲的打他的脸。这木板是先前掀鼻子用的。

这段写得颇有动感，把他心里头那个悲愤给写出来了，本来鼻子治好了，目的达成了，没想到真正的悲剧埋伏在这里。因为大家没法嘲笑他了，他的人际关系坏了，连那个帮他解决吃饭问题的童子也对他有意见，竟然拿狗来耍笑他——师生关系也毁坏了。从这里我们也可以发现，鲁迅写《祝福》等小说的思想是从哪来的？那些每天来听祥林嫂讲她不幸身世的人，他们真的是要帮助祥林嫂吗？促使祥林嫂走向死亡的，恰恰不是压迫她、剥削她的地主阶级，而是跟她一样受苦受难的无产阶级，真正促成祥林嫂直接死亡的就是她的阶级姐妹。她们对她其实没有什么同情心，就是隔三岔五来听祥林嫂说她自己的不幸，听完了之后轻轻地叹口气，满足而去。这是超越阶级斗争的大的悲剧。鲁迅在翻译日本人作品的时候，已经跟这种思想融为一体。

小说的结尾很有意思，鼻子又恢复了：

内供慌忙伸手去按鼻子。触着手的，不是昨夜的短鼻子了；是从上

唇的上面直拖到下唇的下面的，五六寸之谱的先前的长鼻子。内供知道这鼻子在一夜之间又复照旧的长起来了。而这时候，和鼻子缩短时候一样的神清气爽的心情，也觉得不知怎么的重复回来了。原来鼻子治好了，他神清气爽，现在鼻子恢复了，他又一次神清气爽。"既这样，一定再没有人笑了。"使长鼻子荡在破晓的秋风中，内供自己的心里说。

"使长鼻子荡在破晓的秋风中，内供自己的心里说"，这句话也很别扭，"使长鼻子荡在破晓的秋风中"，好像他故意似的。主语放在后面，状语前置，这样突出了一个画面，我们看到的画面中，有一个鼻子在秋风中动着。

鲁迅的句式中有日语的句式，但他所采用的日语句式可能正是最原初的汉语的那种感觉，正是找到了汉语的"初心"。这样的语言表达才是真正鲜活的，而我们从中学作文开始练习的那种句子，四平八稳的句子，恰恰埋没了语言，读了之后，大部分的感觉都丧失掉了，这是鲁迅通过芥川龙之介的《鼻子》找到的一种语言感觉。

我们再来看另一部作品《罗生门》。《罗生门》由于被黑泽明拍成了著名的电影，所以全世界有名。不过看过《罗生门》这个电影你就知道，《罗生门》这个电影并不是根据芥川小说《罗生门》直接改编的，它主要的情节是另一篇小说，是一个凶杀案的小说加上《罗生门》，而不是原作。《罗生门》这个电影也是非常经典的，值得一看，影片讲一个案件由不同的叙事者说来完全不一样，有多种可能性。我们看金庸的《雪山飞狐》，众豪杰到了雪山之巅，讲述一百年来的故事，每个人讲的都不一样。所以我说金庸是受了《罗生门》的影响，但是金庸不喜欢别人说中他的心事，他说他不是受《罗生门》影响，非要说是受《一千零一夜》影响；而我在讲金庸课的时候专门列了很多证据，证明金庸不可能是受《一千零一夜》影响。但其实他受谁的影响都不妨碍他是大师，大师的一种表现就是超越他所受的影响。

鲁迅翻译的《罗生门》是芥川的原作，不是黑泽明的电影。在翻译的前面鲁迅写了一段话：

芥川氏的作品，我先前曾经介绍过了。这一篇历史的小说（并不是历史小说），也算他的佳作，取古代的事实，注进新的生命去，便与现代人生出干系来。这时代是平安朝（就是西历七九四年迁都京都改名平安城以后的四百年间），出典是在《今昔物语》里。——二一年六月八日记。

看来芥川作为一个日本作家，早就写过日本的《故事新编》了，但他不是用鲁迅的风格写的。鲁迅的《故事新编》有意进行穿越性的实验，在形式上是一个伟大的创造。芥川并不穿越，就用原汁原味的气氛，给文字灌注进了新的生命，"与现代人生出了干系"，这个"干系"隐藏在字里行间，并不由叙事者直接给点明。《罗生门》的小说稍微长一点，我们也是选开头和中间、最后的几段文字，来体会翻译的语言文字的问题。开头是这样写的：

是一日的傍晚的事。有一个家将，在罗生门下待着雨住。

宽广的门底下，除了这男子以外，再没有别的谁。只在朱漆剥落的大的圆柱上，停着一匹的蟋蟀。这罗生门，既然在朱雀大路上，则这男子之外，总还该有两三个避雨的市女笠和揉乌帽子的。然而除了这男子，却再没有别的谁。

小说的开头像一个电影的开头画面，非常静地推到观众面前，语言也是很沉静、很老实。语言是静态的，一句一句读下来，就好像是按照某一个模子不肯增减的样子。"是一日的傍晚的事"，我们不知道原文是什么，但是读着感觉有点笨拙，这是一个人自己创造的话吗 ——"是一日的傍晚的事。有一个家将，在罗生门下待着雨住。"这样的语言，几句加起来你就会觉得有一种气氛生出来了。"宽广的门底下，除了这男子以外，再没有别的谁。只在朱漆剥落的大的圆柱上，停着一匹的蟋蟀。"鲁迅笔下很多动物的量词都是"匹"，这也跟日语有关，日语中蟋蟀和鸟的量词就是匹；鲁迅写到乌鸦，也是"一匹乌鸦"，"匹"给我们的感觉是面积比较大。

《罗生门》下面还写到戴什么帽子，那都是日本的装束，鲁迅不加解释地就直接写到这里来，而不翻译成容易被中国读者理解的其他词，你要想明白到底戴的是什么帽子，你就得去查资料。这是《罗生门》的开头。

下面我们看：

要说这缘故，就因为这二三年来，京都是接连的起了地动，旋风，大火，饥馑等等的灾变。所以都中便格外的荒凉了。据旧记说，还将佛像和佛具打碎了，那些带着丹漆，带着金银箔的木块，都堆在路旁当柴卖。都中既是这情形，修理罗生门之类的事，自然再没有人过问了。

日本在侵略中国，掠夺了那么多的赔款之后，生活仍然过得很惨。这里写的是平安朝的事，但其实影射的是现代的日本。关于"罗生门"这三个字怎么翻译，翻译家也有不同意见。鲁迅的办法是不翻译，就用日语的原文"罗生门"三个字。有人说，那不是一个门，是一个台子，或者说是一个亭子，还有各种各样的解释，这些解释都很笨。罗生门上有台子，你就翻译成"罗生台"吗？那你是不是要把天安门翻译成天安台啊？鲁迅的原则是能不翻译的尽量不翻译，不要找其他借口。其他借口可能是好心，为了让读者理解得更真切，怕罗生门被读者理解成一道门，但那是个人的理解问题，鲁迅坚持不翻译。

于是趁了这荒凉的好机会，狐狸来住，强盗来住；到后来，且至于生出将无主的死尸弃在这门上的习惯来。于是太阳一落，人们便都觉得阴气，谁也不再在这门的左近走。

"生出什么什么的习惯来"，这不太合日常汉语习惯的表达；而"生出一个习惯"，这习惯应该接简单的词，"将无主的死尸弃在这门上"多啰唆啊。一般人的翻译会说"产生一种不好的风气"，然后加个冒号，"把无主的死尸抛在这里"。鲁迅却把原文的句子结构照搬过来。

在其他我们介绍过的语言风格之外，鲁迅在尊重原文的基础上，还喜欢使用古字。鲁迅年轻的时候在日本跟章太炎先生学过古文字。学古文字其实是最高级的学问，如果大家花一点工夫，拿本《说文解字》研究上一个学期，学习几百个字的来龙去脉，你整个的知识结构就起变化了。我是大一的时候，我们的古代文学老师让我们读《说文解字》，我没有坚持读完，但是我没事的时候翻一两个字，就真的认识字了，受益无穷。大多数人是不"认字"的，大多数人以为知道这字怎么读怎么写，大概意思懂就叫认字，其实这根本就不是"认字"。鲁迅是"认字"的人，他使用的词和字，都是它们最古的意思，特别的简劲。我们的很多感觉是来源于他用的字。

《罗生门》这么一写，虽然没说有鬼，但是让人觉得鬼气森森——气氛制造出来了。

反而许多乌鸦，不知从那里都聚向这地方。白昼一望，这鸦是不知多少匹的转着圆圈，绕了最高的鸱吻，啼着飞舞。一到这门上的天空被夕照映得通红的时候，这便仿佛撒着胡麻似的，尤其看得分明。不消说，这些乌鸦是因为要啄食那门上的死人的肉而来的了。——但在今日，或者因为时刻太晚了罢，却一匹也没有见。只见处处将要崩裂的，那裂缝中生出长的野草的石阶上面，老鸦粪粘得点点的发白。家将将那洗旧的红青袄子的臀部，坐在七级阶的最上级，恼着那右颊上发出来的一颗大的面疱，惘惘然的看着雨下。

这里面有一个动漫的效果。动漫的一个特点是它经常拉近镜头，有许多的特写，有许多单独特写的放大。日语本身、日本文学本身就有这个特点，它写到一个东西，会突然把一个东西放大。我们一般会说家将穿的什么衣服、坐在哪儿，日语不说家将坐在那儿，就说他的臀部在那，这就是一个局部放大的镜头；他脸上长一个疱，也是一个放大；前面乌鸦怎么飞也是放大的，石阶上的野草也是放大的。不时地给你来一个动漫的效果，这有点合乎鲁迅的美术观。我们前面讲"红与黑"讲的是颜色，从形状、从线条上，鲁迅也都有他的美术观。

下面，叙事者的声音出来：**著者在先，已写道"家将待着雨住"了。然而这家将便在雨住之后，却也并没有怎么办的方法。**

《罗生门》有很多翻译者都翻译过，有的人说鲁迅翻译得太笨了，"这家将便在雨住之后，却也并没有怎么办的方法"这话读着不像中文，所以有人就翻译成"便在雨住之后也无可奈何"，现在雨没停，他等着雨停，雨停了他也没招，这样多简便多轻松多畅爽！可是鲁迅却尊重原文，翻译成"没有怎么办的方法"。哪一种翻译更好？鲁迅为什么不直接翻译成"却也无可奈何"，为什么用这么笨的方法翻译？这就使我想到我多次举过的例子，朋友的孩子作文中写道："昨天晚上刮了好大的风，下了好大的雨。"老师就批评他：真笨，四个字就可以了，昨晚"风雨交加"。老师给改成"风雨交加"，他觉得自己非常有学问，知道一个成语，还教给了孩子。其实老师残忍地杀死一个写作天才。孩子写"昨天晚上刮了好大的风，下了好大的雨"，他真的看见了好大的风和雨，读者也看见了。老师把这个改成"风雨交加"，什么都看不见了，只看见一个字斟句酌的成语。老师觉得会成语是一种高级，他不知道在这种场合下成语恰恰是低级的。

所以我们读着"却也并没有怎么办的方法"，这才是原来的意思，才能体会到这个意思。如果是"却也无可奈何"就什么都没有了。

若在平时，自然是回到主人的家里去。但从这主人，已经在四五日之前将他遣散了。上文也说过，那时的京都是非常之衰微了；现在这家将从那伺候多年的主人给他遣散，其实也只是这衰微的一个小小的余波。所以与其说"家将待着雨住"，还不如说"遇雨的家将，没有可去的地方，正在无法可想"，倒是惬当的。况且今日的天色，很影响到这平安朝家将的Sentimentalisme上去。从申未下开首的雨，到酉时还没有停止模样。这时候，家将就首先想着那明天的活计怎么办 —— 说起来，便是抱著对于没法办的事，要想怎么办的一种毫无把握的思想，一面又并不听而自听着那从先前便打着朱雀大路的雨声。

　　Sentimentalisme应该是感伤主义吧，日语当时可能没有这个词，所以鲁迅也不把它翻译成感伤主义，就尊重原文，原文引用的是外语，他就照抄这个外语。干支纪年、记时都照抄不误，不翻译成几点几点。

　　这一段翻译有好多内容都是具有鲁迅特色的，也都有别的翻译家，特别是今天的翻译家，提出不同的看法。比如说"一面又并不听而自听着那从先前便打着朱雀大路的雨声"，什么叫"并不听而自听着"？和刚才的"没有怎么办的方法"一样，都有人想办法要翻译得顺畅，要"信、达、雅"的那个"达"。但是经过比较，其他的方法都不如"并不听而自听着"。比如有的人翻译成"似听非听"，"似听非听"的效果，和那个"无可奈何"是一样的，谁都会说"似听非听"，这就是普通大学生的水平。而鲁迅翻译的"并不听而自听着"，它和似听非听是不一样的，这才是这个人物此刻的准确的心态，也能够体会出小说叙事者冷静地、沉稳地控制故事节奏，这个节奏一直在控制之中，不着急推进。

　　大家如果看过鬼片就知道，日本是真正会拍鬼片的国家，西方人不会拍，他们不沉着。西方急于瞬间就杀人放火，瞬间把人放倒；日本人是特别有耐心的，日本的鬼片，耐心地制造气氛，所以日本的鬼片鬼气森森，让你恐惧到骨子里去。其实它没有什么血腥的场面，没有很吓人的画面，都是耐心地控制叙事节奏，让你看一部鬼片能想两天。这跟叙事节奏是有关系的。

我们中间省略，这个家将终于上了罗生门上面的台子了：

于是是几分时以后的事了。在通到罗生门的楼上的，宽阔的梯子的中段，一个男子，猫似的缩了身体，屏了息，窥探着楼上的情形。从楼上漏下来的火光，微微的照着这男人的右颊，就是那短须中间生了一颗红肿化脓的面疱的颊。家将当初想，在上面的只不过是死人；但走上二三级，却看见有谁明着火。要注意了，"明着火"，这里"明"作动词。

而那火又是这边那边的动弹。这只要看那昏浊的黄色的光，映在角角落落都结满了蛛网的藻井上摇动，也就可以明白了。在这阴雨的夜间，在这罗生门的楼上，能明着火的，总不是一个寻常的人。

鬼片就是这么拍出来的，拍鬼片尽量不让鬼出现，那才吓人，鬼老出来就不吓人了。鬼不出现，明着火、影子、蛛网之类的，才吓人。

家将是蜥蜴似的忍了足音，爬一般的才到了这峻急的梯子的最上的第一级。竭力的帖伏了身子，竭力的伸长了颈子，望到楼里面去。

有人认为鲁迅翻译成蜥蜴是不准确的，应该是壁虎，他们说鲁迅分不清蜥蜴和壁虎。我没学过生物，不知道壁虎和蜥蜴是不是一族的，还是壁虎是蜥蜴的一种，或者是怎么样，我搞不清楚，反正有人说鲁迅翻译得不对。这一句总之是说没什么声音，悄么声就上去了的意思。还有争议的是说这个梯子，怎么能用"峻急"呢？如果我们没看过原文，一般会翻译成"很陡的梯子"，这当然是没有错误的，但是难道鲁迅不知道"很陡"这个词，不知道用"陡不陡"形容楼梯吗？他翻译成"峻急"，感觉是不是不一样？我们现在说楼梯"很陡"或者"不陡"，还有感觉吗？已经没啥感觉了。但如果有人告诉你这个楼梯很"峻急"，感觉马上就出来了。而且这个句子很长，才让这一段爬梯子的时间感出来，"爬一般的才到了这峻急的梯子的最上的第一级"，就说爬到了很陡的梯子上端不行吗，为什么要说"最上的第一级"？——这才显出"爬"这个动作的艰难。他又用了两个"竭力"，这是要把气氛做足，镜头推得特别的慢。

我有一次遇到几个大概十线的小明星，给日本人拍广告片，说是特别烦人，说给中国拍广告片半个下午就行了，顶多拍两三次，拿钱就走人了。给日本人拍一分钟的广告片，拍了十天，气都气死了。他们主要说日本人抠门，给钱少。但是他们透露一个细节，就是日本人特别细，一个镜头反复折磨他们几十次，这样不行，那样不行，你根本想不到的细节他都能想到，日本人做事的那种漫长，镜头简直是一毫米一毫米地移动。在这里我们就能感觉到作者芥川有这个耐心，尽管芥川是个年轻人。"一个男人上楼梯"这一段写得这么细，节奏如此之慢，几乎就没有节奏，像影子移动一样，而且每一步几乎都是特写的描写，在中国文学里遇不到这样的。

我们继续想一想鲁迅的翻译，还有他自己的创作和文字之间的关系。

待看时，楼里面便正如所闻，胡乱的抛着几个死尸，但是火光所到的范围，却比预想的尤其狭，辨不出那些的数目来。只在朦胧中，知道是有赤体的死尸和穿衣服的死尸；又自然是男的女的也都有。而且那些死尸，或者张着嘴或者伸着手，纵横在楼板上的情形，几乎令人要疑心到他也曾为人的事实。

每一个句子成分都填满、填足，这风格跟前面一样，我们就不分析了。

加之只是肩膀胸脯之类的高起的部分，受着淡淡的光，而低下的部

分的影子却更加暗黑，哑似的永久的默着。"哑似的"，这个比喻不是指哑巴，不是装聋作哑，就"哑似的"。

家将逢到这些死尸的腐烂的臭气，不由的掩了鼻子。然而那手，在其次的一刹那间，便忘却了掩住鼻子的事了。因为有一种强烈的感情，几乎全夺去了这人的嗅觉了。

这里的慢镜头写得非常立体，有光影、大小、远近，还有气息，全景出现。日本人能够非常冷静地描写死亡，能够非常冷静地写很多残忍的、不为一般情感所容纳的事情，不光能写，也能做，这是这个民族的一个特性。我小的时候看731部队的暴行，拿中国人做活体实验，看的时候心里很颤抖，心想人怎么能做这样的事呢？怎么下得去手呢？可能有的民族是不一样的，日本人能够非常冷静地做这些事情。

中间我们就省略了。在楼上他看见一个老太婆拔死人的头发，他抓着老人问她为什么做这种缺德的事，老太太有自己的解释，这里头带有叙事者角度的解释。

那老姬为什么拔死人的头发，在家将自然是不知道的。所以照"合理的"的说，是善是恶，也还没有知道应该属于那一面。但由家将看来，在这阴雨的夜间，在这罗生门的上面，拔取死人的头发，即此便已经是无可宽恕的恶。不消说，自己先前想做强盗的事，在家将自然也早经忘却了。

他写得好像鬼气森森的一个鬼片，实际上还是要挖掘人物的心理。拔死人的头发是一种不可宽恕的恶，可是，这个家将刚才因为被主人遣散了，他曾经想过做强盗。

于是乎家将两脚一蹬，突然从梯子直蹿上去；而且手按素柄刀，大踏步走到老姬的面前。老姬的吃惊，是无须说得的。老姬一瞥见家将，简直像被弩机弹着似的，直跳起来。

关于小说里的这个人物为什么翻译成"家将"也有不同看法。鲁迅对日本历史有他自己的理解，对这个小说也有他自己的理解。这里这个人是带着刀的，我想跟这个有关系，鲁迅把他翻译成"家将"，家将是"武装的仆人"。原文是"下人"，"下人"不一定都是武装的，在中国的语境下，一个老妈子也叫"下人"。

这里有叙事者眼中的善和恶。家将本来自己也想作恶，可是一瞬间他本能地去制止这个恶，所以他现在和拔死人头发的老太婆发生了矛盾。那么这里的善和恶怎么来理解？下面是老太婆的一段解释：

"自然的，拔死人的头发，真不知道是怎样的恶事呵。只是，在这里的这些死人，都是，便给这么办，也是活该的人们。现在，我刚才，拔着那头发的女人，是将蛇切成四寸长，晒干了，说是干鱼，到带刀的营里去出卖。倘使没有遭瘟，现在怕还卖去罢。"她拔一个女人的头发，那女人生前是卖假冒伪劣产品的，卖出去说是干鱼，其实是蛇做的。而且那个女人还是卖给部队。"这人也是的，这女人去卖的干鱼，说是口味好，带刀们当作缺不得的菜料买。我呢，并不觉得这女人做的事是恶的。不做，便要饿死，没法子才做的罢。那就，我做的事，也不觉得是恶事。这也是，不做便要饿死，没法子才做的呵。很明白这没法子的事的这女人，料来也应该宽恕我的。"

这老妪大概说了些这样意思的事。这就不是古代小说原材料所有的了，古代的传奇和民间的笑话都是只讲一个故事梗概，把重要的桥段突出来，最后一哭一笑了之；像这样细致的地方才是现代作家要挖掘的。到底什么是恶，什么是善？当没有办法活下去、不做就要饿死的情况下，做任何一个坏事，是不是可以理解？是不是可以宽恕？如果理解和宽恕了，还会发生什么事？这些事情不是法律能解决，不是道德说教能解决的，它最后往往会归结到文学，文学是解决天地生死大事的。老妪说了这些事情，她不是为自己辩护，她为那个卖"干鱼"的女人辩护，这里体现出芥川作为一个文学家的思考。

小说的结尾产生了这样的结果：

家将迅速的剥下这老姬的衣服来；他把老姬的衣服抢走了，而将挽住了他的脚的这老姬，猛烈的踢倒在死尸上。到楼梯口，不过是五步。现在不是慢镜头了，很快！**家将挟着剥下来的桧皮色的衣服，一瞬间便下了峻急的梯子向昏夜里去了。突然是一个快的镜头。暂时气绝似的老姬，从死尸间挣起伊裸露的身子来，是相去不久的事。**一般的翻译应该是"过了不久"，然后说老姬。鲁迅先说这老姬怎么怎么着，再说是"相去不久的事"，这还是尊重原文的句子结构。

伊吐出唠叨似的呻吟似的声音，借了还在燃烧的火光，爬到楼梯口边去。而且从这里倒挂了短的白发，窥向门下面。那外边，只有黑洞洞的昏夜。

家将的踪迹，并没有知道的人。

小说就这样结束了，如果是一部电影，也是一个很冷静的结尾，镜头推远，黑洞的昏夜，结束。

故事一点都不复杂，一个家将被开除了，没有生计，在楼下等着雨停，到楼上发现一个老太太拔死人头发，他把老太太衣服给抢走了，就这么一个事。但是作者挖掘得这么深，使人去想人生许多重要的事情。这不是故事讲出来的，而是"文学"这种叙事本身创造的，这是文学和新闻的区别，是文学跟历史的区别。文学通过叙事的不同，就创造出意义的不同来。

原作的思想不是我们要探讨的内容，我们要探讨的是鲁迅的翻译。由于我也不懂外语，不能详细地来分析，我们可以举一个例子，举小说的第一句，小说的原文"ある日の暮方の事である。一人の下人が、羅生門の下で雨やみを待っていた"。我们举几个人的翻译，看看有什么不同。

鲁迅的翻译刚才给大家看了，"是一日的傍晚的事。有一个家将，在罗生门下待着雨住"。

楼适夷也是现代著名作家，他翻译的是"某日傍晚，有一家将，在罗生门下面避雨"。"某日傍晚"很像是模仿鲁迅，鲁迅说的是"一日的傍晚"，他可能感觉到鲁迅有些啰唆，不如"某日傍晚"简单；"个"也不要，只说"有一家将"。"待着雨住"，鲁迅是照着原文翻译，"待"字没变，原文就是"待"，楼适夷翻译成"在罗生门下避雨"。我们想想，"避雨"和"待着雨住"是一样的意思吗？"避雨"是不让雨浇到身上来，"待着雨住"不是这个意思吧？

文洁若，翻译家萧乾的夫人，她翻译成"话说一天黄昏时分，有个仆役在罗生门下等待雨住"，"等待雨住"是跟鲁迅一样，尊重鲁迅。但"话说"二字从哪来的？谁告诉你"话说"的？"话说"二字太恶俗了。而且你加上"话说"显得很亲切，跟读者套近乎，那就篡改了原文庄严的文体。"话说"是评书，你是单田芳吗？还有一个就是"家将"，她翻译成"仆役"，这是她的理解，她认为不是武装的，或者没有必要强调武装。

当今著名的日语翻译家林少华老师翻译，"薄暮时分"，多美呀，"薄暮时分，一个仆人正在等待着雨的过去"。林少华先生是尽量做到"信、达、雅"，基本是信，又达，还追求雅。

卜宏霞翻译的是，"黄昏时分，罗生门下有一个武士在避雨"。"黄昏时分"，离原文越来越远，越来越畅达，越来越符合现在青年人的口味，读起来一点障碍都没有，跟中国故事一样的。魏大海翻译的，"某日黄昏，一个仆人至罗生门下避雨"。他俩的共同特点都是把"等待雨住"翻译成"避雨"。

这些翻译有何得失？鲁迅最突出的是什么？鲁迅为什么把第一句翻译得这么笨？其他人第一句都翻译得很简单，都是说黄昏时分、薄暮时分、某日黄昏、某日傍晚，都差不多。鲁迅翻译"是一日的傍晚的事"，我们虽然不懂日文，我们看看原文的开头，第一句开头，"ある日の暮方の事である。一人の下人が、羅生門の下で雨やみを待っていた"。开头的一句话，开头结尾的音是一样的，而且中间有两个"の"，就是中文的"的"，发现没有？知道鲁迅为什么伟大吗？处处都对应，两个"是"发音是一样的，中间有两个"的"。知道什么叫天衣无缝，什么叫神人了？这就叫神人。"ある日の暮方の事である""是一日的傍晚的事"，没有人比鲁迅翻译得更伟大。这些人都以为自己外语好，他们根本不知道鲁迅那颗圣人般的、细腻温柔无比的心，鲁迅那是天神一般的翻译。

我的日语都忘了，大概只记得一百个日语单词，我还能体会到鲁迅为什么这么翻译。还有一句话，原文是"夕冷"，鲁迅翻译成"晚凉"，中国人读了应该明白。楼适夷翻译成"夜间的京城"，"凉"字没有了。林少华先生翻译成"日暮生凉"，非常优美，可是原文有"生凉"的意思吗？"生"字从哪来的？这是高级的文学青年的翻译，只有鲁迅最忠于原著。鲁迅为什么要这么翻译？我们把《罗生门》和《鼻子》连起来看，鲁迅的翻译就是要忠实原来的那个"鼻子"，不要嫌那个鼻子不好看，那个鼻子不好看，是老天爷赐的，改了反而就错了。中国美学正是《牡丹亭》里所讲的"一生爱好是天然"，天然的那个最好，改了不如不改，改了之后才有了病。所以鲁迅认为中国现在的毛病是失去了古人的"白心"，失去了古人的忠诚，变成了瞒和骗，鲁迅自己要带头做一个忠诚之士，而中国现代文学就是在翻译和借鉴中去寻找那份忠诚，所以五四新文化运动在某种程度上，是恢复中国传统文化的光辉之处。乾卦说："君子进德修业。忠信所以进德也。修辞立其诚，所以居业也。"修辞立其诚，古代文学走到最后的毛病是什么？就是修辞不立其诚，变成了瞒和骗。现代文学，以鲁迅为代表的作家要修辞立其诚，这才奠定了现代文学的伟大，这是我们讲鲁迅这两篇翻译的目的。

我们这课终于到了最后，我们说几句总结的话。鲁迅小说讲不完，太丰富了。我们这个课从几个方面讲了鲁迅的小说，以点带面地讲了对小说的元文学意义；讲了通过意象来看鲁迅小说；强调了鲁迅的小说像薛定谔的猫那样，可能没有定解，或者同时存在多极解。鲁迅小说里有一个脉络是关于英雄的，英雄末路，英雄胜利之后，怎样消解胜利。最后通过讲鲁迅翻译的《鼻子》，讲了他的一颗忠诚之心。

不知大家还记不记得，我们本课之初强调这个课的意义有三个方面。

一个是希望大家认识文学。我们原来对文学的种种知识可能需要进行调整和反思，文学不是知识，文学恰恰是在知识之外，其他一些学科可能也不一定是那个学科的知识，但是文学尤其要反知识，要打破你受到的很多知识性的教育，让我们理解人之为人。不同的学科都可以强调人和动物的区别，人和动物最大的区别是人有文学。越高级的动物越接近文学思维，猫科动物有点文学思维，有点无聊的东西、超越性的东西，有点不直接跟吃饭挂钩的思考，这是高级动物的标志。

其次我们再一次认识鲁迅，通过这个课我们可能发现鲁迅原来是这样，原来是我不认识的，鲁迅属于"熟悉的陌生人"。我读鲁迅这么多年了，讲了这么多次鲁迅，还经常对鲁迅感到陌生。我觉得能保持这种感觉，很好。如果每一次讲鲁迅之前一看，感觉都很熟，那是我不进步。我们每次看鲁迅应该仍然有些陌生感、有新鲜感才对。从这个意义上说，我们这一百多年来的根基，是先有了鲁迅，从文学的意义上说，鲁迅是我们的文学国父。

这个课最后的一点意义，是希望大家来认识自己。我们又不做学问，又不当鲁迅研究学者，读鲁迅读文学干什么？现在阅读这么方便，可是今天的人却更"方便"地迷失了自己，"我是谁"的问题在今天格外突出，通过学习鲁迅能够让我们知道"我"是谁，"我"是否存在着，存在着的这个人是"我"吗？"存在者谁"这个问题，直接进行哲学思考未必得到哲学结论，但通过文学思考可能更方便地进入一个大道。

感谢同学们一学期来能够坚持听我的课，我不是每年都开这个课，各种课会搭配着开。好，祝大家顺利地度过隆冬，度过小寒大寒，祝大家平安健康，下学期我们再见，谢谢各位。

2021年1月5日

附录

—— 解读《影的告别》

有听过我课的同学写博客，我把这篇博客念一下，不知道是哪个系的同学写的。

"2008年10月22日，今天故意赖在一个教室不走，进来一个老师开口就道'时维九月，序属三秋，世界局势大变……正适合我们讲《影的告别》'（我不知道是不是我的原话，感觉有点像）然后便抑扬顿挫地朗诵起了这篇文章。读得挺好，【众笑】只是不懂……竟然是鲁迅写的……我真无知……（这同学非常真诚，文章很真诚）接下来老师便仔细讲解，讲得很有水平，【众笑】我的求知欲也很强，不过还是昏昏沉沉地睡去了……【众笑】睡到快下课的时候室友溜进来了，才知道原来这老师就是孔庆东……【众笑】"（http://libingbing.ycool.com/post.3078682.html，访问时间：2023年4月13日）

很传奇的一篇博客，日记体的。还有同一天另外一个同学的博客，也是2008年10月22日的。前半部分跟我没什么关系，我念一下：

我一直都相信，每一天都是精彩的，在于我如何去发现它。就像上海回来，看到校园里红了、金了的叶子，美丽地宣告："秋天驾到！"这是大自然给我的惊喜，让我眼前一亮。去食堂的路上，遇到了漂亮的韩国同学，开心聊了几句。好久不见的她，依然美丽。最近老是看到美女出现在我身边，【众笑】这是令人愉悦同时也让人觉得该反省的事儿（例如：刚才怎么多吃了？怎么那么迟起床，那么邋遢就出门了？等等）。这一类的反省好像有点于事无补。美女的出现，也是惊喜。然后，我也约了另一个美女在农园食堂吃饭。今天，惊喜之最就是看到孔庆东老师来我们课上讲鲁迅《影的告别》。看到孔老师，回想大一，刚来北大，就见识到了名师的讲堂，见识什么是名师风范。（我觉得这样讲好似文理不大通哈）重点是，我在孔老师的课上，认识了我在北大的好姐妹——雨丝。【众笑】（还是跟我没关系）孔老师依然幽默风趣内容也丰富。他说以前小时候，当他听广播："鲁迅，周树人。"心里想，鲁迅不是绍兴人吗？【大笑】（我快笑翻天了！）由于两个小时的"影的告别"，我也在"不知道什么时候的时候"（化用《影的告别》第一句）钓鱼了。但是我相信我百分之八十的时间是醒着的。（下面就与我没什么关系了，什么"娜娜"之类的人）【众笑】（http://woodone.wordpress.com/2008/10/22/22-october-2008/，访问时间：2023年4月13日）

　　很有意思。我看了这样的博客我也很高兴，我就怕我讲课之后，影响同学们正常的生活，大家因为听完我的课，生活得更加乐观，更加健康，所以我老怀大慰。因为有这两个博客给了我自信，所以今天我还保持原来的状态来讲《影的告别》。

我讲《影的告别》，从来是没有讲稿的，这样我就可以不重复以前的讲法。尽量符合我这个课的特点，用掰开揉碎讲语文课的态度来讲这篇课文。我想《影的告别》这么短的文章大家都读过了，但是我想问一句，你们读过整本的《野草》了吗？如果没读过，回去用一个晚上读，用不了一个晚上，其实一小时就读完了。薄薄的一本《野草》，字数非常少非常少。你读《野草》是最赚的、最有效率的，用最短的时间掌握了人世间最深刻的哲理。你应该把它读完之后就放在你的心里，你不用读懂，用不着读懂。你只要接触它，它就会影响你。就像你只要吸了毒就会影响你一样，只要你吸上一口，它就在你的身体里了。《野草》一定要从头到尾稀里糊涂地读一遍，它会给你增强极大极大的免疫力。你用不着去读懂它。包括今天我要讲的其中的这篇《影的告别》，我怎么讲，其实你不用管。你用这个态度，你该睡睡，该醒醒，该干什么干什么，让我讲的这个东西自然地流入你的脑海中去就行了。你不要去顺应，也不要去抗拒，半依半就，最好。

下面我先用鲁迅的原文来影响一下大家，我来读一下鲁迅的原文。

【掌声】

　　人睡到不知道时候的时候，就会有影来告别，说出那些话——

　　有我所不乐意的在天堂里，我不愿去；有我所不乐意的在地狱里，我不愿去；有我所不乐意的在你们将来的黄金世界里，我不愿去。

　　然而你就是我所不乐意的。

　　朋友，我不想跟随你了，我不愿住。

　　我不愿意！

　　呜乎呜乎，我不愿意，我不如彷徨于无地。

我不过一个影，要别你而沉没在黑暗里了。然而黑暗又会吞并我，然而光明又会使我消失。

然而我不愿彷徨于明暗之间，我不如在黑暗里沉没。

然而我终于彷徨于明暗之间，我不知道是黄昏还是黎明。我姑且举灰黑的手装作喝干一杯酒，我将在不知道时候的时候独自远行。

呜乎呜乎，倘是黄昏，黑夜自然会来沉没我，否则我要被白天消失，如果现是黎明。

朋友，时候近了。

我将向黑暗里彷徨于无地。

你还想我的赠品。我能献你甚么呢？无已，则仍是黑暗和虚空而已。但是，我愿意只是黑暗，或者会消失于你的白天；我愿意只是虚空，决不占你的心地。

我愿意这样，朋友——

我独自远行，不但没有你，并且再没有别的影在黑暗里。

只有我被黑暗沉没，那世界全属于我自己。

一九二四年九月二十四日。

其实我觉得像这样的作品，讲到这儿就应该宣布"下课"了。最好的讲课是"下课"，我转身就走了。这样是最好的一个讲课效果。但是像这样学校教务处知道了不会饶了我，会认为我偷工减料。我不是不上课，就像好的诗词一样，好的唐诗多讲一句可能都是糟蹋。你要是有慧根的人，到此为止你已经懂了；你是没有慧根的人，我再讲两小时，其实给你增加不了什么，很可能还会增加一些误读，增加一些误解。只要有人说"呀，于丹讲《论语》讲得多好啊"，我说，于丹讲得是非常好，你为什么不去看《论语》呢？你应该去看《论语》，不要看于丹。同样，《影的告别》这样的作品，就像世界上最美的那些诗一样，你说"床前明月光，疑是地上霜"这有什么好讲的呢？越讲就越不是诗，越讲就越没有诗味。比如你讲"床"是什么意思，"床"不是睡觉的床，是你坐的椅子；我说不是椅子，是井栏杆。讲这些有用吗？讲这些对教授有用，对学者有用，对我们没有用。好诗只要读就行了。

以前我们有一个著名的诗人，北大的废名先生，讲唐诗，他也是现代著名诗人，他就是不讲，就是读。"春眠不觉晓，处处闻啼鸟。夜来风雨声，花落知多少。——下一首——"有学生说："老师，你还没讲呢。""啊，你没听懂啊？再读一遍。"【众笑】他写过厚厚的一本书《谈新诗》，他不可能不会讲，他采用的方法就是禅宗所说的"棒喝"，让你跳出语言的拘泥。故意用这种方式提醒你，讲的是不对的，讲的是错的。

所以我先给大家"棒喝"一下，告诉大家本来《影的告别》刚才我念完的时候，可能是你接受了最佳教育的时候。我下面讲，一定是我不得已。你要提前抵御这个副作用。知识未必都是好事，我讲的不能都说是知识，还有我自己的感受。知识本身不是透明的。知识本身也是一个佛家讲的"孽障"，叫"知识障"。我们为了生活，就要跟别人讲话，不得不用点知识，但是你要知道，这东西是有害的。你要想获得真知——"真知"不是知识——就需要一个先获得知识，形成一个"知识障"，然后再把这个"障"打掉的过程。就像张无忌跟张三丰学太极拳一样，他什么时候算学成？忘了，必须忘了，全部忘的时候就是大功告成的时候。所以我讲完了《影的告别》，希望你们也把这个忘掉。

前面说《影的告别》出自鲁迅的《野草》。世界上研究《野草》的著作已经很多了，这是研究中国文学的"哥德巴赫猜想"，就像"哥德巴赫猜想"一样的难题。"野草"到底什么意思？众说纷纭。《野草》里的每一篇怎么解释？有很多很多的解释，中国的、日本的、韩国的、美国的、捷克的、苏联的学者，有的是学者解释。所以它具有永恒的魅力。

那么为了研究一个不太懂的文本，我们需要在外围打圈战，先搞一些外围研究。《野草》是什么时候写的？刚才《影的告别》是1924年9月写的，大概也是这个季节。秋天的时候，带着秋天的心境、情境，写这样的文章。1924年是一个什么年代？1924年发生了什么事？就是人哪，比如说对于五千年历史，每一百年发生了什么事要能够举出来。对于这一百年的历史，每一年发生了什么事，要把它举出来，至少要举一件。近十年发生的事，一年要举十件。这么算活着。不能去年刚过去，就不知道去年发生了什么事情。去年很有名的人，今年很快就忘了。去年的超女是谁？【众笑】忘了吧？不能这样活着，老百姓可以这样活着，你是北大的学生，就不能这样活着。必须把这些事情当成一个历史记着，这样不容易上当啊。要不以后有人骗你，骗你你就信了。

每过一个年头，你要对这个年头有一个感性的认识。20世纪30年代，你要想到那不是几个数字。30年代有一大堆事情支撑起来，40年代也有一大堆事。1924年是什么时候？1924年是五四运动的高潮已经过去，新文化运动已经落潮，但是大革命还没有到来，是这样一个时期。对每一个年头都要有这样的灵感。1926年、1927年的澎湃的大革命还没到来，1921年已经过去了。共产党哪一年成立的？1921年。国共合作是哪一年？就是这个时候。一个文化高潮刚过去，另一个文化高潮还没到来的这个时候。

这个时候鲁迅是个什么状态呢？鲁迅是一个没事做的状态，"平安旧战场"这样一个时代，非常寂寞，非常孤独。1921年共产党成立之后，知识分子已经分化了。在1917年、1919年的时候，知识分子还比较团结一致，反封建啊，要自由啊，咱们北大校园里喊出要民主、要科学，那时候大家是团结一致的。

鲁迅这个时候，1924年的时候，他当年一块儿的战友们，有的当了共产党，有的当了国民党，有的出国，有的下海，干什么的都有。就剩鲁迅一个人，不知道下一步怎么走。大的形势是这样的。他个人的情况呢，个人好像也没有一个乐观的情况，鲁迅家庭大家都知道，有那么一个了无生趣的家庭。这个时候他还没跟许广平结合，跟他的弟弟也不好。1924年至1926年的时候，对于鲁迅来说，是一个"转型期"。

中国下一步会怎么样，没有人知道。本来成立了中华民国以为有希望了，不是民主国吗？总统不是选的吗？结果一看，还不如清朝。"专制未必好，民主更浑蛋"，这就是当时人们的感觉。老舍《茶馆》里的话说：想起来啊，清朝不见得好啊，可是到了民国，我挨了饿。这就是普通人的感受。

鲁迅自己应该干什么呢？鲁迅说过，他认为自己不是一个振臂一呼、应者云集的英雄。他不是搞政治的，鲁迅是革命家，不是实践型的革命家。他是用文学来搞革命，是文学革命家，或革命文学家。那他个人在意识形态上的选择是什么？大家对黑暗的现实已经失望了，可以说各种选择都有各自的道理。所以我们今天反对某一种人选择的时候，是因为我们自己有一个立场，你自己站在这个立场，所以你反对人家的立场。每个人的选择其实都有道理，当你选择之后它就合理了。关键是选择。

鲁迅这个时候选择做什么？鲁迅的转型期，也是鲁迅的一个思考期，也是他的痛苦期。我们再看看1924年至1926年大体这段时间，鲁迅除了写《野草》，还写了什么？还写了他第二本小说集，《彷徨》。这也是鲁迅的一个"彷徨期"。

鲁迅是取名大师，他给自己作品取的名字，取得太好了。第一本小说集叫《呐喊》，我们看"呐喊"这个姿态，就是这两个字所形容和概括的，就是"呐喊"的姿态。而由《呐喊》到《彷徨》就很奇怪，一般人觉得得由"彷徨"到"呐喊"，先彷徨，后呐喊，就崛起了，四川人讲的"雄起"。而鲁迅不是这样，由"呐喊"变成"彷徨"，这是鲁迅跟别人都不同的一点。

我们注意到了，鲁迅在社会上发生一些重大事件的时候，他永远不是反应最快的，他反应可能是准确的，永远不是反响最快的，他不是第一时间发言的，不是第一时间做出评判的，很少在第一时间评判。对很多事情，社会上的重点、热点的问题，鲁迅没有回应，鲁迅没有发言。中国20世纪10年代、20年代、30年代很多事情，你看，别的知识分子都在发言，鲁迅就没说过话。

我们不知道鲁迅对这些事情是什么态度，这是研究鲁迅的一个课题。最早发现这种现象的是钱理群老师。钱理群老师就列举了一些事件，鲁迅对这些事件没有发言。我们要想知道鲁迅对这些事件的态度，得到他其他的文章中去找。找到其他文章，自然就知道了他对这些事件的态度。我近年自愿、不自愿、主动加被动地关心一些事情，于是就似乎有了某种责任。社会上不论发生什么风吹草动，永远有人要我表态。"这件事孔老师你什么态度，你为什么不表态呢？你说说这个人，说这件事"，有时候搞得我不堪其扰。很多人不明白，人是不需要对所有事情都发言的。

还有，发言的形式有多种，其实对有些事情我已经发言了，只是你没有察觉到，你没有看出来而已。其实我已经告诉你了。有的我确实没有告诉你，但是你通过我其他的文章，你应该知道我是什么态度。比如汪精卫投降日本人的时候，我说他是汉奸；假如蒋介石也投降日本人了，我没有发言，你就不知道我的态度了吗？你当然应该知道我的态度，不必再问。

我们今天有很多人都喜欢穷追不舍地问，每问一次，你就少思考一次。尽量少问，问的话，一定要有巨大的含金量，每问必有所得，你自己思考得不出来结论的情况下再去问，鲁迅一般都不去请教别人，你看鲁迅什么时候去请教像茅盾啊、郁达夫啊、郭沫若啊？他不请教，他不问。鲁迅什么事情都是自己想出来的，自己想出来的东西最有价值。鲁迅写《出关》那篇小说，写孔子到老子那里去求教，两个人之间基本上没有什么问答，就像武林高手对决一样，一言半语就决出胜负，转身就走了。

这个时候，鲁迅是"野草期""彷徨期"。在这种情况下，鲁迅还没决定下一步怎么走。我们今天是因为已经知道了鲁迅的一生，我们已经知道鲁迅1926年之后干什么、怎么样了，所以我们有点事后诸葛亮的味道，我们因为掌握了事后诸葛亮的信息，才能回过头去把鲁迅看得清楚一点。但是假如我们不知道1927年之后的事情，就看《影的告别》，看《野草》，看这些，的确，这里面是有一种鲁迅所说的"浓黑的"东西。

浓黑的什么呢？首先我们可以达成共识，如果说文学作品是有颜色的话，鲁迅的作品，我想大多数人都会觉得，它是黑的。鲁迅的作品是黑的，鲁迅自己的形象是黑的。鲁迅自己也的确最喜欢黑。为什么说是黑的？你可以看一些教材里面的书。我的本科毕业论文叫作《黑色的孤独与复仇》，我忘了收在哪本书里面了，就是谈鲁迅的。我们现在有些同学喜欢说自己很孤独，"我很孤独啊"。鲁迅的孤独是"黑色的孤独"。鲁迅的作品里面有一种浓黑的悲凉。这是鲁迅所喜欢的意象。

鲁迅写的这篇《影的告别》，不论是题目还是结构还是用语都极为奇特。当然这样奇特的文章在《野草》里面很多，不止这一篇，这一篇非常有代表性。我也是用我自己的浅薄的学识和人生阅历来尽量地去读它。我每次讲《影的告别》，都会先把自己感动一遍。今天晚上六点钟的时候，我还在校园里勺园门口自己又读了一遍，不是像刚才给大家朗诵的那样读，而是默诵，在勺园门口又叨咕了一遍，使自己再体会一下字里行间的那种浓黑的悲凉。好，下面我们一句一句地来接近一下鲁迅的灵魂吧。

题目叫《影的告别》，这个很奇怪，所有的影子都是有主体的，影子一定是有主人的，不存在一个单独的影，影不能够独存，所有的影都得说"什么的影"。既然影子一定有一个主体，影又怎么会告别呢？影跟谁告别？我在这儿有一个影子，它没法告别我，告别我它就不存在了。"影的告别"本身就是一个矛盾的句式。鲁迅特别喜欢用这个矛盾的句式，把不可能放在一起的词放在一起。比如鲁迅喜欢说"于天上看见深渊"（《墓碣文》），往天上一看，是个深渊，这是鲁迅惯用的表达方式，比如鲁迅说"热得发冷""冰把手烫坏了"，鲁迅使用这种修辞是信手拈来的。"影的告别"本身是不合常情、不合常理的。如果一个小学生写作文，写"影的告别"，老师恐怕说，不通，改了。

下面我们看《影的告别》第一句："人睡到不知道时候的时候，就会有影来告别，说出那些话 —— ""人睡到什么时候"这句话很常见，人睡到醒了的时候，睡到饿了的时候，人睡到想女朋友的时候，人可以睡到很多很多时候……但是只有鲁迅这样表达过"人睡到不知道时候的时候"，没有第二个人这样表达过。不知道时候，还是个时候，为什么要这样表达？这样表达有什么意义？如果高考出这样的题，现代文阅读出这样的题，会把大家逼疯的。大家乱写一气，然后人家有一个标准答案，会把大家气坏了。其实这样的题未必真的有标准答案。

我的理解是，鲁迅希望忘记时间。在这里也许有研究生同学，鲁迅作品中的时间是一个很重要的论题，是值得作毕业论文的。这个时间不是物理时间，是哲学意义上的时间。鲁迅怎样对待时间问题，是海德格尔讲的"时间与存在"的时间问题，不是几点几分的这个时间。鲁迅有着非常敏锐的时间感。特别对于时间的流逝，鲁迅的感觉要超过孔子。孔子不过站在河边上说：啊，逝者如斯夫。鲁迅时时刻刻都感觉到这个时间在走，而且还感到时间与其他事物的对立和矛盾。"时间永是流驶，街市依旧太平。"鲁迅经常发表对时间的感慨。鲁迅好像不太喜欢这个"时间"，在《〈呐喊〉自序》中讲，"我在年青时候也曾经做过许多梦"，他喜欢回顾以前，他回顾的时候不是带着很欢欣的、温暖的调子，而是有非常复杂的一个态度。

"在不知道时候的时候"，这样的表述中，我们发现一种企图跳出时间的欲望。佛家讲"跳出三界外，不在五行中"。时间这个东西，到底是不是客观存在？我们在座的，有没有物理系的同学？时间是一种实存吗？物理学上对时间是怎么定义的？什么叫时间？时间是物质的一种什么性质？不管是怎么定义的，客观世界里真有叫"时间"的这么一个东西吗？还是它只有我们人类进化到某一程度的时候制造的一个东西？比如我们今天越来越紧迫地被时间所压迫，因为时间已经完全物化了。我们的手表、手机，每一个东西上面都自然有时间的刻度，告诉我们几点几分要干什么。这个几点几分真的存在吗？但是我们就分明被它所奴役着。"我必须在六点四十开始说话"，我们大家平时都有这样一个约定，否则算我犯规。像鲁迅这样的人，他非常敏锐地感觉到，这是一个令人痛苦的事情。

"睡到不知道时候的时候"，我们大家都睡觉，有没有睡到过不知道时候的时候？你如果睡到不知道时候的时候，那是一种什么状态？是高兴还是慌张？我想大家会觉得是慌张。我就是这样的，感到很慌张，不知道现在几点了 —— 该上课了吗，就怕把什么事耽误了。但是这种感觉并不是具有普遍性的，它是我们活在紧张现代生活节奏中的一种反应。

我经常观察我们院里的小猫小狗，其实小猫小狗经常睡到不知道时候的时候，它一点不慌张，它是那样的从容、幸福。看得我恨极了。【众笑】凭什么你就这么活着呢？我就不能这么活着呢？你不上班、不上学、不看书、不挣钱，活得挺好；然后我挣钱、我看书、我买来东西给你吃，凭什么呢？人忙活了几千年，建立了这么伟大的文明，最后还要去伺候猫伺候狗，却连猫和狗的这点幸福都没有。

不知道时候的时候，未必永远是痛苦的。只能说这样写的这个人，他是痛苦的。他通过忘记时间，其实他真正想忘记的是现实。写文字的这个人，他未必永远认为睡到不知道时候的时候，就是一种不好的状态，有时候他觉得是好的状态。他之所以要写这样一个时候，是为了给下文制造一个语境。必须在你忘记时间——"跳出三界外"的情况下，他才能发挥出他语言的功能。如果是"人早晨起来的时候，会有影来告别"，这语境就没有了。"人睡到日上三竿的时候""人睡到明月东升的时候"，语境完全就不一样了。必须要睡到"不知道时候的时候"，一下子就跳出了现实的时空，这时候"就会有影来告别"，它来了，点题了——"影的告别"，很快。

中学老师教大家写作文，不是要开门见山吗？这就是开门见山的典型。但是可惜的是开门见山的文章不一定清楚明白。这篇文章如此地开门见山，反而让你更加糊涂。马上这个问题就来了：影，是谁？这也是八十多年的鲁迅研究史中一直存在的问题。学者们有不同的意见。这个影是谁？谁来告别？影是谁，必须读完全文，才能做出一个判断。读完全文最后判断也未必准确，还要读完全部鲁迅，读完全部鲁迅还未必正确，还要读完全部人生。哪有全部的人生啊？这也就意味着，这个是没有终极答案的问题。没有终极答案的问题最值得研究。因为研究它不是为了去寻找终极答案，是为在研究它的过程中，每一次都看见我们自己。

我们干吗去研究那些作家？研究作家意义何在？他跟我有什么关系啊？他写的作品我们看完就完了，为什么要去研究这个人？是因为我们希望看见自己，看清自己，看透自己。

影就来告别了。不知道这个影是谁，当然起码我们知道这个影不是一个真人，肯定不是现实生活中的人，肯定不是他女朋友，肯定不是这些。影是虚拟的，可以肯定它是一个灵魂，影是一个灵魂。既然是灵魂就可分析了。这个灵魂是"自我"吗？是"我"吗？你们学过现代心理学，这个"我"是可分的。"我"可以分好几个"我"："本我""自我""超我"。

这个时候正是弗洛伊德在中国大行其道的时候，按照弗洛伊德的理论，这个"影"是哪个"我"？有一个灵魂来告别了，这个告别的灵魂就说出那些话。一个破折号，下面所有的这篇文章的内容，都是影说的话。我发觉有的人，最起码的语文问题都没学，这篇文章，到底是谁说的都不知道。这篇文章存在着一个"套层"的叙事。鲁迅写《影的告别》，《影的告别》里面的这些话，是他虚拟的一个影子所写的，又套了一层。所以这个文章的题目叫《影的告别》。下面就是影的告别辞，是"影"的话，不是叙事者的话。

这样去理解，这个灵魂显然是分裂的。这是一个分裂的灵魂的独白。一说灵魂分裂，好像是个贬义词，有个病就叫"精神分裂症"，很容易这样联想。是啊，灵魂分裂、精神分裂有时候是病态，在很多情况下是不正常的，需要治疗。但是，有时候病人恰恰跟天才精神结构是一致的。当你想做一个高级一点的人的时候，有时候恰恰需要分裂，恰恰需要灵魂分裂。当然这是一步险棋。做一个普通人，安安全全地，最好灵魂不要分裂，就保持一个混沌状态的自我。混混沌沌的，这样比较靠谱，比较保险。

只要你开始成为一个知识分子，你有了质疑的功能、质疑的本领之后，你多多少少开始有了"灵魂分裂症"。大家知道知识分子经常被人说"有病"。你在大学的时间长了你不觉得，你回老家，你的邻居、你的朋友，他可能不说出来，但是他可能有的时候会觉得你不正常。有的时候还不是他们蔑视，有的时候真的是我们不正常。所以知识分子要经常回到三教九流中去，既要保持自身的不正常，又要跟你原来的土地保持联系。这是很难很难的。如果做得不好，就会变成真的精神分裂症病人。

所谓的"灵魂分裂"，就是你能够把自己分成好几个部分，这好几个部分可以相互对视，相互质疑，彼此斗争。我有时候很犹豫，要不要告诉大家怎样做到灵魂分裂，怕我把你们引导坏了。可以做一点小实验：在决定一个小事的时候，你设置另一个"自我"，反对你这个决定。"今天中午去学三吃饭吧。""干吗去学三吃饭，我要去学五。""不，我就要去学三。""还是去学五吧。"【众笑】就让两个"自我"掐去呗。慢慢要习惯，这时候你会发现，我到底可不可以分成两个。一开始是开玩笑，但是玩笑有时候包含着非常深刻的东西。当然只要不闹大了，如果发现危险，赶快停止。发现自己无法控制的时候，马上停止。

如果有一些这样的经历，有利于帮助你去接近一些伟大人物。有时候你为什么理解不了伟大的人物？就因为我们太单纯。就说这鲁迅，为什么理解不了他？鲁迅仅仅是一个鲁迅、两个鲁迅、三个鲁迅吗？说不定有七八个鲁迅。这个"影的告别"是哪个，我们不知道。反正这个影就来说话了。

鲁迅要写这个影的告别辞，这里通过灵魂分裂——其实鲁迅更常用一个词叫"解剖自我"。鲁迅不是说吗："我的确时时解剖别人，然而更多的是更无情面地解剖我自己。"（《写在〈坟〉后面》）解剖自我，其实是人生的真功夫。我们现代人借助现代的通信工具，非常喜欢去解剖别人，网上天天都是解剖别人，骂别人，很少有人真正解剖自己。你看现在几个人能够真诚地道歉，反省自己的？没有，都是去强加于人。

鲁迅说的这个解剖自我，直接来源我们可以想到曾子说的"吾日三省吾身"，儒家讲的修养、克己的功夫。其实你把自己解剖好了，万事万物你都看得清楚了，你用不着去问别人，也用不着去苛责别人。你用不着追究这个明星到底给没给灾区捐款，当你那样去追究的时候，你不知道自己是一个卑鄙小人吗？你有什么资格去问别人？有的说是人民群众想知道，说这个话的人无一不是小人。每次追究别人之前先追究自己，先解剖自我。

很多人都误以为鲁迅是一个很苛刻的人，是一个喜欢攻击别人缺点的人，这是大错。鲁迅是对别人怀有最大善意、最大爱心的人，世界上没有一个人的爱超过鲁迅对别人的爱，特别是在他知道这么多恶的情况下。鲁迅永远是先伤害自己，没有人像他有这样强的自我解剖精神。我不知道《野草》我能不能读懂，谁也不能保证把《野草》读懂了，但是我读《野草》，有的时候我会想哭。这样一个伟大的孤独的灵魂，没有人能够理解他。我觉得我多多少少有点理解，但也不敢说我理解了，但我毕竟知道世界上有这样的人。天堂我没有去过，但是我看见过天堂了。天堂大门打开的时候，我往里看过一眼。有过这种感觉，就足够了。

好，下面我们看看这影到底说的哪些话。因为前面的结构很重要，所以第一句话我分析得比较长。因为全文只分为两部分，前面是一部分，后面是一部分。前面虽然语言那么少，但是其实是一大部分。

文章的第二段就是一个排比句，"有我所不乐意的……我不愿去"，是一个排比句。"有我所不乐意的在天堂里，我不愿去；有我所不乐意的在地狱里，我不愿去；有我所不乐意的在你们将来的黄金世界里，我不愿去。"通过三个"不愿去"，鲁迅就否定了三个地方：天堂、地狱、黄金世界。天堂、地狱容易理解，我们中国有老百姓自己的世俗哲学，儒、释、道合一的。现在到中国的庙里去，庙里画着地狱图，很多的庙里都恢复了地狱图，讲的是你如果不忠不孝，如果对人家始乱终弃，就会下地狱，受各种的刑罚，下油锅啊，砍腿，砍胳膊，剜眼睛什么都有，看得很有意思。

然后我们也用这套翻译外国的宗教。我们翻译基督教、天主教、伊斯兰教，这里面也用这些意义，反正就是这意思，人死了有两个地方可去，一个地方是表扬你的地方，叫天堂，你在人间做得很好，成功的人士上天堂，不成功的就下地狱。大多数人活着的目的就是为了死后上天堂，无论中国人、外国人，死后都要去天堂，寻一个好的归宿。可是鲁迅说，他"不愿去"。

为什么不愿意去，他有理由，说"有我所不乐意的在天堂"，他没有直接说这个天堂不好，他没有对它进行一个本质性的否定。他只说里面有一个东西，有一部分，有一个结构，是"我所不乐意"的。鲁迅用词是非常精确的。到底什么是他所不乐意的，他没有说。

如果想研究这个问题，只能通过鲁迅其他著作去研究。什么是他所不乐意的？天堂不都是好东西吗？你怎么还不乐意呢？天堂不是想吃什么就吃什么吗？天堂里生活可好了。晚上睡觉的时候，左边一个笸箩，里边全是油炸饼，右边一个笸箩，里边都是白糖。左边拿着一个饼，右边蘸白糖，这就是天堂。这是多好的生活。但是我在鲁迅其他地方找到了鲁迅不喜欢上天堂的证据。

鲁迅说天堂里面很无聊，一年四季看桃花。我不知道鲁迅在哪看到过这些材料，也不知道谁告诉他的，天堂里面一年四季开桃花。（参见《厦门通信二》）我相信他说的这个话。天堂可能是好地方，一年到头都百花盛开，不会有花草凋零。花草凋零就不会是天堂，天堂永远好啊，一年四季都是好的，人们总是微笑着。

在那一刹那我就明白了，鲁迅说"有我所不乐意的在天堂"。鲁迅不愿意看这样的笑，不愿意看这些桃花。鲁迅要看的是"春有百花秋有月，夏有凉风冬有雪"。（无门慧开禅师《颂平常心是道》）该下雪的下雪，万物该凋零的凋零，该笑要笑，该哭要哭。所以鲁迅说"有我所不乐意的在天堂"，他讨厌天堂，他不愿意上天堂。

我们看看鲁迅所喜欢的东西，都是跟大家不一样的。我们喜欢小花猫、小白兔啊，鲁迅喜欢猫头鹰。【众笑】天堂、地狱这一对范畴，都是鲁迅所不喜欢的。

地狱不用多说，地狱比较简单，地狱里面是惩罚人的。地狱被认为是一个执法很公正的地方，鲁迅不相信这样的地方。地狱里的阎王、小鬼是谁赋予的权力？哪里来的这个权力？对整个天堂、地狱的秩序鲁迅是否定的。但是在天堂、地狱之外，鲁迅又否定了一个黄金世界。天堂、地狱都是虚幻的，都是死后的。那黄金世界是怎么回事呢？

黄金世界是五四新文化运动时期，知识分子经常许诺给人们的理想的未来，叫"黄金世界"。比如说"无政府主义"、社会主义、国家主义等，宣传这些主义的时候，都有一个理想的未来许诺给人们，这个东西叫"黄金世界"。（参见鲁迅翻译阿尔志跋绥夫《工人绥惠略夫》和鲁迅《头发的故事》）我们今天很多国家不是搞民主自由化，搞选举吗？你看所有的政客在竞选的时候，不都会许诺给他的选民一个或大或小的黄金世界吗？说你只要选了我，就怎么样怎么样，都有这样一个许诺。这都可以看成小小的黄金世界。

可是就这样的黄金世界，鲁迅却逆历史潮流而动，他说"我不愿去"。鲁迅对现实生活中你许诺的未来，都不相信。鲁迅很少塑造未来，你在鲁迅的作品中很难找到鲁迅说咱们只要干一件什么事，将来就是多么好，没有。在其他作家的作品里面有，比如郭沫若、茅盾、老舍、曹禺、沈从文等的，我们都能看见大大小小的黄金世界，至少是黄金世界的影子。比如说曹禺先生，曹禺的话剧里永远有一个另外的地方生活特好，我们往那儿去。比如《雷雨》里面周冲对四凤倾吐的那段独白：有时候我就忘了现在，忘了家，忘了你，忘了母亲，并且也忘了我自己……在无边的海上，吹着风，风有点腥、有点咸的时候，我和你怎么怎么样，坐着帆船，前面就是我们的世界。这是非常诱惑人的一个前景。在《原野》里面，仇虎跟金子，要向一个远处、一个梦境去，金子铺路的地方、火车开往的地方 —— 火车"嘟嘟嘟"开向未来。它永远有这样一个东西。

在鲁迅这里，没有。鲁迅这里没有黄金世界，鲁迅拒绝黄金世界，所以，谁也忽悠不了鲁迅。我们为什么容易被人家忽悠？是因为我们心里有一个黄金世界结构 —— 本来心里就有这么一个小空间，这么一个小空格，所以就被人家抓住了，人家往小空格里撒一样东西，我们觉得它就是，我们就跟着它走。不能说是我们错，我们大多数人这样做是正常的。鲁迅确实是不正常的，不知道他是怎么修炼的，他能知道没有黄金世界。鲁迅否定黄金世界的思想散见于其他文章里，不单是在这一篇文章里。

而且鲁迅特反感给人们许诺，你把黄金世界的诺言许诺给他们的子孙了，那么你拿什么给他们呢？黄金世界能不能实现，还不一定呢。

那么天堂、地狱都不愿意去，黄金世界也不愿意去，剩下的是什么呢？剩下的就是现实。开头不是说要忘记现实吗？但是把这些都否定了，剩下的又只有现实。我们都知道鲁迅的名言："直面惨淡的人生。"（《记念刘和珍君》）直面惨淡的人生其实并不是他第一时间的选择，是他选择来选择去，最后剩下的选择，是没有办法，人生不直面不行啊。这样一推理，很多人就能明白，我们大家不愿意直面人生，直面人生很痛，就这样稀里糊涂的：我们宿舍里有个同学特恨我，每天装着对我挺好，虚情假意，谁不知道啊？其实你知道这个本质，但是你不愿意去揭破它。我们很多情况下不愿意揭破这个现实，大家稀里糊涂地活着吧，很多情况下我们都是这样活着。

但是鲁迅觉得这样活着也是一种痛苦。如果你不去认清这个现实的话，两相比较，哪个更痛苦？鲁迅觉得，活在蒙昧中是更痛苦。所以鲁迅自己选择：直面。鲁迅自己最后选择了直面。但是他又不把自己的选择强加于青年人，这是鲁迅与众不同的地方。鲁迅给许广平写信就说，我给别人想的办法，和我自己的方法，大体是不同的。我给别人开的方子，并不是我自个儿吃的药。我给你们开的方子，是考虑到你们的情况，觉得你们应该吃这个药，我自己吃的不是这个药。所以鲁迅有时候对青年人并不讲"直面"。有时候反而对青年人说，"马马虎虎算了，稀里糊涂也挺好，你就这样吧"。

当看到鲁迅这些话的时候，我就非常感动。这时候的鲁迅，不就是一个和蔼可亲的孔子吗？孔子对待不同的学生，一个问题就是有不同的答案。他能反过来为学生着想，站在你的立场上。他觉得你这个人，直面也没用，直面更痛苦，你就稀里糊涂活着吧。不要怀疑，他是真的爱你的。鲁迅就有这样的一面。但他自己选择的是直面：甭忽悠我，我早看透了，你不忽悠我，我还对你好点儿。这就是鲁迅的态度。

《影的告别》里这一组排比句，影说的话，是告诉对方：我，执着于现实，我要直面人生，不回避，不逃跑。所以鲁迅1924年至1926年正面临着一系列有可能需要回避、有可能需要逃跑的问题。比如1923年发生的他们兄弟失和的事件，这是中国20世纪知识分子史上一件很重大的事情。这学期我们还有老师开周氏兄弟研究课。周氏兄弟本来的关系到底好不好？鲁迅是大哥，像父亲一样。他父亲死了，他就是父亲，把两个弟弟带大。一方面自己要奋斗成功，周作人是他一手栽培起来的，带着他漂洋过海到日本去，很多周作人的文章一看就是鲁迅写的。后来周作人学成了，他们两个不分你我，过着一种理想的兄弟生活。兄弟不分你我，鲁迅挣的钱，直接交给周作人的太太。【众笑】兄弟感情到底是什么感情？到底是能不能直面的一种感情？这个时候鲁迅就有选择了。

还有这个时候，鲁迅由于家庭与个人生活的痛苦和其他种种原因——可以看《两地书》——他和许广平已经有了朦胧的革命感情，怎么处理这份感情？我想在20世纪20年代，压力是比较大的。要不要直面这种感情？这是个人生活问题。

还有国家，我们知道这个国家是分裂的，北京有一个政权，广州有一个政权，其实各个省的军阀，也都是独立的政权。国家怎么选择？鲁迅在这里通过影的话表达了一种要执着于现实，不回避，不逃跑的态度。我们说这只是一种言语上的，我们知道后来鲁迅的选择，变成了现实。

这几句话是影的一个告别辞，听这个话的人，是影所称呼的"你"。下一句就更近了一层。"然而你就是我所不乐意的。"刚才不就三个不乐意吗？那是外在的东西，现在是这个影对它的主人说"你就是我所不乐意的"。影说的这个"你"，一分析语法，就是这篇文章的第一个"人"。"人睡到不知道时候的时候，就会有影来告别"，这里这个影说的"你"是"人"，是没有定语的抽象的人。这个人可以是叙事者自己，也可以是读者你，也可以是任何一个人。不管是谁，这个影，都不乐意了，"你就是我所不乐意的"。

这个影最后发现，对自己最大的束缚，不是天堂、地狱和黄金世界，就是这个人。如果我们说影是一个灵魂，是分裂之后人精神世界的一部分的话，这一部分的痛苦，来自其他部分，来自另一部分。那一部分就是它所不乐意的。

有学者发现，鲁迅的《野草》跟西方的存在主义哲学是同构的，存在着深刻的精神渊源。他们之间未必相互阅读过，但是达到了同样的思想深度，都是深刻地直指存在的最本质问题，到底什么是存在？什么是"我"？"我"是什么？我们天天说的这个"我"是谁啊？当我说我今天不舒服的时候，这个"我"指的是什么东西？当我说我今天不高兴的时候，这个"我"又指的是什么东西？这个"我"是谁？这个影说"你就是我所不乐意的"，人跟影是分裂的。

"朋友，我不想跟随你了，我不愿住。"这个影对人称呼"朋友"，我跟你不再是一个，我跟你现在是朋友。朋友是平等的，不再是主仆关系。本来人和影应该是主仆关系。人以为影是自己的仆人，但是很奇怪，你认为影是你的仆人，你又没办法控制它。你看小猫有时候扑自己的影子，小孩也一样，有时候去踩自个儿的影子。有时候两个小孩开玩笑互相踩对方的影子，踩人家的"脑袋"。实际上你的影子你踩不到，你踩的时候它就动了。这个仆人，并不是主人所能控制的。现在反过来这个仆人对主人说：你是我的朋友，我不想跟随你了，我不愿住。这个"住"，我理解是一个佛教词。住的意思就是凝固不变，凝固不动。我不愿像这样继续下去了，我要改变我的命运。从这里可以看到，他在描写一个灵魂的内心分裂。是谁的灵魂我们可以不去管它。然后它说："我不愿意！"

当我们从头读到这里的时候，会有一种语言上的节奏感。你读头两句的时候，没有觉得这是诗。但是当你读到三行、四行、五行的时候，你会发现这是诗啊！不但是诗，而且这是比胡适写的那些白话诗要深刻一万倍的诗。这是真正的诗，虽然并不那么押韵，不分行，这才是真正的诗。

《野草》同时是中国现代文学史上第一部散文诗，但是鲁迅自己并不知道这是散文诗。这是我们说的它是，我们看了文学史之后，知道它是第一部散文诗。鲁迅是有意做各种语言上的先锋实验。读鲁迅之后，我们有很多作家写这种散文诗，也有一定的成就，但是写到今天为止，这些散文诗加起来，也赶不上《野草》十分之一的力量。写散文诗不是用不分行的、用诗情画意的语言写出来就行，你得真有那份心，诗人的心。鲁迅就是一个诗人，当然是更像他自己所说的，是一个"摩罗诗人"。

"呜呼呜呼，我不愿意，我不如彷徨于无地。""呜呼呜呼"，表示悲哀的一个感叹词。"彷徨"出来了。他这个时期人生的又一个关键词：彷徨。不乐意天堂，也不乐意地狱，也不乐意黄金世界，也不乐意跟着你。那你走吧，他又不走。也不乐意，也不走，那他是一个什么状态呢？就是"彷徨"。

汉语里有很多类似"彷徨"这样的词，跟彷徨意思接近的词，但是汉语的伟大就在于这些词是不可替代的。这些词到底准确意义是什么，只有在上下文的语境里才能准确地把握，依靠字典是没有办法知道它是什么意思的。查字典什么是"彷徨"，字典里可能有一个解释，但这解释没用。你看那解释你仍然不知道什么是"彷徨"。你只有在它的具体运用中才知道，这个"彷徨"是不可更换的。换成"徘徊"行吗？肯定是不行的。"彷徨"就不是徘徊，也不是"踟蹰"，更不是"溜达"，都不对。每一个词都没有对应的其他外语的词可以翻译，这就是汉语的伟大。

哪儿也不去，又不走，又不乐意。结合所有这些的语境，可以知道什么叫"彷徨"。可是更奇怪的是"彷徨于无地"，你彷徨得有地彷徨啊，它没地。"彷徨于无地"——那在哪里彷徨、徘徊呢？不知道。"彷徨于无地"，这是鲁迅所创造的一个极为奇异的意象。是你用一般的形象思维所想象不出来的，你现在尽量想象一下，得用"哲学思维"去想什么叫"彷徨于无地"。

后世就有一个学者写了一本书叫《无地彷徨》，一部著名的学术著作。我们中国现在真正有骨气、有追求的知识分子，其实就处于这样一种"无地彷徨"的境地。我们并不满中国的现实，但是西方人透给我们的那一套，更混蛋。【掌声】我们反对那一套，并不等于我们肯定这一套。那么我们下一步怎么办呢？现在还不知道。但是起码我们不去"黄金世界"。那些骗子忽悠我们的"黄金世界"，全是假的，可能比"天堂""地狱"更害你，所以我们不能去那里。不能去，那我们要坚持一个自我，这自我没有地方可生存。我们大家都知道我们现在的生存处境，我们很多很多的时候只好"彷徨于无地"——没有固定的时空，处于不可概括，不可言说的一种状态。

1924年至1926年的鲁迅，你说他是左派还是右派？你说他是什么派？很难言说。他自己正在自我求证。既然是"彷徨"，既然是"无地"，它就有一种变化的可能性。"彷徨"是一种貌似不动的运动，"彷徨"不是静止的，"彷徨"是要动。既然是动，它就有多个方向。大体上应该有或者战斗，或者退隐，它大体上有两个方向。国家很糟糕，我出来救一把吧，出来挽救一下这个国家，这是战斗的态度；国家很糟糕，我救它也没什么用，那就退隐吧，都是有道理的。

我们看周氏兄弟失和——为什么说周氏兄弟失和在20世纪的中国是重大事件？这不是他们一家的事，不是他们哥儿俩的事，这代表着现代中国知识分子两条道路的选择。这不是他们家长里短的事，不是鲁迅挣钱他们给花了的事，不是这样的事。那么我们知道，后来周氏兄弟显然分别选择了两个方向，一个选择了战斗，一个选择了退隐。虽然分别选择了两个方向，但是他们又都没有达到自己的目的。

想退隐的，也隐不了，后来当了汉奸。我们不能因为他后来当了汉奸，就否定他当时退隐是没有道理，他当初退隐，可能是有道理的，但是残酷的现实使他退不了，又把他揪出来当了汉奸。想战斗的这个，也没有痛痛快快地战斗好。在战斗的队伍里又遭到了自己战友的压迫、怀疑、猜忌等。所以周氏兄弟的历史是一个很沉重的历史。

但是这个时候他还不知道未来，这个时候还在"彷徨于无地"。我说在哪儿都是错的，没有那儿——"无地"，"无地彷徨"。这一段是表达了他的决绝。不乐意，又没有办法决定，不走。下面看你既然"彷徨于无地"，那你是一个什么状态？你的命运将如何呢？

"我不过一个影"——开始反省自己，刚才是说对外界的态度，现在是说他自己——"我不过一个影，要别你而沉没在黑暗里了。"——这个影要跟主人告别，告别了之后它就要消失了，消失，他把它形容为"沉没"，沉没在黑暗里。它就没有了。——"然而黑暗又会吞并我，然而光明又会使我消失。"这个表达又是非常鲁迅式的表达。

我们知道中国现代文学受西方现代文学影响很大的一个表现，就是接受了西方的这样一种"二元论"，叫"光明与黑暗的二元论"。我们今天经常用这个比喻"光明""黑暗"，说惯了"光明在前""曙光在前""灯光在前"。光明、黑暗这个比喻，直接来自《圣经》。《圣经》一开头，"上帝说要有光，于是就有了光"，就开始了。

我们中国古代没有这个比喻，你看中国古代文学，哪有这么明确的光明与黑暗比喻？古代说"黑""暗"的时候，都未必是贬义词，有的时候说不定是褒义词呢。光明与黑暗那么明确，是现代文学的事情。你看巴金就写《灯》，巴金特别愿意歌颂光明。巴金是现代大作家中最单纯的一个，对什么事情都是二元对立的。有一个罪恶的、有一个善良的，有黑暗的、有光明的，什么是好的、什么是坏的，分得特清楚。其他作家也都大同小异。

鲁迅不这样，他并不是倒过来，比如有的人喜欢与人唱反调，"你们说光明好，我偏说光明不好，我说黑暗好"。鲁迅不是这样的，鲁迅也说黑暗不好，但光明未必好。这是鲁迅的哲学。

黑暗会"吞并我"，这大家容易理解，黑暗里，只要没有灯的地方，就没有影子，影子消失了。可是我们大家都没有想到，在绝对的光明里，也没有影子。医院里动手术的时候，不是有一种灯叫"无影灯"吗？我记得小时候唱一首歌叫《无影灯下颂银针》，歌颂大夫的。我那时没见过无影灯，我想无影灯是多么好的一盏灯啊，想到这种意象特美丽、特温馨，特想躺在无影灯下。【众笑】

鲁迅的这个意象是非常独特的，不想进入黑暗，也不想进入光明。但是他所说的黑暗和光明，又分明是西方二元论式的，他借用了这一对比喻。你不想进入黑暗，也不想进入光明，那么你是什么呢？这里，鲁迅的"中间物意识"就凸显出来了。这是鲁迅研究中的一个常见词、关键词。你翻开很多研究鲁迅的著作，有很多都是研究鲁迅的"中间物意识"。鲁迅给自己的历史定位，是"历史的中间物"，既不属于黑暗，也不属于光明，是这样一种状态。但是鲁迅自己认为，这种"中间物"状态并不是一个理想的状态，是一个不得已的状态。

有时候由于我们崇拜伟人，崇拜英雄，都以为伟人、英雄的生存状态是他奋斗的一个结果，是他的理想状态，其实不然。英雄、伟人从他自己来讲，他经常不想当英雄、伟人，是迫不得已成了那个样子，只好将错就错，只好半依半就了。你以为武松想打虎啊？武松才不想打虎呢，武松就想喝了酒，安安全全走过景阳冈，当一个普通的基层警察，天天随便喝点酒、吃点牛肉，多么幸福的生活。可没办法碰见老虎了，他不打老虎，老虎就吃他，只好打了，打了之后，坏了，成了"打虎武松"，人就被定型了。孔子说："君子不器。"君子不要成为一个东西，武松就成了一个东西。所以武松后来再杀人，杀完人后在墙上写："杀人者，打虎武松也。"他成了"打虎"，不再是武松。其实武松不想当武松。

你以为鲁迅想当鲁迅啊？鲁迅不想当鲁迅的。一辈子当一个周树人，多好啊。这个中间物，和我刚才说过的直面人生一样，不是他理想的选择，是迫不得已的。胡兰成有一个论调很有意思，胡兰成说，你看英雄、伟人在大众面前，都多多少少有点不好意思，好像自己犯了什么错误似的。他把握得非常敏锐，真正的英雄、伟人是不好意思的，他本不愿意成为这个状态，没办法，不得已。我们经常可以到鲁迅作品中去找不得已的心态、那种精神状态。

那么你做"中间物"，"中间物"是不能长久的。不知道是不是所有时代都允许或都不允许做"中间物"，起码在有的时代是不允许中间状态存在的。鲁迅自己可能不想做"中间物"，当然我想有很多人，是愿意做的。可是在有的时代，你愿意做，也不行。有的时代要求你表态，要求你站队，一定要求你是红的还是白的，一定要求你表态。既然不允许人做"中间物"，人只好有一个被迫的选择。什么选择呢？

"然而我不愿彷徨于明暗之间，我不如在黑暗里沉没。"原来是既反对黑暗，又反对光明，要做一个"中间物"。现在"中间物"又不行了，只能选择，只能选择怎么办？它选择了黑暗。我们知道"选择"不等于"乐意"，两者要严加区分。你只要稍微往前走半步就错了。我们为什么说现在人和人之间没法对话？因为互相不了解，你对人家的话全都误解。比如他说他在黑暗里，你马上就骂他"愿意拥抱黑暗"，"黑暗的牛仔"等。他并不喜欢黑暗，他选择了"我不如在黑暗里沉没"，甚至不等于说他不喜欢光明。一个人喜欢光明是完全有可能选择处在黑暗里的。

我们想一想在中华人民共和国成立的一刹那，几百万解放军还在战场上作战呢。就在五星红旗升起的时候，一定还有很多解放军战士倒下。他们所奋斗的这个国家已经成立了，但是他们被黑暗给吞没了。我们以这样一个常识，用这样一个我们看得见的例子来讲，这个例子如果用文学性的话说出来就是《红岩》里面唱的："含着热泪绣红旗。"但是鲁迅提前用更哲学的语言表达了。

那么没有办法，"然而我终于彷徨于明暗之间"。鲁迅的一个意思，反复地拉开，插进一个楔子，再把它拉开，又插进一个楔子。我们不知道他要拉开多少层，就好像表演拉兰州拉面一样。实际上表达了不得不如此，又绝望，又不甘心于绝望的状态。所以这就叫"反抗绝望"。

一篇短短的《影的告别》里面，我们提炼出很多鲁迅重要的"哲学命题"——"反抗绝望"的命题。我们大多数人都是为希望而活着，不能接受绝望，有时心底刚刚闪过一丝绝望的影子，马上回避掉，不敢揭示，不敢揭示真相。明明知道自己一辈子也考不上北大，但是不敢说出这句话来。糊弄自己：也许我能考上呢。鲁迅不一样，他首先想到的都是绝望，他直面绝望，把绝望放在这里，先绝了望，但是又不因为绝望而消沉而沮丧。绝望了之后再来反抗这个绝望。

日本的鲁迅研究学者，为什么这么佩服鲁迅呢？他说日本就没有这样的哲学家。日本就是简单地接受了一个西方文明，所以直接变成了野兽。因为没有一个反抗，没有一个抵抗，直接接受西方文明就等于对自己的文明绝望。这是一个简单的绝望，就是说我不行，我错了，明明知道你是狼，那好，我就当狼，我比狼还要狼。这样的一个文明转换，直接把自己转换成了野兽。日本的学者通过研究鲁迅发现，中国不是这样接受西方的，中国一面接受西方，一面给以最大的抵抗，在抵抗的过程中，去除西方文明的影子。所以世界真正的未来，还在中国。【掌声】

"然而我终于彷徨于明暗之间，我不知道是黄昏还是黎明。"他把黑暗和光明具体化了一下。不知道明和暗的时候，有两种可能，一种是黄昏，一种是黎明。黄昏、黎明都是明与暗之间的，但是它们的性质不同，一个是光明就要到来，一个是黑夜将要到来。"我姑且举灰黑的手装作喝干一杯酒"——这个话是很值得分析的。要告别，喝一个告别酒，但是是装的，到底要不要告别？"我将在不知道时候的时候独自远行"，表达了绝望、决绝的心情。

"呜呼呜呼，倘是黄昏，黑夜自然会来沉没我，否则我要被白天消失，如果现是黎明。"有两种可能。但是不管是什么样的一种未来，鲁迅说，对于"中间物"来说，可能都没有什么好处。对个体来讲，他不打算分享什么好处。所以现在它要走了。

"朋友，时候近了。"我到时候了。

"我将向黑暗里彷徨于无地。""彷徨于无地"第一次说的时候，没有具体的环境，现在有了，黑暗。

"你还想我的赠品"，我离别的赠品，"我能献你甚么呢？无已"，无已就是停止的意思，就是你一定要的话，"则仍是黑暗和虚空而已"，我不想给你什么真的礼品，只想给你黑暗和虚空，什么都不给你。为什么会这样？这个时候再去想影和人是什么关系。有的学者分析，这个影才是真正的叙事者的精神主体，这个影，才是"我"。这个"你"，是听者。影对它的主人说的话，是鲁迅对他的读者说的话，是鲁迅以一个过来人的身份，对青年人说的话——我要消失了，我要消失在黑暗里，你不要想我给你什么赠品，没有。为什么不给人家赠品？离别的时候，你太残忍了，留点纪念品多好，为什么不留呢？他说："但是，我愿意只是黑暗，或者会消失于你的白天；我愿意只是虚空，决不占你的心地。"

读完这句话我们才知道，不给礼品，才是最伟大的赠予。因为他想的是我"不占你的心地"。我们为什么经常送给别人礼品？其实是想占对方的心地。我们买礼品的时候常想，买个什么礼品能让她看见了好似看见我，一看见它就会想起我。你送别人礼品，其实是想霸占别人灵魂。

只要她早上一睁眼，就想这闹表是他送的。【众笑】鲁迅把这事儿都看透了——我不送你礼品，我用不着你想起我，我不占你的心地，这才是最伟大的礼物。不跟你接触，少跟你接触才是对你最好的——这是一种何其伟大的祝福。

所以最后鲁迅说："我愿意这样，朋友——"再一次呼唤朋友，平等地——"我独自远行，不但没有你，并且再没有别的影在黑暗里。只有我被黑暗沉没，那世界全属于我自己。"读到这段话我就想到1936年的鲁迅，鲁迅最后就是这样走的，他一个人消逝在中国最黑暗的岁月里，他没有占任何人的心地。他没有加入过共产党，也没有加入过国民党。他好像同情一些群体，但是他又和这些群体保持着距离。他只是他自己。他帮过几乎所有该帮助的人，付出得最多，"吃的是草，挤的是奶"，但这些人都不理解他。他也不希望别人理解。希望别人理解很容易，送点纪念品，别人就理解你了，他连纪念品都不送——你们最好忘记我。他最后选择的是一个非常孤独的牺牲，但是又是非常清醒的，自我选择的——清醒的、孤独的牺牲。他以此为自己的人生目的，沉浸于此，享受于此。

一篇《影的告别》，鲁迅总结了自己的前半生、前半期，总结了此前的"我"。看完了《影的告别》，大体上我们可以判断出下一步鲁迅应该怎么做，我们都知道1924年至1926年这个时期过去之后，当一个中国的大时代到来的时候，鲁迅的立场，我们可以看得出来：他，走向了战斗，是和前期姿态不大一样的战斗，但是是比前期更加痛苦的、更加伟大的一个战斗。

这样讲不见得能够使我们更加真切地理解鲁迅，但是我想这多多少少有助于我们理解自己，理解我们周边的人。

不希望大家都沉没在黑暗里，我是一个俗人，我希望大家快快乐乐地活在光明里。

　　谢谢大家。【热烈的掌声】

2010年10月13日

致谢

本书经东博书院书友会、月刊编辑部整理校对，我们对此深表感谢！具体名单如下表：

章名	整理、校对者名单
熟悉的陌生人：鲁迅者谁	
古今中外坐标点：鲁迅小说综论	校对：小勺、小提琴
空空本课：鲁迅思想的形成	
可疑的叙事者：谁在写鲁迅小说	录音整理：正飞 校对：蓝天、王小王、小希
纯白而不定的罗网：鲁迅小说的叙事美学	
蒙着小说的名：解读《〈呐喊〉自序》	
叫喊和反抗：《我怎么做起小说来》	
紫水晶的柱子：意象主义与鲁迅小说	录音整理：白凯、和畅、嘉嘉简简、有仁有侠有青春、高山、小旭、雾桓、宁静、文付、小画 校对：高山、口小勺小、小提琴的回声
爱卿平身很亲切：鲁迅小说的意象	
狂人又当官了：鲁迅小说的内在矛盾	
很好的月光：鲁迅小说的元文学性质	录音整理：正飞 校对：正飞、蓝天、小希
薛定谔的猫：怎样读鲁迅小说	
开天辟地讲小说：《中国小说史略》	
汉语魂和民族魂：解读《斯巴达之魂》	录音整理：白凯、和畅、嘉嘉简简、谷瑞江、高山、小旭、雾桓、宁静致远 校对：野火
放低了身段陪我玩：解读《怀旧》	录音整理：白凯、和畅、嘉嘉简简、有仁有侠有青春、高山、小旭、雾桓、宁静、文付、小画 校对：野火
异化与归化：鲁迅的语言和翻译观	
忠诚于鼻子：鲁迅的翻译小说	
附录：解读《影的告别》	录音整理：江帆 校对：小提琴